극한 공녀

극한
공녀 1

초판 1쇄 인쇄일 2018년 05월 31일
초판 1쇄 발행일 2018년 06월 15일

지은이 | 쥐똥새똥
펴낸이 | 김기선

편집장 | 김은지
편집부 | 김지현, 김아름, 박신혜, 김에너벨리, 유기웅
디자인 | MULL

펴낸곳 | 와이엠북스(YMBOOKS)
출판등록 | 2012년 7월 17일 (제2014-17호)
주소 | 서울시 도봉구 노해로 379, 802호(창동, 대성빌딩)
전화 | 02)906-7768 / 팩스 | 02)906-7769
E-mail | ymbooks@nate.com

ISBN 979-11-322-4564-3 (04810)
ISBN 979-11-322-4563-6 (set)

값 11,000원

극한공녀

쥐똥새똥 장편소설

❋

1

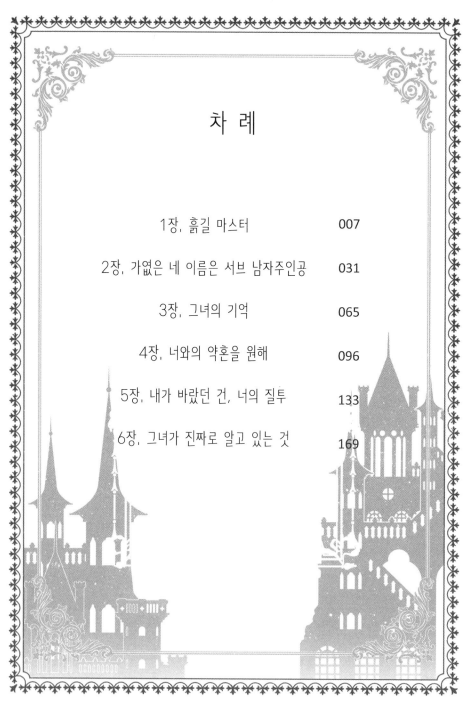

차 례

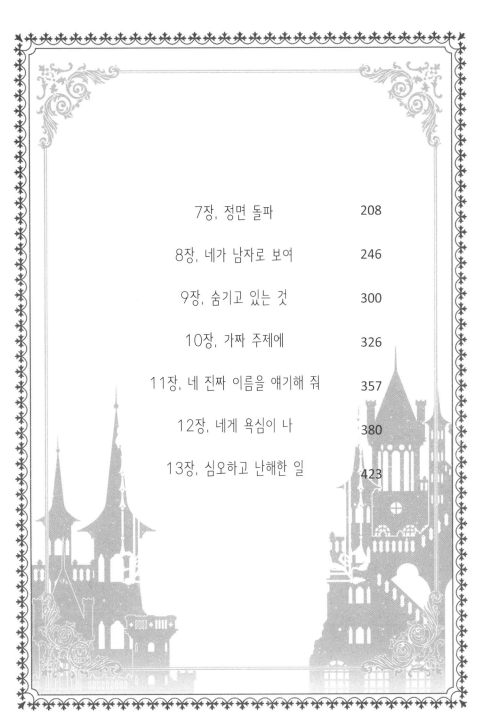

1장. 흙길 마스터

밖을 나선 지 얼마 되지 않았을 때, 갑작스럽게 비가 내렸다.

곧 그칠 것 같이 가볍게 내리던 비는 불과 몇 분 만에 어깨를 모두 적실 만큼 굵은 비로 변해 버렸다. 나는 비를 피할 생각으로 주변에 보이던 아무 가게로 들어섰다. 드레스는 조금 젖었지만, 챙이 넓은 모자 덕에 얼굴과 머리카락이 많이 젖지 않은 것에 안도했다.

나는 옷에 묻은 빗물을 털어 내며, 가게의 제일 안쪽 자리에 자리를 잡았다. 자리에 앉기가 무섭게 종업원이 가까이 다가왔다. 나는 와인 한 잔을 주문한 뒤에 등받이에 등을 완전히 기대었다.

그것은 이 세계로 들어와서 처음 맞는 비였다. 현실인지 꿈인지 아직까지도 어렴풋한 세계 속에서 비를 맞은 감촉은 지나치게 현실적으로 느껴졌다.

나는 정말 완전히 이 세계 속으로 들어와 버린 것일까? 라는 의문이 들 때쯤, 종업원이 와인을 내왔다.

간단히 목을 축이고 있자, 누군가의 대화 소리가 들리기 시작했다. 그리 멀지 않은 곳이었다. 나는 얼굴을 반쯤 가리고 있던 모자 사이로 시선을 돌려, 소리가 나는 쪽을 바라보았다. 그러자 화려한 드레스를 입은 두 명의 여자가 보였다. 나는 괜스레 모자를 좀 더 깊이 눌러쓰고선 여자들의 목소리에 집중을 했다.

그들이 꺼낸 얘기는 내겐 그다지 달갑지 않은 이야기였다.

"바이올렛 공녀가 샤넌 공주님을 괴롭혔다던데, 들었어?"

목소리가 조금 높은 여자가 얘기를 꺼내자 맞은편에 앉은 여자가 맞장구쳤다.

"당연하지! 나는 심지어 그 현장에 있었다니까."

"공녀가 샤넌 공주님을 밀어서 넘어뜨렸다는 게 사실이야? 그것도 공작님 앞이었다면서? 밀어뜨린 건 바이올렛 공녀인데, 제 힘에 못 이겨서 샤넌 공주님과 같이 넘어졌다면서?"

"말도 마. 진짜 살벌했다니까. 샤넌 공주님이 넘어지고, 바이올렛 공녀가 휘청거리면서 넘어지는데……. 운도 어찌나 없던지, 바닥에 머리를 박은 바이올렛 공녀는 그대로 기절했다는 사실."

듣고 있던 여자는 작게 웃어 보이며 대답했다.

"근데 바이올렛 공녀는 샤넌 공주님을 왜 밀었대?"

"큭큭. 글쎄, 그 이유가 진짜 우습다니까."

나는 거기까지 듣고 자리에서 슬며시 일어났다. 그러곤 천천히 그녀들이 앉은 테이블로 다가가, 건조한 목소리로 그녀들에게 말했다.

"……공작이 마실 것을 샤넌 공주님께 먼저 권해서."

갑작스러운 내 등장에 두 여자가 깜짝 놀라며 나를 바라봤다. 나는 비에 젖은 모자를 벗으며 그녀들과 하나하나 눈을 맞춰 주었다. 마주한 그녀들의 눈빛 속엔 놀란 빛이 서려 있었다.

"제 말이 맞죠?"

내 말에 여자 하나가 기어들어 가는 목소리로 대답했다.

"······바, 바이올렛 공녀······."

그래, 바이올렛. 그들이 보고 있는 내 모습은 틀림없는 바이올렛이었다.

샤넌을 밀다 되레 저가 넘어져 버린 그 바이올렛.

나는 그들의 눈동자에 비친 바이올렛의 모습을 보며, 젖은 머리를 쓸어넘겼다.

***

저택으로 돌아와 젖은 옷을 갈아입었을 때, 바이올렛의 아버지가 나를 찾았다. 이 세계에 들어온 지 고작 일주일이었던 내가 그녀의 아버지를 만나는 것은 오늘이 처음이었다. 물론 얼핏 지나가며 몇 번 보긴 했지만, 나는 의도적으로 그를 피했다. 아무래도 아버지라는 건 영 어색했기에.

하지만 이미 바이올렛이라는 여자의 몸에 빙의된 이상, 그녀의 아버지를 더 이상 피할 수는 없었다. 나는 짧은 기합과 함께 시녀의 뒤를 따랐다. 그녀가 나를 안내한 곳은 식당이었다.

식당에 들어서기 무섭게 자리에 앉아 있던 바이올렛의 아버지가 일어섰다. 바이올렛과 꼭 닮은 그의 보랏빛 머리는 조금 길었고, 미소를 지음에 따라 자연스럽게 팬 주름이 꽤나 보기 좋은 남자였다. 중년의 남자라곤 느껴지지 않을 만큼 꽤나 멋스럽게 늙은 것 같았다.

"바이올렛!"

남자가 바이올렛, 아니 이제는 내 이름이 되어 버린 그 이름을 정겹게 불렀다. 남자의 목소리는 자못 다정했으나, 내겐 그것이 불편하게만 느껴졌다. 하지만 바바라스 공작은 제 외동딸인 바이올렛을 아주 끔찍하게 위하는 남자였으니, 다정한 목소리로 내 이름을 부르는 게 당연할 성싶었다.

나는 적당한 미소를 지으며 그에게 인사했다.

"아…… 아버지. 안녕하세요."

"안녕하세요, 라니! 바이올렛, 고작 며칠 보지 못했다고 이토록 나를 낯설게 대하다니."

낯설게 대하는 게 아니라, 낯선 건데요. 나는 그렇게 대답하고 싶었지만 입을 꾹 다물었다.

그는 얼른 자리에 앉으라는 듯이 내게 손짓했다. 나는 마지못해 그의 맞은편에 앉았고, 앉기가 무섭게 시녀들이 요리를 내어오기 시작했다. 그는 아마도 나와 식사쯤이 하고 싶었던 모양이었다.

"바이올렛, 요즘 내가 일이 바빠서 너와 통 식사를 함께하지 못했더구나."

"네."

나는 어색하게 대답하며 앞에 놓인 음식들을 보았다. 본래의 내 세계에선 전혀 맛보지 못했던 음식들이 테이블 위에 차례로 올라가고 있었다.

"바이올렛, 혹시 이 애비가 너를 서운하게 한 것이냐?"

"……네?"

"왜 그렇게 내게 삭막하게 구는 것이냐. 나는 참으로 서운하단다."

그렇게 말하는 바바라스 공작의 두 눈은 곧 눈물이라도 떨어뜨릴 듯이 슬픈 빛을 냈다. 아무래도 내가 저를 어색하게 대하고 있는 것을 그도 눈치챈 것이 분명했다.

그가 이토록 대단한 딸 바보일 줄이야. 나는 적응되지 않는 그의 모습에 어색한 미소를 흘렸다.

"그게 아니라, 몸이 조금 안 좋아서요."

역시 상황 회피에는 몸이 좋지 않다는 핑계가 최고다. 아닌 말로 바바라스 공작은 내 말을 철석같이 믿고선, 제 얼굴에 서려 있던 서운한 기색을 감추었으니 말이다.

나는 다행이라 생각하며 잔에 든 물을 마시려 했다. 때마침 시녀 하나가 비어 있던 내 잔에 물을 따르고 있던 중이었다. 나는 주전자를 잡고 있던 시녀를 물끄러미 바라보았다. 그러자 내 시선을 느낀 시녀가 지나치게 긴장한 것인지, 손을 덜덜 떨었다. 떨리는 시녀의 손에 맞추어 그녀의 손에 들려 있던 주전자도 함께 흔들렸다. 그러자 주전자에서 떨어지던 물의 궤적이 잔에서 비껴갔다. 물은 테이블은 물론, 내 무릎 위까지도 조금 적시기에 이르렀다.

"용, 용서해 주세요! 죽을죄를 지었습니다."

시녀는 잔뜩 젖은 내 무릎 위를 보며, 내 앞에 무릎을 꿇었다. 그녀의 얼굴은 하얗게 질려 있었다. 나는 하얗게 질린 시녀의 얼굴과 젖은 내 무릎 위를 번갈아서 쳐다봤다. 드레스가 조금 젖기는 했지만 그렇다고 해서 그녀를 벌할 생각은 전혀 들지 않았음이었다. 하지만 그것은 단지 내 생각에 불과했던 것인지, 바바라스 공작이 자리에서 벌떡 일어서며 소리쳤다.

"당장 저 아이를 끌어내서 혼쭐을 내야겠구나!"

"죄송합니다! 제발 목숨만은……."

시녀가 제 이마를 바닥에 닿을 듯이 조아렸다.

나는 순간 의문이 들었다. 어째서 물을 조금 흘린 것 때문에 이 아이가 목숨을 빌어야 하는 걸까.

설핏 본 시녀의 얼굴은 꽤나 어려 보였다. 열다섯이나 되었을까. 이런 어린 아이를 체벌하는 것을 나는 진심으로 바라지 않았다. 내가 중재하지 않았다간 공작이 진짜로 아이를 벌할 것만 같아, 나는 천천히 입술을 뗐다.

"아버지, 저는 괜찮아요. 시녀를 벌하진 말아 주세요."

"하, 하지만! 바이올렛. 네 드레스가 젖었지 않느냐."

담담한 내 대답에 되레 놀란 것은 아버지였다. 그는 내가 그런 말을 뱉을 거라곤 예상조차 못 한 것인지 말을 조금 더듬었다.

하긴 그럴 수밖에. 일주일 전의 제 딸이었다면 이런 말을 하지 않았을 것이니까. 내가 아닌, 진짜 바이올렛이었다면 그녀는 아마도 저 시녀를 단단히 벌했겠지? 뺨이라도 세게 때렸을지도 모를 일이었다.

나는 순간 조금 이상한 마음이 들었다. 원래의 그녀와 나 사이에 괴리감이 느껴졌기 때문이었다. 나는 손을 뻗어 시녀의 머리를 가볍게 두드렸다.

"나는 괜찮아. 다시 물을 따라 주지 않겠어? 나는 지금 목이 아주 마르거든."

"······."

그러자 시녀가 고개를 들어 나를 올려다보았다. 그녀의 눈엔 차마 마르지 않은 눈물이 맺혀 있었다. 두려움에 눈물까지도 흘렸나 보다.

"공, 공녀님. 다신 실수하지 않겠습니다. 용서해 주셔서 감사합니다."

시녀는 벌벌 떨며 말했다. 왠지 모르게 그녀가 안타깝게만 느껴졌다. 나는 그녀가 더 이상 떨지 않길 바라며 작게 미소 지었다.

"이런 건 실수라고도 취급 못 할 정도지."

그러자 아버지와 그밖에 우리의 곁에 서 있던 시녀들의 얼굴엔 강한 놀람의 기운이 스치고 지나갔다. 나는 그들이 놀란 이유를 어렵지 않게 짐작할 수 있었다. 다들 실제 바이올렛의 성격을 알기에 그런 것이리라.

바이올렛 바바라스, 그것이 지금의 나의 이름이었다.

그녀는 이 세계, 즉 '샤넌을 위하여'라는 책 속에 나오는 여자 조연이자, 꽤 영악한 여자로서 어려서부터 공작가의 사람들에게 온갖 사랑을 받고 자란 공녀였다.

누군가의 제재 없이 오냐오냐 길러진 바이올렛은 꽤나 안하무인에 성격이 고약했다. 그렇기에 그녀는 제 심기를 거슬리는 자들을 가만히 두지 않았다. 하지만 나는 구태여 바이올렛의 고약한 성정을 따르고 싶었던 것은 아니었으므로, 아무렇지 않게 시녀가 반쯤 따라놓은 잔을 집어 들었다.

내가 무표정하게 물을 마시자, 식당엔 싸한 정적이 맴돌았다.

"바, 바이올렛. 정말 괜찮은 게냐?"

바이올렛의 아버지는 여전히 놀란 채로 내게 말했다. 나는 고개를 끄덕이며 대답했다.

"그럼요."

나는 그렇게 대답하며 문득 이 세계에 처음으로 발을 들였던 날을 떠올렸다.

그것은 일주일 전의 일이었다.

가진 것이라곤 하나 없고, 부모님도 일찍 여의었던 나는 지독한 무기력증에 사로잡혔던 여자였다. 딱히 어떤 일에 흥미가 없었고, 사는 것이 따분하고 지겨웠다. 그런 무기력증인 내게도 정말 딱 하나의 취미가 있었는데, 그것은 바로 로맨스 소설을 읽는 것이었다. 그것을 읽는 이유는 하나였다. 다른 사람들은 무슨 목적을 가지고 살아가는지, 어떤 생각을 가지고 살아가는지 궁금해서였다. 타인들의 목적성 있는 삶을 엿보면서 나의 지독한 무기력증도 치료되지 않을까 싶어서.

꽤 많이 읽었던 로맨스 소설 중에 단연 기억에 남는 소설이 하나 있었는데, 그것이 바로 '샤넌을 위하여'라는 로맨스 소설이었다. 그 책에 나왔던 인물들의 강한 목적성 있는 삶이 강렬하게 기억되었기 때문이었다.

나는 그중에서도 '바이올렛 바바라스'라는 여자 조연을 참으로 좋아했다. 대부분의 소설 속 여자 조연이 그렇듯 그녀는 악녀였다. 여자 주인공인 샤넌을 악에 받칠 정도로 미워했고, 괴롭혔고, 심지어 죽이고 싶어 하기도 했다. 결국 파국에 치달은 것은 바이올렛이었지만.

나는 그런 바이올렛의 감정선이 꽤 마음에 들었다. 누군가를 죽이고 싶을 정도의 강한 마음. 그런 마음은 도대체 어디에서 나오는 걸까. 그것은 내가 한 번도 느끼지 못한 감정이었다. 한편으론 묘하게도 그녀에게 짙은 안타까움이 들었다. 안타까움이라니, 그것 또한 대체로 모든 것에 흥미가 없던 내게 어울리는 감정은 아니었지만…… 어쩌면 나는 그녀의 삶에 지나치게 감정 이입을 했을지도 모를 일이었다.

바이올렛은 굳이 남을 미워하고 괴롭히지 않더라도 그녀 자체로도 빛나는 여자이기도 했다. 번듯한 공작가의 외동딸에, 제 곁을 묵묵히 지켜 주던 소꿉친구, 그리고 여러 남자들의 구애. 굳이 책 속의 남자 주인공에게 목을 매지 않아도 충분히 잘 살 수 있었을 환경이었단 거다.

그럼에도 불구하고 남자 주인공의 사랑에만 목을 매던 그녀가 나는 조금은 이해가 되지 않았다. 나 같았으면 절대로 그녀처럼 살지 않았을 거라고 생각했다. 되레 그녀의 주변에 깔린 좋은 환경을 한껏 만끽했을지도.

나는 때때로 '바이올렛이 되고 싶다.'라고 생각했다. 사랑 하나로 망가져 버린 그녀의 인생을 내가 제대로 살아보고 싶었기 때문이었다. 현실 속에서 가진 것 없던 내가, 사랑하는 사람 빼고 모든 것을 가진 바이올렛이 된다면. 내가 그녀의 삶을 바꿔 버린다면. 그것은 꽤 흥미로운 일이 될 거라고 생각했다.

그런 일이 실제로 내게 일어날 것이란 것은 책을 읽을 때는 전혀 예상조차 하지 못했다. 그렇게 그녀에 대해 몇 날 며칠을 생각하던 그때에, 정말 놀라운 일이 벌어졌다.

평상시와 다름없이 잠을 자고 일어났더니, 마법처럼 내가 바이올렛이 되고야 만 것이었다.

그건 정말 기적 같은 일이었다. '바이올렛이 되고 싶다.'라는 내 소망을 누군가가 알고 이루어 준 것처럼, 나는 다른 세상에서 다른 사람이 되어 버린 것이었다.

처음엔 놀라지 않을 수 없었다. 책에서만 읽던 빙의라는 게 실제로 된다는 사실에 놀랐기도 했고, 내가 정말로 바이올렛이 되었다는 게 너무나도 기뻤다. 그것은 실로 오랜만에 느껴보는 기쁨이었다.

꿈이 아닐까 싶기도 했다. 하지만 설령 이것이 꿈이라 할지라도 나는 바이올렛으로 잠깐이나마 살아 보고 싶었다. 어차피 내 현실은 시궁창에 가까웠기에, 현실의 삶에 대한 미련은 없었다.

나는 모든 것을 가진 바이올렛으로 살며, 그녀를 패배자로 만들고 싶지 않았다. 바이올렛을 파국에 치닫게 했던 사랑, 그런 것은 바라지도 않았다. 적당히 나를 좋아하는 남자를 만나도 상관없었고, 만나지 않아도 상관없었다. 나는 그저 그녀가 가진 것을 제대로 누리고 싶을 뿐이다.

처음 바이올렛이 되었던 날, 나는 내가 들어온 책의 시점이 어디인지 파악을 했다. 파악하는 건 그리 어렵지 않았다. 내가 지나다닐 때마다, 사람들은 바이올렛이 샤넌을 민 이야기를 했기 때문이었다. 그 사건은 책의 도입부에 등장하는 내용이었다. 나는 그 점에 크게 안도했다. 아직까지 그녀의 신변에 커다란 사건이 일어나지 않은 시점이었기 때문이었다.

그렇게 일주일이 흘렀다.

잠을 자고 다시 일어나면 혹여나 현실로 돌아가지 않을까 했지만, 일주일이 지났음에도 나는 여전히 바이올렛이었다. 싱그럽게 익은 포돗빛을 닮은 보랏빛 머릿결과 흰 피부, 총명하게 빛나는 진보랏빛의 눈동자. 그것은 검은 머리에 검은 눈동자를 가졌던 현실 속 나와는 판이한 모습이었다.

나는 잠시나마 내 진짜 이름을 떠올렸다.

다혜. 그것은 이제 잊힐 이름이 아닐까.

식사는 곧 끝이 났다.

식사를 하는 내내 테이블엔 정적이 가득했다. 바바라스 공작이 내게 한 번씩 말을 걸긴 했지만 나는 짧은 대답으로 일축했다. 아무래도 생면부지인 중년의 남자를 아버지로 받아들이기엔 시간이 조금 필요했기 때문이었다.

방으로 돌아와 창가 옆에 놓여 있던 의자에 앉아 몸을 깊숙이 기대자, 어쩐지 졸음이 몰려왔다. 잠깐 눈을 붙여도 괜찮겠지. 라는 생각을 함과 동시에 잠이 들었다. 설핏 든 선잠이었다.

"……공녀님?"

깊은 의식 속에서 낯설지만 조금은 익숙한 호칭이 들렸다. 나는 살며시 눈을 떴다. 잠이 얼마나 들었더라. 창밖을 보니 날이 조금 어두워져 있었다. 나는 웅크리고 있던 몸을 조금 폈다.

"죄송해요. 주무시는지도 모르고……."

시녀의 얼굴엔 당황한 빛이 역력했다. 나는 별일 아니란 듯 웃어 보이며 그녀에게 대답했다.

"괜찮아. 무슨 일이라도 있어?"

나는 살갑게 시녀에게 물었다. 이름 모를 시녀는 내 살가운 말이 전혀 적응이 되지 않는지 꽤 놀란 눈동자로 나를 보다, 뒤늦게 대답했다.

"아, 공작님의 저택에 가실 시간이 되셨어요."

"공작님의 저택이라면……."

바이올렛이 찾아가는 공작님이라면 단 한 사람밖에 없었다.

에르하르트 공작.

나는 그의 이름을 자연스럽게 떠올렸다.

책 속의 바이올렛은 일주일에 한 번 공작가에 출퇴근을 하고 있었다. 그녀는 유능한 달변가로서 공작의 하나뿐인 손위 누이의 말동무였기 때문이었다.

아이린, 그것이 공작의 손위 누이의 이름이었다. 그녀는 몇 년 전에 있었던 마차 사고로 인해 두 다리가 불편해진 여자였다. 그녀가 말동무를 두게 된 이유는 아마, 불편해진 다리 때문이었던 걸로 기억했다. 그녀는 다리가 불편해 자신의 의지대로 다닐 수 없게 되었고, 그때부터 바깥세상을 동경하기 시작했다. 그렇기에 그녀는 언제부터인가 자신의 주변에 말동무를 두었다고.

바이올렛도 그녀의 말동무 중 하나였다. 자신의 영특함을 뽐내기 좋아하는 바이올렛과, 바깥세상을 궁금해하는 아이린의 궁합은 잘 맞았다. 그녀는 일찍부터 바이올렛의 영악함을 알고 있었지만, 그것을 꺼리기는커녕 되레 그녀를 꽤나 귀엽게 여기고 있었다.

결론적으로 두 여자는 스스럼이 없는 사이였다. 아이린은 바이올렛을 귀여운 동생 대하듯 했고, 형제가 없었던 바이올렛은 그런 그녀를 제 친언니처럼 따랐다. 적어도 소설의 초입까지는 말이다.

내가 거기까지 생각했을 때, 시녀가 다시금 나를 불렀다.

"공녀님?"

"아, 미안. 딴생각 중이었어. 마차를 준비해 주지 않겠어?"

"알겠습니다."

바이올렛을 비극으로 치닫게 한 그 남자. 나는 에르하르트 공작을 만나보고 싶었다. 얼마나 매혹적이기에 바이올렛이 그토록 열과 성을 다했던 것인지 직접 눈으로 확인하고 싶었다.

나는 다른 시녀의 도움을 받아 나갈 준비를 했다. 이내 마차에 몸을 싣고 낯선 거리를 지나치기에 이른다. 마차의 창밖으로 낯선 풍경을 흥미롭게 감상하던 차에 마차가 멈춰 섰다. 에르하르트의 공작가는 그리 멀지 않았다.

마차에 내리자마자 처음으로 보인 것은 역사서에서나 몇 번 본 듯한 저택이었다. 상아색 벽돌로 구성된 저택은 절로 고풍스러움이 풍겼다. 바이올렛의 저택을 처음 봤을 때도 크다고 생각하고 있었지만, 에르하르트의 저택이 훨씬 더 컸을 따름이었다. 내가 올 것을 알고 미리 기다린 듯한 공작가의 시녀가 인사를 넙죽하며 나를 안내하기 시작했다. 내 얼굴을 본 그녀의 얼굴엔 초조함과 긴장하는 빛이 서렸다. 아무 짓도 하지 않았음에도 불구하고, 나를 보자마자 긴장하는 타인의 태도가 그리 낯설지는 않았다.

나는 문득 이 세계에 들어와서 처음 느낀 바이올렛에 대한 사람들의 반응을 상기했다. 사람들은 그녀를 봤을 때 긴장감 서린 표정을 지어 보이거나, 호감에 가득한 표정을 지어 보였다. 대개 전자는 여자, 후자는 남자의 반응이었다.

바이올렛은 여자들의 긴장감 서린 표정과 남자들의 호감 어린 시선을 즐겼다. 여자들이 바이올렛을 보며 긴장하는 이유야 뻔했다. 소설 속에서도 몇 번이고 언급된 그녀의 난폭한 성정 때문이리라. 그리고 바이올렛은 제게 향한 남자들의 호감을 절대로 내치지 않았다. 그녀는 포도 알을 따 먹듯 자신이 원하는 남자를 골랐고, 남자들은 저항 없이 그녀의 입 속으로 들어갔다. 그런 그녀의 선택을 처음으로 거부했던 것도 아마 에르하르트 공작, 즉 이 세계의 남자 주인공일 것이다. 그렇게 생각하자 그가 조금 더 궁금해지는 것은 어쩔 수 없는 일이었다.

텍스트가 아닌, 실제의 그는 어떤 사람일까.

그런 생각을 하며 걷자, 저택의 현관까지 금세 도착해 버린다. 시녀와 나는 별다른 대화 없이 기다란 복도를 한참이나 거닐었다. 이윽고 앞서 가던 시녀의 걸음이 어느 방문 앞에서 멈춰 섰다. 시녀는 내가 왔음을 안쪽에 알리곤 문을 조심스럽게 열어 주었다. 그렇게 내가 안으로 들어서자마자 누군가가 익숙하게 내게 말을 건네었다.

"왔어?"

그녀는 공작의 누이, 즉 아이린이었다.

나는 방으로 들어서며 그녀에게 어색하게 인사를 건넸다. 바이올렛에게 있어 아이린은 누구보다도 친한 사이였음을 상기하며, 최대한 밝게.

"안녕하세요."

그러자 아이린은 입이 귀에 걸릴 듯이 웃기 시작했다. 그녀는 숨이 멎을 정도로 큭큭 대며 웃었는데 나는 그 웃음의 영문을 전혀 알 수 없었다. 그렇기에 나는 그저 의아한 눈빛으로 그녀를 빤히 응시했을 뿐이었다.

한껏 웃고 있는 아이린은 생각보다 매우 아름다운 여자였다. 다른 색을 전혀 허용하지 않겠다는 듯한 검은빛의 긴 머리카락은 빛이 났으며, 얼굴은 그와 대비되게 아주 하얗기만 했다. 그녀는 마르긴 했지만, 병약해 보이진 않았다. 그녀의 생기 넘치는 표정이 그녀를 병약해 보이지 않게 만드는 것이리라.

소설 속 아이린은 툭하면 짓궂은 말로 사람들을 종종 괴롭히던 여자였는데, 그것은 그녀 나름대로의 애정 표현이기도 했다. 애초부터 그녀가 짓궂은 말로 사람들을 괴롭혔던 것은 아니었고, 그녀는 마차 사고로 제 다리가 불편해진 뒤부터 성격이 조금 변한 것이었다.

그녀의 다리를 불편하게 만든 마차 사고. 그녀는 그 마차 사고로 두 다리만 잃은 것이 아니었다. 그녀는 제 부군이었던 왕세자 또한 잃었다. 함께 마차를 타고 가던 그가 죽은 것이었다. 다리를 못 쓰게 되었다는 슬픔보다도, 부군을 잃었다는 고통은 아이린의 마음의 크나큰 상처를 주었다. 사람들은 어린 나이에 미망인이 된 그녀를 안타깝게 여겼다.

아이린은 사람들의 안타까운 시선을 견딜 수가 없었다. 그들의 안타까운 시선 속에 머물러 있다 보면 저도 모르게 정말 안타까운 사람이 되어 버린 것만 같은 기분이 들었기 때문이었다. 그 후 아이린은 비록 다리는 못 쓰게 되었지만, 자신은 여전히 당당하고 아름다운 여자라는 사실을 스스로에게 끊임없이 상기시켰다. 그녀가 호쾌하게 사람들을 놀리기 시작한 것은 그때부터였을지도 몰랐다.

나는 웃고 있던 아이린의 얼굴을 지그시 바라보았다. 소설을 읽었던 나는 아이린의 사정을 알고 있었기에, 나는 그녀의 웃음이 자못 슬프게 느껴지기도 했다. 곧이어 아이린이 웃음을 멈추고 나를 똑바로 바라봤다. 아이린의 푸른 눈동자 주위에는 웃음의 기운이 가시지 않은 눈물이 조금 고여 있었다.

"바이올렛. 너는 어쩜 그렇게 재미있니? 네 소식이 재미있지 않은 적은 단 하루도 없었어."

의자에 몸을 늘어트리고 앉은 아이린의 말을 이해하는 데에는 몇 초가 걸렸다. 아이린은 아마도 내가 빙의되기 전 바이올렛이 샤넌을 밀쳤던 이야기를 하고 있음에 분명했다. 나는 책 속의 아이린과 바이올렛이 만났던 내용을 떠올리며 그녀에게 답했다.

"제 잘못이었어요."

본래의 책 내용대로라면 '샤넌이 잘못했어요.'라고 바이올렛이 말했을 것이다. 하지만 나는 바이올렛의 대사를 곧이곧대로 뱉고 싶지 않았다. 그녀의 부루퉁한 대사는 추후에 진행될 바이올렛의 불행의 전조가 되기 때문이었다.

내 잘못을 인정하는 의외의 대답에 아이린이 눈을 동그랗게 뜨고 나를 바라봤다.

"에? 내게 억울하다고 호소해야 되는 거 아니야?"

물론 바이올렛이 샤넌을 민 사건에서 바이올렛이 조금 과하게 비난을 받고 있는 것은 사실이었다. 바이올렛의 약을 올린 것은 샤넌이었고, 바이올렛은 그런 샤넌에게 감정적으로 대처했을 뿐이었다. 하지만 이런 사실을 실질적으로 아는 것은 독자인 내게 해당되는 얘기였지, 아이린에게 해당되는 얘기가 아니었다. 내가 사건의 진위를 설명해 봤자, 아이린은 코웃음을 치며 즐거워할 것이 뻔했다. 처음 본 그녀였지만 나는 그녀의 반응을 어렵지 않게 짐작할 수 있었다.

"억울하다고 하면 믿어 주실 거예요?"

내가 그리 묻자 아이린이 애매하게 대답했다.

"글쎄. 그건 듣고 나서 판단을 해야겠지?"

"그럼 얘기하지 않을래요. 애초에 제 편이 되지 않으시겠다면, 조롱거리만 될 게 분명해요.”

“오호라. 바이올렛. 너 오늘 좀 다르게 보인다? 평소보다 신중해 보인다 랄까.”

“그렇지 않아요.”

나는 가볍게 미소 지으며 그녀의 앞에 앉았다. 아이린은 내게서 흥미로운 눈빛을 거두지 못하며 대뜸 말했다.

“좋아. 우리 내기를 하자.”

“갑자기 무슨 내기요?”

“네가 내기에 지면, 너는 그날 네가 억울하다고 느꼈던 부분에 대해 솔직하게 말하는 거야. 만약에 내가 지면, 네 소원을 하나 들어줄게.”

나는 그녀의 말을 바로 수락하지 못하고, 티 나지 않게 미간을 찌푸렸다.

어째서 책 속의 바이올렛의 대사와 다르게 대답했음에도 불구하고 아이린의 입에서 ‘내기’라는 단어가 나오게 된 걸까.

나는 책 속의 내용을 좀 더 떠올렸다. 원래의 책 내용대로라면 그들 사이의 내기는 바이올렛이 자신의 억울함을 주장하기 위해 먼저 제안했다. 실제 바이올렛은 아이린과의 내기에서 이긴다면, 아이린에게 에르하르트 공작을 찾아가 저가 샤넌을 민 행동에 대해 옹호를 해 달라고 부탁할 참이었다. 하지만 애석하게도 소설 속의 악녀들이 늘 운이 좋지 않듯, 바이올렛은 내기에서 지고 만다. 승자가 된 아이린은 바이올렛에게 샤넌을 직접 찾아가 사과하라고 한다. 아이린이 그리 청한 이유는 단지 재미있을 것 같았기 때문이었다.

보상에 대한 내용이 바뀌기는 했지만, 어째 소설 속 내용대로 흘러가는 것은 원치 않았다. 나는 고개를 좌우로 저으며 말했다.

“싫어요. 내기는 하고 싶지 않아요.”

“어째서? 보상이 마음에 안 드는 거야? 그럼 바꿔! 더 원하는 게 있는 거야?”

“없어요.”

단호한 내 반응에 아이린이 적잖이 당황하여 나를 노려봤다. 무섭기보다야 귀여운 눈초리였다.

"해!"

아이린이 보채듯 말했다.

"싫어요."

나는 단번에 거절했다.

"하자니까?"

"사양하겠습니다."

"해~"

"아니요."

"그럼 하지 마?"

"아니…… 네?"

"오케이! 너 방금 동의한 거다. 무르기 없기."

"아이린 님!"

맙소사. 한 번에 아이린의 잔꾀에 당해 버리다니. 나는 난감한 표정을 지었다. 하지만 아이린은 내 표정에 아랑곳하지 않고, 주머니에서 동전 하나를 꺼내 들었다.

"자 이제 동전 던진다. 앞, 뒤?"

그녀는 뒤로 물러날 여지가 없단 듯 벌써부터 동전을 던질 시늉을 해 보였다. 나는 한숨을 쉬며 대답했다.

"하. 제가 졌네요…… 전 뒤."

"좋아. 나는 앞."

아이린이 개구쟁이 같은 미소를 지으며 동전을 튕겼다. 동전이 반짝거리며 위로 튀어 올랐다, 이내 아이린의 손바닥 위에 떨어졌다.

아이린은 기대에 찬 눈빛으로 동전의 앞뒤를 살폈다. 곧이어 아이린의 호쾌한 목소리가 들렸다.

"지저스. 내가 이래서 신을 언제나 사랑하지."

결과는 앞. 역시나 내기는 아이린의 승리였다. 소설 속의 전개와 다름이 없었다.

"자- 이제 얘기해 봐. 샤넌을 왜 민 거야? 바이올렛 너는 성격이 급하긴 하지만, 내 동생이 있는 앞에서 샤넌을 밀 만큼 경솔하진 않잖아."

나는 뭐라고 대답해야 할지 잠시나마 고민했다. 왜냐면 샤넌을 내가 민 것이 아니었기 때문이었다. 그 일은 내가 빙의되기 전 진짜 바이올렛이 행한 일이었고, 나는 어쩌다 바이올렛이라는 여자의 몸에 빙의된 사람에 불과했다.

이렇게 된 거, 실제 바이올렛이 생각했던 것처럼 대답해 버릴까? 어차피 들을 사람은 아이린뿐일 테니.

나는 마른 입술을 달싹거리며 천천히 말했다.

"샤넌이 먼저 저를 놀렸어요. 여우 같은 그 아이가 제가 공작님을 좋아하는 마음을 이용해서 저를 화나게 만들었다고요."

실제로 내가 책을 읽으면서도 느꼈던 바였다. 샤넌은 이 세계의 주인공이기도 했지만, 한편으로 대단한 여우이기도 했으니까.

등 뒤에서 낯선 목소리가 끼어든 것은 그때였다.

"……바이올렛, 말이 좀 심하군."

그것은 아이린의 목소리가 아니었다. 처음 듣는 남자의 목소리였다. 나는 목소리의 정체가 누군지 어렵지 않게 짐작할 수 있었다. 이런 타이밍에 바이올렛에게 저런 식으로 말하는 건 그밖에 없었으므로.

나는 슬그머니 뒤를 돌아보았다. 그러자 거기엔 언제 아이린의 방으로 들어왔을지 모를 훤칠한 남자 하나가 서 있었다. 이마 위를 부드럽게 덮은 검은 머리칼, 날카로운 눈매, 제 머리색보다도 더 짙은 검은 눈동자. 그리고 굳게 다문 붉은 입술을 가진 남자였다. 책 속의 바이올렛이 항상 선망하던 그임에 틀림없었다.

에르하르트 공작. 그는 이 세계의 남자 주인공이었다.

그리고 그의 뒤에는 처음 보는 여자도 함께 서 있었다. 허리까지 내려오는 그녀의 은발은 한겨울에 내린 눈처럼 투명했고, 색소를 잃은 것처럼 보이는 은빛 눈동자는 한껏 차가워 보이는 여자였다. 나는 그 여자 또한 어렵지 않게 짐작할 수 있었다.

그녀는 아마 샤넌 위즈일라일 것이다. 왕의 사생아이자, 이 세계의 여자 주인공.

이 세계에 들어오고 나서 처음으로 보는 남자 주인공과 여자 주인공이었다. 둘의 모습은 기가 막히게 어울렸다. 저 사이에 바이올렛이 끼어들 자리는 전혀 보이지 않았다. 나는 그 사실이 너무나도 명백하게 느껴져 괜스레 허탈감이 들었다. 나는 책에서 읽었던 바이올렛과 샤넌과 에르하르트의 얽힌 관계에 대해 잠깐 떠올려 보았다.

아이린의 말동무로 공작가를 찾아가던 중, 몇 번 마주치고 인사했던 에르하르트 공작은 바이올렛의 마음에 꼭 드는 사내였다. 바이올렛은 원하는 남자를 얻는 데에 실패한 적이 없었고, 그녀는 에르하르트 공작을 유혹하기로 마음을 먹는다. 실제로 바이올렛은 그에게 갖은 아양을 떨었다.

하지만 공작은 그런 바이올렛에게 단 한 번도 호감에 서린 눈빛을 보내지 않았다. 뭇 다른 남자들과는 판이한 반응이었다. 바이올렛은 공작의 남다른 반응에 그를 포기하기는커녕 그에게 더더욱 빠져들기에 이른다.

어째서 저 사내는 내게 관심이 없는 걸까? 그는 어떤 생각을 하고 있는 걸까?

처음 시작은 호기심이었다. 바이올렛은 주위 사람들에게 사랑받기 위해 썼던 여러 술수를 부려가면서 공작의 얼어붙은 마음을 녹이려 애썼지만, 이상하게도 그의 마음은 쉽게 녹지 않았다. 되레 가까이 다가가면 다가갈수록 단단하게 얼어 버리기만 했다. 바이올렛은 심란했다. 그렇게까지 했음에도 제게 넘어오지 않는 남자는 처음이었기 때문이었다. 에르하르트 공작이 넘어오지 않을수록 바이올렛은 그를 더더욱 가지고 싶어 했다. 그러자 순수했던 호기심은 점점 그에 대한 집착으로 변해갔다.

그러던 중, 공작의 앞에 나타난 것이 샤넌 위즈일라였다. 그녀는 갑작스럽게 나타난 왕의 사생아로서, 우연한 기회로 아이린의 말동무가 되는 여자였다. 샤넌은 바이올렛 못지않은 달변가로서, 그녀는 어렸을 적 겪었던 고난의 시간들을 희화화시켜 아이린을 줄곧 즐겁게 만들어 주었다. 샤넌이 아이린과 친해지면 친해질수록, 자연스럽게 샤넌과 에르하르트 공작과 만나지는 일이 잦아졌다. 어찌 보면 이 현상은 당연한 이치였다. 이 세계 속, 즉 책 속 남자 주인공과 여자 주인공은 당연하게 서로를 한눈에 알아보고, 한눈에 사랑에 빠져야 했으니까. 그들의 사랑 사이에 온갖 어려움이 닥친다 하더라도 그 사랑은 끝내 결실을 맺어야 했다.

하지만 그런 사실을 알 리 없는 바이올렛에게 있어, 두 사람의 가까워짐은 반가운 일이 아니었다. 자신이 가지지 못한 것을 남이 가지려 한다는 것만큼 그녀에게 끔찍한 일은 없었다. 영악하고 똑똑하게 굴던 바이올렛이 질투에 눈이 먼 여자가 되어 버리고 만 것은 순식간의 일이었다. 그렇게 바이올렛은 소설 속에 정해진 순차대로 악녀가 되어 갔다.

그러다 일이 터지게 된 것이다. 그 일은 며칠 전, 아이린이 열었던 티 파티에서 세 사람이 만났을 때 일어난 일이었다. 바이올렛은 티 파티에서 공작이 샤넌을 보던 눈빛을 보고야 말았다. 샤넌을 향한 그의 검은 눈동자에 자그마한 이채가 서려 있던 것을. 적어도 바이올렛은 처음 보는 그의 눈빛이었다.

그 순간 바이올렛은 직감하고야 만다.

'공작이 샤넌을 사랑하고 있어.'

근거 없는 추론이 아니었다. 그가 샤넌을 보던 눈빛은 제게 빠져 있던 남자들이 자신을 보던 눈빛과 닮아 있었으니까. 그러다 공작이 샤넌에게 다정하게 말을 걸며 차를 건네었다. 동시에 샤넌은 바이올렛에 무언의 눈빛을 보낸다.

'그의 관심은 내게 있어.'

그것이 샤넌의 눈빛에 서린 의미였다. 바이올렛은 그 의미를 깨달은 순간, 샤넌의 어깨를 부여잡고 뒤로 밀어 버리고야 만다. 그녀는 공작의 마음을 깨달음으로써 느꼈던 절망감을 표출하고 싶기도 했고, 샤넌의 되바라짐이 마음에 들지 않았기 때문이었다.

바이올렛의 밀침에 샤넌의 몸은 대책 없이 뒤로 넘어지기 시작했다. 그러나 샤넌 또한 그리 만만한 성격이 아니었던지라, 그녀는 넘어지면서도 바이올렛의 팔을 살짝 잡아당겼다. 그러자 바이올렛의 몸뚱이 또한 샤넌의 몸뚱이 위로 나자빠져 버린다. 운도 더럽게 없었던 바이올렛은 잔디 위에 머리를 박고 기절을 해 버린다.

이것이 바이올렛과 샤넌의 악연의 시작이었다.

"에기, 바이올렛을 다그치지 마. 내가 그녀에게 그렇게 대답하도록 유도했어."

아이린의 말에 나는 생각하던 것을 멈추고 다시금 공작을 똑바로 응시했다.

"그렇다고 해도 지나친 것은 지나쳐."

지나치다라. 도대체 무엇이 지나치다는 걸까. 나는 에르하르트의 말을 단번에 이해할 수 없었다. 그러자 그가 나를 보는 눈빛이 좀 더 매서워졌다. 당장에라도 사과를 하지 않는다면 가만두지 않겠다는 듯이.

나는 실로 어이가 없어서 헛웃음이 새어 나왔다.

"공작님, 지나쳤다면 죄송해요. 하지만 제 말이 사실인데. 사실이 지나치다면, 지나치지 않은 것은 무엇인가요?"

나는 그에게 따지듯이 말했다. 솔직히 나는 그날의 바이올렛의 입장을 고려해 보았을 때, 그때에 바이올렛이 잘못한 건 그다지 없다고 생각했다. 되레 성미가 불같은 바이올렛을 부추긴 샤넌의 잘못이 더 크다고 여겼다.

"바이올……."

공작, 즉 에르하르트의 잘생긴 미간이 찌푸려졌다. 그는 나를 다그치려 했지만, 그의 뒤에 서 있던 샤넌이 그를 말리며 대신 대답했다.

"바이올렛 공녀, 내가 여우같이 굴었다고 느꼈다면 미안해요. 저는 그럴 의도가 없었어요."

샤넌은 흔들림이라곤 없는 견고한 얼굴로 나를 내려다봤다. 그녀의 눈초리엔 자신만만함이 그득했을 뿐이었다. 나는 그녀에게 지지 않고 대답했다.

"네, 제가 샤넌 님의 행동에 오해를 했나 보네요."

어딘지 날이 선 내 대답에 주위의 공기가 급격하게 싸해졌다.

나는 짧은 한숨을 쉬었다. 상황이 악화된 기분을 떨칠 수가 없었다. 애초에 이런 상황이 싫었기에 아이린과 내기란 걸 하기 싫었던 거다. 아이린은 중재할 생각은 눈곱만큼도 없다는 듯이 재미난 표정으로 우리들을 번갈아 보고 있었다.

"바이올렛, 그대가 나를 아직까지 좋아한다는 사실을 알고 있어. 하지만 이런 식으로 샤넌을 괴롭힌다고 해서, 내가 그대를 다시 좋아하게 되는 건 아니야."

에르하르트는 여전히 차가운 시선으로 바이올렛, 즉 나를 바라보고 있었다. 그의 눈빛이 너무나도 시리고 차가워, 나도 모르게 어깨가 움츠려졌다. 바이올렛은 도대체 저런 눈으로 자신을 응시하는 남자 따위를 왜 좋아한 걸까.

나는 바이올렛으로서, 그녀를 동정하던 독자 중 하나로서, 꽤 단호한 말투로 에르하르트에게 말했다.

"말 한번 잘하셨네요. 공작님이 저를 그렇게나 싫어하시니, 저는 이제 공작님을 그만 좋아하렵니다. 부디 샤넌 님과 잘 지내시고, 다신 당신을 귀찮게 하지 않겠어요. 그동안 치기 어린 애정공세에도 짜증 내지 않고 받아 주신 공작님께 감사드리네요.”

“픕.”

내 말이 끝나기 무섭게 아이린의 웃음소리가 들렸다. 그녀는 입술을 비집고 나오는 웃음을 필사적으로 막고 있었지만, 이미 얼굴엔 웃음기가 만연한 후였다. 나는 아이린의 웃음소리를 괘념치 않아 하며 이어서 말했다. 목소리는 여전히 단호하게.

“그럼 저는 일이 있어서 먼저 일어날게요. 아이린 님도 다른 말동무를 고용하셔도 괜찮아요. 저는 이제 이 저택이 지긋지긋하니까.”

전혀 예상치도 못했던 나의 말 때문이었을까. 에르하르트와 샤넌은 잠시 동안 아무 말도 하지 못했다. 견고했던 에르하르트의 얼굴에 금이 조금 간 것 같아 보이기도 했다. 그는 지금 이 순간 무슨 생각을 하고 있을까?

나는 자리에서 그대로 일어나, 에르하르트와 아이린에게 고개를 숙여 인사한 뒤, 뒤도 돌아보지 않고 그의 저택을 빠져나왔다. 그러곤 가벼운 걸음으로 마차에 올라탔다. 마차에 올라타고 나자 조금은 끓어올랐던 마음이 차분해지기 시작했다. 나는 차분해지는 마음을 느끼며, 방금 전에 있었던 일들을 다시금 상기했다. 누군가를 쏘아붙였던 적이 없었던 내가 그토록 그를 쏘아붙이다니.

나는 내가 그런 말을 했다는 게 놀라웠다. 정말로 바이올렛이라는 여자가 불쌍하다고 생각했기에 평소보다 조금 더 흥분했을지도 몰랐을 일이었다.

한편으로 후련한 마음도 들었다. 바이올렛이 공작을 사랑하면서 겪을 수많은 고통들이 모두 사라져 버릴 것 같았기 때문이었다. 고작 공작에게 이제 더는 당신을 사랑하지 않겠노라고 선언한 것뿐인데, 바이올렛이 겪을 불행이 모두 사라질 것 같은 예감이 들다니.

바이올렛은 이제 남들의 구설수에 오를 일이 더는 없을 것이고, 멍청하게 샤넌을 괴롭히다 들키는 일도 없을 것이며, 에르하르트 공작에게 미움을 살일도 또한 없을 것이다.

샤넌과 에르하르트 공작은 이제 바이올렛의 방해 없이 서로를 사랑하며 행복하게 살 것이고, 나는 나대로 바이올렛의 인생에 적응해 그녀가 가진 것을 누리며 살게 될 것이다.

결국은 모두에게 해피엔딩인 셈이었다.

***

바바라스 공작가로 돌아와 바이올렛의 방에 들어오자 왠지 모를 피로감이 몰려왔다. 아마도 새로운 사람들을 만났던 것이 피곤했던 게다. 나는 의자에 몸을 깊숙이 뉘이며 잠시 눈을 감았다. 눈꺼풀은 지나치게 무거웠고, 무거워진 눈꺼풀은 다시 들어 올려지는 일은 없었다. 잠이 든 것이었다.

그렇게 시간이 얼마나 흘렀을까.

누군가가 내 이마를 톡톡 건드리는 게 느껴졌다. 아주 부드럽고 조심스러운 손짓이었다. 이윽고 그 손은 내 이마 위에 완전히 드리워졌다. 나는 그 손길을 온전히 느끼며 슬그머니 눈을 떴다. 그러자 떠진 눈꺼풀 사이로 밝은 빛이 쏟아져 들어왔다. 눈을 감았을 땐 분명 오후였건만, 날은 금세 샌 것인지 주변은 지나치게 밝기만 했다. 잠깐 눈을 붙인다는 게 하룻밤을 잔 게 분명했다. 나는 반쯤 뜬 눈으로 내 이마에 손을 올리고 있는 사람을 바라보았다.

처음 보는 남자였다.

나는 게슴츠레하게 뜬 눈으로 남자를 관찰했다.

"······바이올렛."

그는 짐짓 심각한 얼굴로 나를 내려다보고 있었다. 바이올렛이라는 이름을 부르는 그의 목소리가 미세하게 떨렸다.

"……."

내가 아무 말 없이 그를 물끄러미 바라보자, 그가 긴 심호흡 뒤에 다시금 말을 건넸다.

"겨울잠이라도 자는 줄 알았어."

그의 목소리는 놀랍게도 금세 차분해져 있었다. 방금 전에 들었던 떨렸던 그의 목소리는 내 착각이었나 싶을 정도였다. 나는 별다른 말 없이 그를 계속해서 응시하기만 했다. 그러자 그가 또다시 긴 한숨과 함께 내게 미소를 지어 보였다. 그러자 그의 볼에 귀여운 보조개가 드러났다. 어쩐지 만지고 싶단 생각이 드는 보조개였다.

어쩜 바다보다도 푸른 그의 파란 눈동자가 내게서 떨어질 생각을 하지 않았다. 아름답다는 생각이 절로 드는 눈동자였다. 그는 뛰어오기라도 한 것인지, 그의 이마께에 닿아 있던 하늘빛 머리카락 끝이 땀에 조금 젖어 있기도 했다. 하나 그 또한 꽤나 관능적으로 보이기만 했을 뿐이었다.

푸른 눈동자, 하늘빛 머리칼. 나는 이상하게도 이 남자도 누구인지 단번에 알 수 있었다.

2장, 가엾은 네 이름은 서브 남자주인공

"하론……?"

나는 그의 이름으로 추정되는 이름을 뱉어냈다. 처음 뱉는 이름이었지만, 놀랍게도 그의 이름이 스스럼없이 흘러 나왔다. 마치 오래전부터 부르고 또 불렀던 이름처럼.

"바이올렛."

그는 대답 대신 내 이름을 불렀다. 그 목소리가 이상하게도 너무나 아련하게만 들리었다.

"하론 클로노아. 맞아?"

내가 의아하게 그의 이름을 부르자 그는 고개를 작게 끄덕였다.

"응, 맞아. 하론 클로노아. 그새 내 이름도 까먹은 거야? 왜 처음 보는 사람처럼 불러."

그는 내 이마에 있던 손끝을 작게 움직여 내 이마께를 부드럽게 쓸었다. 아주 따뜻한, 그리고 영문을 알 수 없는 설렘이 느껴지는 손짓이었다.

"서운하게."

하론은 픽 웃으며 내 눈을 지그시 바라보았다.

"미안. 방금 일어나서 머리가 좀 멍했어."

나는 아무렇지 않은 척 진짜 바이올렛이었다면 했을 대답을 그에게 했다. 그러자 그가 내 이마에 있던 손을 내려, 내 손 위에 제 손을 포개었다.

"다행이다."

다행이다. 그리 뱉은 그의 목소리엔 진심만이 가득했다. 그는 무엇이 다행이라는 걸까? 내가 제 이름을 까먹지 않은 게?

"뭐가?"

내가 그렇게 묻자, 하론은 슬퍼 보이는 미소를 지으며 대답했다.

"아무것도 아니야."

그는 아무것도 아닌 게 아닌 얼굴로 아무것도 아니란 말을 내뱉고 있었다. 거짓말. 나는 그렇게 생각했지만, 구태여 그에게 진실을 요구하진 않았다. 대신 소설 속에 나왔던 그의 이력에 대해 떠올릴 뿐이었다.

하론 클로노아. 그는 이 세계의 두 번째 남자 주인공이자, 바이올렛만큼이나 안타까운 남자였다. 하론은 후작가의 자제로서 꽤나 부유한 집안에서 태어났지만, 그의 불행은 어려서부터 시작되었다. 집안의 내실이 좋지 않기 때문이었다. 그의 아버지인 클로노아 후작은 습관적인 외도를 했고, 그에 따라 후작 내외는 다툼이 잦았다. 부모님의 잦은 다툼 속에서 하론은 방치된 채로 사랑받지 못하고 성장했다. 사랑받지 못하고 자란 하론은 언제나 누군가의 사랑을 갈구했다. 그렇기에 누구에게나 친절하게 대하는 게 몸에 밴 남자라고.

그러나 겉으론 상냥하게만 보이는 그의 마음속 깊은 곳에는 고독, 슬픔, 아픔과 같은 무거운 감정들이 가라앉아 있었다. 그것들은 한 번씩 수면 위로 올라와 하론의 마음을 무겁게 짓눌렀다. 하론과 소꿉친구인 바이올렛은 그런 하론의 진짜 마음을 아는 유일한 사람이었다.

하론은 사랑을 듬뿍 받고 자란 바이올렛을 늘 닮고 싶어 했다. 그렇기에 그는 친구로서 바이올렛을 아주 좋아했다. 그녀가 에르하르트로 인해 망가질 때, 그녀를 마지막까지 곁에서 지켜 주었던 이도 하론이었다. 하지만 그렇다고 해서 하론이 이성적으로 바이올렛을 생각했던 것은 아니었다.

책 속의 두 번째 남자 주인공이 늘 그렇듯 하론은 여자주인공 즉, 샤년을 운명처럼 사랑하게 된다. 샤년의 비현실적인 외모를 사랑했고, 그녀의 해박한 지식에 감동했고, 그녀의 현명한 처우에 감탄했다.

하론은 샤년을 사랑할 수밖에 없었다. 그것은 샤년과 에르하르트의 사랑이 견고해지기 위해 어쩔 수 없는 전개였기 때문이었다. 둘의 사랑이 견고해질수록 힘들어지는 것은 하론임이 분명했다. 그래서 하론은 바이올렛만큼 상처를 많이 받게 된다. 마음속을 짓눌렀던 무거운 감정들이 샤년을 사랑하며 걷잡을 수 없이 악화되어 갔다.

나는 그런 하론이 정말 불쌍하고, 안타까웠다. 어째서 샤년과 에르하르트의 사랑놀이에 하론이 그토록 아파해야만 했을까.

나는 맞잡은 하론과 내 손을 내려다보며, 자연스러운 말을 뱉어냈다.

"가엾은 하론 클로노아."

하론은 대답 없이 나를 바라봤다. 그의 얼굴에 만연했던 미소가 조금씩 옅어지기 시작했다. 잠에서 덜 깨서 그런 것인지, 아님 무슨 이유에서 그런 것인지는 모르겠지만, 나는 책을 읽으며 그에게 하고 싶었던 말을 나도 모르게 내뱉어 버리고야 만다.

"하론, 너는 정말 멋진 남자야. 너는 누구에게나 사랑받을 자격이 있고, 충분히 사랑스러워."

그러니까 네가 샤년을 사랑하지 않았으면 좋겠어. 그녀를 사랑해서 네가 아파하지 않았으면 좋겠어. 나는 거기까진 말하지 못한 채로 입술을 짓이겼다.

모든 것에 무디다고 생각했는데, 이상하게도 바이올렛만큼이나 불쌍한 하론을 보자 그에게 감정적인 마음이 앞섰다. 나는 아무래도 바이올렛만큼이나 하론에게도 연민을 많이 느꼈던 게 분명했다. 이토록 잘생긴 남자의 인생이 한 여자로 무너지는 게 너무나도 애달프다고 생각될 지경이었으니.

순간 든 생각은 그가 행복했으면 하는 바람이었다. 내가 빙의한 시점이 이야기의 초반이었으니, 아직까지 하론이 샤년을 깊게 좋아하지 않을 것이 분명했다.

그렇다면 그가 샤년을 좋아하지 않게 만드는 건 어떨까?

이야기의 전개를 모두 아는 내가 계획적으로 하론과 샤년의 만남을 비틀어 버린다면. 하론은 샤년을 사랑하지 않게 될까?

그런 생각을 하며 문득 하론의 눈동자를 다시 보았을 때, 우리는 꼼짝없이 눈이 마주쳤다. 하론은 내게서 눈을 떼지 않았던 게 분명했다. 하론의 푸른 눈동자엔 작은 파문이 일고 있었다. 까닭을 알 수 없는 동요의 빛이었다. 그러다 그는 제 붉은 입술을 작게 달싹이기 시작했다. 어쩜 차분하게 가라앉은 그의 목소리가 퍽 듣기가 좋았다.

"고마워, 바이올렛. 너도…. 너도 충분히 사랑받을 자격이 있는 여자야."

그는 눈물이라도 곧 흘릴 듯이 제 고개를 떨구었다.

무슨 일이 있었던 걸까? 나는 약간의 의문이 서린 눈으로 그를 보았다. 그러자 하론이 숙였던 고개를 다시 들어 올려 해사한 미소를 지었다. 그러곤 그는 맞잡고 있던 내 손을 제 입가 근처로 올려, 내 손등에 살며시 입을 맞추었다.

"바이올렛. 같이 식사를 하지 않을래?"

아침도 먹지 않고, 이른 시간에 바이올렛을 찾아온 것일까? 또다시 의문이 들었지만 구태여 그의 제안을 거절할 이유는 없었으므로 나는 고개를 끄덕였다.

"잠깐만 기다려 줘. 대충 세수라도 해야 할 거 아냐."

"좋아. 기다릴게."

하론은 작게 웃으며 방을 나섰다. 나는 조금은 멍했던 정신을 깨우며 단장을 했다. 시녀가 발 빠르게 나를 도왔으므로 시간은 그리 오래 걸리지 않았다. 내가 방을 나서자 하론은 벽에 등을 기댄 채로 바닥을 초점 없이 내려다보고 있었다.

"하론?"

그는 그제야 내 쪽으로 시선을 돌리며 말했다.

"어? 언제 나왔어?"

"방금. 무슨 생각을 그렇게 해?"

"글쎄, 비밀인 걸."

그가 장난스럽게 대답하자, 나는 어깨를 조금 들썩이며 앞장섰다. 분명 오늘 처음 보는 하론이었지만, 나는 그가 꽤 편하게 느껴졌다. 이상하게도 오래전부터 알았던 사이처럼 느껴진다고나 할까. 바이올렛의 몸이기에 그런 것은 아닐까 싶었다. 바이올렛을 보던 하론의 푸른 눈동자가 너무나도 다정해 보여서. 그가 낯설지 않게 느껴지지 않는 거라고.

우리는 말없이 긴 복도를 거닐었다. 이내 식당에 도착하고, 자리에 마주 보며 앉고 나서야 하론이 먼저 입을 뗐다.

"요즘도 공작가에 가고 있어?"

공작가라면 아마도 에르하르트의 저택을 말하는 것이 분명했다. 나는 앞에 놓인 뜨거운 수프를 한 스푼 떠 먹고 나서, 그에게 대답했다.

"어제도 다녀왔어."

"그래? 사실은…… 네게 부탁이 하나 있는데."

그는 쥐고 있던 스푼을 소리 나지 않게 내려놓으며 나를 지그시 응시했다.

"아이린 님의 말동무, 이제 그만두면 안 되는 거야?"

"……어?"

뜻밖의 하론의 말에 나는 그에게 되레 반문을 했다.

"아, 내 말은 그러니까, 네가 에르하르트 공작가에 가지 말았으면 해서."

나는 먹던 것을 멈추고 그를 빤히 보았다. 빠르게 책의 내용을 상기해 봤지만, 하론이 바이올렛에게 이런 부탁을 하는 부분은 없었다.

"어째서?"

나는 그에게 이유를 물었다. 그러자 하론은 난색을 표했다. 그의 붉은 입술은 무언가를 말하려는 듯이 벌어졌다가도 다시금 닫히길 반복했다. 무언가를 말하길 심히 고민하는 모습이었다. 그러다 그는 어렵게 한마디를 꺼냈다.

"……나는, 그러니까…… 네가 그 저택에 간 이후부터 점점 힘들어하는 것 같아서. 공작님을 보는 걸 좋아하면서도 힘들어했잖아."

에르하르트 공작. 하론의 이유는 그 때문이었다. 하론의 제안은 여전히 의문스럽고 갑작스럽긴 했지만, 나는 대수롭지 않게 그에게 대답했다.

"네가 그렇게 부탁하지 않아도 나는 이미 그 말동무를 그만뒀어."

"뭐?"

"이봐, 하론. 네 말대로 나는 공작님을 보는 걸 좋아하면서도 힘들어했으니까. 이젠 힘든 건 하지 않으려고. 지금껏 많이 힘들어왔잖아?"

"……!"

하론이 믿지 못하겠다는 듯이 나를 빤히 보았다. 그의 반응이 이해가 되었기에 나는 덧대어 말했다.

"힘든 거라면 이제 진절머리가 나. 그래서 나는 이제 에르하르트 공작을 좋아하지 않을 생각이야."

바이올렛도 바이올렛대로 힘든 삶을 살았고, 나도 나대로 가진 게 없어 힘들었던 삶을 산 터였다. 머리 아픈 건 질색이었고, 바이올렛이 아닌 나는 에르하르트를 사랑하는 것도 아니었으니, 그를 더 이상 원할 이유가 없었다. 단호한 내 말에 놀란 것은 하론이었다. 그는 저가 얼마나 놀란 얼굴을 하고 있는 것인지 짐작조차 하지 못할 게 분명했다.

"너……. 내가 알던 바이올렛 맞아?"

하론은 조금 얼떨떨한 목소리로 물었다. 나는 그런 그를 향해 진한 미소를 지었다.

"그럼. 나는 바이올렛 바바라스야. 아무도 나를 힘들게 할 자격이 없어. 설령 그게 에르하르트 공작님이라 할지라도 말이야."

"맙소사. 넌 내가 알던 바이올렛이 아닌 것 같아."

그래, 네가 알던 바이올렛은 아니지. 나는 대답 없이 방금 전까지 먹고 있던 수프를 다시금 한 입 더 먹었다.

"하론, 내가 바이올렛이 아니면, 그럼 누가 바이올렛이란 말이야? 허무맹랑한 소리는 그쯤하고, 이제 그만 식사를 하도록 하자. 네 수프가 다 식겠어."

"……어, 응."

여전히 놀란 듯이 얼빠진 대답을 하던 하론은, 몇 분이 지난 후에 작게 큭큭거리기 시작했다. 나는 그의 웃음을 이해할 수가 없었다. 방금 전까지 진지하게 굴었던 주제에 웃음이라니.

"큭큭. 그래, 바이올렛은 이래야 제대로지."

"뭐가 제대로라는 건데?"

"당당하고 멋있고, 프라이드가 높고."

하론은 자연스럽게 흘러내린 제 앞머리를 부드럽게 쓸어 넘기며, 한숨에 섞인 말을 건네었다.

"정말 다행이다."

또 그 말이었다. 다행이다. 도대체 뭐가 다행이라는 건지. 내가 무슨 말이냐고 물으려던 찰나, 하론이 앞서서 말했다.

"네가 다시 행복해질 것 같아서."

"그럼 내가 행복하지 않았단 거야?"

"글쎄, 그건 네가 더 잘 알겠지? 네 행복이니까."

하론은 애매한 대답과 함께 잠깐 멈춰졌었던 식사를 다시 하기에 이르렀다. 하론은 도대체 무슨 소리를 하는 걸까. 나는 여전히 하론의 말을 잘 이해할 수 없었지만, 그에게 묻는 것을 포기한 채 수프를 마저 먹었다. 물어봤자 그가 제대로 대답해 줄 것 같지 않아서.

식사를 하는 내내 어쩐지 하론의 웃음소리가 귓가에 오래 맴도는 것만 같았다.

* * *

식사가 끝난 후에 하론은 잠시 제 저택으로 돌아갔다 다시 오겠다는 말과 함께 사라졌다. 그땐 어색하게 잘 가라고는 했지만, 몇 시간이 지나고 생각해 보니 그의 '다시 온다.'라는 말이 영 마음에 걸렸다. 오후에 다시 와서 뭘 하겠다는 거지? 아무리 생각해도 그의 의중은 알 수 없었다. 뭐, 다시 왔을 때 물어보면 그만이란 생각이 들기도 했다.

하론이 가고 난 뒤는 꽤 무료한 시간들의 연속이었다. 나는 바이올렛의 저택 주변을 돌아다니기도 하고, 그녀의 서재에 있는 책을 읽기도 하며 시간을 보내었다. 그리고 몇몇 남자들이 그녀에게 보낸 구혼의 편지도 읽었다. 남자들에게 온 편지는 지나치게 유치해서 재밌었다. 나는 혼자 큭큭 거리다 마지막 편지를 들어 바라보았다. 그것은 아이린에게서 온 편지였다. 뜯어 보지 말까, 하는 생각도 들었지만 이내 편지를 개봉하고야 만다. 이미 온 편지는 무를 수 없으니까.

편지지엔 아이린의 단정한 필체가 자리잡고 있었다.

〈바이올렛, 내가 그런 식으로 가버려서…… 나는 너무 서운한…… 게 아니라, 재 밌었어! 너는 어쩜 그렇게 하루가 다르게 짜릿한 일을 벌이는 건지. 네가 에기를 막 다루는 것을 처음 봤을 때 가슴이 철렁하긴 했지만, 그건 너 나름대로 밀고 당기 기를 하는 거겠지?

물론 에기와 샤넌도 그렇게 생각할 게 분명해.〉

"……밀당으로 생각하다니."

나는 한숨을 쉬며 편지를 마저 읽었다.

〈그렇게 생각은 하지만 에기가 동요한 것은 확실해 보여.

바이올렛, 아마도 네 작전은 에기에게 통한 것 같아. 오늘 내가 여는 티 파티에 도 바이올렛 네가 오는지, 아닌지, 에기가 물어보더라니까?

이건 그를 가질 수 있는 기회야. 물론 나는 샤넌도 좋아하긴 하지만, 아직까지 바 이올렛이 내 가족이 되었으면 좋겠거든.

그런 의미에서…… 오늘 티 파티엔 꼭 와 줄 거지? 온다고 생각할게.

사랑하는 나의 바이올렛. 부디 내게 실망을 안겨 주지 않길. -아이린〉

애교스러운 마지막 인사를 끝으로 편지는 끝나 있었다. 나는 잠시 동안 편지를 손에서 놓지 않은 채 생각에 잠겼다. 그들과 엮이기는 싫었지만 막 상 편지를 보니, 아이린의 티 파티에는 가고 싶은 생각이 들었다. 책으로만 보던 아이린의 티 파티가 어떤 것인지 궁금했기 때문이었다.

몇 분을 곰곰이 고민한 뒤 내린 결정은 가지 않겠다는 것이었다. 그녀의 파티가 정말 궁금하긴 했지만, 그렇지만 아무래도 그곳에 있다간 내 의지와는 달리 책의 이야기대로 제멋대로 흘러갈 것만 같은 예감이 들었다.

두 번의 노크 소리가 들린 것은 그때였다.

"공녀님. 아가사예요."

아가사는 바이올렛의 시녀였다. 주황색 머리에 주근깨가 꽤 귀여운 아이. 나는 흔쾌히 그녀에게 들어오라고 말했다. 그러자 귀여운 아가사가 방으로 들어왔다.

"무슨 일이야?"

"공녀님을 태울 마차가 도착했어요."

"응? 무슨 소리야? 나는 오늘 아무 약속이 없는데?"

"네? 공작님께서 손수 보내신 마차라고……."

"……뭐?"

"에르하르트 공작가에서 손수 마차를 보내셨어요. 더불어 공녀님을 잘 모셔오라는 지시가 있었답니다. 오늘 아이린 님의 티 파티에 가시기로 했지 않아요?"

아, 에르하르트 공작가. 손수 마차까지 보내는 정성을 내비치다니. 나는 골치 아프다는 듯이 헛웃음을 지었다.

"그거 안 가면 안 되는 거야?"

"네?"

아가사는 이해할 수 없단 듯 내게 되물었다.

"몸이 아파서 못 간다구 전해. 나는 오늘 아무 곳에도 가고 싶지 않아."

그 순간, 아가사가 열어 놓은 문틈 사이로 남자의 목소리가 들렸다

"……몸이 아픈 사람치곤 혈색이 너무 좋은 거 아냐?"

"어?"

곧이어 보조개를 예쁘게 드러낸 하론이 문틈 사이로 고개를 비집고 내게

인사했다. 아침에도 봤던 주제에 저토록 반가운 인사라니. 나는 그가 꽤나 서운해할 만한 무표정한 얼굴로 방으로 들어오는 그를 보았다. 그는 금세 내게 가까이 다가와 장난스러운 미소를 지었다.

"……!"

그러다 놀랍게도 내 발치 앞에서 한쪽 무릎을 꿇는 게 아닌가. 하론은 몇 번의 헛기침으로 제 목소리를 가다듬은 뒤에 내게 말을 건네었다.

"아까 다시 온다고 했지?"

그는 그리 말하며 내게 손을 내밀었다. 흡사 제 손을 잡아 달라는 듯이. 얼추 기사 따위를 흉내 내는 것 같은데, 그 모습이 근엄한 기사보다는 지나치게 귀여워 보여서, 나도 모르게 미소가 지어졌다. 아침엔 분명 진지해 보였는데, 지금에 와서 보니 그에겐 개구진 구석이 완연하기만 하다. 하긴 소설 속에서도 그는 진지한 모습보다야 장난스러운 모습이 훨씬 더 많았었다.

내가 한참이나 아무 반응도 보이지 않자, 하론이 무안한 듯이 헛기침을 했다.

"바이올렛, 내 손이 지금 굉장히 뻘쭘해."

그의 손을 잡을지 망설여졌지만 나는 끝내 그의 손끝을 잡고야 만다.

"됐지?"

"응, 잡아 줘서 고마워. 그런데 정말로 아이린 님의 티 파티에 가지 않을 참이야?"

"응, 가고 싶지 않아. 말동무도 그만뒀는데, 뭐."

"그래, 맞아. 그렇기는 한데……. 오늘은 마지막으로 공작가에 가야 되지 않을까?"

"어째서?"

"공작가에서 마차까지 보냈는데 안 갈 수는 없는 거니까."

"그 집에서 마차를 보내는 게 이례적인 일이야?"

"아무렴. 바이올렛, 네가 더 잘 알면서 왜 물어? 저건 빼도 박도 못 하는 초대인 셈이야. 저걸 거절하면, 너는 또 한동안 구설수에 오르게 될 거야. 사람들은 너더러 '거만한 바이올렛!' 이렇게 손가락질하겠지."

하론은 재미있다는 듯이 웃었다.

"난감하군. 마차 따위가 뭐라고."

"그러니까, 가자. 어차피 공작 따위를 좋아하지 않겠다며? 그럼 뭐가 껄끄러운 건데?"

나는 아랫입술을 꾹 누르며 하론을 잡은 손에 힘을 주었다. 그러곤 고개를 끄덕였다.

"그래. 하론 네 말이 맞아. 피할 이유는 또 없지."

그러자 꿇어앉아 있던 하론이 몸을 일으켜 나를 끌었다. 나는 그의 뒤를 따라 방을 나섰다. 딱히 더 준비할 것도 없었다.

"저기, 그런데 하론. 너는 마차가 올 걸 알고 있었어? 그래서 나중에 찾아오겠다고 한 거야?"

문득 궁금해서 그렇게 묻자, 하론이 어색한 미소를 흘리며 대답했다.

"흠, 글쎄. 남자의 직감이랄까. 왠지 모르게 공작가에서 마차를 보낼 것 같았고, 나는 너와 같이 티 파티에 가고 싶었다고나 할까."

"……왜 수상하다는 생각이 드는 거지?"

나는 그의 말에 든 의문을 솔직하게 털어놓았다. 그러자 하론이 열없이 제 뺨을 긁적이며 화제를 돌렸다.

"수상하기는. 자, 그럼 함께 나가 보실까요, 공녀님?"

"……."

어쩐지 묘하게 찝찝한 느낌이 있었지만 이내 그에게 더는 묻지 못하고야 만다. 그렇게 저택을 나서자, 에르하르트 공작이 보낸 마차가 현관 앞에 서 있었다. 하론이 먼저 앞장서서 마차 문을 열었고, 나는 그의 에스코트를 받으며 마차에 올라탔다. 곧이어 하론까지 마차에 탑승했을 때, 우리는 마차 안에 있던 뜻밖의 인물을 마주했다.

샤넌 위즈일라. 나는 그녀의 이름을 머릿속으로 되뇌며 어색한 미소를 지었다. 샤넌의 얼굴을 보자마자 든 생각은 아름답다는 것보다도 골치가 아프겠단 생각뿐이었다.

"안녕하세요."

언제부터 타 있었을지 모를 샤넌이 제 은발을 쓸어 넘기며, 우리에게 먼저 말을 건넸다. 나는 그녀의 가느다란 손가락 사이로 모였다 흩어지길 반복하는 은빛 머리칼에서 한동안 눈을 뗄 수 없었다.

예쁘긴 더럽게 예쁘네. 계속해서 쳐다보고 있다간 나도 모르게 그렇게 말해 버릴 것만 같아 이내 시선을 다른 곳으로 돌리고 만다. 하론도 그녀의 갑작스러운 등장에 꽤 얼떨떨했던지 잠시 동안 아무 말도 하지 못했다. 무슨 말이라도 해야 할 것 같아, 나는 하론 쪽을 바라보며 그녀에게 먼저 말을 꺼냈다.

"안녕하세요. 샤넌 님. 실례가 되지 않는다면…… 어째서 샤넌 님이 이 마차에 타고 계신지 물어봐도 괜찮을까요?"

"오, 이런. 아이린 님이 말씀해 주지 않으셨나 봐요. 제게 바이올렛 공녀와 동승하라고 하셨어요."

"아이린 님……."

어딘가에서 아이린의 명쾌한 웃음소리가 들려오는 것 같은 기분이 들게 뭐람. 바이올렛과 샤넌의 사이가 껄끄러운 것을 누구보다도 잘 아는 아이린이었다. 그런 그녀가 동승을 하라고 했다는 건……. 아무래도 의도적으로 이런 상황을 만들었을 게 틀림없단 생각이 들었다.

짓궂기도 하지.

"샤넌 공주님, 안녕하십니까. 저는 하론 클로노아입니다."

하론이 샤넌에게 인사를 건네자, 샤넌이 예쁜 미소를 지으며 그에게 대답했다.

"반가워요. 그대에 대해서는 아버지께 많이 들었어요. 착실하고 부지런하단 칭찬이 자자하던 걸요."

"과찬이십니다."

샤넌의 과찬에 하론의 눈동자가 호선을 그렸다. 어째 그의 볼 부근이 조금 붉게 물든 것도 같고.

설마 그의 사랑이 시작되려는 것은 아닐까?

불안한 마음이 일었다. 나는 역시나 그가 샤넌에게 일말의 호감을 갖는 걸 바라지 않았다. 그런 의미에서 나는 내 옆에 앉은 그의 옆구리를 살짝 찔렀다. 그러자 하론이 자게 움찔하더니 나를 의문스러운 눈동자로 바라봤다.

'왜?'

그의 입 모양은 그렇게 말하고 있었다. 나는 하론을 따라 소리 나지 않게 입 모양으로 그에게 말했다.

'샤넌이랑 얘기하지 마.'

그러자 하론이 입가에 미소를 띠운 채 '너 질투해?'라고 말했다.

그 말에 내가 눈가를 찌푸리자, 샤넌이 우리에게 말을 걸었다.

"두 분께서 무슨 재미난 이야기를 하고 계신가요."

"아…… 아무것도 아니에요."

나는 어색하게 대답하며 마차의 차창 밖을 바라보았다. 아무래도 마차 안에서 하론에게만 말을 하는 건 더는 무리일 성싶었다. 그사이, 하론과 샤넌이 몇 번 대화를 주고받는 소리가 들렸다. 많이 친해지진 않아야 할 텐데. 그렇게 생각하면서도 딱히 둘의 대화를 막을 방법이 없어, 나는 그저 마차가 얼른 공작가에 도착하기를 바랐다.

그렇게 몇 분이 흘렀을까. 덜컹거리던 마차는 멈추었고, 우리는 마차에서 내렸다. 티 파티는 이미 예전부터 시작했었던 것인지, 공작가의 정원에는 갖가지 드레스를 입은 여자들과 한껏 차려입은 남자들이 즐비했다.

그들 중 단연 눈에 띄는 것은 저택의 주인인 에르하르트였다.

내 시선은 나도 모르게 그에게 꽂혔다. 그는 잘 다려진 흰색 셔츠를 입고, 목 근처의 단추를 두어 개 정도 푼 채였다. 그 사이로 보이는 그의 피부는 햇볕에 잘 그을린 구릿빛을 띠었다. 인정하기는 싫었지만, 그는 어제 봤던 것보다도 훨씬 더 멋있어 보였다. 물론 그것은 아주 객관적인 감상이었고, 갑작스럽게 그에게 어떤 이성적인 호감이 선 것은 아니었다. 그는 여전히 바이올렛을 나락 끝까지 밀고 갔던 장본인이었기 때문이었다.

그렇게 그를 관찰하던 중, 우연인지 뭔지 내 시선과 그의 시선이 부딪혔다. 에르하르트는 차가운 눈빛으로 나를 꼼꼼히 훑고 있었다. 그러자 이상하게도 나는 다른 곳으로 시선을 돌릴 수가 없었다.

"……공작을 좋아하지 않겠다며?"

옆에 있던 하론의 말에, 나는 그제야 공작에게서 눈길을 돌릴 수가 있었다. 나는 하론 쪽으로 고개를 돌리며 당연하다는 듯이 대답했다. 내 대답엔 일말의 망설임도 없었다.

"응, 그를 좋아하지 않아."

"그런데 왜 그렇게 뜨거운 눈빛으로 공작을 바라보고 있는 거야?"

"내가 언제? 그런 적 없는데?"

나는 시치미를 떼었다. 그러자 하론이 볼멘소리를 내었다.

"바이올렛은 거짓말쟁이야."

"하론. 그냥 잠시 눈이 마주친 것뿐이야."

나는 변명하듯 그에게 대답했다.

"그런데 공작은 아직까지 너를 보고 있는데?"

"그러거나 말거나. 무슨 상관이야."

"오호라. 꽤 도도한데?"

나는 대답 대신 가볍게 입꼬리를 끌어올리며 앞장서서 걸어갔다. 하론의 말대로 에르하르트의 시선이 아직까지 내게 닿아 있는 기분이 들었다. 나는 의도적으로 그에게 눈길을 외면했다. 그와 다시 눈을 맞출 이유는 전혀 없었다.

* * *

공작가의 정원으로 완전히 들어서자, 휠체어에 타고 있는 아이린이 나를 발견하고 가까이 다가왔다.

"바이올렛! 역시 올 줄 알았어."

"아이린 님. 저택에 마차까지 보내실지 몰랐어요. 그리고 마차에 샤넌 님이 있을 줄은 상상도 못 했고요."

"큭큭, 그건 내 선물이었어."

"그런 선물은 사양하겠습니다."

"어쨌든 다 같이 잘 지내면 좋잖아? 오느라 피곤했지? 얼른 앉아서 차라도 마셔. 서역에서 공수해 온 찻잎들이 종류별로 많으니까, 네가 마시고 싶은 대로 다~ 마셔도 돼. 넌 내가 좋아하는 바이올렛이니까."

아이린은 반짝이는 눈동자로 나를 보고 있었다. 퍽도 부담스러운 눈빛이었다. 나는 얼추 알았다는 듯이 고개를 끄덕인 뒤에, 비어 있는 테이블을 향해 걸어갔다. 그렇게 몇 걸음을 걸어갔을 때에, 아이린의 목소리가 다시금 들리었다.

"오! 샤넌!"

내게 향한 것은 아니었고, 내 뒤를 따르던 샤넌에게 향한 소리였다. 나는 괜스레 그녀와 엮이기 싫어, 얼른 테이블까지 걸어가 의자에 앉아 버렸다. 테이블 위에는 아이린을 닮은 귀여운 찻잔과 색깔별로 잘 정돈된 찻잎들이 정렬되어 있었다. 나는 그중에 보랏빛을 띠는 찻잎을 골라 뜨거운 물을 부었다. 그러자 맡기 좋은 향이 내 코끝에 스몄다. 한 모금 마셔보니, 그것은 향긋한 향 못지않게 맛 또한 매우 훌륭했다.

주변이 지나칠 정도로 고요했다. 하론 또한 어느 귀족에게 인사를 한다며 어디론가 사라진 후였다. 지나칠 정도의 고요함은 되레 내게 어떤 이상한 불안함을 안겨 주었다. 무슨 일이 일어날 것만 같은 느낌적인 느낌.

낯선 발소리가 들린 것은 그때였다. 잔디를 밟는 구두 소리는 점점 더 내게 가까워지고 있었다. 고개를 돌려 발소리의 정체를 확인하자, 나는 잠시나마 아무 말도 할 수 없었다.

"바이올렛."

그 목소리의 주인은 에르하르트 공작이었다. 마주치고 싶지 않았는데, 이렇게 손수 찾아와 주시다니. 내 불안함은 불안함으로만 그치지 않았나 보다.

나는 어색하게 자리에서 일어나 치마 끝을 잡고선 그에게 인사했다.

"공작님, 안녕하세요."

그는 날카로운 제 턱 끝을 오른 손으로 몇 번 비비며, 나를 빤히 응시했다.

"그대가 오지 않을 줄 알았어."

아마도 내가 어제 폭언 아닌 폭언을 한 뒤였기에, 그가 그렇게 생각했을 것임이 분명했다.

"저도 오지 않을 생각이었어요. 하지만 저택에 공작가에서 보낸 마차가 와서 어쩔 수 없이 와 버렸답니다."

"아이린의 짓이군."

에르하르트는 너무나도 손쉽게 일의 주도자를 알아차렸다. 그의 말에 딱히 이의가 없었던 터라, 나는 아무런 말도 하지 않았다. 그러자 우리 사이엔 짧은 침묵이 맴돌았다. 침묵을 깬 쪽은 에르하르트였다. 그는 제 왼손에 들고 있던 것을 내게 건네기 시작했다. 그것은 보랏빛의 찻물이 담긴 찻잔이었다.

"그때 그런 식으로 그대를 몰아세운 것은, 아무래도 내가 심했던 것 같아서."

"네?"

"그대가 나를 좋아하는 마음을 나쁘게 말한 게 신경이 쓰였어."

에르하르트는 제 손에 들린 찻잔을 얼른 받으란 듯이 고개를 까딱였다. 하나 그럼에도 내가 쉬이 찻잔을 받지 않고 있자, 그는 내 손에 직접 찻잔을 쥐여 주었다. 스친 듯이 닿은 그의 손은 따뜻했다. 그것이 꼭 뜨거운 찻잔을 잡고 있어서였는지, 원래 그랬는지는 알 수 없었다.

나는 갑작스러운 상황에 무슨 말을 해야 할지 잘 가늠할 수 없었다. 에르하르트 공작이 어째서 내게 이런 행동을 하는지 이해할 수 없다. 일단은 고맙다고는 말해야겠단 생각이 들어, 그에게 말하려던 찰나였다. 어디선가 매서운 눈빛이 느껴졌다. 나는 시선을 약간 돌려 매서운 눈빛의 근원지를 바라봤다. 그곳엔 차가운 눈빛으로 나를 응시하고 있는 샤넌이 있었다.

순간 내게 든 기분은 괴리감이었다. 원래 책 속의 샤넌이 저런 눈빛을 다른 이에게 보낸 적이 있었던가?

물론 아무리 현명한 그녀일지라도 일생에 한 번쯤은 누군가를 차가운 눈으로 쏘아봤을 것이다. 하지만 지금 이 순간에 바이올렛에게 차가운 눈빛을 보내는 샤넌의 행동은 조금 부자연스러웠다. 구태여 그녀가 나를 쏘아볼 이유가 없었기 때문이었다. 되레 바이올렛이 샤넌을 쏘아봤다면 모를까.

나는 그녀의 눈빛을 피하지 않으며 생각했다. 이유가 무엇이 되었건 샤넌은 나와 에르하르트의 만남을 달가워하지 않는 게 분명했다. 이런 식으로 일이 더 진행되다간 우리의 악연이 짙어질지도 모를 일이기도 했다. 그건 결단코 내가 바라지 않는 일이었다. 그렇담 어떻게 해야 이 악연의 고리를 끊어 버릴 수가 있는 걸까.

나는 샤년에게 닿았던 시선을 돌려, 에르하르트를 재차 응시했다

"공작님, 지금 무언가를 단단히 착각하고 계신 것 같아요."

아무래도 에르하르트에게 조금 더 확실히 그리고 독하게 말하는 게 좋을 듯했다. 그가 또다시 내게 먼저 찾아올 일이 생기지 않게.

"저는 더 이상 공작님을 좋아하지 않을 거라고 했어요. 그러니까, 공작님이 그런 식으로 나쁘게 말씀하셨어도 저는 상관이 없다는 말이에요. 주신 차는 고맙게 잘 마시겠지만, 이제 더 이상 저에게 신경을 쓰시지 않아도 괜찮아요."

순간 내 말을 담담히 듣던 그의 표정이 이상하게 변했다. 뭐랄까. 메마른 그의 눈동자 속에서 밝은 이채가 반짝 빛났다고 해야 할까. 그것은 내가 잘못 보았나 라고 생각할 정도로의 짧은 순간에 벌어진 일이었다. 다시 바라본 에르하르트의 얼굴에서는 아무런 표정도 발견할 수 없었다.

"그렇다고 해도 내가 그때 나쁘게 말한 것은 그대에게 여전히 잘못한 일이야."

그는 거기까지 말하며 뒤돌아섰다. 구태여 내 대답을 바라고 한 말은 아니었나 보다. 나는 멀어지는 그의 넓은 등을 보며, 이제 그가 더 이상 내게 말을 걸어 주지 말았으면 하는 바람이 들었다. 물론 그 바람이 실제로 이뤄질지 아닐지는 전혀 가늠할 수 없었다.

몇 분이 흐른 뒤에, 어디 있었을지 모를 하론이 내 시야에 맺혔다. 그는 뻔뻔할 정도로의 자연스러운 동작으로 내 맞은편에 앉았다. 애당초부터 그 자리가 당연히 제 자리였다는 것처럼.

"정말로 그를 좋아하지 않으려고 작정했구나."

나는 고개를 끄덕였다. 어디에선가 나와 에르하르트의 대화를 들었던 걸까? 그는 이제야 공작을 좋아하지 않겠다던 내 말을 완전히 믿는 것 같았다. 하론은 테이블 위에 한쪽 팔을 올려, 제 얼굴을 괴었다.

"그를 사랑하지 않겠다고 결심한 이유가 있어?"

"그럼."

"이유가 뭔데?"

그를 사랑하게 되면 바이올렛이, 아니 내가 불행해질 테니까.

이제 내 인생이 될 그녀의 인생이 불행해지길 바라지 않았다. 불행하고 무기력했던 것은 내 현실 속의 삶으로 족했다. 모든 것을 다 가지고 있는데 왜 불행해지느냐 말인가. 스스로 자처해서 흙길을 걷던 바이올렛의 행보를 따라가고 싶지 않았다.

"내가 그를 사랑한다고 해도, 그는 나를 사랑하지 않을 테니까."

"현실적이구나."

"사랑은 몽상이 아니야. 현실인 거지. 언제까지 나를 싫어하는 남자에게 목을 매고 있을 거야? 그럴 시간에 차라리 이 세상을 즐기는 게 더 바람직하다고 생각해."

"이제야 내가 좋아하던 바이올렛 같네."

하론은 예쁘게 미소 지었다. 나는 그의 볼 부근에 맴도는 보조개에서 잠시 동안 눈을 뗄 수 없었다.

"네가 아는 바이올렛은 어떤 바이올렛인데?"

나는 문득 궁금함이 들어 그에게 물었다.

"당당하고, 매사에 자신감 넘치고, 남 눈치도 안 보고. 최근에 네가 공작을 좋아하고부터는 조금 이상해졌어. 뭐랄까. 조금 조급해 보인다고 해야 하나? 공작이 너를 좋아하지 않는 것을 못 견뎌 하는 것 같았어. 생각해 보면 바이올렛 네 인생에서 너를 거절한 사람은 공작이 처음이었으니까, 그에게 집착하는 것도 당연하단 생각도 들었어. 그래서 쉽게 너를 말리지 못한 거고."

"나는 이제 네가 알던 바이올렛의 모습으로 돌아갈 거야."

나는 그렇게 말하며 에르하르트가 준 차를 모조리 마셔 버렸다. 비워진 찻잔을 보니 어딘지 모르게 후련한 기분이 들었다. 이제는 저를 좋아하지 않게 되었다던 내 말을 에르하르트도 어느 정도 믿어 주지는 않을까. 하론이 내 말을 믿게 되었듯이 말이다.

***

시간은 조금 더 흘렀다. 하론은 자리를 비웠고, 나는 또다시 테이블에 혼자 남게 되었다. 처음 보는 귀족 사회에 아름다운 드레스며, 남자들의 서양식 옷이며 하는 것들을 흥미롭게 구경도 하고, 차도 종류별로 충분히 마셨다. 디저트로 나온 쿠키도 몇 개 집어 먹다 보니 배도 불렀다. 이제 슬슬 집으로 돌아가고 싶은 생각이 들었던 그때, 그녀가 내게 다가왔다.

"바이올렛 공녀. 차는 입에 맞으신가요?"

나는 대답 대신 티 나지 않게 한숨을 쉬었다.

어째서 이 여자는 내게 자꾸만 말을 거는 걸까. 나는 일부러 그녀 쪽을 쳐다보지도 않았는데.

"네, 샤넌 님."

나는 대충 대답했다. 그녀가 내 대답의 성의 없음을 깨닫고 얼른 사라져 주었으면 했기 때문이었다.

"당신은 참 재미있어요."

그녀는 내 바람대로 사라지는 않으며, 대신 이해할 수 없는 이상한 말을 꺼냈다.

"제가 샤넌 님을 재밌게 해 드렸었나요? 기억이 잘 나지 않네요."

"지금 이렇게 대화를 나누는 것도 재미있답니다."

"네?"

어쩐 썩 예감이 좋지 않았다. 솔직히 그녀가 나를 날카로운 눈빛으로 쏘아봤을 때부터 예감은 좋지 않았었다. 샤넌은 차갑게 가라앉은 눈동자로 내게 천천히 말했다. 그녀의 목소리가 한파보다도 매서웠다.

"그대의 연기는 잘 보았어요."

"연기요? 무슨 연기를 말씀하시는 건지…… 저는 전혀 모르겠어요."

그러자 샤넌이 코웃음을 쳤다.

"에기에게 그를 좋아하지 않겠다고 했잖아요. 그러자 그의 표정이 변하는 걸 보고 당신은 속으로 쾌재를 불렀죠? 공녀는 그것을 노렸잖아요. 남들은 다 속일 수 있어도, 저는 속일 수 없어요."

……이건 도대체 무슨 얘기일까. 나는 잠깐 동안 어안이 벙벙해 아무 말도 하지 못했다.

그러니까 샤넌의 말은, 내가 의도적으로 그를 좋아하지 않는 척을 해서 그의 관심을 끌었다는 얘기인 걸까?

어째서 그런 결론이 나오는 거지?

나는 여전히 샤넌의 생각을 이해할 수 없어 그녀에게 난색을 표했다.

"샤넌 님. 그건 말도 안 되는 소리예요. 저는 진짜로 공작님을 좋아하지 않게 됐어요."

더 정확히 말하자면, 공작을 사랑했던 바이올렛은 내가 아니었으니까.

그러자 샤넌의 얼굴이 더욱더 차갑게 변했다. 어쩐지 화가 나 보이는 얼굴이었다.

"공녀, 내 앞에서는 솔직하게 털어놔도 괜찮아요."

"아니, 제가 얼마나 더 솔직해야 되죠?"

나는 조금 열이 올랐다. 나를 가만히 두지 않고 몰아세우는 그녀의 태도에 짜증이 났기 때문이었다. 더 이상 이들과 엮이지 말아야지 다짐했지만, 이상할 정도로 그들과 엮이고 있었다. 나는 머리를 거칠게 쓸어 넘기며 말을 덧대었다.

"샤넌 님이 에르하르트 공작님을 좋아하시는 거라면, 이제 그와 잘해 보세요. 저는 그 사이에 전혀 낄 생각이 없어요."

"거짓말! 이제는 당신의 연기에 속지 않아요."

"샤넌 님."

나는 그녀의 이름을 침착하게 불렀다. 이쯤에서 그만하라는 일종의 호소였다. 어째서 그녀가 내 말은 믿지 않는 것인지, 왜 내 행동이 연기라고 생각하는지 알 수 없었다. 다만 샤넌을 저런 식으로 오해하게 놔둔다면, 필시 무슨 사달이 일어날 것만 같은 불길한 예감이 들었다.

아니나 다를까, 차갑게 식은 눈빛으로 나를 보던 샤넌은 제 하얀 손가락으로 찻잔을 집어 들었다. 찻잔을 집어 든 손가락이 파르르 떨리는 게 보였다.

"이번에도 연기를 잘해 보세요. 공녀가 제일 잘하는 게 연기니까."

"네?"

내 물음이 떨어지기 무섭게 샤넌은 찻잔을 들어 제 가슴에 부어 버린다. 그러자 보랏빛 찻물이 그녀의 하얀 피부를 타고, 하얀 드레스를 타고 내려왔다. 말릴 새도 없이 눈 깜짝할 사이에 일어난 일이었다. 샤넌은 여전히 손을 파르르 떨며 나를 바라보았다. 그녀의 표정은 곧 울 것처럼 변해 있었다. 얼음장처럼 차가웠던 표정은 어디론가 자취를 감춘 뒤였다.

"공…… 공녀. 어째서 제게 이러시나요."

그녀는 평소보다 큰 목소리로 내게 말했다. 그러자 주변 사람들의 이목이 우리에게 쏠리기 시작했다. 나는 갑작스러운 전개에 어이가 없어서 아무 말도 하지 못했다. 그사이 그녀는 떨리는 제 손끝으로 보랏빛으로 물든 드레스를 감싸 쥐었다. 턱 끝에는 그녀의 눈동자에서 흘러내린 눈물 한 방울이 곧 떨어질 듯이 맺혀 있었다.

샤년의 흐느낌이 시작된 건 그 순간이었다. 그녀는 누군가가 죽은 것처럼 울어댔다. 그러자 조금 가까이 있던 귀족들이 우리를 보며 서로에게 귓속말을 주고받기 시작했다. 더불어 사람들이 웅성거림은 점점 더 커져 갔고, 이목이 쏠리고 있는 기분을 지울 수가 없었다. 이런 상황이라면, 곧이어 에르하르트나 아이린이 우리에게 오는 것은 시간문제란 생각이 들었다.

"……."

나는 그제야 샤년이 말한 연기가 무슨 말인지 알 수 있었다. 무슨 이유인지 모르겠지만 그녀는 지금 내가 오해를 받을 만한 상황을 만든 것이었다. 에르하르트가 샤년이 찻물을 뒤엎고 울고 있는 단면적 상황만 보고, 내가 샤년에게 해코지를 했다고 오해를 하게 만드는.

기가 막혀도 이렇게 막힐 수가. 나는 조용히 살고자 했고, 저들의 사랑놀이에서 완전히 빠져 주려 했을 뿐인데, 어째서 나를 이토록 궁지에 모느냐 말인가.

마음속이 이상하게도 들끓었다. 오랜만에 느끼는 감정의 커다란 동요였다. 굳이 내가 느끼고 있는 동요를 표현하자면 그것은 '분노'였다.

이대로 있다간 샤년이 의도한 대로 나는 정말로 그녀에게 찻물을 쏟은 사람이 될 것이었다. 그렇게 된다면 나는 샤년을 온갖 패악으로 괴롭혔던 소설 속 바이올렛의 모습과 다를 게 없었다. 사람들은 바이올렛에게 손가락질할 것이고, 단지 이 세상을 편안히 즐기고자 했던 내 계획이 수포로 돌아갈 것이었다. 나는 아랫입술을 버릇처럼 짓눌렀다. 모든 것을 유야무야 넘기는 내 성격이었지만, 이런 상황에서까지 가만히 있을 이유는 없었다. 나는 한 번의 심호흡을 하고 차분하게 머리를 굴렸다. 이 곤란한 상황을 타개할 방법이 없을까.

정말로 아무 일도 아니란 듯이 자연스럽게 자리에서 일어나 어깨를 으쓱여 볼까?

······그렇다면 미친 여자 취급을 받을지도 모를 일이었다.

그것도 아니라면 '왜 연기를 하는 거예요!'라고 그녀에게 위협적으로 외쳐 볼까?

······그렇다면 도리어 샤넌이 더 불쌍한 연기를 하며 나를 나쁜 사람으로 완벽하게 몰아갈 것이 뻔했다.

내가 피해를 입지 않고서 이 상황을 끝낼 방법이라.

그때에 불현듯이 머릿속에 좋은 생각이 떠올랐다. 혼자 이상한 상상을 하여, 멋대로 내 의도를 추측한 샤넌이 간과한 사실이 두 가지 있었다는 걸 깨닫게 된 것이다.

첫 번째, 나는 소설 속 당연히 여자 주인공에게 당했어야 할 진짜 바이올렛이 아니라는 점.

자존심이 엄청 세서 상대방에게 절대로 사과의 말을 꺼내지 않는 바이올렛이 아니란 거다. 나는 사과쯤이야 공기를 들이쉬듯이 내뱉을 수 있는 여자였고, 그것은 지금의 상황 속에도 다름이 없었다.

나는 자연스럽게 샤넌에게 말했다. 목소리는 절절하고 미안한 투로 말이다.

"오! 샤넌 님. 죄송해요······. 제가 손이 미끄러졌나 봐요."

의외의 내 사과에 샤넌이 눈을 동그랗게 뜨고 나를 바라봤다. 그녀의 눈동자엔 아직 마르지 않은 눈물들이 송골송골 맺혀 있었다.

그리고 두 번째, 나는 적어도 샤넌보다 눈물을 더 잘 흘릴 수 있다는 점.

나는 자연스럽게 일찍 여의었던 부모님을 떠올렸다. 어렸을 적 갑작스러운 사고로 돌아가셨던 부모님이었다. 이제는 목소리도 잘 기억나지 않는 부모님을 떠올리자 자연스럽게 눈엔 눈물이 고이기 시작했다. 이내 그것은 한 줄기 눈물이 되어 뺨에 흘러내렸다. 눈을 한 번 깜빡이자 주체할 수 없는 눈물이 이미 새겨진 눈물의 줄기를 따라 흐르기 시작했다. 나는 흐느낌을 멈출 생각 없이 샤넌을 똑바로 응시했다. 그녀는 내 눈물에 정말로 놀란 것인지, 아무 말도 못 하고 있었다.

"어떻게 해야 샤넌 님께 사죄받을 수 있을까요. 저도…… 저도 똑같이 할게요. 그럼 샤넌 님의 기분이 좀 나아지실까요?"

나는 그렇게 말하며 테이블 위에 있던 찻잔을 집어 들었다. 그러곤 한 치의 망설임 없이 찻잔에 든 차를 가슴 위로 쏟아붓는다. 미지근한 찻물이 가슴과 드레스를 서서히 적셨다. 기분이 썩 나쁘지 않았다. 샤넌은 내 행동에 적잖이 충격을 먹은 것인지, 그녀의 은빛 동공이 눈에 띄게 흔들렸다. 나는 그런 샤넌에게만 보이도록 한쪽 눈을 찡긋했다. 그러곤 작게 입 모양으로 그녀에게 말한다.

'제 연기가 어떤가요?'

그러자 샤넌의 얼굴이 무섭게 일그러졌다.

그 순간 느낀 것은 통쾌함. 온몸에 전율했던 분노를 넘어서는 통쾌함이었다. 이런 감정을 느낀 적이 언제였더라.

나는 급변하는 감정 변화에 꽤나 신기함을 느꼈다.

곧이어 소란스러움을 느낀 에르하르트와 아이린이 우리에게 가까이 다가왔다. 어딘가에 있던 하론까지도 등장했다. 하론은 울고 있는 내 얼굴을 보곤 제 품에 있던 손수건을 재빨리 꺼내, 내 얼굴에 흘러내린 눈물을 닦았다. 그러곤 입고 있던 재킷을 단숨에 벗어 흐느끼는 내 어깨 위에 덮어 단단히 여미었다. 재킷에선 좋은 냄새가 났다.

"하론……"

물기를 머금은 목소리로 그의 이름을 부르자, 하론이 꽤 심각한 표정으로 내 머리를 부드럽게 쓰다듬었다. 그의 손길이 따뜻하기만 했다.

"괜찮아. 울지 마."

그는 다른 말은 전혀 덧대지 않았다. 그저 다정한 목소리로 '괜찮다.'라는 말만을 해 주었을 뿐이었다. 내게 어떤 일이 있었더라도, 심지어 내가 나쁜 일을 저질렀더라도 나를 믿어 줄 법한 모습이었다. 하론이 바이올렛을 정말로 소중히 생각하고 있다는 것이 새삼스럽게 느껴졌다. 현실에서 나에게도 이런 친구가 있었다면 얼마나 좋았을까.

그런 생각을 하다 문득 시선을 돌렸을 때, 에르하르트와 눈이 마주쳤다. 그 또한 재킷을 벗어 들어 한 손에 들고 있었다. 그가 재킷을 벗었다면, 당연히 샤넌에게 덮어 주어야 하는 것이 옳았지만 어쩐지 내게 주려 했던 것은 아닐까, 하는 생각이 잠깐 들었다. 재킷을 쥐고 있던 그의 손이 내게 가까이 있었기 때문이었다.

아냐, 착각일 거야.

나는 고개를 좌우로 저으며 그럴 리가 없다고 생각했다. 이윽고 에르하르트는 제 재킷을 샤넌에게 덮어 주었다. 그의 시선은 샤넌에게 재킷을 덮어 주면서도 내게 머물러 있었다. 더 정확히 말하자면, 내 머리를 쓰다듬는 하론의 손길에서 눈을 떼지 못했다. 무참히 일그러졌던 샤넌의 얼굴은 에르하르트의 등장에 조금 펴졌지만 여전히 얼굴엔 혼란스러운 빛이 남아 있었다. 나는 그녀가 헛소리를 더 지껄이기 전에 재빨리 먼저 말했다.

"에르하르트 공작님. 소란을 피워서 죄송해요. 제가 샤넌 님에게 마실 것을 권해 드리다……. 손이 미끄러져서 샤넌 님의 드레스에 쏟고 말았어요. 샤넌 님이 화나신 것 같아서 저도 똑같이 드레스에 차를 쏟았고요. 모쪼록 샤넌 님이 제 잘못을 용서해 주셨으면 좋겠어요. 샤넌 님. 저를 용서해 주실 수 있으신가요?"

내가 들어도 가증스러울 정도의 말에 샤넌의 입가가 부르르 떨렸다. 그녀가 드레스를 손으로 꽉 쥐는 게 보였다.

"샤넌, 바이올렛이 저렇게까지 하는데 그만 사과를 받아 주는 게 어떤가."

내 연기에 깜빡 속은 에르하르트가 샤넌을 채근했다. 나는 웃음이 나려고 했지만, 애써 입가를 비틀어가며 미안한 표정을 유지하려 애썼다.

"······네, 공녀. 저는······ 괜찮아요. 그대의 사과를 받아 주겠어요."

"감사해요. 샤넌 님."

썩은 표정의 샤넌을 보니 정녕 웃음이 날 것 같아, 헛기침을 두어 번 했다.

상황은 내게 유리한 방향으로 완벽하게 정리되었고, 더 이상 이곳에 앉아 있고 싶지 않았다. 의도적으로 내게 시비를 건 샤넌을 꼴도 보기 싫었고, 어쩐지 의미를 알 수 없는 눈빛으로 나를 보고 있는 에르하르트의 시선에 더 이상 신경 쓰고 싶지 않았다.

"공작님, 아이린 님. 저는 그럼 먼저 일어나겠습니다. 하론. 나 좀 부축해 주겠어?"

"······어."

나는 의자의 등받이를 잡고 힘겹게 일어섰다. 물론 모두 연출된 행동이었다. 나는 마지막으로 에르하르트와 아이린과 샤넌에게 고개를 숙여 인사한 뒤, 뒤돌아섰다. 뒤돌아서며 본 아이린의 얼굴에 언뜻 미소가 스며 있었던 것도 같았다. 저 여자, 설마 눈치챈 건 아니겠지? 찜찜하긴 했지만 아이린에게 직접 물어볼 수 없었다.

하론이 내 어깨를 살짝 감싸 쥐며 나를 부축하자, 나는 그에게 머리를 조금 기댔다. 그러자 그의 재킷에서 나던 좋은 냄새가 더욱더 짙게 내 코끝을 자극했다. 나는 나도 모르게 그에게 좀 더 몸을 기댔다. 그러자 하론이 내 어깨를 꽉 쥐는 게 느껴졌다. 시선을 올려 하론의 얼굴을 보았을 때, 그의 얼굴은 딱딱하게 경직되어 있었다. 흡사 내가 겪었던 일을 저가 겪기라도 한 듯이.

우리는 공작저의 정원을 나올 때까지 한마디도 하지 않았다. 마차에 같이 타고 나서야 나는 참고 있던 미소를 슬그머니 지었다. 쉬이 가시지 않는 통쾌함은 여전히 내 몸을 전율시키고 있었다. 내가 숨죽여 미소를 짓고 있자 옆에 앉아 있던 하론이 내 어깨를 조심스럽게 감싸는 게 느껴졌다. 이내 내 몸이 다시금 그에게 완전히 안겼다. 그의 몸은 몹시 뜨거웠다.

"하, 하론?"

갑작스러운 그의 포옹에 나는 미소를 지우고선, 그의 이름을 나지막이 불렀다.

"미안해. 진작 도와주지 못해서."

구태여 그가 나서서 나를 도와줄 이유가 없었음에도 불구하고, 그는 도와주지 못한 사실에 정녕 미안하다는 투로 말했다.

"아냐, 네가 미안해할 이유는 없는걸."

"아니, 내가 다 미안해. 나는…… 네가 또다시……."

그는 거기까지 말하곤 내 어깨 위에 제 얼굴을 기댔다. 그러자 그의 뜨거운 숨결이 내 목덜미 위에 그대로 느껴졌다. 그의 뜨거운 숨결이 닿자, 내 마음이 조금 이상해졌다. 들썩이는 마차 때문인지 모르겠지만, 내 심장은 제멋대로 올라갔다 내려갔다 하길 반복했다.

"하론."

"……."

하론은 대답 대신 내 어깨 위에 제 얼굴을 완전히 묻었다.

"정말로 미안해할 거 전혀 없으니까. 이제 놓아주지 않을래?"

내 의지를 벗어나 가파르게 뛰는 심장 때문에, 이렇게 더 있으면 안 되겠다는 생각이 들었다. 그를 밀었지만, 그는 쉽게 나를 놔주지 않았다.

"싫어."

"놔."

"조금만……. 조금만 더 이러고 있자."

왜……. 그의 말이 애틋하게 들리는 것일까. 상황이 잘 해결된 것을 그도 분명 보았을 것인데.

"……."

내가 아무런 말도 하지 않자, 하론이 이어서 말하기 시작했다.

"너 기억 안 나? 우리 어렸을 적에 힘든 일이 있으면 이렇게 서로 자주 안아 줬잖아."

"……."

나는 잠자코 그의 말을 들었다.

"어렸을 때 우리 부모님이 싸우고 널 찾아가면, 넌 아무 말 없이 날 안아 줬잖아. '괜찮아.' 너는 아무것도 묻지 않고 그렇게 말했어. 내가 왜 울고 있었는지. 왜 너를 찾아왔는지 묻지 않았어. 그 말을 들으면 그 어떤 말보다도 마음이 따뜻해졌어. 그냥 바이올렛 네가 그렇게 말하면…… 진짜 다 괜찮아지는 기분이었거든."

"……."

"그럴 때마다 생각했어. 후에 네가 힘들어할 때, 네가 울고 있을 때, 나도 아무것도 묻지 않고 그냥 '괜찮아.'라고 말해 줘야겠다고. 그 한마디가 갖는 따뜻함을 알고 있었으니까."

그래서 방금 전 하론은 아무것도 묻지 않고 괜찮다고만 했구나. 나는 어쩐지 마음이 짠해져서 아무 말도 할 수 없었다.

"괜찮다는 내 말에, 너도 내가 느꼈던 따뜻함을 느꼈을까?"

거기까지 말한 하론이 나를 제 품에서 떼어 내었다. 하나 여전히 내 어깨를 쥔 손을 물리지는 않았다.

"나는 네 대답이 듣고 싶어."

……느꼈어. 비록 어렸을 적 네게 괜찮다고 했던 그 바이올렛은 아니었지만.

나는 고개를 느릿하게 끄덕였다. 그러자 하론이 희미한 미소를 지었다. 왠지 모르게 조금 슬퍼 보이는 미소였다. 그는 한참이나 내 얼굴을 응시했다. 그의 얼굴이 지나치게 가까웠기에 왠지 모르게 내 얼굴이 붉어질 것만 같았다.

이렇게 남자와 가까이 쳐다봤던 게 얼마 만이었더라. 나는 아주 오래전에 만났던 남자친구의 얼굴을 떠올리려 했지만, 아무리 생각해도 그의 얼굴은 기억나지 않았다.

"날 앞에 두고 무슨 생각을 하는 거야."

뭔가를 곰곰이 생각하는 내 표정을 읽은 하론이 볼멘소리로 말했다. 나는 그제야 다시 그의 눈동자를 빤히 보았다. 색소가 옅은 하늘빛의 동공과 그 외곽을 감싸는 조금 짙은 푸른빛이 참으로 아름다운 그의 눈동자였다. 내가 그의 눈동자에 감상 아닌 감상을 하는 사이, 그는 갑작스럽게 얼굴을 좀 더 가까이 기울이기 시작했다.

"하, 하론?"

이렇게 남자의 얼굴과 가까이 맞대었던 게 언제였더라. 내 얼굴엔 그의 따스한 숨결이 고스란히 느껴졌다.

설, 설마 키스라도 할 생각인 건 아니겠지? 하론과 바이올렛의 로맨스 같은 건 책 속에 한 줄도 나와 있지 않았는데.

나는 얼굴을 조금 뒤로 뺐지만, 그럴수록 하론은 더 가까이 다가왔다. 결국엔 내가 고개를 옆으로 돌리고야 만다.

넌 생각보다 심장에 해로운 남자였구나. 나는 까닭 없이 가빠진 숨을 몰아쉬며 빨라진 심장박동이 가라앉길 바랐다. 얼마 못 가 하론의 웃음소리가 들렸다.

"뭐야, 바이올렛. 내가 키스라도 할 줄 알았어?"

"……."

그는 내 어깨를 잡았던 손을 무르고선, 내 턱을 감싸 쥐었다. 그러곤 꽤나 강한 악력으로 내 얼굴을 돌려 제 얼굴을 다시 바라보게끔 만들었다.

"얼굴에 속눈썹 떨어졌잖아. 칠칠맞지 못하게."

그는 내 턱을 감싸 쥐었던 손으로 내 뺨에 떨어져 있던 속눈썹을 떼어 냈다. 소기의 목적을 달성한 하론은 그제야 나를 완전히 놓아주며 똑바로 앉았다. 마치 아무 일도 없었던 것처럼 말이다. 그의 행동이 꽤나 뻔뻔하게 느껴졌을 따름이었다.

하론, 너는 사실 소설 속의 여린 이미지와는 다르게 바람둥이인 걸까.

마차는 여전히 흔들렸고, 심장도 여전히 함께 들썩거렸다. 하론의 손길이 머물렀던 턱 끝이 묘하게 간질간질했다. 하론에게 농락당한 기분을 떨칠 수가 없었다. 그 뒤엔 무슨 까닭인지 그의 얼굴을 똑바로 쳐다볼 수 없을 것만 같아서, 나는 오랫동안 발끝만 응시했다.

*　*　*

아이린의 티 파티를 다녀온 후에 며칠 동안은 조용히 흘러갔다.

혹여나 내 연기에 화가 난 샤넌이 찾아오지는 않을까 걱정을 했지만, 그런 내 걱정과는 무색하게 그녀는 잠잠했다. 너무 잠잠하니, 한편으로 불안하기도 했다. 나는 그날의 샤넌의 일그러졌던 표정을 명백히 기억했다. 필시 사달을 낼 것만 같은 표정이었건만, 아무 일도 일어나지 않자 이상한 것이었다. 아이린에게서 오는 편지도 없었다. 그들은 완전히 나를 잊은 듯해 보였다.

잘된 일인가? 이제 더 이상 그들 사이에 끼지 않게 된 걸까? 그렇게 짐작하던 그때에 아가사가 내 방문을 두드렸다.

"들어와."

문을 연 아가사는 내게 인사를 한 뒤 말을 꺼냈다. 어째 지금 이 순간 아가사의 등장이 영 반갑지만은 않았다.

"공작님이 찾아오셨어요."

"……뭐? 지금 에르하르트가 여길 찾아왔다고?"

"네. 방금 전에 오셨답니다. 응접실에서 기다리고 계세요."

"잠깐만. 이렇게 말도 없이 찾아와도 되는 거야? 나는 공작님과 약속한 것이 없는데?"

"그렇다면 뭐라고 말씀드릴까요?"

아가사가 곤란한 표정을 지었다. 아니, 그녀보다도 곤란한 것은 나였다. 이상하리만큼 잠잠하다 싶더니, 에르하르트가 나를 찾아온단 말인가. 나를 찾아오는 이가 있다면 그것은 적어도 샤넌이나 아이린일 줄 알았는데.

그러다가 문득 아이린의 티 파티에서 봤던 에르하르트의 눈빛이 떠올랐다.

잠깐 동안 그의 검은 눈동자에 서렸던 이채, 재킷을 잡고 있던 그의 손과, 어쩐지 망설이는 듯한 눈빛, 그 눈빛의 끝에 닿아 있던 젖은 드레스를 입은 내 모습. 며칠 전 일임에도 불구하고 이상하게도 나는 그 당시 상황을 자세히 기억하고 있었다. 그는 정말로 내게 제 자켓을 주고 싶어 했던 걸까?

그를 만나야 할지, 말아야 할지 고민됐다. 하지만 머리와는 반대로 나는 무의식적으로 드레스 위에 얇은 숄을 걸치고 있었다. 찾아온 그의 저의가 궁금했기 때문이었다.

그렇게 나는 가쁜 걸음으로 응접실에 도착하고야 만다. 시녀는 응접실의 문을 열었고, 기름칠이 잘 되어진 문은 부드럽게 열렸다. 문을 열자 보이는 것은 응접실의 커다란 창이었다. 큰 유리로 된 한쪽 벽면은 창밖의 아름다운 전경을 내비치고 있었지만, 내 눈에 그 전경은 전혀 들어오지 않았다. 왜냐면 소파에 앉아 나를 빤히 응시하고 있는 에르하르트의 모습 때문이었다.

단조로운 응접실에서 유일하게 화려한 존재는 에르하르트였다. 그는 여유롭게 팔짱을 낀 채로 나를 꼼꼼히 살피고 있었다. 그의 올가미 같은 시선 속에서 나는 눈을 뗄 수가 없었다. 나는 호흡을 길게 내뱉으며 마음을 가다듬었다.

에르하르트는 선뜻 입을 먼저 열지 않았다. 나는 여전히 그의 시선을 맞이한 채로 먼저 입을 열었다.

"왜 오셨죠?"

고작 뱉은 말이 두 마디뿐이었다. 그의 의도를 가늠할 수 없었기에.

3장. 그녀의 기억

"그대는 사람을 봤으면 인사를 먼저 해야 하는 거 아닌가."

에르하르트가 마음에 들지 않는다는 투로 말했다. 또다시 저를 좋아하지 않겠다던 내 마음이 진짜냐고 물으러 온 것이라면, 당신만큼 끈질긴 사람은 없을 거란 생각이 들기도 했다.

나는 어색하게 인사를 건넸다.

"안녕하세요."

"언제까지 그렇게 서 있을 거지?"

나는 그제야 그의 맞은편에 앉았다. 그러자 에르하르트가 또다시 기분이 나쁠 정도로 나를 빤히 응시했다.

"확실히 뭔가 바뀌어도 단단히 바뀌었군."

"저는 그대로예요."

더 확실히 말하자면, 나는 그대로였지만 나를 감싸고 있던 껍데기만 달라진 셈이었다. 나는 테이블 위로 손을 뻗어 아가사가 이미 가져다 놓은 차를 한 모금 마셨다.

"왜라고 물었는가? 문득 의문이 생겨서 말이야."

"어떤 의문이요?"

"그대가 어째서 나를 사랑하지 않게 되었는가에 대해서."

에르하르트의 얼굴은 진지했다. 혹시나 했지만, 역시나 그런 이유로 나를 찾아온 것이었군. 나는 짧게 한숨을 쉬었다.

좋아하지 않게 된 이유라.

아무래도 에르하르트는 바이올렛이란 여자가 저를 좋아하지 않게 된 사실에 대해 굉장히 충격을 받은 것 같았다. 얼마나 믿기지 않으면 제 발로 찾아와 그 이유를 묻겠는가. 나는 차분하고 냉정하게 그에게 대답을 할 생각이었다. 확실히 말해 두는 것이 그가 받아들이기 더 쉬울 것이라 여겼기 때문이었다.

"공작님은 바이올렛을 사랑하지 않을 테니까요. 다른 사람만 바라보는 사람을 더 이상 사랑하고 싶지 않아요. 저는 지칠 대로 지쳤거든요."

"다른 사람이라는 건 샤넌을 말하는 건가?"

"흠. 꽤 정확하시네요."

"내가 그녀를 사랑하지 않는다면?"

"……조만간 공작님은 그녀를 완전히 사랑하게 될 거예요."

그가 샤넌을 사랑하게 될 것은 시간 문제였다. 그리 대답하는 내 목소리에는 확신만이 가득 차 있었다. 반면 에르하르트의 얼굴은 무참히 구겨졌다. 내 대답이 심히 마음에 들지 않았던 게 분명했다.

"어떻게 네가 내 마음을 단정 지을 수 있지? 이해할 수 없군."

"그렇게 될 일은 그렇게 될 수밖에 없으니까요."

당신이 샤넌을 사랑하게 될 일은 이 세계의 룰과도 같은 거니까.

에르하르트는 저의 마음대로 흘러가지 않는 상황이 답답했던 것인지 끝까지 잠겨 있던 셔츠의 단추를 하나 풀어 젖혔다.

"······넌 내가 알던 바이올렛이 아닌 것 같아."

"글쎄요. 그건 공작님의 착각이 아닐까요."

"난······."

에르하르트가 말끝을 흐렸다. 그는 조금 떨리는 시선으로 나를 응시했다.

"······너를 좀 더 알고 싶어졌어."

'너를 좀 더 알고 싶어졌어-'

'알고 싶어졌어-'

그 짧은 몇 마디가 머릿속에 뱅뱅 맴돌았다. 이상했다. 어쩐지 처음 듣는 말이 아닌 것 같았기 때문이었다. 어디선가 들었던 것 같은데. 그 순간 눈앞이 조금 흐려지기 시작했다. 동시에 선명했던 에르하르트의 얼굴이 서서히 옅어졌다. 눈을 몇 번 깜빡이며 시야가 다시 선명해지길 바랐지만, 이상하게도 그러면 그럴수록 시야는 점점 더 흐려져만 갔다.

순간 출처를 알 수 없는 상쾌한 냄새가 맡아졌다. 나는 본능적으로 그 냄새가 무엇인지를 떠올렸다. 그것은 풀 냄새였다. 적어도 응접실에선 날 수 없던 냄새이기도 했다. 눈을 감았다 다시 뜨자, 놀랍게도 소파 위에 앉아 있던 에르하르트의 모습은 더 이상 보이지 않았다. 대신 길게 늘어진 버드나무가 보였을 뿐이었다.

뭘까? 잠깐 의식이라도 잃은 걸까? 그때, 버드나무 밑에 서 있는 여자가 보였다. 보랏빛 머리카락을 가진 여자였다. 그녀의 머리칼은 불어오는 바람에 정처 없이 흩날리고 있었다. 나는 그 여자의 이름을 알고 있었다.

바이올렛, 그녀였다.

멀리서는 남자 하나가 그녀에게 다가 오고 있었다. 남자의 긴 다리가 성큼성큼 그녀에게 걸어올 때마다, 바이올렛의 입가에 걸쳐진 미소는 짙어졌다. 이내 그녀의 앞까지 온 그는 에르하르트였다. 그의 얼굴에도 여자의 미소를 닮은 옅은 미소가 걸려 있다. 미소를 띤 에르하르트의 붉은 입술이 작게 움직였다.

'너를 좀 더 알고 싶어.'

그의 손이 그녀의 손을 감싸 쥐었다. 그와 손을 맞잡은 그녀의 얼굴이 행복해 보이기만 했다. 거기까지 봤을 때, 시야가 또다시 흐려지기 시작했다.

이윽고 버드나무의 모습이 사라졌고, 손을 맞잡은 남녀의 모습 또한 사라져 있었다. 다시 눈을 천천히 감았다 뜨자 내 이름을 부르고 있는 에르하르트가 보였다. 그는 여전히 소파 위에 그림처럼 앉아 있는 채였다.

"바이올렛?"

"아."

나는 현실감을 잃은 듯이 작은 탄식을 흘렸다. 손에 잡힐 듯이 선명했던 환영이 아직까지 눈앞에 아른거리는 것만 같았다. 방금 전 보았던 환영은 무엇이었을까? 머지않아 나는 그 환영의 정체를 알 수 있을 것만 같았다. 그것은 바이올렛의 기억임이 분명했다. 그렇기에 그토록 선명하게 기억됐던 것이리라.

나는 급하게 소설 속의 내용을 떠올렸다. 샤넌이 나타나기 전까지 바이올렛과 에르하르트의 사이에 대해 자세히 묘사되었던 부분은 없었다. 소설은 대개 샤넌 위주였고, 그녀와 에르하르트가 사랑하는 과정을 그렸기 때문이었다. 바이올렛은 에르하르트에게 끊임없이 구애를 하였지만, 그는 쉽게 넘어가지 않았다. 적어도 내가 아는 소설 속 내용은 그것이 다였다.

바이올렛의 기억이 정확히 언제 적 것인지는 알 수 없었다. 하나 이 기억이 정말 진짜라면, 두 사람은 샤넌이 나타나기 이전까지 사랑했던 사이였다는 걸까? 머릿속은 급속도로 복잡해졌다.

"바이올렛."

그사이 에르하르트는 내 이름을 다시금 차분하게 불렀다. 나는 복잡했던 머리가 조금은 가시길 바라며, 대답 대신 테이블 위에 있던 차를 들이켰다. 대답할 기분은 전혀 들지 않았다.

"어디 아픈 것인가?"

나는 차를 들이켠 후에야 에르하르트에게 제대로 된 대답을 건넬 수 있었다.

"그런 거 아니에요. 그냥 잠시 어지러워서."

"……."

"공작님. 혹시 예전에도 바이올렛, 아니, 제게 저를 좀 더 알고 싶다고 말한 적 있나요? 버드나무……. 버드나무 밑에서요."

어느새 내가 바이올렛이 된 지는 보름이 지나 있었다. 그동안 그녀의 기억을 간접적으로 체험한 적은 단 한 번도 없었다. 그렇기에 나는 방금 보았던 바이올렛의 기억이라 추정되는 환영의 진위 여부를 확실히 알고 싶었다. 그것이 진짜 기억인지, 아님 내 머리가 만들어 낸 허구성 짙은 영상이었는지.

그것도 지금 이 순간 나를 좀 더 알고 싶다던 에르하르트에게서 말이다.

"그때도 너를 알고 싶었으니까."

그때도 너를 알고 싶었으니까.

에르하르트의 말은 명백했다. 이전에도 바이올렛에게 똑같은 말을 한 적이 있단 소리이리라. 그렇다면 내가 본 것은 역시나 바이올렛의 과거의 기억임이 분명했다. 나는 인상을 조금 찌푸렸다. 예전에도 그렇게 얘기했었노라고 당당하게 말하는 에르하르트의 말투가 마음에 들지 않았기 때문이었다.

바이올렛의 기억과 에르하르트의 말이 사실이라면, 두 사람은 과거에 분명 사이가 좋았다는 것인데. 바이올렛이 그에게 전적으로 구애를 하자, 에르하르트의 마음이 돌아섰다는 것이 아닌가. 잡은 물고기에는 흥미가 떨어졌다는 건지 뭔지. 코웃음이 절로 나왔다. 같은 여자로서 바이올렛을 그렇게 대한 에르하르트가 매우 경멸스러웠다.

"당신은 정말 최악이네요."

"최악? 네 입에서 그런 말이 나올 줄은 몰랐군."

"그럼 좋은 말이 나올 줄 아셨어요?"

"글쎄. 좋아, 그럼 내가 최악인 이유를 얘기해 봐."

그는 최악이라는 말을 들었음에도 불구하고 눈에 띌 만한 동요를 하지 않았다. 다만 좀 더 흥미롭다는 듯이 대답했을 뿐이었다.

뻔뻔하군. 소설 속에 나왔던 에르하르트도 이토록 뻔뻔했던가?

문득 그에 대해 단 한 번도 제대로 생각해 본 적 없단 걸 상기했다. 바이올렛이 된 나는 그와 엮이지 말아야겠다는 생각 때문이었는지, 나는 의도적으로 에르하르트에 대한 것을 떠올리지 않았었다. 나는 이제와 소설 속에 나왔던 에르하르트에 대해 떠올려 보았다.

내가 책을 읽으면서 느낀 에르하르트 공작은 어딘지 모르게 가늠하기 힘든 구석이 있던 남자였다. 어떤 때 보면 지나치게 뻔뻔하기도 했고, 어떤 때 보면 그가 무슨 생각을 하는지 전혀 알 수 없는 부분도 많았다. 그 소설은 여자 주인공인 샤넌을 중심으로 이야기가 돌아갔기 때문에 에르하르트의 생각이 제대로 묘사되지 않고 넘어가는 경우가 부지기수였기 때문이었다.

아무 생각 없이 책을 읽을 때야 그가 그랬나 보다라고 생각했었지만 막상 에르하르트를 눈앞에서 직접 겪다 보니 그의 지나친 자신감과 뻔뻔함이 제대로 느껴졌다.

어쩌면 그의 배경이 그를 그렇게 만들어 버린 것일지도 몰랐다. 왕의 두터운 신임과 넓은 영토를 소유함으로써 유별나게 세력이 컸던 공작가의 차남이었던 에르하르트. 그는 막대한 재산뿐만 아니라, 남다른 외적 아름다움과 영민함 또한 가지고 있었다. (실제로 이런 상황에서도 그가 매우 잘생겼단 생각이 들 정도였다.)

그는 인생을 살아가며 일과 사랑에 실패한 적이 없는 완벽한 남자였다. 그의 배경과 외모 덕이었는지, 그에게 반하지 않았던 여자는 없었고, 여자들은 언제나 에르하르트에게 목을 맸다. 그중에는 바이올렛도 포함되었다.

그런 그에게 처음으로 마음을 줄 듯 주지 않았던 여자가 하나 있었는데, 그녀가 바로 '샤넌'이었다. 샤넌은 에르하르트의 마음을 쥐락펴락하며 그를 애먹였다. 여느 여자들과 다른 반응의 그녀를 에르하르트가 좋아하게 되는 것은 시간 문제였다. '나를 사랑하지 않은 여자는 없었어.'

조금 거만한 대사였지만, 그것은 에르하르트가 샤넌에게 직접 내뱉었던 대사였다. 거기까지 생각하자, 샤넌이 티 파티에서 내게 했던 말이 얼추 이해가 되기도 했다.

'에기에게 그를 좋아하지 않겠다고 했잖아요. 그러자 그의 표정이 변하는 걸 보고, 당신은 속으로 쾌재를 불렀죠? 공녀는 그것을 노렸잖아요. 남들은 다 속일 수 있어도, 저는 속일 수 없어요.'

에르하르트의 성정을 간파하고 있던 샤넌에게 있어, 하루아침에 그를 좋아하지 않겠다고 선언한 내 행동이 저런 의미로 해석될 수도 있었겠구나 싶었다. 뒤늦은 깨달음이었다.

그렇다면 나는 지금 에르하르트에게 뭐라고 대답하면 좋을까.

고민은 길지 않았다. 나는 그저 내가 생각한 대로 그에게 대답하면 그만 이었으니.

"공작님이 최악인 이유는 간단해요. 저는 지금 당신이 왜 저를 알고 싶다고 했는지 알고 있거든요. 여자라면 누구나 설렐 달콤한 말로 저를 흔들어 놓고, 제가 막상 진짜 공작님을 좋아하게 되면, 당신은 나를 싫어할 거잖아요. 그게 당신의 진짜 모습이잖아. 상대방이 자신을 좋아하게 되면 흥미가 떨어지게 되는. 다신 당신의 달콤한 덫에 걸리지 않아요."

내 말에 에르하르트의 눈빛이 조금 흔들렸다. 그는 그제야 제대로 된 동요를 내비치고 있었다. 그렇겠지. 그가 동요할 수밖에 없겠지. 내가 한 말에 틀린 것은 없었으니까.

"그걸 어떻게 알았는지 물어보진 마세요. 제가 지금 에르하르트 공작님에게 할 수 있는 말은 이것뿐인 것 같네요."

"그게 뭐지?"

"기다려 보세요. 당신의 그 지긋지긋한 트라우마를 깨실 분이 등장할 테니까. 어쩌면 이미 등장했을지도 모르겠네요."

그러니까 여기서 더 이상 쓸모없는 짓 하지 말고 돌아가 주었으면 좋겠다. 그가 내 말의 의도를 한 번에 알아들었으면 했다. 여기서 그만 얘기하는 게 옳은 일일지도 몰랐다. 하지만 나는 이상하게도 그에게 한 마디 더 뱉고 싶은 마음이 들었다. 어쩌면 한번 쏘아붙인 김에 끝장을 보겠다는 심보였을 수도 있다.

"마지막으로 한마디만 더 할게요. 당신은 그런 식으로 저를 대해선 안 됐어요. 언젠가는 당신도 똑같이 당했으면 좋겠어요."

물론 당신은 샤넌과 사랑에 빠지고, 그 사랑의 결말은 해피엔딩이라 할지라도. 매섭게 쏘아붙인 내 말에 에르하르트는 침묵했다. 우리 사이엔 싸늘

72

한 침묵이 맴돌았다. 내 말이 그에게 상처를 주었을지는 모르겠다. 하지만 나는 그에게 사과할 생각도, 상냥한 말로 위로플 생각도 없었다. 내 말은 어디까지나 진실이었으니까.

에르하르트는 그렇게 쉽사리 제 입술을 떼지 못했다. 나는 그가 대답을 할 때까지 기다리지 않고선, 자리에서 일어섰다. 그에게 더 이상 할 말은 없었다. 나를 찾아온 이유에 대해서도 들었고, 내가 하고 싶은 말도 참지 않고 그에게 했다. 더는 앉아 있을 이유도 없다.

"공작님도 할 말이 없으신 것 같으니, 저는 이만 먼저 일어나겠습니다."

그렇게 뒤돌아서서 걸어가려던 그때였다. 에르하르트가 재빠르게 일어나 손을 뻗었다. 그는 단단한 악력으로 내 손을 잡았다. 뜨거운 그의 손은 내 손을 놓아 줄 의사가 없어 보였다. 나는 맞잡은 우리의 손을 가만히 내려다보았다. 그리고 동시에 바이올렛의 기억 속에서 보았던 그의 손을 떠올렸다.

"나는 아직 할 말이 남아 있어."

에르하르트는 강경한 어투로 내게 말했다. 나는 시선을 들어 올려 그의 얼굴을 바라보았다. 손을 맞잡은 그와의 거리가 지나치게 가까웠다.

"……할 말이 뭔가요?"

"그대가 다시 나를 좋아하게 만들겠어."

"저는……."

내가 뭐라 말하려 했지만, 에르하르트가 내 말을 끊고 저가 앞서 말했다.

"무슨 말을 해도 소용없어. 나는 한 번 결심한 걸 무르는 법은 없으니까."

"공작님이 무슨 말을 해도 저는 당신을 좋아하지 않을 거예요."

"너는 다시 나를 좋아할 수밖에 없을 거야."

그는 확신에 가득 찬 채로 말했다. 그 확신이 너무나도 선연해, 되레 내가 할 말을 잃고야 만다. 에르하르트는 저가 하고픈 말을 끝내고 나서야, 잡고 있던 내 손을 천천히 놓아주었다. 나를 보는 그의 눈동자 속에 또다시 이채가 서려 있었다. 저건 분명 좋지 않은 징조였다.

"마음대로 붙잡아서 미안하군. 하지만 얘기하지 않으면 후회할 것 같아서."

"하……. 공작님. 미안한 걸 아시다니 다행이네요."

"나는 무례한 건 질색이야."

그런 사람이 마구잡이로 찾아오셨나요? 나는 그렇게 묻고 싶었지만, 대신 작별의 말을 건네었다. 소모적인 언쟁을 더는 하고 싶지 않았다.

"공작님, 저는 꽤나 무례한 사람이라서 배웅은 못 해 드릴 것 같네요. 죄송합니다. 그럼 전 진짜 이만."

나는 뒤돌아서며, 가던 길을 계속해서 가기 시작했다. 내가 응접실을 나갈 때까지 에르하르트가 나를 잡는 일은 없었다. 돌아가는 발걸음이 무거웠다. 뭔가 잘못 돌아가고 있는 것만 같은 기분이 들었기 때문이었다.

이런 전개를 바라고 에르하르트에게 그런 말을 했던 것은 아니었는데. 어째서 내가 저 남자의 도전심을 일깨운 것 같은 기분이 드느냐 말인가.

바이올렛으로서 겪어야 할 앞일이 조금은 걱정되기 시작했다.

***

그다음 날 오후, 나는 하론을 먼저 찾아갔다.

하론의 저택은 처음 찾아가는 거였지만 내게는 그의 저택까지 안내해 줄 마차가 있었고, 그의 저택에는 하론의 방으로 안내해 줄 시녀가 있었기에 초행인 그의 방까지 가는 것은 그리 어려운 일이 아니었다.

나는 하론의 방문을 두어 번 두드렸다.

"하론, 나야."

안쪽에서는 듣기 좋은 하론의 목소리가 들렸다.

"바이올렛? 들어와."

방으로 들어서자 거울 앞에서 옷매무새를 정리하고 있는 하론이 보였다. 평소엔 간편하게 입던 하론으로서, 제 푸른 머릿결과 어울리는 하늘색 계통의 조끼까지 말끔하게 입는 그의 모습은 처음 보는 모습이었다. 그는 마지막으로 색이 어두운 재킷을 걸치며 짧게 숨을 내쉬었다. 약간은 더워 보이기도 했지만, 평소보다 멋있어 보이는 옷차림이었다.

옷을 다 차려 입은 하론은 그제야 내 쪽을 쳐다보았다. 동시에 그는 나를 향해 부드러운 미소를 지었다. 나는 무의식중에 그의 시선을 피해 버렸다. 왜인지 모르겠지만, 며칠 전 마차에서 있었던 일이 떠올랐기 때문이었다. 그날의 지나치게 가까웠던 그의 얼굴이, 하론의 따뜻한 숨결이, 그를 똑바로 쳐다볼 수 없게 만들었다.

나는 그를 지나쳐 테이블 앞에 있던 의자에 앉았다. 여전히 하론의 얼굴은 똑바로 쳐다볼 수는 없었다. 나는 어쭙잖게 시선을 피한 채로 그에게 물었다.

"티가든에 갈 생각이지?"

내 물음에 하론은 재빠르게 내 앞에 마주 앉았다. 가까이 오지 않으면 좋을 텐데.

"응. 안 그래도 지금 출발하려던 참이었어. 바이올렛, 너도 가는 거야?"

"가려면 나와 함께 가."

그러자 하론이 곤란한 표정을 지었다.

"바이올렛. 너와 가는 건 당연히 좋지만, 함께 가기로 한 사람이 있어."

"샤넌. 그녀지?"

"대단한데? 독심술이라도 연마하고 있는 거야?"

나는 살짝 미소 지으며 고개를 좌우로 내저었다. 독심술 따위를 가지고 있는 게 아니었다. 다음에 벌어질 책 내용을 알고 있기 때문이었다.

'티가든.'

그곳은 다양한 사람들이 차와 식사를 하며, 춤을 추고 즐기는 곳이었는데, 책에 나왔던 중요한 사건이 벌어지는 장소 중 하나였다. 문득 하론이 아련한 눈빛으로 샤넌과 에르하르트가 함께 있는 모습을 보고 있을 장면이 눈앞에 그려졌다. 그것은 아직 일어나지 않은 일이었지만, 티가든에서 곧 일어날 일이기도 했다.

비록 실제 바이올렛처럼 그와 오래된 친구 사이도 아니었지만, 나는 그가 슬픈 눈동자를 하는 게 싫었다. 나를 진심으로 대해 주었던 하론이 행복해졌으면 했다. 그것은 내 진심이었다.

저토록 예쁘게 웃고 있는 하론의 얼굴의 얼굴이 슬퍼지지 않았으면 좋겠는데.

"샤넌은 에르하르트와 함께 가게 놔둬."

나는 하론에게 명령하듯이 말했다. 하론은 기분 나빠하기는커녕 여전히 미소를 짓고 있었다.

"하지만……."

"내가 가지 않았던 연회에서 넷이서 함께 가기로 약속했지? 에르하르트, 아이린, 샤넌, 너. 이렇게 넷이서 말이야. 샤넌은 너와 함께 가지 않아도 에르하르트와 아이린과 함께 잘 올 거야."

"바이올렛. 너 정말 독심술을 배워 온 거 아니지?"

"전혀. 독심술이라기보다는 여자의 직감이지."

우쭐대는 내 표정에 하론이 소리 내어 웃었다. 그러자 그의 예쁜 보조개가 여과 없이 드러났다. 꼭 만져보고 싶단 생각이 들게 하는 그 보조개.

"음. 어떡하면 좋으려나."

하론은 심히 고민 하는 빛을 띠더니, 이내 결정을 내렸다.

"어쩔 수 없이 너와 함께 가야겠네. 우리 바이올렛이 이렇게까지 말하는데, 내가 어떻게 들어주지 않을 수가 있겠어. 네 말대로 내가 같이 가지 않는다고 해도 그들은 그들대로 잘 올 테니까."

"하론은 착한 아이네. 말도 잘 듣고."

나는 가까이 앉아 있던 그의 머리를 조심스럽게 몇 번 쓰다듬었다. 다른 의미는 없었다. 그저 착한 아이네, 라는 말에 이런 동작이 어울릴 거라 생각했기도 했고, 그가 그들과 함께 티가든에 가지 않음을 안도하기도 해서 한 동작이었다. 그러자 하론이 제 머리 위에 올라가 있던 내 손을 잡아 내렸다. 그러고는 잡고 있던 손에 조금 힘을 주었다.

"마냥 착하지만은 않지. 쟁취하고 싶은 게 있다면 열정적으로."

예상치 못한 하론의 대답에 내가 아무 말도 못 하자, 그는 여전히 잡고 있던 내 손을 이끌었다.

"이제 그럼 같이 가 볼까? 이러다 늦겠다."

"응."

나는 그를 뒤따랐다. 하론은 제 시녀에게 나와 함께 가는 것을 에르하르트 공작가에 전해 달라고 말한 뒤, 함께 마차에 올라탔다. 마차를 타자 나는 괜스레 그가 어색하게 느껴졌다. 친구인 하론이 아무렇지 않아야 함이 분명했지만, 이상하게도 그가 나를 부드럽게 안았던 기억이 자꾸만 떠올랐음이었다. 티가든으로 가는 내내 나는 차창밖에 둔 시선을 하론에게로 돌릴 수가 없었다.

다행히 티가든이 열리는 곳은 그리 멀지 않았다. 금세 도착한 마차가 천천히 멈춰 섰다. 나는 하론의 에스코트에 따라 마차에서 내렸다. 마차에서 내리자 처음으로 눈에 띈 것은 여러 빛으로 빛나는 산책길이었다. 키가 엇비슷한 나무들 위에 장식된 등불들이 그 빛의 정체였다. 더불어 희미한 음악 소리가 산책길에 은은하게 퍼지고 있었다.

하론과 나는 산책길을 따라, 음악 소리가 나는 곳에 가까이 다가갔다. 중앙으로 가자 음악사들이 악기를 연주하고 있는 게 보였고, 꽤나 많은 사람들이 뒤섞여 있었다. 중앙에는 이미 예전부터 춤을 추고 있던 사람들의 모습도 보였다. 실제로 이런 광경을 보는 것이 처음이었던지라, 나는 얼빠진 채로 사람들을 보고 있었다.

"우리도 춤출까?"

하론은 춤추는 사람들을 보던 얼빠진 내 시선이, 춤을 추고 싶어 하는 것이라 오해한 것 같았다.

"아니!"

춤이라는 건 고등학교 무용시간에 췄던 왈츠 기본 스텝이 다여서, 강하게 부정했지만 하론은 이내 내 손을 잡고 중앙으로 이끌었다.

"하론! 추지 않는다니까? 나 춤 못 춰!"

"무슨 소리야? 네 춤 솜씨는 내가 더 잘 아는데."

"잠, 잠깐만!"

나는 네가 알던 춤 잘 추던 그 바이올렛이 아니라고!

나는 당황함에 식은땀이 났다. 아닌 말로 얼굴이 뜨겁게 달아오르기까지 했다. 하지만 그런 내 상태를 알 리 없는 하론은 이미 내 두 손을 마주 잡고 스텝을 밟아 나가기 시작했다. 나는 어쭙잖게 발을 놀리기 시작했다.

그사이 음악은 조금 더 흥겨워지며 스텝은 점점 빨라졌다. 하론이 잘 리드하긴 했지만 이런 춤을 추는 것이 처음인 내게, 그의 능숙한 춤 솜씨를 따라가는 것은 무리였다. 결국 나는 그의 발을 몇 번이고 밟고야 만다. 나는 그때마다 곤란한 얼굴로 그를 바라봤지만 하론은 괘념치 않는다는 듯이 샐쭉하게 웃어 보였다.

몇 분을 그렇게 추고 나자 놀랍게도 춤 동작에 익숙해졌다. 생각보다 춤이 반복적이어서 그런 것인지, 아님 사람들의 흥겨운 몸짓에 자연스럽게 섞여 버려서 그런 것인지는 알 수 없었다. 숨이 가빠 오고, 체온은 올라갔지만 기분은 되레 점점 좋아져만 갔다. 다음에도 이런 식으로 하론과 춤을 추고 싶단 생각이 들 정도로 말이다.

그러다 하론이 내게 말을 건넸다.

"그가 너를 주시하고 있어."

그? 하론은 어딘가를 힐끔 바라봤다가, 다시 내 얼굴을 쳐다봤다. 어쩐지 하론이 말한 '그'가 누군지 알 것만 같았다.

"에르하르트 공작?"

"응."

하론이 망설임 없이 대답했다. 나는 하론의 시선을 따라 무의식중에 고개를 돌려 에르하르트의 모습을 확인하려 했다. 그 순간 하론이 급하게 나를 제 품 쪽으로 잡아당겼다. 그러곤 그는 한쪽 손을 내 허리춤에 둘렀다. 마치 내게 도망갈 여지를 전혀 주지 않겠다는 듯이.

나는 그렇게 하릴없이 그의 품에 안겨 버리고야 만다. 안긴 그의 가슴팍에선 그의 체취가 온전히 느껴졌다. 시원한 향. 그의 재킷에서 났던 그 향이었다. 나는 하론에게서 몸을 떼어 내려 했지만, 그러면 그럴수록 하론은 내가 달아나지 못하게 내 허리춤을 두른 손에 힘을 더 주었다.

그러다 그는 제 고개를 조금 숙여 내 귓가에 작게 속삭였다.

"그를 보지 마."

"왜?"

나는 여전히 하론에게 안긴 채로 그에게 물었다.

"지금은 나에게 집중해야 하니까."

하론은 내 귓가를 달아오르게 할 법한 설레는 말을 거리낌 없이 뱉어냈다. 그러고선 그제야 꼭 잡고 있던 나를 놓아주었다. 다시 바라본 하론의 얼굴엔 여느 여자들을 설레게 만들 법한 근사한 미소가 띠워져 있었다. 순간 내겐 출처를 알 수 없는 설렘과 함께 얼굴이 뜨거워지는 게 느껴졌다. 얼굴이 붉어진 걸 하론이 보지 못했으면 좋을 텐데.

하론은 능숙한 스텝과 몸짓으로 여전히 나를 리드하며 이어 말했다.

"적어도 이 음악이 끝나기 전까지는 내게서 시선을 돌리지 마. 내가 너의 파트너니까."

나는 고개를 끄덕였다. 이상하게도 그의 말에 다른 말을 보탤 수 없었다. 더불어 심장은 내 통제를 벗어난 듯이 재빠르게 뛰기 시작했다. 평소에 추지 않았던 춤을 오랫동안 춰서 그런 것인지, 하론의 말에 심장이 떨렸던 것인지는 정확히 알 수 없었다. 나는 음악이 끝날 때까지 하론에게 한 마디도 할 수 없었다. 뜨거워진 얼굴 또한 식을 기미가 전혀 없었다.

그러다 연주가 멈추었다. 흥겹게 연주되던 음악은 잔잔한 음악으로 바뀌었고, 춤을 추던 사람들은 중앙에서 나와 주변에 있던 테이블 위의 샴페인을 마셨다. 우리도 주변으로 나와 어느 빈 테이블에 자리를 잡았다.

"오랜만에 춤을 췄더니 좀 덥다. 그치?"

"……응."

하론은 샴페인이 담긴 잔을 내게 건넸다. 나는 그것을 단숨에 마시며 심장의 떨림이 가시길 빌었다. 하지만 심장의 떨림은 전혀 가시지가 않았다. 되레 방금 전 그가 남긴 말이 이명처럼 귓가에 맴돌았을 뿐이었다.

'그를 보지 마. 지금은 나에게 집중해야 하니까.'

나는 길게 숨을 몰아쉬며 하론의 목소리가 사라지길 바랐다. 하론을 슬쩍 바라보자, 그는 입고 있던 재킷을 벗어 테이블 위에 올려놓고 있었다.

"에르하르트 공작이 너를 주시하는 게 마음에 들지 않아."

그는 정말로 그 사실이 마음에 들지 않았던 것인지 제 눈썹을 옅게 찡그렸다. 순간 놀라운 일이 벌어졌다. 에르하르트라는 이름을 듣기가 무섭게 가쁘게 뛰던 내 심장 박동이 느려지기 시작한 것이었다. 나는 한숨을 내쉬며 대답했다. 그것은 나도 이해할 수 없는 부분이었다.

"그러게 말이야. 나는 이제 그에게 관심을 주지 않는데."

"그를 어떻게 생각하는데?"

"음……. 잘난 배경과 얼굴을 믿고선 꼴값을 떠는 도끼병 공작이라고 생각해."

"큭큭."

내 대답이 웃겼던 것인지 하론이 소리 죽여 웃어 보였다. 나는 정면을 응시한 채로 하론에게 한마디를 더 보태었다.

"내 말이 정확하지? 그런데 왜 자꾸만 나를 주시하는 거야."

설마 어제 했던 그 말 때문에? 나는 고개를 절레절레 흔들었다. 정말 이상한 것에 고집이 있단 말이지.

웃고 있던 하론과 내 사이로 낯선 음성이 끼어든 것은 그때였다.

"그대가 나를 다시 좋아하도록 만들겠다고 했으니까."

그것은 낯설지 않은 목소리였다. 에르하르트, 그의 목소리였다. 그의 목소리가 들리자, 나도 모르게 아랫입술을 깨물었다. 어째서 등장을 해도 이런 타이밍에 등장을 하는 건지.

나는 난처한 얼굴로 소리가 난 방향으로 고개를 돌렸다. 그곳엔 언제 다가왔을지 모를 에르하르트가 우리를 주시하고 있었다. 그의 검은 눈동자가 내게서 떨어질 생각을 하지 못하고 있었다.

"……공작님."

그가 어디까지 들었을까. 도끼병 공작이란 소리까지 들은 것은 아니겠지. 나는 에르하르트의 표정을 살폈지만, 그는 언제나처럼 무표정이었다.

표정만 보자면 아무것도 듣지 못한 것 같기도 한데.

"도끼병 공작에게도 그대와 함께 춤을 출 기회를 주지 않겠나."

"……."

……들었군. 확실히 들었음이 틀림없다.

나는 무슨 표정을 지어야 할지 몰라서 웃기라도 하려 했지만, 웃음이 제대로 나오지 않았다. 필시 이상한 표정을 짓고 있을 게 뻔했다. 하론은 뭐가 그리 우스운 것인지 손으로 제 입가를 가리며 연신 키득거렸다. 얄미운 것처럼 느껴지는 건 왜람.

내가 아무 대답도 하지 못하고 서 있자, 웃고 있던 하론이 내게 귓속말을 했다.

"도끼병 공작의 발이나 실컷 밟아 버려."

오호라, 그거 좋은 방법인데? 하론의 말에 내 입가엔 그제야 제대로 된 미소가 맴돌았다. 나는 하론을 향해 고개를 끄덕였다. 그러곤 에르하르트에게 말했다.

"좋아요."

내 계획을 모르는 에르하르트는 내 수긍이 좋다는 듯이 엷은 미소를 지었을 뿐이었다. 내게 발을 왕창 밟힌 후에도 미소를 지을 수 있는지 두고 보자고.

얼마 뒤, 음악은 다시 경쾌하게 바뀌었다. 샴페인을 마시며 얘기를 나누던 사람들도 다시금 중앙으로 나와 춤을 추기 시작했다. 그 속엔 나와 에르하르트도 끼어 있었다. 흥겹게 춤을 추는 사람들 사이로, 나는 무표정을 짓고 있는 유일한 사람이었다. 나는 딱딱한 얼굴을 유지한 채로 내 앞에 마주 보고 서 있는 에르하르트를 관찰했다.

가까이서 본 에르하르트는 뭇 사람의 시선을 확 끌 정도로 멋있었다. 고급스러워 보이는 셔츠는 목 끝까지 단정하게 채워져 있었고, 셔츠를 입음에도 감춰지지 않는 보디 핏은 매우 훌륭했다. 하나 그렇다고 해서 역시나 그가 감정적으로 좋아지는 것은 아니었다. 내겐 그저 도끼병 공작으로 보였을 뿐이었으니. 내게도 에르하르트 못지않은 이상한 고집 같은 게 있나 보다.

그러니까 절대로 그를 감정적으로 좋게 보지 않겠다는 그런 고집.

에르하르트는 내 손을 꽉 잡고선 능숙하게 나를 리드하기 시작했다. 그는 하론 만큼이나 춤 솜씨가 훌륭했다. 나는 그의 리드를 따르면서도 하론이 시킨 대로 그의 발을 꽉 밟아 버린다. 그러자 무표정이었던 에르하르트의 미간이 조금 찌푸려졌다. 아팠음이 틀림없었다.

"아, 실수. 죄송해요. 제가 춤에 익숙하지 않아서……."

나는 전혀 죄송하지 않은 투로 죄송하단 말을 읊조렸다. 희미한 웃음기는 덤이었다. 그러자 에르하르트가 찌푸렸던 미간을 다시 피며 대답했다.

"실수치곤 꽤나 의도적이군."

"제가 춤은 젬병이라. 그러니까 제게 춤 신청 따윈 하지 마셨어야죠."

그러자 에르하르트의 붉은 입술이 조금 휘어졌다. 그것은 놀랍게도 미소였다. 그러자 이번엔 내 미간이 절로 찌푸려졌다. 상대방이 제 발을 고의로 밟았으면 기분이 나빠져야 하는데, 되레 웃어 버리다니. 육체적 고통을 즐기기라도 하는 건지, 뭔지.

에르하르트는 능청스럽게 대답했다.

"내 발은 꽤나 두꺼워. 내 구두는 수도에서 알아주는 장인이 만든 수제화고. 그대가 아무리 실수로 내 발을 밟아도 나는 아무렇지 않다는 말이야."

"그것 참 유감이네요. 그런데 진짜로 고의로 밟으면 그땐 좀 아플지도 몰라요."

"글쎄. 그대는 깃털처럼 가벼워서 그다지 아플 것 같진 않군."

"저는 생각보다 무거워요."

내가 부루퉁하게 대답하며, 그를 올려다보았다. 에르하르트는 나를 지그시 내려다보고 있었다.

"바이올렛. 내 생각은 했어?"

"전혀요."

나는 메마른 소리로 대답했다.

"나는 네 생각을 자주 했어."

"반가운 소리는 아니네요. 저는 이제 공작님에게 관심이 없다고 분명히 말씀 드렸는데."

"나는 아직 네게 관심이 많아."

"그 관심, 다른 분에게 주셨으면 좋겠네요. 아! 실수."

나는 또다시 에르하르트의 발을 세게 밟아 버렸다. 물론 고의였다. 이전보다 세게 밟았음에도 불구하고, 이번에 그는 인상을 찌푸리지 않았다. 그의 얼굴은 잔잔한 호수처럼 고요하기만 했다.

"요즘 그대는 참 재미있군."

에르하르트 그는 정말로 육체적 고통을 즐기는 게 아닐까. 나는 대화하는 것을 포기하며 아무 말도 하지 않았다. 까칠한 대답에도 전혀 동요하지 않는 에르하르트에게 무슨 말을 해야 할지 전혀 가늠할 수 없었다.

다행히 흥겨웠던 음악 연주는 곧 끝이 났다. 나는 음악이 끝나자마자 그의 손을 놓아 버렸다. 의외로 에르하르트는 내 손을 쉬이 놓아주었다. 나는 그에게 의례적인 인사를 건넨 후에 가차 없이 뒤돌아섰다. 그러자 등 뒤에서 에르하르트의 목소리가 들렸다.

"다음엔 쉽게 놓아주지 않아."

잘도. 나는 그에게 아무런 대꾸도 하지 않았다.

**

하론이 있던 테이블로 다시 돌아오자, 그가 어딘가를 빤히 주시하고 있는 게 보였다. 나는 하론의 시선의 끝을 따라갔다. 그 끝에는 그녀가 있었다. 옅은 화장을 하고선 가슴 선이 예쁘게 팬 상아색 드레스를 입은 그녀.

"샤넌……."

나는 뭔가에 홀린 듯 그녀의 이름을 뱉어냈다. 샤넌의 입가엔 어느 누가 보아도 아름답다고 생각될 법한 미소가 걸쳐져 있었다.

"하론 클로노아."

나는 하론의 두 뺨을 손으로 감싸며 그의 이름을 불렀다. 갑작스러운 내 행동에 놀란 하론이 제 눈을 동그랗게 뜨고선 나를 바라봤다.

"그녀를 바라보지 마."

"……어?"

"적어도 티가든에 있을 때는 내게서 시선을 돌리지 마. 내가 너의 파트너로 왔으니까."

나는 하론이 내게 했던 말을 그대로 그에게 말했다. 그러곤 그의 뺨에 있던 손을 떼어 내 하론의 머리칼을 조금 매만졌다. 하론은 잠자코 내게 머리 쓰다듬기를 당하다가, 이윽고 제 손을 뻗어 내 손을 잡아 내리었다. 순간 이상하게도 그냥 이대로 오랫동안 그의 손을 잡고 싶단 생각이 들었다.

"그렇게. 바이올렛."

하론은 보는 사람의 마음마저도 편안해지는 미소를 지었다. 그는 다정하기만 한 눈빛으로 나를 응시했다.

"질투했어?"

"질투는 개뿔."

퉁명스럽게 대답했지만, 그의 손을 계속해서 잡고 싶단 생각은 전혀 사그라지지 않고 있었다. 나는 하론과 손을 잡지 않은 반대편 손으로 유리잔에 담겨 있던 차가운 샴페인을 한 잔 더 마셨다. 그러자 정신이 차려지기는커녕 취기만 올라왔다.

"바이올렛, 이건 정말 이상한 말인데."

그는 거기까지 말하고서는 잠깐 망설였다. 내게 제 생각을 털어놓을지 아닐지를 고민하는 것 같았다. 고민하던 그는 이내 작은 목소리로 속삭이듯이 말했다.

"……방금 전엔 네 행동은 꽤 낯설었어."

하론이 그렇게 느끼는 것은 당연한 일일지도 몰랐다. 나는 진짜 바이올렛이 아니었으니까. 그저 바이올렛의 빈껍데기 속에 들어가 있는 것에 불과했으니까. 방금 전의 내 행동은 원래의 바이올렛이라면 절대로 하지 않았을 행동이었다.

하론의 따뜻한 눈빛이 나를 위한 것이 아니라, 바이올렛이라는 껍데기를 향한 것임을 인지하자, 이상하게 들떴던 기분이 사그라지기 시작했다. 마음이 가라앉자 느껴진 것은 씁쓸함이었다.

순간 그런 생각이 들었다. 내가 그녀에게 빙의함으로써 어디론가 증발하듯 사라져 버린 진짜 바이올렛은 어디로 갔을까. 어쩌면 그녀는 자신에게 곧 닥칠 커다란 시련을 피하기 위해서 일찌감치 어디론가 도망가 버린 것은 아닐까.

그런 생각이 들자, 나는 빙의한 이래로 단 한 순간도 진짜 바이올렛의 행방 같은 건 생각한 적이 없다는 걸 깨달았다. 나는 지극히 소설 속의 인물인 바이올렛이 된 것을 기쁘게 생각하고 있었고, 내가 그녀의 몸을 차지함으로써 사라져 버린 진짜 바이올렛에 대한 것엔 관심이 전혀 없었다.

"내 말이 기분 나빴어?"

아무래도 조금 울적해진 내가 우울한 표정을 지었나 보다. 하론의 물음에 나는 고개를 내저었다.

"아니."

"슬퍼 보여."

하론이 맞잡고 있던 손에 힘을 주었다.

'슬퍼하지 마.'

그의 다섯 손가락과 손바닥 속에서 그런 메시지가 느껴졌다.

나는 더 이상 우울한 표정을 짓지 않았다. 내가 계속해서 사라진 바이올렛에 대해 생각하며 우울해할 수는 없었기 때문이었다. 더군다나 생각한다고 해서 해결될 문제도 아니었고.

지금 이 순간 바이올렛은 나였고, 내가 바이올렛이었다. 나는 그렇게 생각하며 다시 미소 지어 보였다.

"……네가 나를 주시하지 않고, 샤넌을 바라봤기 때문이야. 하론 네가 샤넌에게 관심을 갖지 않았으면 좋겠어."

"그녀를 왜 그렇게 싫어하는 거야? 특별한 이유 같은 거라도 있어?"

그녀를 사랑하면 네가 힘들어질 테니까.

그렇게 말하고 싶었지만, 하론이 내 말을 곧이곧대로 믿어 줄 것 같지 않았다. 나는 조금 에둘러 그에게 말했다.

"그녀는 에르하르트를 사랑할 테니까. 다른 이유는 없어. 나는 그저 네가 행복해지길 바랄 뿐이야."

"바이올렛."

하론은 대답 대신 내 이름을 나지막이 불렀다.

"응?"

"나는 지금도 충분히 행복해. 네가 내 곁에 있으니까."

뭐야……. 얘 정말 바이올렛을 좋아하기라도 하는 건가? 친구로서 하는 말이라곤 하기엔 그의 말이 너무나도 다정스럽게 들렸다. 나는 하론의 진짜 마음을 잘 가늠할 수 없었다. 묘하게 바뀌는 내 표정을 인지한 듯한 하론이 내 이마를 가볍게 튕기며 말했다.

"이봐, 바이올렛. 고백 받은 듯한 표정은 짓지 말아 줄래? 나는 에르하르트 공작에게 꼴값 떠는 도끼병 공작이라고 당당하게 말할 수 있는 네가 내 곁에 있어서 든든하단 소리였어."

"그냥 고백이라고 해 주면 어디가 덧나?"

"……응. 어디가 덧날지도."

그는 장난스럽게 대답한 후에 내 손을 놓았다. 조금은 아쉬운 마음이 들었다면, 그것은 진심일 테다.

"매정하긴. 그럼 진짜로 왜 샤넌을 보고 있었던 거야?"

"아, 아까 전에 샤넌 님이 내게 먼저 인사를 하고 가서, 그냥 잠시 바라봤을 뿐이야. 그녀에게 관심이 있는 건 아니었어."

나는 안도의 숨을 내쉬며 말했다.

"그렇다면 정말 다행이다."

"뭐가 다행인데?"

"그런 게 있어. 비밀."

네가 소설 속 내용처럼 샤넌을 아련한 눈빛으로 바라보지 않아서, 그래서 다행이야. 티가든에서 나올 중요한 내용이 바로 네가 샤넌에게 사랑에 빠지는 내용이었으니까.

나는 하론에게 혀를 조금 내어 보이며 얄미운 표정을 지었다. 하론의 구시렁거리는 소리가 들렸지만, 전혀 싫게 느껴지지 않았다. 나는 샤넌 쪽을 넌지시 바라보았다. 샤넌은 금발의 남자와 이야기를 나누고 있었다. 금발을 가진 남자는 멀리서 보아도 잘 빚어진 조각상처럼 잘생긴 남자였다. 잘 관리되어 연신 반짝이는 금발, 그리고 그런 금발 못지않은 화려한 옷차림. 나는 저 남자가 누군지 알 것 같은 기분이 들었다.

그 남자를 관찰하던 중, 우연히 샤넌과 눈이 마주쳐 버린다. 나는 뒤늦게 그녀의 시선을 피하려고 했지만, 이미 마주친 시선을 무르기엔 늦은 듯했다. 샤넌은 내 시선을 피하지 않으며, 나를 향해 빙그레 웃어 보였다. 그 미소는 한 치의 오차도 없는 아름다운 미소였지만 어딘지 모르게 날카로워 보였다. 화답하듯 나도 어색한 미소를 짓자, 금발의 남자의 시선 또한 내게 닿았다. 이윽고 두 사람은 나를 보며 몇 마디를 주고받더니, 내게 가까이 다가 오기 시작했다. 예감이 그리 좋지만은 않았다.

"안녕하세요, 샤넌 공주님. 러셀 왕자님."

나는 금발의 남자의 이름으로 추정되는 그 이름을 약간은 주춤거리며 불렀다. 설마 그가 아닌 것은 아니겠지. 하지만 남자는 소설 속에 묘사되었던 러셀의 모습과 너무나도 똑같은 외형이었다. 그래서 그가 맞을 거라는 막연한 확신이 들었다.

"오랜만입니다. 바이올렛 공녀."

"우리는 꽤 자주 뵙네요. 바이올렛 공녀."

다행히 러셀이 맞았던지 그는 별다른 반응 없이 내게 인사를 건넸다. 나는 안도의 기운이 가득 담긴 짧은 숨을 내쉬었다. 이어서 하론도 두 사람에게 인사를 했다. 인사를 주고받는 그들을 보며, 나는 소설 속에 나왔던 러셀 왕자에 대한 것을 상기했다.

러셀 왕자. 내가 기억하는 그는 바이올렛과 함께 샤넌을 궁지로 몰아넣었던 인물이었다.

그사이, 하론과 대화를 나누던 샤넌이 몇 번 헛기침을 했다. 그러자 그 모습을 본 러셀은 냉큼 테이블 위에 있던 샴페인 잔을 샤넌에게 건넸다. 러셀은 걱정스러운 눈빛으로 샤넌을 연신 살피고 있었다.

"괜찮아?"

러셀이 묻자, 샤넌은 샴페인을 한 모금 마시며 대답했다.

"응. 괜찮아."

나는 그 장면을 바라보며 왠지 기분이 이상해졌다. 무언가 잘못된 것만 같은 예감이 들었기 때문이었다. 잘못된 것은 아무것도 없었는데. 하론이 샤넌에게 사랑의 감정을 느끼지 않았고, 짓궂은 아이린이 장난을 치지도 않았다. 적어도 내가 원하지 않던 상황은 일어나지 않은 것이었다.

그런데 왜 이토록 무언가가 여전히 꺼림칙한 걸까.

나는 잠시 동안 말없이 생각에 잠겼다. 그리고 몇 분이 지나고 나서야, 그 꺼림칙함의 이유를 알 수 있었다. 이유는 러셀 왕자가 샤넌을 대하는 태도 때문이었다.

소설 속 러셀 왕자는 샤넌을 끔찍하게 싫어했다. 왜 싫어했냐 하니, 왕의 사생아로서 마른하늘의 날벼락처럼 나타난 샤넌을 제 동생으로 인정하지 않았기 때문이었다. 대뜸 나타나 왕국의 공주니, 제 동생이니 구는 꼴이 러셀의 눈엔 좋게 보이지 않았다. 그가 샤넌을 얼마나 싫어했냐면, 심지어 샤넌을 궁에서 쫓아낼 정도로 싫어했다. 러셀은 샤넌을 정말 모질게 대했고, 샤넌은 그것을 꿋꿋하게 이겨내며 러셀에게서 인정을 받으려 애썼다.

하지만 지금 둘의 모습은 너무나도 좋아 보였다. 아무것도 모르는 이가 본다면 서로를 끔찍하게 생각하는 형제로 보였을 지경이었으니까. 어째서? 왜 그렇게 되어 버린 걸까. 지금의 시점이 이야기의 초반부였으니, 샤넌에 대한 러셀의 증오가 극에 달했을 시기인데.

아무리 생각해도 이유를 알 수 없었다. 하지만 샤넌과 러셀의 웃음소리가 번지는 이 상황 속에서 확실히 알 수 있는 사실이 하나 있었다. 그것은 무언가가 잘못되어도 단단히 잘못된 방향으로 흘러가고 있다는 사실이었다.

러셀은 샤넌과 얘기하면서도 때때로 내 쪽에 시선을 주었다. 마치 무언의 사정을 내포한 듯한 눈빛이었다. 나는 의미를 알 수 없는 러셀의 시선에 고개를 조금 갸웃했다. 그러다 러셀이 나를 완전히 바라보며 말했다.

"바이올렛 공녀. 괜찮으시다면 저와 한 곡 추시지 않겠습니까."

"말씀은 감사하지만 연거푸 두 번이나 췄더니 조금 힘드네요. 그 춤, 다음에 춰도 될까요? 죄송해요. 러셀 왕자님."

나는 정중히 거절했다. 춤 신청을 거절한 데엔 몸이 힘든 것도 이유이긴 했지만, 사실 하론과 샤넌 두 사람만 함께 있도록 만들고 싶지 않았다. 어쩌면 후자 쪽이 더 솔직한 대답이었을지도 모른다.

"아쉽군요. 그렇다면 잠시 걷는 건 어떻습니까? 티가든의 산책로는 꽤 훌륭합니다만."

춤 신청을 거절했더니, 산책을 제안하다니. 나는 잠깐 고민했지만 이내 고개를 끄덕였다. 하론이 여전히 신경 쓰였지만, 왕자의 제안을 두 번이나 거절할 수는 없었기 때문이었다. 나는 뒤돌아가기 전, 하론에게 귓속말을 했다. 경고성이 짙은 말이었다.

'샤넌과 얘기 많이 나누지 마.'

진심에서 우러나온 말이었지만 하론은 뭐가 그리 웃긴 건지 그저 웃기만 했다. 그의 확답을 듣지 못한 나로선, 마음이 썩 좋진 않았다.

러셀과 나는 중앙 광장에서 빠져나왔다. 주변부로 나오자, 러셀의 말대로 다채로운 색의 등불로 장식된 아름다운 산책로가 있었다. 우리는 조금 떨어진 채로 걷기 시작했다. 산책로의 깊은 곳으로 다다를수록 인적은 점점 뜸해졌다. 이윽고 우리 주변엔 아무도 보이지 않게 되었다. 러셀은 주위에 인적이 없음을 확인하고선 내게 말을 건네었다.

"갑갑해 죽는 줄 알았어. 이제 좀 살 만하군. 사람 많은 곳은 내 취향이 아니라서."

"네?"

러셀의 갑작스러운 반말과 친밀한 말투는 나를 당황시켰다. 나는 그에게 되물었지만, 러셀은 대답을 해 주기는커녕 제 말을 이어했다.

"네 제안을 며칠 동안 곱씹어 생각해 봤어."

제안이라. 나는 대답 없이 잠시 동안 생각했다. 바이올렛이 러셀에게 제안을 했던가? 아참, 그러고 보니 책 속의 바이올렛은 내가 빙의되기 전에 러셀 왕자를 한 번 만난 적이 있었던 것 같다. 그러니까 바이올렛이 샤넌을 밀치며 기절하기 전에 러셀을 만난 적이 있단 거다. 바이올렛은 에르하르트가 샤넌에게 관심을 조금씩 내비치자, 제 편이 되어 줄 것 같은 러셀 왕자를 찾아갔던 것이다.

'러셀 왕자님. 저와 함께 샤넌 님을 궁지로 밀어 넣어요. 왕자님이 샤넌 님을 인정하시지 않는다는 것을 들었어요. 저는 공작님에게서 샤넌 님을 떼어 내고 싶고, 러셀 왕자님은 궁에서 샤넌 님을 내쫓고 싶으시니, 우리는 같은 뜻이 아닌가요?'

아마도 원작 속 바이올렛은 그런 식으로 러셀에게 제안을 했었던 것 같았다. 그가 지금 말하는 제안이란 건 이걸 말하는 것일 테다. "음…… 제안. 아니, 러셀 왕자님. 그보다도 저희가 말을 놓기로 했었나요?"

"기억 안 나? 네가 둘이 있을 땐 말 편하게 하라고 했잖아. 너도 꼴사나운 왕자님 소리는 집어치워. 그냥 러셀 님."

"제가…… 맞아요. 그랬었죠? 러셀 님."

나는 어색하게 그의 이름을 불렀다.

그건 그렇고, 제안이라. 이제 내가 바이올렛이 된 이상 샤넌을 궁지에 몰 필요는 없었다. 방금 전 러셀이 샤넌을 대하는 태도를 보았을 때, 무슨 영문인지는 여전히 모르겠지만 그 또한 샤넌에 대한 반감이 줄어든 것만 같았다. 물론 대외적으로만 좋은 사이임을 연기하고 있는 것일지도 몰랐다. 하지만 샤넌과 러셀의 사이가 진짜로 어떻든 간에, 확실한 것은 하나 존재했다.

내게 있어 바이올렛의 제안은 이제 필요가 없어졌단 사실이었다.

그렇기에 나는 그 제안을 무르고 싶다고 말하려고 했다. 입술을 떼려던 찰나, 타이밍 좋게 어디선가 차가운 바람이 불어왔다. 아무것도 걸치지 않은 내 어깨가 작게 떨렸다. 춤을 연거푸 추고 나서 더웠던 나머지, 테이블 위에 숄을 벗어 두고 온 게 생각났다. 걸치고 나설 걸 그랬나. 뒤늦은 후회를 하며 내가 어깨를 움츠리자, 러셀에게서 바스락거리는 소리가 들렸다.

그를 바라보자 그는 자연스러운 동작으로 제 재킷을 벗고 있었다. 그러곤 무심하게 내 어깨 위에 재킷을 걸쳐 주는 게 아닌가. 그것은 전혀 예상하지 못한 그의 행동이었다. 내가 의문스러운 눈동자로 그를 응시하자, 러셀은 몇 번의 헛기침과 함께 말했다.

"착각하지 마……! 나는 그, 그냥 더워서."

"아, 감사합니다."

어쭙잖은 내 감사 인사에 러셀은 제법 빤히 나를 보다가 제 미간을 조금 구겼다.

"너는 어떻게 며칠 사이에 그렇게 변할 수가 있지? 하마터면 못 알아볼 뻔했어. 당연히 공작 근처에 있을 거라고 생각했는데, 이제는 공작을 거들 떠도 보지 않더군. 심경의 변화라도 생긴 건가?"

나는 얼추 그의 짐작이 맞다는 듯이 고개를 끄덕이며 대답했다.

"네. 저는 이제 공작님을 좋아하지 않거든요."

"그래. 그러니까 네가 공작을 좋아해…… 어? 좋아하지 않는다고?"

러셀이 깜짝 놀란 듯 내게 되물었다. 나는 아랑곳하지 않고 그에게 대답했다.

"네. 그러니까 러셀 님도 제가 며칠 전에 했던 제안을 깨끗하게 잊어 주셨으면 좋겠어요. 저는 이제 더 이상 공작님과 샤넌 공주님 사이에 낄 생각이 없으니까."

그 순간 러셀의 금빛 눈동자가 조금 커졌다. 그는 적잖이 놀라 있었다.

"잘됐는데? 나도 사실 거절하려고 했던 참이었어."

"……네? 러셀 님도요? 왜요?"

"사실 나는 그런 진흙탕 싸움에 끼고 싶지 않거든."

그의 대답이 이상하다고 생각했다. 책 속의 러셀은 바이올렛의 제안을 거절하지 않았기 때문이었다. 그가 갑자기 태도를 바꾼 이유를 전혀 짐작할 수 없었다. 설마하니 내가 책 속에 끼어들어 바이올렛의 행보를 바꿈으로써 이 상황 또한 바뀌어 버린 걸까?

나는 의문스러운 눈빛으로 그의 얼굴을 계속해서 응시했다. 그러자 그의 입가와 턱이 조금 떨리는 게 보였다. 이제 와서 보니 러셀의 얼굴도 처음에 봤을 때와 상반되게 하얗게 질려 있었다. 더불어 입술이 조금 파래진 것 같기도 하고. 한마디로 그는 추워 보였다.

"……그런데 러셀 님. 더운 거 확실해요? 입술이 파래졌어요."

"무, 무슨 소리야! 나는 지금 완전 더워. 더워 미치겠다고. 그러니까 내 재킷을 다시 줄 생각 따윈 하지 마."

러셀이 원래 이런 캐릭터였던가? 나는 갸우뚱하면서도 입가에 미소가 맴돌았다. 누가 보아도 추워 죽겠단 얼굴인데, 더워 미치겠단다. 방금 전까지 진지하게 생각하고 있었던 게 무색해질 정도로 웃음이 났다. 결국엔 내가 소리 죽여 웃고 있자, 러셀이 발끈하며 말했다.

"그렇다고 재킷을 준다는 건 아니다. 그냥 오늘 하루만 빌려주는 거야. 그게 얼마나 좋은 옷인데."

"그럼요. 재질이 부드럽네요."

나는 웃고 있는 입가를 손으로 가리며 말했다. 하지만 목소리엔 웃음기가 가득 섞여 있었다.

"다음에 궁으로 와."

"네? 저요?"

"그래. 기다리고 있을게."

"……절요?"

"너, 너 말고! 내 재킷……."

"……."

내가 계속해서 미소를 짓고 있자 러셀이 헛기침을 하며 말했다.

"그, 그럼 먼저 간다. 할 얘기는 다 한 것 같으니까."

러셀은 그 말을 마지막으로 앞서 걸어갔다. 앞서 나가는 러셀의 귀 부근 조금 빨개진 것 같기도 하다. 웃기기도 하고, 이상하기도 한 상황이었다. 나는 입가에 웃음을 유지한 채로 러셀의 뒷모습을 계속해서 바라봤다.

불길했던 예감과는 달리 상황이 잘 풀린 것 같았지만, 무언가가 석연치 않은 기분은 여전히 들었다.

4장. 너와의 약혼을 원해

산책로를 돌아와 하론이 있던 테이블로 돌아오자, 샤넌은 사라지고 난 뒤였다.

"샤넌 님은?"

내가 그렇게 묻자 하론이 부드럽게 웃으며 대답했다.

"이미 예전에 갔어."

"그래?"

"바이올렛, 넌 러셀 왕자님과 무슨 얘기를 했어?"

"그냥 좀 피곤한 얘기."

괜스레 러셀의 새로웠던 면모가 떠올라 나는 작게 큭큭거렸다. 그사이에 하론의 시선이 내 어깨 위에 걸쳐진 낯선 재킷에 계속해서 머물러 있는 게 보였다. 사정을 궁금해하는 듯한 그의 눈빛에 나는 흔쾌히 재킷의 사정에 대해 말해 주었다.

"이 재킷. 러셀 왕자님이 주는 게 아니라, 잠시 빌려준 거래. 큭큭."

거기까지 얘기했을 때, 러셀의 하얗게 질려 있던 얼굴까지도 생각이 났다. 그러자 내 웃음은 훨씬 더 짙어졌다. 그때 갑작스럽게 하론이 내 어깨에 있던 재킷을 잡아챘다. 동시에 횅한 내 어깨가 드러났고, 하론은 소리 나게 러셀의 재킷을 테이블 위에 내팽겨 쳤다. 필시 무언가가 마음에 들지 않아 보였다.

내가 의아하게 그를 보자, 하론은 제 재킷을 내 어깨 위에 덮어 주기 시작했다. 그는 부드러운 손길로 재킷의 앞섬을 단단히 여미었다.

"내 재킷이 더 따뜻해."

하론은 러셀의 재킷을 손에 쥐고 테이블에 조금 기대고 있던 몸을 일으켰다. 나는 아무 말도 하지 못했다. 더불어 입가에 띠워져 있던 미소도 옅어졌다. 왠지 모르게 내 심장소리가 귓가에 들리는 것도 같았다. 하론은 제법 진지한 얼굴로 나를 응시했다. 제 재킷이 더 따뜻할 것이란 사실에 의심이라곤 전혀 없는 얼굴이었다.

나는 부정의 말을 꺼내지 못했다. 왠지 모르게 그의 말대로 하론의 재킷이 더 따뜻하게 느껴졌기 때문이었다.

"바이올렛. 이제 그만 돌아가지 않을래? 하지만 네가 더 있고 싶다면 그래도 좋아."

"아냐. 나도 그만 돌아가고 싶어."

딱히 이곳에 더 머물 이유는 없었다. 하론은 앞서가며 얼른 따라오란 듯이 내게 고갯짓을 했다. 나는 조용히 그의 뒤를 따랐다. 그렇게 몇 걸음을 걸어가다 불현듯이 뒤를 돌아보았을 때, 그리 멀지 않은 곳에 있던 에르하르트와 눈이 마주쳤다. 그는 내가 뒤돌아보기 전부터 내 모습을 쫓고 있었음이 분명했다. 마주친 그의 눈동자가 어딘지 모르게 아련하게만 느껴졌다.

티가든에서의 아련한 눈빛.

그것은 원래의 소설 속에서 하론이 지었어야 할 눈빛이었다. 그 눈빛을 에르하르트가 내게 보내고 있다니. 나는 고개를 다시 돌렸다. 적어도 그가 내게 그런 눈빛을 보낼 만한 이유는 없었다.

저택으로 돌아가는 마차엔 하론이 동승했다. 나는 밤바람을 쐴 요량으로 얼굴을 창문에 바짝 붙이고 있었다. 마주 앉아 있는 하론은 조금 피곤했던 탓인지 눈을 감고서, 시트에 제 몸을 완전히 기대고 있었다. 피곤해 보이는 그를 방해하고 싶지 않았기에 나는 돌아가는 내내 창밖만을 구경했다. 티가든에 갔을 때와 마찬가지로 돌아오는 것이 그리 오래 걸리지는 않았다.

바이올렛의 공작저에 도착한 마차는 천천히 멈추었고, 나는 마차에서 먼저 내렸다. 마차는 하론의 저택까지 갈 것이었으므로 나는 마차의 문을 닫으려 했다. 하지만 하론은 얼른 나를 따라 내렸다.

"어? 네가 여기서 왜 내려?"

"야밤에 레이디가 혼자 걷게 할 수 없지."

"에이, 현관까지는 바로 코앞인데?"

"그래도 정원을 혼자 걸어가야 하잖아. 어차피 마차는 우리 집 마차인데? 내가 돌아올 때까지 기다려 줄 거야."

고집이 세기도 세지. 여하튼 그와 함께 가는 것도 나쁘지 않겠단 생각이 들어, 나는 어깨를 작게 으쓱이며 대답했다.

"그렇다면 말리진 않을게."

그렇게 우리는 그리 길지 않은 정원을 함께 걸어갔다. 간간이 바람이 불긴 했지만, 하론의 재킷을 걸쳐서 그런지 이번엔 그리 춥지는 않았다.

정원은 조용했다. 우리가 걷는 발소리밖에 들리지 않을 정도로. 꽤 가까이서 걷던 우리의 손이 스치듯이 몇 번 닿았다. 그러자 왠지 모르게 이상한 기분이 들었다. 아예 손이 닿지 않게 팔짱이라도 껴야겠다고 생각하던 순간, 하론이 내 손을 자연스럽게 움켜잡았다. 더 이상 스치는 것에 만족하지 않겠다는 듯이.

그의 손은 지난날과 다름없이 부드럽고 따뜻했다. 그의 따뜻한 온기는 내 마음까지도 따뜻하게 만들었지만, 이유를 알 수 없이 내 손을 잡은 하론의 행동이 당황스럽기도 했다. 나는 퉁명스러운 음성으로 그에게 물었다.

"뭐야?"

"뭐긴 뭐야. 손잡는 거지."

"아니, 그걸 누가 몰라서 묻냐고."

"그럼 뭘 묻는 건데."

하론이 배시시 웃는 소리가 들렸다. 아무래도 나와 말장난을 하는 걸 즐기는 것 같아 보였다. 나는 그가 잡은 손을 위로 들었다.

"봐."

하론이 나를 바이올렛이라 생각한다 하더라도, 아무래도 이런 스킨십은 잘 적응이 되지 않았다. 나는 온전한 바이올렛이 아니었기 때문이었다.

"매정한 바이올렛. 우리 어렸을 때는 줄곧 이렇게 손잡고 다녔잖아."

그의 목소리가 꽤나 구슬펐다. 마치 내가 대단히 매정한 사람이 된 기분을 떨칠 수가 없었다. 괜스레 나약한 마음이 들었다.

실제로 바이올렛과 하론이 곧잘 손을 잡고 다녔는지는 확실히 알 수 없었다. 소설 속엔 그런 내용까지 명시되어 있지 않았으니까. 하나 적어도 하론이 내게 거짓말을 할 거라 생각되진 않았다. 나는 들어 올렸던 손을 다시 내리며 얼추 동의했다.

"……맞아. 그랬었지."

하론에게서 돌아오는 대답은 없었다. 대신 그는 잘 걷던 걸음을 멈추었을 뿐이었다. 그가 걸음을 멈추자, 나 또한 덩달아 걸음을 멈추었다.

"하론?"

내가 그의 이름을 의문스럽게 부르자, 하론이 내 쪽으로 고개를 돌렸다. 그의 얼굴엔 방금 전까지 드리워져 있었던 미소가 사라져 있었다.

"손…… 잡은 적 없는데."

"……뭐?"

"너, 나랑 손잡은 적 없다고. 나랑 손잡는 거 싫어했잖아."

"……"

그는 그리 말하며 옅은 미소를 지었다. 언제나 부드럽게만 보였던 그의 미소가 까닭 없이 서늘하게 느껴졌다.

뭐라고 대답해야 할까.

설마 하론 클로노아가 내 정체에 대해 의심하고 있는 것은 아닐까?

바이올렛과 하론은 어려서부터 친구였기에, 그는 누구보다도 바이올렛을 잘 알 것이다. 어쩌면 지금의 바이올렛이 예전과는 달라졌음을 하론이 이미 일찌감치 눈치챘을지도 몰랐다.

이마가 화끈한 것이 식은땀이 맺히고 있는 기분이 들었다. 당황함에 체온은 올라갔고, 덩달아 날갯죽지 사이로 식은땀 한 줄기가 흐르는 듯한 기분마저도 들었다. 얼굴엔 당황한 기색이 역력하겠지만, 어두운 정원이라 티가 나지 않음을 작게 안도했다.

나는 짧은 심호흡과 함께 최대한 자연스럽게 입을 놀렸다. 하론에게 내가 진짜 바이올렛이 아님을 말할 수 없었기에, 일단은 변명이라도 내뱉어야 했으니까.

"착각했나 봐. 다른 남자와 손잡고 다닌 걸 하론 클로노아 너라고 생각했지 뭐야."

"……"

하론은 또다시 침묵했다. 우리 사이엔 무거운 침묵이 맴돌고 있었다. 침묵이 깊어질수록 입 안은 절로 말라갔으며, 심장은 이상할 정도로 빠르게 뛰었다. 나는 아랫입술을 짓누르며 하론이 아무 말이라도 해 주길 기다렸다.

설마 그가 더 의심하는 건 아니겠지. 라고 생각하던 순간, 하론이 소리 내어 웃음을 터뜨리기 시작했다. 그의 얼굴에 미소가 맴도는 것을 보자, 한껏 긴장했던 게 순식간에 풀리는 기분이 들었다.

"……큭큭. 뭐야. 다른 남자와 날 착각한 거야? 이거 참 서운한데."

"뭐, 남자들이 워낙 많았어야지."

물론 그것은 진짜 바이올렛의 입장을 생각해서 한 말이었다. 하론은 내 손을 잡지 않은 나머지 손을 뻗어 내 머리카락을 흐트러뜨렸다. 그러자 긴장했던 마음이 더더욱 사그라지는 것만 같았다.

"다음에도 다른 남자와 착각하면 화낼 거야."

"아무렴."

이렇게 잘 무마된 걸까? 일순 굳었던 하론의 얼굴은 제대로 풀려 있었지만, 어딘지 모르게 찜찜한 기분이 들었다.

우리는 다시금 걸음을 재촉했다. 조금 더 걷자 현관 앞까지 도달하였다. 나는 내 어깨에 걸쳐져 있던 하론의 재킷을 벗어 그에게 건네주었다.

"하론. 여기까지 데려다줘서 고마워. 이제 들어갈게."

"응."

그렇게 뒤돌아가려던 그때, 하론이 나를 작은 목소리로 불렀다.

"바이올렛."

"어?"

"이건 그냥 노파심에 하는 말인데. 내가 기억하는 너는 다른 남자와도 손을 잘 잡지 않았어. 넌 언제나 다른 남자들의 시선을 신경 썼기 때문에, 사람들 앞에서 누군가의 손을 잡는 법이 없었지."

"……."

내가 아부 말도 하지 못하자, 하론은 내 손끝을 잡았다. 그는 내 손등을 제 입술 근처로 가져가 그 위에 가볍게 입을 맞추었다.

"하지만 내가 모르게 딴 남자의 손을 잡았을지도 모르지."

"……하론."

"널 의심한다는 말이 아니야. 그냥……."

"……."

"내가 너를 너무 오래 붙잡고 있었지? 얼른 들어가."

하론은 말끝을 흐리며 잡고 있던 내 손을 놓아주었다. 나는 고개를 작게 끄덕이곤 뒤돌아섰다. 현관까지는 고작 열 걸음도 채 되지 않은 거리였으나, 이상하게도 그 거리가 길게만 느껴졌다. 나는 아무렇지 않은 양 평소와 다름없는 걸음걸이로 걸어갔다. 그에게 켕길 것이 전혀 없다는 것을 보여주기 위함이었다. 하지만 그 걸음걸이가 정말로 평소와 같았을지는 알 수 없었다.

정말로 의심을 하고 있는 걸까? 이제 그를 어떻게 대하여야 할까. 그와 더 가까이 지내다간 정말로 내가 바이올렛이 아니라는 것을 들켜 버리는 건 아닐까 하는 걱정이 들었다. 하지만 그런 걱정과는 별개로 두려운 마음도 들었다.

하론이 내가 진짜가 아님을 알았을 때, 그가 내게 실망하는 것은 아닐까 하는 두려움.

나는 현관문을 반쯤 열고서 하론 쪽으로 고개를 돌렸다. 하론은 한 발자국도 움직이지 않은 채로 나를 응시하고 있었다. 내가 들어간다는 모션을 취하자, 하론은 그제야 뒤돌아서 걸어가기 시작했다. 멀어지는 그의 뒷모습을 보며 하론은 물렁하게 굴었지만, 때때로 날카로운 눈썰미를 가지고 있다는 걸 새삼스레 느꼈다.

***

공녀로서의 삶은 정말 나쁘지 않았다. 얼굴은 몇 번 봤지만, 이름은 잘 모르는 백작가의 어느 영애를 따라 피크닉에 온 나는 녹음이 짙은 나무와 풀 냄새, 그런 것들을 한껏 즐기며 한가로운 시간을 보내고 있었다.

이 소설 속 귀족 여자들의 일상이란 게 티타임을 갖거나, 정원 산책이라든지, 피크닉, 책 보기, 무도회와 같은 일들밖에 없어 꽤나 단조로웠다. 하지만 그런 단조로움이 싫은 것은 아니었다. 되레 마음이 편안하다고나 해야 할까.

딱 한 가지만 뺀다면 말이다.

"우리 바이올렛. 그동안 보이지 않아서 나 완전 심심했어. 너도 내가 보고 싶었지? 응?"

아이린이 초롱초롱한 눈동자로 나를 바라보고 있었다. 흡사 저가 원하는 답을 해 달라는 일종의 협박과도 같은 눈빛이었다. 하지만 그렇다고 해서 나는 쉽게 그녀에게 '그렇다.'라고 대답해 줄 사람은 아니었다. 아이린이 내 대답을 기다리다 지친 것인지, 나를 채근했다.

"얼른 그렇다고 얘기해!"

"그렇지 않다면요?"

"뭐? 그렇지 않아? 정말? 정말 내가 보고 싶지 않았어?"

"네. 저번에 분명히 얘기했잖아요. 이제 아이린 님의 말동무는 그만하겠다고. 다른 말동무 많으시잖아요."

나는 시선을 쭉 옮겨, 사람들의 틈 사이에서 유독 빛나는 한 여자를 바라봤다.

"가령…… 샤넌 님이라든지."

그러자 아이린의 툴툴거리는 말소리가 들렸다.

"샤넌 공주는 너만큼 좋지는 않아."

"어째서요? 아이린 님은 샤넌 님을 꽤나 마음에 들어 했었잖아요."

"그게 그러니까. 저번에 티 파티에서 너희 둘이 싸우는 걸 지켜봤거든."

아이린의 말을 듣자마자, 티 파티를 나설 때 아이린이 지었던 의미 모를 미소가 떠올랐다. 역시나 본 게 맞았구나. 나는 그렇게 생각하며, 아이린에게 말했다.

"그러니까. 샤넌 님이 혼자 자작극 하시는 걸, 아이린 님이 처음부터 보고 있었다. 이거죠?"

"그렇지! 그거야. 바이올렛이 당차게 대처하는 것도 봤고."

"처음부터 보셨다면, 당장 오셔서 저를 도와주셨어야죠. 설마…… 상황이 더 재밌게 흘러갈 것 같아서 지켜보고 계셨던 거 아니죠?"

내가 미심쩍은 눈으로 아이린을 바라보자, 아이린이 살갑게 내 팔짱을 꼈다.

"내가 이래서 바이올렛을 좋아해. 당연히 재밌어질 것 같으니까 그냥 놔뒀지! 우리 바이올렛이 잘 헤쳐 나갈 걸 믿고 있기도 했고."

아이린의 애교스러운 말투는 귀엽긴 했지만, 오늘은 어딘지 모르게 얄밉게 느껴졌다. 어째서 지켜보고 있었으면서 도와줄 생각을 하지 않았던 걸까. 나는 한숨을 길게 내뱉었다.

"화난 거야? 어찌 됐건 일은 잘 풀렸었잖아!"

만약에 일이 잘 풀리지 않았다면, 아이린은 어떤 말을 했을까? 나는 탐탁지 않은 눈빛으로 그녀를 응시했다. 아이린은 내 눈빛에 아랑곳하지 않으며 제 말을 이어했다.

"바이올렛. 그보다도 내가 놀라운 소식 하나 얘기해 줄까?"

"……아니요. 듣고 싶지 않아요."

그 놀라운 소식, 어쩐지 들으면 엄청 피곤해질 것 같은 예감이 들어서. 나는 아이린의 시선을 넌지시 피했다. 일종의 회피랄까.

회피하는 내 시선을 단번에 눈치챈 아이린이 볼멘소리를 냈다.

"매정해. 바이올렛이 며칠 사이에 너무 매정하게 변했어."

"믿으실지는 모르겠지만 저는 원래부터 이랬어요."

그러자 아이린이 울먹이는 표정을 지어 보였다. 금방이라도 울음을 터뜨릴 듯한 아이린의 표정이 정말로 리얼해 보였다. 그런 그녀의 얼굴을 계속해서 보고 있자니 매정했던 마음이 조금씩 약해지기 시작했다.

나는 미간을 찌푸리면서도, 그녀에게 백기를 들고야 만다.

"좋아요. 얘기해 보세요."

내가 승낙을 해 버리자 아이린은 언제 울먹였냐는 듯이 활짝 웃어 보였다. 웃고 있는 얄미운 아이린의 볼때기를 있는 힘껏 꼬집고 싶단 생각이 잠깐 들었다.

"에기가 오늘 아침에 공작가에 서신을 넣었어."

"공작가요? 설마 저희 집?"

"그래. 너희 집이지, 그럼 어디겠어?"

"그래서요?"

"그 서신의 내용이 뭔지 알아?"

"글쎄요. 그다지 궁금하지는 않네요."

궁금하지 않다고는 했지만, 조금 궁금했다. 에르하르트가 공작가에 서신을 보냈다면 무슨 이유로 보냈을까?

원래의 책 속에서는 에르하르트가 바이올렛에게 서신을 보내는 내용 따윈 나와 있지 않았다. 되레 그녀가 에르하르트에게 서신을 보낸다면 모를까.

"듣고 놀라지나 마."

"뭔데요? 일단 들어나 봅시다."

"그러니까, 에기가 글쎄……."

아이린은 말을 하다 말고 어딘가를 응시했다. 그녀의 시선이 닿은 곳은 그리 멀지 않은 곳이었다. 나는 그녀의 시선의 끝을 응시했다. 그러자 그곳에는 에르하르트가 우리에게 가까이 다가오고 있는 게 보였다. 아이린은 마침 잘되었다는 듯 에르하르트를 향해 손을 흔들었고, 그녀는 다시금 제 말을 이어 했다.

"에기가 공작가에 정식으로 약혼을 청했어."

"······네?"

갑자기 약혼이라니? 내가 놀라는 사이에 에르하르트는 얼굴이 구체적으로 보일 정도로 가까이 다가와 있었다. 그의 얼굴엔 표정이라고 할 만한 게 전혀 나타나 있지 않았다. 지극히 무표정인 그의 눈은 이윽고 내 눈과 마주치고야 만다. 내게서 시선을 떼지 않는 에르하르트의 눈빛은 티가든에서 보았던 그의 눈빛과 닮아 있었다.

아련한 그 눈빛. 무언가를 진심으로 그리워하는 듯한 눈빛.

이윽고 우리 앞까지 다가온 에르하르트가 발걸음을 멈췄다.

"바이올렛."

그는 내 이름을 조용히 불렀다.

"둘이서 할 얘기가 있을 것 같으니까, 나는 이만 빠질게."

아이린이 샐쭉하게 웃어 보이며 곁을 지키고 있던 시녀에게 손짓했다. 그러자 시녀가 아이린이 타고 있던 휠체어를 끌어 다른 곳으로 사라지기 시작했다. 일을 벌여 놓고 사라지는 아이린의 뒷모습을 보자 자연스럽게 한숨이 새어 나왔다. 깊은 시름에 담긴 한숨이었다. 복잡한 얼굴로 에르하르트를 올려다보자마자 떠오른 것은 방금 전에 아이린이 했던 말이었다.

'에기가 공작가에 정식으로 약혼을 청했어.'

에르하르트와의 약혼이라니, 말도 안 되는 소리였다. 샤넌과 사랑의 결실을 맺어야 할 에르하르트가 저를 싫어한다는 나에게 왜 약혼을 청하냔 말이다.

있을 수도 없는 일이고, 있어서도 안 될 일이었다.

나는 앉아 있던 자리에서 일어서서 그에게 정중히 인사를 했다. 그러자 에르하르트가 내게 무슨 말을 하려는 듯이 붉은 입술을 작게 들썩였다. 나는 그의 입술에서 소리다운 소리가 나오기 전에, 먼저 선수를 쳐서 말했다. 아무래도 내 의사를 좀 더 확실히 표현할 필요가 있는 것 같았기 때문이었다.

　"공작님. 그 약혼, 저는 싫어요."

　"그 말을 할 줄 알았어."

　에르하르트는 기분 나빠하기는커녕 되레 제 예상이 맞아떨어졌음을 실감한 헛웃음을 낮게 지었다.

　"그런데도 그런 짓을 하셨어요?"

　"내가 할 수 있는 방법은 그것밖에 없었으니까."

　에르하르트의 당당한 태도에 어이가 없어 한숨이 나왔다. 이렇게 한숨을 쉬다간, 몇 년은 더 늙어 버릴지도 모르겠다는 기분이 들 정도였다.

　"하지만 제가 거절하면 모든 것이 끝날 거예요."

　"하지만 나는 또다시 네게 약혼을 청하는 서신을 보내겠지."

　에르하르트가 지지 않고 대답했다. 딱히 그를 몰아붙이고자 했던 것은 아니었지만, 그가 너무나도 태연자약하게 내 말에 대답하자 어쩐지 오기가 났다. 나는 그에게 따지듯 되물었다.

　"에르하르트 공작님. 도대체 제게 이렇게까지 하시는 이유가 뭐예요? 제가 싫다고 했잖아요. 싫어하는 사람을 이렇게까지 붙잡는 이유가 도대체 뭐냐고요. 저는 도무지 이해가 되지 않아요."

　"……그대는 내가 단지 그대가 흥미롭게 변했기 때문에 이렇게까지 잡는다고 생각하는가?"

　그럼. 당신을 싫어한다고 선언했기에 관심이 다시 생긴 거잖아. 나는 도끼 같은 눈동자로 그를 노려보며 대답했다.

"네, 그래요. 공작님은 심각한 도끼……. 아니, 상대방이 자신을 싫어하면 흥미를 가지시는 분이니까요."

"바이올렛. 나도 처음부터 네게 그러진 않았어."

……처음부터 그러지 않았다니?

무슨 말인지 단번에 이해할 수 없었다. 복잡한 듯, 여전히 아련한 에르하르트의 시선을 느끼자, 문득 갑작스럽게 머리가 아파오기 시작했다. '그래도 싫다.'라고 말하려던 순간, 숨이 막혀 말을 할 수가 없었다.

곧이어 시야까지도 흐려졌고, 에르하르트의 얼굴과 녹음으로 가득 찼던 주변의 풍경들이 옅어져 갔다. 주변에서 들리던 이름 모를 귀족들의 말소리는 점차 작은 소리가 되어 갔고, 눈을 느릿하게 한 번 깜빡였을 때 주변은 칠흑 같은 어둠으로 휩싸여 있었다.

얼마 지나지 않아 시야는 다시 환해졌다. 선명해진 시야 앞에 처음으로 보인 것은 진짜 바이올렛의 모습이었다. 싱그러운 포도 알을 닮은 보랏빛 머릿결을 잘 말아 올린 바이올렛. 그녀의 모습은 아름다웠다.

바이올렛이 있는 곳은 바바라스 공작가의 응접실이었다. 그녀는 소파에 앉아 있었는데, 혼자는 아니었고 어떤 남자와 함께였다. 얼굴이 흐릿하긴 했지만, 내게 있어 그 남자는 초면이었다.

바이올렛은 마주 보고 있던 남자에게 매혹적인 미소를 짓고 있었다. 그러다 그녀는 남자의 입술 춤을 제 손끝으로 부드럽게 쓸었다. 남자는 그것이 어떤 신호라고 생각한 것인지 그녀의 입술 위에 제 얼굴을 기울이기 시작했다. 두 사람의 입술이 닿은 것은 순식간의 일이었다. 두 사람은 꽤나 공격적으로 서로의 숨결을 나누며 입술을 맞대었다.

나는 숨조차 쉬지 못하고 그 광경을 바라보았다. 그러다 조금 열려진 문틈 사이로 인기척이 느껴졌다. 나는 문틈 사이에 내비친 인기척의 주인을 응시했다.

에르하르트, 그였다.

그는 열린 문 틈새에 서서 바이올렛과 낯선 남자가 키스를 나누는 것을 지켜보고 있었다. 그 광경을 지켜보던 그는 제 아랫입술을 짓이겼다. 그의 검은 동공은 그 어느 때보다도 무겁게 가라앉아 있는 듯했다.

"……올렛? ……이올렛!"

내 이름을 다급하게 부르는 현실 속 그의 목소리가 들렸다. 그의 목소리가 들림과 동시에 눈앞에 보이던 영상이 차츰 흐려졌다. 그러곤 다시금 현실의 소리가 들리기 시작했다. 나는 머리를 몇 번 흔들며 정신이 완전히 돌아오길 기다렸다. 몇 분이 지나고 나서야 주변의 녹음이라든지, 눈앞의 에르하르트의 모습이 완전히 시야에 들어왔다.

"괜찮은가?"

에르하르트가 걱정스러운 말투로 내게 물었다. 나는 그의 말에 단번에 대답하지 못하고, 유리잔에 담겨 있는 물을 들이켰다.

방금 본 것은 무엇이었을까? 저번과 다름없이 바이올렛의 기억을 봐 버린 것일까?

혼란스러웠다. 바이올렛의 기억이 어째서 내게 자꾸만 보이는 것이며, 나는 그 기억을 어떻게 받아들여야 하는 걸까.

처음부터 그러지 않았다던 에르하르트의 말이 사실이라면, 바이올렛이 다른 남자를 만나는 것을 보고 난 뒤에, 바이올렛을 대하는 에르하르트의 태도가 차가워졌다는 걸까.

"……괜찮아요. 잠시 어지러웠나 봐요."

"내가 마차를 불러 올게. 그대는 저택으로 다시 돌아가는 게 좋겠군."

"아니에요, 됐어요. 마차를 불러도 제가 불러요."

나는 여전히 혼란스러웠기에 이런 상태로 그와 더 이상 대화를 나눌 수가 없겠단 생각이 들었다. 나는 급하게 발걸음을 떼었다. 하지만 정신이 온전히 돌아왔던 것은 아니었던 듯 몸이 휘청거렸다. 에르하르트는 급히 다가와 쓰러지려고 하던 나를 잡아챘다. 내 팔에 닿아 있는 그의 손아귀가 단단했다.

"이거 놓으세요. 혼자 걸어갈 수 있어요."

"부탁이니까 이것까진 거부하지 말아 줘. 마차는 그대가 직접 불러도 좋으니까."

"공작님, 제발……."

나는 그에게 호소하듯 말했다. 내가 그의 팔을 쳐냄과 동시에 누군가가 내 손을 잡고 끄는 것이 느껴졌다. 나는 하릴없이 누군가의 품에 안기고야 만다. 그러자 익숙한 체취와 따뜻한 체온이 내게 닿았다. 문득 고개를 들었을 때, 하론의 얼굴이 보였다.

"싫다고 하지 않습니까."

하론의 목소리엔 경계의 빛이 가득했다. 더불어 올려다본 그의 얼굴은 경직되어 있었다. 하론은 나를 좀 더 제 품에 끌어당겼다. 더 이상 에르하르트에게 여지를 주지 않겠다는 듯이.

"그대가 끼어들 일이 아닐 텐데."

"제가 끼어들고 말고를 공작님이 결정할 문제는 아닌 것 같습니다만."

하론의 되바라진 대답에 에르하르트는 허탈한 소리를 내더니, 한참이고 나를 잡았던 제 손을 내려다보았다. 에르하르트의 빈손이 제자리를 찾아가는 데 꽤나 오랜 시간이 걸렸음이었다. 제 손을 내려다보던 에르하르트는 시선을 들어 올려 나와 하론을 바라보았다. 그는 떨리는 제 아랫입술을 깨물었다. 그런 그의 모습이 낯설지가 않았다.

방금 전, 바이올렛의 기억 속에서 보았던 에르하르트의 얼굴과 같았기 때문이었다.

"가자, 바이올렛."

하론이 나를 이끌자, 나는 그를 따라 걸음을 옮겼다. 에르하르트가 다시 우리를 막아서는 일은 없었다. 고개를 조금 비틀어 에르하르트의 모습을 보았을 때, 우리에게서 눈을 떼지 못하는 그의 모습이 쓸쓸하게만 보였다.

"바이올렛."

하론이 내 이름을 부르자, 나는 에르하르트를 보던 시선을 거두었다. 어딘지 모르게 하론의 목소리가 평소와는 무지 다르게 들렸다. 냉정한 기운이 가득하다고 해야 할까.

"응."

"네가 나에게 했던 말을 기억해?"

"무슨 말?"

"샤넌 님에게 관심을 주지 말라던 말."

"응. 기억해. 여전히 네가 그랬으면 하는 마음이기도 하고."

"나도 네게 한 가지 부탁할게."

"무슨 부탁?"

하론은 잠시 틈을 두었다가 다시 내게 말했다.

"네가 공작님과 약혼을 하지 않았으면 좋겠어."

동시에 그는 내 어깨를 꽉 쥐었다. 올려다본 그의 얼굴이 지나치게 가까워져 있었다. 나는 어쩐지 말라가는 입 안을 느끼며, 그에게 물음을 건네었다.

"내가 그와 약혼을 하지 말아야 할 이유라도 있어?"

내 물음에 하론은 걷고 있던 걸음을 멈추었다. 그는 무언가를 망설이는 듯한 푸른 눈동자로 나를 가만히 내려다보았다.

"이유가 있다면?"

"얘기해 줘."

"나도…… 네가 행복해지길 바랄 뿐이야. 바이올렛."

하론은 고개를 숙였다. 망설이던 그의 푸른 눈동자는 내게 점점 더 가까워졌고, 하론의 하늘빛 머리칼 끝이 내 뺨을 작게 간질였다. 나는 본능적으로 눈을 감았다. 그러자 내 이마에 따뜻한 무언가가 스치는 듯한 기분이 들었다.

익숙한 따뜻함과 부드러움. 하론의 입술이었을까?

하지만 다시 눈을 떴을 때엔, 하론은 고개를 바짝 들고선 내가 아닌 누군가를 응시하고 있었다.

"무슨 일 있으셨나요? 소란스럽기에 걱정이 되어서."

익숙한 목소리가 들린 것은 그때였다. 나는 하론의 시선을 따라갔다. 그러자 어느 새인가 우리에게 다가와 말을 건넨 샤넌이 보였다. 샤넌은 멀리서 보았을 때와 다름없이 가까이서 보았을 때도 매우 아름다운 모습이었다. 딱히 장신구를 한 것도, 화려한 드레스를 입은 것도 아니었지만 그녀는 뭇사람들의 이목을 끄는 면모를 가지고 있었다. 심지어 여자인 나조차도 눈을 뗄 수 없었으니. 그녀에게서 눈을 떼는 것은 마치 죄악인 것처럼 느껴질 정도였다.

나는 하론의 품에 기댔던 몸을 곧추 세우고선 그녀에게 인사를 했다.

"아무 일도 없었어요. 걱정해 주셨다면 감사해요."

"그렇다면 다행이에요. 하지만 공녀의 낯빛이 정말 좋지 않아 보여요."

"정말 괜찮아요."

나는 예의상의 미소를 지었다. 사실 당신이 걱정해 주는 것은 전혀 달갑지 않으니, 제발 내게 신경 좀 쓰지 않았으면 좋겠다고 생각했다. 샤넌는 입가에 띠고 있던 미소를 지우지 않고 내게 무언가를 건넸다. 그것은 손바닥보다 조금 큰 크기로 포장이 예쁘게 잘 되어 있는 것이었다.

"얼마 뒤에 공녀의 생일이라고 들었어요. 그냥 지나치기는 좀 그래서……
작게나마 선물을 준비했어요. 받아 주셨으면 좋겠어요."

나는 샤넌이 건네는 것을 순순히 받았다. 그리 무겁지 않은 것이었다. 잘
싸인 포장지 덕에 내용물은 보이지 않았지만, 손으로 만지자 바스락거리는
소리가 들렸다. 찻잎인가? 내가 샤넌을 의문스러운 눈빛으로 바라보자, 샤
넌이 내 의문을 알아차린 듯이 말했다.

"로즈마리 꽃을 말린 것이에요. 꽃의 보랏빛이 영애와 닮은 것 같아서 주
고 싶었어요."

"로즈마리."

손에 쥐여진 샤넌의 선물을 보자 이상한 기시감이 들었다. 로즈마리라.
결단코 나와 그다지 상관없는 꽃이었음에도 불구하고, 나는 그것이 퍽 익숙
하게 느껴졌다. 나는 로즈마리라는 말을 혼잣말로 몇 번이나 되뇌었다. 샤
넌과 하론은 그런 나를 그저 묵묵히 바라보고 있었을 따름이었다.

"……!"

그러다 원작 속 내용을 떠올리고야 만다. 더 정확하게 말하자면 '로즈마
리'와 관련된 원작 속 내용 말이다. 그것이 내게 든 이상한 기시감의 원인이
었음에 분명했다.

찻잎을 선물하는 내용과 보랏빛 로즈마리 꽃.

그 일은 원작에서 바이올렛이 샤넌에게 행했던 일이었다.

원작의 내용을 이토록 빨리 떠올릴 수 있었던 이유는, 그 사건이 꽤나 큰
사건으로 묘사되었기 때문이었다. 원작 속 바이올렛이 샤넌에게 선물한 말
린 로즈마리 꽃은 매우 아름답고 향도 좋았지만, 치명적인 불순물을 포함하
고 있었다. 아름다움과 어울리지 않는 불순함의 정체는 극소량의 코카인이
었다. 눈보다도 하얗지만, 눈으로는 볼 수 없는 그 불순물. 그것은 생명을 앗

아갈 만큼의 치명적인 가루요, 바이올렛이 샤넌에게 저질렀던 패악 중에 하나였다.

설마하니 샤넌이 이 로즈마리에 코카인을 넣었을까 싶었다. 원래의 소설 속 샤넌의 성격이라면 절대 하지 않았을 행동이었지만, 그렇다고 해서 이 로즈마리 속에 불순물이 포함되어 있지 않다고는 확신할 수 없었다. 소설의 내용은 이미 내가 알고 있던 범주를 많이 벗어났고, 샤넌 또한 내가 알고 있던 원작 속 샤넌의 모습이 아니었으니까.

그렇게 생각하자 괜스레 불안한 기분이 들었다. 원작과는 적잖이 달라진 샤넌이었기에 그녀가 또다시 내 예상 밖의 행동을 했을지도 모르겠단 생각마저도 들었다.

그렇다면 한번 확인해 보는 것은 어떨까. 나는 손에 쥔 샤넌의 선물을 가볍게 말아 쥐며 그녀에게 가까이 다가갔다. 확인이라는 게 대단한 일을 하려는 것은 아니었고, 그저 그녀를 한 번 떠볼 심산이었다. 아니면 아닌 것이겠지만 말이다.

나는 가까이 다가간 샤넌의 귓가로 얼굴을 조금 수그렸다. 그러곤 작은 목소리로 말을 건네었다.

"선물, 감사해요. 그런데 샤넌 님."

"네."

"제가 이런 속임수에 속을 거라 생각하셨나요?"

나는 거기까지 말하고선 얼른 샤넌의 얼굴을 살폈다. 놀랍게도 그녀의 얼굴은 딱딱하게 경직되어 있었다. 미소 짓던 그녀의 입꼬리가 우습게 일그러지고 있었다. 하나 그것은 아주 잠깐 사이에 벌어진 일이었다. 샤넌은 금세 다시금 화사한 미소를 지으며 나를 응시했기 때문이었다.

"바이올렛 공녀. 무슨 말씀을 하시는 건가요? 속임수라뇨."

"이건 그냥 로즈마리가 아니잖아요. 고맙게 받긴 하겠지만, 잘 보관할지는 장담할 수 없네요. 뭐, 기분 나쁘시다면 미리 사과드릴게요.”

나는 그녀에게 비웃음이 담긴 조소를 지었다. 그러자 샤넌의 미소 짓던 얼굴이 또다시 무너졌다. 그녀는 본래의 페이스로 돌아가려 했지만, 무너진 그녀의 미소가 원상회복되는 일은 없었다. 그녀의 동요를 보자니, 샤넌은 확실히 이 로즈마리에 불순물을 넣은 것이 틀림없다는 생각이 들었다. 그것이 꼭 코카인이 아니라고 할지라도, 그녀가 이 찻잎을 순수한 의도로 내게 준 것은 아닐 것임에 분명했다.

“기분이 나쁘지는 않지만 조금 어이가 없네요.”

샤넌은 목소리를 크게 하고선 말했다. 꼭 주변에서 우리의 대화를 듣길 바라는 것만 같이.

“바이올렛 공녀는 제가 준 선물이 그렇게 마음에 들지 않은가요? 저는 공녀를 생각해서 고심하고, 또 고심해서 고른 것인데…….”

퍽도 익숙한 상황이었다. 아이린의 티 파티 때도 했던 그녀의 가증스러운 연기였기 때문이었다. 샤넌은 가련한 여자 주인공이 된 듯이 한껏 불쌍한 표정을 지어 보였다. 마음 약한 이가 본다면, 필시 그녀의 불쌍한 표정에 마음이 안쓰러워졌으리라.

하지만 나는 그렇게 호락호락하게 샤넌에게 당하고 싶은 마음이 없었다. 나도 방금 전보다도 커진 목소리로 그녀에게 말했다.

“저는…… 저는 그냥 감사드려서 그렇게 말씀드린 거예요. 이런 귀한 선물은 처음이라 어떻게 관리해야 할지 몰라서 그런 것뿐인데.”

나는 그녀보다 더 불쌍한 표정을 지었다. 창백해졌던 얼굴 덕에 내 모습은 한껏 가련해 보일 것이었다. 샤넌이 내 태도에 당황한 것인지, 그녀의 얼굴이 조금 붉으락푸르락해졌다. 나는 그녀를 더 약 올릴 심산으로 몸을 조금 휘청거렸다. 그러자 뒤에 서 있던 하론이 내게 다가와 쓰러지려 하는 내 몸을 받쳐 들었다. 기가 막힌 타이밍이었다.

나는 하론에게 못 이기는 척 안기며 주위를 둘러보았다. 주변의 귀족들이 쓰러지는 내 모습을 보며 안타까운 표정을 짓고 있었다. 아무래도 내 연기가 그들에게 제대로 먹혀들었음이 틀림없었다. 두 번이나 내게 농락을 당한 샤넌의 얼굴이 무참히 구겨졌다. 그녀는 악에 바친 눈동자로 나를 응시했다. 샤넌의 험악한 얼굴에 웃음이 삐죽 새어 나오려 하는 것을 가까스로 참았다.

이봐, 샤넌. 나는 원래의 바이올렛처럼 녹록하게 당할 사람이 아니라고. 나는 그리 생각하며 샤넌에게 넌지시 말했다.

"샤넌 님. 저는 이만 가 볼게요. 몸이 너무 좋지 않네요. 선물은 정말 감사해요."

나는 그렇게 말하고선 그녀를 지나쳐 가려고 했다. 그 순간 갑작스레 몸이 붕 뜨는 기분이 들었다. 내 발은 지면에서 벗어나 허공을 딛고 있었다. 동시에 내 허리와 허벅지 쪽을 감싸고 있는 하론의 단단한 손길이 느껴졌다. 그가 나를 안아 올린 것이었다.

"하론! 뭐, 뭐 하는 거야?"

그러자 하론은 아무렇지 않게 나를 안아 들고선, 굳은 얼굴을 한 샤넌의 곁을 지나쳐 갔다.

"쉿. 조용히. 아직 보는 눈이 많아. 연기를 했으면 끝까지 완벽하게 해야지."

작게 속삭이는 그의 목소리가 달콤하기만 했다. 나는 고개를 푹 숙였다. 아무래도 얼굴이 빨개진 것만 같았기 때문이었다.

***

하론은 나를 안은 채로 마차까지 걸어갔다. 그는 마차 안에 나를 고이 앉혀 주고 나서야 배시시 미소 지었다.

"하론. 내가 연기하는 걸 알고 있었어?"

"그럼. 방금 전 네 연기는 꽤 허술했다고."

하론이 소리 죽여 웃으며 제 말을 덧대었다.

"일부러 그런 거지?"

"……대단한 눈치인데? 동조해 줘서 고마워."

"별말씀을."

하론은 그렇게 말하며 저도 내 맞은편에 앉았다. 그의 얼굴엔 즐거운 미소가 떠나지 않았다. 나는 그의 미소를 보며, 방금 전에 있었던 일을 상기했다.

샤넌, 그리고 불순물이 담겼을지 모를 로즈마리. 나를 또다시 이상한 여자로 몰아가려고 했던 샤넌의 태도.

어찌된 영문인지 이야기의 흐름이 점점 이상해지고 있는 듯한 기분이 들었다. 지금에 와서 생각해 보니, 원작의 바이올렛이 샤넌에게 로즈마리를 줬던 시기는 샤넌과 에르하르트의 약혼을 알았을 무렵이었다. 주체만 달라졌다뿐이지, 소설 속 사건은 그대로 일어나고 있었던 것이었다. 문제는 그 주체가 어째서 바뀌었냐는 것인데.

아무리 생각해도 이상하단 기분을 지울 수가 없었다. 소설 속에 나오던 샤넌은 현명했다. 그런 그녀가 바이올렛이 할 만한 영악한 짓을 하는 건 당최 이해가 되지 않는 일이었다. 아무리 저가 사랑하는 에르하르트가 내게 약혼을 청했어도 말이다.

원작 속에서 샤넌이 현명했던 이유는 어떤 상황에 닥치건 침착했기 때문이었다. 그녀는 바이올렛의 악행에 선불리 대응하지 않고 상황을 가만히 지켜보며 돌파구를 찾았다. 그런 샤넌의 침착함은 되레 성미가 급한 원작의 바이올렛을 초조하게 만들었다. 바이올렛은 그런 샤넌을 더욱 자극하기 위해, 저조차도 감당하기 힘든 패악을 저지르기에 이른다. 스스로가 자멸의 길로 발을 들여놓게 된 것이었다.

그런데 방금 전 샤넌의 모습이 자멸을 향해 가고 있던 원작의 바이올렛의 모습과 닮아 보였다면. 그것은 내 착각이었을까?

답 없는 물음이 내 머리를 가득 채우자, 관자놀이까지도 욱신거렸다. 오늘따라 달리는 마차의 소리가 더욱더 시끄럽게만 느껴졌다. 나는 생각하는 것을 멈추고 잠시 눈을 감았다. 그러자 옆에서 작은 인기척이 느껴졌다. 눈을 다시 뜨고 옆을 보자, 맞은편에 있던 하론이 내 옆에 자연스레 앉아 있었다. 그는 손을 뻗어 내 머리를 제 어깨춤에 기대게 만들었다.

"기대도 돼."

그의 차분한 목소리는 왠지 모르게 복잡했던 머리를 식혀 주었다. 그렇게 그의 어깨에 머리를 기대고 있자, 나도 모르게 잠깐 잠이 들었다. 어슴푸레하게 든 선잠이었다. 수마에 반쯤 잠긴 의식 속에서 하론이 내 머리칼을 쓰다듬는 게 느껴졌다.

"……."

하론이 작게 내게 뭐라고 말하였지만, 내게 그의 말이 모두 온전히 전달되지는 않았다.

시간이 얼마나 지났을까. 다시 의식을 완전히 차렸을 땐, 바이올렛의 방이었다. 잘 떠지지 않는 눈을 찌푸리며 주변을 둘러보자 주위가 밝았다. 마차에서 깜빡 잠들었던 것이 하루 종일 잠들어 버린 건지. 나는 침대에 누워 있던 몸을 일으켜 길게 기지개를 폈다. 눈을 뜨자 제일 처음에 들었던 생각은 바이올렛의 아버지를 찾아가야겠다는 생각뿐이었다.

그가 여전히 어색했지만 에르하르트가 공작가에 정식으로 약혼을 청한 이상, 아버지와 꼭 이야기를 나누어야 했다. 그 약혼이 정말 하고 싶지 않으니까.

나는 시녀의 도움을 받아 얼추 준비를 끝낸 후에, 아버지의 방으로 향했다.

괜스레 긴장되는 것은 어쩔 수 없었다. 방문을 지키고 있던 시녀가 내가 왔음을 아버지에게 알리자, 그는 흔쾌히 나를 방에 들였다.

아버지는 묵직한 서류 속에 파묻힌 듯이 책상에 앉아 있었다. 그는 고개를 들어 방으로 들어온 나를 지그시 바라봤다. 안경 안에 비친 그의 눈동자가 온화한 빛을 띠었다.

"바이. 오랜만이구나."

"네. 아……."

아버지. 그 한 단어를 아무렇지 않게 내뱉기가 여간 어려운 것이 아니었다.

"아……?"

"아버지."

나는 아버지란 단어를 겨우 내뱉고 한숨을 길게 쉬었다. 아버지는 자리에서 일어나 테이블 앞에 있던 소파에 앉았다.

"바이올렛. 왠지 모르게 네가 찾아온 이유를 알 것만 같구나. 그리 서 있지 말고 이리 오렴. 요즘 통 나를 찾아오지 않아서 내가 얼마나 서운했는지 모른단다."

"……."

나는 아무 말도 하지 못하고 그의 맞은편 소파에 앉았다. 나는 소파에 앉으며 무의식적으로 주변을 둘러보았다. 처음으로 들어온 그의 방은 꽤나 꾸밈이 없었다. 눈에 띄는 가구라곤 벽에 걸린 그림 하나가 다였으니. 거기엔 바이올렛을 꼭 빼닮은 여자 하나가 그려져 있었다. 바이올렛의 어머니일까? 자세히 기억이 나진 않지만, 소설 속 바이올렛은 일찍이 어머니를 여의었다.

"에르하르트 공작과의 약혼 때문에 나를 찾아온 것이냐."

아버지의 말에 나는 주변을 돌아보던 시선을 거두고, 그를 다시금 응시했다. 그러고는 흔쾌히 수긍했다.

"네. 맞아요."

"좋다. 바이올렛. 네가 네 의견을 얘기하기 전에 내 의견을 먼저 얘기해도 괜찮겠느냐."

"괜찮아요. 말씀해 주세요."

그는 두어 번의 헛기침 뒤에 말을 하기 시작했다. 나는 그의 말에 가만히 집중을 했다.

"나는 솔직하게 얘기해서 그와 네가 약혼을 하는 것을 그리 나쁘게 보지 않는단다. 물론 네가 아침부터 나를 이렇게 찾아온 것을 보면, 너는 그 약혼을 꺼려하는 것 같다만."

"정확하시네요. 맞아요. 저는 그와 약혼을 하고 싶지 않아요."

"오오, 바이올렛. 네가 싫다는데 구태여 강제로 약혼을 시키고 싶은 것은 아니지만, 그와 약혼을 하고 싶지 않은 이유를 물어봐도 괜찮겠느냐?"

"저는…… 그를 사랑하지 않아요. 약혼은 그의 일방적인 결정이에요. 그런 일방적인 결정에 따르고 싶지 않고요."

"그러니까, 네 말은 오로지 감정적인 이유로서 그와의 약혼을 거절한다는 거구나."

"네."

"바이올렛. 내 생각을 조금 더 말해도 되겠느냐. 물론 약혼을 함에 있어 사랑도 중요한 요소지만, 오로지 감정적인 요인으로서 이 약혼을 무르기엔 조금 아깝단 생각이 드는구나."

아버지는 조금 흘러내린 안경을 추어올리곤, 쓴웃음을 지으며 말했다.

"에르하르트 공작. 인정하고 싶지 않지만, 그의 권세가 날이 갈수록 커지고 있어. 나조차도 무시할 수 없을 정도지. 그의 앞날이 앞으로 더 창창해질 것은 누구라도 예상할 수 있단다. 나는 우리 바이올렛이 그의 그런 면모를 좀 더 생각하고, 이 약혼을 고려해 주었으면 한단다."

그의 말이 틀린 것은 아니었다. 에르하르트는 소설 속의 전형적인 남자 주인공으로서 무슨 일을 하건 성공했고, 왕실의 후원도 두둑이 받고 있었으니까. 그래서 그를 함부로 대하는 이는 거의 없었다. 그것이 설령 내 앞에 있는 바이올렛의 아버지라고 할지라도 말이다.

내가 거절을 하면 모든 것이 깨끗하게 정리될 거라 여겼던 일이 예상보다 복잡하게 될 수도 있겠구나, 하는 생각이 들었다.

"아버지의 말에 틀린 점은 없어요. 좋아요. 좀 더…… 이성적으로 생각해 볼게요."

"그래. 하지만 후에 네가 무슨 결정을 하든지 간에 나는 그 결정을 존중해 줄 거란다. 하나 내가 원하는 것은, 네가 결정함에 있어 그 결정에 대한 이성적이고 합리적인 이유를 제시해 주었으면 하는 것이란다."

나는 고개를 끄덕였다. 놀랍게도 반박할 말이 전혀 떠오르지 않았음이었다. 그 대화를 끝으로 나는 그의 방을 나섰다. 더 이상 어색하게 할 말은 없었기 때문이었다. 바이올렛의 방으로 돌아가며, 내 머릿속엔 한 가지 생각만이 끊임없이 맴돌았다.

에르하르트와의 약혼을 거절할 이성적이고 합리적인 이유.

사실 따지고 보면 내게는 합리적인 이유가 있었다. 에르하르트는 원작의 내용처럼 끝내는 샤넌을 사랑할 것이니까. 그와 약혼하면 내가 불행해질 테니까. 하지만 이것은 이성적인 이유에 해당하지 않았다. 누가 듣더라도 그것은 필시 감정적인 이유임이 분명했다.

그렇다면 어떻게 해야 그와의 약혼을 단번에 무를 수 있을까. 잠깐의 고민 끝에 내가 내린 결론은 에르하르트를 직접 찾아가는 것이었다. 이른바 정면 돌파. 그를 찾아가서 그에게 약혼을 물러 달라 청할 셈이었다. 물론 도끼병인 그가 내 말을 쉽게 들어줄지는 알 수 없었다. 하지만 다른 방법은 전혀 떠오르지 않았다.

* * *

에르하르트 공작가로 가는 길은 그리 멀지 않았지만, 이상하게도 그 길이 길게만 느껴졌다. 그러다 끝내 도착한 에르하르트의 저택이었다. 나는 공작저로 들어서며, 시녀에게 그의 행방을 물었다. 약속도 없이 찾아온 것이라 그가 부재중일 수도 있었기 때문이었다.

다행히도 그는 저택에 있었고, 서재에서 책을 읽고 있다고 했다. 나는 이름 모를 공작가의 시녀를 따라 그의 서재에 들어갔다. 서재의 꽤나 넓었고, 서재를 가득 메운 책장은 정말 길고 컸다. 바바라스 공작의 서재보다도 훨씬 더 큰 것만 같았다.

나는 나도 모르게 손가락을 대어 책들을 훑으며, 책장을 따라 조용히 걸어갔다. 한 책장이 끝나는 부분까지 걸어가자, 에르하르트의 모습이 보였다.

그는 소파에 앉아 다리를 꼰 채로 책을 읽고 있었다. 그는 지금까지 봤던 옷차림 중에 제일 간소한 옷차림을 한 채였다. 더불어 손질되지 않은 그의 머리칼은 자연스럽게 이마 위를 웃돌고 있었다. 아무래도 오늘 그에겐 대외적인 활동이 없었음에 분명했다.

나는 평소완 다르게 흐트러진 모습을 한 에르하르트를 오랫동안 응시했다. 왜인지는 모르겠지만, 그런 그의 모습이 썩 나쁘게 느껴지지 않았다. 이상한 일이었다.

그는 독서에 집중하고 있었던 것인지, 내가 저를 보고 있다는 것을 눈치채지 못한 것 같았다. 내 숨소리마저도 하나의 소음이 되어 버릴 법한 조용한 사위. 그 속에서 유일한 소리는 에르하르트가 책장을 넘기는 소리 하나뿐이었다.

그러다 어느 순간 그의 고개가 아주 자연스럽게 내 쪽으로 돌아가기 시작했다. 그의 고개는 내가 서 있는 곳까지 완전히 돌아가고서야 멈추었다. 그리고 우리의 시선은 완전히 마주쳤다.

"바이올렛."

그는 내 이름을 매끄럽게 불렀다. 평소보다도 나른한 목소리였다.

"에르하르트 공작님, 약속도 없이 찾아와서 죄송해요. 공작님께 꼭 하고 싶은 얘기가 있어서 무례를 무릅쓰고 찾아왔어요."

"네가 조만간 찾아올 걸 알고 있었어."

그는 보고 있던 책을 덮으며 밀혔다.

"그럼 제가 왜 찾아왔는지에 대해서도 짐작하고 계시겠네요."

에르하르트는 대답 없이 소파에서 일어섰다. 그러곤 느릿한 걸음으로 내 앞까지 걸어왔다.

"내가 청한 약혼을 무르는 게 생각보다 쉽지 않았으니까 나를 이렇게 찾아왔겠지. 직접 물러 달라고 청하기 위해."

에르하르트가 책장에 몸을 조금 기대고 나를 내려다봤다.

"그렇지?"

그는 꿀을 발라 놓은 듯한 달콤한 목소리로 내게 물었다. 우리의 상황과는 전혀 어울리지 않은 목소리라는 생각이 들었다. 나는 그의 목소리와 상반되는 앙칼진 목소리로 대답했다.

"정확하시네요. 약혼을 물러 주실 수 있나요?"

"처음부터 물러 줄 생각이었다면, 애초에 약혼을 청하지 않았어."

그는 자연스럽게 팔짱을 끼며, 슬그머니 미소를 지었다. 나른하게 물든 그의 눈동자는 내게서 떨어질 생각을 하지 않았다.

"그럼 끝까지 밀고 가시겠다는 건가요?"

"네가 끝까지 나를 밀어낸다면."

그는 여전히 엷은 미소를 짓고 있었지만, 그 미소 속에서 나온 말은 씁쓸하게만 들렸다. 그러고선 그는 제 말이 끝난 것이 아니란 듯이 붉은 입술을 다시금 달싹였다.

"괴로웠어. 나는 네가 지금 이렇게 행동하다가도 또다시 예전의 바이올렛의 모습으로 돌아갈 거라고 생각했거든. 그래서 네게 더 차갑게 대했던 거야. 네가 다른 남자와 어울리던 모습을 내 눈으로 보는 건 너무나도 힘들었으니까."

그의 말을 들음과 동시에 바이올렛의 기억을 떠올렸다. 다른 남자와 키스하던 바이올렛의 모습을 지켜보던 에르하르트의 그 모습.

"하지만 지금은 확실히 달라진 것 같아. 요즘 너는 다른 사람처럼 느껴져."

나는 다른 사람이었으니까, 에르하르트가 느끼고 있는 것은 정확한 것이었다. 에르하르트는 내가 다른 사람임을 짐작도 하지 못할 테다.

"예전처럼 다시 돌아가자고 하는 건, 너무 무리한 부탁인 건가."

그 말을 끝으로 에르하르트의 아련한 시선이 내 얼굴에 가까워지기 시작했다. 그가 내게로 고개를 기울였기 때문이었다. 팔짱을 끼고 있었던 에르하르트의 손은 내 어깨를 조용히 감싸 쥐었고, 나른했던 그의 눈 위엔 눈꺼풀이 드리워 있었다.

피해야 돼, 그를 밀쳐내야 해, 라고 생각하면서도 내 몸을 마음대로 가눌 수가 없었다. 아련한 그의 눈빛에 잠깐 홀린 것만 같았다. 이내 에르하르트의 입술이 내 입술 부근까지 다가오고 나서야, 나는 가까스로 고개를 돌릴 수 있었다.

"그만."

"……."

에르하르트는 감았던 눈을 뜨고선 나를 응시했다. 그의 얼굴이 아직까지 너무나도 가까웠다.

"당신에겐……. 샤넌 님이 있잖아요. 저는 공작님이 제게 이러는 걸 원치 않아요."

내 입에서 샤넌이라는 이름이 떨어지기가 무섭게 에르하르트의 입술에선 작은 한숨이 흘러나왔다.

"그녀에게 호감이 있었던 것은 사실이야. 하지만 나는 그녀를 좋아하지 않아."

"믿을 수 없어요."

내가 그렇게 대답하자 에르하르트는 내게 수그렸던 고개를 다시 빳빳하게 들었다. 그는 한참을 대답 없이 제 눈을 가느다랗게 뜨고선 나를 내려다보기만 했다. 이윽고 그가 꺼낸 말이라곤, 나를 당황시키는 누군가의 이름이었다.

"하론 클로노아."

"……."

하론 클로노아. 에르하르트는 하론의 이름을 명백하게 적대적으로 부르고 있었다. 에르하르트는 티가 나게 하론을 경계하고 있었지만, 내가 그의 이름을 듣자마자 떠올린 것은 하론의 부드러운 면모들뿐이었다. 그가 짓던 부드러운 미소, 미소를 지음에 예쁘게 들어가던 보조개 그리고 나를 부르던 그의 친밀한 목소리. 그가 보고 싶단 생각이 들었다면.

"그 때문에 내게 이러는 것인가."

"그게 무슨……."

그게 무슨 말이냐고 물으려던 순간 에르하르트가 내 말을 잘랐다.

"바이올렛. 그를 좋아하냐고 묻는 거야."

"……."

그를 좋아하냐니.

나는 할 말을 잃고 그를 빤히 보았다. 책을 읽을 때도 남자 주인공이었던 에르하르트보다 안타까운 서브남인 하론에게 더 마음이 갔던 것은 사실이었다. 그리고 하론을 실제로 만나자, 그가 더 좋아진 것도 사실이었다. 하지만 그것은 이성에 대한 마음까지는 아니었다. 에르하르트는 무엇을 보고 내가 하론을 좋아하는 게 아닐까 하는 의문을 가졌던 걸까.

"대답해."

"제가 공작님께 대답해야 할 의무는 없는 것 같은데요."

나는 그렇게 말하며 그의 손아귀에서 어깨를 빼냈다. 에르하르트는 제 미간을 옅게 구겼다.

"당신과 하론의 이야기는 하고 싶지 않아요. 제가 오늘 찾아온 것은 당신과 저 사이의 문제 때문이니까."

"……."

"다시 한 번 더 얘기할게요. 저는 무슨 일이 있어도 당신과 약혼하지 않을 거예요. 제 약혼이니까, 저는 제가 원하는 사람과 하고 싶어요. 공작님이 지금 물러 주시지 않는다면 저는 다른 방법을 찾아서라도 어떻게든 약혼을 물릴 거예요."

나는 통보하듯이 그에게 말했다. 에르하르트의 얼굴은 이미 수습할 수 없이 일그러진 후였다. 하나 그의 일그러진 얼굴을 풀어 주고 싶은 생각은 전혀 들지 않았다.

"……다음엔 좀 더 편안한 얼굴로 공작님을 뵀으면 좋겠네요. 그럼 전 이만 가 볼게요. 책 읽으시는 거, 방해했다면 죄송해요."

나는 그에게 고개를 숙여 가볍게 인사한 후에 뒤돌아섰다. 그러자 등 뒤에서 내 발걸음을 잡는 에르하르트의 목소리가 들렸다.

"네가 깨달았으면 좋겠어. 나는 네게 처음으로 마음을 줬었고, 그걸 먼저 짓밟은 건 너였고, 널 포기하려 했지만 나는 여전히⋯⋯ 널 사랑하고 있어."

'사랑하고 있어.'

다소 충격적인 에르하르트의 고백에 잠깐 동안 발걸음을 멈추었지만, 이내 빠른 걸음으로 그의 서재를 나오고야 만다. 서재의 문을 닫고 나오자, 다리에 힘이 빠졌다. 나는 잠깐 동안 문 앞에 몸을 기대었다.

에르하르트의 사랑.

그것은 원래의 바이올렛이 간절하게 원하던 것이었다. 연기처럼 어디론가 홀연히 사라져 버린 진짜 바이올렛은 자신이 원했던 사랑이 내게 향한 것을 알고 있을까? 그와 엮이지 않기 위해서 내비친 무관심이 되레 에르하르트의 마음을 자극한 것만 같았다. 이렇게 될 거였으면, 차라리 원래의 바이올렛처럼 그에게 매달렸어야 했을까? 다시 이야기를 원래대로 바로 잡으려면 어떻게 해야 하는 걸까.

그의 고백이 가슴 떨리기는커녕 달갑지 않게 느껴졌다. 물론 그의 고백에 전혀 설레지 않았던 것은 아니었지만, 그것보다도 당황스러움이 더 컸다. 제멋대로 흘러가 버린 소설 속 내용이 또다시 어떻게 바뀔지 짐작할 수 없었기 때문이었다.

나는 저택으로 돌아오는 길에 소설 속에 나왔던 사건들을 머릿속으로 정리를 했다.

샤닌과 에르하르트가 약혼을 할 것이라는 소식을 들은 바이올렛이 샤닌에게 코카인이 든 로즈마리 가루를 선물하였지만, 샤닌은 로즈마리 가루에 불순한 무언가가 들었음을 단번에 눈치챈다. 그녀는 코카인의 위협을 피하게 되고, 그다음은 아마…….

"공녀님, 도착했습니다."

거기까지 생각했을 때 마차가 멈추며 마부가 내게 말했다. 나는 생각하던 것을 멈추고 마차에서 내렸다. 그러곤 조금 무거운 발걸음으로 바이올렛의 방에 들어섰다. 방에 들어와 겉옷을 벗기 무섭게 누군가가 방문을 두드렸다.

"누구야?"

내 물음에 대답 대신 문이 슬그머니 열렸다. 자연스럽게 방으로 들어온 그가 나를 보며 빙긋 웃어 보였다.

하론이었다.

"……하론."

"문이 열려 있길래."

"네가 웬일이야?"

하론은 내 앞까지 단숨에 걸어왔다.

"우리가 언제 무슨 일이 있어야 만나는 사이였던가."

그는 자신의 집이라도 되는 양 테이블에 자연스럽게 자리했다. 그러고선 테이블 위에 팔을 올려 제 턱을 괴고 나를 빤히 바라봤다.

"바이올렛. 사실은 궁금한 게 있어서 찾아왔어."

"뭔데?"

나는 하론 앞에 앉으며 그를 바라봤다. 그의 얼굴이 가깝게 보이자, 왠지 모르게 에르하르트가 내게 했던 말이 자꾸만 떠올랐다.

'그를 좋아하냐고 묻는 거야.'

무슨 이유에선지 정확하게 대답할 수 없었던 그 질문이 머릿속에서 떠나

질 않았다. 내 생각을 모르는 하론은 꽤 진지한 얼굴로 내게 물었다.

"공작님과의 약혼은 취소했어?"

"아니, 생각보다 일이 복잡하더라. 아버지께 싫다고 하면 모두 끝날 일인 줄 알았는데. 그런 감정적인 이유로는 약혼을 무를 수 없대. 에르하르트도 손쉽게 약혼을 물러 줄 것 같도 않고. 왜 일이 이렇게 꼬여 버린 걸까? 나는 그냥 내가 원하는 대로 살고 싶을 뿐인데."

"……흠, 그러게. 하긴 너희 아버지 의견도 일리가 있긴 하지만……. 너는 그래도 그가 내키지 않은 거지?"

"응."

하론은 낮은 신음을 흘렸고, 우리 사이엔 짧은 침묵이 맴돌았다. 침묵을 먼저 깬 것은 하론이었다.

"그래서 하는 말인데. 내게 좋은 생각이 있어."

"에르하르트와의 약혼을 무를 수 있는 좋은 생각?"

"응."

"그런 게 있다면 얼른 얘기해 줘."

하론은 조금 망설이는 낯빛을 띠다 이내 팔에 괴고 있던 얼굴을 다시 반듯하게 세우고 나를 빤히 보았다. 착각인지는 모르겠지만, 하론의 흰 뺨이 조금은 붉게 물들어 있는 것도 같았다.

"바이올렛. 네가 나랑 먼저 약혼해 버리는 거야."

하론의 말을 듣자마자, 나는 불현듯이 저택으로 돌아오며 했던 생각을 마저 하게 되었다. 그래, 소설 속에 일어났던 다음 사건은 하론이 샤넌과 에르하르트의 약혼을 방해하는 내용이었다. 다른 사람을 나쁘게 대하지 못하는 하론이 처음으로 선(善)의 경계선을 넘는 부분이랄까.

그는 선의 경계선을 넘으면서 스스로 괴로워했다. 상대방을 악의적으로 괴롭히는 것은 태어나서 처음 하는 것이었기 때문에 더욱더 힘들었던 것일지도 몰랐다. 하지만 그렇다고 해서 하론은 샤넌과 에르하르트의 약혼을 방해하는 것을 멈출 수는 없었다. 시간이 지날수록 샤넌에 대한 하론의 사랑이 깊어져 갔기 때문이었다. 나는 원작 속에서 온 마음으로 괴로워하던 하론의 모습을 떠올렸다. 그의 밝은 모습만 봐 온 나로서, 그가 괴로워하는 모습은 도무지 상상할 수 없는 모습이었다.

그런 하론이 이번엔 나와 에르하르트의 약혼을 저지하려 한다라. 그것은 원작 속 사건과 엇비슷한 내용이라고 생각했다. 문제는 약혼의 주체라는 게, 샤넌이 아닌 내가 되었다는 점이었다.

현재의 내 입장만을 생각한다면 나는 하론과의 약혼을 승낙하고, 원하지 않던 에르하르트와의 약혼을 취하할 수 있었다. 하지만 오로지 나를 위해서 그를 이용하는 것이 마음에 걸렸다. 그가 행복하기를 바랐던 나였기에, 그를 이런 식으로 이용해서는 안 될 것만 같은 기분이었다. 더불어 그가 원작 속과 비슷한 일을 행하길 바라지 않았다. 그 행동들이 겹침이 그의 불행의 전조가 될지도 모르겠다는 생각도 들어서.

그사이 하론은 내게 좀 더 얼굴을 가까이 가져다 대고 내 대답을 기다렸다. 긍정적인 대답을 바라는 듯한 그의 눈빛을 보자 나도 모르게 그에게 그렇게 하겠노라고 말할 뻔한 것을 가까스로 참아냈다.

"하론. 제안은 고맙지만, 아무래도 그건 좀 아닌 것 같아. 나와 약혼했다가 네가 진짜로 다른 여자와 약혼하고 싶을 때 하지 못한다면 어떡해. 그리고 가짜로 약혼해서 에르하르트의 약혼을 무르고 나면, 그다음은? 우리의 가짜 약혼은 어떡할 셈인데?"

"나는 지금 너 아닌 다른 여자와 약혼할 생각이 없어. 공작이 약혼을 무르고 나서의 일은 그때 가서 다시 생각하면 돼. 일단은 그와의 약혼을 무르는 게 더 시급한 문제잖아."

"나는…… 네가 나로 인해 피해 받지 않았으면 좋겠어."

"피해가 아니야. 내가 원하는 거야."

그의 말투엔 한 치의 망설임도 보이지 않았다. 마치 예전부터 이미 모든 것을 계획하고 있었던 것처럼.

"나와의 약혼을 원하고 있다고?"

"그럼. 지금이 아니라면 내가 또 언제 이렇게 매력적인 여자와 약혼해 보겠어."

하론이 한쪽 눈을 찡긋했다. 동시에 그의 예쁜 보조개가 보기 좋게 들어갔다.

"흠. 내가 너무 성의 없게 얘기한 건가?"

그는 그렇게 말하며 자리에서 천천히 일어섰다. 그러곤 맞은편에 앉아 있던 내 앞까지 다가와 한쪽 무릎을 꿇었다. 그는 제 얼굴에 띠워져 있던 장난스러운 빛을 금세 지우고선 나를 진지하게 응시했다. 그는 내 쪽으로 손을 뻗으며 말했다.

"바이올렛. 나와 약혼해 줘."

내게 뻗어진 하론의 빈손은 저를 잡아주기를 참을성 있게 기다렸다. 지금 그의 손을 잡는다면 나는 이대로 그와 가짜로 약혼을 하게 될 것이다. 하론의 입장을 생각했을 때, 그와 약혼을 하지 않는 것이 옳은 일이었다. 나는 누구보다도 그 사실을 잘 알고 있었음에도 불구하고 까닭 없이 그의 손을 잡고 싶었다. 나는 무언가에 홀린 듯이 그의 손끝을 감싸 쥐었다. 그러자 심장 어딘가가 묵직한 기분이 들었다. 실제로 그에게 약혼 프러포즈라도 받은 듯한 묘한 기분이 드는 건 왜일까.

왜인지 모르게 긴장된 표정을 짓고 있던 하론은 환한 미소를 지었다. 그 미소는 보는 이마저도 기분이 좋아지게 만드는 미소였다. 그는 꿇고 있던 무릎을 일으켰다. 그러고선 손을 잡지 않은 다른 손을 뻗어 내 머리칼을 한껏 흐트러뜨렸다. 이윽고 제 마음에 찰 때까지 머리를 흐트러뜨린 그가, 머리가 산발이 된 나의 어깨를 감싸 안았다.

"고마워."

정작 고마워야 할 사람은 나임에도 불구하고 하론은 내게 진심으로 고마워하고 있었다. 그의 품에 안기자 내 심장일지 바이올렛의 심장일지 모를 것이 큰 소리를 내며 뛰기 시작했다. 동시에 에르하르트의 물음이 머릿속 한 부분에서 다시금 맴돌았다.

'그를 좋아하냐고 묻는 거야.'

이토록 사려가 깊고 다정한 그를 사랑하지 않을 사람이 있을까요?

나는 에르하르트에게 그렇게 반문하고 싶었다.

5장. 내가 바랐던 건, 너의 질투

하론과의 약혼 준비는 빠르게 진행되었다. 내 승낙의 메시지를 듣자마자, 하론은 발 빠르게 공작저로 약혼을 청하는 서신을 보내왔다. 아버지는 여전히 에르하르트 공작과의 약혼을 조금 아쉬워하는 듯해 보였지만, 하론과의 약혼 또한 긍정적으로 받아들이는 듯했다. 왜냐면 바이올렛의 아버지는 어려서부터 봐온 하론을 아주 좋게 생각하고 있었기 때문이었다. 권세가인 에르하르트의 약혼을 물릴 수 있을 정도로.

하지만 내가 에르하르트와의 약혼을 무른다는 소문이 돌기 시작하자, 사람들의 수군거림이 많아졌다. 아마도 그 소문이 사교계에 큰 가십거리쯤이 된 게 분명했다. 하나 딱히 신경이 쓰이는 건 아니었다. 그들이 뭐라고 수군거리던 간에, 나는 하론과의 약혼을 별 탈 없이 잘 끝내고 싶었을 따름이었다.

하론과는 공식적인 약혼식을 거행한 것은 아니었지만, 암암리에 우리가 약혼을 할 거라는 소문 또한 수도에 퍼지기 시작했다. 소문을 들은 에르하르트가 내게 찾아올 법도 했지만 그는 이상할 정도로 잠잠했다. 잠잠한 것이 좋은 것인지, 나쁜 것인지 가늠할 수 없었다.

그를 다시 만나게 된 것은 어느 백작가 영애의 결혼식에서였다. 나와는 특별히 친했던 여자는 아니었지만, 굳이 나를 초대한 그녀에게 거절의 의사를 전할 이유는 없었다.

나는 아직은 비공식적인 약혼자인 하론과 함께 그녀의 결혼식을 찾았다. 그녀의 결혼식은 수도의 중앙에 위치한 어느 바로크 양식의 성당에서 열렸다. 성당의 천장은 내가 태어나서 본 그 어떤 성당의 천장보다도 높았고, 그 크기는 웅장했다.

우리가 성당에 도착했을 때, 결혼식은 이미 진행되고 있었다. 잘 다듬어진 나무로 만든 성상 밑에 백작가의 영애와 어느 이름 모를 남자가 결혼 서약을 하고 있었다. 서로를 진지한 눈빛으로 바라보는 그들의 모습을 보고 있자니 종교를 믿는 것은 아니었지만 신앙심이 생길 정도로 성스러운 느낌이 들었다.

적갈색의 머리를 길게 땋아 늘어뜨린 백작가의 영애는 성당 속 누구보다도 아름다워 보였고, 늠름한 자세로 백작가의 영애를 내려다보는 남자의 시선은 따뜻했다. 그들은 서로에게 예물을 교환함으로써 결혼식을 끝냈다. 생각보다도 단출한 의식이었다.

"결혼하면 기분이 어떨까."

결혼을 하는 그들에게서 눈을 떼지 못하고 있는 내게, 하론이 말을 걸었다.

"내 편이 생기는 기분이지 않을까? 기댈 수 있는 곳이 생기는 거니까."

"지금은 기댈 수 있는 곳이 없다고 생각하는 거야?"

"그런 것에 대해서는 한 번도 생각해 본 적이 없어."

"그럼 한번 생각해 봐. 잘 생각하면 누군가가 떠오를지도 몰라."

나는 결혼을 하던 그들에게서 시선을 돌려 하론을 응시했다.

"……설마, 하론 너?"

"아직은 비공식적인 약혼자라서 말이지. 정식으로 약혼을 하게 된다면 내 어깨 한쪽쯤은 기댈 수 있게 내어 줄게."

하론이 장난기 가득한 얼굴로 거들먹거리며 말했다.

"퍽도."

나는 하론에게 그렇게 말하며 자리에서 일어섰다. 비웃듯이 대꾸 하긴 했지만, 하론의 어깨라면 언제고 기대어 보고 싶은 어깨였다.

우리는 성당 옆에 위치한 연회장으로 이동해 그녀의 피로연에 참석했다. 하론과 나는 어느 테이블에 앉아 간단히 목을 축였다. 그러다 장내가 갑작스럽게 조용해졌다. 결혼식을 끝낸 부부가 피로연장으로 들어왔기 때문이었다. 그들은 결혼식을 찾아온 모든 사람들에게 감사의 인사를 건네다, 인사를 끝내고선 자리에 앉았다. 이윽고 피로연장에 있던 사람들은 부부를 위한 축사를 연설하기 시작했다. 그 사람들 중에는 샤넌도 끼어 있었다. 샤넌은 고운 목소리로 저가 준비한 축사를 읽어가기 시작했다.

나는 하론에게만 들릴 목소리로 그에게 말했다.

"공주가 다른 귀족의 결혼식에 원래 자주 참석해?"

"글쎄. 꼭 그렇다고는 못 하겠지만 백작가의 밀튼 영애와 샤넌 공주님 사이가 꽤나 두텁거든. 그리고 샤넌 공주님은 아직 궁에서 입지가 약하잖아. 그녀는 자신의 입지를 단단히 하기 위해 제 주변인들을 아주 살뜰히 챙기고 있어."

"그렇구나."

왠지 모르게 이 소설 속 세상은 어딜 가나 샤넌이 보이는 것만 같은 기분이 들었다. 그녀가 이 세계의 주인공이기에 그린 것인지.

사람들의 축사가 끝나자, 피로연장은 다시금 시끄러워졌다. 우리는 대강 요기를 채운 뒤였다. 그러다 가만히 앉아 있던 하론이 자리에서 일어섰다.

"나도 바이올렛의 예비 약혼자로서 입지를 굳히러 가 볼까나."

"어디 가게?"

"잠깐만 인사하고 올게. 저쪽에 친한 사람이 보여서."

"알겠어. 갔다 와. 기다리고 있을게."

하론은 금방 다녀오겠단 말과 함께 사람들의 틈에 섞여 모습을 감추었다. 하론이 모습을 감추자마자 느낀 것은 나를 바라보는 누군가의 뜨거운 시선이었다. 나는 고개를 조금 돌려 시선의 정체를 확인했다.

에르하르트. 놀랍게도 그의 시선이 내게 똑바로 향해 있었다.

그가 여기 올 거란 것은 상상도 하지 못했었다. 에르하르트는 누군가의 결혼식에 들락거릴 만큼의 살가운 성격은 아니었으니까. 설마 내가 여기 올 거라고 예상하고 온 것일까? 그런 생각이 들자, 찝찝한 마음이 들었다. 계속 이렇게 있다간 에르하르트가 또다시 내게 말을 걸 것만 같았기 때문이었다. 하론도 없는데 그가 말을 건다면, 곤란한 일이 생길지도 모를 일이었다. 나는 하는 수 없이 자리에서 일어섰다. 그러곤 손이라도 씻을 요량으로 피로연장을 급하게 빠져나왔다. 다행히도 에르하르트는 나를 따라 나오지 않았다.

화장실은 피로연장과 꽤 떨어져 있었다. 기다란 복도를 가로질러 쭉 걸어가야 했다. 화려했던 피로연장과 달리 복도는 어두웠고, 사람의 모습은 보이지 않았다. 그렇게 얼마나 걸어갔을까. 어두운 복도 사이로 한 줄기 미약한 불빛이 새어 나오고 있었다. 복도 벽면에 있던 방에서 새어 나오는 불빛이었다. 방문은 불빛 하나 겨우 새어 나올 정도로 조금 열려 있었다.

나는 나도 모르게 열린 방문 근처로 걸어가 안쪽을 들여다봤다. 별다른 의미는 없었다. 그저 새어 나온 불빛에 강한 호기심이 들었던 것뿐이었다. 하지만 안쪽의 광경은 꽤 충격적이었다. 안쪽엔 익숙한 뒷모습의 두 남녀가 보였기 때문이었다.

어깨에 닿을 듯 닿지 않는 하늘빛 머리카락을 가진 남자와 오묘한 빛의 은빛 머리카락을 가진 여자. 하론과 샤넌이었다.

두 사람은 내 존재를 눈치채지 못하고선 무언가에 대해 얘기를 나누고 있었다. 애석하게도 그 소리는 내게까지 들리지는 않았다. 나는 입을 막은 채로 두 사람을 숨죽여 바라보았다. 전혀 예상치도 못했던 조합에 당황스러워진 것은 당연한 일이었다. 숨죽여 안쪽의 동태를 지켜보던 그때에 누군가가 내 입을 막고 나를 뒤로 이끌었다. 내 얼굴의 반을 가릴 정도로 커다란 남자의 손이었다.

나는 꼼짝없이 남자에게 끌려 방에서 멀어졌다. 뒤에서 끌어안듯이 나를 질질 끌고 가던 남자는 방에서 조금 멀어지고 나서야 내 입을 막았던 손을 떼 내었다. 나는 그의 손이 떨어지자마자 뒤를 돌아 남자의 정체를 확인했다.

"러ㅅ……!"

내가 그의 이름을 부르려고 하자 러셀은 큰 손으로 다시금 내 입을 막았다. 그는 나머지 손을 제 입가에 가져다 댔다.

"쉿."

이내 그가 내 입을 막았던 손을 다시금 내려놓고, 내게 손짓했다. 따라오라는 신호쯤으로 보였다. 러셀은 과할 정도로 제 몸을 낮추며 신중하게 걸어갔다. 그런 그의 모습에 나 또한 고양이 걸음으로 조용히 그를 따를 수밖에 없었다.

러셀은 성당 뒤쪽에 있는 작은 정원으로 나오고 나서야 굽혔던 허리를 반듯이 폈다. 오랫동안 굽혔던 허리가 뻐근했던 탓인지 러셀은 허리를 좌우로 몇 번 비틀었다. 그러곤 여전히 진지한 얼굴로 나를 내려다보았다.

"여기 오셨었어요?"

내가 그렇게 묻자 러셀이 심드렁하게 대답했다.

"어, 뭐……. 그냥 가는 길에 한번 들러 봤어."

"그냥 들른 것치곤 옷이……."

러셀이 입은 옷은 누가 보아도 결혼식 때나 입을 법한 단정한 옷이었다. 머리도 한쪽으로 가지런하게 만진 모양새가 필시 결혼식을 위해 꾸민 것 같은데. 내가 미심쩍은 눈빛으로 그를 계속해서 바라보자, 러셀이 발끈하며 대답했다.

"나, 난 언제나 이렇게 입는다고. 혼자 이상한 착각하지 마. 절대로 잘 보이고 싶어서 이렇게 입은 건 아니니까."

아……. 잘 보이고 싶어서 그렇게 입었다는 건가? 나는 대충 러셀의 말을 믿는 시늉을 했다.

"네. 아무렴요. 그건 그렇고 방금 전에 왜 저를 끌고 나온 거예요?"

하지만 말속에 희미한 웃음기가 새어 나오는 건, 나도 어쩔 수가 없었다.

"그렇게 몰래 엿보고 있다가 네가 금방 들킬 것 같아서. 거기서 들켜 버리면 네 상황이 이상해지잖아."

아……. 그러니까 내 상황이 이상해질까 봐, 걱정이라도 했다는 건가?

나는 그렇게 추측하며 작게 큭큭거렸다. 그러자 러셀이 발끈하며 말했다.

"바이올렛! 정확하게 말해 두는 건데. 절대로 너를 걱정해서 그런 건 아니야. 그냥 나도 옆에 있다가 같이 엿본 것처럼 될까 봐 그랬어."

아……. 그러니까 진짜로 내가 걱정돼서 그랬단 거네.

러셀이 진심을 말하는 방식을 대충 파악한 나는, 웃음으로 그에게 대답했다. 세상 누구보다도 걱정스러운 얼굴로 걱정하지 않았다고 말하는 그가 꽤 귀엽게 느껴졌다. 원작 속에서는 그저 왕세자 자리에 집착하는 왕자인 줄 알았는데 실제 그는 무언가에 집착하는 이미지보다도, 남에게 진심을 잘 전달하지 못하는 귀여운 모습이 더 돋보였다. 나는 러셀을 놀릴 요량으로 그에게 말했다.

"러셀 님도 엿보고 있던 게 아니고요?"

"아, 아냐! 나는 지나가다 불빛이 새어 나온 방이 있는 것만 우연히 본 거라고!"

러셀은 손사래까지 치며 강하게 부정했다.

"그래요? 아니면 말고요. 그런데 혹시 그 방에 누가 있었는지 아세요?"

"응, 하론과 샤넌이었지?"

"맞아요. 거봐, 엿보고 있었던 거 맞네."

"……."

러셀은 조금은 풀이 죽은 표정을 지으며 내 눈치를 힐긋 봤다.

"엿보고 있었다고 뭐라 하지 않아요. 저도 엿봤던 걸요."

"흠흠. 나도 뭐 우연히 궁금해서."

"저도 궁금해요. 두 사람. 그런 골방에서 도대체 무슨 비밀스러운 이야기를 나누고 있었던 걸까요?"

"그게 신경 쓰여?"

러셀이 귀엽게 제 인상을 찌푸리며 대답했다.

"아니라고 하면 거짓말이겠죠."

"좋아. 이리로 와 봐."

그는 내 손목을 잡고는 한쪽에 덩그러니 놓여 있던 벤치 위에 앉았다. 나는 그가 이끄는 대로 그의 옆에 앉았다. 그러자 러셀은 진지한 표정으로 이야기를 꺼냈다.

"같이 한번 생각해 보자."

"어떤 걸요?"

"두 사람은 사람들이 많은 피로연장을 굳이 빠져나와서, 인적이 드문 복도의 외진 방에 들어갔어. 그러곤 은밀히 이야기를 나누는 거야. 외진 방에서 이야기를 해야 한다는 건 둘의 이야기가 남이 들어선 안 될 이야기라는 걸 의미하겠지?"

"그렇겠죠?"

"응. 그럼 그들 사이의 비밀스러운 이야기라는 게 대체 뭐가 있을까. 예를 들어서……."

"예를 들어서?"

나는 러셀의 말을 따라했다. 러셀은 무언가를 알고 있는 걸까? 나는 괜스레 입 안이 바짝바짝 말라 와 마른침을 꼴깍 삼켰다.

"가령…… 러셀 왕자를 왕세자로 책봉하는데 함께 힘써 보자는 밀담……?"

"……."

아서라, 저런 츤데레 왕자에게 도대체 뭘 기대한 거야. 나는 김이 빠져 낮은 한숨을 쉬었다. 그런 얘기라고 하기에는, 두 사람 사이에서 풍기던 짙은 수상한 냄새가 과했다. 정말 만약에 러셀의 추측이 맞다 해도, 당사자인 러셀을 빼 두고서 둘이서만 그런 얘기를 했다는 건 앞뒤가 맞지 않는 일이었다.

"……그건 러셀 님이 바라고 있는 거 아니에요?"

"아냐. 내가 요즘 그것 때문에 샤넌에게 얼마나 잘해 주고 있는데……. 오늘도 여기까지 에스코트해 주고……. 앗, 이건 비밀이었는데."

러셀은 짙은 눈썹을 조금 일그러뜨렸다. 나는 러셀의 말을 놓치지 않고 그에게 다시 되물었다.

"왕세자가 되기 위해 샤넌 공주님께 잘해 주고 있다는 말씀이세요?"

러셀은 잠깐 망설이는 티를 냈지만, 이윽고 발뺌하기엔 너무 늦었다는 걸 인지한 듯이 저가 했던 말을 시인했다.

"흠…… 말해 버렸으니 어쩔 수 없군. 그래. 그런 이유가 아니라면 생전 처음 본 사생아 동생을 그렇게 살뜰하게 챙길 이유가 없지. 난 야망 있는 남자니까."

"야망이라."

러셀은 당연하다는 듯이 말했지만 아무래도 내가 직접 겪은 그는 야망과는 조금 거리가 있어 보였다. 반면 원작 속의 러셀은 그의 말대로 정말 야망이 있던 남자로 묘사되었었다. 러셀은 아이린의 부군이었던 왕세자가 마차 사고로 죽은 이래로 쭉 공석이었던 왕세자 자리를 굉장히 탐했던 인물이었다. 원작 속에서 러셀이 바이올렛과 모의를 한 이유 중 하나가 왕세자가 되기 위함이기도 했으니까.

그렇게 생각하자, 샤넌을 대하는 러셀의 태도가 원작과 다른 게 조금 이해되기도 했다. 왕의 사생아인 샤넌을 인정함으로써 자신의 세력을 키울 요량이 아니었을까. 그렇다면 왜 굳이 러셀은 원작과 다른 행동으로써 자신의 야망을 이루려고 하는 걸까. 설마하니 제삼자가 끼어들어 상황이 바뀌어 버린 것은 아닐까, 하는 묘한 생각이 잠깐 들었다. 가령 그가 원작 속의 예정됐던 행동을 하지 못하게 제삼자가 끼어든 것이라면.

"러셀 님. 만약에 두 사람 사이에 비밀 이야기를 할 다른 이유가 있다면, 또 무슨 이유가 있을까요?"

"글쎄. 둘 사이에 공통점이 뭐가 있지?"

공통점이라. 두 사람 사이의 공통점이라고는 나와 에르하르트에 관련된 이야기밖에 없었다. 적어도 내가 생각하기엔 그랬다. 샤넌과 하론은 나와 에르하르트에 관련된 이야기를 하고 있었던 걸까? 석연치 않은 부분은 한두 가지가 아니었다. 같이 온 내게 말하지도 않고, 몰래 샤넌을 만나야 했던 하론의 사정은 무엇이었을까.

하지만 그렇다고 해서 멋대로 하론의 사정을 추측하며 그를 오해하기는 싫었다. 하론은 결단코 내게 부정적 결과를 초래할 법한 일을 저지르는 사람은 아니었으니까. 그것은 그와 함께 지내며 생긴 그에 대한 신의였다.

내가 하론에게 진짜 바이올렛이 아님을 얘기하지 못하는 것처럼, 하론 또한 내게 말 못 할 사정이 있었던 것은 아닐까? 나는 그런 식으로 하론을 믿고 싶었다.

내가 좀처럼 대답을 하지 못하자, 러셀의 손끝이 벤치 위에 아무렇게나 올려져 있던 내 손등 위로 닿았다. 그의 손길이 제법 조심스러웠다.

"바이올렛."

러셀은 어쩐지 그윽해진 시선으로 나를 내려다보았다.

"그럼 우리 피로연장으로 돌아가서 두 사람을 유심히 관찰해 보자. 이렇게 추측하고 있어 봤자, 답이 나오는 것도 아니니까."

"좋아요. 그런데 러셀 님도 두 사람 사이의 얘기가 궁금하신 거예요?"

의외로 적극적으로 나오는 러셀의 행동이 의아했기에 한 질문이었다. 그러자 러셀이 조금 망설이는 빛을 보이며 천천히 대답했다.

"아니, 두 사람 사이 이야기보다는…… 네가 둘 사이를 궁금해하는 것 같아서."

"네?"

그것은 전혀 뜻밖의 대답이었다. 내가 궁금해해서라니? 내가 게슴츠레한 눈으로 그를 빤히 보자, 러셀의 귀 끝이 붉게 타올랐다.

"이, 이상한 눈으로 쳐다보지 마! 절대로 너를 도와주고 싶어서 이러는 게 아니니까."

"그러면요?"

"공짜로 도와주려는 거 아니다. 다음에 너도 날 좀 도와주면 되겠네."

"어렵지 않은 일이라면 기꺼이."

내가 그렇게 대답하자 러셀이 불만 섞인 음성으로 말했다.

"아참, 그건 그렇고 왜 궁에 안 왔어? 기다렸잖아."

"……저를요?"

내가 고개를 갸웃거리며 묻자, 러셀이 제 목소리를 높이며 대답했다.

"아니! 내 재킷! 너 말고 내 재킷 말이야."

"아, 죄송해요. 요즘 일이 많아서 깜빡했어요."

"일이 많아도 까먹을 게 따로 있지. 기다리다 목 빠질 뻔했다고."

그렇게 말하며 앞장서서 걸어가는 러셀의 귀가 홍당무처럼 붉게 물들어 있었다. 뭐야, 진짜. 정말 내가 오길 기다리기라도 한 건가? 나는 잠시 동안 복잡했던 감정을 제쳐 두고, 러셀의 뒷모습을 보며 작게 웃었다.

"웃지 마. 웃는 소리 다 들리거든?"

"큭큭, 네. 아무렴요."

"나 원 참."

"그런데 정말로 목이 빠질 정도로 기다리신 거예요?"

"그래!"

"저 말고 그 재킷을요?"

"……그, 그래! 그만 물어봐. 한 번 더 물어보면 짜증 낼 거야."

그는 더 이상의 물음은 허락지 않는다는 듯이 빠른 걸음으로 앞서갔다.

"러셀 님! 같이 가요!"

나는 빠르게 그의 뒤를 쫓았다. 아무래도 그는 제 재킷이 아니라, 나를 기다렸다는 기분이 계속해서 드는 건 왜일까.

우리는 그렇게 피로연장으로 다시 돌아왔다. 나는 피로연장에 발을 들이자마자 샤넌과 하론의 모습을 찾았다. 하론은 본래 우리가 앉아 있던 테이블에 다시 앉아 있었고, 샤넌은 밀튼 영애와 이야기를 나누고 있었다. 두 사람은 서로를 철저히 외면하고 있었다. 방금 전까지 골방에서 밀담을 나누었던 사이라고는 믿기지 않을 정도로.

"바이올렛. 너는 샤넌에게 가 봐. 나는 하론에게 가 볼 테니까. 같이 얘기해 보고 나중에 다시 만나자."

러셀이 내게 작게 속삭였다.

"좋아요."

우리는 귓속말을 주고받은 뒤에 진한 눈빛을 교환함으로써 각자의 임무를 수행하러 갔다. 나는 샤넌 앞까지 똑바로 걸어가 그녀에게 눈을 맞추었다. 그러곤 천천히 샤넌의 모습을 들여다보았다. 그녀에게서 딱히 의심스러운 기색은 전혀 느껴지지 않았다.

"샤넌 님. 안녕하세요."

"바이올렛 공녀. 반갑네요."

샤넌은 미소를 지으며 내게 옆에 앉을 것을 권했다. 나는 그녀의 옆에 앉으며 밀튼 영애에게도 축하의 말을 건넸다.

"영애, 결혼 축하해요. 오늘 정말 아름다워요."

"고마워요. 바이올렛 공녀도 조만간 에르하르트 공작님과 약혼하신다고 들었어요. 그 약혼식에서의 공녀가 저보다도 더 아름다우실 것 같아요."

소문이 언제 그렇게 퍼져 버린 것인지. 나도 모르게 아이린의 얼굴이 떠올랐다. 이 여자가 헛소문을 아직까지 퍼뜨리고 다니는 건가?

밀튼 영애는 내가 하론과 약혼을 하려 한다는 사실을 모르는 것 같았다. 나는 애써 웃어 보이며 밀튼에게 답했다.

"밀튼 영애. 저는 공작님과 약혼하지 않아요."

"어머! 죄송해요……. 제가 말실수를 했나 봐요. 며칠 전에 만난 아이린 님이 그렇게 말씀하셔서……. 저는 공녀가 공작님과 약혼하시는 줄 알았어요."

"괜찮아요. 밀튼 영애의 잘못도 아닌 걸요."

역시나 그 헛소문은 아이린의 짓이었다. 나는 밀튼에게 대답하며 슬쩍 샤넌을 곁눈질로 살펴보았다. 방금 전까지만 해도 웃고 있던 샤넌이었건만, 그녀는 언제부터인지 모르게 제 인상을 굳히고 있었다. 필시 무언가가 마음에 들지 않는다는 얼굴이었다. 아마도 그 이유는 에르하르트와 관련된 헛소문 때문이 아닐는지.

"바이올렛 공녀는 하론 영윤과 약혼을 한다죠?"

샤넌은 하론의 이름을 꺼내며 화제를 바꾸었다.

"네. 무슨 일이 생기지 않는 이상 그렇게 될 것 같아요."

"공녀는 복도 많네요. 공작님도 모자라, 신랑감 일 순위로 뽑히는 하론 영윤에게도 약혼 신청을 받다니요. 유려한 외모와 부드러운 성품 때문에 요즘 사교계에서 하론 영윤을 눈독 들이는 영애들이 많았답니다. 진심으로 공녀가 부러워요."

나는 예의상의 미소를 띠우며 샤넌에게 고맙다고 말했다. 그러면서도 그녀가 하론과 무슨 이야기를 나누었던 것인지 너무나도 궁금했다. 티 나지 않게 샤넌을 떠볼 방법이 무엇이 있을까. 그런 것들을 고민하던 사이, 처음 보는 남자가 우리에게 가까이 다가왔다.

"리차드 자작."

남자를 먼저 발견한 샤넌이 그에게 인사를 건넸다. 그러자 리차드 자작이라 불린 남자가 고개를 숙여 샤넌에게 먼저 인사했다. 이내 그는 내게 시선을 돌려, 내게까지도 인사를 건네었다. 남자는 내게 진한 미소를 지었다. 그의 미소를 보자 내가 느낀 것은 이상할 정도로의 꺼림칙함이었다. 남자의 얼굴이 못난 것도 아니었건만, (그는 제법 잘생긴 축에 속했다.) 이토록 싫은 기분이 드는 이유를 알 수 없었다.

또한 묘하게도 남자의 얼굴이 낯설지 않았다. 어디선가 어렴풋이 봤었던 것 같았다. 언제 봤더라. 나는 그를 보았던 기억을 상기시키려 노력했다. 그러다 남자의 입술이 열렸다.

"바이올렛 공녀. 오랜만입니다. 한동안 뵐 수 없어서 서운했습니다."

아아, 그 말을 듣고 나서야 남자가 누군지 떠올랐다. 그는 며칠 전 바이올렛의 기억 속에서 보았던 그 남자였다. 진짜 바이올렛과 진하게 키스하던 그 남자. 리차드 자작이라는 이 남자는 바이올렛이 만났던 여러 남자들 중 하나였을까? 나는 그에게 어색하게 인사했다.

"오랜만이네요."

그러자 샤넌이 제 입가를 손으로 가리며 리차드 자작에게 귓속말을 했다. 무슨 얘기를 하는지 듣고 싶었으나, 내겐 그들의 대화 소리가 전혀 들리지 않았다. 이윽고 샤넌은 짧은 귓속말을 끝내고선 나를 보며 빙그레 미소를 지었다. 그 미소는 아름다워 보이기는커녕 가증스럽게만 느껴졌다.

샤넌과의 귓속말을 끝낸 리차드 자작이 이번엔 내 근처로 와서, 내게 작게 속삭였다.

"바이올렛 공녀. 얼마 뒤에 공녀의 생일이라고 들었습니다."

샤넌이 얼마 뒤에 내 생일이라고 말을 한 건가? 틀린 말이 아니었기에 나는 고개를 끄덕였다.

"그래서 하는 말인데……. 제가 공녀를 위해 선물을 하나 드리고 싶습니다."

"네? 갑자기 무슨 선물이요?"

"실례가 되지 않으시다면 잠깐만 저를 따라 오시겠습니까. 조용한 곳에서 드리고 싶습니다."

나는 잠깐 동안 고민했다. 바이올렛과 키스했던 이 남자와 둘이서 있기엔 뭔가 마음에 걸렸다. 무엇보다도 샤넌이 그에게 귓속말을 했다는 사실 또한 석연치 않았다. 고민하던 나는 문득 시선을 돌려 하론을 응시했다.

하론과 눈이 단번에 마주쳤다. 어쩌면 그는 진즉부터 나를 바라보고 있었는지도 몰랐다. 하론은 러셀과 이야기를 나누면서도 내게서 시선을 떼지 않았다. 나도 하론에게서 눈을 떼지 않으며 자리에서 일어났다.

"좋아요. 그 선물이 무엇인지 참으로 기대가 되는군요."

리차드 자작의 제안을 수락한 데에는 한 가지 이유밖에 없었다. 하론이 내가 느꼈던 감정을 똑같이 느꼈으면 해서였다. 내가 샤년과 하론이 함께 있는 것을 보았을 때 느꼈던 그 감정. 다른 남자와 사라지는 내 모습을 보며, 하론은 무슨 감정을 느낄까.

질투? 왜인지는 모르겠지만 그가 질투를 느꼈으면 좋겠다고 생각했다.

***

리차드 자작은 피로연장 중앙에 있던 계단을 올라가, 이 층으로 나를 데리고 갔다. 그렇게 복도를 조금 걷다 어느 방 앞에 멈춰 섰다. 그는 문을 열어 내가 먼저 들어가길 기다렸다. 나는 쉬이 방으로 들어서지 않은 채로 그를 응시했다. 주변에 인적은 없었고, 그제야 조금은 불길한 예감이 들었다.

"당신의 그 선물. 여기서 주세요."

"이런 복도에서 말입니까? 구색이 살지 않군요. 방으로 들어가서 드리고 싶습니다."

리차드 자작은 진지한 표정으로 내게 청했다. 나는 팔짱을 낀 채로 그를 가만히 응시했다. 하론에게 내가 느꼈던 감정을 고스란히 느끼게 만들려고 벌인 일이지만, 구태여 이 방엔 정말로 들어가고 싶지 않았음이었다. 그렇기에 들어가지 않겠다고 말하려던 순간이었다. 그의 손이 갑작스럽게 팔짱을 끼고 있던 내 팔을 꽉 잡고선, 나를 그대로 방 안으로 밀어 버렸다.

갑작스러운 그의 밀침에 나는 얼결에 방 안으로 들어섰고, 리차드 자작은 진한 미소와 함께 방문을 재빠르게 닫았다. 나는 황급히 밖으로 나가려 했지만 그는 문 앞에 선 채로 나를 가로막았다. 더불어 내 팔을 잡은 손은 여전히 놓지 않은 채였다. 나는 그를 매섭게 쏘아보며 소리쳤다.

"이게 지금 무슨 짓이죠?"

"나를 기다렸다고 들었습니다."

그는 내 물음과는 전혀 다른 답을 내어놓았다. 나는 방금 전보다도 더 날카로워진 눈빛으로 그를 응시했다.

"누가 그런 말을 했다는 거죠? 나는 당신 따위를 기다린 적 없는데. 그리고 당장 비켜서요. 이 방을 나가겠어요."

"제 선물을 받아 주신다면, 그때 다시 열어 드리겠습니다. 그리고 저를 기다렸던 당신의 말은 당신과 친한 샤넌 공주님께 들은 말입니다. 그녀가 그러더군요. 공녀가 리차드 자작을 매일 밤 그리워했다고."

리차드 자작은 어쭙잖게 샤넌의 목소리를 흉내 내며 키득거렸다.

"나는 그런 말 한 적 없어!"

나는 한껏 당황한 채로 언성을 높였다. 나를 바라보는 리차드 자작의 눈빛이 반쯤 풀려 있었다. 초점을 잃은 듯한 그의 눈동자는 나를 더더욱 불안하게만 만들었다. 그의 눈동자가 저토록 풀려 있었음을 왜 나는 진작 깨닫지 못했던 걸까. 나는 뒤늦은 후회를 하며 나는 그가 잡고 있던 팔을 떼어 내려 몸부림쳤다.

"리차드 자작. 좋은 말할 때, 이거 놓으세요."

그러자 리차드 자작은 손을 놓기는커녕 오히려 힘을 주어 나를 제 앞으로 좀 더 끌어당겼다.

"기억 안 나십니까? 저희 한때 진하게 놀았었지 않습니까."

그때의 바이올렛은 내가 아니라고! 나는 리차드 자작에게서 벗어나려 몸을 끊임없이 움직였지만, 그에게서 조금도 벗어날 수가 없었다. 되레 그러면 그럴수록 그가 내 팔을 조금 더 세게 움켜잡았을 뿐이었다.

"샤넌 공주님의 말대로 공녀가 진짜로 저를 기다렸든 기다리지 않았든 이젠 상관없습니다. 어차피 공녀가 이 남자, 저 남자 만나는 것은 사교계에서 유명한 사실이 아닙니까? 그런 의미로 오늘은 오랜만에 저와 함께 진득하게 놀아 보시죠."

거기까지 말한 리차드 자작이 내 얼굴 쪽으로 제 얼굴을 수그렸다. 그러자 그의 뜨거운 숨결이 끔찍할 정도로 가깝게 느껴졌다. 온몸엔 부정할 수 없는 소름이 돋은 후였다. 그 순간 샤넌이 리차드에게 귓속말을 하던 장면이 떠올랐다. 샤넌, 그녀는 또다시 무슨 일을 벌인 거지? 의문이 들면서도 어찌 됐건 샤넌이 이 상황을 만든 장본인임을 파악하자 노기가 끓어올랐다.

"마지막으로 경고하겠어요. 이거 놓으세요."

"권력이 없는 공작가라고 해도 명색에 공녀이니, 그 이름 하나 믿고 도도한 척 구는 겁니까? 아님 한 번 튕기는 겁니까? 뭐, 어차피 제겐 뭔들 상관없습니다."

리차드 자작이 나를 제 쪽으로 더 가까이 끌어당겼다. 안간힘을 써 봤지만 그와 가까워지는 것을 멈출 수 없었다. 곧이어 그의 끔찍한 입술이 내 입술에 닿을 것만 같았다. 싫어. 이런 건 정말 싫어. 리차드의 손이 지나간 자리엔 벌레가 기어 다니는 듯한 기분마저도 들었다. 눈가는 시큰해지기 시작했다. 나는 어쩌자고 하론에게 질투 따위를 유발하기 위해 리차드를 따라왔던 걸까. 섣불렀던 내 행동에 대한 후회가 주체 없이 들었다.

"놔! 너 따위가 공녀를 이런 식으로 다뤄도 되는 거야? 당장 놓지 못해?"

리차드에게 협박도 해 보았지만 그의 귀엔 내 협박이 들리지 않는 것만 같았다. 리차드의 눈빛은 이미 이성을 완전히 잃어버린 눈빛이었다. 이윽고 그의 입술이 내 입술 근처로 왔을 때, 나는 가까스로 고개를 옆으로 돌렸다. 구토하고픈 마음이 가시질 않았다.

"미친놈! 꺼져 버려. 이거 당장 놓으라고! 샤넌 따위가 무슨 말을 했는지 모르겠지만, 나는 이런 거 싫어!"

"앙탈입니까? 이제 그만하셔도 됩니다. 뒤처리는 샤넌 공주님께서 모두 하신다고 하셨으니, 공녀는 그냥 전에 하셨던 행실처럼 저를 즐기시면 됩니다. 이래 봬도 저는 밤일이 꽤 훌륭합니다."

"싫어…… 너랑 즐기기 싫다고!"

"자꾸 반항하시면 저도 가만있지 않겠습니다."

리차드는 온몸으로 저항하는 나를 바닥에 억지로 눕혔다. 그가 잡고 있는 팔이 눈물이 날 정도로 아팠다. 아파서 나는 눈물일지, 화나서 나는 눈물일지 모를 눈물이 눈동자에서 한 방울 흘러내렸다.

누구라도 좋으니까 나 좀 도와줘, 제발……. 끈끈한 시선으로 보던 에르하르트는 어디 갔지? 그에게 내가 매정하게 말해서 이제는 내가 어디 갔는지 신경 쓰지도 않는 건가? 하론은? 그는?

나는 누구라도 내게 관심을 가지고 찾아 주길 간절히 바랐다. 그사이 리차드의 뜨거운 숨결이 내 가슴 근처에 닿았다.

"그 더러운 주둥이 당장 치우라고!"

"주둥이가 싫으시다면 이건 어떠십니까?"

리차드는 내 오른팔을 잡고 있던 한쪽 손을 놓아 자신의 바지 버클에 손을 대었다. 나는 자유로워진 한쪽 팔로 그를 마구 때렸지만 리차드는 꼼짝도 하지 않았다. 오히려 더 즐거워 보이기도 했다. 미친 놈. 정말 이런 식으로 그에게 당해야 하는 걸까? 눈앞은 절로 노랗게 물들어 갔다.

나는 입술을 짓누르며 침착해지려고 노력했다. 침착하자. 숨을 길게 들이쉬고, 냉정하게 이 상황을 혼자서 타개할 방법을 생각해 내자.

"제가 공녀님을 충분히 만족시켜드리겠습니다."

끔찍해. 치가 떨릴 정도로 끔찍했다. 나는 다시금 심호흡을 했다. 숨을 길게 내쉬자 방금 전보다도 훨씬 더 이성을 찾아갈 수 있었다. 그러자 자연스럽게 이 상황을 타개할 한 가지 방법이 번뜩 떠올랐다. 누워 있는 내가 제일 자유롭게 활용할 수 있는 두 다리를 이용해 그의 바지춤을 힘껏 차는 건 어떨까, 하는 방법이었다. 기회는 한 번뿐이었다. 신속하고 정확하게 그의 바지춤을 무릎으로 찍어 버릴 생각이었다. 그렇게 한다면 이 상황을 벗어날 수 있으리라.

나는 고민이 끝나기가 무섭게 무릎을 곧추세워, 그의 바지춤을 힘껏 걷어 찼다.

"어, 억!"

내 타격은 정확하게 들어맞았고, 리차드가 외마디 비명을 지르며 옆으로 떨어져 나갔다. 그는 고통스러운 얼굴을 한 채로 바닥을 이리 저리 뒹굴었다.

"개자식……."

나는 얼른 누워있던 몸을 일으켜 리차드의 바지춤을 한 번 더 발로 내리 찍었다. 리차드가 한층 더 고통스러운 비명을 질렀지만, 나는 그를 봐줄 생각이 없었다. 분이 사그라지지 않았다. 할 수만 있다면 그의 얼굴까지도 거세게 차고 싶은 심정이었다.

"컥, 켁!"

"이 정도로 끝낸 걸 감사하게 생각하세요."

나는 그렇게 말하며 그에게 등을 돌렸다. 뒤돌아서 나가려는 그때, 등 뒤에서 낯선 이의 목소리가 들렸다.

"……바, 바이올렛?"

뒤를 돌아서 바라보자 문지방 위에 굳은 듯이 서 있는 하론이 보였다. 언제 방으로 찾아왔을지 모를 그였다. 하론은 제 앞에 펼쳐진 광경에 당황했던 것인지 잠깐 동안 아무 말도 하지 못했다. 이내 그의 시선이 빠르게 상황을 훑었다. 드레스가 엉망인 내 모습, 아직도 신음을 흘리며 바닥을 나뒹구는 리차드의 모습. 리차드를 본 하론의 얼굴이 무섭게 일그러지기 시작했다. 평소에 늘 웃던 얼굴만 봐온 나로써 그의 굳은 얼굴은 퍽도 낯설었다.

하론은 방으로 완전히 발을 디뎠다. 그는 소리 나지 않게 문고리를 돌려 문을 닫았다. 문이 제대로 닫힌 것을 확인한 그가 큰 보폭을 그리며 빠른 걸음으로 리차드가 누워 있는 곳까지 걸어갔다.

그다음은 눈 깜짝 할 순간이었다. 하론이 리차드의 멱살을 잡고, 오른쪽 뺨을 힘껏 주먹으로 내려쳤다. 리차드의 얼굴이 사정없이 돌아갔고, 그의 입가에선 희미한 신음이 새어져 나왔다.

"쓰레기 같은 놈."

그러곤 다시금 리차드의 얼굴을 사정없이 내려쳤다. 리차드의 얼굴은 금세 너덜너덜해졌지만 하론의 손은 멈추지 않았다.

"사…… 살려줘."

리차드는 눈물을 흘리며 하론에게 애원했다. 하지만 그러면 그럴수록 하론은 무섭게 그의 얼굴을 가격했다. 그의 손짓은 이성을 잃은 것처럼 보였다. 보다 못한 내가 하론에게 가까이 다가갔다. 그러곤 리차드의 얼굴을 가격하려 하는 하론의 손을 부여잡았다. 리차드의 고개가 힘없이 떨구어져 있었다.

"그만해. 그러다 진짜 죽이겠어."

"바이올렛. 이거 놔."

"이만하면 됐어."

하론은 주먹을 꽉 쥐며 제 아랫입술을 짓이겼다. 그의 얼굴은 분노로 물들어 있었다. 그것은 적어도 그에게서 처음 보는 얼굴이었다. 나는 말아 쥔 하론의 손을 조심스럽게 감쌌다. 그러곤 고개를 좌우로 저었다. 리차드는 용서하지 못할 쓰레기 같은 놈이 확실했지만, 그렇다고 해서 구태여 하론이 그를 죽일 정도로 몰아세우길 바랐던 것은 아니었다.

나는 그만두길 바라는 눈빛으로 그를 응시했다. 내 마음이 전달되었던 걸까. 하론은 손에 쥐고 있던 힘을 서서히 풀었다. 그는 조금 괴로운 얼굴로 고개를 떨구었다. 그러자 그의 하늘빛 머리카락이 얼굴에 몇 가닥 흘러내렸다.

"난…… 난……. 도대체 널 놔두고 뭘 하고 있었던 거지?"

"하론. 네 잘못이 아니야. 겁 없이 저 남자를 따라온 내 탓이야."

"널 봤을 때 바로 뒤따라 왔었어야 했어."

"……네 잘못이 아니라니까."

괜히 너에게 질투 따위를 유발하기 위해, 섣부른 판단을 했던 내 탓이야. 나는 하론에게 뒷말까지 하진 못하고 길게 한숨을 쉬었다. 샤넌이 리차드에게 귓속말을 했을 때, 나는 이런 일이 벌어질 거란 사실을 예감했었어야 했다. 역시나 드는 감정이라곤 뒤늦은 후회밖에 없었다.

하론이 내게 뭐라고 더 얘기하려 했을 때, 닫혀 있던 방문이 또다시 열리며 누군가가 들어왔다.

"하론! 갑자기 그렇게 가 버리면! ……어? 이게 도대체 무슨 상황이야?"

들어온 이는 러셀이었다. 하론은 러셀의 등장에 저가 입고 있던 외투를 급하게 벗어 내 어깨에 걸쳐 주었다. 러셀은 놀란 눈동자로 상황을 파악하고선, 내게 급히 다가왔다.

"바, 바이올렛! 괜찮은 거야? 도대체…… 이게 무슨 일이야?"

나는 짧은 한숨과 함께 그에게 대답했다.

"러셀 님이 보시다시피 리차드 자작이 제게 몹쓸 짓을 하려고 했어요."

"……자작 이 자식. 너 다친 곳은 없어? 이럴 줄 알았으면 하론이 너를 따라간다고 했을 때 말리는 게 아니었는데……. 나는…… 이런 일이 생길 거라고 예상하지 못해서…… 하론이 널 따라간다는 걸 막았어."

"……."

"내 탓이다. 미안해. 하론. 바이올렛."

러셀은 정말 모든 것이 제 탓인 양 미안한 표정을 지었다.

"괜찮아요. 다친 곳도 없고, 나름 잘 극복했다고나 할까요. 그런데 이제 어떻게 해야 하죠?"

나는 널브러져 있는 자작 쪽을 넌지시 보며 두 남자에게 물었다. 그러자 하론은 제 눈썹을 조금 일그러뜨리며 작게 대답했다.

"일단 일을 조용히 처리하는 게 좋을 것 같아. 피로연장에는 아직 사람이 많이 있고, 바이올렛 네 모습을 누군가가 본다면 좋든 나쁘든 어떤 소문이 퍼지는 건 금방일 거니까."

하론은 시름이 가득 담긴 한숨을 길게 내뱉은 후에 제 말을 이어했다.

"바이올렛. 나는 너를 믿어. 네가 무슨 소리를 하든 네 말을 믿는 게 당연해. 하지만 소문을 좋아하는 다른 귀족들은 달라. 그들은 어떻게든 너를 안 좋은 방향으로 몰고 갈 게 분명해. 그들에게 소문이 진짜인지, 가짜인지는 필요 없어. 그저 가십거리만이 필요할 뿐이지. 나는 네가 그런 질 나쁜 소문 속에 있길 원하지 않아."

하론의 말에 일리가 있었다. 내가 빙의하기 전의 바이올렛이 이 남자, 저 남자를 포도알 고르듯이 만났다는 사실은 나도 이미 알고 있었다. 그렇기에 원작 속 바이올렛은 정숙치 못한 여자로 한 번씩 묘사되었고, 사교계에서 바이올렛에 대한 평판은 불 보듯 뻔했다.

'그래, 바이올렛은 원래 남자를 좋아했으니까. 리차드 자작도 저가 먼저 꼬드겨서 사달을 벌인 게 분명해.'

모두가 그렇게 생각할 것은 아니었지만, 누군가는 그렇게 생각할 것이 분명했다. 작은 편견은 결국에 질이 나쁜 소문을 만들어 낼 것이다. 사실 나에 대한 질 나쁜 소문이 퍼지는 것이 생각보다 무섭지는 않았다. 물론 그 소문은 바이올렛의 명성을 깎아내리겠지만, 소문은 소문일 뿐 나는 잘못한 것이 없었기 때문이었다. 스스로가 당당하고, 덩달아 나를 믿어 주는 든든한 사람도 있지 않던가.

다만 내가 한 가지 두려운 것이 있다면 그것은 '나의 질 나쁜 소문으로 인해 하론과의 약혼이 틀어질까 봐.'에 대한 것이었다. 어째서 지금 이 순간 하론과의 약혼에 대해 떠올랐는지 알 수 없었다. 거짓이라고 할지라도 나는 그와의 약혼을 원하고 있었던 걸까?

내가 아무 말도 하지 못하고 있자, 하론이 내 얼굴을 다정하게 쓸어 주며 말했다. 그의 목소리엔 걱정의 기운만이 그득했다.

"네가 이런 일로 상처받는 게 싫어."

"하론……."

나는 네게 무슨 말을 해야 하는 걸까.

그 순간 우리 사이로 러셀이 끼어들었다.

"너희…… 지금 나를 중간에 두고 뭐 하는 짓이지?"

"……."

우리는 동시에 침묵했다.

"좋아. 나도 하론의 말이 일리가 있다고 생각해. 너희는 여기 잠자코 있어. 내가 밑에 내려가서 처리할 사람을 조용히 불러올 테니까. 일단 이 거지 같은 새끼를 여기서 치우고, 그에 대한 심판은 다른 곳에서 내가 직접 할게. 걱정하지 마."

"고마워요, 러셀 님."

"됐어. 이건 아까 하론이 네 뒤를 따르지 못하게 했던 내 실수를 만회하려는 거니까."

러셀은 저만 믿으라는 듯이 한쪽 눈을 찡긋해 보이곤 방을 조용히 빠져나갔다. 리차드 쪽을 재차 바라보자, 그는 이미 정신을 잃은 터였다. 나는 하론이 준 외투를 여미며 하론을 바라봤다.

"미안해."

하론은 진심이 가득 담긴 목소리로 내게 읊조렸다. 사실 정말로 그가 잘못한 것은 없는데 말이다.

"미안하면 나 좀 잠깐 안아 줄래?"

나는 하론의 대답이 떨어지기 전에 그에게 몸을 기댔다. 불현듯이 리차드에게 당할 뻔했던 것을 떠올리자, 어깨가 부르르 떨렸다. 다시 생각해도 정말 아찔한 순간이었음이 분명했다. 하론은 아무 말 없이 나를 조용히 감싸 안았다. 나는 하론의 넓은 품에 얼굴을 완전히 묻었다.

"그래도 다행이다. 네가 그냥 바이올렛이 아니라, 당찬 바이올렛이라서. 너무 다행이야."

"저딴 놈한테 냉큼 당할 만큼 물렁하지는 않아."

"맞아. 너는 언제나 그랬으니까."

하론은 그 후에도 다행이란 말을 몇 번이고 뱉어냈다. 나는 좀 더 깊숙하게 그의 품에 파고들었다. 따뜻했다. 누군가의 품이 이토록 따뜻했던가, 라는 생각이 들 정도로. 그 온기는 끔찍했던 내 마음을 다독여 주었다.

그렇게 얼마나 안겨 있었을까. 얼마 못 가 문이 다시금 열렸다. 나는 하론에게 안겼던 몸을 빼내곤, 방문 쪽을 바라봤다. 당연히 러셀일 거라 생각했었는데, 문을 연 이는 뜻밖의 이였다.

"……샤넌?"

나는 그녀의 이름을 무의식적으로 내뱉었다. 그녀는 혼자가 아니었다. 그녀의 뒤에는 밀튼 영애를 비롯한 이름 모를 여자 귀족들이 네다섯 명이 서 있었다. 샤넌은 나와 눈을 한 번 맞추고선 헝클어진 내 모습과 기절한 리차드 자작의 모습을 빠르게 눈으로 훑었다. 이내 샤넌의 은빛 눈동자에 눈물이 조금씩 맺히기 시작했다. 그러곤 누구보다도 놀란 얼굴로 내게 다가왔다.

"바이올렛 공녀! 이게 도대체 무, 무슨 일이에요?"

샤넌은 떨리는 걸음으로 내 앞까지 천천히 다가왔다. 나는 그녀를 다소 냉소적인 눈빛으로 쳐다봤지만, 샤넌은 전혀 아랑곳하지 않았다. 되레 그녀의 눈동자에서 눈물 한 방울이 뚝하고 떨어졌을 뿐이었다. 참으로 가증스러운 눈물이었다. 제법 가까이 다가온 샤넌은 떨리는 손으로 나를 끌어안으며, 내 귓가에 작게 속삭였다.

"식겁했지? 아쉽다. 네가 겁탈당하는 꼴을 내가 직접 봤었어야 했는데."

나는 샤넌의 그 한 마디에 이 일의 원흉이 그녀였음을 확실히 알 수 있었다. 리차드 자작을 꼬드겨서 나를 희롱하라고 한 것은 전부 샤넌이 조장한 거라고.

나는 가볍게 샤넌을 밀어내곤 그녀를 쏘아봤다. 그녀에게 정말로 짙은 증오심이 들었다. 그 감정은 바이올렛이 되고 처음으로 느끼는 강렬한 감정이었다. 솔직히 지금 당장이라도 샤넌의 뺨을 내려치고 싶었다. 아니, 뺨으로 그칠 게 아니라 그녀의 멱살을 잡고선 험한 말을 내뱉고 싶었다.

하지만 주변엔 보는 눈이 너무나도 많았다. 샤넌이 데려온 다른 귀족 영애들의 시선이 우리에게서 떨어질 생각을 하지 않았으니. 이윽고 그녀들도 하나둘씩 방으로 들어와 걱정스러운 눈빛을 내게 보냈다. 그러고선 그들은 나에겐 들리지 않는 소리로 귓속말을 조용히 몇 번 주고받고 있었다.

샤넌은 그 모습이 만족스럽다는 듯이 작은 미소를 지었다, 금세 제 얼굴에서 지워냈다. 찰나의 순간에 스민 미소였지만, 나는 그녀의 미소를 놓치지 않았다. 그리고 나는 그녀의 진짜 의도를 직감할 수 있었다.

'소문을 좋아하는 다른 귀족들은 달라. 그들은 어떻게든 너를 안 좋은 방향으로 몰고 갈 게 분명해. 그들에게 소문이 진짜인지, 가짜인지는 필요 없어. 그저 가십거리만이 필요할 뿐이지.'

그 말은 하론이 방금 전에 했던 말이었다. 그의 말대로 애당초 샤넌은 내가 리차드에게 희롱을 당하든 당하지 않든 상관이 없었을 것이다. 그녀에게 중요한 것은 내게 가십거리가 될 만한 사건이 일어나는 것이었으니까.

뒷말이 충분히 나올 법한 그런 사건. 그것이 그녀가 진정으로 원하는 것이었다.

그런 생각으로 주위를 둘러보자, 방으로 들어온 귀족 영애들의 소곤거림이 달갑지 않게 느껴졌다. 더불어 걱정스러운 눈빛이라고 생각한 그녀들의 눈빛 또한 이젠 더는 호의적으로 보이지 않았다. 그녀들은 벌써부터 내 가십거리에 만들고 있는 것은 아닐까?

나는 그녀들을 더 이상 보고 싶지 않아, 하론 쪽으로 고개를 돌렸다. 귓속말 따위에 신경 쓰고 싶지 않아.

하나 내가 신경 쓰지 않는다고 해도, 그녀들은 나를 면밀히 지켜보고 있을 것이다. 내가 겪은 난잡한 상황이 그들에게 어떤 식으로 받아들여졌을지 잘 가늠할 수 없었다.

"나가자. 이렇게 된 이상 여기 더 있을 필요는 없어."

내 불편한 마음을 눈치채기라도 한 것인지, 하론이 내게 손을 뻗었다. 나는 그의 손을 맞잡았다. 그의 손이 구원의 손짓으로 느껴졌다. 나는 하론에게 안기다시피하며 일어섰다. 두 걸음쯤 발걸음을 옮겼을 때, 샤넌의 손이 내 팔을 부여잡았다. 나는 걸음을 멈추고선 그녀의 얼굴을 내려다보았다. 그녀의 얼굴은 여전히 슬퍼 보였다. 나는 그 대단한 연기에 박수라도 쳐 주고 싶은 심정이었다.

"바이올렛 공녀, 무슨 일인지는 모르겠지만……. 제 도움이 필요하다면 언제든지 제게 말씀해 주세요. 저는 같은 여자로서 이런 일을 당한 공녀를 그냥 두고 싶지 않아요."

이런 일이라. 흡사 내가 리차드에게 겁탈을 당한 것처럼 말하는 샤넌의 태도에 또다시 화가 났다. 몸 안의 심지가 뜨겁게 달아오르는 것만 같았다. 나는 샤넌의 얼굴을 보며 한 글자씩 힘주어 대답했다.

"샤넌 님. 방금 말을 잘못하신 것 같아요. 저는 어떤 일도 당하지 않았어요. 샤넌 님의 호의는 감사하게 생각하나, 아마도 그 도움은 영원히 받을 일이 없을 것 같네요."

그러곤 샤넌의 귓가에 내 얼굴을 가까이 가져다 대고 나지막이 속삭였다.

"되레 샤넌 님이 제 도움을 필요로 하실지도 모르죠."

"……."

"……샤넌 님이 리차드 자작을 이용했죠? 무슨 이유로 제게 이렇게까지 하셨는지는 모르겠지만, 저는 그냥 당하고만 있지 않을 거예요. 다음에 식겁해야 할 사람은 당신이 될지도 몰라요. 샤넌 위즈일라 공주님."

나는 거기까지 말하고 나서 그녀에게 기울였던 고개를 빳빳하게 들었다. 그러자 샤넌의 슬픈 눈동자와 눈이 맞았다. 그녀의 눈은 여전히 울고 있었지만, 입가는 미세하게 미소를 짓고 있었다.

'네가 과연 그럴 수 있을까?'

그녀의 미소에는 그런 의미가 담겨 있는 것 같았다. 나는 그녀에게만 보이게 조소를 한 번 지어 보이고 발걸음을 다시금 옮기기 시작했다.

"바이올렛 공녀……."

방의 한쪽 벽면에 옹기종기 서 있던 귀족 영애들이 내 이름을 작은 목소리로 몇 번 부르는 게 들렸다. 그녀들은 내게 무슨 말인가 건네고 싶어 했지만, 무슨 말을 해야 할지 쉽사리 헤아리지 못하고 있는 것 같았다.

그 순간, 따뜻한 손바닥의 감촉이 내 뺨에 느껴졌다. 하론의 손이었다.

"신경 쓰지 마. 아무 일도 일어나지 않을 테니까."

그는 차가운 내 뺨을 따뜻하게 몇 번 쓰다듬었다. 하론은 그렇게 말하기는 했지만 어찌된 까닭인지 하론의 눈빛은 다른 의미를 말하고 있는 것 같이 느껴졌다.

어떤 일이 필시 일어날 것만 같은 불길한 예감을 직감한 눈빛.

인정하기 싫었지만, 그런 예감이 온몸으로 퍼졌다. 내게 느껴지는 불길한 예감을 하론 또한 느끼고 있는 걸까?

***

우리가 방을 빠져나왔을 때, 뒤늦게 다른 사람들과 함께 오고 있는 러셀이 보였다. 러셀이 일찌감치 우리를 발견하고 급히 걸어왔다.

"가만히 있으라고 했잖아! 어째서 방을 나온 거야?"

러셀이 그렇게 묻자, 내가 대답했다.

"샤넌 공주님과 다른 영애들이 방에 들이닥쳤어요."

"뭐? 샤넌이 방에 왔다고? 걔가 어떻게 알고 너희가 있는 방을 찾아간 거지?"

그거야 당연히 샤넌이 일을 꾸몄으니까.

그녀는 나와 리차드가 사라지는 것을 보고 시간을 쟀을 것이다. 시간이 조금 흐른 후, 다른 귀족 영애들에게 적당한 핑계를 대고 내가 있던 방으로 가기를 유도했을 테지. 그리고 우연인 척 방문을 열어젖힌다. 내가 겁탈을 당하고 있는지 아니든지, 어쨌든 바이올렛의 정숙치 못한 모습을 다른 귀족 영애들의 눈에 보이게 한다. 그것이 그녀의 계획이었기에 샤넌은 당연히 적당한 타이밍에 방을 들이닥칠 수밖에 없었을 것이다. 나는 그렇게 대답하진 못하고 고개를 좌우로 가로저었다.

"타이밍도 참 기가 막히는군."

러셀이 복잡한 얼굴로 말했다.

"러셀 님. 그래서 더는 그 방에 있을 수 없었어요. 왕자님께 뒤처리를 부탁드려도 될까요?"

"그 정도 부탁쯤이야. 나도 뭐…… 잘못한 것도 있고. 그럼 내가 최대한 수습해 볼게."

러셀이 꽤 굳건히 말했다. 그 순간만큼은 그가 믿음직하게 보였다.

우리는 피로연장을 조용히 빠져나왔다. 다행스럽게도 피로연장을 나서는 동안 우리에게 관심을 보이는 이는 없었다. 결혼식이 열렸던 성당 앞에 대어져 있던 마차에 함께 올라타고 나서야 긴장했던 마음이 조금 풀리는 기분이 들었다.

긴장감이 풀려서일까. 출처를 알 수 없는 눈물이 눈동자에 맺히기 시작했다. 곧이어 눈물은 뺨을 타고 후드득 흘러내렸다. 어째서 지금에서야 눈물이 흘러내리는 걸까. 나는 흐르는 눈물을 멈추기 위해 아랫입술을 짓눌렀다. 하지만 그러면 그럴수록 눈물방울은 굵어져만 갔다.

"바이올렛. 참지 않아도 돼."

하론은 울음을 참으려고 노력하던 나의 등을 부드럽게 쓸어내렸다. 나는 그의 말에 따라 더는 참지 않고 목 놓아 울기 시작했다. 이렇게까지 거세게 운 것은 바이올렛이 되고 나서 처음이었다. 괜찮은 척하고 있었지만, 사실 나는 많이 놀랐던 것임에 분명했다. 달그락거리는 마차 속에서 나는 하염없이 울었다. 하론은 묵묵히 내 등을 쓸어 주었을 뿐이었다.

몇 분을 서럽게 울고 나자, 눈물이 서서히 그치기 시작했다. 나는 소매로 얼굴을 훔쳐 내며 끓어오르는 감정을 가라앉히며 생각했다. 이성적으로 이제 어떻게 해야 할지를 고민해 보자.

내가 없는 피로연장에서 내 모습을 본 귀족 영애들과 샤넌이 사람들 사이에 어떤 소문을 퍼뜨리고 있을지 알 수 없었다. 나는 잠깐 동안 내가 없는 피로연장의 정경을 머릿속에 그려 보았다.

은근슬쩍 나를 추잡하게 몰고 갈 샤넌의 모습과 내 평이 추잡해짐을 만족하는 그녀의 미소. 아무리 생각해도 샤넌의 그런 모습들은 원작 속 그녀의 모습과 지나치게 괴리가 있었다. 샤넌이 왜 그렇게 변해 버린 것인지에 대한 것은 더더욱 짐작할 수 없는 일이었다.

나를 이렇게까지 궁지로 몰아넣어야 했던 샤넌의 궁극적인 의도는 무엇이었을까? 에르하르트의 사랑? 그게 아니라면, 그녀는 바이올렛의 완벽한 몰락쯤을 바라고 있는 걸까?

"이제 좀 괜찮아?"

하론의 물음에 나는 생각하던 것을 멈추고선 하론을 응시했다.

"응. 이제 괜찮아졌어."

"휴- 네가 우는 모습을 보고 있으니까, 나도 눈물이 날 뻔했어."

"그래? 그럼 눈물이라도 흘려주지 그랬어."

나는 괜스레 객쩍은 말을 하며 분위기를 전환시키려 했다. 그러자 하론이 어깨를 작게 들썩였다.

"참지 말걸 그랬나? 하지만 내가 우는 모습은 영 못난 모습일 거라서, 네게 보여 주기 싫었어."

"내가 우는 모습은 어땠는데?"

"바이올렛. 너는 네가 우는 모습이 얼마나 못생겼는지 모르는구나?"

그는 평소와 같은 장난스러운 말투로 나를 놀렸다. 나는 그의 장난을 받아줄 요량으로 가볍게 대답했다.

"치, 나는 못생긴 모습이 없는데?"

"흠, 맞아. 솔직히…… 예쁘긴 해. 근데 웃는 게 우는 모습보다 훨씬 더 예뻐."

그는 고개를 오른쪽으로 조금 기울인 채로 나를 빤히 보았다.

"그러니까 이제 울지 마."

동시에 하론의 손끝이 내 눈가에 닿았다. 그는 내 눈가에 아직까지 남아 있던 눈물의 흔적을 가볍게 쓸어 주었다.

"아무렴."

하론의 위로 덕분인지 내 얼굴에선 울음의 기운이 완전히 사라져 있었다.

되레 작게 미소까지 지을 수 있을 정도였다. 하론은 그런 나를 다정하게 바라보며, 저가 궁금했던 것을 털어놓았다. 질문하는 그의 음성이 자못 조심스러워 보였다.

"바이올렛. 도대체 리차드 자작은 왜 따라간 거야?"

나는 하론을 똑바로 쳐다본 채로 조금 볼멘소리로 대답했다.

"하론, 네가 질투 좀 하라고."

"……뭐? 질투라니?"

나는 잠깐 동안 고민했다. 왜 내가 하론에게 질투를 느끼게 해 주고 싶었는지에 대해 이야기해야 할지, 말지.

그것을 얘기하려면 그가 샤넌과 골방에서 이야기를 나누던 모습을 본 것까지 말해야 했다. 하지만 고민은 그렇게 길지 않았다. 나는 작은 목소리로 하론에게 고백하듯이 말했다.

"너도 나 몰래 샤넌 님과 골방에서 은밀히 이야기 나누고 있었잖아."

"그걸 너도 봤어?"

"어. 우연히. 그런데 나도라니? 설마……."

"러셀 님도 그걸 봤다고 했어. 내게 샤넌 님과 무슨 이야기를 하고 있었냐고 물어보시더라고. 그거 때문에 너한테 가는 게 조금 늦어진 거고."

"뭐? 러셀 님이 그렇게 대놓고 물어봤다고?"

"응."

러셀, 이 바보가 진짜. 은밀하게 물어보자고 해 놓고, 그렇게 대놓고 물어보면 어떡하느냐 말인가. 나는 헛웃음을 흘렸다. 나도 그냥 샤넌에게 직접적으로 물어볼걸 그랬나? 괜스레 나 혼자 바보가 된 기분을 떨칠 수가 없었다.

"바이올렛 네가 리차드 자작과 사라지는 걸 보고 너를 따라가려고 하니까, 러셀 님이 아무 일도 없을 거라고, 자기랑 좀 더 얘기하자고 했어."

"……러셀 님……. 하하."

러셀……. 할 수만 있다면 그를 한 대 세게 치고 싶단 생각이 잠깐 들었다.

"바이올렛. 그런 걸 봤으면 내게 와서 직접 물어보면 되잖아. 샤넌 님과 무슨 이야기를 나누고 있었냐고. 나는 네게 숨길 게 없는걸."

하지만 너희 두 사람. 그 골방에서 너무나도 비밀스러워 보였단 말이야. 나조차도 네게 사실을 대놓고 물어볼 수 없을 정도로. 나는 그렇게 말하고 싶었지만, 이내 다른 말을 꺼내었다.

"좋아, 그럼 지금 물어볼게. 두 사람, 무슨 얘기를 나눈 거야?"

"샤넌 님에게 왜 너를 괴롭히냐고 물어봤어. 요 근래 일이 좀 있었잖아? 잘은 모르겠지만 요즘 너와 사이가 좋지 않아 보이기도 해서. 그렇다고 따로 약속을 하고 만난 건 아니었어. 나도 그 복도에서 우연히 샤넌 님을 만났던 거고."

"……그런 걸 얘기한 거였어?"

"그래, 내가 그녀와 무슨 얘기를 더 하겠어."

하론은 억울한 표정을 지으며 제 입을 부루퉁하게 내밀었다.

"이 바보야, 왜 네 멋대로 생각하고, 멋대로 의심하는 건데. 그러지 않았으면 이런 일도 없었잖아."

결국 그는 나를 위해서 샤넌과 골방에서 이야기를 나누었던 것이었다. 이상하게도 그의 말이 거짓말이라고는 생각되지 않았다. 되레 너무나도 진심처럼 느껴졌다고나 할까. 나는 헛웃음을 흘렸다. 애당초 하론을 의심한 내 잘못이었다.

"미안."

서툰 내 사과에 하론은 저가 더 미안하단 투로 내게 대답했다.

"아니야. 내가 더 미안해. 미리 말했어야 했는데……. 오늘은 네게 미안한 것투성이네. 진작 말해 주지 못해서 미안하고, 진작 네 뒤를 따라가지 못해서 미안하고. 다음에는 절대 이런 일이 없을 거야. 약속할게."

"그럼 한 번 말고, 두 번 약속해. 내가 의심할 만한 상황은 이젠 다신 만들지 않겠다고."

나는 진지하게 그에게 말했다. 그러자 하론이 맥 빠진 미소를 지었다.

"네가 원한다면 얼마든지. 그런 약속은 수백 번이고 해 줄 수 있어."

하론은 짙어진 미소와 함께 내 머리칼을 한껏 흐트러뜨렸다. 그 순간 마차가 멈춰 섰다. 공작저에 도착한 것이었다. 나는 마차에서 내리며 하론에게 마지막으로 궁금했던 사실을 물어보았다.

"아, 하론. 아까 샤넌 님에게 나를 왜 괴롭히냐고 물어봤다고 했지? 그녀가 뭐라고 대답했어?"

그러자 하론이 애매한 표정을 지었다.

"샤넌 님은 너를 괴롭힌 적이 없다고 하더라. 그녀는 네게 악의가 없다고 발뺌을 하던데? 하긴 설령 샤넌 님에게 정말로 악의가 있었다고 해도, 그런 감정이 있다고 내게 솔직하게 털어놓는 게 더 이상한 일일지도 몰라. 애초에 솔직한 대답을 바라고 물은 건 아니었지만……. 방금 전의 일을 보았을 때, 그녀는 네게 악의가 있는 게 분명하단 생각이 들어."

그의 말이 맞았다. 내가 샤넌의 입장이라고 생각해 보았을 때, 굳이 하론에게 제 속내를 밝힐 필요는 없었으니까.

"애초에 솔직한 대답을 바란 게 아니라고? 그렇담 굳이 네가 나서서 샤넌 님에게 물어본 이유가 뭐야? 넌 애초부터 샤넌 님이 사실대로 대답해 주지 않을 거란 걸 예상하고 있었던 것 같은데."

"글쎄, 동요랄까."

하론은 또다시 애매한 표정을 지으며 동요라는 말을 몇 번 더 되뇌었다.

"동요?"

나는 그의 말뜻을 단번에 이해하기 힘들어 그에게 다시 물었다.

"그녀는 악의가 없었다고 하겠지만 내가 그런 사실을 입 밖으로 뱉었을 때, 샤넌 님의 마음속엔 어떤 동요의 기운이 돌았겠지. '이들은 내가 의도적으로 바이올렛을 괴롭히는 걸 눈치채고 있어.' 이런 식으로 말이야. 나는 무언의 경고를 한 셈이야. 공주님의 의도를 알고 있으니까, 더 이상 너를 괴롭히지 말라는 경고."

하론은 거기까지 말하고 마부에게 손짓하여, 마차를 다시 보냈다. 마차는 달그락거리는 소리와 함께 멀어져 갔다. 하론은 저가 헝클어 놓은 내 머리카락을 조용히 쓰다듬으며 말했다.

"하지만 아무래도 내 경고는 그녀에게 먹히지 않은 모양이야."

"……어?"

"리차드 자작. 그도 샤넌 님과 관련이 있는 거지?"

순간 내게 닿아 있는 하론의 눈빛이 날카로워졌다. 나는 숨길 생각 없이 하론에게 대답했다.

"네가 그걸 어떻게 알았어?"

"이번엔 직감."

"직감?"

"응. 샤넌 님이 그 타이밍에 방으로 들어오는 순간 확신이 들더라고. 이 일은 명백히 그녀와 관련이 있다고."

"네 직감은 정확해. 샤넌 님이 리차드 자작에게 나를 희롱하라고 지시한 것 같거든."

"설마가 역시가 되었네. 샤넌 님은…… 왜 그렇게 변해 버린 걸까? 적어도 그런 일까지 벌일 거라고는 예상하지도 못했어."

하론의 말투가 자못 아련하게 느껴졌다. 나 또한 그것이 제일 궁금했던 바였다. 어째서 원작 속의 샤넌의 현명함이 돌연 어디론가 사라져 버린 걸까.

소설 속에서 항상 묘사되던 샤넌의 맑고 빛나던 눈동자. 나는 이 세계에 들어오고 나서 그녀의 그런 눈동자를 단 한 번도 보지 못했다. 내가 본 것이 라고는 샤넌의 차가운 은빛 눈동자, 혹은 총기를 잃은 은빛 눈동자뿐이었으 니.

"하지만 나도 변하고 있어."

하론이 내 머리카락을 만지던 것을 멈추며 나를 빤히 응시했다. 그의 푸 른 눈동자가 탐스럽게 빛이 나고 있었다.

"……너는 어떻게 변하고 있다는 건데?"

"나도 더 이상 바이올렛 네가 당하는 걸 손 놓고 보고 있지 않을 거야."

"그건 비공식적인 내 약혼자라서 그런 건가."

나는 장난스럽게 대답했지만 하론은 전혀 장난이 아니라는 듯이 꽤 진지 하게 말했다.

"아니, 그런 건 상관없어. 사람이 변하는 건 당연하잖아. 다만, 언제부터 변하는가에 대한 시기만 다를 뿐. 바이올렛 네가 어느 날 갑자기 변했듯이 말이야."

"……."

나는 그에게 대답하지 못하고 잠시 동안 침묵했다. 며칠 전, 하론이 과거 의 일을 물으며 내게 의문을 표했던 그날의 밤이 떠올랐기 때문이었다. 하 론은 여전히 내 태도의 변화를 의아하게 생각하고 있는 걸까? 그는 여전히 내가 진짜 바이올렛이 아니라는 의심을 하고 있는 것일까.

할 수만 있다면 하론의 머릿속을 속 시원하게 들여다보고 싶은 마음이었 다.

"우리가 함께한다면, 모든 일은 분명 잘 풀릴 거야."

하론은 그렇게 말하며 예쁘게 미소 지었다. 그의 미소를 계속해서 보고 있자니 정말로 모든 일이 잘 풀릴 것만 같은 기분이 들었다. 그저 안타깝고,

아련한 서브 남자 주인공일 뿐이라고 생각했던 하론이 이 순간 처음으로 꽤나 강인하게 보였다.

원작 속에서의 하론은 아련한 눈동자로 샤넌의 뒷모습만을 쫓았던 터였다. 하나 지금 그에게선 아련한 빛은 전혀 느껴지지 않았다. 되레 내가 지금 그에게서 느낀 것은 무언가에 대한 강한 열의뿐이었다.

6장. 그녀가 진짜로 알고 있는 것

그 후로 이틀이 지났다.

나는 바이올렛의 아버지에게 리차드 자작과 내 사이에 있었던 일을 일부러 얘기하지 않았지만, 소문은 소리 없이 널리 퍼졌다. 그리고 결국은 아버지의 귀까지 들어가게 되었다. 정확히 어떤 내용으로 퍼졌는지는 알 수 없었으나, 아버지는 크게 진노하셨다. 그는 소문의 내용을 제 입에 담기 힘들어하시며, 그저 내게 '믿고 있다.'라는 한마디만을 했을 뿐이었다. 그러다가 가만히 있을 수 없다며, 어디론가 급히 나가셨다.

아버지의 일그러진 표정을 보았을 때, 소문이 얼마나 질이 나쁘게 돌고 있을지 직감할 수 있었다. 이미 예상하고 있던 바였지만 정말로 샤넌이 나에 대해 질 나쁜 소문을 만들었다는 것을 피부로 느끼자, 기분이 그다지 좋지 않았다.

리차드 자작에 대한 소식은 러셀이 보낸 편지를 통해서도 알 수 있었다. 리차드는 추포되어 작위를 곧 박탈당할 예정이라고 했다. 사실 굳이 러셀의 편지가 아니더라도, 리차드에 대한 소식은 이미 수도에 암암리에 퍼져 있던 터였다. 러셀은 리차드를 엄중히 처벌하면서도 조용히 일을 끝내고 싶어 했지만, 이미 그 추잡한 소문으로 인해 사람들의 관심이 집중된 터였다. 집중된 관심 속에서 조용히 일을 처리하는 게 가능할까 싶었다.

러셀의 편지 내용 중에 한 가지 이상한 점이 꼽자면, 리차드가 수사 중에 샤넌의 이름을 전혀 꺼내지 않았다는 것이었다. 리차드는 제 입으로 분명 '샤넌'의 이름을 꺼냈었다. 그럼에도 불구하고 어째서 그녀가 부추긴 내용을 말하지 않고 있는 걸까.

되레 리차드는 나와 예전부터 연인 관계였다고 주장하고 있다고 했다. 그의 말은 틀린 게 아닐지도 몰랐다. 바이올렛의 흐린 기억 속에서 리차드와 바이올렛은 진하게 키스를 하고 있었으니까.

마음 같아서야 단숨에 리차드에게 가서 따지고 싶었지만, 모두가 나와 리차드의 사건에 주목하고 있는 지금, 내 행보 또한 조심스러워지는 것은 어쩔 수 없었다. 샤넌도 가만히 두고 싶지 않았지만, 지금으로써 딱히 이렇다 할 방법이 떠오르지 않았다.

마음이 답답했다. 그저 편하게 살고자 했던 바이올렛의 삶이 이토록 흙길로 변해 버릴 줄은 상상도 못 했기 때문이었다. 내가 무슨 짓을 하건, 원작의 바이올렛과 다르게 행동하건, 결국은 원작 속 바이올렛이 걸었던 흙길을 걸어야 할 운명인 걸까?

그것이 이 세계 속 바이올렛에게 벗어날 수 없는 숙명과도 같은 것이라면.

***

답답한 마음을 달래기 위해 나는 잠시 밖으로 나섰다. 챙이 넓은 모자를 써서 얼굴을 거의 가린 채였다. 나는 전에 한 번 들렀던 분위기가 고급스러운 바로 향했다.

바에는 이미 사람들이 꽤 많이 차 있었다. 나는 구석진 자리에 앉아, 늘 그렇듯 레드 와인을 한 잔 시켰다. 와인은 금세 나왔고, 나는 그것을 한 모금 마시며 주위에서 들려오는 잡음에 신경을 집중했다. 추잡한 소문이 어떻게 도는지 문득 궁금해졌기 때문이었다.

조용히 주위에 집중을 하자, 주변의 말소리가 선명하게 들렸다. 가장 잘 들린 것은 내 뒤쪽 테이블에 앉아 있던 여자들의 목소리였다. 목소리 톤이 조금 높은 여자가 먼저 말했다.

"······바이올렛 공녀는 뭐랄까, 대단하달까, 천박하다고 해야 할까."

그러자 맞은편에 앉아 있던 여자가 작게 웃으며 대답했다.

"그건 천박한 거 아니야? 곧 약혼할 여자가 어떻게 몸을 함부로 쓸 수 있는 거지? 솔직히 공녀라는 신분만 아니었으면, 그녀는 이미 예전에 매장 당했을 거야."

"말도 마. 그 잘난 얼굴 믿고 그런 짓을 하고 다니는 건지. 궁에서는 리차드 자작이 일방적으로 추행을 한 거라고 발표했지만, 바이올렛이 직접 리차드 자작을 꼬드겨서 그런 짓을 했다는 걸 본 사람도 있대."

"어머, 진짜? 그게 누군데?"

"그게······. 샤넌 공주님이래. 공주가 리차드의 신변을 대단히 변호해 주고 있나 봐."

샤넌 공주라는 말과 나에 대한 오해 섞인 말이 들리자 나는 더 이상 참을 수가 없었다. 자리에서 일어나 내 뒤편에 앉아 있던 그녀들에게 따지려고 한 순간, 어떤 이가 나보다도 앞서서 그녀들에게 호통을 쳤다.

"이봐! 딱 거기까지 말하라고."

그것은 익숙한 여자의 목소리였다. 나는 새로이 등장한 여자의 말에 집중하기 시작했다.

"바이올렛에 대한 가담항설을 부풀리는 것은 여기까지 한다. 알겠어?"

새로 등장한 여자의 꾸지람 섞인 말에 테이블에 앉아 있던 두 여자가 억울한 듯 말했다.

"아이린 님. 가담항설이 아니라, 직접 본 사람에 대한 얘기잖아요."

새로 등장한 여자는 아이린, 그녀였다.

"네가 직접 본 것이 아니라면 더 이상 입에 담지 말 것."

"……."

아이린이 옳은 소리를 하자, 두 여자는 꿀 먹은 벙어리처럼 조용해졌다. 두 여자는 작은 소리로 구시렁거리더니 이내 바를 나가기에 이른다. 그러자 아이린은 그제야 내가 있는 테이블에 다가오기 시작했다. 이내 테이블 앞에 멈춰 선 아이린이 고개를 숙이고 있던 나를 보며 말했다.

"나 잘했지?"

"……아이린 님."

나는 고개를 들어 아이린을 똑바로 보았다. 칭찬이라도 해 달라는 얼굴로 나를 물끄러미 바라보는 그녀의 얼굴을 보자 헛웃음이 나는 건 어쩔 수 없었다.

"저 들으라고 일부러 그렇게 말씀하신 거죠?"

"당연하지. 바에 들어오자마자 바이올렛 네가 보이더라고. 아무리 모자로 얼굴을 가려도 나는 한눈에 너를 알아볼 수 있어! 네 주변에선 밝은 빛이 나거든."

"……저는 오늘 검정색 드레스를 입었는데요?"

"아니! 그만큼 아름답단 말씀. 그런데 말이야, 바이올렛."

아이린은 내 이름을 작게 불렀다.

"네?"

"너 그거 알아?"

"또 뭐요?"

"네가 없었어도 나는 저렇게 얘기했을 거라는 거. 시답지 않은 소문을 멋대로 부풀리는 건 옳지 않다고 생각해."

아이린은 두 손을 불끈 쥐어 보이며 말했다. 마치 정의 용사라도 되는 듯 보이는 동작이었다. 그 모습이 미워 보이기는커녕 귀여워 보였다.

"아이린 님은 그 소문을 믿지 않는다는 말씀이세요?"

"그 소문이란 건 정확히 어떤 걸 말하는 거지? 첫 번째, 네가 자작을 유혹했다는 거. 두 번째, 샤넌이 자작을 꼬드기는 너를 직접 봤다는 거."

"……두 개 다요."

내가 불만스럽게 대답하자 아이린이 내 맞은편에 완전히 자리를 잡았다. 그녀는 내가 일찌감치 시켜 놓은 와인을 제 것인 양 한 모금 먹고는 말했다.

"두 개 다 믿지 않아. 왜냐면, 너는 리차드 자작을 싫어했으니까. 내가 아는 바이올렛은 한 번 싫어하는 게 생기면 영원히 싫어하는 성격이거든. 너는 싫어하게 된 것을 절대로 다시 좋아하진 않아. 물론 네가 리차드 자작과 잠깐 동안 만났다는 건 알고 있어."

"……혹시 제 스토커는 아니었죠?"

어째 아이린은 바이올렛에 대해 모르는 것이 없어 보인다. 내가 아는 것보다도 훨씬 더 많이 알고 있는 것은 아닐까?

아이린은 내 말에 기분 나빠하기는커녕 되레 의기양양한 표정을 지었다. 흡사 저가 나의 스토커임을 알아주어서 자랑스럽다는 얼굴이었다.

"네가 리차드 자작을 잠깐 동안 만났던 이유를 알고 있었으니까. 우리 에기에게 질투를 유발하기 위해서 그랬던 거잖아! 에기에게 좀 더 사랑을 받기 위해."

"……."

"하지만 에기는 네가 리차드 자작과 만났다는 걸 알아차린 후에, 질투는

커녕 네게서 점점 더 멀어져 갔지……. 아아, 이 얼마나 슬픈 이야기인가. 너는 그래서 리차드 자작을 지독하게 싫어했어. 그로 인해 에기와의 관계가 악화되었으니까.”

연거푸 말한 게 조금 힘든 것인지 아이린은 다시금 목을 축였다. 그러곤 제 말을 이어 갔다.

“따지고 보면 두 남자 사이에서 잘못된 선택을 한 사람은 바이올렛 너였는데 말이야.”

“그래서요? 지금 제게 진짜로 하고 싶은 이야기가 뭐예요?”

“내가 너를 도와줄게.”

“뭘 도와주신다는 건데요?”

“네게 떠도는 악질적인 소문이 더 이상 변질되지 않게 도와주겠다는 거야. 너는 지금 사교계에 도는 소문을 굉장히 하찮게 보고 있는데, 그게 실상 그렇게 간단한 게 아닐 수도 있어.”

아이린의 말이 틀린 것은 아니었다. 내 명예는 이미 실추되었고, 후에 리차드 자작이 잘못했다고 판명된다 하더라도, 내 명예가 회복되리란 보장이 없었다. 하지만 그렇다고 해서 아이린의 도움을 받고 싶은 마음은 들지 않았다. 그녀와 엮이게 되면 일이 더 복잡하게 되는 것은 아닌가, 하는 우려가 들었기 때문이었다.

“말씀은 고맙지만, 사양할게요.”

“엥? 어째서? 물론 자립심이 강한 바이올렛 네가 혼자 해결하고 싶어 하는 마음은 충분히 이해하지만……. 설마 하론과 함께 해결할 셈인거야? 바이올렛. 너 하론의 후작가에 대한 얘기는 듣지 못했는가 보구나.”

아이린은 눈동자를 귀엽게 굴리며 무언가를 곰곰이 생각했다.

“하론의 후작가라뇨……? 하론에게 무슨 일이 있는 거예요?”

“네게 도는 그 추잡한 소문 때문에 후작가에서 너와의 약혼을 대대적으

174

로 반대하는 모양이더라. 하론이 직접 나서서 너와 약혼하겠다고 하는 것 같다만……. 그의 아버지가 호락호락한 사람이 아니라서."

맙소사. 하론에게 그런 일이 있었다니. 그가 며칠 동안 잠잠했던 이유가 여기에 있었다. 나는 기다란 한숨을 내뱉었다.

"솔직히 말해서 바이올렛 너는 여자로서 위험한 위치에 놓여 있어. 여차하면 네 소문이 더 악질적으로 변할지도 모른다고!"

나는 아이린이 거의 다 마신 와인을 모두 마셔 버렸다. 까닭 없이 목이 심하게 탔다.

"그러니까 망설이지 말고 내 손을 잡아. 나는 네 생각보다 해결 능력이 꽤 우수하니까."

"아이린 님. 도대체 이렇게까지 저를 도와주려고 하시는 이유가 뭐예요? 그냥 조건 없이 도와주시려는 건 아니죠?"

내가 어림잡아 그렇게 말하자, 아이린이 테이블 위에 올려져 있던 내 손을 부여잡았다.

"물론, 조건이 없는 건 아니야."

"설마 그 조건이란 게……."

짙은 미소를 띠고 있는 아이린의 얼굴 속에서 반사적으로 누군가의 얼굴이 머릿속에 떠올랐다. 아련한 검은 눈동자로 나를 사랑한다고 했던 그 남자.

"그래. 네가 짐작하고 있는 대로야. 내가 네 소문을 없애는 걸 도와주는 대신, 에기와 약혼해 줘. 바이올렛."

내 예상에 한 치도 어긋남이 없는 아이린의 제안이었다. 그렇기에 나는 놀란 기색 없이 그녀에게 되물었다.

"제가 공작님과 약혼하는 것과 아이린 님이 저를 도와주는 것 사이에 무슨 연관이 있는 거죠? 저는 도무지 이해할 수가 없네요."

내가 그렇게 묻자, 아이린이 처음으로 얼굴에 띠고 있던 웃음기를 없앴다. 그녀에겐 보기 드문 진지한 표정이었다.

"에기가 많이 힘들어하고 있어, 너 때문에. 동생이 힘들어하는 건 누나로서 보기 힘든 일이거든."

그는 정말로 바이올렛, 아니, 나를 사랑하기에 힘들어하고 있는 걸까? 아이린의 말속에서 적어도 어떤 거짓의 기운이 느껴지지는 않았다. 그녀는 지금 진실을 내게 말하고 있는 것일 테다. 나는 바이올렛이 되고 처음 마주했던 그의 차가운 눈빛을 기억하고 있었다.

온기라고는 보이지 않던 그의 서늘했던 눈빛은 언제부터 서서히 녹기 시작했던 걸까. 나와 하론이 불행해지지 않기 위해서 했던 일말의 행동들이 에르하르트의 차가운 마음을 녹게 만들었던 걸까?

아이린의 말대로 내가 정말 위험한 위치에 놓여 있다고 해도, 쉽사리 그녀의 말에 동의할 수는 없었다.

에르하르트와의 약혼이라니. 한 번도 고려하지 않았던 일이기 때문이었다.

물론 에르하르트가 생물학적인 남자로서 완전히 싫은 것은 아니었다. 간혹 그를 보며 심장이 뛰기도 했고, 내가 까칠하게 굴었음에도 불구하고 진심을 계속해서 표현하는 모습은 꽤 강단 있어 보였으니까.

하나 그렇다고 해서 그에게 이성적으로 관심이 가는 것은 아니었다. 애초부터 샤넌의 남자라는 인식이 강해서였는지, 에르하르트와 엮이게 되면 끝끝내 샤넌과도 엮일 것 같았다.

나는 그 점이 싫었다. 지금 샤넌이 이렇게까지 나를 괴롭히는 이유가 단지 에르하르트 때문이라면, 내가 그와 약혼을 하면 상황은 더욱 악화될 것이 뻔했기에.

나는 아이린이 잡고 있던 손을 빼내며 대답했다.

"저는 공작님에게 저 때문에 힘들어하라고 한 적 없어요."

"······바이올렛은 요즘 너무 매정해."

"그게 제 매력이죠."

"지금 그렇게 단정 짓지 말고, 집에 가서 진지하게 생각해 봐. 나는 농담이 아니야. 바이올렛, 네 신변도 걱정되고······. 에기도 걱정되고······. 그냥 다 걱정 돼서 그래."

나는 대꾸 없이 아이린을 응시했다. 그러자 아이린은 저가 낼 수 있는 가장 굳건한 목소리로 이어 말했다.

"이거 하나만 확실히 말해 둘게. 만약에 네가 내 제안을 받아들인다면, 나는 네 소문을 우호적으로 바꿀 자신이 있어. 이건 백 퍼센트 확신이야."

나는 지지 않고 아이린에게 대답했다.

"저도 이거 하나만 확실하게 말씀드릴게요. 에르하르트 공작님이 진짜로 저 때문에 힘들어하고, 약혼을 진정 원하고 있는 거라면 직접 찾아와서 얘기하라고."

진지한 내 대답이 그녀에게는 웃겼던 것인지 아이린이 웃기 시작했다.

"큭큭, 역시 바이올렛다운 대답이야. 궁지에 몰렸어도 당당하다니."

"저는 잘못한 게 없으니까요."

"그래. 네가 잘못이 없다는 건 나도 알아. 그러니까 신중하게 생각해 보고 내 제안을 수락할 생각이 있으면, 이틀 뒤에 내가 여는 티 파티로 와. 기다리고 있을게."

나는 성의 없이 고개를 몇 번 끄덕였다. 그러자 아이린이 제 할 말을 끝낸 것인지 휠체어의 바퀴를 굴리기 시작했다. 나는 뒤돌아서는 아이린에게 나지막이 말했다.

"······방금 진에 영애들에게 했던 그 말은······ 정말 멋있었어요."

아이린의 기분을 좋게 해 주기 위해서 하는 칭찬이 아닌 솔직한 감상이었다. 처음으로 아이린의 호의가 진심으로 느껴졌으니까. 설령 그것이 동생의 약혼을 위해서 그랬다 할지라도 말이다. 뒤돌아서 가던 아이린이 내게 오른쪽 팔을 흔들며 말했다.

"너를 믿는다는 건 진짜 진심."

나는 멀어지는 아이린의 뒷모습이 완전히 사라질 때까지, 그녀에게서 눈을 뗄 수가 없었다.

* * *

나는 저택으로 돌아와 침대에 누워 눈을 지그시 감았다. 아이린과의 대화 이래로, 내가 이 일을 꽤나 가볍게 여겼던 건 아닐까 하는 생각이 연신 들었다. 나는 여전히 그대로 상황을 지켜만 보고 있어야 하는 걸까. 아니면, 아이린과 손을 잡고 이 상황을 타개할 방법을 모색해야 하는 걸까. 그것도 아니라면, 나 혼자서라도 어떤 조치를 취해야 하는 걸까.

물론 하론에게 도움을 청해 볼까도 생각했었지만, 하론의 사정을 알고나자 그에게 도움을 청하는 것은 실질적으로 불가능하다고 생각했다. 그도 그나름대로 사정이 복잡할 테니까.

내가 생각한 여러 선택사항들엔 위험요소가 모두 존재했다. 가만히 지켜본다면 소문은 서서히 사그라지겠지만, 그렇다고 해서 추문이 완전히 사라지는 일은 없을 것이었다.

아이린과 손을 잡는다면 상황은 확실히 우호적으로 변할 수 있을 것 같았다. 그녀의 당당한 태도를 보았을 때, 그녀에겐 사건을 정리할 확실한 카드가 있어 보였기 때문이었다. 하지만 그녀의 도움을 받으면, 에르하르트와 약혼을 해야 했다. 그것은 정말 내키지 않는 사실이었다.

마지막으로, 혼자서 조치를 취해야만 한다면 나는 도대체 어떤 행동을 해야 할까.

나는 차근차근 원작 속 내용도 떠올려 보았다. 원작에서는 바이올렛과 러셀이 모의하여 샤넌에 대한 추문이 돌도록 유도하는 장면이 분명 있었다. 하지만 강간 미수라는 극악적인 방법으로 샤넌에 대한 추문을 만들었던 것은 아니었다. 단순한 불륜으로 샤넌을 궁지로 몰았을 뿐이었다.

결론적으로 추문에 대한 내용은 달랐지만, 샤넌 또한 추문에 휩싸였다는 사실이 같았다. 이번에도 이전과 다름없이 추문을 당한 것이 '나'로, 주체만 달라졌을 뿐이지, 소설 속 사건은 얼추 비슷하게 일어난 셈이었다.

어째서 여자 주인공이 당해야 했던 모진 풍파들이 내게 닥쳐오는 걸까.

이런 전개는 아무리 생각해도 잘 이해가 되지 않았다. 다음으로 소설 속 샤넌이 자신에게 닥쳤던 불륜에 대한 추문을 이겨 내는 과정을 떠올려 보았다. 샤넌은 실제로 불륜 따위를 저지른 게 아니었음으로 그녀는 당당했다. 그녀는 사람들이 뒤에서 험담을 하는 것을 전혀 신경 쓰지 않았다. 그녀가 유일하게 신경 쓴 것은, 불륜이라는 추문을 만든 바이올렛의 진정한 의도였다. 바이올렛의 의도는 간단했다.

에르하르트의 사랑.

그것은 소설의 처음부터 끝까지 바이올렛이 유일하게 진정 원하는 것이었다.

샤넌을 몰락시킴으로써 에르하르트의 사랑을 다시 얻어 내는 것.

샤넌은 그것을 제대로 파악하고 바이올렛을 역으로 골탕 먹였었지, 아마.

거기까지 생각하자, 지금 내가 무엇을 해야 할지 감이 잡히기 시작했다. 추문을 만든 샤넌의 진정한 의도. 그것을 파악하는 게 지금으로써 내가 할 수 있는 최선의 방법이 아닐까. 소설 속에서 샤넌이 했던 것처럼.

나는 침대에 누워 있던 몸을 일으켜 며칠 전 깨끗이 세탁해 놓은 러셀의 재킷을 챙겼다. 재킷을 주는 핑계로 러셀을 만나서, 리차드를 보게 해 달라고 부탁해 볼 참이었다. 그를 다시는 보고 싶지 않았지만, 그를 만나는 게 지금으로써 샤넌의 의도를 파악하는 데 제일 효과적이었기 때문이었다.

샤넌. 그 이름을 떠올리자, 그녀가 나를 보며 지었던 엷은 미소가 떠올랐다. 내가 추문에 휩싸일 것을 만족하던 그 미소.

나는 다시금 분노에 가까운 감정을 느꼈다. 본디 누군가를 미워하는 성격은 아니었지만, 샤넌만큼은 지독하게 밉게 느껴졌다. 극렬한 감정 변화를 느끼고 싶어서 바이올렛이 되고 싶다고 생각했던 게, 정말로 실현이 된 꼴이라니. 이성적이라고 생각했던 지난날의 내가 무색해질 정도였다.

이윽고 나는 마차에 몸을 실었다. 날은 이미 조금씩 저물고 있었지만 그런 것은 아무래도 상관없었다.

***

왕궁에 도착하자마자 시녀를 시켜 러셀에게 내가 왔음을 알려 달라고 부탁했다. 나는 초조한 마음으로 왕궁의 로비 안을 배회했다. 시간이 꽤나 흘렀음에도 불구하고 시녀는 좀처럼 돌아오지 않았다. 약속 없이 찾아온 것이었으므로 러셀이 부재중일 가능성도 있었다. 나는 그가 부재중이 아니기 만을 바랐다.

그렇게 시간이 조금 더 흐르자 심부름을 보냈던 시녀가 돌아왔다. 모셔오시라고 하십니다. 시녀는 러셀이 남긴 말을 내게 읊조렸고, 나는 시녀의 뒤를 따랐다. 러셀이 궁에 있음이 다행이었다. 그리고 갑작스러운 내 방문에 응해 준 러셀에게 고마운 마음도 잠깐 들었다.

기다란 복도를 지나고, 계단 몇 개를 올라가고 나서야 러셀의 방에 도착했다. 시녀는 러셀에게 내가 왔음을 알리며 문을 열어 주었다. 그의 방으로 들어서자, 러셀이 나를 불렀다.

"바이올렛."

나를 부르는 러셀의 목소리가 평소보다 가라앉아 있었다.

"안녕하세요, 러셀 님. 약속 없이 찾아와서 죄송해요."

"……그, 그래. 넌 도대체가 내가 지금 얼마나 바쁜지 알고 있어?"

그는 무섭기보다는 귀엽게 나를 다그쳤다. 매우 바쁘다던 러셀의 책상엔 그 흔한 서류 한 장 놓여 있지 않았다.

……진짜 바쁜 것 맞아?

"……"

내가 의심 가득한 눈빛으로 그를 빤히 보았다. 그러자 러셀이 티가 나게 움찔거렸다.

"왜? 내 말을 의심하는 거야?"

"……아니요. 바쁘신데 찾아와서 정말 죄송해요."

나는 '바쁘신데'라는 말에 힘주어 말했다. 하나 러셀은 되레 제 말을 내가 완전히 믿었다고 생각했던지 꽤 의기양양하게 대답했다.

"그런데도 지금 내가 너를 만난 거라고."

"……"

"딱히 고맙게 생각하라고 한 말은 아니야."

러셀은 딱딱한 표정으로 제 머리칼을 한 번 쓸어 올렸다. 딱히 고마워하라는 말로 들린다면 내가 잘못 들은 것일까. 나는 어색하게 웃어 보이며 러셀에게 좀 더 가까이 다가갔다.

"바이올렛. 사실 나는 네가 오길 기다리고 있었어."

"예? 저를요? 왜요?"

그는 그리 말하고 아차, 싶었던 것인지 눈동자를 빠르게 깜빡였다. 흡사 마음속에 있었던 말을 실수로 내뱉은 것만 같이. 갈피를 잃은 그의 동공이 향한 곳은 내 손에 들린 그의 재킷이었다.

"아, 아니! 나는 네가 들고 있는 내 재, 재킷을 기다렸다고!"

……재킷을 기다렸다는 주제에 말은 왜 더듬는 건데.

분명 심각한 이야기를 하러 러셀을 찾아온 것이었지만 그의 몇 마디에 도무지 리차드의 리 자도 꺼낼 수가 없었다.

"너는 어떻게 된 게, 그렇게 큰일이 있었던 주제에 이토록 늦게 날 찾아온 거야? 아무리 내가 믿음직스러워도 그렇지. 상황의 경과 정도는 물어보러 와야 하는 거 아닌가?"

……아니, 재킷을 기다렸다면서 왜 날 기다리는 것처럼 얘기하는 건데.

나는 굳었던 표정을 느슨하게 풀고 러셀에게 말했다.

"그러네요. 제가 재킷을 들고 참 늦게 찾아왔죠? 러셀 님이 이 재킷을 그렇게나 기다리시는 줄도 모르고 말이에요."

"그, 그래. 하마터면 내가 직접 찾아가려고 했다고."

"죄송합니다."

나는 작게 키득거리며 사죄했다.

"웃, 웃지 마! 난 심각하니까."

하지만 웃음이 나오는 걸 어떡해. 나는 또다시 미안하다는 영혼 없는 대답과 함께 재킷을 그에게 주었다. 그러자 러셀은 그렇게나 소중한 듯이 말했던 그 재킷을 아무렇게나 침대 위에 던져 놓았다. 방금 전까지 재킷 타령을 하던 남자라곤 믿기지 않을 행동이었다. 다시 실소가 비집고 나오려는 것을 가까스로 참아 내며 말했다.

"그런데 러셀 님. 그 재킷, 진짜로 목 빠지게 기다리셨던 거 맞죠?"

"그럼! 뭐, 내가 너를 목 빠지게 기다렸겠어?"

"……그렇죠?"

나는 침대 위에 제 모양을 잃고 흐트러져 있는 러셀의 재킷을 보며 작게 미소 지었다. 분명 심각한 일로 러셀을 찾아왔음에도 불구하고, 그와 있다 보면 자꾸만 웃음이 나왔다. 러셀은 객쩍은 헛기침을 하며, 내게 방 중앙에 있는 소파에 앉길 권했다.

"바이올렛. 고작 재킷을 돌려주려고 찾아온 것은 아니지?"

"네, 맞아요. 러셀 님."

"리차드 자작. 그의 일 때문에 찾아온 건가?"

리차드 자작이라는 단어가 나오기가 무섭게 장난스러웠던 분위기는 삽시간에 가라앉았다.

"네, 맞아요."

"그렇군."

"그는 이제 어떻게 되는 거죠?"

러셀은 반듯한 제 턱을 문지르며 천천히 대답했다.

"공녀 성희롱에 강간 미수로 벌써 판명이 났어. 왕자인 내가 증인으로 직접 나섰는데, 리차드 자작이 무효 판결을 받을 리가 없잖아."

러셀은 제 어깨를 한번 으쓱했다. 자신의 공적을 알아달라는 행동 정도로 보였다. 나는 정녕 고맙다는 표정을 지으며 그에게 대답했다.

"고마워요. 신경 써 주셔서."

"뭘 그런 걸 가지고. 자작은 곧 작위를 박탈당하고, 영지도 몰수될 거야. 그리고 섬으로 귀양을 가겠지."

"꼴좋네요."

"사실…… 마음 같아서는 거기를 그냥, 확!"

"……거, 거기요?"

설마 내가 생각하는 거기는 아니겠지.

"거, 거…… 거기……. 그러니까…… 있어. 그런 게. 확 그냥 없애 버렸어야 했네."

러셀은 얼굴을 조금 붉혔다. 저가 거기라고 말해 놓고, 스스로가 부끄러워하는 모양새가 퍽이나 우스웠다. 다시금 분위기를 심각하게 만들고 싶지는 않았지만, 해야 할 얘기를 하지 않을 수도 없었다. 나는 조금 진지한 얼굴로 화제를 전환했다. 의문을 가지고 있었던 것부터 그에게 직접 물어보고 싶었다.

"러셀 님. 그것보다도 혹시 리차드 자작이 누군가의 사주를 받았다고 말하지는 않던가요?"

"사주? 글쎄. 그런 말은 없었어. 그는 계속해서 너와 연인 관계였음을 주장했을 뿐이지. 하지만 그걸 증명할 증인은 단 한 명도 없었는걸. 모두들 헛소리로 치부했어."

"헛소리가 맞아요."

"그렇지? 그런데 바이올렛. 사주라니? 네 말은 혹시 리차드 자작이 누군가의 사주를 받았다는 뜻인가?"

나는 그에게 내가 본 것을 곧이곧대로 말해야 할지, 아니면 그냥 모른 척해야 할지 고민했다. 원작과 다르게 러셀은 샤넌과 사이가 좋아 보였기에 그에게 샤넌이 리차드 자작을 사주한 것 같다는 말을 꺼내기가 쉽지 않았다. 나는 무어라 말하려 입술을 뗐다가도 다시 다물었다. 일단은 신중해야겠다는 생각이 앞섰기 때문이었다.

"아니에요. 그냥 혹시나 해서."

"의심되는 게 있다면 내게 얘기를 해 줘. 나도 찝찝한 구석이 있긴 하거든."

러셀은 얼굴을 찌푸리고 잠시 생각하더니, 이내 이어 말했다.

"설마…… 샤넌과 관련된 일은 아니겠지?"

"……."

러셀의 입에서 '샤넌'이라는 말이 나오는 순간 나도 모르게 러셀을 마주하고 있던 눈동자가 미약하게 흔들렸다. 나는 잠깐 동안 멍하니 아무 말도 하지 못했다. 그러자 러셀은 내가 내비친 동요의 빛을 놓치지 않고 말했다.

"샤넌, 정말 그녀와 관련이 있어? 확실하게 대답해 줘."

"······아마도요."

나는 잠깐 고민을 했지만 이내 수긍에 가까운 답을 내어놓았다. 솔직히 그렇게 말하긴 했지만, 내 대답이 옳은 대답이었는지는 잘 가늠할 수 없었다. 샤년이 관련되어 있다는 내 말에 러셀은 기다란 한숨을 내쉬었다.

"망할! 어쩐지 처음부터 뭔가 이상하다고 생각했어. 네가 있던 그 방에 샤년이 때마침 등장한 것도 이상했고, 그녀가 너에 대한 추잡한 소문을 퍼뜨리고 다닌다는 것도 이상했어."

"······."

"애초에 그녀를 우호적으로 대해서는 안 됐어. 하론의 부탁만 아니었다면······."

"네? 방금 뭐라고 하셨어요? 하론이라뇨?"

"······아, 아무것도 아니야. 말이 잘못 나왔나 봐."

러셀은 아무것도 아니라며 손사래를 쳤지만, 그것은 분명 잘못 나온 말이 아니었다. 내 귀가 잘못되지 않은 이상, 러셀의 입에서 '하론'이라는 단어가 명백하게 흘러나왔으니까.

하론. 떠올리는 것만으로도 마음이 느슨해지는 그의 이름은 지금 이 상황과는 퍽이나 어울리지 않는 단어였다. 나는 잠자코 러셀이 은연중에 꺼냈던 말을 다시금 상기했다.

'애초에 그녀를 우호적으로 대해서는 안 됐어. 하론의 부탁만 아니었다면······.'

러셀이 원작과 다르게 샤년을 우호적으로 대한 이유는 하론의 부탁 때문이었다는 걸까? 샤년을 우호적으로 대했던 것과 하론 사이에는 무슨 관계가 있는 걸까.

"바이올렛. 정말 아무것도 아니야."

러셀은 뒤늦게 수습을 하려 했지만, 러셀은 얼굴은 절대로 아무것도 아니란 사람의 얼굴이 아니었다. 되레 당황스럽게만 보였을 뿐이었다. 러셀에게 재차 물어볼까, 하는 생각이 들었지만 이내 고개를 내저었다. 물어본다고 해서 그가 사실대로 얘기해 줄 것 같지 않았으므로.

"그건 그렇고, 고작 재킷을 가져다주고 일의 경과를 물어보려고 온 거야? 이제 내게 더 이상 물어볼 것은 없어?"

러셀은 급하게 화제를 전환했다. 여전히 그가 수상했지만 나는 그의 물음에 순순히 대답을 해 주었다.

"아, 사실은 혹시나 리차드 자작을 직접 만날 수 있을까 해서 러셀 님을 찾아왔어요. 아직 궁에 있는 지하 감옥에 있다고 들었거든요."

"만나는 건 절대 안 되지. 극악 죄인을 직접적으로 면회하는 건 불가능해."

"정말요? 잠시라도 괜찮으니까, 그를 볼 수 없을까요?"

"하, 정말 안 되는 일이지만……."

러셀은 곤란한 빛을 내비치며 제 머리칼을 쓸었다. 부드러워 보이는 그의 금발이 꽤 멋들어지게 헝클어졌다.

"네가 그렇게 부탁한다면야."

……그렇게까지 부탁한 것은 아닌 것 같은데.

러셀은 제 어깨를 한 번 으쓱했다.

"내가 한번 힘을 써 볼게. 솔직히 내가 나서면 불가능한 일도 가능해지거든."

"……아, 예."

"내가 그런 남자야."

"……아, 예."

너무 대단해서 몸 둘 바를 모를 지경이었다.

"바이올렛. 어째 대답이 시원찮다?"

"아니에요! 너무 놀라워서 그랬어요. 어이구, 감사해라."

"……."

그는 게슴츠레한 눈으로 나를 보며, 내 진심을 가늠해 보는 듯했다. 그러다 이내 앉아 있던 몸을 일으켜 내 쪽으로 손을 내밀었다.

"흠, 그래. 좋아. 그럼 나를 따라와."

아무래도 내 말을 설핏 진심으로 받아들였나 보다. 나는 그의 손끝을 잡으며 자리에서 일어났다.

***

러셀의 뒤를 따르며 리차드를 어떤 얼굴로 봐야 할지, 그에게 어떤 식으로 물어봐야 할지 고민했다. 하지만 정작 머릿속에 가득 찬 생각은 러셀이 말한 '하론'이라는 그의 이름뿐이었다. 그의 이름이 왜 그 순간에 나온 것인지 정말 궁금했다. 하지만 모든 의문이 늘 그렇듯 그것은 해답이 없는 궁금증이었다.

이내 러셀의 안내에 따라 궁의 외곽 쪽에 위치하고 있는 지하 감옥에 도착했다. 러셀은 경비들과 몇 번 말을 주고받은 후에 나와 함께 지하 감옥으로 발을 디뎠다. 그 안은 생각보다 훨씬 어두웠다. 주변을 밝히는 등불이 몇 있었으나, 그것은 전혀 주위를 밝게 만들어 주지 못하고 있었다.

나는 숨을 죽인 채로 감옥의 안쪽으로 걸어 들어갔다. 안쪽의 방은 대게 빈방이었다. 흉악한 범죄자가 있으면 어떡하나 했던 잠깐의 걱정이 무색해질 정도로 고요했다.

그러다 앞서 걷던 러셀의 발걸음이 멈추었다.

"거의 다 왔어. 마음의 준비는 됐어?"

"물론이죠."

나는 러셀이 하던 것처럼 어깨를 으쓱이며 말했다. 한껏 자신 있게 말하긴 했지만, 아랫입술이 미약하게 떨리고 있었다. 긴장한 걸까.

러셀은 그 자리에서 나를 기다리겠다고 했다. 나는 그에게 고개를 끄덕이며 스무 걸음 정도를 더 걸었다. 그러자 쇠창살 사이로 익숙한 사람이 보였다. 지하 감옥에서 처음으로 보는 죄수.

리차드, 그였다.

리차드는 구부정한 자세로 앉아 있었다. 나는 그를 가두고 있는 쇠창살을 두어 번 두드렸다. 그러자 고개를 숙이고 있던 리차드가 얼굴을 들어 나를 보았다. 그를 본다면 욕이 나올 것이라고 생각했다. 어째서 내게 그런 짓을 했냐고 멱살이라도 잡고 싶었으니까.

하지만 막상 리차드의 얼굴을 마주하자, 나는 아무 말도 할 수 없었다. 그의 얼굴이 마지막으로 보았을 때보다 훨씬 더 망가져 있었기 때문이었다. 그는 조금 슬퍼 보이는 눈빛으로 나를 올려다보았다.

"리차드 자작."

내 부름에 나를 보던 리차드의 입이 조금씩 벌어졌다. 그의 입술은 보기 흉하게 갈라져 있었다.

"네, 공녀님."

리차드는 포박되어 있는 두 손을 제 얼굴 근처까지 힘겹게 올려 마른세수를 했다.

"……제가 잘못한 것을 알고 있습니다."

그는 내가 뭐라고 묻기도 전에 제 죄를 시인했다. 아주 뻔뻔할 정도로 명백한 시인이었다.

"잘못된 행동임을 알고도 그런 짓을 했단 말이에요?"

흥분하려고 한 것은 아니었지만, 리차드가 죄를 뉘우치는 말을 하자 화가 났다. 잘못된 일임을 알면서도 그 일을 행하는 건 얼마나 어리석은 일인가.

"그땐…… 취했었습니다. 술을 많이 마시기도 했고. 제 정신이 제 것이 아니었죠. 공녀님이 약혼을 한다는 소식을 듣고 술을 마시지 않고는 견딜 수가 없었습니다."

"어째서요?"

"당신을…… 사랑했기 때문입니다."

그의 입에서 사랑이라는 말이 나오기 무섭게 내겐 소름이 돋았다. 끔찍할 정도로 선연한 소름이었다. 나는 언성을 높여 그를 다그쳤다.

"닥치세요. 강간범한테 사랑은 사치니까."

"……압니다. 제 잘못입니다. 하지만…… 저희가 키스했던 그날을 기억하십니까? 저는 그날 공녀님이 저를 사랑한다고 확신했었습니다만. 사실 공녀님은 에르하르트 공작님의 사랑을 얻기 위해 저를 이용한 거더군요……. 당신이 나와 키스를 하며 열린 방문 쪽을 쳐다보는 것을 보았습니다."

"……예전 일을 들으려고 당신을 찾아온 게 아니에요."

하지만 리차드는 내 말을 들을 생각이 없다는 듯 차분하게 제 말을 이어했다. 피로연장에서 보았던 리차드의 흥분한 모습과는 판이한 모습이었다.

"그 후로 당신은 단 한 번도 문 쪽에서 시선을 돌리지 않았습니다. 정작 키스하고 있는 상대는 저였는데, 저를 투명인간 취급했습니다. 저는 당신의 눈동자에 비친 사람의 외형을 보았습니다. 당신의 눈동자에 담겨 있던 그가 누군지 아는 데에 그리 오래 걸리지 않았습니다. 당신은 항상 공작님만을 바라보고 있었으니까요. 제가 항상 당신을 바라보고 있었듯이."

"지금 과거의 일에 대해 사과라도 하라는 건가요? 강간 미수범 주제에 구구절절 말이 많네요."

"죄송합니다. 어찌 됐건 제가 잘못된 방식으로 당신을 욕보인 걸 알고 있습니다. 그녀가…… 그녀가 부추기지만 않았더라면 저는 그런 식으로 공녀님을 대하진 않았을 겁니다."

"그녀?"

목소리가 딱딱하게 흘러나왔다. 그녀. 리차드가 그녀라고 칭할 인물은 그 여자밖에 없었다. 내가 꼴도 보기 싫은 리차드를 내 발로 찾아와야 했던 이유.

"샤넌 공주님. 공주님이 저를 알아보고 제게 먼저 다가왔었습니다."

'샤넌.'

그 이름이 나오는 순간, 나는 눈을 지그시 감았다 떴다. 리차드의 입에서 샤넌이라는 이름이 나오자 내가 추측한 모든 것이 정말로, 명백하게 사실이었음을 직감했다.

"나를 만나기 전에?"

"네."

"그래서요? 그녀가 당신에게 뭐라고 했는데요?"

나는 리차드를 재촉하듯 물었다. 리차드는 대답을 회피할 생각이 없어 보였다. 이미 오래전부터 내게 모든 것을 털어놓으리라 마음먹은 것처럼.

"제게 공녀님을 사랑하지 않느냐고 물었습니다."

리차드는 긴 한숨과 함께 그날 있었던 일을 털어놓기 시작했다.

나와 샤넌과 리차드, 이렇게 셋이 함께 만나기 전에, 샤넌이 리차드에게 의도적으로 먼저 다가왔다고 했다. 그러곤 그에게 샤넌이 속삭였다고 했다.

'공녀를 사랑하고 있는 걸 알고 있어요.'

취한 리차드는 경계심이 없었다고 했다. 그는 의심 없이 고개를 끄덕였다. 그러자 샤넌은 세상 누구보다도 달콤한 목소리로 리차드에게 말했다고 한다.

'그럼 공녀를 가져요. 사교계의 소문에 지독하게 신경 쓰는 바이올렛이 당신과 추문에 휩싸이면 되레 당신과 결혼하려 들지도 몰라요. 자신의 명예가 떨어지는 것을 지독하게 싫어할 테니까. 공녀가 당신과 결혼한다고 하

면, 당신이 오늘 공녀를 취한다고 해도 상관없는 거잖아요. 안 그런가요? 리차드 자작.'

그것이 그가 말한 일의 전말이었다.

"……저는 공주님의 말을 믿었습니다. 핑계인 거 압니다. 다시 한 번 말하지만, 저는 그날 옳은 생각을 할 만큼 정신이 올바르지 않았습니다."

입술이 부들부들 떨려서 아무 말도 할 수 없었다. 어떻게 같은 여자로서 저런 말을 아무렇지 않게 할 수 있는 거지?

"공녀님과 만났을 때, 샤넌 공주님이 제게 귓속말을 하더군요. '혹시나 상황이 잘못된다면 뒤처리는 나도 돕겠다. 하지만 전면에 나서서 당신을 도울 수는 없다.'고 말입니다."

"……그래서 당신 말은 지금 당신이 한 짓이 모두 공주님 때문이라는 소리인가요? 뻔뻔해. 당신은 남 탓을 할 자격이 없어요."

"……."

"당신은 지금 공주님을 원망하고 있는 건가요?"

리차드는 천천히 고개를 좌우로 내저었다.

"어째서 조사 중에 공주님에 대한 이야기를 하지 않은 건가요? 나는 그 점을 이해할 수 없어요. 공주님이 뒤처리를 도와준다고 했지만, 실질적으로 그녀가 당신을 도운 것도 없잖아요. 고작 한 것이라곤 나에 대한 추문을 떠들고 다니는 것뿐인데."

"공주님에 대해 얘기하지 않은 것은 동질감을 느꼈기 때문입니다."

"동질감?"

나는 리차드에게 되물었다.

"네. 그날 술에 잔뜩 취해 있기는 했지만, 공주님의 눈빛이 늘 한 곳만 향해 있다는 것을 알 수 있었습니다. 그녀는 내게 말을 건네면서도 끊임없이 누군가를 주시하고 있었죠."

"……설마."

"에르하르트 공작님. 공주님에게 눈길 한번 주지 않는 그를, 그녀는 하염없이 바라보고 있더군요. 그런 공주의 모습은 제가 공녀님을 보던 눈빛과 닮아 있었습니다. 그래서 얘기할 수 없었습니다. 공주님이 부추기긴 했지만, 잘못을 한 건 결국 저니까요."

리차드는 하던 말을 멈추고, 조금 틈을 두었다. 이내 그가 다시 말을 꺼냈을 때, 그의 목소리는 잔잔하게 떨리고 있었다.

"공녀님, 마지막으로 하나만 묻겠습니다. 제가 만약에 이런 방법이 아니라, 당신에게 제정신으로 진지하게 고백을 했다면 저를 받아 줄 생각이 있긴 하셨습니까?"

나는 진짜 바이올렛이 아니라서, 리차드와 바이올렛이 키스를 했던 그 상황 속 바이올렛의 감정 따위는 알지 못한다. 하지만 지금 내가 정확하게 알 수 있는 사실은 하나 있었다. 무슨 생각이었건, 바이올렛은 과거 그때에 리차드를 이용했던 것은 확실하다는 것. 나는 단호한 목소리로 리차드에게 대답했다.

"적어도 예전처럼 내 사랑을 위해 당신을 이용하려 들진 않았을 거예요."

"……."

리차드는 아무 대답도 하지 않고 세우고 있던 제 무릎 위로 얼굴을 파묻었다. 듣고 싶은 것을 다 들은 이상, 더는 그와 할 대화가 없었다. 나는 쇠창살 근처에서 떨어졌다. 결국에 나는 리차드에게 심한 말은 전혀 하지 않았음이었다. 그것이 예전에 진짜 바이올렛이 리차드에게 했던 실수에 대한 최소한의 사죄라고 생각했다. 나는 뒤돌아서서 걸어갔다. 리차드가 다시 나를 부르는 일은 없었다.

몇 걸음 더 걸어가자 벽면에 등을 기댄 채로 나를 기다리고 있는 러셀이 보였다. 러셀과 함께 감옥을 나서며, 그는 내게 아무것도 묻지 않았다. 설핏 우리의 대화를 들었음에도 불구하고. 심각해 보이는 내 표정을 보아서였을까.

대신 그는 저택으로 돌아가려는 내게 딱 한마디를 했을 뿐이었다.

"힘들면 찾아와."

기다리고 있을게.

그는 뒷말을 흐리며 내가 떠나가는 모양새를 오랫동안 응시했다. 이번에 러셀이 기다린다는 건 제 재킷이 아니라 나를 일컫는 것임을 나는 믿어 의심치 않았다.

***

바이올렛의 저택으로 돌아가는 길이 멀게 느껴졌다. 마차 안에 있던 나는 눈을 지그시 감고 리차드가 했던 말을 다시금 상기했다. 그의 말은 꽤나 선명하게 기억되고 있었다. 하나하나 대화를 떠올리던 그때, 나는 조금 이상한 점을 발견하게 된다.

그것은 바로 샤넌이 리차드에게 했다던 말 중에 일부였다.

'공녀를 사랑하고 있는 걸 알고 있어요.'

샤넌은 과거에 리차드가 바이올렛을 사랑하고 있다는 것을 어떻게 알고 있었을까.

그것은 사교계에 알려지지 않은 사실이었다. 아는 사람이라곤 바이올렛의 최측근 정도랄까. 굳이 이름을 대자면 아이린이나 에르하르트 정도일 것이다. 그리고 리차드와 바이올렛 사이의 일은 샤넌이 등장하기 전에 일어났던 일이었다. 그런데도 샤넌은 리차드가 바이올렛을 좋아하는 것을 알고 있다? 앞뒤가 맞지 않았다.

그렇게 생각하자 전에도 이상하다고 생각했던 샤넌의 다른 행동들에도 의문이 가기 시작했다. 내가 바이올렛에 빙의되고 나서 처음 갔었던 아이린의 티 파티. 그곳에서도 샤넌은 나를 지나치게 경계하고 있었다. 내가 에르하르트를 사랑하지 않겠노라고 선언했음에도 불구하고, 샤넌은 그것을 절대로 믿지 않았다. 마치 내가 그를 사랑할 수밖에 없다는 걸 알고 있었다는 듯이.

사실, 원래의 바이올렛이었다면 당연히 그랬어야 할 일이었다. 그녀의 지고지순한 사랑은 처음부터 끝까지 에르하르트에게만 향했으니까.

설마……. 샤넌은 바이올렛이 에르하르트를 사랑할 것이란 사실을 이미 알고 있었던 걸까? 그럴 리가 없다는 걸 알면서도, 한 번 든 생각은 걷잡을 수 없이 커져만 갔다.

답답한 마음에 마차의 창밖을 보자, 날은 꽤나 어두워져 있었다. 괜스레 머리마저도 아파 눈을 잠깐 감았을 때, 마차가 급하게 멈춰 섰다. 몸이 튕겨져 나갈 뻔한 것을 가까스로 모면했다.

무슨 일이라도 생긴 건가?

나는 마차의 문을 열었다. 그러자 흥분한 말의 울음소리와 함께 마부가 내게 급히 다가왔다.

"공녀님, 죄송합니다. 바퀴가 뭔가에 걸려서 조금 파손되었습니다."

"그럼 어떻게 해야 하죠?"

"죄송합니다. 제가 급히 다른 마차를 알아보겠습니다."

마부가 내게 정중히 사과하고 어디론가 뛰어갔다. 남은 한 명의 마부는 흥분한 말을 진정시키고 있었다. 나는 일단 마차에서 내려 주위를 둘러보았다. 날이 어두워져서인지 거리에 인적은 거의 없었다. 쉬고 싶은 마음이 굴뚝같았던 터라, 마차를 알아보러 간 마부를 기다리는 시간이 느리게만 느껴졌다. 그때 멀리서 다가오고 있던 마차 하나가 내 앞에 멈춰 섰다.

드디어 마부가 마차를 구해온 건가? 싶은 그 순간, 마차의 문이 열렸다. 그리고 누군가가 마차에서 내리기 시작했다. 마차의 계단을 내려오는 그의 다리가 우아한 곡선을 그리고 있었다.

"……공작님?"

우연처럼 내 앞에 모습을 드러낸 이는 에르하르트였다.

"혹시 곤란한 상황이라면 내가 그대를 도와줄 수 있을 것 같은데."

곤란한 상황이 맞았고, 도움이 필요한 상황도 맞았다. 한적한 밤거리에서 다른 마차를 언제 구할 수 있을지 알 수 없었기 때문이었다. 그렇지만 그의 호의를 단번에 받아들이기란 쉽지 않았다. 에르하르트를 보자마자 자연스럽게 떠오른 샤넌이란 존재 때문이었다. 그녀의 존재 하나가 에르하르트의 순수한 호의조차도 꺼려지게 만들었다.

하지만 나는 이내 고개를 끄덕였다. 지나치게 피곤하기도 했고, 공작가까지도 그리 멀지 않았으니까. 고작 잠깐 마차를 얻어 타는데 무슨 일이 생길까.

내가 고개를 끄덕이자, 에르하르트는 티가 나게 밝은 표정을 지었다. 당신이 좋아서 마차를 얻어 타는 건 아니에요, 라는 말이 목구멍까지 올라왔지만 결국 아무 말도 하지 않았다. 도와주고 싶다는 사람을 모질게 몰아붙일 기력은 전혀 없었다.

나는 마부에게 먼저 돌아가겠다는 말을 하고, 에르하르트의 마차에 올라탔다. 그의 마차는 곧 출발했다. 달그락거리는 소리만을 제외한다면 우리 사이는 지나치게 고요했다.

침묵을 깬 것은 에르하르트였다.

"바이올렛, 괜찮은가?"

"뭐가요?"

"여러모로. 요즘 힘든 일이 많다는 걸 알고 있어."

무슨 얘기를 하는지는 나도 단번에 알 수 있었다. 리차드와 관련된 추문을 말하는 것이겠지. 하지만 그렇다고 해서 에르하르트와 리차드 얘기를 하고 싶지 않았다. 우리의 사이는 서로의 사정을 솔직하게 털어놓고 하소연할 만한 사이는 아니었기 때문이었다. 그래서 나는 대답 대신 그에게 물음을 건네었다.

"그렇죠. 그런데 공작님, 혹시 그거 아세요?"

"……?"

"저를 힘들게 하는 것들 중에 단연 최고는 공작님이라는 거."

내 말에 에르하르트는 기분 나빠하기는커녕 작게 미소 지어 보였다.

"이유가 무엇이든 내가 최고라니, 기분이 썩 나쁘지 않군."

"……칭찬 아닌데요."

"그런 건 상관없어."

그의 얼굴에선 정말로 기분 나쁜 기색이 전혀 보이지 않았다. 그가 칭찬인지 욕인지 구분 못 할 만큼의 덜떨어진 사람이 아님을 알고 있었다. 욕임을 앎에도 불구하고 칭찬으로 받아들이는 그의 긍정적인 사고를 높이 사야 하는 건지.

나는 외면하듯 일부러 보지 않았던 에르하르트의 얼굴 쪽으로 시선을 돌렸다. 그러자 그의 반듯한 옆얼굴이 보였다. 그의 얼굴은 마차 창밖으로 간간이 들어오는 거리의 불빛에 의해 이따금씩 빛이 나고 있었다. 그럴 때마다 그의 반듯한 콧날과 날카로운 턱 선이 만든 그림자가 그의 얼굴에 길게 드리웠다.

인정하긴 싫었지만 새삼스럽게 그가 매우 잘생겨 보였다. 그건 지극히 객관적인 생각이었다.

"그러다 내 얼굴이 닳겠어."

에르하르트가 천천히 고개를 돌려 내 쪽을 바라봤다.

……제길, 내 시선이 뜨거웠던 걸까.

"닳으라고 쳐다본 거예요."

"말이 지나치군."

"그렇다면 사과할게요."

"아니, 사과 대신 나를 그대로 쳐다봐 줬으면 좋겠는데."

나는 청개구리라도 된 듯이 그에게서 시선을 거두었다. 하나 그는 내 행동에도 아랑곳하지 않고 제 말을 이어했다.

"……직접 찾아가도 되는지 아닌지 망설였어. 오늘 우연히 만나지 않았더라면 나는 내일쯤 너를 찾아갔을 거야."

에르하르트의 말에 어제 아이린이 했던 말이 떠올랐다. 에르하르트가 나 때문에 힘들어한다던 그 말.

"아이린 님에게 무슨 말을 듣고 그런 말씀을 하시는 건가요?"

"아이린? 아니. 나는 오늘 그녀와 마주친 적이 없어."

그렇다면 그저 순수한 그의 생각이었던 걸까. 나는 여전히 그에게서 시선을 맞추지 못한 채로 그에게 물었다. 누그러진 목소리였다.

"……나 때문에 힘들었나요?"

내가 그렇게 묻자 에르하르트는 잠깐 침묵하더니 곧 나지막이 대답했다.

"그렇지 않았다면 거짓말이겠지."

진심…… 일까. 그의 말은 정말 진심같이 들렸지만, 그것은 되레 너무 진심 같았기에 받아들이기 힘들었다. 나는 설핏 든 마음 약한 생각을 감추기 위해 그에게 강경하게 대꾸했다.

"공작님, 당신을 좋아했던 여자가 싫다고 하니, 그제야 관심을 보이는 당신의 모습이 저는 정말 마음에 들지 않아요."

"바이올렛. 네 말이 모두 아니라고는 하지 않겠어. 하지만 그때 내가 싫어했던 건 네가 아니라, 방탕한 생활을 즐겼던 네 모습이었어. 나는 그걸 감당할 자신이 없었으니까."

"……리차드 자작에 대한 소문을 들으셨죠? 전 여전히 공작님이 감당할 수 없는 방탕한 사람이에요."

"그 소문이 진짜가 아니라는 것을 알고 있어."

말을 한 번 져 주는 것이 그토록 어려웠던 것인지, 에르하르트는 내 말에 꿋꿋이 대답했다.

"저는 계속해서 방탕한 생활을 할지도 몰라요. 공작님이 감당할 수 없을 정도로. 그런데도 계속해서 저를 사랑하실 건가요?"

내가 거기까지 말했을 때, 내 왼쪽 뺨에 닿아 있던 에르하르트의 시선이 진득하게 변해갔다. 조만간 내 뺨에 구멍이라도 날 법한 아주 진한 시선이다. 나는 그의 시선에 못이겨, 다시금 그와 눈을 맞추었다. 그러자 에르하르트는 그제야 내 물음에 대한 대답을 꺼내었다.

"이제 그런 건 상관없어. 나는 너의 그런 면까지 모두 감당할 수 있을 만큼 사랑하게 돼버렸으니까."

에르하르트의 사랑. 그것은 참으로 나를 복잡하게 만드는 말이었다.

"바이올렛."

그는 감정을 가득 실어 내 이름을 불렀다.

"예전에 네게 모진 말을 했던 건…… 항상 미안하게 생각하고 있었어."

예전? 예전이란 건 얼마나 더 전의 일을 얘기하는 걸까. 내가 바이올렛이 되기 전, 그쯤을 말하고 있는 걸까.

"……"

"미안해. 바이올렛."

'미안해. 바이올렛.'

에르하르트의 마지막 말이 공명이 돼서 내 머릿속에 여기저기 울렸다.

동시에 나를 보던 에르하르트의 아련한 눈동자가 흐릿하게 보이기 시작했다. 곧이어 눈앞이 안개라도 낀 듯이 완전히 흐려졌다. 눈을 감자 깊은 어둠이 덮쳤다. 어둠 속에서 처음으로 느낀 것은 오래된 종이 냄새와 마른 잉크 향이었다.

다시 눈을 떴을 때, 주위는 밝아져 있었다. 더불어 내가 있던 공간도 바뀌어 있었다. 그곳은 낯선 곳이 아니었다. 에르하르트의 서재였다. 나는 며칠 전 그의 저택을 찾아갔던 날이 잠깐 떠올랐다. 하지만 그것도 잠시, 책장 사이에 두 남녀가 보이자 나는 생각하던 것을 멈추고 그들을 바라보았다.

그곳엔 에르하르트와 바이올렛이 서 있었다.

나는 또다시 바이올렛의 흐릿한 기억 속을 보고 있는 걸까? 이윽고 두 사람의 대화 소리가 들렸다.

'미안해. 바이올렛.'

방금 전 마차에서 들었던 에르하르트의 말과 같은 것이었다. 하지만 그것은 판이하게 들렸다. 마차에서 들었던 목소리는 진정 미안하게 들렸다면, 지금 서재에서 들리는 그의 목소리는 단호했으니까. 바이올렛이 떨리는 목소리로 에르하르트에게 대답했다. 그녀답지 않게 슬픈 얼굴이었다.

'에기. 왜 그렇게 차갑게 얘기하나요.'

'나는…… 이제 그만하고 싶어.'

'내가 잘못한 거라면, 미안해요.'

'그대가 미안할 건 없어. 내가 너를 감당할 수 없을 뿐이니까.'

에르하르트는 바이올렛의 시선을 외면했다.

'당신을 질투하게 만들려고 그랬어요. 다른 의도는 하나도 없었어.

나는 당신을 사랑하고 있으니까.'

바이올렛의 말투가 구슬펐다. 아마도 저번에 보았던 바이올렛의 기억의 (그녀와 리차드가 키스하던 것을 보던 에르하르트의 모습) 이후에 벌어진 상황처럼 보였다.

'그만, 바이올렛.'

'이제 다신 그런 일은 없을 거예요. 정말이에요.'

바이올렛의 말에 에르하르트는 아무 말도 하지 않았다. 그는 그저 그녀에게 등을 돌려 무심히 바이올렛을 지나쳐 걸어갔을 뿐이었다. 그의 외면은 그 어떤 부정적인 대답보다도 강인한 것이었다. 바이올렛은 그것을 알 수 있었다. 그 순간, 진짜 바이올렛이 느끼고 있던 감정들이 순식간에 나를 덮쳐 오기 시작했다.

슬픔, 후회, 그를 여전히 사랑하는 마음. 그런 감정들은 복잡하게 얽히고설켜 내 마음을 옥죄어 왔다.

바이올렛은 멀어져 가는 에르하르트의 등을 하염없이 보고 있었다. 에르하르트가 돌아보지 않을 걸 알면서도 그녀는 입가에 미소를 띠우려 노력했다. 혹시나 그가 마음을 바꾸고 다시 자신을 봐 준다면……. 그때 그에게 미소 짓는 얼굴을 보여 주기 위해서였다.

끝내 뒤를 돌아보지 않는 그의 모습을 보며, 바이올렛은 이것이 그와의 마지막이 아닐까 하는 예감이 들었다. 그렇게 그의 모습이 완전히 사라졌을 때, 바이올렛의 눈동자에서 눈물 하나가 톡 떨어졌다.

바이올렛의 눈물을 보는 순간, 시야가 다시 흐려졌다.

숨을 다시 길게 들이쉬고 눈을 다시 깜빡였을 때, 주위의 정경은 또다시 바뀌어 있었다.

"바이올렛……?"

마차 안이었다. 눈물을 흘리던 바이올렛의 환영은 완전히 사라져 있었다. 고개를 들어 나를 부르는 지금의 에르하르트와 시선을 맞추자, 언제 맺혀 있었을지 모를 눈물 하나가 내 눈에서 툭 떨어졌다.

그것은 내 눈물이 아니었다. 바이올렛의 기억이 흘린 눈물이었다.

"울어?"

갑작스러운 내 눈물에 에르하르트가 당황했다. 그러자 내 입이 제멋대로 움직였다.

"당신이…… 정말 미워요."

"나 때문 흘린 눈물인 건가."

에르하르트 때문에 흘린 눈물이기는 했지만, 구태여 그 때문에 눈물을 흘렸노라고 말하고 싶지는 않았다. 혹시나 그가 오해라도 할 성싶어서였다. 그에게 비친 내 눈물을 저에 대한 미련쯤이라고 생각할까 봐.

"아니. 그런 건 아니에요."

나는 눈가에 남아 있는 눈물의 흔적을 닦아 내고 그에게 대답했다. 눈물은 더 이상 나오지 않았다.

"그냥 눈에 뭐가 들어갔나 봐요."

나는 뭔가를 더 말하고 싶었지만, 이내 무슨 말을 더 해야 할지 몰라서 그의 시선을 피했다. 눈앞에 보이던 바이올렛의 기억은 사라졌지만, 바이올렛이 남기고 간 슬픈 감정은 여전히 남아 심장 어딘가를 아릿하게 만들었다. 나는 길게 심호흡을 하며 슬픈 감정이 사그라지길 바랐다. 에르하르트가 내게 무슨 말을 더 하려고 했지만, 그 순간 때마침 마차가 멈춰 섰다. 공작가에 도착했기 때문이었다.

나는 마차가 멈추자마자 튕기듯 자리에서 일어섰다. 덩달아 그도 나를 따라 일어났지만, 구태여 그의 에스코트를 받고 싶지는 않았다. 나는 빠른 걸음으로 마차에서 내렸다. 그가 나를 따라 내리는 소리가 들렸다.

"호의 감사했어요. 저는 이만 들어가 볼게요."

돌아서 가려는 나를 잡아 세운 것은 에르하르트의 손길이었다. 아무렇지 않게 내 팔목을 부여 잡은 그의 손아귀가 단단했다.

"잠깐만."

내가 의문스러운 눈으로 그를 올려다보자 그가 말했다.

"내가 또다시 무언가를 잘못 말해서 그대가 눈물을 보인 건가? 그렇다면 미안해."

에르하르트의 말을 듣는 순간, 바이올렛의 기억 속에서 보았던 그녀의 구슬픈 음성이 생각났다.

'내가 잘못한 거라면, 미안해요.'

그녀가 그에게 했던 말을, 이제는 그가 내게 똑같이 하고 있었다. 나는 에르하르트가 바이올렛에게 했던 말을 떠올리며 그에게 대답했다.

"공작님, 그만."

'그만, 바이올렛.'

에르하르트의 단호했던 음성. 나는 과거에 그가 했던 말을 따라서 단호하게 말했다. 그러자 에르하르트의 얼굴에선 실망의 빛이 번져 갔다. 그는 미련하게도 내게 무언가를 기대하고 있었던 걸까?

나는 가차없이 그에게서 등을 돌렸다. 내 등 뒤로 에르하르트의 뜨거운 시선이 느껴졌다. 그는 멀어져 가는 내 모습을 하염없이 보고 있는 게 분명했다. 바이올렛의 기억 속에서 봤던 것과 유사한 상황이었다. 다만 우리의 역할이 바뀌었을 뿐이었다.

202

바이올렛이 바랐던 것처럼, 에르하르트 또한 내가 한 번쯤은 뒤돌아보길 기대하고 있을까? 그도 언젠가 내가 뒤돌아 볼 그때를 기다리며, 내게 미소를 지을 준비를 하고 있는 걸까?

나는 에르하르트가 그랬으면 좋겠다고 생각했다. 내가 끝내 뒤돌아보지 않는 것을 보며, 무의식중에라도 우리 사이가 끝에 달았음을 그가 깨달았으면 좋겠다고 생각했다.

현관 근처까지 걸어가자 에르하르트의 뜨거운 시선은 더 이상 느껴지지 않았다. 저 멀리서 마차 바퀴가 굴러가는 소리가 희미하게 들렸을 뿐이었다.

"휴."

나는 마른 한숨을 쉬며 현관문을 열려고 했다. 오늘 하루는 유난히 길고 피곤하게만 느껴졌다. 누군가가 내 어깨를 잡은 것은, 내 손이 문고리를 잡았을 때였다. 그 손은 나를 제 쪽으로 끌어당겼다. 놀랄 새도 없이 벌어진 일이었다.

"……!"

나는 이끌리듯 누군가에게 안겨 버렸다. 그러자 익숙한 체취와 함께 그의 숨결이 내게 닿았다.

"하론?"

내가 그의 이름을 조심스럽게 부르자, 그는 내 등을 조금 더 제 쪽으로 끌어당기며 나를 안았다. 마치 내 온기가 필요하다는 듯이.

"바이올렛. 어디 갔다 왔어? 하루 종일 기다렸잖아. 이제 막 포기하고 집으로 가려던 참이었는데."

하론의 목소리가 평소보다 격앙되어 있었고, 그에게선 옅은 술 냄새가 났다. 나는 무의식적으로 그의 등을 부드럽게 쓸어내리며 말했다.

"오늘 궁에 다녀왔어. 언제부터 기다린 거야?"

"반나절 동안."

하론은 나를 조금 더 꽉 껴안으며 말했다. 거부감은 일절 들지 않았다. 되레 좋다는 생각만이 들 뿐이었다. 그동안 그에게 많이 안겼기에 그런 것인지.

"미안. 이리저리 다니다 보니까 시간이 이렇게 늦은 줄 몰랐어. 내가 안 오면 그냥 내일 찾아오면 되잖아. 왜 바보같이 기다리고 있었는데?"

"네가 당장 보고 싶었으니까. 뭐…… 마냥 너만 기다린 건 아니야. 오랜만에 공작님이랑 대화도 했고, 너를 기다리다 지쳐서 공작님과 거하게 한잔하기도 했으니까."

하론에게서 나던 옅은 술 냄새의 원인이 거기 있었구나. 어려서부터 함께 자란 바이올렛과 하론이었다. 그랬기에 하론은 바이올렛의 아버지와도 가까운 사이였다.

"……하론, 그런데 언제까지 이렇게 꼭 껴안고 있어야 하는 거야?"

"음, 내가 너를 기다린 시간만큼?"

"에? 그렇다면 반나절 동안 안고 있겠다는 소리야? 그렇게 생각 안 했는데 너 꽤 엉큼한 구석이 있었구나?"

나는 그렇게 말하며 하론을 떼어 냈다. 절대로 놓아주지 않을 것처럼 껴안았던 하론이 의외로 쉽게 나를 놓아주었다. 그러자 그제야 하론의 얼굴이 제대로 보였다. 술 때문이었던지 그의 두 뺨에는 옅은 홍조가 은은하게 돌고 있었고, 그의 눈은 나른하게 풀린 채로 나를 내려다보고 있었다. 평소에 볼 수 없는 하론의 모습이었다.

어쩐지 관능적이게도 느껴지는 지금의 그의 얼굴이 썩 나쁘지 않다고 생각했다. 아니, 사실 더 좋기도 하고.

"울었어?"

하론은 내 얼굴을 꼼꼼히 보고선 저가 짐작한 바를 내게 토로했다. 눈가에 있었던 눈물의 흔적을 모두 지웠다고 생각했는데, 그걸 눈치채다니. 눈이 빨갛게 충혈되기라도 한 건가. 나는 눈가를 비비며 그에게 대답했다.

"그냥 하품."

그러자 하론이 콧방귀를 꼈다. 전혀 믿지 않는다는 태도였다.

"거짓말. 울보 바이올렛."

"울었다면 네가 어쩔 건데?"

내가 퉁명스럽게 대답하자, 하론이 제 팔을 넓게 벌렸다. 그러곤 여전히 나른한 눈동자를 몇 번 느릿하게 깜빡였다. 그는 가벼운 턱짓과 함께 내게 말했다.

"이리로 와."

"응? 어디로?"

"여기로."

하론은 그렇게 말하며 일말의 망설임 없이 다시금 나를 안았다. 나는 꼼짝없이 그의 품에 안기었다.

"괜찮아."

괜찮아. 그 말은 우리 사이에 꽤나 의미가 있는 말이었다. 작은 울림하나만으로도 어떤 위안을 주는, 그런.

하론의 익숙한 다독임은 내 귓가에 조용히 스며들었다. 나는 그의 품에 얼굴을 완전히 기대었다. 그에게선 방금 전보다도 더 짙은 술 냄새가 났다. 취한 건가? 그의 몸이 작게 휘청거리고 있는 것도 같았다.

"……하론, 너. 취했어?"

"조금. 눈이 막 감길 것 같아."

"집으로 가자. 마차는 어디 있어?"

"마차라……. 마차……. 내 마차는 어디에 있을까."

하론이 느릿느릿하게 대답했다.

"하론."

"……."

그에게서 돌아오는 대답은 없었다. 느릿느릿하게 말하는 것도, 나를 조금 더 세게 껴안는 그의 손길도 더는 없었다. 마치 고요하게 잠이 든 것처럼.

"하론?"

잠깐. 설마 정말로 잠들어 버린 건 아니겠지?

"……."

역시나 돌아오는 대답이 없다. 나는 하론의 등을 조심스럽게 건드려 보았다. 그럼에도 그에게선 아무런 미동도 없었다. 그 순간 하론의 고개가 내 어깨 너머로 툭 떨어지는 느낌이 났다. 그리고 그는 내게 제 몸을 완전히 맡겼다. 그러자 그의 체중이 고스란히 느껴졌다. 간신히 그에게서 몸을 조금 떼어 내자 하론의 힘없는 고개가 떨구어졌다.

"뭐야. 진짜 곯아떨어졌잖아."

장난을 치는 건가 싶어서 하론의 뺨도 몇 번 두들겨 봤지만 그는 꼼짝도 하지 않았다. 어떻게 해야 하나 싶어, 일단은 그를 질질 끌고 현관을 두드렸다. 현관이 그리 멀지 않아서 다행이라고 생각했다. 곧이어 문을 열고 나온 시종을 시켜 하론을 빈방에 눕히게 했다.

나는 침대에 가지런히 누운 그에게 이불을 제대로 덮어 준 후, 뒤돌아서 가려고 했다. 그러자 내가 돌아서기를 기다리기라도 한 듯이 하론의 손이 나를 잡아채어 제 쪽으로 끌어당겼다. 나는 침대에 누워 있는 그의 옆에 철 퍼덕 엎어졌다.

"뭐 하는 짓이야? 자는 거 아니었어?"

"속았지?"

하론이 눈을 게슴츠레하게 뜨며 나를 보았다.

"……죽을래?"

"살려줘, 제발. 오래 기다렸는데 그냥 가기 싫어서 그랬어."

"진짜 취해서 잠든 줄 알았잖아!"

"조금 취한 거는 맞아. 나 술 잘 못 마시잖아."

하론은 뭐가 그렇게 재밌는지 히죽거리며 웃었다. 나는 그의 웃음이 조금 얄밉게 느껴졌다. 그런 내 마음을 모르는지, 그는 내게 좀 더 몸을 가까이 붙였다. 엎어진 몸을 일으켜야 한다는 생각이 들었지만, 그의 손은 나를 놓아 줄 의사가 전혀 없어 보였다. 되레 그는 제 이마를 내 이마에 맞출 정도의 거리까지 가깝게 다가왔다.

"이러고 있으니까 너무 좋다."

"……넌 아무래도 음흉한 구석이 있는 게 분명해."

"하지만 진심인걸."

이마에 닿은 그의 머리칼이 간지러웠다. 더불어 심장도 조금 간질거렸다. 하론이 뱉어 내는 뜨거운 숨결이 너무나도 선명하게 느껴졌다. 슬픔으로 번졌었던 바이올렛의 심장이 가쁜 소리를 내며 뛰기 시작했다.

나…… 설레는 건가, 지금.

내가 그런 생각을 하는 사이에도 하론은 제 말을 이어 했다.

"그냥 이대로 쭉 시간이 멈췄으면 좋겠다."

왜인지는 모르겠지만 그의 말이 익숙하게 들렸다. 어디선가 한 번쯤 들어 봤을 법한 말이었기 때문일까?

"그러면 너와 함께하는 이 순간이 영원할 텐데."

거기까지 들었을 때, 나는 그의 말이 왜 익숙했는지 생각이 났다.

그 말은 원작에서 하론이 샤넌에게 했던 말이었기 때문이었다.

7장. 정면 돌파

   그의 대사를 하나하나 자세히 기억하는 것은 아니었다. 하지만 주인공인 에르하르트보다 하론을 좀 더 좋아했기 때문에 그의 중요한 대사는 몇 개쯤 기억하고 있었다.

   그 말은 하론이 좋아하던 철 지난 사랑 노래의 구절 중 하나이자, 소설 속의 그가 자주 흥얼거리던 노래이기도 했다. 얼마 전 그가 벽에 기대어 흥얼거리던 콧노래도 아마 그 노래였을 것이다. 그만큼 익숙하게 흥얼거리던 노래를 지금 이 순간 하는 것은 그리 이상해 보이지 않았다.

   문제는 그것을 노래가 아닌 대사로써 내뱉는 시점이었다.

   원작 속 샤넌이 하론에게 딱 한 번 기댔던 적이 있었다. 바이올렛의 괴롭힘으로 인해 그녀가 제일 힘들어하던 때였다. 그때 하론은 처음이자 마지막으로 샤넌을 부드럽게 안았다. 달빛이 비추는 클로노아 후작가의 정원의 길게 드리워진 버드나무 밑에서.

   하론은 샤넌이 에르하르트를 좋아한다는 것을 이미 알고 있었다. 그녀가 자신의 품에 안겨 있는 것은 찰나의 순간일 뿐이라는 것도 알고 있었다. 그렇기에 할 수만 있다면 그녀를 안고 있는 이 시간이, 이 순간이 멈추어 버렸으면 좋겠다고 하론은 생각했다. 그때 하론은 샤넌에게 애잔한 목소리로 말한다.

'그냥 이대로 쭉 시간이 멈췄으면 좋겠습니다. 그러면 당신과 함께하는 이 순간이 영원할 테니까요.'

그것은 원작 속 하론이 진심으로 샤넌을 사랑하게 되었다고 느끼던 순간이었다.

"바이올렛. 표정이 이상해졌어."

하론의 말에 나는 어슴푸레하게 소설 속 내용을 떠올리던 것을 멈췄다. 그리고 하론의 눈동자를 지그시 바라보았다. 하론의 푸른 눈동자는 내게만 향해 있었다.

"네가 이상한 연기를 했으니까 이상한 표정을 짓는 거 아니야."

나는 하론을 꾸짖듯이 말했다. 애써 다른 말을 하긴 했지만, 하론이 왜 그런 말을 내게 했는지 이해할 수 없었다. 그는 그저 노래 가사를 읊었던 것뿐일까? 원작 속의 하론의 감정과는 아무런 상관이 없는 걸까.

심각한 내 사정을 모르는 하론은 내게 완전히 제 이마를 맞대었다. 이마가 열이라도 나는 양 뜨거웠다. 그것이 내 이마에 나던 열이었는지, 하론의 이마에 나던 열이었는지는 알 수 없었다. 실은 우리 두 사람의 이마가 모두 뜨거웠던 것일 수도.

"아까 공작님이랑 무슨 얘기했냐고 물었지?"

하론은 귓가에 속삭이는 듯한 작은 소리로 내게 말했다.

"응."

"공작님께 죄송하다고 했어."

"하론 네가?"

"응."

하론이 당연하다는 듯이 대답했다.

"너와 약혼하고 싶다고 당당하게 말한 주제에 제대로 지켜 주지 못했으니까."

"……아버지에게 그런 말을 한 적 있었어?"

"당연하지. 바이올렛, 네게 약혼해 달라고 말한 뒤에 공작님을 찾아가서 너와 약혼하고 싶다고 말했어. 문서로 청하기보다는 직접 얼굴을 보고 말하는 게 우선인 것 같아서."

그리고 그는 말갛게 미소 지었다. 칭찬이라도 바라는 것 같았다.

"고마워. 가짜로 약혼하는 주제에 이것저것 신경 많이 써 줘서. 나 같으면 그렇게 하지 못했을 거야."

"가짜 약혼이라는 말. 왠지 무지 슬프게 느껴진다."

슬프게 느껴진다는 하론의 말 때문이었는지, 나 또한 그 말이 구슬프게 느껴졌다. 전혀 구슬픈 말이 아니었음에도 불구하고.

"에르하르트 공작과 약혼하지 않기 위해 결정한 약혼이었으니까. 가짜지, 뭐."

대수롭지 않게 대답했지만, 그리 대답하는 내 마음 또한 어딘지 모르게 아릿했다. 부정할 수 없는 사실인데도 말이다.

가짜라는 거, 우리의 약혼은 하론이 소꿉친구인 바이올렛을 돕기 위해 하는 행동이었다는 걸 알고 있었다. 머리로는 너무나도 잘 알고 있지만, 내 가슴은 무언가를 더 바라고 있는 것처럼 점점 더 애잔해졌다.

하론은 대답 대신 느릿하게 눈을 감았다. 그는 내가 뱉은 말에 무언가 좀 더 깊은 생각을 하고 있는 듯해 보였다. 그러다 다시 눈을 떠, 마주친 그의 눈동자엔 무언가를 결심한 듯한 선명한 빛이 맴돌고 있었다.

"바이올렛. 만약에 내가 진짜로 네게 약혼을 청했다면 어땠을 것 같아?"

"……어?"

진짜로? 그것은 한 번도 상상해 보지 않았던 일이었다. 하론이 진짜로 바이올렛에게 약혼을 청한다는 것은 원작에도 나오지 않은 부분이었으니까.

나는 원작을 제쳐 두고 온전한 나의 일로써 그와 손을 잡고, 그의 팔짱을 끼며, 그에게 맹세의 서약을 하는 모습을 상상했다. 행복할 것만 같은 막연한 예감이 들었다. 적어도 그와 함께하는 길은 꽃길일 것 같다고나 할까.

내가 한참이나 대답이 없자 하론이 얼굴은 초조한 빛이 역력해졌다. 그는 내게서 무슨 대답을 바라고 있는 걸까.

"……좋아하지 않았을까? 하론 같은 멋진 남자와 약혼하는 기회가 또 언제 있겠어."

나는 일전에 하론이 내게 했던 말을 인용하여 그에게 대답했다. 장난처럼 말하긴 했지만 진심이었다. 아무리 생각해도 그와의 약혼을 싫어할 이유가 없었다.

"나를 멋진 남자라고 생각해?"

"물론."

나는 그를 향해 진심으로 미소를 지었다. 그러자 나를 보던 하론의 동공이 조금 커졌다가, 다시 원래의 크기로 돌아왔다.

너와의 약혼이 좋을 것 같다는 내 대답이 뜻밖이었던 걸까.

생각해 보니 그것은 원래의 바이올렛이었다면 절대로 하지 않았을 대답이었다. 별안간 하론이 내 뺨에 제 손을 조심스럽게 올려놓았다. 어째 방금 전보다도 하론의 얼굴이 가까워진 것 같았다. 분위기는 금세 묘하게 가라앉았다. 이내 하론은 내 쪽으로 얼굴을 천천히 기울이기 시작했다. 조금만 더 기울이면 그의 입술이 닿을 것만 같았다.

설마…… 키스라도 하려는 걸까? 그렇다면 그를 피해야 할까?

여러 생각이 들었지만, 나는 결국 아무것도 하지 못하고 굳은 채로 하론을 바라봤다. 정신이 꽤나 몽롱해졌다. 그의 술기운이 섞인 숨결을 오랫동안 맡고 있었기에 나 또한 취해 버린 건지.

본능은 그와 입을 맞추어 보고 싶다고 내게 속삭이기 시작했다.

뭐야, 이런 생각. 너무 낯선 생각이 아니던가.

친구 사이인데 이런 느낌이 드는 게 정상일까? 아무리 남자라고 해도 친구인데……. 왜 친구에게 키스하고 싶다는 생각이 드느냔 말인가.

그사이에도 그의 숨결이 점점 더 가까워졌다. 그러자 온몸은 빳빳하게 경직되어 갔다. 빨라진 심장 박동은 덤이었다. 나도 모르게 눈을 질끈 감자, 부드러운 감촉이 내 입술에 잠깐 느껴졌다, 사라졌다.

다시 눈을 떴을 때, 하론과 눈이 마주쳤다. 그의 동공이 조금 커져 있었다. 그는 자신이 그런 행동을 했다는 걸 되레 놀라워하는 것 같았다. 하론은 무슨 말을 할 듯이 제 입술을 벌였지만 거기에선 아무런 소리도 새어 나오지 않았다. 어떤 말부터 꺼내야 하는지 망설이는 빛이 역력했다.

"……하론."

내가 먼저 그의 이름을 부르자, 하론이 얼떨떨한 목소리로 대답했다.

"바이올렛. 난…… 그저 너와 진짜로 약혼하고 싶다고 생각했을 뿐인데……."

하론은 말끝을 흐렸다. 그러니까 진짜 약혼을 하고 싶었을 뿐인데 입술을 먼저 들이댔다, 이건가? 무슨 말이라도 꺼내야 할 것 같았지만, 실제로 내가 내뱉은 말이라곤.

"난…… 괜, 괜찮아."

라는 말뿐이었다.

젠장. 이 무슨 바보 같은 대답이지? 도대체 뭐가 괜찮다는 건데.

나는 머쓱하게 미소를 지었다. 그러자 하론은 뭐가 웃긴 것인지 나를 따라 웃기 시작했다. 나는 침대에서 팅기듯이 일어섰다. 내가 일어서지 못하게 잡고 있었던 하론의 손은 이번에는 나를 붙잡지 않았다.

"나, 나는 이만 나가 볼게. 너는 오늘만 여기서 자."

말을 더듬었던 것 같다. 휴, 당황하기라도 한 건지. 그에게서 떨어지자 취한 듯 몽롱했던 정신이 제자리로 서서히 돌아오고 있었다.

"응. 바이올렛도 잘 자."

하론은 아무렇지 않게 내게 손을 흔들었다. 뭐야, 나는 이렇게 당황했는데 너는 아무렇지 않다는 거야? 왠지 모르게 괘씸한 마음이 들었다.

"그래, 내일 봐."

나는 그리 말하며 얼른 방을 빠져나왔다. 방을 나서자마자 다리에 힘이 풀려 주저앉을 뻔했다. 나는 닫힌 문에 등을 기대며 마른 입술을 몇 번 짓이겼다. 이상하게도 하론과 입맞춤을 했던 것이 자꾸만 머릿속에 맴돌았다. 얼굴은 화상이라도 당한 양 화끈거려, 나는 두 손으로 얼굴을 감싸 안았다.

"나…… 도대체 무슨 짓을 해 버린 거지."

나는 한동안, 아니 꽤나 오랫동안 얼굴을 감싼 손을 내릴 수 없었다.

이내 내 방으로 돌아가려고 했을 때, 문득 하론이 흘리듯이 했던 말이 떠올랐다.

'바이올렛. 난…… 그저 너와 진짜로 약혼하고 싶다고 생각했을 뿐인데…….'

그때는 당황하여 전혀 새겨듣지 못했지만, 다시 생각해 보니 하론이 나와 진짜 약혼을 하고 싶다고 했었다. 당황하긴 했지만 잘못 들은 것은 아니었다.

진짜 약혼이라.

그 말을 했던 하론의 진심이 뭐였을까?

방으로 돌아와 잠을 청했지만, 쉽사리 잠이 들지는 않았다. 심장은 여전히 까닭 없이 두근거렸다. 눈을 감으면 내 얼굴에 닿았던 하론의 뜨거운 숨결이 자꾸만 떠올랐다. 뜨거웠던 그의 열기. 온기 가득했던 입술. 그런 것들을 떠올리는 것은 꽤나 가슴이 설레는 일이었다.

나는 하론이 보고 싶었다. 방금 전처럼 그와 같은 침대에 누워 있고 싶었다. 내가 한 생각이라곤 믿기지 않을 정도로 대범한 생각이었다.

하론을 간절히 떠올리던 나는, 결국 아주 깊은 새벽이 되어서야 겨우 잠들 수 있었다.

**

다음 날, 누군가가 나를 깨우는 손길에 정신이 들었다.

"바이올렛. 늦잠이라도 자는 거야?"

"……아가사, 오 분만 더."

나는 눈도 뜨지 못한 채로 버릇처럼 말했다. 그렇게 말하기는 했지만 어째 아가사의 목소리라고 치기에는 지나치게 굵은 기분이다.

……응? 목소리가 굵어?

나는 눈을 번쩍 뜨고선 누워 있던 상체를 일으켰다.

"좋은 아침."

내 눈앞엔 하론이 보조개를 보이며 웃고 있었다.

"하, 하론? 네가 어떻게 여길……."

그러자 어제의 기억이 주마등처럼 스쳐 지나갔다. 하루 종일 나를 기다리던 하론, 술에 취한 그를 빈방에 눕히고…… 얼떨결에 그와 키스까지 해 버린 것을 떠올리자 얼굴이 또다시 화끈거렸다.

"일어났으면 너희 집으로 돌아가야지. 왜 날 깨우고 있어?"

나는 괜스레 시선을 다른 곳으로 돌리며 까칠하게 말했다. 붉어진 얼굴은 아무래도 들키고 싶지 않았기 때문이었다.

"어제 하룻밤 신세 졌는데 그냥 가기 그렇잖아. 아까 전에 공작님께도 문

214

안 인사 다녀왔어."

"뭐? 아버지께도 다녀왔어?"

"응. 네가 일어나면 같이 아침을 먹자고 하시더라."

나는 헝클어진 머리카락을 급하게 손으로 빗으며 침대에서 완전히 일어섰다. 하론의 얼굴을 힐끗 보자 그의 입술밖에 눈에 들어오지 않았다.

……미쳤나 봐. 나는 고개를 좌우로 몇 번 흔들며 잠에서 덜 깬 정신이 완전히 돌아오길 바랐다. 그런데 나를 물끄러미 보던 하론이 내게 가까이 다가오는 게 아닌가. 다가오지 말았으면 좋겠는데.

내 바람과는 반대로 하론은 급속도로 코앞까지 다가와, 내 얼굴을 가만히 응시했다.

"뭐, 뭐야? 왜?"

하론은 대답 대신 내게 얼굴을 좀 더 가까이 대었다.

뭐야, 왜 또 갑자기 가까워지는 건데.

나는 나도 모르게 눈을 질끈 감아 버렸다. 그러나 시간이 몇 초 지났음에도 불구하고 아무 일도 일어나지 않았다. 나는 감았던 눈을 슬그머니 떴다.

"여기 눈곱."

"……."

하론이 손을 뻗어 내 오른쪽 눈에 있던 눈곱을 떼 주었다. 그러자 내 얼굴이 방금 전보다도 더 붉어졌다. 하론이 뭐가 그렇게 웃긴 것인지 혼자 소리 내어 웃기 시작했다. 할 수만 있다면 웃고 있는 그의 볼을 한껏 잡아당기고 싶은 충동이 들었다. 놀리는 것도 유분수지.

"바이올렛. 눈은 왜 감았어?"

"하론 클로노아. 죽을래?"

"글쎄. 내가 너에게 죽임을 당할 만한 일을 했던가."

그렇게 물으니 할 말이 없잖아. 네가 또 키스를 할 줄 알고 눈을 감았다고 할 수는 없었다. 나는 대답 대신 긴 한숨을 쉬었다. 어쩐지 말로는 그를 이길 수가 없을 것만 같은 기분이 들었다.

"밖에서 기다리고 있을게. 천천히 준비하고 나와."

하론이 여전히 큭큭거리며 뒤돌아서 걸어갔다. 그는 버릇처럼 콧노래를 흥얼거렸다. 그가 즐겨 부르던 그 노래였을까?

하론이 방을 완전히 나가 버리자 나는 앞에 있던 거울을 보았다. 역시나 내 얼굴은 티가 나게 붉어져 있었다. 하론도 붉은 얼굴을 보았겠지? 그는 붉어진 내 얼굴을 보고 무슨 생각을 했을까. 나는 보랏빛 머리카락을 거칠게 쓸어 넘기며 숨을 길게 토해 냈다.

"……미치겠네, 진짜."

한 것이라고는 아무것도 없는데, 심장은 또 왜 이렇게 뛰는 건지.

어제를 기점으로 그가 조금 다르게 느껴지는 것 같았다.

***

나는 뒤늦게 방으로 온 아가사의 도움으로 급하게 옷을 갖춰 입고 밖으로 나섰다. 그러자 벽에 등을 기대고 있던 하론이 나를 발견하고는 내게 다가왔다.

"대충 하고 나왔는데도, 예쁘다."

"영혼은 담아서 얘기하는 거지?"

그러자 하론이 머쓱해하며 제 머리를 긁적였다.

"영혼이 없는 거…… 티 났어?"

"그럼 안 났을 줄 알고?"

"다음엔 영혼을 담는 연습을 해 올게."

"하여튼, 말이나 못 하면."

하론은 툴툴거리는 내가 우스웠는지 혼자 큭큭거리며 나를 이끌었다.

"공작님이 기다리시겠다."

식당에 도착하니 아버지는 이미 자리에 앉아 있었다. 긴 테이블 끝에 앉아 있던 그는 나와 하론을 보며 반가운 손짓을 했다.

"우리 바이가 아침잠이 많아서 말이야, 하론 영윤이 고생이군. 어서 앉게."

"네, 아버님."

하론은 넙죽 대답하며 얼른 내 손을 잡아끌었다. 아니, 그건 그렇고 방금 하론이 뭐라고 한 거지? 공작님이 아니라, 아버님이라니?

"아…… 뭐라고?"

내가 놀라 되묻자 하론은 미소만 지을 뿐, 내게 다른 말을 하지 않았다. 의문스러운 눈으로 아버지 쪽을 보자, 그 역시도 짙은 미소를 지었을 뿐이었다.

……이거 참. 어제 도대체 무슨 얘기를 한 거야.

얼결에 우리가 자리에 앉자, 시녀들이 음식을 가져오기 시작했다. 냄새가 얼마나 좋았던지 절로 입맛이 다셔졌다. 나는 아버님에 대한 것을 금세 잊고, 냄새의 근원지로 시선을 빼앗겼다. 메뉴는 스테이크였다. 그것의 자태를 보자, 나는 입맛을 다시는 것을 넘어서 마른침까지도 꼴깍 삼켰다. 아침부터 고기는 물릴 만도 했지만, 스테이크의 먹음직한 자태에 나도 모르게 식욕이 돋았다.

"먹지."

아버지의 말을 필두로 식사는 시작되었다. 그는 고기를 입에 넣으면서도 틈틈이 하론을 관찰하고 있었다. 마치 물건을 품평하려는 것처럼. 그 눈빛이 얼마나 노골적이던지, 괜히 내가 다 민망해져서 눈치가 보일 정도였다.

"나는 하론 영윤이 그렇게 박력 있는 남자인 줄은 몰랐는걸."

아버지가 불시에 그렇게 말해 버리자 하론이 먹던 물을 뱉을 뻔했다.

"컥, 아, 아버님!"

하론은 연신 켁켁거리며 제 입 주위를 닦았다. 하론의 귀 끝이 조금 붉어져 있었다. 당황하기라도 한 건가. 바이올렛이 되고 처음 보는 하론의 당황한 모습이었다. 언제나 능청거리며 상황을 모면할 것만 같았던 그가 말을 더듬자, 조금 귀여워 보이기도 했다.

"바이올렛."

아버지가 이번에는 의미심장한 미소를 띠며 내 이름을 불렀다.

"네?"

"그러니까 말이다. 나는 하론 영윤과 네가 어려서부터 절친한 친구 사이인 줄은 알았지만, 그가 너를 그토록 소중히 생각하는지는 최근에서야 처음 알았단다."

"그, 그런 말씀은……."

하론이 눈에 띄게 당황한 티를 내자 그를 놀리고 싶단 생각이 들었다. 아침에 나를 놀린 하론에 대한 복수쯤이 되려나.

"아버지. 하론이 저를 얼마나 소중히 생각하는지 자세히 말씀해 주세요. 듣고 싶어요."

나는 살갑게 아버지에게 물었다. 아마도 지금까지 그에게 말을 걸었던 것 중에 제일 살가웠으리라.

"바, 바이올렛!"

하론이 다급하게 내 이름을 불렀지만, 아버지는 이미 제 말을 시작하고 있었다.

"처음 나를 찾아왔을 때 바이올렛 너와 약혼하고 싶다고 진지하게 얘기하더구나. 너를 행복하게 해 줄 자신이 있다고. 나는 하론 영윤의 당당한 태도가 마음에 들어 허락을 했지. 그러다 어제 또 나를 찾아와서는 글쎄……."

하론이 더는 들을 자신이 없다는 듯 고개를 푹 숙였다. 그의 귀 끝은 부정할 수 없이 완전히 붉어져 있었다.

"대뜸 무릎을 꿇지 않더냐. 내가 놀라서 왜 그러냐고 물으니, 자기 때문에 네 추문이 생긴 것 같다고. 너를 행복하게 해 주겠다고 한 주제에 되레 불행하게 만들어 버린 것 같아서 죄송하다고 그러더구나."

"하…… 아버님……."

하론이 한숨 섞인 목소리로 아버지를 부르자, 아버지가 호탕하게 웃으며 말했다.

"허허! 그 모습에 내가 하론 영윤에게 홀딱 반해 버렸지 뭐냐."

"어머나, 하론이 저를 그렇게까지 생각하는 줄은 몰랐네요."

어제 하론에게 대강 듣기는 했지만, 무릎까지 꿇었을 줄이야. 괜스레 하론에게 미안한 마음도 들었다. 그가 잘못한 거라곤 없었는데. 바보처럼 리차드를 따라간 나 때문에 하론을 힘들게 만든 것은 아닌가했다.

하론은 아버지에게 무릎을 꿇을 만큼, 내가 처한 상황에 대해 죄책감을 느꼈던 걸까?

그가 나를 얼마나 소중히 여기고 있는지가 새삼스럽게 느껴졌다. 나를, 아니, 제 소꿉친구인 바이올렛을 말이다.

"말이 나온 김에 하는 소린데, 이참에 너희의 약혼을 빨리 올리는 게 어떻겠느냐. 나는 바이, 네 생일날 약혼하는 것도 나쁘지 않다고 생각하고 있단다."

바이올렛의 생일이라.

그날이 정확히 언제인지는 책 속에 나와 있지 않았다. '샤넌을 위하여'는 오로지 샤넌 위주의 글이었기 때문에 바이올렛의 생일이 언제라는 친절한 서술은 하지 않았으니까.

다만, 그때의 바이올렛에게는 끔찍한 일이 있었다.

나는 어렴풋이 소설 속 바이올렛의 스무 살 생일 전후에 일어났던 일들을 떠올렸다. 에르하르트와 샤넌의 약혼식……. 그리고 그의 사랑을 얻지 못했던 바이올렛의 비참한 자살. 누군가의 가장 행복한 순간에 누군가는 죽음에 이르렀다는 게, 그녀의 죽음을 좀 더 참담하게 만들었다. 그녀가 죽던 장면이 떠오르자, 나도 모르게 어깨를 조금 움츠렸다.

내가 겪게 될 바이올렛의 스무 살 생일은 어떻게 변할까.

나는 움츠렸던 어깨를 펴지 못하고, 약간은 굳은 얼굴로 아버지에게 답했다.

"좋아요, 아버지. 저는 언제 해도 상관없어요."

나는 조금 씁쓸한 미소를 지었다. 그녀가 죽었던 그날에 하론과 약혼을 하게 되었다는 사실이, 왠지 모르게 원래의 바이올렛에게 미안하게 느껴졌다.

"바이올렛, 네 생각이 그렇다면야……. 하론, 자네! 자네라면 우리 바이를 맡길 수 있겠단 확신이 들어. 바이에게는 약혼에 대해 항상 이성적으로 생각하라고 했었지만, 어쩐지 내가 더 감정적인 결정을 하는 것 같군."

그러자 하론이 숙이고 있던 고개를 들어 아버지를 똑바로 바라보았다. 그의 귀는 여전히 붉었지만 눈빛은 언제나처럼 또렷했다.

"믿어 주셔서 감사합니다."

***

"공작님…… 아니, 아버님은 참 좋으신 분 같아. 전부터 쭉 그렇게 생각해 오고 있었어."

하론은 찻잔에 담긴 차를 한 번 들이켜며 내게 대답을 구했다.

"그런가?"

대충 대답했긴 했지만, 아무래도 하론이 부르는 그 '아버님'이란 말은 좀

처럼 적응이 잘 되지 않았다. 나는 넌지시 하론의 부모님에게 어머님, 아버님이라 부르는 것을 상상했다. 그러자 어쩐지 기분이 묘했다.

"바이올렛, 내 앞에서 또 다른 생각을 하고 있는 거야?"

"어? 아냐, 아무것도."

나도 하론을 따라 차를 마시곤 딴청을 했다.

식사를 마친 우리는 정원에서 간단히 차 한 잔을 하고 있던 참이었다. 나는 찻잔을 쥐고 있는 하론을 응시했다. 햇살이 유난히 좋은 오늘. 그 햇살을 온전히 받고 있는 하론이 여느 날보다도 멋지게 보였다. 내 눈에 콩깍지가 씌었나 싶을 정도로.

그런 그는 내 주변을 맴도는 추문을 정말로 아무렇지 않게 생각하고 있는 걸까. 순간 든 의문을 자연스럽게 그에게 꺼내놓았다.

"하론, 나 궁금한 게 있어."

"뭔데?"

"너는…… 내 추문이 아무렇지도 않은 거야? 너희 아버지가 내 추문 때문에 약혼을 반대하신다는 걸 우연히 들었어."

나는 아이린에게서 들었던 하론의 이야기를 조심스럽게 꺼내었다. 그러자 하론이 꽤 불만스러운 얼굴로 대답했다.

"뭐야. 그런 소문은 또 어디서 들은 거야? 잠깐 마찰이 있었을 뿐인데 벌써 네 귀에까지 들어가다니. 휴, 최대한 조용히 처리하려고 노력했는데."

"……왜 얘기 안 했어? 얘기했다면 내가 도와주려고 했을 것 아냐."

적어도 너 혼자 겪게 내버려 두지 않았을 텐데. 네가 아버지를 찾아왔듯이 나도 후작님을 찾아뵐 수도 있었을 텐데.

나의 못마땅한 투의 말에 하론이 고백하듯이 대답했다.

"네가 신경 쓰는 게 싫어서."

하론은 조용히 내 얼굴을 응시했다.

“바이올렛. 너도 말하지 않은 게 있지 않아?”

“말하지 않은 거라니.”

“어제 궁에서 뭐 했어? 혹시 리차드 자작을 만났다든가, 자작을 만나서 따졌다든가, 그의 배후를 캐물었다든가. 그런 것들을 한 건 아니겠지?”

……너, 너무 정확하잖아.

하론은 내 일거수일투족을 모두 살핀 듯이 말했다. 너무나도 정확한 그의 말에 나는 부정할 도리 없이 그에게 사실을 시인했다.

“어, 어떻게 알았어?”

이번엔 내가 불만스러운 얼굴로 대답하자 하론이 작게 웃었다.

“아니, 어제 네가 궁에 갔다는 소리 들으니까, 그것밖에 이유가 없겠더라고. 답답한 바이올렛이 그에게 일의 전말을 듣기 위해 직접 궁을 찾았다…….”

“숨길 수가 없네. 맞아. 직접 리차드 자작을 찾아가서 그의 얘기를 들었어.”

“그가 뭐라고 했는지 물어봐도 괜찮아?”

하론이 그렇게 묻자 나는 고개를 천천히 끄덕였다. 어차피 숨길 내용도 없었다. 하론은 사건의 전말을 거의 모두 알고 있는 사람 중의 하나였으니까.

“샤넌 님이 자신을 부추겼다고 하더라. 내게 그런 짓을 하라고.”

샤넌. 그녀의 이름을 꺼내기가 무섭게 찻잔을 쥐고 있던 손에 힘이 들어갔다. 하론과의 달달한 시간을 보내느라 잠시 동안 잊고 있었던 이름이었다. 그녀는 지금 뭘 하고 있을까? 귀족 영애들을 만나며 아직도 나에 대한 헛소문을 퍼뜨리고 있는 걸까? 그녀는 그런 소비적인 행동을 하며, 만족의 미소라고 짓고 있기라도 한 걸까.

“그렇구나. 결국엔 정말로 샤넌 님이…….”

하론이 그녀의 이름을 아련하게 불렀다. 그의 눈빛이 초점을 잃고 어딘가를 계속해서 응시하고 있었다. 멀지 않은 과거의 어떤 일을 생각하고 있는 듯한 눈빛이었다.

"하론. 네가 아는 바이올렛이었으면 지금 어떻게 했을 것 같아?"

"내가 아는 바이올렛이었다면."

하론은 먼 곳을 보았던 눈동자를 다시 내게 돌렸다. 그의 눈빛에 초점이 돌아와 있었다.

"정면 돌파."

"정면 돌파?"

"응. 언제나 당당한 바이올렛은 당하고 가만히 있지 않을 테니까. 당장 어디든 찾아가 자신의 당당함을 표명했을 거야. 소문이란 건 가만히 있으면 서서히 가라앉기도 하지만, 되레 이상한 방향으로 커질 수도 있는 거니까. 어떤 때에는 직접 나서서 자신의 명백함을 주장하는 것도 나쁘지 않다고 생각해."

정면 돌파라.

에르하르트를 만나기 전의 그녀였다면, 일찍부터 열리는 연회를 모조리 찾아다니며 자신이 당당함을 표명했을 것이다. 도둑이 제 발을 저린다고 생각할 정도로 호연하게 굴지도 몰랐다.

하론의 의견이 나쁘지 않다는 생각이 들었다. 그 일이 있은 이래로 나는 단 한 번도 어떤 연회를 가지 않았으니, 사람들이 더욱더 궁금해할 게 분명했고, 궁금했기에 추문에 대해 더 관심을 가질 것이었으니까.

그렇다면…….

"좋아. 내일 아이린 님의 티 파티에 가야겠어."

아이린이 어제 내게 오라고 했던 그 티 파티. 그곳에 간다면 웬만한 귀족 영애들은 모두 있을 것이다. 샤넌도 있을지도 몰랐다. 아니, 당연히 있을 것이다. 그녀는 내 추문을 퍼트리고 다녀야 할 테니까.

"바이올렛. 나도 동참해도 괜찮을까?"

"아무렴. 네가 있다면 더 든든할지도."

"그렇게 말해 줘서 고마워."

그러곤 하론이 빙긋 웃으며 찻잔에 조금 남아 있던 차를 모두 마셔 버린다. 그는 자리에서 일어서며 내게 말했다.

"나는 이제 슬슬 가 볼게. 갑자기 해야 할 일이 생긴 것 같거든."

"응? 무슨 일이 또 있는 거야?"

내가 그렇게 물었지만 하론은 대답 없이 한쪽 눈을 찡긋할 뿐이었다.

"내일 봐. 바이올렛."

그는 뒤돌아 가며 내게 손을 흔들었다.

영 수상한데 말이지. 하지만 왠지 모르게 그가 한다는 일에 부정적인 생각은 들지 않았다. 되레 무언가 내게 힘이 될 법한 일을 하는 것은 아닐까 하는 기대가 되었다고나 할까.

***

"아가사. 드레스를 좀 더 조여 주겠어?"

"네, 공녀님."

아가사는 있는 힘껏 드레스를 조이기 시작했다. 숨을 쉴 수 없을 정도로 가슴이 갑갑했지만 이미 각오했던 일이었다. 나는 거울 속의 나를 보았다. 한껏 틀어 올린 보랏빛 머리와 그에 어울리는 흰색 깃털 장식은 내가 보아도 과한 감이 있었다. 하지만 바이올렛의 얼굴은 수수한 것보다야 과한 것이 어울릴 만큼 화려했기 때문에 과함이 거북하게 느껴지지 않았다.

오늘은 그 누구보다도 아름답게 보이고 싶었다. 가능하다면 샤넌보다도 예뻐 보였으면 했다. 어제 하론의 말대로 내가 직접 정면 돌파를 하기 전, 일종의 전의를 다진다고 해야 할까. 여자의 아름다움이 어쩔 때는 큰 무기가 되기도 했으니까. 마지막으로 옷매무새 정리를 끝낸 아가사가 내게 만족스러운 미소를 지으며 말했다.

"공녀님. 정말 아름다우세요."

나는 진짜 바이올렛이 할 법한 오만한 얼굴로 아가사에게 대답했다.

"그걸 말이라고."

그러자 아가사의 뺨이 조금 붉게 물들었다. 귀엽기는.

나는 아가사의 어깨를 한 번 토닥여 주고는 발걸음을 옮기기 시작했다. 방을 나서려던 그때, 때마침 도착한 하론이 방문을 매끄럽게 열었다.

"딱 맞춰서 도착했네."

"조금만 늦었으면 먼저 갔을 거야."

나는 하론이 열었던 방문을 다시 닫으며, 그와 함께 밖으로 나섰다.

하론은 평소보다도 신경 쓴 차림새였다. 세련된 셔츠는 목 끝까지 말끔하게 채워져 있었고, 그 위에는 재질이 부드러워 보이는 감색 외투를 걸치고 있었다. 하론은 내 발걸음에 맞춰 걸으며 내게서 눈을 떼지 못했다.

"왜? 뭐가 이상해?"

내가 그렇게 묻자 하론이 대답했다.

"……아니. 오늘은 정말 다른 사람 같아."

"어떤 식으로?"

"글쎄. 뭐랄까…… 아름다워."

그가 부끄러운 것인지 작은 목소리로 말했다. 나는 아가사에게 했던 오만한 얼굴 표정을 지으며 하론에게 말했다.

"그걸 말이라고."

그러자 하론이 소리 죽여 웃었다.

"이번엔 영혼이 제대로 느껴졌지?"

하론은 저를 칭찬해 달란 듯이 말했다. 나는 엄지를 들어 보이며 과하게 대답했다.

"완전, 영혼이 가득했어."

"다행이다."

하론의 입술이 부드러운 호선을 그리자 나는 짐짓 그의 입술에서 눈을 뗄 수 없었다. 그의 뜨거웠던 입술의 온도까지도 떠오르자 나는 헛웃음을 지었다.

정신 차려. 오늘은 그런 것에 연연할 틈이 없다고.

나는 스스로를 다독였지만, 그의 입술에 머물렀던 시선은 오랫동안 거둘 수가 없었다.

잠시 후 하론과 마차에 올라 공작의 저택으로 향했다. 이미 티 파티는 시작되었을 것이다. 딱히 시간에 맞추어서 가고 싶은 생각은 없었다. 모두가 모여 있을 때 등장하는 게 더 낫다고 생각해서였다. 그래야 내게 좀 더 집중이 될 테니까. 정면 돌파를 함에 있어, 나를 향한 집중은 실보단 득이 많을 거라 생각했다.

"기분은 좀 어때?"

"기분? 그냥 조금 긴장되는 정도? 이게 뭐 대단한 일이라고. 나는 그냥 사실을 말하러 가는 것뿐인데. 그렇지?"

"바이올렛. 말은 그렇게 해 놓고 지금 표정이 어떤 줄 알아? 완전 긴장한 표정이라고."

"그래? 후아. 그냥 무슨 말을 해야 할지 계속 생각하다 보니까, 절로 표정이 그렇게 됐나 봐."

나는 얼굴 근육을 느슨하게 이완시켰다. 심호흡도 하자 마음이 차분하게 가라앉는 것 같았다.

"걱정하지 마. 모두 잘 풀릴 거니까."

하론은 그렇게 말하며 무방비하게 놓여 있던 내 손 위에 제 손을 올렸다. 따뜻한 그의 손바닥이 내 손등에 닿자, 묘하게도 내 마음은 차분해졌다,

에르하르트의 공작저에 도착하자 예상대로 티 파티는 이미 시작되고 난 후였다. 마차에서 내려 티 파티가 열리고 있는 저택의 정원까지 걸어가자, 음악 소리가 점점 더 크게 들리기 시작했다. 사람들의 말소리, 찻잔을 부딪치는 소리, 음악소리들이 조화롭게 섞여 귓가를 간질였다.

나와 하론이 정원에 발을 디디는 순간, 조화롭게 섞이던 소리들이 잠시나마 조용해졌다. 정적. 일이 초쯤의 짧은 정적이 흘렀다.

그리고 어쩐지 날카롭게만 느껴지는 사람들의 시선이 내게 집중되기 시작했다. 나는 그럴수록 등을 더 꼿꼿이 세우고 거만하게 턱을 들었다. 기죽을 필요는 없었다. 추문이 돌고 있었을 때 이미 예상했던 반응이 아니던가.

나와 하론이 빈 테이블에 앉자, 귀족 영애들의 작은 속삭임 소리가 희미하게 들렸다. 대개 '천박해.'라든지, '그런 일이 있은 주제에 하론 영윤과 당당히 오다니. 그를 단단히 꼬드긴 게 분명해.'라든지의 영양가 없는 뒷말들이었다. 더불어 잔디가 부드럽게 밟히는 소리도 들렸다. 바퀴가 굴러가는 소리.

아이린이었다.

"바이올렛! 진짜로 와 주다니."

그녀는 냉큼 내게 다가와 살갑게 말을 걸었다.

"아이린 님이 보고 싶어서 온 건 아니거든요?"

"그럼 에기가 보고 싶어서 온 거야?"

"아이린 님."

내가 그녀의 이름을 힘주어 부르자 아이린이 큭큭 웃기 시작했다. 남들이 옆에서 내 욕을 하든지, 말든지 아이린은 전혀 신경도 쓰지 않는 것 같았다.

"피. 네가 왔길래. 나는 또 내 제안을 받아들여서 온 건가 싶었는데. 하론도 같이 온 것 보니까 그런 건 아닌가 보구나?"

"정확하시네요."

하론이 고개를 조금 숙여 아이린에게 인사했다.

"하론 영윤은 언제 봐도 참 사람이 좋아 보여. 서글서글하잖아."

"감사합니다, 아이린 님. 아이린 님 또한 방금 전에 하신 농담을 빼고는 매우 좋으신 분인 것 같습니다."

"뭐? 방금 전 농담이라면 설마……. 에기를 운운한 거 말이야?"

"역시 알아들으실 거라 생각했습니다."

"어머, 하론 영윤. 그렇게 안 봤는데 질투의 화신이었구나?"

아이린은 질겁했다는 듯이 말했다. 그러자 하론은 사람 좋아 보이는 미소를 지으며 능청맞게 대답했다.

"과찬이십니다."

아이린은 하론에게 못 당하겠다 생각했는지, 다시 내게 시선을 주었다.

"바이올렛. 내 제안 때문이 아니라면 티 파티는 왜 온 거야?"

"그거야……."

내가 대답하려던 그때, 어디선가 익숙한 시선이 느껴졌다. 등골이 따끔거릴 정도로 차가운 시선이었다. 시선을 조금 돌리자 두세 사람 건너에 앉아 있는 샤넌이 보였다. 우리는 한동안 시선을 맞추었다. 샤넌은 내 얼굴을 보며 조소를 짓고 있었다. 흡사 '나에게 완전히 당했지?'라고 말하고 있는 것만 같았다.

아직 당했다고 치부하기엔 조금 이른 것 같은데.

그 순간, 샤넌을 상대로 정면 돌파를 할 때가 온 것임을 나는 직감했다.

"아이린 님. 잠깐만 자리를 비워도 괜찮을까요? 방금 아는 분과 눈이 마주쳐서 인사를 드려야 할 것 같아서요."

"알겠어. 다녀와."

아이린은 흔쾌히 고개를 끄덕였다. 하론에게도 잠시 다녀오겠단 말과 함께 샤넌이 앉아 있던 테이블에 가까이 다가갔다. 내가 가까이 가기가 무섭게 몇몇의 영애들이 나를 보고 수군거리던 것을 멈추었다. 그녀의 테이블에는 그때에 리차드의 방을 들이닥쳤던 영애들도 보였다.

"샤넌 공주님. 안녕하세요."

"공녀, 오랜만이에요. 그동안…… 많이 힘드셨죠? 여기 앉아서 차라도 한 잔 같이 해요."

"좋아요."

나는 빈자리에 앉았다. 그러자 샤넌이 찻물을 기품 있게 따라서, 내게 건넸다. 나는 그녀가 준 차를 예의상 조금만 마시며 주위를 살폈다. 테이블은 지나치게 조용했다. 방금 전까지 웃으며 대화를 나누던 영애들은 꿀 먹은 벙어리처럼 서로 눈치 보기 바빠 보였다.

"아까 보니까, 저를 빼고 재밌는 이야기를 하시던 것 같은데. 제게도 그 이야기를 들려주시지 않으시겠어요?"

"저…… 그게 바이올렛 공녀."

귀족 영애들은 말을 아꼈다. 방금 전까지 신나게 내 뒷담을 해 놓은 주제에 막상 내가 직접 와 버리자 곤란해진 게 틀림없었다. 그들은 서로의 눈치를 보며 누군가가 나서서 말을 해 주길 기다리고 있었다. 결국 나선 이는 역시나 샤넌이었다.

"아무도 얘길 하지 않으니, 제가 직접 들려드릴게요, 공녀."

"공주님이 직접 들려주신다면야. 감사하게 들을게요."

"그러니까. 방금 전까지 공녀의 이야기를 하고 있었어요. 공녀의 그 대단한 남자관계에 대해서."

폭탄선언이라도 하는 듯 거리낌 없이 말하는 샤넌 때문에 주변에 있던 영애들이 혀를 내둘렀다. 나는 질 수 없다는 듯이 그녀에게 가볍게 대답했다. 이미 아이린의 티 파티에 오겠다고 결정했을 때부터 샤넌이 내게 그런 말을 할 거라 예상했기 때문이었다.

"제가 모르는 저의 대단한 남자관계를 샤넌 공주님은 잘 아시나 봐요."

"저뿐만이 아니죠. 지금 여기 있는 모든 귀족들이 알고 있을 걸요?"

샤넌의 목소리가 조금 컸다. 샤넌의 말이 끝나자마자, 우리 주변이 약속이라도 한 듯이 조용해졌다. 모두의 이목이 이쪽으로 쏠려 있음을 굳이 주변을 둘러보지 않아도 알 수 있었다.

"저만 빼고 모두가 아는 저의 이야기라……. 정말 궁금하네요. 자세히 들려주세요."

내 말에 샤넌이 아주 짧은 순간 미간을 찌푸렸다. 내 대답이 마음에 들지 않았음이 분명했다. 하지만 샤넌은 곧 그녀 특유의 가증스러운 미소를 지으며 내게 말했다.

"자작과 그런 불륜한 일을 벌이고도 하론 영윤과의 약혼을 아무렇지 않게 받아들이려고 하는 공녀의 뻔뻔함에 대해서 말이에요."

샤넌은 그렇게 말하며 꽤나 만족스러운 미소를 지었다. 내가 외설적인 여자가 된 것을 아주 기뻐하는 듯했다. 그 순간, 나는 이전부터 항상 고민했었던 샤넌의 진정한 의도를 알 수 있었다.

그녀는 에르하르트를 내게서 떼어 내려는 목적보다도 바이올렛이라는 여자의 완벽한 몰락을 바라고 있는 게 틀림없었다.

그저 나와 에르하르트의 약혼을 막으려 했다면, 그녀는 공개적인 장소에서 하론의 이름까지 들먹이며 굳이 나를 비아냥거릴 필요는 없었으니까. 에르하르트라는 남자에게만 나의 난잡한 생활을 알리고 그를 설득했다면, 지금보다도 훨씬 더 조용하고 깔끔하게 제 목적을 달성했을 것이다. 그것이 공주라는 샤넌의 위치로 보았을 때 좀 더 좋은 방법이기도 했다. 하지만 그녀는 그것보다도 더 큰, 나의 몰락이라는 것을 의도로 삼았기 때문에 일을 크게 부풀리고 있는 것이 분명했다.

하지만 이걸 어쩌나.

앞서 생각했듯이 나는 그녀에게 호락호락 당해 줄 생각이 전혀 없었다.

나는 조금 격앙된 음성의 샤넌보다는 차분한 음성으로 그녀에게 대답했다.

"그런 불륜한 일이란 게 대체 뭔가요? 저와 자작 사이에 무슨 일이 있기라도 한 건가요? 아, 공주님은 자작이 강제 추행 혐의로 작위를 박탈당한다는 것을 아직 듣지 못하시기라도 한 건가요?"

"들었어요. 하지만 그렇다고 해서 오로지 자작 탓만을 할 수 없죠. 공녀가 자작이 그런 짓을 하게 유도했다든가⋯⋯. 앗! 제가 말이 좀 지나쳤네요. 죄송해요."

샤넌이 정말 미안한 표정을 지었다. 물론 그것이 가증스러운 연기임을 알고 있었다.

"괜찮아요. 유도라⋯⋯ 좋아요. 공주님의 말대로라면 제가 자작을 먼저 유혹했다는 건데. 굳이 제가 자작을 유혹할 이유가 뭐가 있을까요? 권세가인 에르하르트 공작의 약혼과, 하론과의 약혼 사이에서 고민하던 제가 왜 굳이 자작을 유혹했을까요? 그가 돈이 많나요? 직위가 더 높나요? 아님 얼굴이 더 잘생기기라도 했나요?"

"⋯⋯."

그러자 처음으로 샤넌이 입을 다물었다. 그녀는 버릇처럼 제 입술을 짓누르고 있었다. 나는 샤넌에게 진정한 승리의 미소를 지어 보이며 이어서 말했다.

"저는 여러분이 알고 있는 영악한 바이올렛이에요. 모든 것을 영악하게 손해와 이익을 따지며 계산하죠. 그건 여기 앉아 있는 영애들도 충분히 아시리라 생각 돼요."

원작의 책 속에 항상 묘사되던 것이 '영악한 바이올렛'이었다. 영애들은 내 말에 작게 고개를 끄덕이고 있었다. 판이 내 쪽으로 기울기 시작한 것 같았다.

"부디 상황을 정확히 직시해 주시기 바라요. 저는 손해 볼 짓은 굳이 하지 않아요. 제게 나쁜 마음을 먹은 것은 리차드 자작이지, 제가 그를 유혹한 것은 아니에요. 어째서 여러분은 잘못한 가해자를 두고, 피해자를 욕하고 있나요."

무겁게 내려앉은 정적 사이에서 모두가 내 말에 주목했다. 그 주목 속에선 동의의 기운이 강하게 느껴졌다. 나는 좀 더 자신감을 내어 당당히 말했다.

"누구보다도 현명한 샤넌 공주님은 어리석은 추문에 당연히 휩쓸리지 않을 거라고 믿었는데……. 그건 제 착각이었나 봐요."

샤넌의 손끝이 미세하게 떨리고 있는 게 보였다. 그녀는 가까스로 찻잔의 손잡이를 쥐며, 자신의 손 떨림을 숨기려 했다.

"……그렇군요. 바이올렛 공녀. 제가 생각이 짧았나 봐요. 공녀의 말에 틀린 점이…… 없네요."

"괜찮아요. 제가 바로 해명하지 않았기에 충분히 오해하실 수 있다고 생각해요. 제가 가만히 있었던 것은 당연히 그 누구도 그런 추문을 믿지 않을 거라 생각했기 때문이었어요. 여러분은 그 누구보다 저를 잘 아시고, 현명하고, 똑똑할 테니까."

"……."

"제가 여러분을 과대평가했나 봐요."

그러자 조용히 옆에서 듣고만 있던 어떤 영애가 내게 안타까운 눈빛을 보내며 말했다.

"바이올렛 공녀…… 정말 힘드셨겠어요. 저는 당연히 공녀가 결백하다고 생각하고 있었어요."

거짓말. 방금 전까지 신나게 뒷담화를 했던 주제에. 나는 비웃음이 나오려는 것을 참으며 영애에게 고맙다고 말했다. 한 사람이 내 말에 반응하기 무섭게 등 뒤에 꽂혀 있던 날 선 시선들이 부드러워지기 시작했다. 부정할 도리 없이 판이 내 쪽으로 완전히 기운 것이다. 하나 모든 이가 내게 부드러운 시선을 보낸 것은 아니었다.

샤넌은 아주 굳은 얼굴로 나를 보고 있었다. 그녀의 눈동자는 무슨 생각이라도 하는 듯이 초점이 흐렸다. 마치 또다시 가증스러운 연기를 생각해 내려는 듯이. 아무리 그녀가 가증스러운 연기를 또다시 한다고 한들, 여기서 판을 뒤집을 수 있을까.

그때에 등 뒤에서 어떤 남자의 목소리가 우리 사이에 끼어들었다.

"이제 내가 등장할 타이밍인가?"

익숙한 목소리에 등 뒤를 돌아보니, 러셀이 내게 손을 흔들고 있었다.

"백마 탄 왕자님 등장."

그는 샐쭉하게 웃어 보이며 누군가와 동행하고 있었다.

"하론?"

언제 러셀과 만난 것인지, 하론이 러셀의 뒤를 따르고 있었다. 그와 눈이 마주치자 하론은 언제나 그랬듯 부드러운 미소를 지었다. 그러다 러셀이 내가 있는 테이블까지 다가왔다. 가까이서 본 그의 얼굴에 어찌된 까닭인지 설레는 빛이 서려 있는 것만 같았다.

"러셀 님. 백마 탄 왕자라뇨. 백마는 어디에……?"

나는 주위를 둘러보는 척하며 그에게 말했다.

"에헤이, 말이 그렇다는 거지."

러셀이 코끝을 한 번 찡긋하며 대답했다.

"그것보다도."

러셀은 그렇게 말하며 뒤를 돌아봤다. 그러자 티 파티에는 전혀 어울리지 않을 법한 근위병들이 줄지어 들어오기 시작했다. 수는 그리 많지 않았다. 네 명 정도였다.

표정까지도 근엄한 근위병들의 갑작스러운 등장에 사람들의 시선이 우리에게 좀 더 집중 되었다.

근위병이라니. 도대체 러셀과 하론은 내가 모르는 어떤 모의를 한 것일까. 나 또한 주위의 사람들 못지않은 의문스러운 시선을 보냈다.

"이제 진짜 주인공이 등장할 거야."

"진짜 주인공이요?"

내가 러셀에게 되묻자 러셀은 대답 대신 손끝을 소리 나게 튕겼다. 그러자 줄줄이 서 있던 근위병이 파도가 갈라지듯 갈라졌다. 갈라진 틈 사이에는 러셀이 말한 '진짜 주인공'이 있었다.

"리, 리차드 자작?"

등장한 이는 지하 감옥에서 봤던 것보다는 얼굴이 좋아 보이는 리차드였다. 양손이 단단히 포박된 채로 고개를 푹 숙인 그가 천천히 고개를 들어 나를 보았다. 그의 눈동자가 전보다 훨씬 더 맑아져 있었다. 그는 내게 두었던 시선을 조금 돌려 샤넌 쪽도 한 번 바라봤다. 말 한마디 없는 눈빛에 지나지 않았지만, 그의 눈빛 속엔 여러 의미가 서려 있는 듯해 보였다.

러셀이 리차드에게 무언의 신호로 턱짓을 하자, 리차드가 내게 가까이 걸어오기 시작했다. 그는 내 발끝까지 걸어와 조용히 무릎을 꿇었다. 장내가 지나치게 조용해졌다. 입 안이 괜스레 바짝 말랐다.

"……용서해 주십시오."

용서해 주십시오. 그것이 리차드가 처음으로 꺼낸 말이었다.

"무엇을 용서해 달라는 건가요. 리차드 자작."

"공녀님을 욕보인 죄. 당신을 쉽게 본 죄. 공녀님은 아무 잘못이 없습니다."

"알고 있어요."

아무렇지 않은 척 담담하게 대답했지만 실제로는 전혀 담담하지 못했다. 리차드가 티 파티까지 올 거라고 상상도 못 했거니와, 그가 공개적인 장소에서 내게 사과를 할 것이라는 것은 더욱더 상상하지 못했던 일이었기 때문이었다. 도대체 이런 앙큼한 일을 꾸민 게 누구일까.

러셀? 그의 뒤를 자연스럽게 따르던 하론?

하론은 내 뒤쪽에서 팔짱을 낀 채 우리를 지켜보고 있었다.

"제게 사과할 수 있는 기회를 주셔서 감사하게 생각합니다. 저도 이런 기회를 원하기도 했고요. 저는 그날 술에 취해 지나치게 이성을 잃었습니다. 죄송합니다."

리차드는 죄송하다는 말을 마지막으로 고개를 다시 숙였다. 할 말은 그게 끝인 것 같았다. 러셀이 다시 턱짓을 하자 근위병이 냉큼 다가와 그를 끌고 갔다.

"자, 이제 주인공이 다시 퇴장할 시간이야."

러셀의 말에 따라 근위병과 리차드는 왔던 길을 되돌아갔다. 리차드는 돌아가며 마지막으로 나를 한 번, 샤넌을 한 번 번갈아 보았다. 결국 샤넌이 부추겼다는 사실은 말하지 않을 셈인가 보다.

뭐, 아무래도 상관없었다. 리차드가 여기서 샤넌의 이름을 들먹거렸다면 샤넌에게 제대로 한 방을 먹이는 것이 되겠지만, 지금 이 정도도 충분했다.

나는 주위의 동태를 살폈다. 처음부터 우리를 지켜보던 귀족들이 굉장히 농요하고 있었다. 나의 정면 돌파로도 완전히 믿지 않았던 소수의 귀족들까지도 리차드의 등장으로 인해, 내 결백함을 믿기 시작한 게 느껴졌다.

상황은 정말 끝났다. 바이올렛의 완벽한 몰락을 바라던 샤넌의 꼼수는 이

제 더 이상 통하지 않을 것이다. 나는 득의양양한 표정으로 샤넌을 보았다. 샤넌의 얼굴은 무참히 일그러져 있었다. 그녀는 일그러지는 제 표정을 숨길 여력이 없어 보였다. 아니, 어쩌면 자신이 지금 무슨 표정을 짓고 있는지조차 모르고 있을지도.

그때에 내 어깨춤에 누군가의 손길이 느껴졌다. 샤넌에게 두었던 시선을 거두고 뒤쪽을 보자, 그 손의 주인인 하론이 서 있었다.

"거봐. 모든 게 잘될 거라는 내 말이 맞지?"

나는 고개를 끄덕였다.

"그럼 이제 우리 테이블로 다시 돌아갈까?"

"응."

나는 테이블에 남아 있던 영애들에게 가볍게 인사를 건넨 뒤 자리에서 일어섰다. 돌아가는 발걸음이 그렇게 가벼울 수가 없었다. 게다가 마음은 얼마나 홀가분한지 답답했던 가슴이 뻥 뚫려 버린 것 같았다.

원래 있었던 테이블에 돌아오자마자 나는 하론에게 닦달하듯이 물었다.

"하론! 도대체 어떻게 된 거야? 리차드 자작이 갑자기 왜 여기 온 건데?"

그러자 하론이 의미심장한 웃음을 지어 보이며 내게 대답했다.

"어제 할 일이 있다고 했잖아. 이게 그 할 일이었어."

"어? 어제 궁에 다녀온 거야?"

"응. 궁에 가서 러셀 왕자님에게 부탁했지. 오늘 때마침 리차드 자작이 다른 지역으로 후송될 거란 얘기를 들어서 말이야. 가는 길에 잠깐 여기로 들러 줄 수 없냐고 사정사정했어."

"맙소사."

그런 생각을 했다니.

리차드 자작의 등장으로 인해 귀족들이 확실히 내 말을 믿게 되었으니 하론이 기특하기도 하고, 고맙기도 했다. 마음은 너무나도 고마운데, 막상 무슨 말을 해야 할지 잘 가늠할 수 없었다. 나는 그런 표현에 꽤나 서툰 사람이었다. 내가 말없이 하론을 물끄러미 쳐다만 보자 하론이 먼저 말했다.

"이번에는 제대로 지켜 주고 싶어서."

"하론……. 고마워."

고마워, 여러 마디의 말보다 훨씬 더 진정성이 담은 말이었다. 하론은 무방비하게 놓여 있던 내 손을 잡아 제 머리에 올려놓았다. 이윽고 내 쪽으로 고개를 조금 숙인 그가 말했다.

"칭찬의 의미로 정성껏 쓰다듬어 줘."

"보는 눈이 많은데."

내가 망설이자 하론이 단호한 어투로 말했다.

"상관없어. 넌 곧 내 약혼자가 될 거니까."

"그렇다면 어쩔 수 없지."

나는 조심스럽게 그의 머리카락을 쓰다듬었다. 결이 부드러운 그의 푸른 머리카락이 내 손가락에 의해 흩어졌다, 다시 모이길 반복했다. 두어 번 쓰다듬은 내가 그의 머리에서 손을 뗐다. 그러자 하론이 만족스러운 얼굴로 나를 보고 있었다.

"……뭐야. 나도 칭찬해 줘야 하는 거 아니야? 제안을 한 것은 하론이었지만, 리차드를 설득해서 데려온 것은 나였어!"

소리가 나는 쪽으로 고개를 돌리자, 언제 왔을지 모를 러셀이 당연하단 듯이 테이블에 앉아 있었다. 왠지 모르게 부루퉁한 얼굴을 하고 있는 그의 모습에 웃음이 새어 나왔다.

"큭큭. 러셀 님도 수고하셨어요."

"그게 끝?"

"네?"

뭔가를 바라는 러셀의 눈빛 속에서 나는 고개를 갸우뚱했다.

"나도…… 그거. 쓰담쓰담……."

"……네?"

설마 하론 머리를 쓰다듬은 것처럼 자신의 머리를 쓰담쓰담 해 달라는 소린가? 맙소사.

"설마 러셀 님 머리를 쓰다듬어 달라는 거 아니죠? 제가 어떻게 왕자님 머리를 쓰다듬겠어요."

"쳇, 왕자라는 게 좋지 않을 때도 있군."

러셀이 마음에 들지 않는다는 듯 툴툴거렸다. 그러자 옆에서 가만히 지켜보던 하론이 러셀에게 말을 건넸다.

"러셀 왕자님. 기운 내십시오. 여차하면 제가 쓰다듬어 드릴까요?"

"풉."

하론의 능청스러운 말에 내가 웃어 버리자 러셀이 발끈하며 대답했다.

"네 손길은 필요 없어!"

"제 손길은 꽤 부드럽습니다."

"하론. 죽고 싶어?"

러셀이 하론에게 주먹을 쥐어 보이며 위협하자, 하론이 죄송하다며 흘려 말했다. 성의 없는 사과였다. 여전히 씩씩거리고 있는 러셀과 기분 좋게 웃고 있는 하론을 보니 한결 마음이 편해졌다. 모든 것이 다시금 원래의 자리를 찾아가는 것 같았다. 이제 완전히 편하게 지낼 수 있게 된 걸까? 여전히 인상을 굳히고 있는 샤넌이 더 이상 무슨 일을 벌이지 않는다면 말이다.

하지만 한 번 된통 당했던 나는 더 이상 샤넌에게 당할 마음이 없었다. 무엇보다도 지금 내 곁에는 하론이라는 든든한 아군이 있기도 했으니까.

"바이올렛. 나 지금 굉장히 뿌듯해."

하론은 기나긴 여정 끝에 승리를 하고 돌아온 개선장군처럼 자랑스러운 표정을 지었다. 나는 그에게 엄지를 들어 보였다. 잘했어.

그러자 등 뒤에서 박수 소리가 들렸다.

"멋진데. 바이올렛."

상황을 흥미진진하게 지켜보고 있던 아이린이었다. 그녀는 나보다도 기쁜 얼굴을 하고 있었다.

"원래대로 되돌아갔을 뿐이죠."

"나는 네가 결백하다는 걸 처음부터 믿었던 사람 중에 하나라는 걸 기억해 줘."

아이린이 긴 한숨을 내쉬었다. 그녀는 여전히 기쁜 얼굴을 하고 있었지만 어딘지 모르게 눈빛은 마냥 기뻐 보이지는 않았다.

"아무렴요. 그게 진실인데, 진실을 믿지 않은 사람이 잘못된 거겠죠."

"큭큭. 그래. 네 말이 맞아. 하지만 왠지 슬퍼지기도 해."

"어째서요?"

"이로써 내가 했던 제안은 네게 필요가 없어졌으니까."

아이린은 아랫입술을 깨물며 무언가를 생각했다. 그러고는 얼굴에 흘러내린 검은 머리카락을 쓸어 넘기며 내 쪽을 완전히 바라보았다.

"하론 영윤과 약혼을 하는 건 완전히 결정 난 일인 거지?"

아이린의 물음에 나는 아직 하론의 부드러운 머릿결의 촉감이 남아 있는 왼손을 펼쳐 그 손바닥을 보았다. 깊게 생각할 필요도 없이 대답은 이미 정해져 있었다. 나는 아이린에게 고개를 끄덕였다.

"에기는 도대체 어째서 너를 놓쳐 버린 거야. 이해할 수가 없네."

나는 아이린과는 반대로 에르하르트를 이해할 수 있었다. 그는 원작의 루트대로 나를 놓칠 수밖에 없었기 때문이었다. 바이올렛이라는 여자를 놓침으로써 에르하르트는 자신의 진정한 사랑인 '샤넌'을 만나야 했으니까.

그것이 이 세계의 룰이었고, 법칙이었다.

뜬금없이 바이올렛의 몸에 빙의되어 버린 내가 아니었다면 당연히 일어낳었어야 할 일이었다. 나라는 돌연변이가 이 세계의 룰을 깨 버리고 있는 걸까?

문득 오늘 에르하르트의 모습이 단 한 번도 보이지 않음을 깨달았다.

"샤넌 공주 때문인가? 그러고 보니 바이올렛 너도 샤넌 공주가 나타난 시점부터 조금 달라졌던 것 같아."

"제가 어떤 식으로요?"

아마도 내가 책의 초반에 빙의되었으니, 당연히 샤넌 공주가 막 등장했을 때부터 변했음이 맞았다. 바이올렛으로 빙의하자마자 에르하르트에게 '당신을 사랑하지 않는다.'는 폭탄선언을 해 버렸으니 아이린이 그렇게 생각하는 것이 당연했다. 아이린은 머릿속의 생각을 정리하는 듯이 조금 틈을 둔 후에 내게 대답했다.

"흐음. 에기가 좋다고 막 달려들던 네가, 갑자기 에기를 차가운 눈으로 보지 않나. 그를 사랑하지 않겠노라고 당당하게 선언하지 않나. 처음에는 단지 밀당인 줄 알았는데. 시간이 지나고 나니까……. 그게 네 진심인 걸 알겠더라고. 넌 정말 에기가 싫어진 거였어. 돌이킬 수도 없을 정도로 말이야."

"……저를 먼저 밀어냈던 것은 에르하르트 공작님이었어요. 저는 그의 태도에 당연히 신물이 난 거고. 싫다는 사람에게 계속 목매는 게 더 이상하다고요."

물론 에르하르트가 바이올렛을 밀어낸 이유에는 그녀의 잘못이 컸지만, 나는 거기까지는 말하지 않았다.

"네 말이 맞아. 하지만 지금 에기는 너를 싫어하기는커녕 네게 목매고 있는 거 아니었어?"

이제 와 목매면 뭐 해.

"배는 이미 떠났어요."

배는 저 멀리, 하론이라는 대양으로 떠나 버렸는걸.

냉정한 내 대답에 아이린은 지지 않고 대답했다.

"떠난 배는 선착장으로 다시 돌아오기 마련이지."

"아이린 님."

내가 그녀의 이름을 힘주어 말하자 아이린이 내 등을 가볍게 내려쳤다.

"농담, 농담. 너도 변한 건 변한 거지만, 샤넌 공주도 시간이 지날수록 점점 변하는 것 같아."

"샤넌 공주님이요?"

"응, 뭐랄까. 눈빛이 조금 탁해졌다고 해야 하나? 가끔씩 예전의 바이올렛 네 모습을 보는 것 같은 기분이 들어."

어떤 부분에서요? 라고 구체적으로 물으려던 순간, 아이린이 무언가를 보고 깜짝 놀란 듯 제 입가에 손을 가져다 대었다.

"어머."

나는 아이린의 시선 끝을 따라갔다. 그녀는 그리 멀지 않은 곳을 응시하고 있었다. 그곳은 방금 전까지 내가 있었던 테이블이기도 했다. 아이린은 샤넌을 응시하고 있었다.

샤넌은 들고 있던 찻잔을 바닥에 떨어뜨린 채였다. 그녀의 발밑에 깨진 찻잔의 조각들이 나뒹굴고 있었다. 더불어 샤넌이 입고 있던 하얀빛 드레스의 밑단 부분이 찻물로 붉게 물들어가고 있었다.

샤넌은 웃고 있었다. 기뻐서 웃는다기보다는 헛웃음쯤인 웃음이었다. 그러다 나와 눈이 맞았다. 표독한 그녀의 눈동자가 나를 단단히 옭아맸다.

표독한 눈동자와 붉게 물든 드레스.

그런 것들을 계속해서 보고 있자니 이상하게 졸음이 밀려왔다. 아까까지만 해도 졸음이라곤 전혀 느끼지 못했는데. 그런 생각을 하는 도중에도 자꾸만 눈이 감겨왔다. 더불어 관자놀이부터 이마 전체가 천천히 굳어가는 기분이 들었다. 나도 모르게 관자놀이에 손을 가져다 대며 눈을 천천히 떴다,

감았다.

눈을 뜨고 다시 샤넌 쪽을 바라보자 그녀의 선명한 외형이 차차 희미해지기 시작했다. 나는 감기는 눈을 부릅뜨려 노력했지만 이내 졸음 속에 잠식되고야 만다. 정말 이렇게 갑자기 잠들어 버리는 건가 싶은 순간, 어슴푸레한 그 공간 속에서 어디선가 밝은 빛 한줄기가 새어 나왔다. 그 빛은 점점 더 커졌다.

이윽고 주위가 완전히 환해지며 눈앞에 새로운 정경이 나타났다. 여러 번의 경험으로 이런 상황이 익숙해졌기에 당황스럽지는 않았다. 나는 잠이 든 것이 아니었다. 또다시 바이올렛의 기억 속에 들어와 버린 것이었다.

처음으로 보인 것은 테이블에 엉망인 자세로 앉아 있는 바이올렛이었다. 그녀에게선 지독한 술 냄새가 났다. 취한 바이올렛은 혼자가 아니었다. 그녀는 표독스러운 눈동자로 누군가를 지그시 노려보고 있었다. 그녀의 시선을 따라가자 그 끝에는 의외의 인물이 마주앉아 있었다.

하론. 바이올렛의 기억 속에서 처음으로 보는 그의 모습이었다.

바이올렛을 보고 있는 하론은, 뭐랄까. 슬퍼 보이기도 했고, 화가 나 보이기도 했다. 대개 미소 짓던 그의 얼굴만 봐온 나로서는 도무지 적응되지 않는 얼굴이었다. 하론은 술잔을 집어 드는 바이올렛의 팔목을 거칠게 잡았다. 그녀의 손목을 잡아챈 하론의 손아귀가 단단해 보였다.

'그만해. 바이올렛.'

그의 음성이 지나치게 가라앉아 있었다.

'하론 클로노아. 뭘 그만하라는 거지? 내가 뭔가를 했니?'

'바이올렛. 이미 많이 취했어.'

'아직 부족해. 정신을 차릴 수 없을 만큼 취해 버렸으면 좋겠어.'

바이올렛은 하론이 잡고 있던 손목을 거칠게 뿌리쳤다. 그녀는 하론이 더 말릴 새도 없이 유리잔 속 붉은 와인을 제 입에 모조리 털어 넣었다. 주체 없이 흔들리는 그녀의 손 때문에 붉은 와인이 온전히 입 속으로 들어가지 못하고, 그녀의 입술을 타고 흘러내렸다. 흘러내린 와인은 바이올렛의 턱 끝에 맺혀 드레스 위로 몇 방울 떨어졌다. 그녀가 입고 있던 상아색 드레스에 붉은 얼룩이 번져 갔다.

'네가 이런다고 해서 상황이 달라지는 건 아니야.'

하론이 냉정하게 말했다. 그러자 바이올렛이 턱 끝에 흐른 와인을 제 소매로 닦아 내며 대답했다.

'너도 샤넌을 좋아해서 내게 그렇게 말하는 거지? 사랑에 눈이 먼 소꿉친구는 이제 우정 따위는 눈에 뵈지도 않는가 보구나.'

'그런 거 아니야. 나는 너를 여전히 소중하게 생각해.'

'거짓말! 하론 클로노아. 너는 샤넌을 더 소중히 생각하잖아! 나 따위는 이제 안중에도 없는 거야. 하지만 그거 알아? 네 사랑도 결국은 내 사랑의 결론과 똑같아질 거란 사실.'

'바이올렛.'

하론의 얼굴이 무섭게 일그러졌다. 바이올렛의 말에 그가 많이 화가 난 것처럼 보였다. 괜스레 나까지도 긴장한 채로 상황을 주시하게 된다.

'나는 이제 끝났어. 사교계에서도 끝났고, 에기에게도 끝났어. 내 인생은 완전히 끝나 버린 거야.'

바이올렛이 사교계에서도 끝났다고 말하는 걸 보니, 이 기억은 아마도 바이올렛이 에르하르트와 완전히 헤어지고 난 뒤의 일 같았다. 에르하르트와의 사랑을 지켜 내고 싶었던 바이올렛이 점차 소설 속 악녀의 면모로 바뀌어가던 그때. 러셀 왕자와 모의를 하여 샤넌을 사교계에서 욕보이려고 했지만 되레 저가 역으로 당해 버린 후인 게 분명했다.

'그렇지 않아. 나는 여전히 네 곁에 남아 있어.'

'하지만 지금 이 순간에도 하론 너는 샤넌을 그리워하고 있겠지.'

'자꾸 그렇게 삐뚤게 말할 거야?'

진정 화난 하론이 바이올렛에게 격앙된 음성으로 다그쳤다. 그러자 바이올렛은 겁을 먹기는커녕 키득거리며 웃었다.

'사실인데 뭐. 하론 클로노아. 숨기려고 하지 마. 우리가 몇 년 친구인데, 네 표정만 봐도 알 수 있어. 내 앞에서는 네 진짜 마음을 숨기지 말라고.'

'……술 그만 마셔. 먼저 갈게.'

하론은 복잡해진 표정으로 자리에서 일어섰다. 마치 바이올렛의 말을 차마 부정하지 못하겠다는 듯이. 그의 얼굴엔 숨길 수 없는 씁쓸함이 배어 있었다.

할 수만 있다면 지금 당장 달려가서 그를 안아 주고 싶었다. 그를 내 품에 가두고 '괜찮아.'라고 말해 주고 싶었다. 그가 늘 나를 그렇게 위로해 주었듯이 말이다. 하지만 바이올렛의 기억 속에서 내가 할 수 있는 일은 아무것도 없었다.

하론은 바이올렛 쪽을 한 번도 돌아보지 않고 그대로 앞으로 나아갔다. 바이올렛은 그가 떠날 때까지 웃고 있었다. 아니, 입은 웃고 있었지만 그녀의 눈동자는 곧 눈물이라도 쏟을 듯 울고 있었다. 이내 눈물 한 방울이 그녀의 눈동자에 맺혔을 때, 시야가 다시금 흐려지기 시작했다.

조금만 더, 조금만 더 그녀의 기억을 보고 싶었다.

눈물을 흘리던 바이올렛은 결국 어떻게 되었는지. 화가 난 하론은 정말 저대로 나가 버린 건지. 혹여 바이올렛이 걱정되어 다시 방으로 돌아온 것은 아닌지.

좀 더 그녀의 기억 속에 머물고 싶었지만, 시야는 이내 완전히 캄캄해졌다.

짙은 암흑이었다.

짙은 암흑 속에서 빛줄기처럼 목소리 하나가 새어 나왔다.

"······올렛! 바이올렛!"

목소리를 따라서 천천히 눈을 뜨니 눈앞엔 하론이 있었다. 기억 속 화난 얼굴의 하론이 아닌, 걱정 가득한 얼굴의 하론이었다. 그는 갑자기 정신을 잃은 나를 걱정했던 것인지 내 어깨를 감싸 쥐고 흔들고 있었다.

"하론."

그를 부르는 목소리에 쇳소리가 섞여 나왔다. 실제로 운 것은 아니었건만 내 목소리는 곧 울듯이 물기에 젖어 있었다.

기억 속 하론이 아닌 진짜 하론.

나는 실제의 하론이라는 것을 확인이라도 하고 싶었던 것처럼 그에게 손을 뻗었다. 이내 그의 부드러운 뺨에 내 손바닥이 닿았다.

"바이올렛. 괜찮아?"

나는 고개를 끄덕였다. 그러곤 천천히 그의 뺨을 쓰다듬었다.

하론. 내가 이 세계 속에 들어오고 나서 네가 샤넌을 사랑하지 않게 만든 일이, 내가 한 일 중에 제일 잘한 일이라고 생각해. 네가 슬퍼하지 않아서, 네가 힘들어하지 않아서, 정말 다행이라고 생각해.

나는 차마 그런 말을 하지 못하고 꽤 오랫동안 그를 보고만 있었다.

지금 내가 시간이 멈추길 잠시나마 바랐다면, 그것은 일전에 하론이 말했던 그때의 그의 기분과 같은 것은 아닐까.

8장. 네가 남자로 보여

내가 모든 것을 엎어 버린 그날 이후로 나에 대한 소문은 굉장히 우호적으로 변했다. 가령 천박하다는 소문은 '강단 있다.'와 같은 식으로 바뀌었다. 아무래도 내 연설 아닌 연설에 다들 껌뻑 넘어갔음이 분명했다.

반면 샤넌에 대한 소문은 조금 좋지 않게 사교계에 맴돌았다. 직접적으로 그녀가 내게 해코지를 했던 것은 아니었지만, 그녀는 은연중에 내 험담을 많이 하고 다녔던 터라 타격이 있었던 것이었다.

추문도 해결되었으니, 이제 하론과 무사히 약혼을 할 일만 남았던가. 나는 흔들의자에 앉아 창밖을 멍하게 바라보았다. 막상 큰 풍파를 다 헤치고 나자 내 주변은 또다시 기가 막힐 정도로 무료해져 있었다.

문득 시선을 침대 옆 협탁으로 돌렸을 때, 찻잎 주머니가 보였다. 그것은 일전에 샤넌이 내 생일 선물이라고 주었던 해로운 것이었다. 생각해 보니 저것에 대해 자세히 알아보지 못했었다. 그동안 리차드 일로 꽤 골치가 아팠으니까.

하지만 나는 지금 굉장히 한가했고, 저것에 진짜로 해로운 것이 들었는지 확인하고 싶은 마음이 들었다. 그렇다면 확인해 보는 수밖에.

어쩐지 재미난 생각이 들어서, 나는 얼른 앉아 있던 몸을 일으켜 밖으로 나섰다. 목적지는 에르하르트 공작가였다. 아니, 더 정확히 말하자면 아이린이라고나 할까.

**

공작가에는 금세 도착했다. 아무런 말도 없이 찾아온 것이지만 아이린이 나를 반겨 줄 거라 믿어 의심치 않았다. 나는 손에 샤넌이 준 찻잎 주머니를 단단히 말아 쥐며 아이린이 있을 방으로 걸어갔다. 별다른 일이 없다면, 이 시간엔 샤넌이 아이린의 말동무를 하고 있을 시간이었다. 그것을 알고서 찾아온 것이기도 했고.

나는 나도 모르게 음흉한 미소를 지으며, 아이린의 시녀에게 내가 왔음을 고하라 일렀다.

"……뭐? 바이올렛? 들어오라고 해."

내가 왔음을 시녀가 고하자, 아이린은 역시나 흔쾌히 나를 방에 들였다. 문이 열리고 안으로 들어서자, 이번에도 역시나 내 예상이 제대로 들어맞아 있었다.

"아이린 님, 잘 지내셨어요?"

"어라, 진짜 바이올렛이네."

방 안에는 내 방문에 의아한 빛을 보내는 아이린과 함께 그 옆에서 당황한 그녀도 보였다.

"어머, 샤넌 공주님도 함께 계셨군요?"

"……공녀……."

"반갑기도 해라."

반갑기는 개뿔. 나는 가식적인 미소를 지으며 그들이 앉아 있던 테이블까지 걸어갔다.

"바이올렛, 진짜로 어쩐 일이야? 기별도 없이 오다니."

"아……. 실은 제가 아이린 님께 보여 드릴 게 있어서요."

"내게? 그게 뭔데?"

나는 그녀의 말에 손에 고이 쥐고 온 찻잎 주머니를 펼쳐 보였다.

"이건, 찻잎?"

아이린은 매일같이 티 파티를 열 만큼 차를 매우 좋아했다. 얼마나 좋아했던지 서역에 있는 희귀한 차의 종까지 모두 수입할 정도였다. 그런 그녀였기에 샤넌이 준 특별한 찻잎을 그녀에게 보여 준다면, 그녀가 어떤 반응을 보일지 궁금했다.

심지어 아이린이 그것을 마시기라도 한다면…….

물론 거기까지는 바라지 않았지만, 차에 대한 지식이 해박한 그녀가 샤넌이 준 찻잎을 단번에 수상히 여길 것을 믿어 의심치 않았다.

"맞아요. 샤넌 공주님이 제 생일 선물로 주신 찻잎이죠."

"……!"

내 말에 앉아 있던 샤넌이 자지러질듯이 놀랐다. 도둑이 제 발을 저리는 것처럼.

"어머, 진짜? 샤넌이 생일 선물까지 준 거야? 두 사람- 처음부터 사이가 좋지 않은 줄 알았는데, 생각보다 돈독했었구나."

아이린이 의외라는 듯이 말하자 나는 가볍게 웃으며 대꾸했다.

"샤넌 공주님이 생각보다 저를 꽤 많이 생각하셨나 봐요. 그렇죠?"

"……그, 그래요."

샤넌의 동공은 갈피를 잃고 방황했다. 그녀는 갑작스럽게 제게 닥친 상황을 모면할 방법을 찾는 것 같았다. 나는 그녀가 미꾸라지처럼 빠져나가기 전에 쐐기를 박아야겠다고 생각했다.

"자고로 좋은 것은 나눠 먹어야 되지 않겠어요? 아이린 님이 차를 엄청 좋아하시니까, 같이 즐겨 보고자 이렇게 갑자기 방문했답니다."

"그래? 차라면 완전 좋지. 더군다나 샤넌이 준 거라면 평범한 것은 아닐 테고……. 그치?"

아이린이 개구쟁이같이 웃으며 샤넌에게 묻자, 샤넌은 대답 대신 입술을 뭉그러뜨렸다.

"샤넌……?"

아이린이 그녀를 다시금 채근하자 샤넌은 불안한 시선으로 아이린을 응시했다.

"안…… 안 돼요."

"뭐? 좀 더 크게 얘기해 봐. 안 들려."

"……그 차……. 마, 마시면 안 된다고요."

샤넌의 음성이 지나치게 불안했다. 그는 불안한 듯, 초조한 듯이 마른 가지처럼 앙상한 제 손을 쥐었다 펴길 반복했다.

초조하다라. 구태여 샤넌에게 '이 차에 불순물을 넣은 거죠?'라고 직접적으로 묻지 않았지만, 그녀는 내게 '내가 거기에 불순물을 넣었어.'라고 대답을 하는 것 같았다.

나는 짐짓 태연자약하게 샤넌에게 되물었다.

"샤넌 님, 왜 마시면 안 된다는 거죠? 이건 당신이 선물로 준 차잖아요."

"……."

샤넌은 입을 꾹 다물었다. 아이린은 우리의 모습을 흥미로운 눈동자로 번갈아 보았다. 그녀도 내가 들고 온 찻잎이 순수한 찻잎이 아님을 대강 깨달았을 게 분명했다. 내가 봐온 아이린은 탁월할 만큼 눈치가 빨랐으니까.

아니나 다를까, 아이린이 내 손에 쥐여진 찻잎을 재빠르게 낚아채며 말했다.

"샤넌, 혹시 이걸 바이올렛만 마셨으면 하는 생각으로 한 말은 아니겠지?

그렇다면 내가 굉장히 서운한데."

"……아, 아니요. 그런 건 아닌데……."

샤넌은 마지못해 띄엄띄엄 대답을 했다. 눈에 띄게 동요하는 그녀의 시선이 아이린 손에 쥐어진 찻잎에서 떨어지지 않았다. 나는 때마침 테이블 위에 놓인 빈 잔을 아이린 앞에 올려놓았다.

"그런 게 아니라면 같이 마시는 게 좋을 것 같아요."

이제 찻물을 우려내야 하나, 라며 넌지시 혼잣말을 하자 샤넌이 자리에서 벌떡 일어섰다. 그녀는 나를 도끼 같은 눈동자로 스치듯이 잠깐 노려보고선, 아이린의 손에 있던 찻잎 주머니를 뺏어 들었다. 얼마나 재빠른 손짓이었는지, 아이린이 말릴 새도 없었다.

그만큼 급했던 거겠지.

나는 그녀의 행동이 우스워 웃음이 나려는 걸 가까스로 참았다. 내게 그 찻잎을 선물할 때는 이런 상황이 올 거란 것을 전혀 짐작하지 못했을 것이다. 그렇기에 그녀는 더욱더 당황하고 있었을지도 몰랐다. 더군다나 내게 된통 당한 지 얼마 지나지도 않았으니.

"샤넌 님……? 지금 뭐 하시는 거죠?"

"바이올렛 공녀. 사실 제가 공녀에게 주려던 선물은 이게 아니라…… 다른 것이었어요. 제, 제가 잠시 착각을 했나 봐요."

"아, 착각."

"아이린 님께도 죄송해요. 제가 다음에 더 진귀한 찻잎을 구해 올 테니 오늘의 제 무례를 용서해 주시겠어요?"

아이린은 제 빈손을 물끄러미 내려다보며 영 아쉬운 티를 냈다.

"흠. 나는 그 차가 정말 마시고 싶었는데."

"……."

샤넌은 찻잎 주머니를 쥐고 있던 손에 힘을 주며 고개를 조금 숙였다. 그러자 아이린이 나를 슬쩍 보며 한쪽 눈을 가볍게 찡긋했다.

……저 여자가 아무래도 상황의 전말을 제대로 파악한 게 틀림없었다.

"죄, 죄송해요. 제가 다음엔 정말로 구하기 힘든 진귀한 찻잎을 드릴게요."

샤넌은 정말로 당황한 것인지, 자신이 이전과 같은 말을 하고 있단 것도 인지하지 못하고 똑같은 소리를 줄줄 내뱉었다.

"흐음. 여전히 아쉽기는 하지만 샤넌이 그렇게까지! 싫다고 하는데……. 내가 뭐 별수 있나. 그렇지, 바이올렛?"

"그러게요. 저도 참 아쉽네요. 이렇게 셋이서 차를 마실 기회가 정말 드문데."

"……."

나는 한심하단 눈빛으로 그녀를 쳐다봤다. 이렇게 쉽게 들통 날 일을 왜 내게 했냐는 눈빛이었다. 그건 리차드 건도 그렇고, 찻잎 건도 그랬다. 그런 악행들이 그녀 스스로를 궁지에 몰고 있다는 걸, 샤넌은 왜 모르는 걸까.

사실 샤넌이 내게 했던 짓을 생각한다면, 나는 좀 더 완고하게 아이린을 부추겼어야 함이 옳은 것일지도 몰랐다. 허나 굳이 그렇게까지 하고 싶지 않았다. 그저 샤넌이 자신의 행동이 잘못되었음을 깨닫고, 이젠 다시는 나를 악의적으로 괴롭히려 들지 않으면 충분하다고 생각했다.

"두 분께 정말 죄송해요. 아이린 님. 몸이 갑자기 너무 좋지 않아서 그런데……. 오늘은 그만 가 봐도 괜찮을까요?"

샤넌은 이 자리를 정말 벗어나고 싶었던 것인지, 급하게 말했다. 누가 들어도 거짓말이란 게 티가 나는 말투였다. 아이린도 나와 같이, 그녀의 거짓말을 단번에 알아차렸을 게 분명했다. 그녀는 제 눈썹을 추어올리며 잠깐 동안 고민했다. 흡사 이대로 샤넌을 놓아줄지, 아님 그녀를 좀 더 짓궂게 괴롭힐지 고민하는 것처럼.

"좋아. 오늘은 그만 가 봐."

아무래도 아이린은 그녀를 놓아주기로 결정을 내렸나 보다.

아이린의 허락이 떨어지기 무섭게 샤넌은 우리에게 작은 목소리로 인사를 하며 방을 나섰다. 돌아서서 가는 그녀의 얼굴이 하얗게 질려 있었다. 그렇게 샤넌이 문을 닫고 완전히 사라지자 아이린이 빙그레 미소를 지었다.

"그 찻잎에 뭔가 있었던 거지?"

역시나 눈치채고 있었구나. 나는 고개를 몇 번 끄덕였다. 눈치 빠른 그녀를 속일 도리는 없었다.

"샤넌은 도대체 네게 무슨 짓을 하고 다니는 거야?"

"글쎄요. 적어도 좋은 일은 아니겠죠."

"완전 나쁜 일을 하고 다니는 것 같은데?"

"아이린 님이 그렇게 생각하셨다면, 그건 틀리지 않은 생각일 거예요."

아이린은 짧은 한숨과 함께 대답했다.

"리차드 자작의 일이 끝난 지 얼마나 됐다고. 어휴, 이제 샤넌과의 말동무는 그만해야 되나 봐."

거기까지 말한 아이린은 무언가를 간절히 갈망하는 눈빛으로 내 눈치를 살폈다. 비록 말은 하지 않았지만 그녀가 무슨 생각을 하고 있는지는 단번에 알아차릴 수 있었다. 나는 한 걸음 뒤로 물러서며 어색한 미소를 지었다.

"……저는 안 할 거예요."

나는 바이올렛처럼 말재주도 없을뿐더러 에르하르트와 또다시 마주치기가 껄끄러웠다.

"내가 하라고 했던가."

"하하."

"바이올렛, 그런데 샤넌을 더 혼내지 않아도 괜찮은 거야? 만약 내가 너였다면, 나는 샤넌을 정말 가만두지 않았을 거야."

이번 일을 교훈으로 삼아 그녀가 반성을 한다면, 그것만으로 충분했다. 그러나 막상 아이린의 말을 들으니, 내가 그녀에게 너무 관대했던 것은 아닌가 하는 생각도 들었다. 하지만 역시나 나는 악의적으로 샤넌을 괴롭히고 싶지는 않았다. 그렇게 한다면 나도 샤넌과 다를 게 없을 테니까.

"저는 이 정도도 충분하다고 생각해요."

들리는 소문에 의하면 샤넌은 내 추문을 과장시킨 이력으로, 사교계에서 꽤나 질타를 받고 있다고 했다. 그녀에게 우호적이었던 세력까지 조금은 등 돌리게 되었으니, 그 정도면 충분하지 않을까.

"오호, 바이올렛. 아량이 꽤 넓구나."

"가진 거라고는 넓은 아량밖에 없네요."

"큭큭. 아~ 나는 이래서 바이올렛이 참 좋았던 건데."

아이린은 심히 아쉽다는 투로 말했다. 그녀가 아쉬운 것이 내가 에르하르트와 잘되지 않아서 그런 것인지, 그녀의 말동무를 더 이상 하지 않아서 그런 것인지는 잘 가늠할 수 없었다. 정말 아쉬운 듯 한숨만 푹푹 쉬던 아이린은 갑작스럽게 테이블을 내려치며 내 이름을 불렀다.

"아! 바이올렛!"

경쾌하게 내 이름을 부르는 모양새가 영 불길하게 느껴지는데.

"……네?"

나는 주춤거리며 그녀에게 대답했다.

"너 지금 나를 이용한 거지."

이용……. 따지고 보면 그렇긴 한데. 나는 멋쩍게 그녀에게 대답했다.

"제가 그랬던가요?"

"발뺌하지 마!"

"……."

"기브 앤드 테이크, 알지?"

"네?"

되묻는 내 말에 아이린이 짐짓 음흉한 미소를 지었다. 그녀의 등 뒤엔 사악한 기운이 피어오르고 있는 것 같이 보였다.

***

"안녕하세요."

인사를 건네는 게 이토록 어색한 일이었던가. 나는 뻘쭘하게 선 채로 애꿎은 드레스 자락만 만지작거렸다.

"……바이올렛?"

고저 없는 남자의 고운 목소리가 내 이름을 불렀다. 그는 조금 놀란 얼굴로 나를 바라보고 있었다. 흡사 내가 실제로, 정말 그를 찾아왔다는 걸 믿을 수가 없다는 듯이.

"그렇습니다."

믿을 수가 없겠지. 나도 이렇게 내 발로 그를 찾아왔다는 게 믿기지가 않는데.

"……."

그는 대꾸 없이 나를 계속해서 응시했다. 그의 눈동자엔 커다란 물음표가 새겨져 있었다.

어째서……? 라고 그는 내게 무언의 메시지를 보내고 있는 것 같았다. 그가 싫다고 발버둥 쳤던 주제에 제 발로 찾아온 꼴이 얼마나 우스울까.

나는 나도 모르게 아랫입술을 짓이겼다. 어색한 분위기 속에서 그가 내게 무슨 말이라도 꺼내 주었으면 했다.

"……내가 지금 환영을 보고 있는 건 아니겠지."

그는 쓰고 있던 안경을 벗어, 책상 위에 올려놓으며 눈을 비비적거렸다.

책상 위엔 그가 방금 전까지 보고 있던 서류 뭉텅이들이 보였다. 이내 자리에서 일어난 그가 내게 천천히 걸어왔다. 그의 얼굴이 자못 피곤해 보였다. 내가 찾아오기 전까지 한창 일을 하고 있었나 보다.

그러다 금세 가까이 다가온 그는 내 얼굴을 빤히 내려다보며 확신에 찬 투로 말했다.

"진짜 바이올렛이 확실하군."

"공작저에 온 김에 안부차 들렀어요."

안부차는 개뿔. 우리가 서로의 안부를 물어볼 만큼 친밀한 사이였던가. 나는 머쓱하게 머리를 긁적였다.

"……네가?

아닌 게 아니라 과연 그가 믿을 수 없다는 듯이 대꾸했다.

"믿기지 않으시겠지만, 그렇습니다만."

나는 나도 모르게 인상을 옅게 찌푸렸다. 그러자 그의 얼굴엔 작은 미소가 피기 시작했다.

"이런 날이 올 줄이야."

……네, 네. 나도 내 발로 당신을 찾아올 날이 있을 줄은 몰랐네요. 에르하르트 공작님.

나는 방금 전에 아이린이 내게 부탁했던 것을 떠올렸다.

'바이올렛! 오늘 에기를 만나 줘. 에기와 약혼을 하라고 또 부탁하는 건 아니야. 나는 단지 네가 에기와 몇 마디 유연하게 대화를 나누어 주었으면 해서……. 그 정도는 너도 충분히 해 줄 수 있지 않을까?'

그것이 기브 앤드 테이크라며 그녀가 내게 부탁한 일이었다. 본의 아니게 아이린을 이용했으니, 그녀의 부탁을 거절할 수 없었다. 그래서 어쩔 수 없이 그를 찾아온 것이었다.

"설마 또 아이린의 짓인가?"

에르하르트의 예상은 정확했다. 하지만 나는 맞다, 라고 그에게 대답할 수는 없었다. 아이린이 저가 그런 부탁을 했다는 걸 에르하르트에게 말하지 말아 달라고 신신당부를 했기 때문이었다. 굳이 그녀와의 약속을 깨긴 싫었다. 설령 그것이 정말 내키지 않는 일이라 할지라도.

"아니요, 그냥 정말 안부차 제가 제 발로 찾아온 거예요. 여전히 믿기지 않으시겠지만…… 그렇습니다. 제가 돌아가길 바라신다면 이쯤에서 그만 돌아갈게요."

그렇게 대답하는 내 얼굴이 얼마나 찌푸려져 있을지 가늠할 수 없었다. 안부차 찾아왔다는 주제에 인상을 잔뜩 구기고 있으니. 그것은 제대로 된 언행불일치였다. 볼멘 내 대답에 에르하르트는 기분 나빠하기는커녕 작게 웃었다. 내 언행의 불일치를 즐거워하는 것만 같았다.

"내가 왜 그대가 돌아가길 바라겠어. 할 수만 있다면 영원히 잡아 두고 싶은걸."

"……"

"앉지. 아니, 밖으로 나갈까?"

"공작님이 원하시는 대로 하시면 될 것 같아요."

"그럼 나가자. 정원에 꽃이 아름답게 피었거든."

나는 고개를 끄덕였다. 그는 앞서 걸어가며 문을 열고선 내가 나오길 기다렸다. 나는 짧은 한숨과 함께 그의 방을 나섰다.

***

밖으로 나오자 공기는 더할 나위 없이 상쾌했다. 에르하르트의 말대로 정원엔 이름 모를 붉은 꽃들이 꽤나 아름답게 피어 있었다. 나는 그것들을 대충 훑어보며 무료한 표정을 지었다. 왼쪽 뺨엔 따끔한 시선이 느껴졌다. 그의 시선이었다. 꽃을 보러 나가자고 했던 주제에 그는 내 얼굴을 연신 살피고 있었다. 나는 불편한 기색을 숨기지 않았다.

"저는 정원에 피어 있는 꽃이 아닌데요."

그러자 에르하르트가 능청스럽게 대답했다.

"하지만 내겐 네가 제일 아름다운 꽃처럼 보이는 걸."

"……."

내가 어이없다는 듯이 그를 쳐다보자 에르하르트가 고개를 오른쪽으로 조금 기울이며 이어 말했다.

"솔직하게 얘기해 줘. 아이린이 부탁한 거 맞지?"

아이린이 정말 비밀로 해 달라고 부탁은 했지만. 아무래도 에르하르트가 진짜로 알아차린 것 같았다. 더는 숨기는 게 더 이상할 만큼. 나는 그제야 그에게 솔직하게 대답했다.

"네, 아이린 님이 부탁하셨어요."

"내 누이지만 못 당해 내겠군."

"동감하는 바입니다."

실제로 정말 동감하는 말이었기에 나는 스스럼없이 말했다. 그러자 에르하르트가 조금 놀란 눈으로 나를 보았다.

"바이올렛. 오늘은 내게 유연한 것 같아."

구태여 그에게 유연하게 대하려고 했던 것은 아니었지만 본의 아니게 그런 꼴이 된 것이었다. 어쩌면 간절한 눈빛으로 에르하르트를 유연하게 대해 달라던 아이린의 목소리가 자꾸만 떠올라서 그런 것일지도 몰랐다. 그것도 아니라면, 아마도 내 주변에 있었던 복잡한 일이 제대로 해결됐기 때문에 그런 것은 아닐까?

나는 대수롭지 않은 투로 그에게 대답했다.

"그런가요? 저는 평소와 다름없어요. 아니, 제가 공작님께 그렇게 나쁘게 대한 적은 없던 것 같은데요?"

에르하르트는 대답 대신 헛기침을 두어 번 했다.

"일부러 모른 척을 하고 있는 건지, 아니면 진짜로 그렇게 생각하고 있는 건지 잘 모르겠어."

나쁘게 대했다는 소리인가?

뭐, 그와 만날 때마다 짜증을 내고, 당신을 싫어할 거라고 하고, 밉다고 했으며, 심지어 도끼병 공작님이라는 폭언에, 값비싼 수제화를 있는 힘껏 밟기도 했지.

……생각보다 고약하긴 했군.

허나 그것은 이유 없는 고약함이 아니었다.

"그렇게 느끼셨다면 죄송해요. 하지만 저는 이유 없이 공작님을 나쁘게 대한 것은 아니에요."

"그럼 오늘은 이유가 있어서 내게 조금 살갑게 대하는 거고?"

"……공작님이 그렇게 생각하시고 싶으시다면 그렇게 생각하세요."

당신은 도끼병 공작님이시니까. 나는 거기까지 말하지는 못하고 입을 다물었다. 계속해서 즐거워하는 듯한 에르하르트가 못마땅했다.

생각해 보면 그가 내게 직접적으로 잘못한 것은 여전히 없었다. 하지만 나는 바이올렛의 기억과 그 때문에 샤넌이 내게 한 짓, 그런 것들 때문에 도무지 그가 좋게 보이지 않았다. 그것은 지금도 마찬가지였다.

"그럼 계속해서 내 마음대로 생각해도 괜찮을까?"

"네?"

에르하르트는 눈도 거의 깜빡하지 않고 나를 보았다.

"네 마음속에 아직까지 내가 들어갈 자리가 있다고."

"……공작님."

그는 무거운 숨을 뱉으며 제 말을 이어 했다.

"도대체 나를 왜 이렇게까지 밀어내는지 이해할 수 없군. 샤넌 때문에? 난 그녀를 사랑하지 않는다고 네게 분명히 얘기했어. 이전의 일이라면 미안 하다고 사과를 했고, 너도 분명 잘못한 게 있기도 했고. 그리고 내가……."

"……."

"……내가 널 그전보다 더 사랑하고 있다고 했잖아."

그는 내 어깨 위를 꽉 잡았다. 흡사 내가 더 이상 어디론가 도망가게 놔두 지 않겠다는 듯이.

"내 마음이 장난같이 들려? 내가 아무에게나 사랑한다고 속삭이는 가벼 운 남자처럼 보이냐고."

방금 전까지 그의 얼굴에 부드럽게 띠어져 있던 미소는 어느새 사라져 있었다. 그는 무언가를 원하는 절실한 눈빛으로 나를 보고 있었다.

사랑.

그의 사랑은 진심일까. 그것이 진심이라면, 그 방향은 어디일까. 이전의 바이올렛일까, 아님 변해 버린 지금의 나일까.

"우리가 헤어진 건 누구를 위한 건데? 너도 힘들어했고, 지금은 나도 힘 들어. 너와 내가 모두 행복하지 않은데. 다시 행복해질 수는 없는 건가?"

나는 마른 입술만 짓누르며 그를 보았다. 에르하르트는 제 말을 이어했 다.

"……적어도 나를 한 번만 진지하게 생각해 주었으면 해."

정말 이상한 일이었지만, 이런 상황에서 나는 문득 하론을 떠올렸다. 정 말 만약에 내가 에르하르트를 진지하게 생각하고, 그에게 호감이 조금이라 도 생긴다면 그때 하론은 어떻게 되는 걸까?

나와 진짜 약혼을 원한다고 나지막이 말하던 그도…… 정말로 나에 대해 진지하게 생각하고 있었던 걸까?

내가 멍한 채로 아무 말도 하지 않자 에르하르트가 내 어깨를 잡은 손에 힘을 주었다.

"설마 이런 상황에서 하론을 생각하는 건 아니겠지."

어떻게 안 걸까. 내 이마에 하론을 생각하고 있었다고 적혀 있기라도 한 것인지. 내가 여전히 대답 없이 그를 물끄러미 바라보자, 에르하르트가 긴 한숨을 쉬었다.

"나는…… 나는 적어도 하론보다 잘생겼어. 돈도 많고, 작위도 높아."

……예, 예. 당신이 도끼병 공작님이라는 것은 저도 알고 있는 바입니다만.

그의 말은 틀린 게 없었다. 그는 하론보다 잘생겼고, 돈도 많았고, 작위도 높았지만 그게 다였다. 되레 그 완벽함이 그를 더 꺼려지게 만들었다.

하론은 어땠더라.

불우한 어린 시절과 미래에 겪을 사랑의 실패. 어쩐지 사연이 있어 보이는 그의 푸른 눈동자는 꽤나 자주 내 마음을 흔들고 있었다. 나는 적어도 완벽한 에르하르트보다 그런 불완전한 모습의 하론이 더 좋았다.

"공작님. 당신은 그렇게 잘난 분이시니까……. 다른 여자를 찾아보는 게 어떨까요? 샤넌 공주님을 말하는 게 아니에요. 다만 저는 당신을 좀 더 좋아해 줄 사람을 만나는 게 좋을 것 같아서."

그의 감정이 가득 서린 호소에 마음이 조금은 동한 것인지, 날 선 대꾸를 할 수 없었다. 그래, 이 정도로 유하게 타이르듯이 얘기했으니 그도 충분히 알아 들겠지.

그런데 그것은 내 착각이었다.

그는 되레 감동이라도 한 얼굴로 나를 보며,

"그런 말을 하니까 네가 더 좋아질 것 같은데?"

그렇게 말하는 게 아닌가.

"네?"

"너도 내가 잘난 것을 인정해 준 거니까."

방금 전 말은 명백한 내 실수임이 틀림없었다. 어떻게 그런 식으로 혼자 해석할 수 있는 거지?

"휴."

나는 짧게 한숨을 내쉬었다.

그러자 에르하르트가 내 반응을 예상이라도 했다는 듯이 헛웃음을 지었다.

***

그 뒤로 그와 오랫동안 정원을 거닐었다. 딱히 다른 얘기를 한 것은 아니었다. 감정이 조금 격앙되었던 에르하르트는 헛웃음을 끝으로 제 페이스를 찾았고, 우리는 객쩍은 날씨 얘기 같은 것을 주구장창 나누었다.

가령 내가 '바람이 꽤 세게 부네요.'라고 말하면, 에르하르트가 '그렇군. 외투를 벗어 줄까?'라고 대답하는 식이었다. 당연히 내 대답은 '아니요.'였지만.

나는 그의 배웅을 받으며 공작가를 나섰다. 마차에 타고 나서 시간을 확인하자 의외로 시간은 많이 흘러 있지 않았다. 오랫동안 그와 정원을 거닐었다고 생각했던 게 무색할 정도였다. 나는 마차의 창밖으로 점점 더 멀어지는 공작가를 보았다.

'적어도 나를 한 번만 진지하게 생각해 주었으면 해.'

에르하르트가 남기고 간 말이 자연스럽게 떠올랐다. 순간 정말 만약에 내가 에르하르트와 잘된다면 그에게 목을 매고 있던 샤넌을 어떻게 될까 하는 생각이 들었다. 아마도 나를 죽이고 싶을 만큼 더 증오하지는 않을까. 소설 속 바이올렛이 샤넌을 증오했듯이.

***

바이올렛의 생일이 바짝 다가오고 있었다.

아니, 이젠 내 생일이라고 해야 할까. 2주 뒤가 그녀의 생일이란 것을 시녀인 아가사에게 슬쩍 건네 들은 터였다.

조용하기만 했던 저택은 모처럼 활기를 띠고 있었다. 무언가를 잔뜩 실은 것들이 끊임없이 저택을 오고 갔고, 시녀들은 재빠른 걸음으로 물건을 옮기고 있었다. 아마도 올해의 내 생일은 그냥 생일이 아니었기에 저택이 좀 더 바빠졌을지도 몰랐다. 나와 하론의 약혼식 날이기도 했으니까.

바쁜 사람들 사이로 아무것도 하지 않는 것은 나 하나뿐이었다. 나 이렇게 한가하게 있어도 되는 건가? 하론이라도 찾아가 볼까 하던 참에 누군가가 방문을 두드렸다.

"공녀님. 손님이 오셨어요."

"누구?"

내가 그렇게 묻자 대답 대신 방문이 열렸다.

"짜자잔~"

저런 소리로 등장할 사람은 이 소설 속 인물 중에 딱 한 명밖에 없었다.

"……아이린 님."

짙은 검은색 머리칼을 한쪽으로 곱게 딴 아이린이 내게 손을 흔들었다.

"어휴, 요즘 바이올렛이 나를 찾아오지 않으니. 다리 불편한 내가 직접 찾아오는 수밖에."

그녀는 입술을 삐죽 내밀었다. 나는 꽤 현실적으로 그녀에게 대답했다.

"그럼 찾아오지 않으면 되잖아요. 간단한 해결책이 있는 걸요."

말은 그렇게 했지만, 이미 찾아온 아이린을 문전박대 할 수는 없었다. 나는 터덜터덜 걸어가, 그녀가 타고 있던 휠체어를 밀었다. 이내 그녀가 완전히 방으로 들어왔고, 아이린의 얼굴엔 해맑은 미소가 띠어져 있었다.

"바이올렛. 그런 해결책은 나도 알고 있다고. 하지만 나는 네가 보고 싶었는걸."

"……."

"이거, 이거 봐. 너는 툴툴거리면서도 내 휠체어를 친절하게 밀어 주고 있잖아."

나는 그녀의 휠체어를 잡고 있던 손에 힘을 주며 태연히 대꾸했다.

"다시 방향을 돌려서 밖으로 내보낼 수도 있습니다만."

"그런 매정한 말은 넣어 둬, 넣어 둬."

한쪽 눈을 찡긋하며 애교 있게 말을 건네는 아이린에게 더는 툴툴거릴 수가 없었다. 나는 조금 풀린 표정으로 아이린에게 물었다.

"오늘은 무슨 일로 오신 거예요? 설마……."

설마 또 에르하르트와 어떻게든 엮어 보려고 온 건 아니겠지? 그렇다면 정말 끔찍할 정도로 제 동생을 아끼는 누나라고 생각할 참이었다. 아이린은 내가 무슨 말을 할지 예상이라도 한 듯이 발끈하며 부정했다.

"아니! 오늘은 에기 때문에 온 게 아니야. 너 때문에 온 거야."

"저요?"

"그래, 너! 약혼식 때 입을 드레스는 정했어?"

"어…… 그냥 있는 것 중에 제일 깔끔한 걸로 입을까 생각하고 있었어요."

내 대답에 아이린은 질색을 했다.

"말도 안 돼! 여자의 일생에서 약혼식이 얼마나 중요한 일인데. 그냥 있는 것 중에 제일 깔끔한 거라니!"

"그럼요?"

"당연히 최고의 디자이너가 디자인한 잘 빠진 드레스를 입어야지. 오늘은 같이 드레스를 보러 가자고 찾아온 거야. 뭐…… 비록 에기와 약혼하는 것은 아니지만, 네 약혼을 축하해 주고 싶어서."

요즘 간간이 느끼고 있는 거지만 아이린은 정말 진심으로 바이올렛을 좋아하고 있는 것 같았다. 나 같았으면 저가 원하지 않는 사람과 약혼하는 나를 그냥 내버려 두었을 텐데.

"고마워요. 이렇게까지 신경 써 주지 않아도 되는데."

"이 정도쯤이야! 자, 그럼 같이 나가자. 장소는 내가 안내하지."

아이린은 항해를 시작하는 선장처럼 허공을 향해 손을 뻗었다. 그녀의 두 눈이 초롱초롱 빛나고 있었다.

그녀의 진심 어린 마음엔 감동을 했지만 그것과는 별개로 그녀를 따라나섰다간, 피곤해질 것만 예감이 퍼뜩 들었다.

***

아이린과 함께 마차를 타고 한참을 달려 어느 건물 앞에 도착했다. '살롱 드 라라'라고 적혀 있는 흰색 간판이 눈에 띄는 가게였다. 안으로 들어서자, 절로 헉 소리가 났다. 옷걸이에 끝도 없이 걸린 드레스는 한눈에 보아도 그 숫자를 셀 수 없을 만큼 많았기 때문이었다.

"우와, 여기 엄청나네요."

"그럼 수도 최고의 숍인데."

아이린이 제 가게라도 되는 양 어깨를 으쓱했다. 나는 뭔가에 홀린 듯 드레스가 걸린 옷걸이 쪽으로 걸어갔다. 딱히 드레스에 대한 환상이 있는 것은 아니었지만, 너무 예쁜 드레스가 많았다. 본디 나도 여자였던지라 예쁜 옷에 눈길을 완전히 빼앗기고야 말았다. 아이린은 내게 완전히 딱 달라붙으며 내가 드레스를 구경하는 모습을 지켜봤다.

"어때? 마음에 드는 게 있어?"

"모두 너무 예뻐서 뭐가 제일 예쁜지 모르겠어요."

드레스가 다 아름다워 보이니 되레 어떤 게 예쁘다고 콕 집어 얘기하기가 힘들었다. 내가 난색을 표하자 아이린이 그럼 그렇지, 라는 얼굴로 내게 말했다.

"그럴 줄 알고 내가 준비한 게 있지."

"네?"

아이린은 음흉한 미소와 함께 다짜고짜 내 손을 잡아끌기 시작했다. 그에 맞춰, 아이린의 시녀가 아이린의 휠체어를 재빠르게 밀었다. 그녀의 휠체어 바퀴가 성난 듯이 울렸다.

"잠, 잠깐만요! 지금 어디 가시는 거예요?"

"쉿- 비밀."

손아귀가 어찌나 억세던지 그녀가 나를 놓아줄 의사는 전혀 보이지 않았다. 이내 아이린의 휠체어가 멈추고 나서야, 그녀가 나를 잡고 있던 손을 놓아주었다.

"짜자잔."

그녀는 저가 등장했을 때 냈었던 소리를 또다시 노래 부르듯 읊었다.

앞을 보자 붉은 장막이 처진 무대 같은 게 보였다. 커튼처럼 굳게 닫힌 장막 때문에 안에 무엇이 있는지 전혀 보이지 않았다. 아이린이 가볍게 손뼉을 두 번 치자, 붉은 커튼이 스르륵 열리기 시작했다. 거기엔 동그란 원형의 작은 무대가 있었고, 그것을 감싸고 있는 세 벽은 모두 전신 거울로 되어 있었다.

저 무대는 도대체 뭘까.

흡사 드라마에서나 보았던 무대가 내 앞에 세워져 있었다. 왜, 예비 신부가 드레스를 고를 때, 제 신랑에게 드레스를 입은 자태를 보여줄 때 등장하던 그런 무대 있지 않던가.

내가 그런 생각을 하는 사이에 아이린은 내 등을 밀기 시작했다.

"자, 주인공은 어서 무대 위로 올라가야지."

그녀의 말이 떨어짐과 동시에 붉은 커튼 뒤에 있었던 드레스 숍의 직원들이 어디선가 튀어나와 나를 원형 무대의 안쪽으로 안내하기 시작했다. 나는 머리를 긁적이며 일단은 직원들을 따라나섰다.

원형 무대 안쪽에 들어서자, 안에는 작은 방이 있었다. 방으로 들어가자 이미 아이린이 골라둔 드레스가 한쪽 벽면에 진열되어 있었고, 직원들은 일사분란하게 내가 입고 있던 드레스를 벗겼다. 그들은 한 치의 오차도 없는 손길로 정교하고 빠르게 내게 새로운 드레스를 입혔다. 마치 인형놀이의 인형이 된 기분을 떨칠 수가 없었다.

이내 나를 매만지던 직원들의 손길이 멈추었다. 그들은 불과 몇 분 사이에 드레스를 갈아입히고, 머리를 다시 매만졌으며, 그 위에 장신구까지 단 것이었다. 정말 대단한 솜씨였다.

나는 작은 방을 나와, 원형 무대 위에 올라섰다. 이미 무대는 붉은 커튼으로 완전히 가려져, 아이린의 모습은 보이지 않았다. 나는 머쓱하게 뺨을 긁적이며 전신 거울에 비친 내 모습을 바라보았다. 머메이드 라인의 드레스를 입은 내 모습은 참으로 낯설었다. 허리는 평소보다 더 잘록하게 들어가 보였고, 드레스의 밑단은 평소에 입던 것보다 길었다. 드레스와 어울리게 곱게 말아 올린 머리칼도 꽤나 낯설었다. 하나 그런 낯설음이 싫은 것은 아니었다. 되레 평소보다 더 예뻐 보여서 기분이 좋아졌다고나 할까.

순간 하론이 생각났다. 하론은 이런 내 모습을 보며 어떤 생각을 할까. 그도 나를 아름답다고 생각해 줄까?

"아이린 님. 준비가 끝났습니다."

붉은 커튼 근처에 서 있던 직원 하나가 고하자, 아이린의 기대에 부푼 목소리가 들렸다.

"얼른 커튼을 열어 줘! 너무너무 기대가 되는걸!"

아이린의 말이 끝나자, 커튼이 천천히 열리기 시작했다. 나는 숨을 길게 들이쉬며 커튼이 열리는 것을 지켜봤다. 이내 고개를 들고 정면을 응시했을 때, 아이린보다도 먼저 눈이 마주친 이가 있었다.

"······!"

나는 전혀 예상치도 못한 사람의 등장에 그의 얼굴을 얼빠진 채 바라봤다.

맙소사, 말도 안 돼. 그가 어째서 여기 와 있는 거지.

"바이올렛."

그의 상냥한 목소리가 부드럽게 울려 퍼졌다. 원형 무대의 맞은편, 소파에 그림처럼 앉아 있던 그는 하론이었다. 그것도 엄청 잘 차려 입은 하론. 그는 전체적으로 회색빛을 띠고 있는 양복을 입고, 양복보다 옅은 회색빛의 넥타이를 단정히 매고 있었다. 군더더기 없는 완벽한 구색이었다.

"······하론."

그의 이름을 조용히 부르자 하론이 소파에 앉아 있던 몸을 일으켰다. 더불어 아이린이 한껏 즐거운 표정으로 내게 말했다.

"바이올렛. 이건 내 깜짝 이벤트야. 약혼식 날 네가 입을 드레스를 하론 영윤에게 보여 주기 위해서, 그를 몰래 데리고 왔어."

"······."

"그렇다고 너무 감동 받지는 말라고. 감동을 받아서 네가 눈물을 흘려도 나는 그 눈물을 닦아 줄 수 없으니까."

"하하……."

나는 어색한 미소를 흘렸다.

하론은 빠른 걸음으로 내게 다가왔다. 가까이서 본 그의 두 뺨이 조금은 붉게 물들어 있었다. 그는 내 앞에 선 채로 나를 빤히 들여다보았다. 나는 낯선 모습을 그에게 보여 주고 있다는 사실이 괜스레 부끄러웠다. 그래서 연신 어색한 미소만을 지었고, 하론은 아무 말도 하지 않았다.

"저기……. 하론?"

"응."

"나 어때? 왜 아무 말도 안 하는 거야?"

'나 어때.'라니…….

뱉고 나서 몰려오는 것은 참을 수 없는 수줍음이었다. 나는 드레스 사이로 감춰진 엄지발가락을 한껏 구부렸다.

"머릿속이 백지장이 되어서……."

"……."

"근사한 말을 해 주고 싶은데, 한 가지 말밖에 떠오르지 않아."

그는 고백하듯이 내게 말하며, 무대 위로 느릿하게 올라왔다. 그러고선 내 어깨를 부드럽게 감싸 쥐었다. 어깨를 감싼 그의 손이 뜨거웠다.

"너무 예쁘다."

그는 진정 감탄한 듯 나를 지그시 내려다보았다. 그의 눈빛엔 거짓의 기미가 전혀 보이지 않았다. 진심으로 나를 예쁘다고 생각하는 게 느껴졌다.

우리 주변을 맴도는 공기가 뜨거워진 것 같았다. 내 심장은 또다시 가파른 소리를 내며 뛰기 시작했다. 적어도 친구를 향하는 것이라 믿기 어려울 정도의 빠른 템포였다.

그런 우리의 사이로 명랑한 휘파람 소리가 끼어든 것은 그때였다.

"인정하기 싫지만 두 사람 너무 잘 어울린다. 바이올렛도 정말 예쁘고, 하론 영윤도 정말 멋있어. 질투가 날 지경이야.”

아이린이 신이 난 듯이 말했다. 나는 하론의 어깨 너머로 한껏 행복한 표정을 짓고 있는 아이린을 넌지시 보았다. 그녀와 눈이 마주치자 아이린이 짓궂은 미소를 지었다.

“자, 이제 하론 영윤은 조금 자리를 비켜 주지 않겠어?”

“네?”

하론이 의아하게 되묻자 아이린이 대답했다.

“이제 바이올렛은 또 다른 드레스를 입어 봐야 하거든.”

“……네? 이게 끝이 아니에요?”

“바이올렛, 무슨 소리를 하는 거야. 고작 하나 입어 보고 끝내려고 했어? 이제 시작이라고!”

“맙소사.”

나는 지금 입은 것도 충분히 마음에 드는 데 말이지.

아이린은 내게 여지를 주지 않겠다는 듯이 다시금 박수를 두 번 쳤다. 그러자 직원들이 빠르게 내게 다가와 나를 작은 방으로 다시 이끌었다. 하론도 당황하기는 했지만, 구태여 아이린을 말리지는 않았다. 되레 끌려가는 내 모습을 보며 작게 키득거렸을 뿐이었다.

***

그렇게 몇 번을 갈아입었는지 알 수 없었다. 여러 디자인의 드레스를 입고, 벗고, 또 입고를 끝낸 것은 아이린이 준비해 두었던 것을 모두 입고 난 뒤였다. 그 많은 것을 모두 입었음에도 불구하고 결국 우리가 선택한 약혼식 드레스는 제일 처음에 입었던 머메이드 라인의 드레스였다.

……이럴 거면 그거 하나만 입어 보는 건데.

나는 피곤한 몸을 이끌고, 소파 위에 쓰러지듯이 앉았다. 하론이 내 옆에 앉아 가만히 내 머리를 부드럽게 쓰다듬으려 했다. 그것은 퍽이나 자연스러운 스킨십이었고, 일전에도 그가 내 머리를 쓰다듬은 적이 많았다. 하나 나는 그의 손이 머리통에 닿기 무섭게 힘없이 숙이고 있던 고개를 빳빳하게 들었다.

느낌이…… 정말 이상했기 때문이었다.

"바이올렛?"

내 이름을 부르는 하론의 목소리엔 의문이 가득했다. 왜 저의 손길을 피했냐고 묻는 것 같았다.

"아……. 나는 그러니까, 흠."

그러니까 느낌이 얼마나 이상했냐면, 그의 손길이 닿자마자 머리털이 쭈뼛 서는 기분이랄까. 머리털이 서는 데에만 그치지 않고, 온몸의 신경이 곤두서는 것도 같았다. 일전에 정말 아무렇지 않았던 그의 손길을 제대로 느껴 버리기라도 한 건지.

하론도 계속해서 나를 의아하게 보았지만, 더 의문스러운 것은 나였다. 나는 내 변화를, 그의 작은 손길에도 반응해 버리는 나를 온전히 이해할 수 없었다.

"왜 그래?"

하론이 내게 다정하게 다시 물었다.

'왜 그래.'

그리 묻는 그의 입술에서 눈을 뗄 수 없었다. 동시에 며칠간 잊고 있었던 하론과 키스를 했던 그날 밤이 떠올랐다. 나는 그에게서 시선을 돌리며, 머리를 좌우로 흔들었다. 제발 그 기억이 떠오르지 말았으면 하는 바람이었다.

"벌써부터 이렇게 축 늘어져 있으면 어떡해!"

그 순간 나를 구해 준 것은 아이린이었다.

"……네? 끝난 거 아니에요?"

내가 아이린에게 묻자, 그녀는 제 고개를 좌우로 세차게 흔들었다.

"뭐라는 거야! 이제부터 본격적인 시작인데."

"네?!"

방금 전에도 시작이라 해 놓고, 또 시작이라니!

시작이라는 말에 깜짝 놀라, 정신이 번쩍 들었다. 하론은 이 상황이 우스운 것인지 옆에서 웃고 있었을 뿐이었다.

이 자식이 제 일이 아니라고 웃고 있다 이거지?

나는 방금 전에 그에게 설레었던 게 무색해질 정도로 그가 괘씸하게 느껴졌다.

"자, 바이올렛의 드레스는 골랐으니까, 이제 하론 영윤의 턱시도를 골라 볼까?"

"……네?!"

이번에 놀란 것은 하론이었다. 그의 얼굴에서 미소가 사라졌다.

"하론 영윤이 입어 볼 턱시도도 어마어마하게 준비해 두었으니까, 각오해 두는 게 좋을 거야."

"큭큭."

이번엔 내가 소리를 죽이며 웃었다.

"……"

하론은 세상이 멸망한 것 같은 표정을 짓고 있었다. 내가 겪은 것을 똑똑히 지켜봤기에 짓는 표정일 거란 생각이 들었다.

"아이린 님. 저는 괜, 괜찮습니다. 바이올렛에게 신경을 써 주신 것만 해도 충분합니다. 저는……."

"쉿, 쉿! 조용히 하고 나를 따라올 것. 바이올렛도 영윤이 그러길 원하고 있을 걸? 그렇지?"

나는 두말하면 잔소리요, 세말하면 입 아프다는 듯이 대답했다.

"네!"

그것은 지금까지 아이린에게 했던 대답 중에 가장 강한 긍정일 것이다. 아이린은 얼른 따라오라며 하론에게 손짓을 했고, 하론은 죽을상을 지으며 그녀의 뒤를 따랐다. 나는 연신 키득거렸다. 죽을상을 하며 옷을 갈아입을 하론을 생각하자 도무지 웃지 않고는 배길 수가 없었다.

수십 벌의 옷을 입었다 벗었다 할 하론의 건투를 바라며, 아멘.

***

"⋯⋯죽, 죽을 것 같아."

하론이 질린 얼굴로 내게 다가왔다. 그는 나 못지않게 턱시도를 굉장히 많이 갈아입었고, 결국엔 흰색의 아주 멀끔한 턱시도를 선택한 후였다. 본래 저가 입고 왔던 회색 양복으로 갈아입은 하론이 내 옆에 주저앉았다. 정말 힘든 것인지 고개를 푹 숙인 채였다.

고개를 숙인 탓에 부드럽게 흘러내린 그의 푸른 머릿결이 보이자, 나는 문득 쓰다듬고 싶다는 충동적인 생각이 들었다. 그러나 무심결에 그에게 손을 뻗었다가도, 이내 손을 물리고야 만다. 어쩐지 평소처럼 하론에게 손을 대기가 망설여졌다. 역시나 왜인지는 잘 알 수 없었다.

"⋯⋯바이올렛!"

어디에 있었을지 모를 아이린이 내 이름을 부르며 가까이 다가오고 있었다.

"아이린 님."

"드레스도 골랐고, 턱시도도 골랐으니까. 이제⋯⋯."

"아니, 잠깐만요! 이제라뇨? 또 뭔가가 더 있는 거예요?"

말, 말도 안 돼. 도대체 뭐가 더 있단 말인가.

나는 믿을 수 없다는 얼굴로 아이린을 보았다. 내 표정에도 아이린은 전혀 개의치 않고 제 말을 이어 했다.

"이제 장신구를 보러 가야지! 어떤 목걸이를 할 건지, 어떤 장갑을 낄 건지, 어떤 구두를 신을 건지……. 여하튼! 아직 해야 할 일이 산더미라고."

이건 꿈이겠지?

나는 현실을 부정하기 위해 고개를 절레절레 흔들었지만, 아이린은 그런 내게 사정을 두지 않았다.

"따라오도록."

"하하."

내가 쉽사리 앉아 있던 엉덩이를 떼지 못하자 고개를 숙이고 있던 하론이 내 옆구리를 쿡쿡 쑤셨다.

"……어?"

"얼른 갔다 와. 나는 여기서 좀 쉬고 있을게."

그를 흘겨보자 하론이 내 쪽으로 고개를 조금 비틀어 장난스러운 미소를 지었다. 미소. 그래 그것은 평소와 다름없는 미소였다. 그러나 그것이 내게 닿았을 땐 평소와 다른 느낌이 들었다. 마음이 간지럽고, 어쩐지 눈을 계속해서 마주할 수 없었다. 왜 이러는 거지, 정말.

나는 하론의 시선과 미소를 피하기 위해 자리에서 일어섰고, 그렇게 아이린의 뒤를 따랐다.

다양한 굽과 디자인의 구두가 진열 되어 있는 곳에서 나는 한참이나 구두를 신었다. 구두를 신고 있었지만, 신경은 온통 하론에게 가 있었다.

나는 하론을 정말로, 진심으로 좋아하게 된 걸까?

그렇지 않고서야 최근에 느끼고 있는 나의 감정 변화가 설명되지 않았다.

좋아한다는 건 도대체 뭘까.

마지막으로 누군가를 좋아했던 적이 언제였는지 기억이 나지 않았다. 그래서인지 그 감정이 어떤 건지 도무지 생각나지 않았다. 좀 더 함께 있기를 바라게 되고, 어떤 일이 생겨도 그가 생각나고, 내 미래 속에 그가 존재하길 바라는 것.

그런 것들이 좋아하는 감정의 실체라면…….

"바이올렛? 구두를 신다 말고 무슨 생각을 그렇게 해?"

"아, 그냥 요즘 의아한 게 있어서요."

"의아한 거? 그게 뭔데?"

아이린은 구태여 제 궁금함을 숨기지 않고 물었다.

"그게 이건 제 얘기가 아니고, 제 친구 얘긴데."

눈치 빠른 아이린에게 이런 말이 통할 성싶지만, 나는 왠지 아이린에게 내 감정의 변화를 털어놓고 싶었다. 솔직히 그녀 말고는 어디에 털어놓을 곳도 없었다.

"오호라, 바이올렛 친구 얘기?"

아이린의 눈빛엔 흥미로운 빛이 가득했다.

"예……. 그러니까 절대 제 얘기는 아닌데."

설마 아이린이 벌써 눈치챈 것은 아니겠지?

나는 슬쩍 그녀의 눈치를 보았지만 아이린은 표정 하나 변하지 않고 내 말을 듣고 있었다. 연기를 하는 건지, 아니면 실제로 내 말을 믿는 건지 전혀 가늠할 수 없었다.

"그래, 네 친구 얘기가 뭔데? 나 궁금해서 미칠 것 같아."

"그러니까……. 그 친구에게 남자인 친구가 있었는데, 예전에는 아무렇지도 않다가 어느 날부터 갑자기 남자인 친구가 조금 다르게 느껴진대요."

"어떻게?"

"가령 아무렇지 않게나 하던 스킨십이 망설여진다든지, 남자인 친구의 손길에 설렘을 느낀다든지……."

"오오! 흥미로운 얘기다. 그래서?"

"그래서 걔가 조금 혼란스러운가 봐요. 좋아하는 걸까……. 싫기도 하고."

집중해서 내 말을 듣던 아이린은 잠깐 동안 말없이 생각을 했다. 그러더니 제 손가락을 가볍게 튕겼다.

"나 뭔지 알 것 같아."

"뭔데요?"

아뿔싸, 대답을 너무 빨리했나? 나는 머쓱하게 웃으며 그녀의 답을 기다렸다.

"그건 인지가 아닐까?"

"네?"

"네 친구가 그 친구를 남자로 인지함으로써, 그를 이젠 친구가 아닌 남자로 느끼게 된 거야."

"인지……."

나는 그녀의 말을 되뇌었다. 아이린은 제 말에 설명을 좀 더 보태었다.

"그런 식으로 한 번 남자로 인지를 하고 나면 원래대로 돌아갈 도리는 없어. 남자로 보이는 순간부터 사랑의 전조가 시작된 거지."

어딘가를 초점 없이 바라보고 있는 아이린의 눈동자가 슬퍼 보였다. 무의식적으로 띠운 그녀의 미소는 애달팠다. 사랑. 그 단어에 아이린은 죽은 제 부군인 왕세자를 떠올리고 있는 것은 아니었을까.

"바이올렛 네 얘기를 들으니까, 예전에 그이를 만났을 때가 떠올랐어."

역시나 그녀는 왕세자를 생각하고 있었나 보다. 그녀는 담담한 얼굴로 제 부군을 불렀지만, '그이'라고 말하는 그녀의 음성이 희미하게 떨렸다.

"나도 그이와 어렸을 때부터 친구였거든. 그런데 어느 날 갑자기 그가 남

자로 느껴지는 거야. 그가 웃을 때는 세상이 노랗게 되고, 머리는 어지러워
졌고. 그와 손이 닿기라도 하면 온몸이 뜨거워졌어. 숨조차 제대로 쉴 수 없
었지."

"……."

"물론 지금도 숨을 쉴 수 없는 건 마찬가지야. 그가 이 세상에 없다는 사
실이 한 번씩 나를 숨 막히게 만들거든."

"아이린 님……."

나는 그녀의 이름을 조용히 불렀다. 한사코 짓궂은 행동을 하며, 진지한
구석이라곤 전혀 찾아볼 수 없었던 그녀에게서 처음 보는 나약한 모습이었
다. 나는 그녀를 꽤 그윽한 시선으로 바라보았다. 아무렇지 않은 척했지만,
그녀의 마음속에 치유되지 않은 상처들이 있는 것을 아닐까 하는 생각이 들
었다.

"오, 바이올렛. 그렇다고 나를 그런 슬픈 눈으로 바라보지는 말아 줘. 가
끔 슬프기는 하지만 내 인생은 여전히 즐거운 일들이 더 많으니까."

아이린은 정말 괜찮다는 듯이 제 어깨를 들썩였다.

"그러니까 결론적으로 네 친구에게 전하고 싶은 내 말은, 인지된 것을 사
실로 받아들이고 후회할 만한 일은 하지 말라는 거야."

"후회요?"

"그래, 그런 감정을 부정하다간 그 남자가 다른 여자에게 떠나 버릴지도
모를 일이니까. 뒤늦게 '그건 사랑이었어!'라고 외쳐 본들, 상대방이 다른 여
자와 사랑에 빠져 있으면 어쩔 건데?"

"어, 그러니까 제 친구가 그 남자에게 느끼고 있는 감정이 사랑이라는 거
죠?"

"그럼! 다른 말로는 표현할 수 없다고."

"하하하."

사랑. 사랑의 실패자로 가엾다고만 생각했던 그에게서 사랑을 느껴 버리다니. 명쾌한 아이린의 해답에도 그 사실을 받아들이기가 힘들었다.

흘리듯이 나와의 진짜 약혼을 원했다고 말했던 하론. 이제는 내가 그와의 진짜 약혼을 원하게 된 것일지도 몰랐다. 만약에 내가 하론에게 좋아한다고 고백을 한다면, 그는 어떤 반응을 보일까.

장난치지 말라고 능청스럽게 굴까. 아니면 나와 마음이 같다고 대답을 해 줄까. 후자가 그의 마음이라면, 그의 마음이 향한 곳은 나일까, 아님 원래의 바이올렛이었을까.

"그래서 바이올렛."

"네?"

잠자코 생각하던 나를 보며, 아이린이 제 얼굴을 가까이 들이댔다. 부담스러울 정도로 가까운 거리였다.

"하론을 언제부터 좋아한 거야?"

"……컥!"

맙소사, 역시나 눈치를 채고 있었던 거야? 나는 너무나 당황하여 마른 숨을 토해 냈다.

"그, 그게 무슨 말씀이세요! 하, 하론이라니."

"내게 거짓말할 생각 하지 마."

"아니에요. 진짜로 제 친구 얘기라니까요."

나는 손사래를 치며 부정을 했다. 하나 굉장히 당황했던 것인지 이마에 열이 오르기 시작하더니, 이내 식은땀까지 맺혔다.

"친구 누구?"

"……어……. 음. 그러니까, 크…… 크리스빈?"

나는 어디선가 들은 적이 있는 이름을 내뱉었다. 그러자 아이린의 눈동자가 의심스럽게 빛이 났다.

"그런 영애의 이름은 들은 적이 없는데?"

"있, 있어요, 그런 사람."

게슴츠레한 눈으로 나를 빤히 들여다보던 아이린은 몇 초가 지난 후에 킥킥거리기 시작했다.

"큭큭, 귀여워. 어쩜 그렇게 거짓말도 못 하는지."

"……."

"에기를 다시 좋아하게 된다면 정말 더 좋긴 하지만. 네가 네 감정을 깨닫지 못해서 후회를 하는 건 더 바라지 않아."

아이린은 얼빠져 있는 내 뺨을 제 손으로 감싸며 이어 말했다.

"나는 바이올렛이 행복했으면 하니까."

내가 행복했으면 하는 아이린의 말엔 진심이 그득했다. 나는 그런 그녀에게 정말로 고맙다는 생각이 들었다. 처음엔 그저 짓궂은 여자인 줄만 알았는데, 함께하는 시간이 길어질수록 아이린의 진면모를 느끼게 되는 바이다. 그녀가 좋은 사람임을 믿어 의심치 않았다. 나는 그녀의 손 위에 내 손을 포개며 대답했다.

"저도……. 저도 아이린 님이 행복했으면 좋겠어요."

"나야 뭐, 너와 함께한다면 언제나 행복한 걸."

"지금 이거 고백인가요?"

나는 너스레를 떨었다.

"그렇다면 받아 주시겠습니까. 바이올렛 공녀."

아이린은 어쭙잖게 제 목소리를 낮게 깔며 키득거렸다. 나는 그런 그녀의 얼굴을 보며 기분 좋은 미소를 지었다.

"아이린 님이 저를 좋아하는 건, 역시나 제가 바이올렛이라서 그런 거죠?"

"……응? 바이올렛. 그게 무슨 소리야?"

그것은 불현듯이 든 생각이었다. 아이린이 내가 진짜 바이올렛이 아니라는 걸 알게 되면 어떤 반응을 보일까, 에 대한. 그녀는 지금처럼 온전히 내 행복을 바라 줄 수 있을까.

"아무것도 아니에요."

나는 고개를 내저었다. 아무것도 아니라고 말하긴 했지만, 내 입가에 띠워진 미소는 잠깐 쓸쓸한 빛을 띠었을지도 몰랐다.

* * *

드레스 숍을 나선 것은 해가 완전히 지고 난 뒤였다.

하론과 나는 우두커니 서서 아이린을 태운 마차가 먼저 출발하는 것을 응시했다. 그녀의 마차가 사라지기가 무섭게 우리는 약속이라도 한 듯이 긴 한숨을 쉬었다.

"하론. 수고했어."

나는 축 늘어진 하론의 어깨를 가볍게 두드렸다.

"너야말로."

하론은 내 머리칼을 한껏 흐트러뜨렸다. 그의 손길이 지나간 자리가 또다시 뜨겁게 느껴졌다. 동시에 아이린이 했던 말이 연기처럼 머릿속에 피어올랐다.

'남자로 보이는 순간부터 사랑의 전조가 시작된 거지.'

남자…….

나는 하론에게 어색한 미소를 지었다. 아이린의 말을 떠올리자, 어쩐지 제대로 된 미소를 지을 수가 없었다.

얼마 지나지 않아 우리도 마차에 동승했다. 여전히 지친 기색이 역력한 하론은 등받이에 제 몸을 모두 기대고 있었다. 눈까지도 지그시 감고 있는 모양새가 곧 잠이 들 것 같아 보였다. 열어 놓은 창가로 시원한 바람이 불어올 때마다 하론의 푸른 머리카락이 매끄럽게 흔들리고 있었다. 자못 길어 보이는 그의 속눈썹마저도 간간이 흔들리는 모습이 꽤 아름다워 보였다. 원래부터 잘생긴 것을 알고 있었음에도 불구하고 든 새삼스러운 감상이었다.

마차가 몇 번을 더 덜컹거리고 난 뒤에 하론은 감고 있던 눈을 천천히 떴다. 그러고선 무언가가 생각난 듯이 내게 말했다.

"그러고 보니 내일이 그날이네."

"그날?"

"응."

내일? 내일 무슨 일이 있는 거지? 나는 쉽사리 대답하지 못하고 그를 빤히 쳐다보았다.

"내일이 무슨 날이더라? 하하."

"잊었어?"

"글쎄 생각이 날 것 같기도 하고."

"……."

하론은 잠이 덜 깬 듯 나른하게 뜨고 있던 눈꺼풀을 완전히 들어 올렸다. 그는 꽤 진지한 얼굴로 나를 보았다.

"정말……. 잊은 거야?"

그는 사실을 확인하려는 듯이 내게 되물었다. 나는 그의 진지한 눈빛 속에서 원작 속 내용을 침착하게 떠올렸다. 하지만 거기엔 하론과 바이올렛이 약속한 날에 대한 것은 단 한 줄도 나와 있지 않았었다.

나는 진짜 바이올렛이 아니었기에 당연히 그날이 무슨 날인지 내가 알리가 없었다. 뭐라고 대답해야 할까. 하론이 또다시 나를 의심하는 것은 아닐까. 머릿속이 하얗게 질려가는 것은 순식간이었다.

"성문 개방일."

"어?"

"작년에 꼭 같이 보러 가기로 했었잖아."

기다리다 못한 하론이 내게 먼저 해답을 알려 주었다. 나는 안도일지, 아니 또 다른 초조함의 전조일지 모를 한숨을 내쉬며 대답했다.

"맞다! 그랬었지?"

"이거 참, 실망인데? 나는 그날만 고대하고 있었다고."

성문 개방일이라. 적어도 원작 소설 속에서 나오지 않았던 행사였다. 성문 개방일이라는 말을 그대로 해석해 보자면, 왕궁 안을 사람들에게 공개하는 날이라도 되는 건가?

나도 모르게 고개를 갸웃거리자, 하론이 내 행동을 놓치지 않고 말했다.

"바이올렛. 성문 개방일조차도 잊어버린 거야? 일 년에 한 번, 꼭 이맘때쯤에 성문을 개방하고 사람들에게 왕궁 안을 공개하잖아. 성문부터 왕궁까지 이어진 길에서 여러 가지 행사도 하구."

"아아, 잠시 깜빡했다."

전에도 같이 갔던 적이 있었던가? 나는 그렇게 묻고 싶었지만 이내 아무 말도 하지 않았다. 다른 말을 했다가, 괜스레 하론이 나를 더 이상하게 쳐다볼까 봐 걱정됐기 때문이었다.

"미안."

"됐어. 넌 내가 안중에도 없나 봐."

"아니. 그런 건 아닌데."

나는 난감한 표정을 지었다. 그의 얼굴은 여전히 진지했다. 설마 기억하지 못한 내게 화가 난 것은 아니겠지.

"저기, 화났어?"

"그러려고 했는데."

"······."

하론은 등을 기대고 있던 몸을 앞으로 조금 숙여 나를 보았다.

"도무지 화를 못 내겠다."

"어?"

"지금 네 표정이 어떤 줄 알아?"

"아니."

"완전히 미안해 죽겠다는 표정이라고. 그런 얼굴을 보고 내가 어떻게 화를 낼 수가 있겠어."

"······용서해 줘. 하론."

나는 두 손을 모아 그에게 용서를 구했다. 정말로 그와 했던 소중한 약속을 잊은 것처럼.

"봐주는 건 이번 한 번뿐이야."

하론은 마음에 안 든다는 듯이 다시 눈을 감았고, 나는 마차에 내려서도 몇 번이고 그에게 사과를 해야 했다. 정작 약속 따윈 까먹은 적이 없었음에도 불구하고. 하지만 이유가 어찌 되었건 나는 그가 화를 풀었으면 했다. 그가 내게 화나 있는 것을 원치 않았다.

***

다음 날 오후 한 시쯤에 하론이 나를 찾아왔다. 그는 어제 화를 냈던 게 무색할 정도로 아무렇지 않게 나를 대했다. 하론은 푸른 머리칼과 어울리는 흰 셔츠와 짙은 색의 하의, 그리고 멋들어지게 목에 스카프까지 두른 채였다. 본래의 세계에서 잡지를 본다면 흔히 나올 외국 모델 같다고나 할까. 나는 좀 더 신경 쓰고 나오지 못한 것을 짧게 후회했다.

밖을 나서자 날씨가 매우 좋았다. 흰 구름이 자욱이 깔린 배경 속에서 간간이 보이는 파란빛 하늘이 선명했다. 하론의 머리색과 닮은 푸른빛이었다.

"예쁘다."

"……어?"

그것은 정말 불현듯이 뱉은 말이었다. 하론의 머리칼이 예쁘다 생각해서 뱉은 것인지, 푸른 하늘이 예쁘다 생각해서 뱉은 것인지는 알 수 없었다.

"날씨가 좋다고."

내 말에 하론이 능청스럽게 웃으며 대답했다.

"나도 네가 좋아."

"응? 그게 도대체 무슨 말이야."

"농담."

나는 그를 쏘아봤다. 눈빛은 새침했지만 입가에는 나도 모르게 미소가 걸려 있었다. 그의 평소와 같은 능청스러움이 정말 다행이라고 생각했기 때문이었다.

주위를 둘러보자 오후임에도 불구하고 길가에 사람들이 꽤 많이 보였다. 뭐가 그렇게 즐거운 것인지 연신 웃음을 띠고 있는 여자들도 있었고, 아이를 데리고 나온 가족도 있었고, 사이가 좋아 보이는 커플도 있었다. 그들의 얼굴은 모두 행복해 보였다. 왕궁까지는 거리가 조금 있었지만 우리는 마차를 타지는 않았다. 날씨가 정말 좋기도 했고, 사람들을 보며 걷는 것도 나쁘지 않다고 여겼기 때문이었다.

우리는 가벼운 걸음으로 왕궁까지 걸어갔다. 왕궁에 가까워지면 가까워질수록 거리에 사람들은 늘어났다. 이내 성문 앞까지 가자, 숨이 조금 차올랐다. 시선을 올려 성벽을 보자, 크림색의 성벽이 꽤나 아름다워 보였다. 리차드의 일 때문에 왕궁을 찾아오긴 했었지만, 그때와 지금의 풍경은 실로 달라 보였다. 마음이 차분해진 상태여서 그런 것일까.

성문 안으로 들어서자 안쪽에는 훨씬 더 많은 사람들이 있었다. 궁으로 이어진 대로를 따라 칸막이가 있는 부스도 보였다. 부스 안에는 장신구, 먹을거리, 옷, 심지어 애완용 새까지도 팔고 있었다. 흡사 본래의 세계에 있을 때 몇 번 갔었던 시장같이 느껴지기도 했다. 나는 이 세계에서 처음 보는 진귀한 광경에 하론을 따라 여러 부스를 누볐다.

그러다 소란스러운 소리를 듣게 된다. 소리 나는 쪽으로 고개를 돌리자, 경비복을 입은 남자와 어느 여자 사이에서 가벼운 언쟁이 붙은 듯 보였다. 여자는 머리가 새빨갰는데, 화장이 짙고 야한 옷을 입은 채였다. 그 여자는 노골적인 시선으로 남자를 응시하고 있었다.

"섹시한 오빠, 경비는 그만 보고 나랑 놀자."

그러자 경비복을 입은 남자가 짐짓 당황한 목소리로 대답했다.

"무, 무엄하도다. 감히 나를 그런 호칭으로 부르다니!"

나무라는 남자의 목소리가 어쩐지 익숙했다. 나는 눈을 게슴츠레하게 뜨고 경비병에게 좀 더 가까이 다가갔다. 그러자 그의 얼굴이 자세히 보이기 시작했다.

황금빛 머리칼 사이로 드러난 수려한 이마에 또렷한 눈썹. 태양빛을 닮은 금안. 태양이 떠오르는 강력한 인상이었다. 나는 가까이서 본 경비병의 얼굴이 누군지 한눈에 알아볼 수 있었다.

"……러셀 님?"

무슨 영문으로 그가 저런 복장을 하고 있는지 잘 가늠할 수 없었다. 경비병 코스프레 같은 거라도 하고 있는 건가. 평소에 완벽하게 갖춰 입은 것만 봤던 러셀이었지만 투박한 경비 복도 생각보다 잘 어울렸다. 하론도 진즉 경비병의 정체를 눈치챘는지, 러셀을 보며 웃고 있었다.

이어서 화장이 짙은 여자가 러셀의 팔뚝을 꽉 잡고는 제 말을 이어 갔다. 여자의 억센 손아귀는 러셀을 절대 놓아줄 의사가 없어 보였다.

"어머, 이 오빠 은근 박력도 있네. 큭큭. 오늘은 다들 노는 날이라고."

"어허. 어서 이 손 놓지 못할까?"

"못 놓으면 어쩌실 건데요? 이 오빠, 근엄하게 생겨서는 하는 짓은 귀엽네. 정말 마음에 든다."

여자가 러셀의 뺨을 제 손으로 살짝 건드렸다. 그러자 러셀의 금안이 눈에 띄게 동요했다. 그의 가지런한 미간이 조금 찡그려지는 걸로 봤을 때, 화난 것 같아 보이기도 했다. 나는 하론에게 한쪽 눈을 찡긋 하며 작게 말했다.

"백마 탄 공녀가 한번 출동해 볼까나? 하론, 잠깐만 여기서 기다려 봐."

러셀도 백마 탄 왕자로서 나를 도와주었으니, 나도 백마 탄 공녀로서 그를 도와줄 생각이었다. 하론이 흔쾌히 고개를 끄덕이자 나는 당당한 걸음으로 화장이 짙은 여자와 러셀 사이에 끼어들었다. 그러고선 러셀의 팔을 잡고 있던 여자의 손을 떼어 내었다. 여자는 인상을 한껏 찌푸리며 나를 노려봤다.

"어이, 아가씨. 죄송하지만, 이 섹시한 오빠는 임자가 이미 있어서요."

내가 능청거리며 말하자,

"뭐라고요?"

라는 여자의 날카로운 음성과,

"……바, 바이올렛?"

러셀의 당황한 음성이 동시에 들렸다.

나는 아무렇지 않게 자연스레 러셀의 팔짱을 끼며 여자를 매섭게 노려보았다.

"맞지? 러셀 오빠?"

"오…… 오…… 오빠?"

러셀이 말을 더듬거리며 눈동자를 빠르게 깜빡거렸다. 동시에 그의 볼 부근에 옅은 홍조가 맴돌기 시작했다.

"뭐야……. 여자 친구가 있으면 있다고 진작 말을 하던가."

여자는 한껏 기분이 나쁘다는 듯이 말하며 뒤돌아섰다. 여자가 완전히 사라지고 나자, 나는 러셀에게 끼고 있던 팔짱을 뺐다. 올려다본 그의 얼굴이 방금 전보다도 훨씬 더 붉어져 있었다.

"이건 저번에 도와준 거에 대한 보답이었어요. 러셀 님."

"네, 네가 여긴 어쩐 일로……."

러셀이 그렇게 말하자, 뒤에서 잠자코 상황을 지켜보던 하론이 러셀에게 고개 숙여 간단히 인사한 후 대답했다.

"데이트 왔습니다."

데, 데이트? 잠깐만 나 제대로 들은 거 맞지?

나는 러셀보다 당황한 채로 하론을 보았다. 그러자 하론은 짐짓 아무렇지 않다는 듯이 빙그레 미소를 지었을 뿐이었다.

"하론까지? 뭐야, 두 사람 진짜로 데이트를 온 거야?"

"보시다시피."

하론은 상냥한 미소를 지으며 보란 듯이 내 어깨를 감싸 안았다. 그것은 군더더기 없는 자연스러운 동작이었다.

'그건 사랑의 전조야.'

동시에 아이린의 말이 머릿속에 또다시 울리기 시작했다.

맙소사, 지금 또다시 하론에게 남다른 설렘을 느끼고 있는 건가. 나는 하론의 품을 어색하게 벗어나며, 러셀에게 화제를 돌렸다.

"그건 그렇고, 러셀 님은 어째서 그런 복장으로 계신 거예요?"

"아, 이거? 그냥 마음 편안하게 시찰을 하려고 했지. 왕자처럼 하고 다니면, 아무래도 사람들이 불편해할 것 같아서. 경비복 쪽이 마음 편히 돌아다니는데 훨씬 더 좋거든."

"잘 어울려요."

내가 키득거리며 말하자, 러셀이 어깨를 으쓱거리며 말했다. 흡사 장대한 칭찬이라도 받은 것만 같은 모양새였다.

"당연하지. 이 몸이 어울리지 않는 옷은 없어."

"저도 그 말에 동감합니다."

하론은 어색하게 몸을 비틀던 내 어깨를 좀 더 꽉 부여잡고선 러셀에게 이어 말했다.

"그럼…… 저희는 이만 가 보겠습니다. 러셀 왕자님은 마음 편히 시찰을 하시길."

왠지 모르게 그가 러셀과 함께 있는 걸 싫어하는 것만 같은 기분이 설핏 들었다. 그렇게 그 자리를 벗어나려고 했을 때, 러셀이 급하게 우리를 막아 세웠다.

"잠깐! 나도 같이 가."

"예? 같이 가자고요?"

내가 의문스럽게 묻자 러셀이 대답했다.

"그래. 그 데이트 나도 같이 해. 이왕 이렇게 우연히 만났는데."

"하지만……."

러셀의 말에 단번에 수락하지 못하고 하론을 올려다보자 그가 내 대신 대답을 했다.

"러셀 왕자님. 죄송합니다만, 오늘은 저희 둘이 놀러온 것입니다. 왕자님과는 다음에 시간을 내서 따로 보는 게 어떻겠습니까?"

"다음엔 나도 시간이 없어. 성문 개방일은 오늘 하루이기도 하고. 나도…… 너희와 같이 있고 싶은걸."

같이 있고 싶다고 말하며 러셀은 은연중에 나를 뚫어져라 바라보았다. 설마 하론과 같이 있고 싶다는 말은 아닐 테고, 정말 나와 함께 있고 싶다는 건가? 무슨 이유로?

러셀은 나를 계속해서 바라보며 내게 물었다.

"바이올렛. 네 생각은 어때?"

"흠. 저는 말이죠."

두 남자의 긴장된 시선이 내게 닿아 있음을 느꼈다. 아니, 이게 뭐가 중요하다고 저렇게 진지한 눈빛을 보내고 있는 거지? 나는 괜스레 민망해져서 뺨을 몇 번 긁적였다.

사실 내 입장에서 보자면 하론과 둘이 다니는 게 좋긴 한데…….

하지만 그렇다고 해서 주인 잃은 강아지처럼 애처롭게 말하는 러셀을 홀로 남겨 두기도 마음에 걸렸다. 적당한 절충안이 있으면 좋을 텐데. 그것도 아니라면 러셀을 잘 달래서 보낼 수 있는 방법이라든지.

하지만 러셀은 내게 고집이 가득 찬 눈빛을 보내고 있었다. 흡사 만만하게 물러서지는 않겠다는 눈빛이었다. 어째서 나와 함께하는 것에 저토록 강한 열의를 드러내는지 전혀 이해가 가지 않았다.

그러던 중 내가 있던 곳에서 그리 멀지 않은 곳에, 사람들의 소리가 들려왔다. 눈동자를 조금 돌려 소리가 나는 방향을 바라보니, 한 부스 안에서 네다섯 명의 사람들이 카드를 쥐고 있는 게 보였다. 카드라. 그 순간 머릿속에 좋은 절충안이 번쩍 떠올랐다.

"저거! 저걸로 결정해요."

나는 검지로 소리가 나던 부스 쪽을 가리켰다. 두 남자의 시선이 내 손가락 끝을 따라갔다.

"카드?"

하론이 묻자 나는 고개를 끄덕이며 급히 부스 쪽으로 걸어갔다. 그러고선 부스를 관리하는 남자에게 부탁을 해서 카드 한 묶음을 빌려왔다.

"자. 제가 이제 카드를 무작위로 섞을 거예요. 그러고 나서 러셀 님과 하론이 뒤집어진 카드를 뽑는 거예요. 뽑은 카드의 숫자가 더 높은 쪽의 말을 듣는 거죠. 어때요?"

"오, 좋아. 나쁘지 않은데?"

러셀은 단번에 대답했지만, 하론은 한동안 침묵했다. 그는 역시나 그 방법 또한 내키지 않았음이 분명했다. 하지만 하론도 다른 절충안은 떠올리지 못한 듯이 어렵사리 한마디를 뱉어냈다.

"……어쩔 수 없지."

나는 그런 하론을 보며, 말을 좀 더 덧대었다.

"하지만 저는 하론과 함께 온 거니까. 만약에 러셀 님이 이기셔도, 오랫동안 함께하지는 못해요."

러셀은 굉장히 아쉬운 듯이 나를 응시했지만, 내 말에 틀린 구석이 없었던지라 별다른 말은 하지 않았다. 나는 신중하게 카드를 섞기 시작했다. 이윽고 나는 적당히 잘 섞인 카드를 두 남자 사이에 내밀었다.

"자. 누가 먼저 뽑아 볼래요?"

사뭇 진지한 두 남자 사이에 팽팽한 긴장감이 맴돌았다. 두 사람은 언제 뽑는 게 더 나을지 고민하는 듯했다. 그렇게 몇 초가 흘렀을까. 기다리다 못한 내가 재촉하려던 그때, 등 뒤에서 누군가의 목소리가 들려왔다.

"……제가 먼저 뽑아도 괜찮겠습니까."

소리를 따라 뒤를 돌아보니, 그곳에는 언제부터 있었을지 모를 에르하르트가 나를 보며 빙그레 미소 짓고 있었다.

"에르하르트 공작?"

러셀이 의외라는 듯 그의 이름을 불렀다. 그러자 에르하르트가 금세 우리에게 가까이 다가왔다.

"공작님? 언제부터 계셨던 거예요?"

"네가 거리에 등장하고 나서부터. 멀리 있어도 단번에 눈에 띄더군."

에르하르트는 내게 한 발자국 더 가까이 다가왔다.

"공작님. 이건 저희끼리 하는 게임입니다만."

에르하르트의 등장이 마음에 들지 않았던지, 하론이 위협하듯 그에게 말했다. 그러자 에르하르트가 물러서는 기색 없이 대답했다. 갑자기 끼어든 것치곤 꽤나 뻔뻔한 태도였다.

"하론 영윤이 나를 반가워하지 않는다는 걸 알아. 하지만 나도 게임에 끼고 싶어."

"게임에 이긴다면 무엇을 제안하시려고 그러시는 겁니까?"

"그거야 당연하지 않은가. 바이올렛과의 데이트. 내가 그 기회를 가져가도록 하지."

하론과 에르하르트가 가벼운 언쟁을 주고받았다. 아니, 그런데 결론은 나 때문인 건가? 나는 괜스레 머쓱해졌다.

"아니. 잠깐만요. 당사자인 저를 두고 다들 지금 뭐 하시는 거죠? 제가 누구랑 데이트를 할지는 제가 결정해요."

"그럼 결정해 줘."

당연히 하론과 함께 왔으니, 하론을 선택하는 게 맞았다. 그와 함께 있고 싶기도 했고. 내가 하론의 이름을 말하려던 순간 잠자코 듣고 있던 러셀이 내 말을 막았다.

"잠깐! 그렇담 왕자의 권한으로 바이올렛 공녀에게 명령하지. 공녀는 나와 함께해."

"러셀 님, 비겁해요! 권한이라니. 그리고 오늘 러셀 님은 왕자님이 아니라, 경비로서 지금 있는 거잖아요? 그러니까 그 명령은 무효인 것 같습니다만."

"흠…… 하지만."

이거 상황이 조금 이상하게 돌아가는 것 같은데. 내가 연신 고개를 갸웃거리자 러셀이 중재하기 위해 한 가지 제안을 내놓았다.

"좋아, 알겠어. 그럼 셋이서 공평하게 카드 게임을 해. 게임에서 이긴 사람이 바이올렛과 데이트를 하는 걸로."

아니, 잠깐만 그래서 내 의견은? 나는 분명 하론과 온 것인데, 이젠 졸지에 에르하르트와도 데이트를 하게 될 수도 있다는 게 아니던가. 특히나 에르하르트와의 데이트라면 조금 마음에 걸렸다. 그의 감정적이었던 고백이 있은 후로 처음 보는 것이었기 때문이었다.

저를 진지하게 생각해 달라던 에르하르트.

애석하게도 나는 그 만남 이후에 에르하르트에 대해 생각한 적이 없었다. 아무래도 내가 그에게 가지는 관심의 정도가 그 정도밖에 안 되는 것이 분명했다. 내가 그런 생각을 하던 사이, 하론이 마음에 들지 않다는 투로 말했다.

"이건 말도 안 되는 게임입니다. 애초에 바이올렛과 데이트를 온 건 저입니다."

"그럼 하론은 빠져. 나와 공작만 게임을 하겠어."

……아니 그러니까 내 의견은요.

세 남자는 계속해서 옥신각신했고, 그 사이에 있던 나는 어쩔 수 없이 그들을 말렸다.

"좋아요, 다들 그만해요. 제가 결론을 지어 줄게요. 게임에서 이긴 사람과는 대로를 한 바퀴 가볍게 돌고 오는 거예요. 하지만 아까도 말했다시피 저는 원래 하론이랑 같이 온 거니까. 나중에는 하론과 같이 있는 게 맞다고 생각해요. 이의 없죠?"

그러자 세 남자가 고개를 끄덕였다. 다들 표정은 내심 무언가가 마음에 들지 않는 것 같아 보였지만, 내색은 하지 않았다. 나는 잘 섞인 카드 뭉치를

세 남자에게 내밀었다. 긴장감이 엄습하는 가운데에 남자들이 카드 하나씩을 뺐다. 그리고 뒤집어진 카드를 숫자가 적혀 있는 쪽으로 뒤집었다.

맨 처음으로 러셀의 카드가 보였다. 하트 8. 그저 그런 숫자였다. 다음은 긴장한 표정의 하론. 다이아 킹. 나쁘지 않았다. 일단은 러셀보다도 높은 수였다. 마지막으로 에르하르트가 들고 있던 카드를 봤다.

"……스페이드 에이."

에르하르트가 만족스러운 미소를 지으며 내게 제 카드를 건넸다.

"신은 내 편이었군."

에르하르트의 카드의 숫자가 제일 높게 나와 버리다니. 나는 그가 준 카드의 끝을 조금 구겼다. 뒤늦게 카드의 숫자를 모두 확인한 러셀의 외침이 들렸다.

"이건 사기야! 공작. 솔직하게 얘기해. 술수를 쓴 거지?"

"제가 어떻게 왕자님께 술수를 쓸 수 있겠습니까."

"믿을 수 없어. 내가 제일 낮게 나오다니……."

러셀은 제 금발을 부여잡으며 현실을 부정하려고 했다. 하지만 그런다고 해서 러셀이 뽑은 카드가 바뀌는 것은 아니었다. 나는 난감한 표정으로 하론 쪽을 보았다. 하론은 긴 한숨과 함께 내게 카드를 건네주며 말했다.

"이거 참. 일이 꼬여도 단단히 꼬여 버렸네."

"그러게 말이야. 하론, 이렇게 된 거 얼른 다녀올 테니까. 러셀 님과 잠깐만 기다리고 있을래? 괜히 나 때문에 좋은 날을 망쳐버린 것 같다."

"괜찮아. 아직 시간이 많으니까. 그래도 빨리 다녀와야 해."

"응."

나는 고개를 끄덕였다. 그러자 하론이 내 머리를 몇 번 쓰다듬으며, 내 귓가로 고개를 숙였다.

"절대로 그와 가까이 있지 말고."

그는 고개를 천천히 들어 올리며 나지막이 말했다.

"질투 나니까."

그는 그렇게 말하고는 러셀의 옆에 섰다. 아무 말도 하지 않았다는 얼굴이었다. 나는 그의 태연자약한 얼굴을 보며 경악을 했다. 아니, 경악한 이유는 그의 태연한 얼굴 때문이 아니었다.

질투, 바로 그 단어 때문에 떨려오는 내 심장에 대한 놀람이었다. 이런 내 마음을 모르는 하론은 입술을 부루퉁하게 내밀고 있는 러셀과 대화를 나누었다.

가령,

"러셀 왕자님. 저와의 데이트는 어떻습니까?"

라고 하론이 능글스럽게 말하면,

"나는 남자와 데이트를 하고 싶지 않아!"

라고 러셀이 발끈하는 그런 대화라고나 할까.

"백 미터쯤 먼 곳에서 저를 보면 언뜻 여자로 보이기도 합니다."

"그런 말도 안 되는 소리에 내가 좋아할 것 같아? 저번부터 진짜 죽고 싶어?"

"제발 목숨만은 살려 주십시오."

러셀과 하론이 귀엽게 아웅다웅하는 소리가 들리자 나도 모르게 작게 웃음이 났다. 급히 뛰던 심장은 다시금 잠잠해져 있었다.

"바이올렛. 우린 이만 가는 게 어떤가."

그들을 지켜보던 에르하르트가 나를 채근했다.

"……좋아요."

게임은 게임이니까.

나는 그렇게 생각하며 에르하르트의 뒤를 따랐다.

솔직히 이런 행사에 그가 올 줄은 몰랐다. 러셀이야, 자신의 본거지가 왕궁이었으니까 그렇다고 쳐도, 에르하르트까지 여기서 마주칠 줄은 상상도 하지 못했던 일이었다. 도대체 저와 어울리지 않는 곳엔 왜 온 걸까. 설마 나와 마주치기 위해? 그것은 지나치게 도끼병 같은 생각이었지만, 그런 추측 말고는 다른 추측은 도무지 할 수 없었다.

그렇게 대로를 걷던 에르하르트는 내게 조심스럽게 말을 꺼냈다.

"바이올렛. 내가 했던 말에 대해서는 생각을 했나?"

"······진지하게 생각해 달라는 걸 말씀하시는 거겠죠?"

"잘 알고 있군."

나는 숨길 요량 없이 그에게 솔직하게 대답했다.

"저는······. 공작님 말을 허투루 듣지 않았어요. 그런데 그날 이후에 당신이 생각나지 않더라고요."

단 한 번도.

나는 뒷말을 흐렸다.

"······이 정도면 대답이 됐을 거라 생각하는데."

"얼추 예상은 했지만, 실제로 그런 말을 들으니 꽤 서운하군."

그의 목소리가 씁쓸했다. 에르하르트는 걸음의 속도를 조금 늦추며 어딘가를 초점 없이 응시했다. 흡사 제 생각을 정리하는 것만 같았다.

"좋아. 네가 나와의 끝을 원하는 거라면, 나도 그걸 진지하게 생각해 볼게."

저흰 이미 끝난 사이가 아닌가요? 나는 그렇게 묻고 싶었지만 아무 말도 하지 않았다.

"하지만 끝을 내더라도 서로 좋게 끝내고 싶어. 이런 식의 끝을 나는 원치 않아."

서로에게 좋은 끝이라. 헤어진 여자 친구와 친구로라도 지내고 싶다는 말일까. 그의 말대로 우리가 기분 좋게 끝을 낸다면, 에르하르트는 이제 더 이상 내게 제 사랑을 강요하지 않는 걸까.

그렇게 생각하던 도중에 에르하르트가 걷던 걸음을 멈춰 섰다. 이미 하론과 러셀이 있던 곳과는 꽤 걸어온 뒤였다. 나도 그를 따라 걸음을 멈추자, 어디선가 듣기 좋은 음악 소리가 들렸다. 앞으로 조금 더 걸어가자 사람들이 대로 한복판에서 춤을 추고 있는 게 보였다.

거리의 악사들의 연주에 따라 사람들은 자유로이 몸을 흔들고 있었다. 걸음을 멈춘 채로 그들을 보던 에르하르트가 천천히 움직인 것은 그때였다. 그는 춤을 추던 사람들 속에 자연스럽게 섞여 매끄러운 춤동작을 선보였다. 사람들의 시선이 절로 에르하르트에게 꽂혔고, 나는 눈 깜짝할 사이에 춤을 추고 있는 사람들에게 둘러싸였다. 에르하르트는 멀뚱히 서 있던 내게 손을 뻗어, 나를 제 쪽으로 당겼다.

"너를 처음 봤던 날을 기억해. 넌 내 손을 잡고, 우린 춤을 췄지."

그가 제 발걸음을 따라 나를 리드하기 시작했다. 어쩔 수 없이 그의 발걸음에 따라 움직이자 숨이 조금 가빠왔다. 에르하르트와 춤 같은 것은 추고 싶지 않았지만, 춤을 추는 무리 속에서 아무것도 하지 않는 것은 정말 이상한 일이었다.

"모두가 우리를 주목하고 있었어. 너는 화려한 걸 좋아했고, 나는 그런 네게 눈길이 갔지. 넌 그 자체로도 충분히 화려했으니까."

"……."

에르하르트와 바이올렛이 사이가 좋았던 그때를 얘기하고 있는 것이라 생각했다. 문득 올려다본 에르하르트의 얼굴엔 미소가 가득했다. 햇살을 온전히 받은 그의 입술이 그려낸 미소가 꽤 봐줄 만했다. 아니, 매우 훌륭했다. 그의 얼굴에서 눈을 뗄 수 없을 정도로.

그는 행복해 보였다. 늘 차가웠고, 한편으로 아련하기만 했던 그에게서 처음으로 느낀 낯선 감정의 빛이었다. 에르하르트는 바이올렛과 함께 했던 과거를 떠올리며, 행복함을 느끼고 있는 걸까?

에르하르트가 처음으로 조금 다르게 느껴졌다. 그것이 긍정적인 방향인지는 확신할 수 없었다. 하나 확실한 것은 이런 생각을 하는 와중에도 그의 얼굴에 닿았던 시선을 다른 곳으로 돌릴 수 없다는 거다. 내가 한동안 그의 얼굴에서 시선을 떼지 못하고 있자 에르하르트가 나를 내려다봤다.

"반한 거라면 곤란한데."

역시나 그는 대단한 도끼병 공작이었다는 것을 상기했다. 나는 전혀 죄송하지 않은 투로 대답했다.

"반하지 않아서 죄송하네요."

"오늘은 그때처럼 내 발을 밟지 않을 건가."

저번에 그와 처음 춤을 췄을 때, 그의 발을 힘껏 밟았던 그때가 잠시 떠올랐다. 나는 진지하게 답했다.

"지금 심각하게 고민 중이에요."

"밟아도 상관없어. 네가 그럴 줄 알고 그때보다도 더 튼튼한 구두를 신고 왔으니까."

"나 원……. 밟히고 싶어서 안달 난 사람의 말처럼 들리네요."

"다른 누군가가 아니라, 네게 밟히는 거니까."

에르하르트의 당연한 듯한 대답에 할 말을 잃은 것은 나였다. 나는 작은 한숨과 함께 소모적인 언쟁을 그만두었다. 그에게 말로써 이길 수는 없을 것만 같았다. 흥겨웠던 음악 소리는 이윽고 작아지기 시작했다. 곧이어 열정적으로 연주하던 악사는 제 연주를 멈추었고, 춤을 추던 사람들은 악사에게 박수갈채를 보냈다. 우리도 춤을 추던 것을 멈추고선, 멋진 연주를 선사한 악사에게 박수를 보냈다.

"춤도 다 췄으니, 우리도 이제 그만 돌아가요."

"그래. 너를 데려다주고 나는 이만 빠질게."

에르하르트는 아주 순순히 대답했다. 놀라울 정도로의 말끔한 답변이었다. 나는 춤도 끝났으니 그에게 잡혀 있었던 손을 빼내려 했다. 하지만 에르하르트는 내 손을 놓아주지 않았다. 내가 그에게 손을 놓아달라고 말하려던 순간, 그가 천천히 내 이름을 불렀다.

"바이올렛."

"네?"

내가 대답하자, 그는 내 손을 제 입가 근처까지 가져다 대었다. 그러고선 말릴 새도 없이 손등에 가볍게 입을 맞추는 게 아닌가.

"공작님, 지금 무슨 짓이에요?"

"네가 내게 올 마음이 없다는 거 알고 있어."

그는 내 물음에 다른 대답을 하며 나를 오롯이 보았다. 그리고 이내 내 손을 천천히 놓아주며 이어 말했다.

"머리로는 너무 잘 알고 있는데, 아무래도 나는 널 쉽게 놓을 수는 없을 것 같아."

"에르하르트 공작님."

에르하르트에게 도대체 어떤 대답을 해야 할지 가늠할 수 없었다. 제일 좋은 방법은 전처럼 모진 말을 그에게 하는 것이었다.

'그렇게 말해도 저는 당신을 사랑하지 않을 거예요.'

이런 대답이 최선임을 알고 있었다. 무슨 변수가 생기든지 간에 이 세계 속 남자주인공인 그와, 여자주인공인 샤넌이 사랑에 빠지고 서로 행복하게 지내야 한다는 생각은 변하지 않았다. 머릿속은 충분히 알고 있었지만, 어쩐지 조금은 망설여졌다. 방금 전 보았던 그의 행복했던 얼굴 때문이었을까.

침묵이 맴돌았다. 그는 나를 여전히 바라보고 있었고, 나 또한 그를 바라보고 있었다. 하지만 그가 내려다보는 내 모습은 과거의 그를 사랑했던 진짜 바이올렛임을 느낄 수 있었다.

바이올렛. 당신이 이 상황 속에 놓여 있었다면, 당신은 행복했겠죠? 나는 불현듯 어딘가로 사라져 버린 진짜 바이올렛에게 그렇게 말하고 싶었다.

"……가요. 러셀 님과 하론이 꽤 오래 기다리고 있을 거니까."

침묵을 깨고 내가 말하자, 에르하르트는 고개를 끄덕였다. 러셀과 하론이 있던 자리로 다시 걸어가는 동안 그는 더 이상 아무 말도 하지 않았다. 마치 내게 오늘 해야 할 말은 이미 다 했다는 듯이.

조금 더 걸어가자 하론과 러셀의 모습이 보였다. 그들도 우리를 발견한 것인지 러셀이 멀리서부터 내게 손을 흔들었다. 이내 그들의 앞까지 도착하고서야 걸음을 멈추었다.

"러셀 왕자님. 저는 이만 가 보겠습니다."

"뭐야. 공작. 네 흑심을 채웠다고 이제 퇴장하는 거야?"

"아니라고는 할 수 없겠네요."

에르하르트는 잔잔한 미소를 띠우며 러셀에게 고개 숙여 짧은 인사를 했다. 그는 뒤돌아가며 하론에게도 한마디 했다.

"이제 하론 영윤의 시간을 방해하지 않도록 하지."

하론은 대답 대신 그에게 가볍게 고갯짓으로 인사했을 뿐이었다. 에르하르트가 사라지고 나자, 우리는 길에 서서 잠시 멀뚱거렸다. 뭔가를 해야 할 것 같았지만, 무엇을 해야 할지 잘 가늠할 수 없어서였기 때문이었다. 괜스레 하론에게 눈치가 보이기도 했다. 일 년 전, 나와 궁에 함께 오길 고대했던 그였는데 나 때문에 데이트가 엉망이 되어 버린 것 같았다.

내가 조금 미안한 표정으로 하론을 쳐다보자, 그가 빙그레 웃어 보였다.

미안해하지 않아도 된다는 의미쯤으로 보였다. 설마하니 내가 에르하르트
와 함께 있어도 아무렇지 않다는 의미도 되는 것일까?

　바보 같아.

　어째서 이런 바보 같은 생각을 하고 있는지 알 수 없었다.

9장. 숨기고 있는 것

"무거워. 하루 종일 이런 걸 입고 있는 경비병을 존경하는 바야."

러셀은 입고 있던 갑옷이 무겁고, 답답했던 것인지 불만 섞인 표정을 지어 보였다.

"그러면 갈아입는 건 어때요?"

내가 말하자, 러셀이 게슴츠레한 눈빛으로 나를 쳐다보았다. 의심이 섞인 눈초리였다.

"내가 갈아입고 올 동안 기다려 줄 거야?"

"음…… 아마도요?"

"기다려 주겠다고 확실하게 얘기해. 그럼 얼른 갈아입고 올 테니까."

기다릴까, 기다리지 말까.

나는 하론에게 슬며시 눈짓했다. 그러자 그가 오른쪽 눈을 나에게만 보이게 살짝 찡긋했다. 왠지 모르게 무슨 의도로 그런 눈짓을 했는지 확실히 감이 왔다. 나는 누구보다도 사람 좋은 얼굴로 러셀에게 대답했다. 원작 속 바이올렛이 먹기 좋은 사냥감을 발견했을 때나 짓는 표정쯤이었다.

"좋아요. 기다리고 있을 테니까. 얼른 갈아입고 오세요."

"알겠어. 여기 딱 그대로 있어야 해!"

"아무렴요."

가식적으로 웃는 내 미소에 러셀이 홀딱 넘어간 것인지, 그는 오랫동안 앉아 있던 무거운 몸을 일으켰다. 러셀은 나를 한 번 쳐다보고는 재빠르게 어디론가 가기 시작했다. 러셀이 움직일 때마다 철제가 부딪히는 깡깡거리는 소리가 우스꽝스럽게 울려 퍼졌다. 그가 완전히 사라지자, 우리는 약속이라도 한 듯이 서로의 얼굴을 바라보았다.

"도망가자."

동시에 하론이 그리 말하며 내 손을 이끌었다. 그의 얼굴은 짓궂은 일을 도모하는 열 살배기 어린아이 같아 보였다. 나는 그의 손을 꽉 잡으며 고개를 천천히 끄덕였다.

러셀 님 미안. 물론 마음속으로 홀로 남겨질 러셀에게 사죄를 하는 것도 잊지 않았다.

우리는 대로를 가로질러 빠른 걸음으로 걸어갔다. 목적지는 딱히 없었다. 우린 그저 우리의 발이 닿는 자연스러운 곳으로 향했을 뿐이었다.

해는 왕궁에 도착했을 때보다도 훨씬 더 기울어져 있었다. 푸른빛이 아름다웠던 하늘엔 압도적인 붉은빛에 뒤덮였다. 석양이 지는 풍경은 매일같이 보던 것이었지만, 하론과 함께여서 그런 것인지 새삼스럽게 아름다워 보였다.

우리는 왕궁의 수많은 건물 중 하나에 발을 디뎠다. 건물 안으로 들어가는 것은 위험하지 않냐고 그에게 묻자, 하론은 들키지만 않으면 상관없다고 말했다. 그다운 낙관적인 대답이라고 생각했다. 그의 말대로 뭐, 아무러면 어떠냐는 마음이 들었다. 혹여나 들킨다면 그것은 그때 가서 어떻게 할지 생각하면 그만이었다. 하론의 낙관적인 기운이 내게도 옮은 것은 아닌가 싶었다.

우리는 건물 안의 끝없는 계단을 올라갔다. 숨이 조금씩 차오르고, 이마 엔 땀이 맺히기 시작했지만 걸음을 멈출 수는 없었다. 이내 계단의 끝에 다다라 건물의 옥상에 발을 디뎠을 때, 시원한 미풍이 우리를 반겼다. 찝찝했 던 땀이 난 자리에 시원한 미풍이 닿자, 그것은 되레 상쾌한 기분을 배로 느 껴지게 만들었다.

우리는 왕궁까지 이어지는 대로가 잘 보이는 난간에 걸쳐 앉았다. 고개를 조금 숙이면, 건물의 아찔한 높이에 눈동자가 핑핑 도는 것 같기도 했다. 조 금 무섭기는 했지만, 높은 곳에서 밑을 내려다보는 것이 썩 나쁘지 않았다. 밑을 내려다보자 여전히 분주한 사람들이 한눈에 보였고, 즐겁게 춤을 추는 사람들의 모습도 보였다. 순간 에르하르트가 잠깐 떠오르기도 했지만, 이내 그의 모습을 머릿속에서 지우고야 만다.

"공작과는 즐거웠어?"

하론은 마치 내 생각을 읽은 것처럼 그리 물었다. 나는 배시시 웃으며 그 에게 답했다.

"즐거웠다고 하면 질투라도 해 줄 셈이야?"

"질투뿐이겠어? 화를 낼지도 몰라."

나는 믿을 수 없다는 듯이 그를 보았다. 하론은 단번에 내 눈빛의 의미를 알아차리고선 볼멘소리로 답했다.

"바이올렛. 너 지금 내 말을 장난이라고 생각하는 거지?"

"티 났어?"

"그럼. 하지만 진심이야. 참는 것도 한계가 있다고. 오늘은 러셀 왕자님도 있어서 유연하게 넘어갔지만, 다음은 그렇게 쉽게 보내 주지 않을 거야."

"왜?"

"넌 내 약혼자가 될 거니까. 그런 식으로 다른 남자에게 보내는 건 옳지 않아."

그는 내가 진짜 약혼자가 된 것처럼 말했다. 우리의 약혼은 거짓이었음에도 불구하고.

"어이쿠, 그랬어요? 나도 다음부터는 그렇게 호락호락 에르하르트를 따라나서지 않을 거야. 나는 하론의 예비 약혼녀니까."

그의 말을 따라하며 말하자 하론이 제 눈썹을 작게 일그러뜨렸다. 필시 무언가가 마음에 들지 않는 표정이었다. 그러다 하론은 제 품에서 무언가를 주섬주섬 꺼내기 시작했다. 그러고선 주먹을 쥔 오른손을 내 앞에 내밀었다. 내가 의문스러운 눈으로 그를 보자, 하론이 쥐고 있던 손을 천천히 폈다.

"선물."

"응? 이게 뭐야?"

"너 기다리다 생각이 나서."

하론이 손바닥을 완전히 펴 보였다. 거기엔 작은 핀이 있었다. 꽃 모양의 아주 예쁜 보랏빛 머리핀이었다.

"우와, 네가 산 거야?"

"그럼."

"네가 고른 거고?"

"당연한 걸 묻고 있어."

하론은 대단한 일을 한 양 제 어깨를 한껏 으쓱거렸다. 나는 괜스레 하론이 여러 핀들 중에서 내게 무슨 핀을 줄지 고민했을 모습이 절로 상상되어, 작게 키득거리고야 만다.

"고마워."

"역시 나밖에 없지?"

"응. 그럼 기왕 네가 사온 김에, 내 머리에 달아 주지 않을래?"

내가 그렇게 말하자 하론이 처음으로 곤란한 표정을 지었다.

"해 본 적이 없는데……."

"진정한 남자라면 도전을 두려워하지 않는 법이지."

무슨 생각으로 그런 말을 한 건지 모르겠지만 그의 곤란한 표정을 보고 있자니 한껏 장난을 쳐 주고 싶은 생각이 들었다. 장난스러운 내 말에 하론이 생긋 웃어 보이며 곤란했던 표정을 풀었다. 그러고선 무언가를 결심한 눈빛으로 나를 내려다봤다. 아주 커다란 결심을 한 것처럼 보였다고나 할까.

"좋아. 도전해 볼게."

하론은 나보다도 예쁜 제 손으로 핀을 집어 들었다. 이내 그는 주춤거리며 내 머리에 핀을 대었다. 그의 손끝이 미세하게 떨리는 게 얼핏 보였다. 긴장이라도 하는 건가. 또다시 웃음이 나올 뻔했지만, 하론의 표정이 지나치게 진지하여 웃음을 참아 내고야 만다. 하론은 조심스러운 손길로 내 머리 위에 핀을 달았다. 그것이 제대로 자리 잡은 것을 본 하론이 기다란 한숨을 내쉬었다.

"어때?"

내가 묻자, 하론은 고개를 조금 기운 채로 나를 꼼꼼히 바라보았다.

"예쁘다."

작게 속삭인 그의 말이 내 귓가에 부드럽게 스며들었다. 나는 괜히 부끄러워져 멋쩍게 머리카락을 꼬며 그에게 말했다.

"진심이야?"

"그럼. 설마 진심이 아닐 거라고 생각하는 거야?"

"잘 모르겠어."

그냥. 너무 진심같이 느껴져서 내 마음대로 착각하고 싶어져.

나는 뒷말을 이어하지 못하고, 그의 시선이 닿지 않는 곳을 바라보았다. 그러자 하론이 내 양 볼을 감싸 쥐었다. 그의 손의 힘에 따라 내 얼굴이 하론 쪽으로 돌아가기 시작했다. 저항감은 일체 들지 않았다.

"예뻐. 아주 예뻐. 미칠 듯이 예뻐."

"뭐, 뭐야!"

"어디서 들은 적 있어. 똑같은 말을 여러 번 말하면, 진심이 닿는다고. 네가 바란다면 원하는 만큼 얘기해 줄게. 내 진심이 닿을 때까지."

"……."

"내 말을 이제 조금 믿겠어?"

"……뭐 그런가 보지."

"바이올렛. 대답이 마음에 들지 않아."

하론이 내 뺨을 잡은 두 손에 힘을 주었다. 그에게 퉁명스럽게 대답하기는 했지만, 나는 진즉부터 하론의 말을 진심으로 느끼고 있었다. 저런 진지한 눈빛으로 말하는데, 어떻게 그것이 진심이 아닐 수가 있을까.

하지만 문제는 따로 있었다. 진짜 문제는 그것을 진심으로 받아들이고 있는 내 마음의 문제였다. 나는 하론에게 진심 이상의 무언가를 더 바라게 될까 봐 짐짓 두려운 마음이 들었다. 정말로 그를 완전히 사랑하게 되어 버릴까 봐 두려웠다. 누군가를 사랑하게 되는 것은 황홀한 일이었음에도 불구하고 내겐 그것이 달갑지 않았다.

나는 진짜 바이올렛이 아니었기 때문이었다. 그가 나를 소중히 대하는 것이 내가 '바이올렛'이기 때문이라면.

"믿어, 믿을게. 미칠 듯이 믿고 있어."

내 대답이 마음에 든 하론이 그제야 내 뺨을 놓아주었다. 그의 손길이 지나간 뺨이 뜨거웠다.

"이 정도면 내 말도 믿을 만한 거지?"

"물론."

그는 기분 좋은 미소를 지었다. 그의 뺨에 언제나처럼 보조개가 예쁘게 파였다. 그의 미소는 여느 때처럼 보는 사람조차 기분을 좋아지게 만들었지만, 그것은 나를 더욱 불안하게 만들었다. 그런 생각이 들었기 때문이었다.

그는 예전의 바이올렛을 떠올리며 나를 좋아하고 있는 걸까? 어디론가 사라져 버린 과거의 바이올렛을 떠올리며 내게 친절하게 대하고 있는 걸까? 에르하르트가 내게서 예전의 바이올렛을 투영하였듯이.

그렇게 생각하자 주체할 수 없는 씁쓸함이 들었다. 에르하르트가 내게서 과거의 바이올렛을 찾고 있다는 것을 깨달았을 때는 전혀 느끼지 못했던 씁쓸함이었다. 그 이상야릇한 씁쓸함은 오랫동안 내 마음속에 돌고 또 돌았다.

"하론."

"응?"

"궁금한 게 있어."

"뭔데? 네가 궁금해하는 거라면 뭐든지 대답해 줄 수 있어."

"……정말 만약에 내가 진짜 바이올렛이 아니라면, 넌 어떨 것 같아?"

뜻밖의 질문 때문이었을까. 하론은 잠시 아무 말도 하지 못했다. 그는 무언가를 생각하는 듯해 보였다. 무슨 생각을 하고 있을까. 불과 몇 초가 흘렀음에도 불구하고 시간이 느릿하게 흘러가는 것만 같았다.

이내 생각을 끝낸 그의 부드러운 입매가 서서히 움직이기 시작했다.

"이상한 질문이라고 생각하지 않아?"

"어디가 이상한데?"

"내 눈이 이상하지 않는 한, 너는 바이올렛이 확실해. 보랏빛 머리카락, 보랏빛 눈동자. 네가 바이올렛이 아닐 리가 없잖아."

"……."

"그렇다면 네가 물은 것은 단순히 외관적인 것을 말하는 건 아닐 거라는 생각이 들었어."

하론의 푸른 눈동자가 느릿하게 깜빡였다.

"그래서 결론은?"

"여기서 내가 생각할 수 있는 건, 정말 말도 안 되는 상상뿐이야. 가령 네가 바이올렛의 영혼이 아니라든지. 그런 것?"

내 말의 의미를 꽤 정확히 간파하자, 나는 조금 놀라 입술을 동그랗게 벌였다. 설마하니 그가 뭔가를 이미 진즉부터 눈치채고 있었던 것은 아닐까 싶었다. 그럴 일은 없을 텐데.

하론은 담담히 제 말을 이어 했다.

"하지만 인생을 살아가며 다양한 일들을 겪으면서, 정말 말도 안 되는 일이 실제로도 일어날 수 있다는 걸 깨달았어."

그는 그리 멀지 않는 과거를 떠올리는 듯 잠시 초점 없이 어딘가를 보았다. 하론은 여전히 내 얼굴에서 눈을 떼고 있지 않았지만, 그렇다고 해서 내 얼굴을 보는 것 같이 느껴지지 않았다.

"네게도 그런 일이 생겼던 걸까?"

그는 손을 뻗어 내 얼굴에 조금 흘러내린 머리칼을 매만졌다.

"……만약에 그런 일이 진짜로 생겼다면? 너는 이제 나를 싫어할 거야?"

"글쎄. 단언하기 힘들겠는데. 왜냐면 너는 과거에도 내가 좋아했던 바이올렛이었고, 지금도 내가 좋아하는 바이올렛이니까."

"어렵구나."

나는 도대체 그에게 무슨 대답을 기대하고 있었던 걸까.

'지금의 네가 좋다.'라는 말을 바라고 있었던 걸까?

시간이 흐르고 그와 함께하는 기억이 많아질수록, 생겨나는 것은 욕심이었다. 하론이 나를 나로서 온전히 좋아해 준다면 얼마나 좋을까. 자신의 소꿉친구 바이올렛이 아닌, 오로지 나로서.

내가 바이올렛에 빙의된 이상, 그것이 불가능할 것이라는 것을 앎에도 불구하고, 나는 그런 일이 실제로 일어나기를 바랐다.

그저 그가 행복하기만을 바랐던 나였는데. 이제는 그의 진정한 행복이 나와 함께하는 행복이길 은연중에 바라고 있었다. 네가 있을 미래에 내가 있기를.

나는 그런 것들에 욕심이 생겼다.

언제부터 그 욕심이 돌이킬 수 없을 정도로 커져 버린 걸까. 커져 버린 욕심이 뜻하는 바는 무엇일까. 그것은 에르하르트를 만났을 때와는 또 다른 감정이었다. 끊임없이 내게 구애를 하던 에르하르트에게는 생기지 않았던 감정이기도 했다.

사랑의 전조.

나는 그제야 오랫동안 잊고 있었던 누군가를 좋아하는 마음을 제대로 떠올릴 수 있었다. 과거의 그 순간 느꼈던 그 마음은 지금 내가 하론에게 갖는 마음과 퍽이나 닮아 있었다.

나는 조용히 하론의 이름을 불렀다.

"하론."

"응. 또 궁금한 게 남은 거야?"

나는 대답하기 전 심호흡을 길게 내쉬었다.

"네게 숨기고 있는 게 있어."

"숨기는 거?"

"응. 네가 알면 충격 받을지도 모르는 일이야."

하론이 조심스럽게 내게 물었다.

"흐음. 뭔지 물어봐도 괜찮을까?"

나는 하론이 준 머리핀을 손끝으로 매만지며 대답했다.

"나중에. 우리의 약혼식이 끝나면 얘기해 줄게."

"설마……."

"응?"

하론이 눈을 게슴츠레하게 뜨며 나를 보았다. 그는 진지했던 얼굴을 지우고, 어느새 말간 미소를 짓고 있었다.

"나를 좋아한다고 고백하려는 건 아니겠지? 후아, 뭐야. 나 왜 이렇게 긴장되는 거지."

하론이 민망했던 것인지 제 뺨을 긁적였다. 차라리 좋아한다고 고백하는 거였다면 좋을 텐데. 나는 그가 짓고 있던 미소를 따라 지으며 대답했다.

"따지고 보면 고백 비슷한 것일 수도 있어."

나는 사실 네가 알고 있던 바이올렛이 아니야. 나는 그녀의 빈껍데기 속에 들어간 다른 영혼이야. 너는 그럼에도 나를 계속해서 지금처럼 대해 줄 수 있니?

그것이 그에게 하고 싶은 고백이었다.

그를 좋아하게 되었다는 말보다도 먼저 하고 싶었던 그 고백.

내가 솔직하게 내 정체를 털어놓는다면, 그는 내게 충격을 받고선 이젠 나를 저와 전혀 관련이 없는 사람으로 대할지도 몰랐다. 구태여 사실을 얘기하지 않는다면, 지금처럼 하론과 계속해서 행복하게 지낼 수 있을 것이었다. 하지만 그럼에도 불구하고 나는 하론에게 진실을 말하고 싶었다. 그와 내가 아무런 상관이 없는 사람이었다면 나는 바이올렛인 양 그대로 그를 속였겠지만, 하론은 이제 내게 아무런 상관없는 사람이 아니게 되어 버렸으니까.

내가 바이올렛이 아닌 다혜로서 너를 좋아하게 되어 버린 거니까.

"그 고백. 기대할게."

하론이 예쁘게 웃어 보이자 가슴이 빠르게 뛰기 시작했다.

그것은 바이올렛의 심장이 아닌, 내 심장이었다.

***

우리는 해가 완전히 지고 나서야 궁성을 나섰다. 옷을 갈아입고 온다던 러셀은 돌아가는 내내 보이지 않았다. 아마도 조금은 화가 났을 거란 생각이 들기도 했다. 다음에 만날 때 제대로 사죄를 해야 하지 않을까.

마차가 있던 곳까지 걸어가던 그때에 무방비하게 놓여 있던 내 손을 하론이 가볍게 부여잡았다.

"하론?"

나는 그의 이름을 의문스럽게 불렀다.

"마차까지만."

그는 그리 대답하며 내 손을 좀 더 꽉 부여잡았다. 구태여 그와 맞잡은 손을 빼고 싶지는 않았다. 마차에 탔을 때 하론은 조금 심란한 표정을 지었다. 분명 방금 전까지 기분이 좋았던 표정이었는데.

"하론, 얼굴이 좋지 않아 보여."

그러자 하론이 대답 없이 물끄러미 나를 보았다. 그의 눈동자는 무언가를 말하길 망설이는 것만 같이 보였다.

"그냥. 네가 한다던 그 고백에 대해서 자꾸만 생각하다 보니까……."

"보니까?"

그는 말끝을 흐리며 벌리고 있던 입을 다물었다. 말이 없던 그는 몇 초가 지나고 나서야 제 입술을 다시 달싹거렸다.

"나도 네게 고백을 하고 싶어져서."

"……뭐?"

고, 고백이라니. 갑작스러운 그의 말에 당황한 것은 나였다.

"바이올렛. 네가 생각하는 그 고백은 아니니까, 이미 고백을 받은 표정은 삼가 줄래?"

"내, 내가 무슨 고백을 생각했다고."

그러자 하론이 옅은 미소를 지으며 대답했다.

"너를 무척 좋아한다는 고백?"

……간파 당했군. 솔직히 그런 생각을 하지 않았다면 그것은 거짓말이었다.

"물론 너를 무척 좋아해. 하지만 내가 네게 털어놓고 싶은 고백은 그런 게 아니야. 뭐랄까. 좀 더 심오하고, 난해하다고 할까."

심오하고, 난해해? 도무지 그의 의중을 짐작할 수 없는 단어들이었다. 내가 고개를 갸웃거리자 하론이 제 말을 덧댔다.

"그렇다고 크게 심각해지지 마. 그럼 내가 부담스러워질 것 같으니까."

"심각하게 얘기해 놓고, 심각해지지 말라는 건 도대체 무슨 심보야?"

"내가 그랬던가? 하여튼 별것 아니야. 그냥 네가 내게 고백을 한다길래, 나도 네게 고백을 해야 할 것만 같은 기분이 들었다고나 할까."

하론은 거기까지 말하고선 다시 입을 닫았다. 그 고백에 대해 더 이상 말하지 않겠다는 태도였다.

수상한데 말이지. 하지만 나는 굳이 그를 좀 더 캐묻지는 않았다. 나도 하론에게 털어놓기 힘든 비밀이 있듯이, 그 또한 그런 비밀이 없으란 법은 없었으니까.

**

"전하, 표정이 좋지 않으십니다."

그 시간, 러셀은 걱정스럽게 묻는 제 보좌관을 물끄러미 올려다보았다.

"기분이 좋지 않으니까, 표정이 좋지 않은 거잖아. 당연한 걸 묻고 있어."

그는 괜스레 보좌관에게 화풀이를 했다. 그가 전혀 잘못한 것이 없었음에도 불구하고.

러셀은 전신 거울 앞에 서서, 멋스럽게 입은 제 모습을 꼼꼼히 살펴보았다. 손이 베일 정도로 잘 다려진 셔츠에, 빡빡해 보이는 조끼와 구매한 지 얼마 되지 않은 새 구두까지도.

그것은 뭇여자들이 좋아할 만한 완벽한 구색이었다.

그래, 이렇게 완벽히 입었는데…….

"그런데 왜 도망을 간 거야."

러셀은 긴 한숨을 푹푹 내쉬었다. 기다리겠다는 하론과 바이올렛의 말을 너무나도 쉽사리 믿었던 것이었을지도 몰랐다. 너무나도 순진하게 군 걸까.

러셀은 편안한 옷으로 갈아입을 생각을 하지 못하고, 소파에 쓰러지듯이 앉았다. 눈을 느릿하게 깜빡이자 방금 전에 보았던 바이올렛의 얼굴이 떠올랐다. 아무렇지 않게 제게 팔짱을 끼며,

'러셀 오빠.'

라고 했던 말이 귓가에 이명처럼 맴돌았다. 여자와 처음 팔짱을 끼는 것도 아니었고, 오빠라는 말을 처음 들은 것도 아니었다. 그러나 그녀의 부드러운 살갗이 닿았던 제 팔과, 그녀가 저를 부르던 그 호칭이 조금 특별하게 와 닿고 있었다. 어째서 그런 느낌이 들었는지 러셀은 도무지 짐작할 수가 없었다.

"……카드 게임에 이겨서 꼭 같이 있고 싶었는데."

도대체 왜 그런 작은 일에 미련이 남는 건지도 모르겠다.

러셀은 그렇게 한참이나 앉아 있은 후에야 옷을 갈아입을 수 있었다. 평소에 늘 입던 정복으로 갈아입고, 책상 앞에 앉아 업무를 보고 있었지만, 도무지 집중이 되지 않았다. 그는 아직까지도 제 귓가에 남아 있는 바이올렛의 목소리를 떠올렸다.

'러셀 오빠.'

"……미쳤군."

고작 그 말이 뭐라고 거기에 정신이 빠져, 다른 일을 하지 못하느냐 말인가.

러셀은 더 이상 볼 자신이 없는 서류들을 책상 어귀에 밀어 버리고선, 팔을 올려 제 손에 턱을 괴었다. 사실 그녀의 모습이 잔상처럼 제게 머물게 된 것은 조금 더 이전의 일이었다.

그의 눈은 어딘가를 초점 없이 바라보며 멀지 않은 과거를 떠올렸다.

마른하늘에 날벼락같이 등장한 샤넌. 아직까지도 제 동생이라고 느껴지지 않는 그 아이가 등장하기가 무섭게 바이올렛은 저를 찾아왔다. 왕자이긴 하나 평소에 귀족가의 영애들과 친하게 지내지 않았던 러셀이었기에, 그녀의 방문은 의아한 것이었다.

설마하니 제게 관심이 있어서 찾아온 것은 아닐까, 하는 덧없는 기대를 잠깐 했다. 실제로 그것은 그의 기대에 그쳤지만.

바이올렛은 제 사랑을 이루기 위해 저를 찾아온 것이었다. 그러니까 제 사랑에 방해가 되는 샤넌을 함께 괴롭히자 청하러 왔다고나 할까.

바이올렛의 제안은 얼추 이해가 됐다. 저가 사랑하는 에르하르트 공작이 샤넌에게 관심을 보이고, 자신은 샤넌을 싫어했으니. 저와 바이올렛이 합심하여 샤넌을 괴롭힐 이유가 다분했다. 러셀은 바이올렛의 제안이 마음에 들어, 악랄한 수법으로 샤넌을 괴롭히려고 했다. 하지만 그 후에 저를 찾아온 이 때문에 마음을 고쳐먹었다. 손익을 따졌을 때 아무래도 후에 찾아온 이의 제안이 좀 더 이득이 있었기 때문이었다.

그래, 그때까지는 분명 바이올렛이 아무렇지도 않았는데…….

티가든에서 보았던 그녀의 모습부터 조금 새롭게 느껴졌던 것 같았다. 언제나 공작만을 바라보던 그녀가, 더 이상 에르히르트 공작을 좋아하지 않는다고 제게 말했던 그때부터.

일전에 만났을 땐 초조함만이 엿보였던 바이올렛이었으나, 그날에 보았던 그녀는 평소와 달랐다. 뭐랄까. 평온해 보였다고 해야 할까? 그것도 아니라면 어딘지 모르게 저를 놀리려는 모양새가 개구지게 보였다고 해야 할까. 무슨 까닭인지 모르게 갑작스레 느슨한 태도로 바뀐 바이올렛이 나쁘지 않았다.

되레 그녀에게 옅은 호감이 생겼다. 그래서 어쭙잖게 재킷을 벗어 주며, 재킷을 가지고 오길 기다린다고 말했을지도. 실상 기다려졌던 것은 느슨한 태도의 바이올렛이었지만.

러셀은 처음으로 저를 편안하게 대한 여자에게 제 마음을 표현하는 게 조금 서툴렀다. 다시 그녀를 만났을 때, 그때도 그녀가 느슨한 태도로 굴지, 아님 에르하르트 공작을 죽도록 사랑했던 그 바이올렛으로 돌아가는 것은 아닐지 정말 궁금했다.

막상 다시 만난 그녀는 놀라울 정도로 에르하르트 공작을 신경 쓰지 않았다. 제게 저의 사랑을 호소하던 그 바이올렛과 동일 인물이라고는 전혀 믿기지가 않을 정도였다. 그녀는 티가든에서 보았던 모습대로 제게 장난을 쳤으며, 저를 놀렸다. 결코 그 누구도 자신에게 하지 않던 행동들이었다. 왕자라는 신분 때문인지 어려서부터 모두 자신을 어렵게만 대하기 일쑤였으니까.

타인과 편안히 얘기를 나눈 것은 바이올렛이 처음이었다.

그렇기에 이토록 바이올렛이 자꾸만 생각이 나는 걸까.

러셀은 무거울 대로 무거워진 한숨을 내쉬었다.

저도 모르게 바이올렛에게 한 발자국씩 더 다가가고 있었지만, 바이올렛의 곁에는 항상 하론이 존재했다. 언제나, 무슨 사건이 일어나든 그는 바이올렛의 커다란 버팀목처럼 그녀의 곁을 지키고 있었고, 이내 그녀와 약혼을 하기에 이르렀다.

"약혼이라……."

바이올렛의 약혼이라는 말에 가슴이 먹먹해지는 건 또 왜일까.

왜 그녀의 객쩍은 말투와 장난스러운 미소가 다시금 보고 싶어지는 것인지 전혀 알 수 없었다. 러셀은 눈을 느릿하게 감았다 떴다. 귓가에선 여전히 뜨문뜨문 바이올렛의 '러셀 오빠'라는 음성이 떠나질 않았다.

"재킷도 받았으니, 이젠 무슨 핑계로 기다리면 좋을까."

그는 오랫동안 고민에 잠겼다. 도대체 이런 마음을 어떻게 내색해야 하는 것인지 전혀 몰랐기에.

다음 날까지 심각하게 고민을 하던 러셀은 바이올렛을 직접 찾아가기로 마음을 먹는다. 맡겨 놓은 재킷도 없었고, 미리 해 둔 약속도 없었지만, 그런 식으로 그녀를 떠올리며 시간을 보내긴 싫었다. 이내 바이올렛의 공작저까지 간 러셀은 그녀의 시녀에게 저가 왔음을 고했다.

그녀를 기다리는 시간이 그렇게 길게 느껴질 수가 없었다. 괜스레 초조해져서 자리에 가만히 앉아 있을 수도 없었다. 목줄 풀린 강아지처럼 주위를 배회하며 그녀를 기다릴 뿐이었다. 이내 응접실의 문이 열리고, 조금은 놀란 듯한 바이올렛이 안으로 들어섰다.

"……러셀 님?"

그녀는 저의 방문이 정말 의외라는 듯이 제 이름을 불렀다. "어, 바이올렛."

"러셀 님? 여긴 도대체 무슨 일이세요?"

바이올렛이 제게 성큼성큼 걸어오며 물었다. 보폭이 큰 그녀의 걸음걸이에 따라서 제 심장도 바삐 뛰는 것만 같았다.

"나, 나는……. 그러니까 절대로 네가 보고 싶어서 온 건 아닌데."

"네?"

망할, 이 무슨 해괴한 대답이지. 러셀은 제 뜻대로 나오지 않는 말에 제 볼을 작게 긁적였다. 순간 의아하게만 보던 바이올렛이 뭔가가 떠오른 듯 제게 소리쳤다.

"아! 설마! 저희가 몰래 도망가서……. 화나서 찾아온 거예요?"

아……. 맞다, 나 왕궁에서 버림을 받았었지.

러셀은 잠시 잊고 있었던 사실을 급히 상기하며 세차게 고개를 끄덕였다.

그래, 그 핑계가 적당하군.

"그, 그래! 내가 얼마나 화가 났는지 알아?!"

"죄송해요, 러셀 님. 저희가 일부러 그러려고 했던 게 아니라……."

"너무했어. 그렇게 나를 놔두고 갈 거라고는 예상하지 못했다고."

"죄송합니다."

바이올렛은 정녕 미안한 얼굴을 했다. 그러자 러셀은 화가 나기는커녕 마음이 애달파졌다.

"그렇게 미안하면, 오늘은 나와 함께해."

"네?"

"왕궁……. 나랑 같이 돌아다니자고. 그때 못 했으니까."

"네?"

바이올렛이 이해할 수 없다는 듯이 저를 쳐다보자, 러셀은 헛기침을 두어 번 했다.

"너랑 같이 있고 싶어서 그런 거라는 착각 따위는 하지 마. 나는 그 저……. 어제 못 했던 걸 하고 싶은 것뿐이니까."

오늘은 너도 내게 조금은 다가와 줬으면 좋겠어, 바이올렛. 러셀은 그렇게 생각했지만, 그 생각은 소리가 되어 입 밖으로 나오지는 못했다.

***

나는 러셀의 얼굴을 가만히 응시하며 생각에 잠겼다. 러셀의 진짜 의중은 무엇일까.

첫 번째, 정말로 화가 나서 나를 찾아온 것이다.

이 가설이 맞다고 하기엔 러셀의 얼굴이 지나치게 느슨해 보였다. 그는 화를 내러 온 사람이라기보다는……. 뭐랄까. 엄마가 사탕을 안 사 줘서 삐친 듯한 어린아이의 얼굴처럼 보였을 뿐이었다.

그렇다면 두 번째, 정말로 나와 왕궁을 돌고 싶어서 찾아온 것이다.

이 가설은 나름대로 일리가 있어 보였다. 러셀은 어제 그런 식으로 나와 하론이 도망간 사실을 퍽이나 아쉬워한 것은 아닐까. 아니, 생각해 보니 이 가설엔 치명적인 오류가 있었다.

러셀이 구태여 아쉬워할 이유가 없다는 것이었다.

왕궁은 그가 매일같이 가던 곳이었고, 고작 우리와 함께 돌지 못한 것이 아쉬울 리가 없었다. 더군다나 하론과 나를 찾아온 게 아니라, 나를 찾아온 것이라.

"러셀 님. 하론도 부를까요? 어제와 똑같이 말이에요!"

"무, 무슨 소리를 하는 거야! 하론은 전혀 필요 없다고!"

오호라, 그렇다면 나와 함께 있고 싶다는 건데. 나는 게슴츠레한 눈으로 한참이나 그를 노려보았다. 이상한 생각인 줄 알았지만, 자꾸만 그런 생각이 들었다.

이 바보 왕자님이 설마 나를 좋아하는 게 아닌가 하는.

원작이었던 '샤넌을 위하여'에서 러셀의 러브라인 같은 것은 전혀 나오지 않았었다. 사실 러브라인이 나올 만큼 그의 비중이 큰 것도 아니었고. 그는 바이올렛과의 모의가 실패하자, 서서히 나오지 않는 인물 중 하나였다. 후하게 쳐주자면 스쳐가는 엑스트라 중 비중이 높았다고 해야 할까.

더군다나 그가 굳이 바이올렛을 좋아할 이유도 없었다. 소설의 시작부터 끝까지 샤넌만을 끊임없이 미워하는 그녀를 어느 누가 제대로 좋아할 수가 있었을까.

그렇기에 러셀이 대뜸 나를 좋아하게 되었다는 건, 정말 이상한 일이라고 생각했다. 여전히 미심쩍은 생각이 들긴 했지만, 나는 이내 고개를 내젓고야 만다.

그건 정말 가당치도 않은 가설인 거야.

***

결국 밖으로 나온 우리는 왕궁까지 천천히 걸어갔다. 걷기 좋은 날씨이기도 했고, 왕궁까지 멀지 않았으니까.

막상 러셀과 걸으니, 내 곁에 있던 하론이 조금 그리워졌다. 항상 내 옆에 같이 걷던 것은 그였기 때문이었다. 나는 지금 곁에 없는 하론을 떠올리며, 그가 내게 주었던 조심스럽게 매만졌다. 나오기 전에 급하게 하고 나온 머리핀이었다. 그것을 만지고 있자 잠시나마 그가 내 곁에 있는 듯한 느낌이 들었다.

하론.

나는 불러도 대답 없을 그의 이름을 마음속으로 나지막이 불렀다. 넌 지금 어디에서 무엇을 하고 있을까.

멍한 시선으로 그를 생각하던 차에 러셀이 내 손목을 강하게 쥐어 잡는 게 느껴졌다. 그러고는 생각보다 강한 악력으로 나를 제 쪽으로 끌어당겼다.

"……러셀 님?"

이내 내가 그의 등에 무방비하게 안기자, 러셀이 손목을 잡지 않은 나머지 손으로 내 등을 부드럽게 쓰다듬었다.

"무슨 생각을 하는 거야! 마차에 치일 뻔했잖아."

러셀은 조금 격앙된 목소리로 나를 다그쳤다. 그의 말이 끝나기 무섭게 우리의 옆으로 마차 하나가 시끄러운 소리를 내며, 아슬아슬하게 지나갔다. 성난 듯이 굴러가는 바퀴 소리가 어째서 지금에야 제대로 들리는 건지 알 수 없었다. 내가 그만큼 하론에 대해 깊이 생각을 했던 걸까.

그가 끌어당기지 않았다면, 마차에 꼼짝없이 치였을 것이었다.

"아, 죄송해요. 잠시 딴생각을 하느라."

"너는 나를 옆에 두고 도대체 무슨 생각을 한 거야."

그는 정말로 화난 얼굴을 하고 있었다. 늘 부드러워 보였던 금안은 딱딱하게 굳어 있었고, 미간은 옅게 찌푸린 채였다. 적어도 공작저에 찾아와 저를 왜 따돌렸냐고 귀엽게 툴툴거리던 얼굴과는 정말 판이한 것이었다.

"이젠 다른 생각을 하지 않을게요. 그러니까, 이제 좀 놓아주시겠어요?"

그는 그제야 우리가 너무나도 가까웠다는 걸 인지했다는 듯이 나를 놓아주었다.

"뭐……. 나는 그, 그러고 싶어서 그랬던가."

그는 머쓱했던지 고개를 조금 숙인 채로 제 뒷머리를 긁적였다. 그는 고개를 숙인 채로 한참이나 아무 말도 하지 않았다.

정말 화가 많이 났던 건가.

내가 저를 옆에 두고 딴생각을 했기에 화가 난 것인지, 그것도 아니라면 내가 마차에 치일 뻔했던 사실이 화가 났던 것인지는 알 수 없었다. 어찌 되었건 그가 화가 난 이유가 나 때문인 것은 확실했다. 나는 시선을 바닥으로 떨어뜨린 그의 얼굴에 내 얼굴을 가까이 가져다 대며 말했다.

"러셀 님. 진짜 화났어요? 죄송해요."

"……."

러셀에게 대답이 돌아오지 않자 나는 좀 더 그의 얼굴에 가까이 얼굴을 대었다. 서로의 숨결이 느껴질 정도로 가까운 거리였다. 갑작스럽게 내가 너무 가까이 다가와 버리자, 그제야 깜짝 놀란 러셀의 금안이 내 얼굴에 닿았다. 색소가 옅은 묘한 노란빛의 그의 눈동자가 미세하게 흔들리는 게 보였다.

"네? 러셀 님, 화 풀어요. 다신 그러지 않을게요."

뭘 그러지 않겠다는 건지. 딴생각을 하지 않고, 마차를 조심해야 한다는 건가. 나는 괜스레 그런 생각이 들어 머쓱한 미소를 지었다.

"……너……."

순간 러셀은 황급히 뒤로 몇 걸음 물러섰다. 내게 떨어져 나간 러셀의 얼굴이 눈에 띄게 붉어져 있었다.

"그렇게 갑자기 가까이 와 버리면 당황스럽잖아!"

"러셀 님이 아무 대답도 없으시길래……."

그는 길게 심호흡을 내뱉으며 자신의 오른손을 가슴팍에 올려 두었다.

"심…… 심장이."

"심장이?"

러셀은 더 이상 이어 말하지 못하고 나를 바라봤다. 그의 얼굴이 방금 전보다도 훨씬 더 붉게 물들어 있었다.

"러셀 님? 심장이 아프신 거예요?"

"……아니……. 아무것도."

러셀은 왠지 모르게 복잡해진 표정으로 제 머리칼을 연거푸 쓸어 넘겼다.

"우리 뭐 좀 마실까? 목이 좀 말라서."

그는 내 대답을 바라고 한 말은 아니었는지, 앞서 걸어가기 시작했다. 앞서 가는 그의 어깨가 축 처져 보인다면. 그것은 내 착각이었을까.

***

이내 우리는 분위기가 고풍스러워 보이는 카페 안으로 들어왔다. 러셀은 혹여나 누군가가 저를 알아볼까 싶어 어쭙잖게 얼굴을 가렸지만, 다행히 손님은 거의 없었다. 우리는 가게 안쪽의 조금 구석진 자리에 앉았다.

몇 분 뒤에 카페에 들어오며 시켜 두었던 음료가 나왔다. 러셀은 차가운 음료가 나오기 무섭게 단숨에 반을 비워 버렸다. 정말로 목이 제대로 탔던 것인지.

나는 음료를 가볍게 몇 모금 마시며 러셀을 빤히 응시했다. 확실히 방금 전보다 얼굴의 붉은 기운이 사그라지긴 했지만, 그의 볼 주변은 여전히 붉었다.

"하─ 살 것 같다."

"그렇게 목이 마르셨던 거예요?"

"꼭 그런 건 아니지만…… 여러모로 다른 일을 하지 않으면 안 됐어서."

"네?"

"아냐, 됐어. 그 얘긴 거기까지만 해."

러셀은 기다란 한숨을 쉰 뒤에 반쯤 남아 있던 음료까지도 모두 마셔 버렸다. 그러고선 한참이나 말을 하지 않았다. 그는 무언가 고민하는 듯이 눈동자를 가볍게 굴렸다. 그의 손이 무의식중으로 테이블 위를 가볍게 두드리고 있기도 했다. 그 모습은 마치 하고 싶은 말을 할지, 말지 고민하는 모습에 가까운 것이라고 생각했다.

나까지도 음료를 반쯤 마시고, 러셀이 추가한 음료가 다시 나왔을 때, 그는 그제야 제 입을 달싹였다.

"그러니까 너희는 언제 약혼식을 하는 거야?"

"제 생일날이요. 왜요? 러셀 님도 오시게요?"

"네 생일이 언젠지 내가 어떻게 알아. 그리고 뭐, 딱히 가고 싶은 것도 아니고……."

러셀은 조금 볼멘소리로 대답했다.

"제 생일까지는 거의 이 주 정도 남았어요."

"이 주라. 정말 얼마 남지 않았구나."

"네."

"어……. 그러니까……. 준비는 잘 돼가?"

"조촐하게 할 예정이라서 딱히 준비할 건 없어요. 하지만 저택에 무언가 가 끊임없이 오가긴 하더라고요. 더군다나 아이린 님께 붙잡혀서 드레스도 하루 종일 보고……. 말하고 보니까 꽤 준비한 게 많네요. 하하."

말하고 나니 그날의 기억들이 주마등처럼 스쳐 지나갔다. 장난스러워 보 였던 아이린과, 그녀의 등쌀에 못 이겨 많은 옷을 입었던 나와 하론. 그리고 아이린이 말해 주었던 '인지'에 대해서도. 나는 또다시 하론의 얼굴을 가만 히 떠올렸다.

'바이올렛.'

부드럽고 따뜻한 목소리로 내 이름을 부르던 하론. 그가 내 이름을 불러 주는 소리를 듣고 싶단 생각이 들었다.

무슨 생각을 하든, 누구와 있든 결국은 하론을 떠올리다니. 사랑의 중증 이라도 걸려 버린 건지.

"……바이올렛?"

"네?"

"또 다른 생각을 한 거지?"

나는 그제야 하론에 대한 생각을 접어 두고 러셀을 똑바로 응시했다. 그 의 금안이 경직되어 보였다.

"죄송해요, 드레스를 보러 갔던 때가 떠올라서."

"바이올렛, 너는 참 죄송한 것도 많아."

나는 머쓱하게 뒷머리를 긁적였다.

"내가 묻고 싶은 게 있는데……."

노란빛이 아름다운 그의 금안이 거의 깜빡이지도 않고 나를 보고 있었다. 그의 얼굴은 뭐랄까. 조금 긴장되어 보였다.

"뭐가 궁금하신데요?"

나는 선뜻 대답하며 음료를 마셨다. 차가운 음료가 입 안을 헤집었다.

"너희는 서로를 사랑해서 약혼을 하는 거야?"

"풉!"

생각지도 못한 러셀의 물음에 나는 깜짝 놀라서, 입 속에 있던 음료를 그에게 내뿜어 버렸다. 그러니까, 망나니가 물을 뿜듯 음료를 러셀을 향해 모두 뿜어 버린 것이다. 그의 얼굴엔 음료의 방울들이 군데군데 묻어 있었고, 음료 세례를 받은 러셀은 눈을 지그시 감았다. 우리의 테이블엔 몇 초의 짧은 정적이 흘렀다. 나는 벙찐 채로 그의 얼굴을 가만히 응시했다. 망했다, 라는 생각만이 머릿속에 끊임없이 맴돌았다.

이내 러셀이 흘러내리는 음료를 닦을 생각도 하지 못하고 썩은 미소를 지으며 말했다.

"태어나서 이런 음료 세례는 처음이야, 하하. 기분이 썩 좋지는 않군."

"죄송해요! 아니, 너무 갑자기 그런 질문을 하니까. 저도 놀라서."

나는 황급하게 자리에서 일어나 소매로 그의 얼굴에 튄 음료의 흔적들을 지웠다. 한쪽 손은 러셀의 날카로운 턱을 잡아채고 나머지 한쪽 손으로 그의 얼굴을 닦자, 우리의 거리는 또다시 묘하게 가까워졌다.

러셀의 고요한 금안이 다시금 내게 닿아 있었다. 어쩌다 실수로 내 손끝이 그의 얼굴에 닿자, 러셀이 눈에 띄게 흠칫거렸다. 내게 닿은 그의 금안은 부정할 도리가 없을 정도로 동요하고 있었다.

대충 그의 얼굴을 수습한 뒤에 그의 턱에 머물던 내 손을 물리려던 순간이었다. 러셀은 달아나려던 내 손을 재빠르게 잡아챘다.

"······대답해."

러셀의 목소리가 기묘할 정도로 진지하게 들렸다. 그것은 지금까지 들었던 그의 목소리 중 가장 진지한 것이었다. 이내 그의 시선까지도 내게 똑바로 향했다. 그의 시선이 다른 곳으로 돌아가는 일은 없었다.

러셀이 무엇에 대한 답을 바라고 있는 것인지 알고 있었다.

'너희는 서로를 사랑해서 약혼을 하는 거야?'

나는 그의 말을 상기하며, 뭐라고 대답을 해야 할지 고민했다. 물론 하론을 사랑하게 되었다는 걸 깨닫기는 했지만 그것은 내 감정이었고, 하론의 마음이 어떤지는 잘 가늠할 수 없었다. 러셀이 물은 것은 서로에 대한 사랑이었음으로 대답하기가 굉장히 애매했다. 러셀과 친한 것도 아닌데, 구태여 솔직하게 내 마음을 털어놓는 게 옳은 것인지도 잘 모르겠고.

그래서 내가 내린 결론은 역질문이었다.

나는 실제로 영악한 바이올렛이 된 양 그에게 되물었다.

"러셀 님은 그게 왜 갑자기 궁금하신 건데요?"

"……!"

그는 내 질문은 전혀 예상치 못했다는 듯이 깜짝 놀랐다. 진지했던 얼굴이 흐트러지는 건 금방이었다. 그 순간 든 생각은 또 그 어이없는 가설이었다. 바보 왕자님이 나를 좋아하는 건 아닐까, 하는.

전혀 가능성이 없는 가설이었지만, 나는 될 대로 되라는 생각으로 그를 슬며시 떠봤다.

"혹시…… 저를 좋아하세요?"

"……!"

그러자 러셀이 내 손을 놓고선 앉아 있던 자리에서 벌떡 일어섰다.

"나…… 갑, 갑자기 일이 있었던 게 생각났어."

그는 내게서 두어 걸음 뒤로 떨어지며 말했다.

"네? 이렇게 갑자기요?"

"그, 그래! 그러니까…… 내일까지 처리해야 할 중요한 일이 있어. 그러니까 왕궁은 다음에 같이 가."

러셀은 거기까지 말하며 더 뒤로 걸어갔다. 뒤를 보지 않고 뒷걸음질 쳤던 탓에, 의자에 걸려 넘어질 뻔한 그였다. 그는 기우뚱거리는 몸을 간신히 곧추세우고선 문 쪽으로 바삐 발걸음을 돌렸다.

"내가 지금 너를 좋아해서 도망치는 거라는 착각은 삼가 줬으면 해."

그것이 러셀의 마지막 유언 같은 말이었고, 그는 냉큼 유리문을 열고 밖으로 나가버렸다. 말릴 새도 없이 일어난 일이었다. 그나저나 좋아해서 도망친다는 착각을 삼가 달라니.

……그런 착각, 전혀 하지 않았는데 말이다.

되레 러셀의 말로 인해 그가 나를 좋아하는 게 아닌가 하는 가설에 좀 더 힘이 실릴 지경이었다.

"도대체 언제부터 나를 좋아하게 된 거지? 좋아할 이유가 전혀 없는데."

정말 알 수 없는 세계군.

생각보다 이 세계에 잘 적응하고 있다고 생각했었는데, 이런 전개는 도무지 적응이 되지 않았다.

그건 그렇고 저 바보 왕자는 이제 어떻게 하면 좋을까.

10장. 가짜 주제에

　낮 동안에 내 머릿속을 줄곧 괴롭혔던 하론은 저녁이 되어서야 만날 수 있었다. 그를 만난 곳은 어느 귀족가의 연회장에서였다. 만날 것을 따로 약속을 했던 것은 아니었지만 하론은 연회장 앞에 미리 나와 누군가를 기다리고 있었다. 그것이 나임을 깨닫는 데는 그리 오래 걸리지 않았다.

　"바이올렛."

　실제로 들은 하론의 목소리는 상상 속의 그의 목소리보다 훨씬 더 부드러웠다. 나는 작게 미소를 지으며 그에게 답했다.

　"하론, 날 기다린 거야?"

　"물론."

　하론은 대답이 끝남과 동시에 아주 익숙하게 내 이마에 입을 맞추었다. 그러고선 그는 내 어깨를 살며시 감쌌다. 지극히 자연스러운 동작이었다.

　"파트너도 도착했으니, 이제 안으로 들어갈까?"

　"……."

　그래, 그것은 분명 평소와 다름없는 그의 자연스러운 동작이었으나, 문제는 역시나 내 쪽이었다. 나는 달음박질하는 심장 박동 소리를 들으며 낮게 한숨을 쉬었다.

네 마음은 알겠으니까 제발 평소의 템포로 돌아가 주렴. 나는 간곡히 부탁을 했지만, 그러면 그럴수록 심장 박동은 제 빠르기를 더해갔다. 내 것이었지만 마음대로 통제할 도리가 도무지 없었다.

안으로 들어가자 이미 안쪽은 사람들로 가득했다. 듣기 좋은 음악이 낮게 깔려 있었고, 사람들은 대화를 나누기도 하고, 춤을 추기도 했다. 우리는 적당한 곳에 자리를 잡고선 사람들의 모습을 살폈다. 그동안 꽤나 많은 귀족들을 만났다고 생각했지만, 처음 보는 귀족들도 수두룩했다. 혹여나 하는 생각에 악연으로 엮인 그들을 찾아보기도 했다. 에르하르트, 아이린, 샤넌. 하지만 그 누구도 내 시야에 들어오지 않았다. 심지어 러셀조차도 말이다. 그들과 부딪히지 않은 것은 아마도 처음이 아니었나 싶었다.

"바이올렛, 핀 했구나."

"······어? 응. 어때?"

나는 사람들을 보던 시선을 하론 쪽으로 옮겼다. 하론은 저가 준 핀을 하고 온 나를 아주 흡족하게 바라보고 있었다.

"역시나 내 안목은 정확했다는 생각이 들어."

"흐음, 하지만 매일 같은 핀을 하는 건, 바이올렛의 명성과 어울리지 않는 걸."

나는 평소와 다름없이 장난스럽게 그에게 대답했다. 그러자 하론이 작게 키득거렸다.

"그건 지금 협박인 건가?"

"정확하게 말하자면, 부탁을 가장한 협박이랄까."

"큭큭, 좋아. 말만 해. 그런 핀은 셀 수 없을 만큼 더 사 줄 수 있으니까."

"그럼 후작가가 망할지도 모르는데?"

"지금 그런 게 문제야? 내 예비 약혼녀가 갖고 싶다는데."

하론이 의기양양하게 대답했다. 정말로 저의 가문이 망하더라도 전혀 상관없다는 얼굴이었다.

맙소사.

"바보구나."

나는 고개를 절레절레 흔들며 그에게 말했다. 그러자 하론은 늘 그렇듯 기분나빠하기는커녕 되레 짙은 미소를 지으며 내게 대답했다.

"그럼. 나는 바이올렛밖에 모르는 바보인 걸."

"……."

"우웩. 내가 말하고도 정말 느끼한 말이었다고 생각해."

하론은 과했던 제 말을 빠르게 인정했다. 나는 망설임 없이 고개를 끄덕였다.

"동감하는 바야."

하론은 소리 죽여 웃으면서도 내게 손을 내밀었다.

"우리도 오랜만에 춤출까?"

"좋아."

티가든 이후에 꽤 오랜만에 추는 춤이었다. 그때와 다른 점이 있다면, 내 춤 동작이 능숙해졌다는 것이다. 물론 저택에서 개인 교습을 받았다는 건 하론에게 비밀이었다.

우리는 서로를 마주 보고 가벼운 인사를 나눈 뒤에 서로의 손을 잡고 일정한 스텝을 밟기 시작했다. 때때로 팔을 휘두르기도 했으며, 그와 내 거리가 멀어졌다 가까워지기도 했다. 우리는 가까워질 때마다 서로의 귓가를 간질이는 대화를 나누었다.

"핀은 무슨 색이 좋아?"

"……음. 보라색? 내가 바이올렛이니까, 아무래도 보라색이 마음에 들어."

그러자 하론이 엷게 미간을 찌푸렸다.

"보라색? 싫어했던 거 아니었어?"

제길, 설마 원래의 바이올렛은 보라색을 싫어했던 건가. 나는 어색한 미소를 지으며 그에게 얼버무리듯 대답했다.

"요즘 들어 좋아졌거든."

"흠. 좋아. 접수 완료."

"큭큭, 언제 사 줄 참이야?"

"내일? 미뤄서 좋을 건 없지."

거기까지 대화를 나누었을 때 빨랐던 음악 소리가 느려졌다. 우리는 춤을 추던 것을 멈추고 자리로 돌아왔다. 춤이 끝났을 때도 아이린, 에르하르트, 샤넌, 러셀은 전혀 보이지 않았다. 고작 네 사람이 우리 시야에 없을 뿐인데, 이토록 평온하다니.

우리는 연회가 끝날 때까지 그곳에 머물렀다. 정말 둘이서 하는 제대로 된 데이트 같은 기분이 들었다. 그것은 바이올렛으로서 오랜만에 가지는 제대로 된 여유였다. 결국 연회가 끝이 나고, 대다수의 사람이 자리를 뜬 후에야 우리는 저택으로 돌아가는 마차를 탔다.

하론은 집까지 나를 데려다준다는 명분으로 동승했다. 나는 순간 하론에게 러셀의 이야기를 꺼내고 싶은 마음이 들었다. 러셀이 나를 좋아하는 것 같다는 말을 꺼냈을 때, 하론의 반응이 궁금해졌기 때문이었다.

질투라도 해 주면 좋을 텐데.

"하론, 있지. 나 낮에 러셀 님을 만났다?"

"러셀 왕자님? 네가? 혼자?"

하론은 당황한 듯 물음표를 연거푸 내게 보냈다.

"응. 갑자기 찾아온 거 있지."

"왜? 설마…… 우리가 그때 도망간 것 때문에?"

"그런 것 같기도 하고, 아닌 것 같기도 했어."

"그건 무슨 말이야."

"글쎄 하여튼 그때 미안한 일도 있고 해서. 같이 밖을 나섰는데…….'

나는 말끝을 흐리며 낮에 보았던 그의 모습을 상기했다. 붉어진 두 뺨과, 귀, 그리고 버벅거리며 도망가던 모습까지도. 아무래도 사랑에 빠진 거라고 밖에는 설명되지 않는 행동들이었다.

"나섰는데?"

나는 꽤 진지한 표정으로 하론의 눈동자를 바라보았다.

"그런데 아무래도 러셀 님이 나를 좀 좋아하는 것 같아."

"……뭐?"

나는 그에게 확인 사살을 하듯이 한 번 더 같은 말을 읊었다.

"그러니까 그 바보 왕자가 나를 좋아하는 것 같다고."

"왜……. 왜 그런 생각이 들었어?"

하론은 여전히 믿지 못하겠다는 얼굴을 했다. 그도 전혀 예상치 못했던 러브라인이라고 생각하는 게 분명했다.

"여자의 직감이란 게 있잖아. 러셀 님이 나를 대하는 여러 모습을 보고 있으니까, 그런 느낌이 들었어. 물론 내 착각일 수도 있어."

"……."

"하지만 구십 퍼센트 정도 내 예상이 맞다고 생각해."

그러자 하론은 한참이나 침묵했다. 과할 정도의 무거운 침묵이었다.

설마 진짜로 질투를 하고 있는 걸까? 그가 표정을 굳힌 채로 침묵을 하고 있다는 사실이 괜스레 기쁘게 다가왔다.

"하……. 네 인기를 어떡하면 좋지?"

그는 정녕 괴로운 듯이 마차의 천장을 보며 긴 한숨을 내쉬었다.

"하……. 그러게 말이야."

나는 그를 따라, 고개를 위로 들어 마차의 천장을 바라보며 긴 한숨을 쉬었다. 마차 안의 공기가 무거워진 기분이었다.

"바이올렛, 난 지금 진지하다고."

하론이 다시금 고개를 내려 나를 보며 말하자, 나는 고민 없이 그에게 물었다.

"너 질투해?"

"질, 질투는 무슨!"

그는 질겁하며 대답하긴 했지만, 적잖이 당황한 것인지 내 시선을 회피했다. 이거 생각보다 반응이 꽤 나쁘지 않은데? 나는 아주 흡족한 미소를 지었다.

"그 질투, 매우 바람직하다고 생각해."

"……질투 아니라고 했어."

"그럼 시기?"

"아니야!"

"그럼 시샘?"

"바이올렛."

하론이 내 이름 한 글자, 한 글자 꾹꾹 눌러서 불렀다. 목소리만 듣는다면 언뜻 화가 난 것도 같았지만, 얼굴은 전혀 그렇지가 않았다. 그는 낮에 보았던 러셀과 비슷한 얼굴을 하고 있었다. 부끄러워 죽겠다는 그런 얼굴.

"알겠어, 알겠어. 더 이상 놀리지 않을게."

"한 번만 더 놀렸다간 진짜로 화를 낼 뻔했어."

그는 꽤 귀엽게 토라져 있었다. 볼이라도 한껏 꼬집고 싶었다고나 할까.

그를 더 놀리고 싶었지만, 때마침 달리던 마차가 멈춰 섰다. 공작저에 도착한 것이었다. 그는 여전히 심통이 난 얼굴이었지만, 내가 마차에서 내리는 것을 도와주었다.

우리는 잘 가꾸어진 정원을 말없이 걷기 시작했다. 주위는 간간이 우는 벌레 소리만 제외한다면 아주 조용했다. 어색할 정도로.

"사실 질투를 한 걸지도 몰라."

고요한 가운데 하론이 고백하듯이 말했다.

"……어?"

"러셀 님이 너를 좋게 생각한다는 건, 나도 어렴풋이 느끼고 있었던 것이긴 했는데, 잘 모르겠다."

무엇이 잘 모르겠다는 것인지는 잘 알 수 없었다. 질투인지, 아닌지 모르겠다는 걸까. 러셀이 나를 좋아하는 게 진짜인지 아닌지 모르겠다는 걸까.

"다른 건 잘 모르겠는데, 지금 이 정원이 끝나지 않았으면 좋겠단 생각이 들어."

"왜?"

"그럼 너와 계속 같이 걸을 거 아냐."

그리 말하는 하론의 목소리엔 희미한 웃음기가 배어 있었다. 그는 내 머리칼 사이로 손을 뻗어 머리를 마구 헝클였다. 왠지 모르게 민망해서 하는 행동쯤으로 느껴졌다.

"하론. 너는 가끔씩 느끼한 구석이 있어."

"그래서 내가 싫어?"

"내가 싫다고 했던가."

그 느끼함도 내 귀엔 아주 꿀 발린 소리로 들린다고. 나는 거기까지 말하지 못하고선 헝클어진 머리를 매만졌다.

사실 나도 너와 계속 같이 걷길 바라고 있어. 나는 차마 소리가 되지 못한 말을 마음속으로 수 없이 되뇌었다. 내가 너와 같은 생각이라고 말한다면, 너는 무슨 표정을 지을까?

이윽고 우리는 저택의 현관까지 걸어왔다.

"데려다줘서 고마워."

나는 현관 앞에 선 채로 그에게 손 인사를 했다.

"내일 후작가를 거덜 낼 만큼의 굉장한 핀을 사서 올게."

"나는 다이아가 박힌 것도 좋더라."

"큭큭, 역시 너답다."

나답다…….

그가 말한 나다운 것은 무엇인지 의문이 들었다.

진짜 바이올렛다운 것을 말하는 걸까. 그것이 아니라면 빙의된 이후의 바이올렛다운 것을 말하는 걸까.

나는 하론에게 제대로 된 대답을 하지 못했다. 그에게 나다운 것이 무엇인지 묻고 싶은 마음이 굴뚝같았지만, 그에게 더 이상 아무것도 묻지 못했다. 용기가 없었기 때문이었다.

그 순간 그에게 할 수 있었던 말은 잘 가라는 말뿐이었다.

***

다음 날이 되었을 때 나를 찾아 올 이는 당연히 하론이라 생각했다. 하지만 그런 생각이 무색할 정도로 먼저 날 찾은 이가 있었다.

"아가사, 다시 한 번 애기해 봐."

"……저, 공주님이 찾아오셨어요."

"확실히 샤넌 공주님이야?"

"네……."

시녀는 내가 화나서 자꾸만 연거푸 묻는다고 생각한 것인지, 눈에 띄게 풀이 죽어 있었다. 평소와 다름이 없었다면 그런 게 아니라고 시녀를 안심시켰을 테지만, 나는 조금 당황스러웠다.

나를 찾아온 샤넌의 행보를 이해할 수 없었기 때문이었다. 설마 나를 또다시 괴롭히기 위해 방문한 것이라면……. 그것은 정말이지 미련스러울 정도의 행보란 생각이 들었다.

그녀는 그동안 내게 당했던 걸로 부족했던 걸까? 이번엔 도대체 무슨 의도로 나를 찾아온 것일까.

나는 그녀를 보았던 기억을 잠깐 떠올렸다.

아이린의 티 파티. 그녀의 발밑에 깨져 있던 찻잔의 잔해들. 밑단이 붉게 물든 그녀의 드레스. 그녀가 나를 보던 표독한 눈빛. 허무하게 웃고 있던 샤넌의 얼굴 속에서 겹쳐 보였었던 과거의 바이올렛의 모습. 그리고 내게 준 차에 대한 정체가 탄로 날까 봐 두려워 바삐 도망치던 모습까지도.

그녀의 방문이 달가웠던 것은 아니었지만, 이렇게 찾아온 이상 그녀가 무슨 의도로 내게 찾아온 것인지는 들어 봐야겠다는 생각이 들었다.

나는 그녀의 방문에 응했고, 이내 샤넌이 응접실로 들어섰다.

"갑작스러운 방문에 응해 주어서 고마워요, 바이올렛 공녀."

그녀는 내 인사를 받고선, 기품 있는 걸음걸이로 내게 가까이 걸어왔다.

"별말씀을요. 다른 누구도 아닌, 공주님이 직접 방문하셨는데요."

내가 앉을 것을 권하자 샤넌이 고개를 작게 끄덕이며 내 앞에 앉았다. 샤넌은 웃지도, 그렇다고 찡그리지도 않은 무표정한 표정으로 나를 응시하고 있었다. 그녀의 외형은 여전히 아름다운 빛을 유지하고 있었지만, 그녀는 어딘지 모르게 지쳐 보였다. 지쳐 보이는 샤넌이 꺼낸 말은 꽤나 놀라운 말이었다.

"그동안 괴롭힌 거 미안해요. 제가 공녀에게 몹쓸 짓을 했어요."

뜻밖의 샤넌의 사과에 나는 얼빠진 눈으로 그녀를 보았다.

"그 말씀은, 지금까지 제게 하신 몹쓸 일들을 모두 인정하신다는 말인가요?"

몹쓸 일. 차마 입에도 담기 싫은 여러 가지 일들이 생각이 났다. 설마 사과의 말을 불쑥 꺼내 나를 방심하게 만들어 놓고, 그사이에 나를 괴롭히려는 속셈은 아니겠지.

나는 본디 의심이 많은 여자는 아니었다. 하지만 지금까지 겪었던 샤넌의 행보로 보았을 때, 내가 그 정도의 의심을 하는 것은 당연하리란 생각이 들었다. 의심이 가미된 내 말에도 샤넌은 손쉽게 수긍의 말로 대답했다.

"네, 저는 사실 공녀가 몰락하기를 바랐어요. 다시는 일어서지 못할 정도로."

샤넌은 전혀 미소 지으며 할 이야기가 아니었음에도 불구하고 미소를 지으며 대답했다. 그녀의 미소 또한 평소와 다름없이 아름다웠지만, 어쩐지 전에 보았던 웃는 얼굴보다는 퇴색되어 보였다. 나는 그녀를 따라 부드럽게 미소 지었다.

"이거 참. 안타깝군요. 당신의 계획이 모두 물거품이 되어 버려서."

"하지만 한동안 공녀를 괴롭히긴 했으니, 완전히 실패한 격은 아닌 것 같아요."

샤넌은 키득거렸다. 그녀의 미소를 보자, 마음속에 뜨거운 무언가가 끓어오르는 느낌이 들었다. 역시나 순수한 사과만을 하기 위해 나를 찾아온 것은 아니었다.

"왜죠? 저는 샤넌 님에게 딱히 잘못한 일이 없는 것 같은데요."

"여자 사이에 다툼의 이유라는 건 간단한 이유일 때가 많죠. 바로 치정 때문이에요. 제가 에기를 사랑하니까. 하지만 에기가 다른 여자를 사랑하려고 하니까. 그것도 다른 누구도 아닌 바이올렛 공녀, 당신을 말이에요."

"……."

"그러니 제가 당신을 괴롭힐 수밖에."

샤넌은 제 어깨를 들썩였다.

"하지만 저는 분명 모두의 앞에서 에르하르트 공작님을 사랑하지 않는다고 말했을 텐데요. 설마 또 그게 제 연기였다고 생각하시는 건 아니겠죠? 그의 관심을 끌려고 연기를 했다면, 저는 당연히 에르하르트 공작님과 약혼을 했을 테죠. 굳이 하론과 약혼을 할 이유가 없잖아요."

내가 그렇게 말하자 샤넌의 얼굴이 처음으로 조금 일그러졌다.

"공녀의 말이 맞아요. 좋아요, 당신이 연기를 한 게 아니란 걸 인정하겠어요. 하지만 나는 공녀가 하론과 약혼하는 것도 마음에 들지 않아."

샤넌이 낮게 으르렁거렸다. 그녀의 청초한 외모와는 어울리지 않는 목소리라고 생각했다. 순간, 무언가 이상하다는 생각이 들었다.

'하론.'

부르는 것마저도 부드러운 그 이름을 샤넌이 꽤나 자연스럽게 불렀기 때문이었다. 더군다나 하론 영윤도 아닌, 하론이라는 그 이름으로.

과거에 샤넌이 그의 이름을 몇 번이고 친밀하게 불렀던 것은 아닐까, 하는 기분을 떨칠 수가 없었다.

정말 이상했다. 샤넌과 하론은 서로의 이름을 막역하게 부르는 사이는 아니었던 것 같은데. 설마하니 내가 모르는 사이에 두 사람이 그 정도로 친해진 것은 아닐까 싶었지만, 이내 고개를 내저었다. 근래 온종일 나와 붙어 다니던 하론이었다. 그런 그에게 샤넌과의 접점이 있을 리가 없었다.

나는 당황했지만, 아무렇지 않은 척 그녀를 따라 어깨를 으쓱거렸다. 그녀에게 동요해서는 안 될 것만 같았다.

"세상사가 모두 샤넌 님의 뜻대로 흘러가는 것은 아니죠. 마음에 들지 않으셔도 어떡하겠어요? 저는 이미 하론과 약혼을 약속한 사이인데."

평소라면 절대 하지 않았을 얄미운 말투였다. 그러면서 나는 샤넌에게 가식적으로 웃어 보였다. 샤넌은 대답 대신 제 앞에 있던 찻잔을 들어, 안에 든 찻물을 한 모금 마셨다. 그러고선 나를 뚫어져라 응시했던 시선을 테이블 위쪽으로 옮겼다. 그녀는 눈에 띄게 낮아진 음성으로 내게 고백하듯이 말했다.

"바이올렛 공녀는 내가 에르하르트를 위해 어떤 짓까지 했는지 전혀 모를 거예요."

"……."

"나는 모든 걸 포기했어요. 하나밖에 없던 친구도 포기했고, 나를 끔찍하게 아껴 주던 아버지도 포기했어요. 그를 정말 사랑했기 때문이에요. 그는 내 인생에서 손에 넣지 못한 것 중에 제일 빛나는 것이었어요. 원래 사람은 자기 손에 넣지 못한 것을 더 탐내는 법이잖아요? 그래서 저는 그가 너무 갖고 싶었어요. 끝끝내 내가 가질 수 없다면, 차라리 죽는 게 낫다고 생각할 만큼."

연거푸 말을 한 샤넌이 숨이 찼던 것인지 숨을 길게 들이쉬었다. 나는 샤넌이 무슨 말을 하는지 한 번에 이해할 수 없었다.

"……나는 이제 그를 가질 수 있다고 생각했어요. 그가 원하는 모습대로 되었으니까. 이제 그와 웃으며 얘기하고, 정답게 손을 잡고 거니는 건 내 차지라고 생각했어요. 그의 관심이 오로지 내게만 향할 거라고 생각했단 말이에요."

샤넌은 시선을 들어, 나를 다시 쳐다봤다. 그녀의 눈초리 끝이 붉게 물들어 있었다. 더불어 드레스 자락을 잡고 있던 연약한 그녀의 손이 부들부들 떨리고 있었다.

"그런데 이게 뭐죠? 왜…… 정체도 알 수 없는 가짜가 나타나서 내 인생에 훼방을 놓고 있는 거죠? 어째서 에기의 아련한 눈빛이 당신에게 향해 있고, 왜 나의 소중한 친구가 당신에게 사랑을 구애하고 있는 거죠? 당신이 뭐길래!"

"샤넌 님. 일단 진정하ㅅ……."

일단 진정하세요, 라고 말하려던 순간 샤넌이 내 말을 끊고 저가 앞서서 말했다. 그녀의 입술이 티가 나게 일그러져 있었다.

"가짜 주제에."

가짜 주제에.

그 말을 듣는 순간 둔탁한 무언가에 맞은 듯 머릿속이 멍해졌다.

가짜. 그녀가 무엇을 겨냥하고 나를 가짜라 부른 것인지는 정확하게 알 수 없었다. 그렇지만 이상하게도 내 머릿속엔 최악의 가설만이 떠올랐다.

샤넌이 내가 진짜 바이올렛이 아님을 알고 있다.

그런 일이 일어날 리가 없다고 생각하면서도, 샤넌이 무언가를 알고 있는 것 같은 불길한 예감을 떨칠 수가 없었다.

내가 잠시 얼빠진 채 생각에 잠겨 있자, 샤넌이 또다시 제 입을 달싹거렸다.

"공녀는, 바이올렛의 스무 번째 생일이 무엇을 의미하는지 모르겠지."

원작 속 바이올렛의 스무 번째 생일.

모를 리가 없었다. 그날은 바이올렛의 자살과 관련된 날이니까. 오래된 내 기억이 맞다면, 그날에 대한 원작 속 서술은 아주 짧았다.

'에르하르트와 샤넌의 약혼식이 끝난 날, 마음이 망가질 대로 망가졌던 바이올렛이 자택에서 목을 매달았다. 꼭 그녀의 스무 번째 생일의 전날이었다. 그녀의 소꿉친구였던 하론과 그녀의 아버지를 제외하고는 누구도 그녀의 죽음을 진정으로 애도하지 않았다. 심지어 이전의 연인이었던 에르하르트는 그녀가 단지 안타깝다고 생각했을 뿐, 그녀의 죽음에 대해 눈물도 흘리지 않았다. 공식적인 악역이었던 바이올렛이 죽고 나자 모든 것은 지나칠 정도로 순탄하게 흘러갔다. 장애물이 사라진 에르하르트와 샤넌에겐 영원한 사랑의 맹세가 곧 다가오고 있었다.'

한 사람의 죽음의 슬픔과 깊이를 느끼기에는 지나치게 짧은 서술이라고 생각했다. 진짜 바이올렛이 어떤 식으로 죽었는지. 바이올렛이 죽은 뒤에 하론은 그녀를 어떻게 애도했는지. 그녀는 무슨 생각으로 자살을 했던 건지. 죽는 순간 그녀는 어떤 감정을 느꼈었는지. 그런 것들에 대한 서술은 단하나도 적혀 있지 않았다.

흡사 주인공의 사랑을 견고하게 해 줄 악역이라는 원작 속 역할을 이제 다하였으니, 사라져 달라는 것쯤으로 느껴지기도 했다. 그 순간의 바이올렛은 필요 가치에 의해 삶과 죽음의 당락이 결정되는 소모품 같았다.

어쩌면 원작을 적었던 작가가 '바이올렛'이라는 악역에 대해 애착이 없었던 거였을지도 몰랐다. 그렇지 않고서야 이렇게까지 그녀의 죽음을 무색하게 표현했을 리가 없었다. 샤넌이 말했던 바이올렛의 생일에 관한 부분은 단 한 줄로 표현되어 있었다.

'그녀가 자살을 했던 날의 전날.'

고작 한 줄이었음에도 불구하고, 나는 원작 속 바이올렛이 지나치게 안타깝게 느껴졌기에 좀 더 자세히 기억하고 있었다. 그런데 어째서 샤넌이 그 생일날 일어났던 일을 저가 모두 아는 듯 얘기하는 걸까.

그녀는 분명 방금 전 제 입으로 '나는 이제 그를 가질 수 있다고 생각했어요. 그가 원하는 모습대로 되었으니까.'라고 했다. 귀가 어떻게 되지 않은 이상, 내가 잘못 들었을 리는 없었다.

설마 목을 매달아 죽었던 진짜 바이올렛이 샤넌의 몸에 빙의된 것은 아닐까 하는 생각이 어렴풋이 들었다. 그것은 정말 말도 안 되는 생각이었다.

하지만 내가 바이올렛의 몸에 빙의되었듯이, 또 누군가가 다른 이의 몸에 빙의되지 않았을 리는 없었다. 내게 일어났던 일이 다른 사람에게 일어나지 말란 법은 없었으니까.

묘하게도 지금 샤넌의 몸속에 원래의 바이올렛이 빙의되었다고 가정하자, 그동안 일어났던 기이한 샤넌의 행동들이 하나둘씩 설명되기 시작했다.

샤넌이 원작 속 바이올렛이 했던 짓을 똑같이 내게 했던 이유. 샤넌이 리차드가 바이올렛을 좋아하고 있었다는 걸 알고 있었던 이유. 소설 속 바이올렛이 끝까지 에르하르트를 좋아할 것을 그녀가 알고 있었던 이유. 방금 전 하론을 막역하게 불렀던 이유. 마지막으로 샤넌에게서 한 번씩 바이올렛의 모습이 겹쳐 보였던 이유까지도.

모든 의문들이 해답을 찾아가고 있었다. 흩어졌던 조각들이 제자리를 찾아가는 느낌이었다.

답은 하나였다.

'샤넌의 몸속엔, 자살을 했던 바이올렛이 빙의되어 있다.'

그 사실 한 가지로 모든 게 아귀가 맞게 설명되었다.

이렇게 된 마당에 나는 그녀에게 진실에 관해 확실히 묻고 싶은 마음이 들었다.

"바이올렛 바바라스."

샤넌은 인상을 찌푸리곤 나를 의아하게 보았다. 왜 본인의 이름을 내뱉느냐는 얼굴이었다.

"그게 당신의 진짜 이름인가요?"

다소 충격적인 내 말에 샤넌이 찌푸렸던 인상을 펴고선 느릿하게 눈동자를 깜빡였다.

"공녀는…… 생각보다 눈치가 빠르군요. 아니, 솔직히 내가 더 숨길 생각을 하지 않았다는 게 더 맞는 말이지만."

"진짜로……. 진짜 당신이 바이올렛 바바라스라는 건가요?"

목소리가 미미하게 떨렸다. 이미 충분히 직감하고 있었던 사실임에도 불구하고 적잖이 충격으로 다가왔기 때문이었다.

"믿기지 않겠지만, 그러해요. 나는 근 스무 해를 바이올렛 바바라스로 살았던 여자예요."

샤넌은 재미나다는 듯이 웃었다. 하지만 나는 그녀의 말이 전혀 재미있게 들리지 않았다. 샤넌이 제 정체를 밝히던 순간 떠오른 이는 우습게도 하론이었다. 밀튼 영애의 결혼식 피로연장에서 밀담을 나누던 샤넌과 하론의 모습까지도 자연스럽게 떠오르고야 만다.

하론은 그때 나누었던 대화가 별것 아니라고 했지만, 사실 그때 두 사람은 내 정체에 대한 이야기를 나누었던 게 아닐까. 요컨대 샤넌은 내가 진짜 바이올렛이 아님을 하론에게 일컬어 준 것이다.

샤넌의 태도를 보았을 때 그럴 가능성이 전혀 없는 것은 아니었다. 그녀는 나와 하론이 함께인 걸 싫어했고, 저가 바라는 목적을 달성하기 위해서라면 가증스러운 거짓말까지 줄곧 했던 터였다. 누군가의 몰락을 바라며 거짓말을 주구장창 해대는데, 내 비밀을 여태까지 하론에게 털어놓지 않았다는 게 더 이상한 일일 수도 있었다.

그렇다면 하론은 진즉부터 내가 진짜 바이올렛이 아님을 알고 있었던 것은 아닐까. 생각이 거기까지 닿자 조금은 두려운 마음이 들었다. 하론이 어디까지 알고 있을지 가늠할 수 없었기 때문이었다.

그를 떠올리기가 무섭게 주위를 환하게 만드는 그의 해사한 미소가 머릿속에 끊임없이 맴돌았다. 미소 지은 그가 내 손을 잡고, '괜찮아.'라고 한마디만 해 준다면, 두려웠던 마음이 가실 것만 같았다. 그는 말 한마디로 내 마음을 일순 편안하게 만들어 주는 그런 사람이었으니까.

약혼식까지 기다렸다가, 내 정체를 밝히는 것은 어쩌면 내 욕심일지도 모르겠다는 생각이 들었다.

그에게 진실을 말하고자 했다면, 나는 진즉 그에게 말했어야 했던 걸까?

약혼이라는 올가미로 그의 발을 잡아 두고 그에게 진실을 받아들이라고 강요하는 것은 아닐는지.

"믿기 힘든 이야기지만, 믿을 수밖에 없네요. 저도 진짜 바이올렛이 아니니까요."

나는 한숨이 가득 밴 목소리로 대답했다.

"그건 이미 알고 있던 사실이에요."

"아까 에르하르트 공작님이 원하는 모습이 되었다고 했잖아요. 그 말인즉슨 당신은 자살하고 나서, 샤넌 님의 몸속에 들어갔다는 건가요?"

"공녀. 지금 뭐라고 했죠?"

"샤넌 님의 몸속으로 들어가셨냐고 물었어요."

"아니, 그 전에."

내가 의문스러운 눈동자로 샤넌을 보자, 그녀가 입술 끝을 일그러뜨렸다.

"자살. '자살하고 나서-' 이렇게 말했죠? 당신이 어떻게 내가 자살한 걸 알고 있죠……? 말도 안 돼."

나는 잠시 할 말을 잃고 말았다. 그사이에 샤넌은 일그러뜨린 입술로 제 말을 이어 갔다. 그녀의 목소리가 희미하게 떨리고 있었다.

"내가 자살을 한 것은 스무 살 생일 전날이었어요. 정말 이대로 죽는구나, 하고 의식이 완전히 끊어지던 순간, 새로운 빛을 보았죠. 찬란하고 따뜻한 빛이었어요. 천국으로 가는 빛쯤이라 생각했어요. 그러다 빛이 점점 더 커지고, 빛의 눈부심에 눈이 자동으로 떠졌어요. 그러고 나서 내게 무슨 일이 생겼는지 아세요?"

"……."

"내가, 이 바이올렛 바바라스가, 샤넌 위즈일라가 되어 있었어요."

그녀는 순간 행복한 미소를 지었다. 호선으로 굽어진 그녀의 눈동자엔 희미한 열기가 맴돌고 있었다. 그것은 광기에 가까워 보였다.

"내가 그토록 원했던 샤넌 위즈일라가 된 거였죠. 심지어 내가 죽기 몇 개월 전으로 돌아와 있었어요. 샤넌이 되게 해 달라던 제 기도를 신이 들어주신 거죠."

'바이올렛 바바라스가 샤넌 위즈일라가 되었다.'

내가 바이올렛에게 빙의되었듯이, 죽었던 바이올렛이 죽기 몇 개월 전으로 돌아와, 샤넌 위즈일라가 되었다.

그녀가 제 사정을 털어놓으며, 자신이 죽었던 바이올렛임을 명백히 하자, 대강 짐작하고 있었던 사실임에도 불구하고 꽤 놀라웠다.

"나는 거기서 의문이 생겼어요. 내가 죽기 전으로 돌아와 샤넌 위즈일라가 되어 버렸으니, 지금 내 몸속에는 누가 있는 걸까."

"……."

"과거의 바이올렛과 미래의 바이올렛이 다른 차원의 사람들처럼 쪼개져서 각자의 삶을 살고 있는 것은 아닐까."

샤넌이 나를 가만히 응시하며 덧대어 말했다.

"……하지만 그건 아니었나 봐요. 당신은 과거의 내가 아니에요. 당신은 명백히 다른 인격이에요. 그렇죠?"

그녀의 예상은 정확했다.

"당신은 누구죠? 어떻게 내가 자살한 걸 알고 있는 거죠? 그건 분명 미래에 일어날 일일 텐데."

그거야 이곳은 내가 읽었던 책 속 세상이었으니까. 그것이 진실이었지만, 곧이곧대로 그녀에게 대답할 수는 없었다. 나는 잠시 뜸을 들인 후에 대답했다.

"믿으실지 모르겠지만, 저는 다른 차원에서 온 사람이다, 라고밖에 설명할 수 없어요."

"다른…… 차원? 하, 그런 말도 안 되는 소리를 지금 믿으라는 건가요?"

"나도 당신이 바이올렛 바바라스라는 말도 안 되는 소리를 믿고 있어요."

내가 그렇게 말했지만, 샤넌은 여전히 믿을 수 없다는 듯이 나를 노려보았다.

"설마…… 당신이 샤넌인 건 아니겠지?"

"무슨 그런 말도 안 되는 소릴 하시는 거예요?"

"아니, 이상하잖아요. 내가 샤넌이 되었으면, 원래 샤넌의 몸에 있던 그녀의 진짜 영혼은 어디 갔다는 건데요? 나는 그 점이 항상 의문스러웠다고요. 생각해 보면 당신 몸에 샤넌의 진짜 영혼이 있는 건 아닌가, 하는 의문이 계속해서 들었어요. 당연히 샤넌의 모습을 한 나를 좋아해야 할 에기가 당신에게 한눈을 팔고, 당연히 샤넌의 모습을 한 내게 절절한 눈빛을 보내야 할 하론의 눈빛이 당신에게 향해 있었으니까. 더군다나 공녀는 지금 내가 어떻게 죽었는지도 잘 알고 있어요."

"……"

그것은 책을 읽음으로써 알고 있었던 사실이었지만, 역시나 사실을 밝히기가 망설여졌다. 내 망설이는 빛을 제 추리가 맞았기에 당황하는 것이라 착각한 샤넌이 코웃음을 쳤다.

"당신은 샤넌인 게 분명해. 샤넌 또한 나와 다름없이 과거로 돌아와 버린 거야. 우린 영혼만 바뀐 채로 과거로 돌아와 버린 거지. 그렇죠? 내 말이 맞죠?"

그녀의 음성이 한층 고조되어 있었다. 흥분한 듯 은연중에 말을 놓기도 했다. 나 또한 샤넌의 고백에 놀라기는 했지만, 그녀보다는 침착함을 유지하고 있었다.

"저는 샤넌이 아니에요. 당신의 말대로 다른 인격일 뿐이죠. 진짜 바이올렛의 죽음을 진심으로 애도했었던."

"거짓말하지 마!"

주체할 수 없을 정도로 흥분한 샤넌은 제 앞에 놓인 찻잔을 가차 없이 손으로 쓸었다. 그러자 찻잔이 테이블 밑으로 떨어져, 바닥에 뒹굴었다. 더불어 유리가 깨지는 날카로운 소음이 방 안에 울렸다.

"네 몸뚱이를 내가 뺏어서 지금 복수하는 거야? 그렇지? 아아, 그래서 에기와 하론까지도 죄다 그 몸으로 던 거구나. 예전이나 지금이나 여우 짓을 하는 건 변함이 없네."

"진정하세요. 저는 하론과 에르하르트 공작님을 꾄 적이 없어요."

씩씩거리는 샤넌의 모습을 보자, 아무래도 내 말은 그녀의 귀에 제대로 들어가지 않을 거란 생각이 들었다. 그리고 내 예상은 정확히 들어맞았다.

"요망한 공녀의 생각을 알 것 같아. 샤넌이었을 때 에기와 사랑의 결실을 맺어 보았으니, 이번에는 하론과 사랑의 결실을 맺어 보겠단 거죠? 하지만 이를 어째. 내가 하론에게 직접 찾아가서, 당신이 가짜라는 사실을 말할 건데. 그러면 하론의 반응이 어떠려나?"

샤넌의 말에 순간 아주 작은 안도가 들었다. 내가 염려했던 일이 일어나지 않음에 든 안도였다. 그러니까, 과거 그들이 나누었던 밀담 속에서 내 정체가 탄로 나지 않은 것에 대한 그런 안도.

적어도 내겐, 내 입으로 하론에게 진실을 말할 기회가 있는 것이었다.

"저도 하론에게 끝까지 숨길 생각이 없었어요. 하론에게 진실을 말할 생각이지만, 저는 당신의 생각대로 샤넌 님의 영혼이 아니에요."

"그가 당신에게 약혼을 청했다고 해서, 공녀를 사랑한다고 생각해요? 천만에. 그는 네 껍데기를 좋아하는 것뿐이야. 어렸을 적부터 동경해왔던 바이올렛을 계속해서 좋아할 뿐이라고. 나는 그걸 잘 알고 있어."

그녀가 그렇게 말하자 나도 모르게 아랫입술을 꾹 깨물었다. 과거 골방에서 샤넌이 하론에게 내 진실을 얘기하지 않았음은 정말 다행이었으나, 나는 표정이 일그러지는 것을 막을 수가 없었다. 내 얼굴을 꼼꼼히 보던 샤넌은 내게 명백한 조소를 지었다.

왠지 그녀에게 내 마음속을 죄다 들켜 버린 것처럼 느껴졌다.

"그를 사랑하는구나."

"전……."

내가 뭐라 말하려 했지만, 샤넌이 내 말을 끊었다.

"이거 참 상황이 재미있게 돌아가네요. 하론에게 당신의 정체를 내가 직접 밝히겠어요."

"말을 해도 내가 직접 말해요."

"그럼 지금 당장 말하러 가요. 오늘 하루 정도는 나도 기다려 줄 수 있으니까."

"오늘은……."

샤넌은 내게서 비친 망설임의 기운을 놓치지 않고, 나를 매섭게 몰아붙였다.

"것 봐. 무서운 거죠? 공녀, 당신은 하론이 진실을 알면, 당신을 싫어할까 봐 무서워하고 있는 거잖아요. 그렇담 더더욱 오늘 내가 사실을 말해야 될 것 같네요."

샤넌은 끔찍할 정도로 비릿한 미소를 지으며 제 몸을 대뜸 일으켰다. 순간 내 머릿속에 든 생각이라곤 그녀의 입을 통해 하론이 진실을 듣는 것은 최악일 거란 생각뿐이었다.

"아니, 굳이 말할 필요가 없을 것 같기도 해요."

"네?"

"왜냐면 나는 오늘 공녀에게 제대로 된 악행을 마지막으로 선사하기 위해 찾아온 거니까."

"무슨 말……."

무슨 말이냐고 물으려던 찰나 샤넌이 갑작스럽게 내게 덮쳐 왔다. 그녀는 내 어깨를 밀치고, 나를 소파 위에 그대로 눕힌 다음에 내 목을 조르기 시작했다. 가까이서 본 그녀의 은빛 눈동자에는 방금 전보다 훨씬 더 강한 광기가 스며 있었다. 그녀는 가녀린 손목에서 나오는 것이라고는 믿기지 않는 힘으로 내 목을 사정없이 졸랐다.

"……컥!"

나는 필사적으로 그녀에게 저항을 했지만, 그녀에게 전혀 통하지가 않았다.

"네가 누구건 상관없어. 나는 그저 모두의 사랑을 뺏어간 네가 죽어 버렸으면 좋겠으니까."

기도로 들어오는 공기의 양이 점점 더 작아지고 있었다. 숨이 막혀 왔고, 이내 그녀에게 저항할 힘도 빠지기 시작했다. 이대로 그녀에게 당할 수 없다고 생각이 드는 순간, 극심한 두통이 느껴졌다. 그것은 목이 졸리는 고통과는 또 다른 것이었다. 삽시간에 몰려온 두통은 더욱더 거세져서, 눈을 뜨고 있는 것조차도 힘들게 만들었다. 그렇게 의식은 점점 더 옅어졌다.

그러다 다시 눈을 감았다 떴을 때 주위가 완전한 암흑으로 변해 있었다. 더불어 귓가에 들리던 샤넌의 비릿한 웃음소리도 들리지 않았다.

설마 죽은 것은 아니겠지.

순간 어둠이 서서히 그치기 시작했다. 문득 깨달았을 땐 나는 응접실이 아닌, 바이올렛의 방에 있었다. 내 목을 조르던 샤넌은 온데간데없이 사라진 후였다. 덩달아 목이 졸리던 고통도 느껴지지 않았다.

무슨 일이 일어난 걸까.

나는 순식간에 변해 버린 주위 풍경을 보며, 또다시 바이올렛의 기억 속에 들어와 있는 게 아닐까 하는 생각이 들었다.

동시에 마지막으로 보았던 바이올렛의 기억을 떠올렸다. 에기와 샤넌의 약혼 소식에 술에 진탕 취해 하론과 언쟁을 하던 그녀의 모습, 그것이 내가 보았던 바이올렛의 마지막 기억이었다. 그렇다면 지금의 나는 그녀의 어떤 기억 속에 있는 걸까. 마지막 기억의 다음 내용? 궁금함을 참지 못하고 고개를 돌려 방의 주위를 둘러보자, 누군가의 모습이 보였다.

'바이올렛'이었다.

나는 내 눈에 비친 그녀의 모습에 할 말을 잃고 말았다. 바이올렛, 그녀가 제 방에서 목을 매달 준비를 하고 있었기 때문이었다. 나는 그녀가 내 목을 졸랐던 사실을 까맣게 잊고 그녀에게 끊임없이 외쳤다.

'안 돼. 바이올렛. 제발 그쯤에서 멈춰.'

하지만 그녀에게 내 목소리가 전달되는 일은 없었다. 당연했다. 이건 그녀의 지나간 기억에 불과했으니까. 지나간 기억은 정지 버튼 없이, 원작 속에서 정해졌던 수순대로 재생되고 있던 것이었다.

그사이에 바이올렛은 천장에 미리 매달아놓은 밧줄 속에 제 목을 가져다 댔다. 밧줄을 잡은 그녀의 두 손이 미약하게 떨리고 있었다.

'제발, 제발 멈춰 줘.'

내 말이 그녀에게 닿지 않을 거란 걸 알면서도 나는 계속해서 그녀에게 말했다. 혹시나 내 목소리가 그녀에게 닿기를 간절히 바랐기 때문이었다. 그녀가 죽는 것이 정해져 있다고 할지라도 그녀가 내 눈앞에서 죽지 않길 바랐다.

하지만 바이올렛은 천천히 제 머리를 동그랗게 만 밧줄 속에 집어넣고 있었다. 이내 그녀의 두 발이 허공에 뜨고, 밧줄에 의해 서서히 목이 조여들었다. 바이올렛은 고통스러운 소리를 몇 번 흘렸다. 소리를 내지 않으려 꽉 다문 입술 사이로, 차마 참지 못한 작은 신음이 새어 나왔다.

나는 그 장면을 더 이상 볼 자신이 없었다. 그 잔인하고도 슬픈 장면의 유일한 목격자가 되기 싫었다. 하지만 나는 그 기억을 외면할 수도, 그렇다고 빠져나갈 수도 없었다.

그러다 갑자기 흐릿했던 그녀의 기억 속 장면들이 선명해지기 시작했다. 바이올렛의 고통에 일그러진 입 모양이 세세하게 보였고, 그녀의 신음소리가 좀 더 날카로운 소리가 되어 귓가에 울렸다. 동시에 목을 매달고 있던 바이올렛이 겪고 있던 통증이 내게 전달되었다.

목을 조이는 듯한 극심한 고통.

그것은 샤넌이 내 목을 조르던 순간 느꼈던 고통과 같은 것이었다.

잠시 고통이 느껴지지 않았던 게 무색할 정도로 고통은 극심해져 갔다. 트여진 기도를 통해 들어오던 공기가 또다시 희박해져 갔다. 바이올렛의 기억 속이었음에도 불구하고, 좁아진 기도로 숨을 쉬는 게 힘들어졌다.

그때 느낀 것은 죽음이었다.

더 이상 숨을 제대로 쉬지 못하다간 정말 죽을지도 모른다는 두려움이 나를 감싸 안았다. 이것은 분명 바이올렛의 기억 속임을 앎에도 불구하고 정말 죽는 것은 아닌가, 하는 생각이 들었다. 죽음의 두려움 속에서 떠오른 것은 하론의 해사한 얼굴뿐이었다.

'바이올렛.'

그가 나를 부르던 따뜻한 음성이 머릿속에 울렸다. 그의 음성이 울리자 죽음까지 몰고 갔던 통증이 조금은 사그라지는 것도 같았다. 하지만 이내 목을 죄는 고통은 점점 더 심해졌다. 더불어 목을 매고 고통스러워하던 바이올렛의 몸뚱이가 잠잠해졌다. 바이올렛이 죽은 걸까? 설마 나는 바이올렛이 죽는 순간 진짜 겪었던 죽음의 고통을 공유하고 있었던 걸까?

그렇게 생각하던 순간, 죽은 줄 알았던 바이올렛이 눈을 번쩍 떴다. 나는 꼼짝없이 그녀와 눈이 마주쳤다. 바이올렛의 투명한 보랏빛 눈동자 속을 가만히 들여다보자, 웅얼거리는 소리가 들리기 시작했다. 웅얼거리던 소리는 점점 더 커지며, 들을 수 있는 소리로 변해 가기 시작했다.

소리는 들렸지만, 묘하게도 바이올렛의 입술은 굳게 닫혀 있었다. 내 귀에 작게 들리는 것은 바이올렛의 의식 속 소리임이 분명했다.

'에르하르트가 내 운명이라고 생각했어. 하지만 그것이 아님을 깨닫는 순간, 나는 모든 것에 흥미가 없어졌어. 내 존재에 대해서도 흥미를 잃을 만큼 큰 상실감이었지. 에르하르트의 사랑이 내게 닿아 있었을 때, 나는 그의 사랑을 깨닫지 못했었어. 그저 더 큰 사랑을 바랐을 뿐이야. 모든 것이 끝나고 나서야 그동안 에르하르트가 표현했던 사랑의 크기를 깨달을 수 있었어. 나는 그것을 진즉 깨달았어야 했어. 에르하르트와 만나게 되면 또다시 내가 상처를 받게 되더라도 그를 다시 만나고 싶어. 하지만…… 그가 다시 내게 돌아올 일은 없겠지.'

바이올렛의 자조 섞인 말은 끝날 기미 없이 이어졌다.

'……내가 죽은 걸 보고, 에르하르트가 후회했으면 좋겠어. 나를 다시 사랑해 주지 않은 것을 후회했으면 좋겠어. 샤년 따위에게 사랑에 빠진 걸 후회했으면 좋겠어. ……하지만 후회하지 않으면 어떡하지? 도리어 내가 잘 죽은 거라고 생각한다면? 그렇다고 해도 나는 그를 미워할 수 없어. 이미 그를 원망할 마음도 없이 사랑하고 있으니까. 내가 샤년이 되었으면 좋겠어. 빛나는 그녀가 된다면, 나도 에르하르트의 완전한 사랑을 다시 받을 수 있을 테니까. 그녀의 아름다운 얼굴을 뺏고 싶어. 그녀의 우아한 말투를 뺏고 싶어. 그녀가 받고 있을 에르하르트의 사랑을 뺏고 싶어. 샤넌……. 나는 그 여자가 되고 싶어.'

샤넌의 이름을 부르던 바이올렛의 목소리가 이내 완전히 사라졌다.

목을 매고 있던 바이올렛의 몸은 축 늘어져 있었다. 번쩍 뜨였던 눈은 차마 제대로 감기지 못한 채 초점이 완전히 사라져 있었다. 완전히 죽은 것이었다.

그 순간 공간이 일그러지며, 시야가 흐릿해지기 시작했다.

눈을 다시 감았다 뜨자, 그제야 눈앞이 선명해져 있었다.

눈앞에 보인 것은 죽은 바이올렛이 아닌, 광기 서린 눈동자로 내 목을 조르고 있는 샤넌이었다. 아니, 바이올렛이라고 해야 할까. 그녀는 내 몸 위를 완전히 덮친 채로 내게 주술같이 혼잣말을 읊조리고 있었다.

"……죽어. 죽으라고."

동시에 목이 졸리는 고통이 다시금 느껴지기 시작했다. 나는 있는 힘을 다해, 그녀의 어깨를 밀쳐 냈다. 하지만 무언가에 단단히 홀린 듯한 샤넌은 꿈쩍도 하지 않았다. 숨이 또다시 막혀가고 있을 때, 방문이 열리는 소리와 함께 누군가가 뛰어오는 소리가 들렸다.

새로이 등장한 이는 단숨에 내 위에서 나를 누르던 샤넌을 잡아 던지듯 옆으로 밀쳤다. 흐려지던 시야로 보인 것은 파란 하늘보다도 더 푸른 머리칼이었다.

하론인 걸까.

내 반항에 꿈쩍도 하지 않던 샤넌은 남자인 하론의 힘에는 어쩔 도리가 없었다는 듯이 옆으로 나가떨어졌다. 그녀의 몸이 중심을 잃고 휘청거리더니, 곧이어 쾅- 하는 둔탁한 소리가 들렸다. 아마도 넘어지다 어딘가에 부딪힌 게 분명했다. 그녀의 몸이 소파 밑에 깔려 있던 카펫에 나뒹구는 게 설핏 보였다.

"바이올렛! 괜찮아?"

동시에 흥분한 듯한 하론의 목소리가 들렸다. 나는 누운 몸을 일으킬 생각도 하지 못하고, 방금 전까지 샤년이 조르던 내 목을 매만졌다. 내 목을 조르던 그녀의 손길은 사라졌지만, 여전히 졸리고 있는 듯한 기분이 들었다.

"……."

뭐라 말을 하려고 했지만 목소리가 제대로 나오지 않았다. 정신을 잃지 않은 게 다행이라고 생각 될 정도였다. 하론은 쓰러진 샤년에 대해 전혀 아랑곳하지 않으며, 나를 천천히 일으켜 주었다. 그의 걱정스러운 눈동자가 내게서 떠날 생각을 하지 않았다.

"……도, 도대체 무슨 일인 거야? 샤년 님이 왜……. 왜 네 목을 조르고 있었던 거냐고."

그는 당황스러운지, 그리 묻다가도 이내 고개를 내저었다.

"아니다. 일단은 좀 진정해. 목은 괜찮아?"

나는 고개를 좌우로 흔들었다. 죽을 정도로 졸렸는데, 괜찮을 리가 없었다.

나는 목 부근을 손으로 문지르며, 하론의 등 뒤로 쓰러져 있는 샤년을 다시금 보았다. 그녀는 쥐 죽은 듯이 눈을 감고 있었으나, 다행히 별다른 외상은 보이지 않았다. 그저 가벼운 기절인가 보다. 그러니까 그녀는 나를 죽이려다, 졸지에 저가 기절한 것이었다. 마치 원작 속 바이올렛이 샤년을 밀치다, 되레 저가 넘어져, 기절했던 그때처럼.

"……하."

나는 토하듯이 숨을 뱉어냈다. 눈은 하론을 쳐다보고 있었지만, 정작 눈앞에 그려지는 것은 바이올렛이 자살하던 장면이었다. 그녀의 기억 속에서 빠져나왔음에도 불구하고, 목이 죄이던 그 서늘한 감촉은 여전히 남아 있는 듯한 기분이 들었다. 나는 목 부근을 조금 세게 손으로 문질렀다. 기분이 썩 좋지 않았다.

"······바이올렛······."

하론이 다시금 내 이름을 부르자, 나는 그제야 작은 소리를 내뱉을 수가 있었다.

"하론."

하지만 그의 이름을 뱉는 소리가 미미하게 갈라졌다.

"샤넌 님은······. 기절하신 건가? 괜찮겠지?"

방금 전까지 나를 죽이려고 했던 여자의 안위를 걱정하는 내 모습이 우스워, 나는 작게 실소했다.

"지금 그런 게 중요해? 샤넌 님이 너를 죽이려고 했다고!"

흥분한 듯, 화가 난 듯 소리치는 하론의 얼굴이 딱딱하게 굳어 있었다. 하론의 성난 음성이 귓가에 시끄럽게 맴돌았다. 머리가 핑 도는 기분이 들 정도였다.

"하론, 죽을 뻔한 사람에게 소리치지 말아 줄래? 머리가 울려."

"하. 너는 도대체가······."

하론은 긴 한숨을 쉬며, 자세를 조금 굽혔다. 그러고선 내 어깨를 잡고 조심스럽게 나를 껴안았다.

"뭐가 그렇게 태연한 건데? 당황하고, 화난 건 나 혼자인거야?"

그는 내 귓가에만 들릴 소리로 작게 속삭였다.

"내가 지금 오지 않았다면······."

하론은 말을 잇지 못하고 메마른 숨을 토해 냈다.

그가 오지 않았다면 어떻게 되었을까. 내가 죽었을까? 하지만 그런 일은 없을 거란 생각이 들기도 했다. 물론 죽을 뻔하기는 했지만, 나는 어떻게든 그 상황을 잘 모면했으리라. 늘 샤넌의 계략을 모두 극복했듯이.

"하지만 너는 타이밍에 맞추어서 와 주었고, 나는 죽지 않고 너와 대화를 나누고 있는 걸."

"······."

하론이 온 것은 아마도 우리가 어제 약속했던 핀 때문인 것 같았다. 가문이 망할 정도로 굉장한 핀을 사온다던 그의 손은 빈손이었다.

뭐야, 핀을 사오지 않은 건가.

이런 상황에서도 굉장한 핀에 대해 기대를 한 내가 약간은 어이가 없었다.

"일어나지 않은 일에 대해서 걱정을 하는 건 소모적인 일이라고 생각해. 결론적으로 하론 네가 나를 멋지게 구해 줬잖아?"

내 말에 하론의 헛웃음 소리가 들렸다. 기가 막히다는 뜻 정도로 느껴졌다. 그는 안고 있던 것을 놓아주며, 나를 가만히 내려다보았다. 여전히 걱정스럽게 빛나는 그의 시선이 내 목에서 떨어지지 않았다. 그는 조용히 손을 뻗어 내 목을 어루만졌다. 그의 손이 스쳐 지나가기가 무섭게 마음이 한결 편안해지는 기분이 들었다. 아주 이상한 일이었다.

"……바이올렛. 도대체 무슨 일인 거야. 공주님이랑 다툰 거야?"

하론은 누그러진 목소리로 내게 물었다. 다툰 것이라기보다는 일반적으로 당했다는 말이 옳진 않을까, 하는 생각이 잠깐 들었다.

"아무래도 샤넌 님과 나 사이에 깊은 오해가 있는 것 같아."

"오해?"

"응. 조금은 심오하고, 난해한 오해."

나는 일전에 하론이 했던 말을 떠올리며 그리 말했다. 그는 내 눈을 가만히 바라보고 있었다. 흡사 내가 무슨 생각을 하고 있는지 읽으려는 듯이. 이내 무언가를 읽었는지, 그렇지 않았을지 모를 하론이 내게 말을 건넸다.

"바이올렛. 일단은 사람을 불러 오자. 네 목도 그렇지만, 샤넌 님도 저렇게 계속 놔둘 수는 없잖아."

"……알겠어. 네가 조용히 불러 주겠어?"

나는 하릴없이 동의했다. 하론은 대답 대신 고개를 끄덕이며, 빠른 발걸음으로 방을 나섰다. 그가 나가자, 나는 소파에 등을 완전히 기댄 채로 긴 한

숨을 내쉬었다.

어쩌다 일이 이렇게 되어 버린 걸까.

'내가, 이 바이올렛 바바라스가, 샤넌 위즈일라가 되어 있었어요.'

소름 끼치는 미소를 지으며 말하던 샤넌의 모습이 잊히지 않았다.

그 순간 든 의문은 '원래의 바이올렛이 샤넌이 되었고, 내가 바이올렛이 되었다면, 샤넌의 진짜 영혼은 어디로 갔을까'였다. 물론 그것은 내가 답을 내릴 수 없는 논제였다. 나는 지끈거리는 머리를 부여잡은 채로 소파에 완전히 몸을 기댔다.

***

하론이 불러온 주치의가 다녀간 방엔 적막함이 가득했다.

아직까지 정신을 잃은 샤넌은 침대에 고이 누워 있었고, 우리는 잠든 샤넌의 얼굴을 빤히 응시했다. 그녀는 정말로 단지 기절을 한 것뿐이었다. 얼마 뒤에 아무렇지 않게 잠에서 깨어날지도 모를 일이었다. 내 목엔 그녀의 손이 남긴 작은 생채기가 남아 있었지만, 붉은 기는 많이 사그라져 있었다.

하론은 제 목에 멋스럽게 둘러져 있던 스카프를 벗어, 내 목에 조심히 둘러 주었다.

"아무래도 당분간은 이러고 다니는 게 좋겠어. 휴."

그는 깊은 시름이 담긴 한숨을 쉬었다.

"궁에 사실을 알려야 할까? 샤넌 님을 어떻게 하면 좋지?"

"일단은 알리는 게 좋지 않을까? 이유야 대충 둘러대야겠지만. 복잡하구나."

"응."

우리는 사람을 시켜, 샤넌의 상황에 대한 적당한 핑계를 궁에 전하라 일 렀다. 제발 조용히 넘어갔으면 하는 바람이 간절했다.

"바이올렛. 너도 많이 놀랐잖아. 좀 쉬는 게 어떨까."

하론이 내 어깨를 다정히 쥐며 말했다. 쉬고 싶다는 생각이 들지는 않았 지만, 샤넌과 같은 공간에 있기 싫었다.

"그냥 잠깐 정원에서 바람 좀 쐴래? 답답해."

하론은 대답 대신 고개를 끄덕였다. 우리는 샤넌이 누워 있던 방을 나와, 복 도를 거닐었다. 정원을 향해 걸으며, 나는 고개를 조금 돌려 하론의 옆얼굴을 바라보았다. 그의 얼굴을 보며, 나는 그와 함께 지낸 시간들을 떠올렸다.

지난 몇 달간 우리 사이에는 생각보다 꽤 많은 추억들이 있었다. 돌이켜 보니 그와 관련된 기억들은 모두 좋은 기억들뿐이었다. 단언컨대 나쁜 기억 은 하나도 없었다. 내 기억들 속의 하론의 모습도 그러했다. 그러니까 그도 나와 함께 지내며, 나와 다름없이 즐거워했다는 거다.

그 순간 나는 하론이 원작 속의 모습과 많이 달라져 있음을 새삼스레 통 감했다. 원작 속 그의 모습은 대개 슬픈 모습이었는데 말이다. 사랑의 실패 자였던 하론 클로노아.

하지만 지난 몇 달간 나는 하론의 슬픈 얼굴을 본 적이 없었다. 되레 그의 얼굴에 만연했던 것은 예쁘디예쁜 그의 미소뿐이었다. 그리고 그 미소의 끝 은 대개 나를 향해 있었다.

결론적으로 그는 나를 아주 좋아하듯이 굴었다. 물론 그것이 이성에 대한 감정인지, 친구에 대한 호의인지는 알 수 없었다. 하지만 이따금씩 하론은 나를 이성을 대하듯 굴기도 했다.

가령, 지난밤 나누었던 고양이 키스처럼.

어쩌면 그도 나를 친구 이상으로 생각할지도 몰랐다. 정말 만약에 그것이 그의 진심이라면, 그는 누구를 사랑하게 된 걸까?

바이올렛? 아니면, 바이올렛의 모습을 한 나?

원작 속 그는 바이올렛을 좋아하기는 했지만 결코 사랑하지는 않았다. 그저 그녀를 동경했을 뿐이었다. 그렇기에 그가 사랑이라는 감정을 느꼈다면, 그것은 뒤바뀐 나이길, 하는 기대가 들었다.

너의 마음이 내게 닿아 있길.

나는 그의 반듯한 얼굴을 계속해서 응시하며, 그의 손을 잡았다. 갑작스러운 내 행동에 그가 의문스러운 눈동자로 나를 내려다봤다.

"바이올렛?"

"그냥, 손. 잡고 싶었어."

하론은 내 손을 꽉 잡으며 옅은 미소를 지었다. 나는 하론에게 내 존재에 대한 진실을 말해야겠다는 생각이 들었다. 약혼 후에 얘기하려고 했지만, 더는 미룰 수가 없었다. 샤년이 내가 진짜 바이올렛이 아님을 알았기 때문이었다. 그렇기에 언제고 그 사실이 하론의 귀에 들어갈지 몰랐다. 당장 내일 그가 듣게 될지도 모를 일이었다. 물론 앞서 짐작했듯이 그가 이미 알고 있었을 가능성도 있었다. 구태여 샤년을 통해서가 아니더라도, 그는 이전의 바이올렛과 너무나도 달라진 내 면모를 통해 무언가를 짐작하고 있을지도 몰랐다.

하지만 하론이 이미 알고 있었다고 하기엔, 지난날 그는 나를 너무나도 친밀하게 대했었다. 적어도 그것은 존재를 숨긴 이를 대하는 태도가 아니었다.

"하론."

"응?"

"저번에 한다던 그 고백…… 오늘 해도 될까?"

그러자 하론의 다정한 눈동자 속에 잠재돼 있던 예리한 기운이 잠깐 빛났다. 필시 무언가를 예감하고 있는 듯한 눈빛 같아 보였다.

"그게 네가 원하는 거라면."

11장. 네 진짜 이름을 얘기해 줘

"나는 바이올렛이 내게 할 고백이 뭘까 하고, 며칠을 생각했어. 그리고 결론을 내렸지. 성에서의 진지했던 네 얼굴을 돌이켜보면, 그건 절대로 긍정적인 얘기는 아닐 거라고."

하론은 그렇게 말하며 마른 숨을 몇 번 토해 냈다. 그러고선 걸음을 천천히 늦추었다. 정원에 거의 다 왔기 때문이었다.

"그래서 그동안 마음을 다잡았어."

그는 내 손을 천천히 이끌며 제 말을 이어 갔다.

"네가 무슨 말을 해도 받아들일 준비."

그 목소리가 지나치게 평온했다. 그는 맞잡고 있던 내 손가락 끝을 만지작거렸다.

"그러니까 겁내지 않아도 돼. 이미 네가 진실을 말하겠다고 결심했을 때부터, 나는 그걸 받아들일 준비를 하고 있었으니까."

나는 그를 올려다보았다. 샤넌의 광기 서린 시선이며, 그에게 진실을 말할 두려움, 걱정, 그 밖의 모든 우려들이 그의 다정한 말 한마디에 서서히 사그라졌다. 나는 긴장했던 것을 조금 풀며, 그를 따라 부드럽게 웃어 보였다.

"겁내지 않을게."

"그 고백……. 오늘 샤넌 님과 있었던 일과 관련이 있는 거지?"

그는 내가 다시 겁내지 않게 아주 조심스럽게 물었다. 나는 고개를 작게 끄덕였다. 모든 걸 밝히겠다고 마음먹은 마당에, 더는 망설일 이유가 없었다. 하론은 잡고 있던 손을 놓아주며 내 머리카락을 몇 번 쓰다듬었다.

나는 마지막으로 심호흡을 하며, 넌지시 하늘을 올려다보았다. 정원으로 나와서 본 하늘은 지나칠 정도로 맑았다. 내 상황과는 정말 상반되는 날씨라고 생각했다. 정원 한편에 잘 가꾸어진 꽃은 방금 만개한 것처럼 맡기 좋은 향기를 풍겼다. 바이올렛을 닮은 이름 모를 보랏빛 꽃이었다. 나는 꽃의 향을 맡으며 나도 모르게 그에게 말했다. 어쩌면 그것은 내 정체에 대해 고백을 하기 전 마지막으로 내뱉은 객쩍은 말이었을지도 몰랐다.

"꽃 향이 너무 좋다."

"향이…… 좋아?"

하론은 앵무새처럼 내 말을 따라하더니, 코끝을 잠깐 찡그렸다. 더불어 그의 얼굴이 조금 굳어 보이기도 했다. 나로선 의미를 전혀 알 수 없는 표정의 변화였다.

그러다 하론은 굳혔던 제 얼굴 표정을 금세 펴고선, 보랏빛 꽃이 있는 곳까지 걸어갔다. 이내 그는 그중에 제일 예쁘게 핀 꽃 하나를 똑, 꺾어 내 귀에 꽂아 주었다.

"……어때?"

애매한 물음이었다. 무엇이 어떠냐는 걸까?

나는 그가 귀에 꽂은 꽃잎을 만지작거리며 하론을 가만히 쳐다봤다. 그가 가까이 오자 그에게서 나던 시원한 향과, 이름 모를 꽃의 달콤한 향기가 조화롭게 섞여서 코끝을 자극했다.

"아무렇지 않아?"

하론이 의문스럽게 내게 물었다. 나는 고개를 한번 갸우뚱했다. 전혀 맥락에 맞지 않는 물음이라고 생각했기 때문이었다.

하지만 하론 또한 내 반응이 이해가 되지 않는다는 듯 나를 따라 제 고개도 한번 갸우뚱했다.

"응? 뭐가? 뭔가가 잘못된 거야?"

"꽃…… 알레르기 있었잖아. 봄철에 기침을 달고 다닐 정도로 심했는데."

하론은 불안한 듯한 목소리로 그리 읊었다. 그는 일전에도 그러했듯이 내가 바이올렛과 완전히 다르다는 것을 다시금 통감했을지도 모를 일이었다.

바이올렛에게 그런 알레르기가 있었는지는 모르겠지만, 내겐 꽃 알레르기가 없었다. 같은 몸이라도 주인이 달라짐에 따라 체질도 달라지는 것인지.

나는 그제야 지금이 그에게 사실을 말할 타이밍이 됐다는 걸 인지했다. 나는 그에게 고백하고자 했던 얘기들을 머릿속에서 마지막으로 정리를 했다. 막상 얘기를 하려고 하자, 입이 잘 떨어지지 않았다. 하지만 내게는 뒤로 더 물러날 곳이 없었다.

"하론 클로노아. 이번에도 놀라지 말고 들어줘."

"놀라지 않을 준비가 되어 있어."

하론이 괜찮다는 듯 고개를 끄덕였다. 그는 그 고갯짓처럼 정말 괜찮은 걸까? 나는 괜스레 그의 푸른 눈동자를 똑바로 바라볼 수 없어, 정원의 먼 정경을 바라보았다.

"나는…… 진짜 바이올렛이 아니야."

"……"

순간 돌아온 것은 긴 침묵이었다. 그가 어떤 표정을 짓고 있는지 잘 가늠할 수 없었다.

실망한 표정? 놀란 표정? 슬픈 표정?

무엇이 됐던 간에 그다지 긍정적인 표정은 아닐 거라고 생각했다. 하나 그렇다고 해서 나의 고백을 멈출 수는 없었다.

"믿기 힘들겠지만, 나는 다른 차원 사람이야. 바이올렛 바바라스라는 여자의 몸에 어느 날 갑자기 빙의됐어."

읽던 책 속에 빙의됐다는 말은 차마 하지 못했다. 내가 생각하기에도 그것은 너무나 기이한 일이었기 때문이었다. 그가 자신이 책 속의 인물이라는 것을 알게 되었을 때 느낄 충격이 클 것 같기도 했다. 어떻게 생각해 보면 이제 내겐 이 세계가 완벽한 현실이 되었기에, 이곳이 책 속이라는 말을 더더욱 하지 못하는 것인지도 몰랐다.

이토록 친밀한 눈빛과 따뜻한 육체를 가진, 살아 있는 하론이 책 속 텍스트에만 존재하는 인물로도 느껴지지 않았다. 그는 더 이상 '하론 클로노아'라는 글자가 아니었다. 내게 있어 그는 살아 있는 현실의 존재였을 뿐이었다.

"그러니까 나는, 네가 어린 시절 같은 시간을 보내고, 추억을 공유했던 그 바이올렛이 아니야. 영혼이 다른 거지. 하론 너에게 그런 말을 했던 날을 기억해? '너는 정말 멋진 남자야. 너는 누구에게나 사랑받을 자격이 있고. 충분히 사랑스러워.' 그 말을 했던 날이 내가 바이올렛이 되고 너를 처음 만난 날이었어. 네겐 바이올렛과 지낸 수많은 날들 중에 하나일지도 모르겠지만, 내겐 그날이 각별했어. 너를 처음 만났던 날이었으니까."

나는 그날을 꽤나 선명하게 기억하고 있었다. 조금은 슬퍼 보이던 얼굴로 나를 보던 그의 얼굴이 뚜렷하게 떠올랐다. 하론은 여전히 아무 말도 하지 않았다. 그저 내 말이 제대로 끝날 때까지 조용히 귀를 기울이고 있었다.

"하론. 너를 속이려고 했던 건 아니야. 나는…… 바이올렛이 되고 싶었어. 그녀가 된 걸 하루도 후회한 적은 없었어. 나는 진짜 바이올렛이 돼서 하론 너와도 잘 지내고 싶었고, 나도 행복해지고 싶었어. 내가 바이올렛으로서 너를 이용하려고 했던 적은 단 한 번도 없었어. 나는 그저 내 마음이 가는 대로 진심으로 행동했을 뿐이야.”

거기까지 말했을 때, 할 말은 동이 났다. 무언가를 더 말하고 싶었지만, 머릿속은 백지장이 되어 아무것도 떠오르지 않았다. 나는 아랫입술을 깨물며 잠시 침묵을 지켰다.

그의 얼굴이 보고 싶었다.

무슨 표정을 짓고 있을지 두려웠지만 그래도 궁금했다. 고개를 조금 들어 그의 얼굴을 봐도 괜찮을까? 하론이 내게 속았다고 생각해서 화난 얼굴을 하고 있다면? 그땐 나는 어떤 말을 해야 할까.

너는 또다시 원작 속 하론의 모습처럼 사랑의 실패한 얼굴쯤을 하고 있는 건 아닐는지.

잠자코 침묵을 지키던 하론이 뱉어낸 말은, 내가 전혀 예상치도 못했던 말이었다.

“……네 진짜 이름을 얘기해 줘.”

진짜 이름.

그것은 이 세계에 들어오고 난 뒤에 잊힐 이름이라 생각했던 것이었다. 이미 쓸모가 없어진 이름이라고 생각했다. 그 이름이 다시 불리는 날이 오지 않을 거라고 생각했다.

나는 오랜만에 내 이름을 내뱉었다. 고작 몇 개월 쓰지 않았을 뿐인데, 그것은 처음 내뱉는 단어인 양 생소해져 있었다.

“다혜. 장다혜.”

바이올렛보다, 다혜로 살아온 시간이 많았지만, 이제는 바이올렛이라는 이름이 더 익숙하게 느껴졌다. 하론이 불러주는 ‘다혜’라는 이름의 느낌은 어떨까 하는 생각이 들었다. 그다지 좋은 기억이라곤 없던 그 이름을 하론이 불러준다면……. 그 이름이 가지고 있던 분위기가 확연히 달라질 거란 막연한 예감이 들었다. 아마도 긍정적인 느낌으로 바뀌지는 않을까. 보는 사람마저도 기분 좋게 만드는 하론이었기에. 그에겐 그런 마력이 있었으니까.

"다혜. 예쁜 이름이구나."

하론은 그렇게 말하며 고개를 떨군 내 양 뺨을 조심스럽게 감싸 쥐었다. 그러고는 내 얼굴을 서서히 들었다. 고개를 조금 들자 하론의 얼굴이 보였다. 그토록 마주하기 망설여졌던 그의 얼굴이었다.

나는 하론의 얼굴을 자세히 들여다보았다. 그는 화난 얼굴도, 실망한 얼굴도 아니었다. 그저 언제나처럼 미소 짓고 있을 뿐이었다. 필시 이미 예전부터 무언가를 예감한 듯한 그런 얼굴.

역시나 하론은 어느 정도 무언가를 짐작하고 있었던 것임에 분명했다.

"사실을 얘기해 줘서 고마워. 네겐 놀라지 않을 준비가 되어 있다고 했지만……. 실제로는 조금 놀랐어. 대충은 이미 예상하고 있었지만."

"……예상하고 있었어?"

"어렸을 적부터 함께해 온 바이올렛을 내가 모를 리가 없잖아. 그녀의 사소한 행동과 버릇들을 알고 있어. 아주 혼란스럽기는 했지만, 네가 다른 사람이 아닐까 하는 생각을 이따금씩 하고 있었어. 그리고 만약에 정말로 네가 다른 사람이라면, 나는 이제 어떻게 너를 대해야 할지 고민했었어. 예전의 바이올렛을 대하듯 대해야 할까. 아님, 너를 다른 사람 대하듯 대해야 할까."

하론의 말엔 사려 깊은 투가 완연했다. 그의 말은 이미 오래전부터 준비한 말처럼 들렸을 뿐이었다.

"만약에 네가 진짜 바이올렛이 아니라면, 아니, 이렇게 말하면 기분이 나쁜가? 그러니까 네가 다른 영혼이라면, 나는 꼭 네 이름을 들어야겠다고 생각했어."

"어째서?"

"나는 바이올렛이라는 친구를 좋아하기도 했지만, 네가 말한 그날 이후로 변해 버린 너도 좋아했으니까."

하론은 여전히 미소를 짓고 있었다. 나는 그 여전한 미소가 다소 믿기지 않았다. 그가 어느 정도는 내게 배신감을 느낄 것이라 생각했기 때문이었다.

"다혜."

그가 내 이름을 어색하게 한 번 더 불렀다. 그러자 주위에 들리던 소리들이 점멸하며, 세상엔 그의 목소리만이 남아 버렸다.

"용기 내 줘서 고마워."

간간이 불던 바람결에 내 귀에 꽂아 두었던 보라색 꽃이 그의 손을 타고 밑으로 떨어졌다. 하론은 내 뺨에서 머물던 손을 거두며, 떨어진 꽃을 집어 들었다. 그가 들고 있던 보라색 꽃의 잎은 하릴없이 흔들렸다. 그는 날아갈 듯 날아가지 않는 꽃의 줄기를 꽉 쥐고 있었다.

"아무렇지 않아?"

"뭐가?"

"내게 화를 내고, 따질 거라고 생각했어. 너를 속이려고 한 건 아니라고 했지만, 결론적으로는 너를 속인 격이니까. 나는 그래서…… 네가 약혼을 무르고 싶어 할 줄 알았어."

그게 아니라면 간단한 전후 사정쯤은 내게 물을 거라고 생각했다. 한없이 초연한 하론의 태도는 되레 마음속의 불안을 일게 만들기도 했다.

"다혜."

그는 방금 전보다는 익숙해진 음성으로 내 이름을 또다시 불렀다. '다혜'라는 글자가 그토록 아름답게 들리는 긴 처음이었다.

"속았다고 생각하지 않기 때문에 너에게 화가 나지 않아. 다혜, 네 말대로 너는 언제나 내게 진심으로 행동한 걸 아니까."

하론은 제 손에 꼭 쥐고 있던 보랏빛 꽃을 정성 들여 내 귀에 다시 꽂아 주었다. 그러곤 내 손끝을 잡으며 이어 말했다.

"네가 바이올렛이 아니라고 해서, 그동안 우리가 함께 보냈던 시간이 사라지는 건 아니잖아."

그는 내 손등을 부드럽게 매만졌다.

"그럼 진짜 바이올렛이 어디에 있는 걸까."

그렇게 말하는 하론의 얼굴에서 처음으로 미소가 사라졌다.

내 이름이기도 하지만, 과거의 그녀의 이름을 부르던 하론의 음성이 구슬프게 느껴졌다. 그는 다시 웃어 보이려 노력했지만, 어째 그의 미소가 씁쓸하게 느껴졌다.

그는 무슨 생각을 하고 있을까? 사라져 버린 바이올렛에 대해 그리워하고 있을까? 샤넌이 그녀라는 것을 짐작이나 하고 있을까?

나는 그에게 샤넌의 정체에 대해서도 말해야 하는가, 하는 고민이 들었다. 그동안 내가 그에게 고백하고자 했던 것은 내 존재에 대한 진실이었지, 사라져 버린 바이올렛에 대한 것이 아니었기 때문이었다.

나 또한 혼란스러웠다.

나도 오늘에서야 샤넌의 몸속에 진짜 바이올렛의 영혼이 있다는 걸 알았으니까. 샤넌의 정체에 대해 말하는 게 옳은 일인지 잘 모르겠으나, 자신이 진짜 바이올렛이라고 밝힌 샤넌이 있는 이상, 하론이 그녀에 대한 진실을 아는 것도 그리 멀지 않겠단 생각도 들었다.

즉, 내게 주어진 유예기간이 얼마 남지 않았음이 느껴졌다.

"하론. 그녀는 우리 주변에 있어."

"……설마 그녀가 어디에 있는지 알고 있어?"

하론의 음성이 미약하게 떨리고 있었다. 그는 믿을 수 없다는 듯이 눈동자를 빠르게 깜빡였다.

그녀에 대한 진실을 얘기한다면 하론은 어떤 표정을 지을까.

어쩌면 이젠 나보다도 샤넌이 된 바이올렛을 좀 더 위하게 될지도 몰랐다. 그가 모든 것을 다 알고 난 뒤에도 내게 여전히 예쁜 미소를 지어 주었으면 한다면, 그것은 내 욕심이었던 걸까.

"바이올렛…… 그녀는……."

나는 한 번의 심호흡을 하고 나서, 그에게 이어 말했다.

"샤넌이 되었어."

내 말에 하론은 잠시 멍한 표정을 지었다. 그는 무슨 대답이라도 할 듯이 입술을 들썩였다가도, 이내 제 입술을 굳혔다. 늘 아름답게 반짝이던 그의 푸른 눈동자는 초점을 잃어 있었다. 그 속엔 충격을 받은 빛이 가득했다. 하론은 한동안 침묵을 유지했다. 그가 충격 받을 거란 걸 예상하고 있었지만, 실제로 그는 내가 예상했던 것보다 훨씬 더 큰 충격을 받은 듯했다. 물론 그런 그를 바라보는 내 기분도 썩 좋지는 않았다.

얼마나 시간이 더 흘렀는지 알 수 없었다. 나는 참을성 있게 그의 대답을 기다렸다. 얼마 뒤에 그가 가까스로 꺼낸 말은 아주 짧은 말이었다.

"……그렇구나."

그는 혼란스러운 시선을 제대로 갈무리하지 못하며 나를 응시하고 있었다.

"그래……. 그랬던 거였어. 그래서 샤넌 님이 네게 그런 행동을 했던 거구나. 상황이 굉장히 복잡하네."

하론은 고개를 조금 뒤로 젖히며 긴 한숨을 쉬었다. 지금까지 봐왔던 그의 얼굴 중에 제일 복잡해 보이는 얼굴이었다.

"……샤넌 님의 모습 속에서 은연중에 바이올렛이 느껴지긴 했지만, 그런 일이 일어났을 줄이야."

복잡한 표정과는 별개로 하론은 꽤나 빠르게 그 기묘한 사실을 받아들이

고 있었다. 영혼이 바뀌었다는 해괴한 사실을 하론이 너무나도 잘 믿고 있
단 말이었다. 마치 저도 이런 기묘한 일을 겪었던 것처럼.

상황을 받아들이는 그의 태도가 너무나도 의연하게 느껴졌다. 적어도 내
게 반문을 하며 샤넌에 대해 더 물었어야 했던 게 아닐까 싶었다.

"내 말을 단번에 믿는 거야?"

"믿지 못할 이유가 없잖아."

하론은 당연하다는 듯이 말했다. 그의 제 믿음을 의심하는 나를 도리어
의아하게 생각하고 있었다. 그러자 나는 의심이 서린 말을 그에게 더는 꺼
낼 수 없었다.

"네가 내게 거짓말을 하고 있다고 생각하지는 않아. 나도 예전부터 충분
히 이상하다고 생각하고 있었으니까."

그는 확고한 투로 말했다. 내가 무슨 말을 하든 모든 것을 진실로 받아들
이겠다는 말투랄까. 내가 바이올렛이 아니라, 다른 사람임을 앎에도 불구하
고 그의 믿음은 흔들리지 않았던 걸까. 그가 어째서 내게 그런 믿음을 가지
게 되었는지 알 수 없었다.

"그렇지만 그런 일이 일어날 것까진 예상하지 못했어. 아니, 예상은 어렴
풋이 했지만, 그런 일이 실제로 일어나지 않았길 간절히 바랐는지도 몰라."

하론은 그렇게 말하며 나를 넌지시 바라보았다.

"그런 일이라는 건, 내가 진짜 바이올렛이길 바랐다는 거야? 아님, 샤넌
이 진짜 바이올렛이 아니길 바랐다는 거야?"

"다혜. 질문이 꽤 어려워. 나는 네가 오해하지 않으면 좋겠어."

"무슨 오해?"

"네 존재 자체를 내가 부정하고 있을 거라는 오해. 아까도 말했듯이, 나는
바이올렛을 친구로서 좋아하고 소중하게 생각했어. 하지만 지금의 바이올
렛인 다혜 너도, 나와 많은 시간을 함께 보냈어. 그 시간들 속에서 네가 소중

해져 버렸으니까. 바이올렛과는 조금 다른 의미로……."

그는 제 말을 잇지 못하고, 뒷말을 흐렸다. 하지만 그의 입에서 나온 바이올렛과는 다른 의미로 소중해졌다는 말은 내 귀에 똑똑히 새겨지고 있었다.

순간 내가 바이올렛의 모습이 아니라 다혜의 모습이라고 해도, 그는 나를 소중히 여겨 줬을까 하는 의문이 들었다. 그런 의구심이 들었지만, 차마 묻지는 못했다. 그런 물음은 필시 하론을 혼란스럽게 할 것임이 분명했기에.

그렇지 않아도 적잖이 혼란스러울 하론이었다. 그에게 혼란이라는 무게를 더 얹어 주고 싶지는 않았다. 하지만 사실 더 큰 이유는 따로 있었다. 나는 그에게 돌아올 대답이 약간은 두려웠던 것이었다.

내가 아무 말도 하지 않자, 하론이 제 말을 이어 했다.

"다혜. 네가 잘못한 것은 없어. 너도 어느 날 갑자기 바이올렛의 몸에 빙의되었다고 했잖아. 너는 내게 바이올렛인 척 연기한 적도 없었고, 그냥 네 상황에 맞게 나를 대한 것뿐이야. 적어도 나는 네가 연기를 한다는 건 느끼지 못했어. 네가 진심으로 나를 대했다는 건, 나도 충분히 알고 있어."

거기까지 말한 그의 표정이 미세하게 일그러져 있었다.

"단지 우리에게 조금 심오하고, 난해한 일이 생겼을 뿐이야."

나는 무슨 말을 해야 좋을지 잘 가늠할 수 없었다. 하론은 눈을 지그시 감고는 무언가를 잠시 생각했다. 이윽고 감고 있던 눈을 뜬 하론이 내 손을 완전히 감싸 쥐었다.

"그녀를 함께 만나 보자. 우리에겐 대화가 조금 필요할 것 같아."

그의 푸른 눈동자가 단호하게 빛이 났다. 나는 동의한다는 듯이 고개를 끄덕였다.

"다혜. 걱정하지 마."

그는 아무 일도 없을 거라는 듯이 나를 향해 미소를 지었지만, 하론의 미소가 평소처럼 자연스러워 보이지는 않았다.

"그녀와 얘기가 끝나고 나서, 그땐 다혜 네 이야기를 들려줘."

"……."

"너를 좀 더 알고 싶어."

너를 좀 더 알고 싶어.

그 말은 꽤나 익숙한 것이었다. 에르하르트가 내게 했던 말과 같았기 때문이었다. 하지만 그 말이 가지고 온 울림은 전혀 달랐다. 에르하르트의 말에는 전혀 감흥이 없었다. 하지만 진짜 나를 알고 싶다는 하론의 말은 정말 기쁘게 느껴졌다. 나를 바이올렛이라는 존재가 아닌, 다혜로 처음 봐준 그였기에.

그러자 평소와는 확실히 다른 두근거림이 느껴졌다. 그 순간 느낀 것은 내 감정의 정확한 흐름이었다. 나는 인지라는 개념을 뛰어넘어, 그를 정말로 좋아하고 있는 것이었다. 내가 생각하는 것 이상으로.

왜 하필 나의 진실과 샤넌의 진실이 맞물려 있고, 하론이 혼란을 느끼는 이 시점에 그에 대한 마음을 확실하게 깨달아 버린 걸까.

그가 진짜 내 이름을 부르는 순간, 내 감정은 걷잡을 수 없을 정도로 커져 버렸던 것일지도 몰랐다.

***

우리는 다시 샤넌이 누워 있던 방으로 향했다. 나는 여전히 막막할 정도로 불안했지만, 하론에게 사실을 털어놓기 전보다는 훨씬 더 나아져 있었다. 진실을 알았음에도 그는 내게 화를 내지 않았고, 되레 나를 이해해 주었다. 나는 그 사실 하나에 모든 것이 해결된 것만 같은 기분이 들었다. 물론 실제로 제대로 해결된 일은 전혀 없었다.

금세 도착하여 방문을 열자, 안은 기묘할 정도로 조용했다. 작은 숨소리조차도 들리지 않았다. 나는 본능적으로 이상함을 느끼며, 방금 전까지 샤년이 누워 있던 침대를 바라보았다.

"……."

놀랍게도 침대 위에 샤년은 없었다. 다만 누군가 누워 있었음을 보여주듯이 시트가 조금 흐트러졌을 뿐이었다.

"사라졌어."

나는 혼잣말을 하듯 읊조리며 하론에게 말했다. 하론은 대답 대신 창가로 급히 걸어가, 밖을 살폈다.

"샤년 님의 마차도 사라졌어."

잠깐 기절해 있던 그녀가 깨어나자마자, 마차를 타고 궁으로 돌아갔다는 건가? 도대체 그녀가 무슨 생각으로 사라진 것인지 전혀 짐작할 수 없었다. 나는 꽤나 오랫동안 샤년의 흔적이 남은 침대를 바라보았다.

하론은 쉽사리 돌아가지 못했다. 우리는 샤년이 방금 전까지 있었던 그 방에 하릴 없이 앉아, 서로의 얼굴만을 바라보았다. 하론의 얼굴이 펴질 기미 없이 꽤나 심각해 보였다. 내 얼굴도 그러리란 것은 거울을 보지 않아도 알 수 있었다.

"샤년 님은 왜 돌아간 걸까?"

정적 속에서 내가 먼저 그에게 말을 건넸다.

"글쎄, 그녀도 저가 숨기고 있는 얘기를 우리에게 털어놓기 힘들었던 건 아닐까."

"하지만 내겐 저가 바이올렛임을 당당히 밝혔는걸."

"그 사실을 나까지도 알았다는 걸 그녀가 눈치채서, 그녀의 입장이 조금 곤란해졌을지도 몰라."

하론이 조금 딱딱한 음성으로 말했다. 그녀는 기절할 당시에 하론이 저를 민 것을 알았을 것이 분명했다.

"휴⋯⋯. 도대체 어떻게 하면 좋을까?"

나는 전혀 답을 알 도리가 없어 답답함에 한숨을 내쉬었다. 하론은 한참이나 고민하는 빛을 띠더니, 이내 내게 대답했다.

"내가 샤넌 님과 먼저 얘기해 보는 건 어떨까?"

"⋯⋯네가?"

"응. 그녀가 정말로 '바이올렛'이라면, 네가 얘기하는 것보다는 내가 직접 얘기하는 게 더 나을 거란 생각이 들어. 나는 그녀와 오랜 시간을 함께 보낸 친구니까."

하론의 말에는 틀린 것이 없었다. 나를 증오의 대상으로 생각하는 샤넌이었기에, 그가 그녀와 직접 얘기를 나누는 게 더 이상적인 방법일지도 몰랐다.

하지만 이상하게도 선뜻 그러라는 말을 꺼낼 수가 없었다.

내가 없는 시간과 장소에서 또다시 하론과 샤넌이 만나는 걸 원치 않았기 때문이었다. 나도 모르게 하론과 샤넌이 만날 모습이 상상되었다. 그것은 정말 하고 싶지 않은 상상이었지만, 내 머리는 통제를 잃고 그들의 만남을 눈앞에 그려내기 시작했다.

샤넌의 정체를 안 하론의 애달픈 시선이 샤넌에게서 떨어질 생각을 하지 않는다. 그리고 샤넌은 자신의 처연한 상황을 하론에게 털어놓으며, 그의 품에 안긴다. 두 사람은 오래전에 헤어진 친밀한 이를 오랜만에 만난 것처럼 서로를 감싸 안는다. 아주 미화된 상상임에 분명했다.

어찌 보면 두 사람은 오랜 친구였기에 얼추 비슷한 상황이 도래할지도 모르겠다는 생각이 들기도 했다. 하지만 왠지 모르게 나는 두 사람의 재회가 그리 달갑지는 않았다.

그것은 서툰 내 질투 때문이었을지도 몰랐다.

내가 그렇게 주저하는 사이에, 테이블 위에 올려져 있던 내 손을 무언가가 감싸는 게 느껴졌다. 언제나처럼 따스한 하론의 손이었다.

"괜찮을 거야."

그는 늘 그랬듯이 다른 말은 덧대지 않았다. 그저 괜찮다고만 말했을 뿐이었다. 하지만 그 말이 얼마나 강한 공명을 가지고 있는지 익히 알고 있었다. 아닌 말로 그의 말 한마디에 불안했던 내 마음이 조금은 괜찮아졌으니까.

"하론. 도대체 뭐가 괜찮을 거란 건데."

나는 표정을 느슨하게 풀며 그에게 물었다. 그러자 하론이 보는 이마저도 마음이 놓이게 하는 미소를 지으며 대답했다. 이런 상황에서조차도 그가 그런 미소를 지을 수 있다는 게 조금은 대단하게 느껴졌다.

"다혜. 네가 걱정하고 있는 모든 게 다 잘 풀릴 거란 이야기였어."

"너를 믿지 못한다는 건 아니지만, 그녀는 나를 죽이고 싶어 하는 정도인데…… 잘 풀릴 수 있을까?"

나는 광기로 빛나던 그녀의 눈빛을 잊지 못하고 있었다. 그런 눈빛을 가진 이를 좋은 방향으로 회유하는 게 가능한 일일까?

나는 자신이 없었다. 하지만 왠지 모르게 하론이라면, 그녀를 조금이나마 회유할 수 있을 것도 같았다. 솔직히 그를 제외하고선, 샤넌을 회유할 만한 사람은 떠오르지 않았다.

"노력해 볼게. 다혜. 나를 믿어 주겠어?"

저를 믿어 주겠냐고 조심스럽게 묻는 하론이었다. 나는 고민할 것 없이 고개를 작게 끄덕였다. 그를 믿지 못할 이유가 없었다. 더불어 그를 의심하고픈 마음 또한 없었다. 나는 이상할 정도로 그를 완전히 믿고 있던 거다.

"믿어 줘서 고마워. 일단은 나도 돌아가야겠다. 샤넌 님에게 찾아가겠다는 서신을 보내야겠어."

그는 내 허락이 떨어지기 무섭게 자리에서 일어서며 말했다. 나는 알겠다는 말과 함께 배웅하기 위해, 그를 따라 일어섰다. 순간 하론은 뭔가가 생각난 듯이 제 재킷 호주머니를 뒤적거렸다.

"이걸 깜빡할 뻔했네."

그는 재킷에서 무언가를 꺼내 내게 내밀었다. 그것은 보랏빛의 아주 예쁜 핀이었다.

"마음에 들었으면 좋겠어."

***

저택에서 급히 나온 샤넌은 안색이 파랗게 질린 채로 궁에 도착했다. 궁에 도착하기 무섭게 아버지가 그녀를 찾았다. 아무래도 가짜 바이올렛이 아버지에게 연락을 취한 게 분명했다. 샤넌은 아무 일도 아니라며 대충 둘러대며 재빨리 제 방으로 돌아왔다. 머리가 너무나도 복잡한 상태에서 다른 이와 대화를 나누기가 싫었기 때문이었다.

쓰러지듯이 침대 위에 누운 그녀는 제 두 손을 꽉 쥐었다. 얼마나 세게 쥐었던지 손아귀가 하얗게 질려 있었다.

"……죽여 버렸어야 했는데."

그녀는 제 손으로 가짜 바이올렛을 끝장내지 못했음을 굉장히 아쉬워했다. 왜 그 순간에 하론이 등장해서는 상황이 이렇게 꼬여 버린 걸까.

잠깐 기절을 한 뒤에 다시 정신을 차렸을 때, 바이올렛은 보이지 않았다. 지끈거리는 머리를 부여잡으며 창가로 걸어가자, 그곳엔 바이올렛과 하론의 모습이 보였다. 그들의 얼굴은 심각했다. 어떤 사실에 대해 매우 진지하게 이야기를 나누는 그들의 모습을 보면서, 샤넌은 직감할 수 있었다.

그들이 바이올렛의 진짜 정체와 제 정체에 대한 것을 이야기하고 있노라고.

종래에 하론이 부드럽게 미소를 지으며 바이올렛의 손을 잡는 것까지 보았을 때, 샤넌은 저가 있던 방을 조용히 나왔다. 그러곤 그들의 눈에 띄지 않게 공작저를 빠져나왔었다.

……미소?

하론의 미소가 의미하는 게 무엇인지 뻔했으니까.

성정이 유약한 그는 바이올렛의 고백을 순순히 받아들였음이 분명했다. 아마도,

'네가 잘못한 것은 없어. 너는 바이올렛인 양 군 적은 없으니까.'

그딴 식으로 말했음이 틀림없었다. 하론과 함께한 세월이 근 스무 해였다. 상황에 따라 그가 어떤 생각을 하고, 어떤 말을 할지는 손바닥 뒤집기보다도 더 쉽게 예측할 수 있었다. 그의 반응을 너무나도 쉽사리 예상할 수 있었기에 샤넌은 왠지 모르게 더 화가 났다.

차라리 하론이 바이올렛에게 '넌 가짜야. 날 속였어.'라고 말해 주었다면 더 좋았을 텐데.

하지만 그런 일이 일어나지 않았을 거란 걸 알고 있었다. 물러 터진 그가 그런 말을 한다는 건 이변에 가까운 일이라고 생각했다.

두 사람이 마주 보며 미소를 짓던 순간, 샤넌은 그들과 이야기할 마음이 가셨다. 하론까지 합세한 바이올렛과 이야기를 나누고 싶지 않았기 때문이었다.

샤넌은 왠지 모르게 피로해진 기분이 들었다.

과거, 근 스무 해를 '바이올렛 바바라스'로 살아왔던 그녀가 꿈꿔왔던 이상은 이런 것이 아니었다. '샤넌'만 된다면 저가 원했던 것을 손에 쥘 수 있을 거라고 생각했다. 끝끝내 갖지 못했던 에르하르트의 사랑을 말이다.

하지만 사랑을 얻기는커녕 이젠 모두에게 미움을 받는 처지에 놓였다.

저를 단단히 믿어 주었던 하론에게서도 멀어졌고, 에르하르트는 물론 아

이린과도 사이가 그리 좋지 않았다. 생각해 보니 바이올렛이었던 과거보다 샤넌이 된 지금의 현실이 더 최악이 된 것만 같았다.

과거에 저가 꿈꿨던 이상은 모두 허상이었던 걸까.

눈을 느릿하게 감았다 뜨자, 과거에 바이올렛으로 살았던 기억들이 머릿속을 가득 메우기 시작했다. 바이올렛으로 살면서 분에 넘치게 사랑을 받았었다. 그렇게 모두의 사랑을 받았지만, 정작 받지 못했던 것이 에르하르트의 사랑이었다. 모든 사랑을 포기해서 그의 사랑을 받을 수만 있다면, 그녀는 기꺼이 그러겠다고 말할 자신이 있었다.

그만큼 그를 사랑했으니까.

그런 그에게 사랑하는 사람이 생겼다. 그것이 바로 샤넌 위즈일라였고, 그녀에게 미칠 듯이 질투가 났다. 그 질투는 종내에는 분노로 변모했다. 제게 닿지 않는 에르하르트의 사랑보다, 그에게 가까이 닿아 있는 샤넌을 죽이고 싶을 정도였다.

주체할 수 없는 분노는 저를 서서히 망가뜨리기 시작했다. 하지만 샤넌에 대한 분노와 질투가 커질수록 에르하르트는 자신에게서 멀어졌다. 이내 손끝이 닿지 않는 곳까지 멀어지고 나서 모든 게 끝났음을 직감했다.

'나는 돌이킬 수 없을 정도로 망가져 버린 거야.'

그녀는 그렇게 생각했다. 이미 예전의 자신으로 돌아가기엔 너무나도 많은 시간이 흘러 있었다. 마음은 망가지고, 또 망가져 본래의 모습을 흔적도 없이 잃은 채였다.

마음이 너무나도 괴로웠다. 즐거운 일은 없었으며, 웃을 일은 더더욱 없었다. 끝내 숨 쉬는 것까지 고통스러울 정도였다.

그때에 죽을 결심을 했다.

이렇게 고통스러울 바에는 모든 것을 놓는 것도 나쁘지 않다고 생각했기 때문이었다. 죽어 버린다면 에르하르트와 행복에 겨워 있는 샤넌을 보지 않아도 되었고, 제게 차가운 시선을 보내는 에르하르트를 보지 않아도 되었다.

본디 성격이 매우 즉흥적이었기 때문에, 죽는 것에 대해서도 그리 오랜 고민을 하지 않았다. 그녀는 제 방에서 목을 매었다. 죽는 순간은 고통스러웠으나, 신체적 고통은 마음의 고통에 비할 것이 되지 않았다.

그런데 완전히 죽었다고 생각했던 순간, 다시 정신이 들었다.

무슨 일이 일어난 걸까.

그녀는 그 순간을 잊지 못했다.

그토록 되고 싶었던 '샤넌 위즈일라'가 된 것이었으니까.

그토록 가지고 싶었던 샤넌의 몸뚱이가 제 것이 되었음을 깨달은 순간, 제 눈엔 눈물이 흘렀다.

아아, 신은 정녕 나를 버리지 않았어.

그렇게 주저앉아 얼마나 울었는지 모르겠다. 무슨 이유로 샤넌이 되었는지, 원래 제 몸이었던 바이올렛의 껍데기는 어떻게 되었는지, 그런 것들은 자신에게 중요하지 않았다. 에르하르트가 그토록 사랑했던 그 샤넌이 되었다. 이제 나도 그의 사랑을 받을 수 있게 되었다. 그 두 가지 사실만이 제 머릿속을 가득 채웠을 뿐이었다.

시작은 순조로웠다.

그녀가 샤넌이 된 시점은 에르하르트의 사랑이 서서히 샤넌에게 향해 가던 때였다. 그것은 꼭 바이올렛이 자살을 했던 자신의 스무 번째 생일로부터 몇 달 전이었다. 샤넌이 된 지 얼마 되지 않았을 때, 에르하르트는 그녀를 따뜻하게 대해 주었다. 그 친밀한 눈빛은 그녀가 그토록 원했던 것이었다.

그래서 그녀는 샤넌인 척하려 노력했다.

그녀가 지었던 우아한 미소, 걸음걸이, 그리고 품위 넘치는 손동작까지도 흉내를 냈다. 그렇게 하면 완벽한 샤넌이 될 수 있을 거라 생각했다. 완벽한 샤넌이 되면, 에르하르트의 완전한 사랑을 받게 되리란 것을 믿어 의심치 않았다. 하지만 처음엔 순조로웠던 것이 시간이 지날수록 난항을 겪기 시작했다.

바로 과거의 바이올렛 때문이었다.

처음엔 자신의 껍데기에 누가 있을까, 궁금했다. 그러면서도 과거의 자신이 존재하고 있을 거라고 그저 태평하게 생각했다. 과거의 자아와 현재의 자아가 둘로 쪼개져서, 자신은 샤넌의 몸에 존재하고 있는 것이라 여겼다.

하지만 그것은 애증 속에 살았던 과거의 바이올렛이 아니라는 것을 머지않아 알 수 있었다. 그녀가 바이올렛이었던 자신이 밟았던 전철을 밟지 않았기 때문이었다.

지금의 바이올렛은 과거와 전혀 다른 행동을 했다. 그녀는 에르하르트를 사랑하지 않겠노라고 선언하기도 했으며, 보란 듯이 하론과의 약혼을 진행시키고 있었다. 그러자 묘하게도 에르하르트의 친밀한 시선이 바이올렛의 탈을 쓴 그것에게 닿기 시작했다. 샤넌이 된 자신을 에르하르트가 사랑하게 될 것이라는, 예정되어 있었던 미래가 서서히 변하기 시작한 것이었다. 이내 에르하르트와 하론의 마음이 바이올렛에게 완전히 향하고 있음을 깨달은 순간, 그녀는 참을 수 없는 분노가 일었다.

어째서. 어째서 샤넌이 되었음에도 에르하르트의 사랑을 받지 못하는 것일까. 바이올렛의 탈을 쓴 그것의 정체는 무엇일까.

다른 영혼? 그것이 다른 영혼이라면 누구의 영혼이란 말인가.

그녀를 보면 종종 누군가가 떠오르긴 했다.

'샤넌 위즈일라.'

바이올렛의 탈을 쓴 그 영혼은 그녀와 너무나도 닮아 있었다. 하는 행동도 닮았거니와 사고방식도 비슷했다. 자신이 샤넌의 몸뚱이를 차지했으니, 갈 곳을 잃은 샤넌의 영혼이 바이올렛의 몸에 들어간 것은 아닐는지.

전혀 말이 안 되는 가설이 아니었다. 애당초 저가 과거로 돌아와 샤넌이 되었다는 것 자체부터가 말이 되지 않는 일이었으니까.

생각이 거기까지 닿자, 더는 가만히 있을 수가 없었다. 바이올렛의 껍데기 속에 든 것이 샤넌이든, 아니든 상관없었다. 자신에게 맹목적인 우정을 보여준 하론의 사랑을 받고, 에르하르트의 사랑까지도 받고 있는 그것을 철저히 괴롭히고 싶었을 뿐이었다.

처음엔 코카인이 든 찻잎을 선물했고, 그다음엔 리차드를 꿰어 내어 그녀의 완벽한 몰락을 바랐지만, 그녀는 제 괴롭힘을 꿋꿋이 헤쳐 나갔다. 그러자 더는 괴롭힐 길이 보이지 않았다.

더 괴롭힐 수 없다면, 죽여야지.

죽이면 모든 게 해결될 것 같았다. 하론의 우정도 다시금 자신에게 향할 것이고, 에르하르트의 사랑도 다시금 자신에게 닿을 것이다.

바이올렛의 탈을 쓰고 있는 그것만 없다면.

샤넌은 과거의 자신의 몸이었던 바이올렛을 괴롭히는 상상을 매일 했다. 그녀의 사지를 꽁꽁 묶어 채찍으로 그녀를 몇 번이고 내려쳐, 그녀의 얼굴이 고통으로 물들면 얼마나 좋을까. 과거의 자신의 얼굴이었던 바이올렛의 얼굴엔 고통으로 물든 눈물이 번지고, 그녀의 잇새로 비릿한 신음이 새어 나온다면 얼마나 좋을까.

그런 상상을 할 때면 황홀해지는 기분이 들었다. 설령 그것이 스무 해 동안 자신이 살아왔던 몸이었다 할지라도.

그것은 더 이상 과거의 자신의 몸이나 얼굴이 아니었다. 그저 저의 사랑을 죄다 훔쳐 간 연적에 불과했다.

하론까지 모든 걸 알아 버린 지금, 이젠 어떻게 해야 좋을까.

정말로 하론에게는 고통을 주고 싶지 않았는데. 그가 가짜 바이올렛을 옹호한다면, 그땐 어떻게 될지 잘 모르겠다. 그토록 소중히 여겼던 친구임에도 불구하고 그에게도 분노를 느끼게 될지도.

샤넌은 과거를 회상하던 것을 멈추고 눈을 지그시 감았다.

다시 눈을 떴을 때, 모든 것이 저가 원하는 상황으로 바뀌어 있다면 얼마나 좋을까 싶었다. 잠시 후, 조금 눈을 감고 있겠다고 생각했던 것이 무색할 정도로 샤넌은 깊은 잠에 빠져들었다.

꿈속에서 샤넌은 바이올렛이 영원히 몰락하는 것을 보았다. 그녀는 사교계에 발을 디딜 수 없을 정도로 망가졌고, 하론과 에르하르트의 관심은 저에게 다시 돌아오는 그런 꿈이었다.

잠깐이나마 행복한 마음으로 다시 눈을 떴을 때, 그녀는 저가 꿈을 꿨다는 걸 그제야 깨달았다. 꽤 오랫동안 잠이 들었던 것인지 주위가 밝아져 있었다. 어제 오후에 잠이 든 것이 하루가 지나 있었던 것이었다.

샤넌은 메마른 숨을 토해 내며 자리에서 몸을 일으켰다. 그러다 그녀에게 전달된 한 통의 서신을 보게 된다. 그것은 하론이 오늘 방문할 것을 청한 서신이었다.

"……하론."

입 안에 맴도는 그의 이름은 참으로 익숙했지만, 왠지 모르게 거리감이 느껴지기도 했다. 샤넌은 그의 방문에 응하기로 마음을 먹었다. 제 발로 저를 찾아오겠다는데 구태여 말릴 이유도 없었다.

이윽고 서신에 명시된 시간이 되자, 하론이 샤넌을 찾아왔다.

샤넌의 시녀가 그가 왔음을 고하자, 샤넌은 제 자세를 바르게 정비하며 그가 들어올 것을 허했다. 기름칠이 잘된 문이 매끄럽게 열리며 하론이 안으로 들어서기 시작했다.

하론은 꽤나 연약한 시선으로 저를 내려다보고 있었다. 그의 연약한 시선이 무엇을 의미하는지 대충은 짐작이 되었다. 아마도 제 처지에 대한 연민이 아니었을까. 샤넌이 되고도, 에르하르트의 사랑을 얻지 못한 자신에 대한 연민.

샤넌은 코웃음을 쳤다. 하론에게 만큼은 그런 눈빛을 받고 싶지 않았다.

"안녕하십니까. 샤넌 공주님."

하론은 듣는 이마저도 나른하게 만드는 목소리로 저를 불렀다. 그 목소리는 이따금씩 참으로 그리웠던 것이었다.

"네, 반가워요. 이쪽으로 와서 앉으세요."

샤넌의 말에 하론이 느릿한 걸음으로 그녀의 맞은편에 앉았다.

"하론 영윤이 이렇게 저를 찾아온 데엔 이유가 있을 거라 생각이 드는데. 제 말이 맞나요?"

샤넌이 그리 묻자 하론이 고개를 작게 끄덕였다.

"공주님께 드리고 싶은 이야기가 있습니다. 실례가 되지 않는다면, 주위를 물러 주시면 감사드리겠습니다."

"비밀 이야기인가 보군요. 뭐, 좋아요. 그쯤이야 못 해 드릴 것도 없죠."

샤넌은 방에 있던 시녀들을 모두 내보냈다. 모두가 나가 버리고, 두 사람만이 남게 되자 주위는 조용해졌다.

"이제 그 비밀 이야기를 들어도 괜찮을까요?"

그러자 하론이 한 템포 느릿하게 그녀에게 말을 건넸다.

그의 음성이 지나치게 진중했다.

"공주님께서 제게 숨기고 있는 것을 말씀해 주십시오."

12장. 네게 욕심이 나

하론이 샤넌을 만나고 오겠다는 말과 함께 가 버린 지 하루가 지났다.

더 정확하게 얘기하자면, 어제 오후에 헤어졌으니 고작 반나절이 지났음에 불과했다. 하지만 이상하게도 내가 체감하고 있는 시간은 근 일주일이라도 지난 것만 같이 길게만 느껴졌다.

시침은 오후 세 시를 가리키고 있었다. 지금쯤이면 하론이 샤넌을 만나지 않았을까? 그와 그녀는 무슨 이야기를 나누고 있을까. 지금 이 순간 바라는 게 하나 있다면, 어제 떠올렸던 미화된 이미지대로 흘러가지 않기만을 바랄 뿐이었다. 애써 그들에 대한 생각을 하지 않으려 했지만, 그러면 그럴수록 샤넌과 하론에 대한 생각이 머릿속을 가득 매웠다.

솔직히 짜증이 날 정도로 신경이 쓰였다. 샤넌이 하론에게 나에 대해 좋지 않은 말이라도 하는 건 아닐지 신경이 쓰여 미칠 것 같았다. 지금까지 봐 온 그녀의 성정이라면 그러지 않는 게 더 이상할 따름이라고 생각했다.

문제는 그녀의 말을 '하론이 어떻게 받아들일지'일 텐데. 나는 그가 어떤 생각을 할지 잘 가늠할 수 없었다.

해 질 녘쯤이 되어서, 나는 결국 집 밖을 나섰다. 오늘은 딱히 할 일도 없었고, 계속해서 저택에 있다간 쓸데없는 상상과 생각에 머리가 터질 것 같았기 때문이었다.

밖을 나서자 해 질 녘의 공기가 꽤나 시원했다. 나는 천천히 발걸음을 떼며, 빙의되고 나서 잘 보지 못했던 이 세계의 모습들을 눈에 담았다. 본래의 세계에선 전혀 볼 수 없었던 풍경들을 보자, 어쩐지 복잡했던 마음이 한결 사그라지는 것만 같았다.

나오길 잘했군. 그런 생각이 들면서도 이 거리를 하론과 함께 걸었으면 얼마나 좋을까, 하는 생각도 들었다. 그렇게 얼마나 걸었을까. 꽤나 멍한 시선으로 그를 생각하던 찰나였다. 쭉 뻗은 대로 위 수많은 사람들 사이에서 단연 눈에 띄는 남자가 보였다.

석양빛을 받은 푸른 머리카락이 아름답게 빛나고 있는 남자였다.

"……하론."

꽤나 먼 거리였지만, 나는 한눈에 그가 하론임을 알 수 있었다. 평소보다 조금 처진 어깨로 힘없이 걸어가는 그의 모습에서 눈을 뗄 수 없었다. 나는 무의식적으로 그에게 뛰어가기 시작했다. 뛰어가는 도중에 드레스가 발에 걸리며 넘어질 뻔도 했지만, 그런 건 아무래도 상관없었다. 그렇게 그와의 거리는 점점 더 가까워지고 있었다. 나는 발걸음에 박차를 가하며, 그에게로 손을 뻗었다. 그러자 손끝에 그의 옷깃이 조금 잡혔다.

"하론!"

나는 가쁜 숨소리 사이로 그의 이름을 불렀다. 동시에 하론의 고개가 내 쪽으로 돌아가기 시작했다. 이내 그의 얼굴이 정면으로 보였다. 거의 확신하고 있었지만, 그는 확실히 하론이었다.

반나절 만에 만난 하론. 나는 숨을 가다듬을 틈도 없이 그에게 내 몸을 가까이 붙였다.

갑작스러운 내 등장에 당황한 하론이 고개를 갸웃거리다가 이내 손을 뻗어 내 등을 부드럽게 감쌌다. 항상 그에게서 나던 시원한 향이 맡아지자, 이상하게도 가슴이 세차게 뛰기 시작했다. 더 이상 숨이 가쁜 것이 아니었음에도 불구하고.

"다혜. 많이 걱정했구나."

그는 내가 했을 모든 생각을 짐작했다는 듯이 말했다.

"걱정뿐이겠어? 잠도 제대로 못 자겠더라."

나는 투정하듯이 읊조렸다. 그러자 하론이 조용히 내 머리칼을 쓰다듬었다.

"다 괜찮을 거라고 했잖아. 나 못 믿어?"

너는 믿지만, 샤넌은 믿지 못해서. 나는 그렇게 말하지 못하고 그의 품에 좀 더 파고들었다.

"안 그래도 찾아가려던 참이었는데, 잘됐다. 시간이 조금 늦었지만, 어디가서 얘기 좀 나눌래? 어디가 좋을까?"

"아무 곳이나 상관없어."

그는 제 품에 있던 나를 조금 떼어 내며 말했다.

"좋아, 그럼 공작저로 가자."

올려다본 그의 얼굴이 평소와 다름이 없었다. 샤넌과의 이야기가 잘 끝났던 것일까?

***

우리는 함께 공작저로 돌아왔다. 날은 이미 완전히 어두워지고 난 뒤였다. 우리는 어제 심각한 얼굴로 서로를 마주했던 그 응접실에 또다시 자리했다.

"샤넌 님을 만났어?"

나는 조심스럽게 그에게 먼저 물었다. 하론은 저 앞에 놓인 찻잔에 담긴 차를 한 모금 마신 뒤에 천천히 대답했다.

"어디부터 얘기해야 좋을까."

"네가 얘기하고 싶은 부분부터."

하론은 뭔가를 생각하는 듯 잠시 입을 꾹 다물었다.

"다혜. 네 말이 맞았어. 그녀는 진짜로 '바이올렛'이었어. 물론 네 말을 의심했다는 건 아니야."

"……응. 그렇게 생각하지는 않아."

하론은 샤넌과의 무슨 대화를 통해 그녀가 바이올렛이라는 것을 확신하게 되었을까.

"네가 기분 나쁘게 들을지는 모르겠지만, 바이올렛은 내겐 정말 하나밖에 없던 유일한 친구였어."

그것은 나도 잘 알고 있는 사실이었다. 하론과 바이올렛의 우정이라면 '샤넌을 위하여'라는 책을 읽으며 충분히 인지했던 사실이니까.

불우한 어린 시절을 보내던 하론에게 유일하게 손을 뻗어 줬던 바이올렛이었다. 힘들고, 지치고, 외로웠던 그에게 처음으로 뻗어진 누군가의 손길은 구원이었을 것이다. 설령 하론이 바이올렛을 실제로 사랑했었다고 하더라도 전혀 이상하지 않을 정도로.

내가 그런 생각을 하는 사이에도 하론은 제 말을 이어가고 있었다.

"어째서 그런 일이 일어난 것인지를 제쳐 두고서, 나는 지금부터 그녀에게 조금 신경을 쓰게 될지도 몰라. 비록 지금의 그녀가 샤넌이 되었을지라도."

"이해해. 그런 것조차 이해하지 못했다면 애초부터 너를 바이올렛에게 보내지 않았을 거야."

"이해해 줘서 고마워."

하론은 엷은 미소를 지었다.

"내가 그 사실을 몰랐다면 모를까. 이제 모든 걸 알아 버린 이상, 나는 바이올렛이 그런 식으로 또다시 망가지는 걸 눈 뜨고 지켜볼 수가 없어."

나는 여전히 그를 이해한다는 듯이 고개를 끄덕였다. 고개를 끄덕이면서도, 하론의 말 속에 작은 의문이 들었다.

바이올렛이 그런 식으로 또다시 망가지는 걸 눈 뜨고 지켜볼 수가 없다는 말. 그 말의 어감이 이상했다.

어쩐지 이전에도 그녀가 망가지는 걸 봤었다는 소리 같았기 때문이었다.

내가 빙의한 시점은 분명 바이올렛이 망가지기 전이었다. 티 파티에서 샤넌을 민 것 외엔 그녀에게 별다른 사건이 없었는데. 어쩌면 그것은 섣부른 내 착각일지도 몰랐다. 너무나도 예민해져 있는 탓에 그의 말을 와전해서 들었던 것일지도 몰랐다.

"어제 샤넌과 얘기해 보니까, 이대로 그녀를 내버려 둔다면 그녀가 더욱 삐뚤어질 게 분명할 거란 생각이 들었어. 나는 그 애를 잃고 싶지 않아. 물론 여자로서 말하는 건 아니야."

하론은 바이올렛의 새로운 이름인 '샤넌'을 어느새 꽤나 친밀하게 부르고 있었다. 왜 이런 상황에서조차도 그가 다른 여자의 친밀하게 부르는 게 이토록 신경이 쓰이는 것인지 알 수 없었다. 나는 괜스레 머리를 몇 차례 쓸어 올리며, 예민함이 가시길 바랐다.

하론에게 있어 바이올렛이라는 친구의 존재의 크기를 여전히 잘 알고 있었다. 하지만 막상 상황이 이렇게까지 되어 버리자, 구태여 그가 발 벗고 나서며까지 그녀가 삐뚤어지는 것을 막으려 한다는 게 마음에 들지 않았다. 그런 생각이 들었던 탓에 내 대답이 조금 까칠하게 흘러나왔다.

"너는 너무 착해 빠졌어. 하론 클로노아."

그러자 하론이 나를 보며 짐짓 슬픈 미소를 지었다.

"그래. 다혜 네 말이 맞아. 나는 착해 빠져서 그녀를 더더욱 놓을 수가 없나 봐. 미안해. 내 마음이 나약해서. 네 마음을 상하게 해서."

그는 괴로운 듯이 고개를 조금 떨구었다. 괴로워하는 그의 모습을 보자 나는 그제야 후회가 되었다.

바보 같아.

나 또한 원작을 읽으며 진짜 바이올렛이 행복하길 바랐었는데. 이제 와서 내 행복을 위해 그녀의 행복을 무시하려 했다니.

물론 그녀가 지금까지 내게 저질렀던 악행이 여전히 용서가 되는 것은 아니었지만, 그녀가 행복했으면 했다. 스스로 자처해서 흙길을 걷지 말았으면 했고, 언젠가는 모두 밝혀질 패악을 그만두었으면 했다.

"하론. 내가 말이 심했어. 네 마음을 이해해. 네게 바이올렛이 얼마나 소중한 친구인지 아니까……."

나는 천천히 이어 말했다.

"나 또한 바이올렛이 행복해졌으면 좋겠어."

"고마워. 내가 이렇게 설명했어도, 네게는 받아들이기 힘든 사실이란 거 알고 있어."

"물론 그렇긴 해. 하지만 어쩌겠어. 네가 그렇다는데, 나는 받아들일 수밖에."

나는 굳었던 입매를 풀고 간신히 미소를 지었다. 하나 그 미소가 온전치 않을 거란 생각이 들었다.

"그래서 샤넌 님과…… 아니, 바이올렛과 무슨 얘기를 나눴는데?"

"내가 나눌 이야기라면 뻔하잖아. 전에도 그랬고, 지금도 그랬지만, 나는 그녀가 너를 더 이상 괴롭히지 않았으면 한다고 했어. 물론 바이올렛이 스스로 행복해지길 바란다고도 했고. 그런 식으로 널 괴롭힌다고 해도 에르하르트 공작님의 사랑이 그녀에게 닿지는 않을 거라는 말까지도."

"……그래서 그녀가 뭐라고 대답했어? 네 말을 들어준다고 했어?"

"일단은 너를 괴롭히는 건 그만둔다고 했어. 이른바 소강상태랄까."

소강상태. 그것은 일시적으로 잠잠하겠지만, 후에 어떤 식으로 변할지 전혀 예상할 수 없는 상태였다. 상황이 긍정적으로 변했으면 하지만, 어쩐지 그것은 조금 힘들 거란 생각이 들었다.

"더불어 그녀는 우리의 약혼식에도 오고 싶다고 했어. 다혜 너를 여전히 미워하지만, 내 약혼식이니까 축복해 주고 싶다고 하더라."

"하론, 네 생각은 어떤데?"

"나는 그녀를 초대하는 것도 나쁘지 않다고 생각해. 그동안 그녀가 좋은 마음을 가지도록 열심히 회유해야겠지만."

"네가 그러고 싶다면, 그렇게 해도 좋아."

사실 그녀의 방문이 조금은 걱정이 되기도 했다. 하지만 나는 그에게 거절의 뜻을 표할 수 없었다. 그것은 하론이 바라고 있는 것이기 때문이었다. 그가 바라는 것은 도무지 부정할 도리가 없었다.

"나는 그녀를 포함한 모두가 행복해지길 바라고 있어. 다만, 우리가 제일 행복했으면 하지만. 난…… 네 생각보다 착하지 않을지도 몰라."

하론은 고백하듯이 내게 말했다.

"전혀. 사람은 누구나 자신의 행복을 일 순위로 생각해. 네가 그렇게 생각하는 건 당연한 거야. 그러니까, 하론."

나는 그를 똑바로 보며 이어 말했다.

"항상 네 행복을 일 순위로 생각해. 내가 너에게 바라는 건 그거 하나뿐이야. 네가 행복했으면 좋겠어."

그건 바이올렛에게 빙의되고 나서부터 지금까지 쭉 바랐던 진심이었다. 원작 속에서처럼 그가 샤넌을 짝사랑하여 힘들어하지 않길 바랐기에 필사적으로 그와 샤넌의 만남을 막으려 노력했었다. 그 노력의 결과로 그가 원작과 같이 샤넌을 사랑하지 않게 되었더라도, 여전히 그가 행복하길 바라는 마음에는 변함이 없었다.

"나는 지금도 충분히 행복해. 너와 함께하고 있으니까."

하론이 말갛게 웃으며 말했다. 나는 말갛게 웃고 있는 그를 보며 착각하고 싶은 마음이 들었다. 하론 또한 나를 좋아하는 건 아닐까 하는. 우리의 마음이 쌍방향으로 서로에게 닿아 있는 거라는.

내가 진짜 바이올렛이 아니라고 할지라도 말이다.

"하론."

"응?"

"내가 진짜 바이올렛이 아닌데도, 너는 나와 함께하는 시간이 행복한 거야?"

나는 망설여졌지만 그에게 솔직하게 물어보았다.

"그럼 행복하지 않을 거라고 생각해?"

"잘 모르겠어."

나는 네 마음을 전혀 모르겠어.

하론은 어쩔 때 보면 나를 좋아하는 것처럼 굴다가도, 그것은 그저 바이올렛이라는 친구를 좋아해서 하는 행동처럼 느껴지기도 했다.

나는 시간이 지날수록 너에 대한 마음이 확고해지는데, 네 마음은 왜 시간이 지날수록 더 잘 가늠할 수 없는 걸까.

나는 고개를 조금 숙인 채로 작게 한숨을 내쉬었다.

"네가 진짜 바이올렛이 아니라고 할지라도, 나는 네가 에르하르트 공작과 약혼을 하는 걸 원치 않아."

"……뭐?"

나는 고개를 다시 들어 하론을 응시했다. 그의 얼굴은 더 이상 씁쓸하지도, 슬퍼 보이지도 않았다. 다만 조금 진지했을 뿐이었다.

"말했잖아. 나는 네 생각보다 착하지 않다고. 네게 욕심이 나."

"어떤 의미로의 욕심인지 물어도 될까?"

입술이 바짝 말라 오고, 입 안이 메말라 가는 것만 같았다. 괜히 갈증이 느껴져, 나는 찻잔 속에 있던 차를 모두 마셔 버렸다. 어쩐지 내 고백에 대한 대답을 기다리는 듯한 기분이 드는 건 왜일까. 출처를 알 수 없는 조바심까지도 느껴졌다.

"……좀 더."

긴 침묵 끝에 하론이 뱉은 대답은 조금 간결한 것이었다.

"좀 더 시간이 지난 후에 대답을 해도 될까?"

"……."

"한꺼번에 이해하기 힘든 일들이 꽤 많이 벌어졌어. 물론 그렇다고 해서 너를 이해하지 못한다는 건 아니야. 다혜 네 주변에 일어난 일들을 모두 이해해. 하지만 내겐 그것을 충분히 수용할 만한 시간이 필요한 거야."

그는 언제나처럼 미소를 지으며 이어 말했다.

"오래 걸리진 않을 거야. 하지만 당장은 나도 좀 혼란스러운걸."

"좋아. 또 못 기다릴 이유는 없지."

오래 걸려도 좋으니, 그의 대답이 긍정적인 것이길 바랐다. 내게 이성으로서 욕심을 가져 주었으면 했다. 어째서 그의 마음에 이토록 욕심이 나는지 알 수 없었다. 정말 부정할 도리 없이 좋아하기라도 하는 건지.

"고마워."

하론은 그렇게 말하고선 제 앞에 놓인 찻잔을 들어 그것을 조금 마셨다. 어쩌면 그도 나처럼 심각한 갈증을 느꼈을지도 모른다.

"다혜."

그는 꽤나 익숙하게 내 이름을 다시 불렀다.

"응?"

"이런 상황에서 이런 부탁은 정말 하고 싶진 않지만……."

"왜? 무슨 일이라도 있는 거야?"

"혹시 내일 내 어머니를 만나 줄 수 있을까?"

그는 아주 조심스럽게 내게 물었다.

"……갑자기? 어머님이 나를 만나고 싶으시대?"

그러자 하론이 작게 고개를 끄덕였다. 방금 전까지 진지했던 그의 눈동자가 웬지 다시금 기운 없는 빛으로 돌아가 있는 것만 같았다.

"본가에 계시던 어머님이 다시 후작저로 돌아오셨거든."

내가 고개를 한 번 갸웃거리자 하론은 아차, 하는 표정을 짓더니 설명을 보태었다.

"아, 이렇게 말하면 너는 모르려나? 그러니까, 우리 부모님은 사이가 그다지 좋지 않아. 어머니가 본가에 가신 지는 정말 오래되었어. 웬만해서는 후작저로 잘 오시지 않지만, 내 약혼 소식을 듣고 오랜만에 후작저로 올라오셨다고 해. 오시자마자 너를 찾아서……. 꽤나 말려 봤지만, 어머님은 한 번 마음을 먹으면 아무도 말릴 수 없을 정도로 막무가내시거든. 아마도 바이올렛의 성격과 비슷하다고 해야 할까."

하론은 아무렇지도 않게 제 집안 사정을 토로했다. 부모님의 사이가 좋지 않다는 말에선 그 어떤 감정도 느껴지지 않았다. 되레 이상할 정도로 무미건조했을 뿐이었다. 너무 오랜 시간 부모님 사이가 좋지 않았기 때문에, 아무렇지 않게 되어 버린 것은 아닐까. 그 초연함이 어쩐지 안쓰럽게 느껴졌다.

하론은 내가 아무것도 모를 거라 여기며 내게 친절히 설명을 보태었지만, 그 정도의 사실은 나도 익히 알던 바였다. 원작 속에 얼추 나왔었기 때문이었다. 좋지 않은 내실로 인해 하론이 유년기를 얼마나 안타깝게 보냈는지 알고 있었다.

잘생긴 아버지의 곁에는 늘 새로운 여자가 끊이질 않았고, 사치를 좋아하는 어머니는 곧 후작가의 재산을 모두 탕진할 듯이 굴었다. 두 사람은 결혼은 유지했지만, 자석의 상극처럼 결코 서로를 가까이하지 않았다. 두 사람의 위태로운 결혼 관계는 언제 끊어져도 전혀 이상할 게 없었다. 이 정도가 내가 알고 있는 하론의 집안 내력이었다.

"언제고 한 번은 만나 뵈었어야 했지 않을까? 여태 찾아뵙지 않은 게 더 이상한 것 같아."

"휴, 그래도 괜히 너를 불편하게 만들고 싶지는 않았는데."

나는 대수롭지 않다는 듯이 어깨를 으쓱였다. 그러곤 늘 하론이 하던 대로, 그를 따라서 말했다.

"뭐, 그쯤이야 괜찮아."

'괜찮아.'

그 말이 이제는 우리 사이에 어떤 암묵적인 약속처럼 느껴질 따름이었다. 그러자 하론이 못 당하겠다는 듯이 작게 키득거렸다.

나는 정말 괜찮다는 듯이 굴긴 했지만, 사실 마음은 그다지 여유롭지 않았다. 물론 그와 약혼을 하며, 하론의 부모님을 언젠가는 만나야 되지 않을까 막연하게 생각은 했었지만, 갑작스러운 만남에 약간은 긴장이 되었다. 하지만 샤넌과 관련된 일을 해결하는 것보단, 하론의 어머님 쪽을 만나는 편이 내겐 훨씬 더 편안하게 느껴졌다.

***

다음 날, 하론은 이른 시간에 나를 찾았다. 하론이 왔다는 시녀의 말이 들림과 동시에 나는 다급하게 소리쳤다.

"잠, 잠깐만!"

"다혜?"

방 밖에선 하론이 의구심 가득한 목소리로 내 이름을 부르는 게 들렸다. 하나 나는 그 소리가 있고도 한참이 지나서야 방을 나설 수 있었다. 나는 머리 위에 예술적으로 꽂아 놓은 깃털 장식을 손으로 매만지며 하론을 쳐다봤다. 그는 복도의 벽에 등을 기대고 선 채로 나를 참을성 있게 기다리고 있었다.

"……다혜?"

그는 오늘로써 두 번째로 의아한 목소리로 내 이름을 불렀다. 그는 등을 곧추세운 채로 내게 가까이 다가왔다.

"오늘 콘셉트가 도대체 뭐야?"

그는 내가 거북하지 않을 정도로 내 모습을 훑었다. 나는 머쓱하게 뺨을 긁적이며 그에게 대답했다.

"오늘의 콘셉트는 사치를 좋아하는 여자야."

"사치?"

우리는 복도를 거닐며 대화를 주고받기 시작했다.

걸으면서도 하론의 시선은 내 머리칼에 꽂힌 커다란 깃털에서 떨어질 생각을 하지 못했다. 그것은 하얀색과 핑크색이 조화롭게 그러데이션이 된 깃털로 시녀장이 내게 강력추천을 해 준 머리장식이었다.

"응. 여자들에겐 오래전부터 내려오는 말이 있거든."

"무슨 말이 내려오는데?"

나는 꽤 비장한 눈빛으로 그의 눈을 보며 답했다.

"사치에는 사치로."

"사치에는…… 사치로?"

하론은 그 단어를 꽤 낯설어 했다. 사치라는 단어를 내뱉는 그의 혀가 고장 난 것처럼 삐걱거렸다. 그사이에 우리는 복도를 벗어나, 이내 현관을 나서기에 이르렀다. 현관 앞에는 하론이 타고 온 마차가 보였다. 하론은 여전히 의문을 가득 품은 얼굴을 하면서도, 친절하게 나를 에스코트했다. 그의 손을 잡고 마차에 오르기 무섭게 나는 그에게 마저 설명을 했다.

"사치를 좋아하는 여자는 같은 느낌의 여자를 좋아하는 법이거든. 이른바 첫인상에서 합격점을 받는다고 해야 할까. 사람들은 대개 자신과 같은 부류를 좋아하게 되잖아."

"그건 동질감과 같은 개념인 건가?"

"맞아. 하론 네가 일전에 말했듯이 서로에게 동질감을 느끼는 거지."

하론까지도 마차의 시트에 완전히 자리하자, 마차의 바퀴가 굴러가기 시작했다.

"그래서 오늘은 조금 사치를 좋아하는 여자처럼 꾸며 봤어. 그래도 네 예비 약혼자로서 어머님을 처음 만나는 건데, 첫인상은 좋게 보여야 되지 않겠어?"

나는 처음으로 입은 레이스가 풍성한 드레스를 훑었다. 과한 건 정말 질색인데, 막상 입고 보니 과한 무늬의 드레스도 썩 나쁘지는 않았다.

구태여 그의 어머니에게 밉보일 이유는 없었다. 실제의 내가 바이올렛만큼 영악한 삶을 살았던 것은 아니었지만, 내겐 사회생활을 하며 겪은 나름대로의 눈치가 있었다.

"좋은 발상인 것 같아."

하론은 정녕 감탄한 듯이 내게 엄지손가락을 추켜들었다.

"그런데 말이야"

"응?"

"내가 어제 어머님이 사치를 좋아한다는 사실까지 말했던가?"

"……"

"그런 기억은 없는 것 같아서."

날카로운 하론의 물음에 나는 할 말을 잃고 꿀 먹은 벙어리가 되었다. 나는 짐짓 당황하여 눈동자를 빠르게 몇 번 깜박였다.

……왜 하론은 이런 상황에서까지 쓸데없이 눈치가 좋은 걸까.

나는 열없이 뒷머리를 긁적이며 에둘러 대답했다.

"저, 그러니까……. 왠지 모르게 그럴 것 같아서랄까? 바이올렛으로 살며, 설핏 네 집안 사정을 어디선가 들었던 것 같기도 하고. 하하."

"……아주 수상한 냄새가 나는군."

하론은 제 눈을 게슴츠레하게 뜨고 한참이나 나를 바라보았다.

"어쨌든 좋은 게 좋은 거잖아."

나는 되레 당당하게 그에게 말했다. 그러자 하론이 뭐가 그리 우스운 것인지 작게 키득거리기 시작했다. 전혀 웃을 만한 행동은 하지 않았는데 말이다.

한참을 달리던 마차는 이윽고 멈추어 섰다. 나는 두 번째로 방문하는 하론의 후작저를 가만히 올려다보았다. 세련된 크림색의 건물이 꽤나 고풍적으로 보였다. 나는 티가 나지 않게 작게 속으로 기합을 넣으며 마차에서 내렸다.

텍스트가 아닌, 실제 하론의 어머니는 어떤 사람일까. 하론과 닮았을까?

나는 보지 못한 것을 쉽사리 상상할 수 없었다. 우리 약혼은 여전히 가짜 약혼에 가까운 것이었지만, 어쩐지 나는 그의 어머니에게 잘 보이고 싶은 마음이 계속해서 들었을 뿐이었다.

"다혜."

"……응?"

그가 나를 부르며, 아주 자연스럽게 내 손을 잡았다.

"어머니는 조금 짓궂은 편이야. 그러니까 그녀가 하는 말은 마음에 그다지 담지 않았으면 좋겠어."

"알겠어."

그는 조용히 내 손을 끌었다. 정원을 몇 걸음 걷고서 후작저로 들어오자, 저 멀리서 시녀 하나가 제 몸집만 한 커다란 짐을 들고 가는 게 보였다. 검은 자루에 싸여 있어 그 안에 무엇이 들었는지 전혀 알 수 없었다. 하나 들고 가는 시녀의 얼굴이 고약하게 일그러져 있는 것을 보았을 때, 아마도 꽤나 무거운 것임에 틀림이 없었다.

그 장면을 나만 본 것은 아니었던지, 하론의 시선도 그 시녀에게 닿아 있었다.

"잠깐만."

그는 내가 뭐라 할 새도 없이 잡고 있던 내 손을 놓았다. 잡는 것도 제 마음대로더니, 놓는 것도 결국엔 제 마음대로라는 생각이 들었다. 빈손이 이토록 허전한 건 왜일까.

하론은 그 시녀에게로 단숨에 걸어가, 그녀의 짐을 들어 주었다.

그의 갑작스러운 등장에 깜짝 놀란 시녀가 그에게 머리를 조아렸고, 하론은 그녀에게 작게 미소를 지었다. 이윽고 시녀와 하론이 바쁜 걸음으로 어디론가 걸어가 버렸다.

"……"

그 덕에 나는 한참이나 그 자리에 버려진 듯이 남겨졌다.

하론의 친절은 비단 나에게만 해당하는 게 아니라, 모두에게 그런 것임을 진작 알고 있었다. 하지만 타인을 향한 그의 친절이 내게는 썩 달갑게 느껴지지 않았다.

항상 괜찮다 말하며 내게 짓던 친밀한 미소를 지금쯤 시녀에게 짓고 있는 것은 아닐까. 그런 예쁜 미소를 짓는 하론을 그 누가 싫어할 수 있을까. 아마도 그 시녀도 조만간 하론에게 빠지는 건 아닐는지 하는 생각이 들었다.

아니, 벌써 빠져 있을 수도.

내가 거기까지 생각했을 때 사라졌던 하론이 다시금 내 시야에 나타났다. 성큼성큼 걸어온 그는 조금 미안한 목소리로 내게 말했다.

"미안. 많이 기다렸어?"

나는 팔짱을 단단히 낀 채로 그에게 되물었다.

"넌 원래 이런 식이야?"

"어? 뭐가?"

"원래 그렇게 다른 여자들에게 다 잘해 주느냐고."

마음이 썩 좋지 않아서 그런 것인지, 볼멘소리가 여과 없이 흘러나왔다. 꼭 질투에 눈이 먼 여자 같잖아. 나는 그렇게 생각하면서도 쿨한 척할 자신이 전혀 없었다. 하론은 한참이나 대답이 없더니 이내 입이 귀에 걸릴 정도로 찢어지기 시작했다. 그것은 미소의 경계를 넘어선 명백한 웃음이었다.

"다혜. 설마 이거 질투야? 큭큭."

너무 확실한 말은 되레 인정하기가 꺼려진다는 게 바로 지금과 같은 것은 아닐까 싶었다. 나는 대답 대신, 팔짱을 풀고선 앞서 걸어갔다.

"됐어. 내가 네게 뭘 바라겠어."

당당하게 걷긴 했지만, 나는 사실 어디로 가야 할지 전혀 몰랐다. 제길.

하론이 재빨리 내 뒤를 따르며, 내 손을 잡아챘다. 그는 아주 기분 좋은 미소를 지으며 내게 제 얼굴을 가깝게 들이댔다.

"다혜였을 때도 이랬어?"

"뭐가?"

"이렇게 귀엽게 삐쳤었냐고."

"나 원 참."

내가 한숨을 쉬자 하론이 여전히 내게서 시선을 떼지 않으며 말했다.

"생각해 보면 바이올렛과 이렇게나 다른데, 그동안 알아차리지 못한 게 이상할 정도야."

"바보."

새침하게 말했지만 구태여 그가 잡은 손을 빼지는 않았다. 어쩌면 진짜 바보는 나였을지도 몰랐다.

"어디로 가야 할 줄은 알고 앞장서서 간 거야?"

"……그딴 거 몰라."

하론은 뭐가 그토록 재미났던지 연신 키득거리며, 나보다 한 발자국 앞서서 걸었다. 아무래도 그에게 단단히 말려든 것만 같은 기분이 들었다.

"다른 여자에겐 친절하지 않았으면 좋겠어."

나는 앞서가는 하론의 올곧은 등을 보며 작은 소리로 읊조렸다. 나조차도 내가 뱉었다곤 믿기지 않는 말이었다. 완전 질투의 기운이 가득한 말.

"……어?"

하론은 의아한 얼굴로 나를 힐끔 뒤돌아보았다가, 이내 진한 미소를 지었다. 내가 무슨 의미로 한 말인지 단번에 파악한 듯한 얼굴이었다.

"주의하겠습니다, 공녀님."

하론은 아주 능글맞은 대답과 함께 내 이마에 가볍게 입을 맞추었다. 능글맞은 그의 대답이 완전히 마음에 들었던 건 아니었지만, 그를 더 꾸짖을 생각은 전혀 들지 않았다. 되레 미소가 나올 지경이었으니. 나는 하론에게 물러터진 것이 틀림없었다.

그렇게 하론을 따라 기다란 복도를 걷고, 몇 개의 계단을 오르고 나서야 그의 걸음이 멈춰 섰다.

"여기가 어머님이 계신 곳이야?"

"응. 준비됐어? 다혜. 아니, 바이올렛. 어머니 앞에서는 너를 바이올렛이라 다시 불러야겠지."

그는 손을 뻗어 내 머리카락을 다정하게 쓰다듬었다. 그러다 그의 손이 내 머리에 꽂힌 깃털에게까지 다다랐다. 그는 꽂아 둔 형태가 흐트러지지 않게 깃털을 작게 매만졌다.

"이렇게 멋진 깃털까지 달았는데, 어머니가 싫어할 일은 없겠다. 큭큭."

"놀리지 마. 나도 최선을 다한 거라고."

"아무렴."

하론은 시녀에게 저가 왔음을 고했다. 그는 방문이 열리기 직전 내게 고개를 조금 기울였다. 그의 입술이 내 귓가에 잠깐 닿으며, 그의 목소리가 들렸다.

"예뻐."

깜짝 놀란 내가 하론 쪽으로 고개를 돌렸을 땐, 그는 이미 아무 일도 없었던 것처럼 고개를 똑바로 들고 난 후였다. 괜스레 귓바퀴가 뜨거워져 나는 손으로 귓가를 문질거리며 그를 올려다보았다.

……어쩜. 설마 선수 아냐.

이런 스킨십과 멘트에 능수능란한 하론이 조금은 의심스러워질 따름이었다. 어쩌면 그는 소설 속의 가엾었던 모습 외에도 내가 모르는 모습이 존재할지도.

그사이에 문이 완전히 열렸다. 나는 잠깐 동안 두근거렸던 마음을 진정시키며, 하론과 함께 안쪽으로 들어섰다. 방 안은 생각보다 넓었다. 꽤 고급스러워 보이는 가구들이 즐비한 가운데, 제일 화려한 사람은 방의 주인이었다. 나는 방 중앙에 놓인 소파에 기품 있게 앉아 있는 여자에게서 눈을 뗄수가 없었다.

어떻게 생겼을까, 라는 생각을 많이 했었는데 그녀는 하론과 참으로 닮아 있었다. 하론을 닮은 푸른 빛깔의 긴 머리카락, 푸른빛 눈동자까지도. 머리가 긴 하론이라고 보아도 상관없을 지경이었다.

다만 그와 조금 다른 점이 있다면, 그것은 바로 눈빛이었다. 끝이 새침하게 올라간 그녀의 눈꼬리는 한껏 차가운 분위기를 자아내고 있었다. 마른 체구였지만 그녀에게선 무시할 수 없는 어떤 존재감이 느껴졌다. 하론의 어머니였기에 적어도 중년일 거란 생각이 들었지만, 그녀는 제 나이를 추정하기 어려울 정도 젊어 보이기도 했다. 아무래도 하론의 잘난 유전자는 어머니의 역할이 컸던 것이 틀림없었다.

내게 닿아 있는 하론의 어머니의 시선이 다른 곳으로 돌아갈 생각을 하지 않았다. 그녀는 물건을 품평하는 듯한 눈동자로 나를 한참이나 훑어보았다.

왠지 모르게 움츠러들고 싶지 않아서, 나는 그녀의 눈빛을 피하진 않았다.

"어머니. 바이올렛이에요."

우리의 팽배한 눈 맞춤을 알아차린 하론이 중재하듯이 말을 건넸다. 그러자 그녀가 그제야 앉아 있던 몸을 일으켜 우리에게 천천히 걸어오기 시작했다. 이내 내 앞까지 다가온 그녀가 제 검지를 들어 내 깃털 쪽을 가리켰다.

"……오를레앙의 신상."

"한정판이죠."

어머니의 갑작스러운 말에도 나는 당황하지 않고 대답했다. 이 깃털이 오를레앙인지 요들레앙인지 하는 작자의 신상이란 것쯤은 이미 시녀장에게 얼추 들은 바였다. 사치에는 사치로, 라는 콘셉트를 잡았다면 내가 하고 있는 장신구에 대한 상식쯤은 알아 두는 게 기본이었으니까. 더불어 내가 득의양양한 미소까지 짓자 어머니는 제 눈을 게슴츠레하게 뜨고선 한마디 덧대었다.

"뭘 좀 아는 여자애군."

그녀는 다시금 뒤돌아서며 소파 쪽으로 걸어갔다. 돌아가는 그녀의 얼굴엔 희미한 미소가 띠워져 있었다. 이 정도면 첫인상은 합격점인 건가.

소파에 앉은 그녀가 우리도 앉으라는 듯이 허공에 손을 몇 번 휘저었다. 그렇게 우리가 소파에 마주 앉아서도 어머니의 눈길이 내 깃털에서 한동안 머물렀다. 내 작전이 어느 정도 그녀에게 통한 것이 분명하단 생각이 들었다.

"바이올렛. 꽤 오랜만에 보는구나. 넌 날 기억하니?"

글쎄. 책 속에서 바이올렛과 하론의 어머니가 만났다는 서술은 없었다. 하지만 두 사람은 소꿉친구였으니 한 번쯤은 그들이 만나지 않았을까.

나는 그런 생각으로 두루뭉술하게 대답했다.

"너무 오래된 기억이라 잘 생각나지 않아요. 죄송해요."

"하긴. 나도 너무 예전에 봤던 터라, 네 얼굴도 잊어버렸는걸."

다행히 그녀는 내가 기억하지 못하는 사실을 크게 신경 쓰지 않는 듯했다.

"많이 컸구나. 벌써 우리 하론이랑 약혼을 할 나이라니…… 깃털은 오를레앙의 신상에 드레스도 신상이네? 사교계에 떠도는 네 사치스러운 소문은 몇 번 전해 듣긴 했다만. 생각보다 센스가 넘치는 아이였구나."

그녀는 흥미롭다는 눈빛을 보냈다. 차가워 보였던 그녀의 눈동자가 약간은 나른하게 변해 있었다.

"그런 소문에도 좋게 봐주셔서 감사합니다."

"일반화시키는 건 아니지만, 자고로 여자는 자기를 꾸밀 줄 알아야 된다고 생각하는 게 내 철학이라서."

그녀는 제 입술을 일그러뜨리며 작게 미소를 지었다.

"저도 자신을 꾸미는 건 참으로 중요하다고 생각해요."

나는 사람 좋아 보이는 미소를 지으며 그녀에게 대답했다. 사실 그 대답은 본래의 내 모습이라면 절대로 하지 못할 말이었다. 최근에 여러 사람들 덕에 꽤나 감정적으로 굴었지만, 원래의 나는 모든 것에 무신경한 사람이었다. 꾸미는 것에도 그다지 흥미가 없었고, 적당히 깔끔하게 차려입으면 그만이라고 생각했다. 거짓말을 하는 기분이 들었지만, 이건 하얀 거짓말쯤이 아닐까 싶었다.

"꽤 재미있는 아이구나."

"그렇죠, 어머니? 저도 그렇게 생각해요."

제 어머니의 말에 하론이 넙죽 대답을 했다. 그녀는 하론 쪽을 가자미눈으로 한 번 흘겨보고선 나를 다시금 응시했다.

"바이올렛."

"네."

"클로노아 후작저에 대한 이야기는 너도 충분히 알 거라고 생각해."

"……."

"나는 하론의 아버지와 아직까지 사이가 좋지 않고, 그런 핑계로 하론을 버린 자식처럼 키웠어."

"어머니."

갑자기 심각해진 어머니의 말에 하론이 그녀를 불렀다. 하지만 그녀는 제 말을 멈출 생각이 없다는 듯이 이어서 말했다.

"하론이 얼마나 외롭게 성장했는지 알고 있어. 그런 걸 앎에도 불구하고 나는 하론에게 제대로 된 사랑을 주지 못했지. 물론 노력을 하고자 했지만, 결과적으론 잘 안 됐어. 어쩌면 나는 누군가에게 제대로 된 사랑을 주는 법을 잘 모르는 것일지도 몰라."

그녀는 짧은 한숨과 함께 제 머리를 좌우로 가로저었다. 누군가에게 제대로 된 사랑을 주는 법이라. 그것은 내게도 꽤나 어려운 일임이 분명했다. 나는 문득 하론이 미스터리처럼 남기고 간 말이 떠올랐다.

'심오하고, 난해한 일.'

누군가에게 제대로 된 사랑을 주는 것 또한 심오하고 난해한 일이 아닐까. 그런 추상적인 일을 잘했는지, 잘하지 못했는지를 어떻게 평가해야 하는지가 궁금할 따름이었다.

"그래서 하론의 곁에 있는 네게 이따금씩 고맙단 생각이 들었어. 너라면 하론에게 사랑다운 사랑을 줄 수 있지는 않을까, 하는 생각이 들기도 했고."

"……."

"결과적으로 바이올렛 너는 나보다 하론을 훨씬 더 행복하게 해 준 것 같아."

"……네?"

"저 녀석의 표정을 봐. 지금 내가 이런 말을 하는 동안에도 좋아 죽겠단 표정을 짓고 있잖아."

어머니는 얼른 하론의 얼굴을 확인하라는 듯이 내게 턱짓을 했다. 내가 고개를 돌려 옆에 앉은 하론의 얼굴을 확인하기가 무섭게 그는 제 얼굴을 급하게 굳혔다.

"흠흠."

필시 무언가 민망함에 내뱉는 헛기침은 덤이었다.

도대체 무슨 표정을 짓고 있었던 거야. 옆에 앉았기에 표정을 잘 보지 못한 게 아쉬웠을 따름이었다.

"바이올렛."

"네."

그녀가 내 이름을 부르자, 나는 돌렸던 고개를 어머니 쪽으로 되돌렸다.

"모쪼록 하론을 잘 부탁해. 하론만큼은 우리처럼 살지 않길 바랄 뿐이야."

그리 말하는 어머니의 음성에선 짙은 진심이 느껴졌다. 나는 고개를 끄덕이며 그녀에게 강인한 눈빛을 보냈다.

"당연하죠. 저는 하론을 행복하게 해 줄 거예요."

"바이올렛, 못 하는 말이 없어."

하론이 부끄럽다는 듯이 옆에서 작게 말했다. 어째 성별이 바뀐 것만 같은 기분이 드는 건 왜일까.

"……하론은 충분히 사랑받을 자격이 있는 사람이니까. 제 사랑으로 그가 행복해질 수만 있다면. 그건 제게도 정말 멋진 일이라고 생각해요."

나도 모르게 진심을 내뱉기는 했지만, 막상 뱉고 나자 꽤나 부끄러운 마음이 들었다.

"후후, 아주 보기 좋구나. 같잖게 하론의 어머니 역할을 하려고 각을 잡았던 게 무색해질 정도야."

그녀는 기분 좋게 웃어 젖혔다. 하론의 어머니는 소설 속에 묘사되었던 것보다 훨씬 더 괜찮은 사람으로 느껴졌다. 거기에 나오는 묘사는 사치에 빠져 제 자식을 등진 어머니 정도였으니까.

하지만 그녀에게도 그녀 나름의 사정이 있었을 테고. 그녀는 저가 제대로 된 사랑을 줄 줄 모르는 사람이라고 했지만, 내가 보았을 땐 그녀는 누군가에게 사랑을 줄 줄 아는 사람처럼 보였을 뿐이었다. 하론을 걱정하는 그녀의 목소리에 배인 따스함을 놓치지 않았음이었다.

"지금이라도 각을 잡으셔도 괜찮아요. 저는 단단히 각오를 하고 왔거든요."

내가 그리 말하자 어머니는 웃던 것을 멈추고선 내 깃털을 향해 손가락질을 했다.

"좋아. 그렇다면 그 깃털을 내게도 공구해 줘."

아무래도 그녀는 내 깃털이 정말 마음에 들었음이 틀림없었다.

"공구……? 그게 무슨 말이죠?"

하론은 의아하다는 듯이 말했지만, 나는 어머니의 말을 단번에 이해할 수 있었다. 그것은 책 밖에서도 즐겨 쓰던 단어였으니까. 순간 책 밖의 세상과 책 속의 세상이 연결되어 있다는 묘한 생각이 들었다.

"하론. 공구도 모르는 거야? 그건 공동구매란 말이잖아. 그렇죠, 어머니?"

"역시. 넌 뭘 좀 아는 아이가 분명해."

우리는 서로를 마주 보며 키득거렸고, 거기서 홀로 바보가 된 하론은,

"……여자들의 세계란 정말 심오하군."

이라는 말만 했을 뿐이었다.

***

한껏 긴장했던 것이 무색할 정도로 어머니와의 만남은 정말 순조로웠다. 후작저를 나서는 발걸음이 그토록 가벼울 수가 없었다. 고작 같은 관심사를 가지고 있다는 것을 피력했을 뿐인데, 그 사실 하나로 어머니에게 단단히 합격점을 받다니. 역시 세상사는 치열한 눈치게임이 아닐까.

"어머니가 생각보다 훨씬 더 유하셨던 것 같아."

"그건 네가 꽤 마음에 들어서 그러셨던 걸 거야. 네 머리에 꽂힌 깃털이 이토록 큰 역할을 해 줄 줄은 상상도 못 했는걸."

"그건 나도 동감하는 바야. 다음에 찾아 뵐 때는 잘 구할 수 없는 한정판 액세서리를 구해 와야겠어."

"큭큭, 그러면 너를 양녀로 들이고 싶어 할지도 몰라. 어머니는 예전부터 딸을 가지고 싶어 하셨거든."

"퍽도."

나는 재미있다는 듯이 키득거리는 하론을 물끄러미 바라보았다. 그의 얼굴은 어머니의 말대로 정말 좋아 보였다. 그토록 보기 좋은 얼굴로 웃고 있었지만, 나는 한 가지 사실이 마음에 걸렸다.

우리의 약혼이 아직까지는 가짜에 가까웠기 때문이었다. 하론을 행복하

게 해 주겠노라고 어머니에게 당당하게 선언했던 주제에 가짜 약혼을 하는 게 옳은 것인가 하는 생각이 들었다.

네게 욕심이 난다는 둥, 바이올렛과는 다른 의미로 내가 소중해졌다는 둥. 그런 가슴이 설렐 말을 해 놓고선 제게 시간을 달라던 하론이었다.

그가 겪고 있을 혼란스러운 상황을 여전히 아주 잘 이해했지만, 나는 그가 제 확실한 마음을 얼른 내게 말해 주길 바랐다.

너는 무슨 생각일까. 네 마음은 도대체 어디에 닿아 있는 걸까.

***

에르하르트 공작저의 널따란 정원을 초점 없이 바라보는 이가 있었다.

"휴."

무거운 한숨을 뱉은 이는 아이린이었다. 언제나 짓궂은 말을 일삼던 그녀의 얼굴이 눈에 띄게 굳어 있었다. 그것은 바이올렛이 된 다혜가 한 번도 보지 못했던 아이린의 낯선 얼굴이었다. 그녀는 제 기분과 상반되는 지나치게 화창한 날씨를 보며, 제 입술을 작게 움직였다.

"요한. 네가 죽은 날은 언제나 화창해."

네가 죽은 지도 벌써 4년이란 시간이 지났구나.

"요한."

아이린은 실체를 잃은 그 이름을 다시 한 번 더 불렀다. 그가 이 세상에 없다는 걸 앎에도 불구하고, 이름을 부르면 어디선가 그가 대답을 해 줄 것만 같았다. 물론 그런 일은 실제로 일어나지 않았다. 아니, 되레 진짜로 일어난다면 그것이 더 이상한 일이었을지도.

아이린은 지난 4년 동안 요한과 사랑했던 날들을 잊지 않으려고 노력했다. 어려서부터 그와 알고 지내며, 얼마나 뜻깊은 추억을 많이 나누었던가.

비단 사랑을 나누었던 기억이 아닐지라도, 그와 함께 나눈 기억 중에 행복하지 않은 기억이 없었다. 언제나 손이 닿는 거리에 요한이 있었고, 그가 제 곁에 없던 날은 손에 꼽을 정도였다. 그는 사랑하는 남자라기보다는 제 삶의 일부분쯤이었다.

그런 그 없이 지낸 지가 벌써 4년째였다. 나름대로 잘 지내고 있다고 생각했지만, 그에 대한 기억이 점점 더 흐려진다는 것은 정말 슬픈 일이었다. 기억이란 시간이 지날수록 바스러지는 것이어서, 흐려지는 기억을 붙잡을 수는 없었다. 그에 대한 기억이 잊히는 것이 느껴질 때마다, 아이린은 견딜 수 없을 정도로 괴로웠다.

반면 이상하게도 그와 함께 탔던 마차가 전복되며 그의 눈부신 금빛 머리칼이 붉은 빛으로 물들어 가던 끔찍한 기억은 점점 더 선명해져 갔다. 불과 몇 분의 짧은 기억이었음에도 불구하고.

아이린의 머릿속에 그날의 정경이 절로 떠올랐다.

함께 탔던 마차. 마차 창문 사이로 들어오던 햇살. 햇살에 반짝이던 그의 금빛 머리칼. 저를 보고 미소를 짓던 그의 얼굴. 거기까지 떠오른 것은 나쁘지 않은 일이었다. 그러나 곧이어 다음의 장면까지도 떠오르자 아이린은 고통스럽게 제 인상을 찌푸렸다.

매끄럽게 잘 달리던 마차가 급격하게 휘청거렸다. 그러자 마차를 끌던 말들의 신음소리가 제 머릿속에 울렸다.

히이잉-

이윽고 마부의 날카로운 비명과 함께 마차는 전복됐다. 미소를 짓고 있던 요한의 얼굴이 굳어지는 걸 본 것을 마지막으로 그녀는 정신을 잃었다. 정신을 차렸을 땐 온몸이 부서지는 기분이 들었다. 마차가 뒤집히며 어딘가에 세게 부딪혔음이 틀림없었다.

주변은 부서진 마차의 잔해들로 넘쳐 있었다. 아이린은 제 몸을 돌볼 여유도 없이 요한을 찾았다. 요한은 그리 멀지 않은 곳에서 찾을 수 있었다. 그는 마차 바퀴에 깔린 채 지그시 눈을 감고 있었다. 찬란하게 빛나던 그의 금빛 머리칼과 흰 얼굴이 붉게 물들어 있었다.

아이린은 당장이라도 그에게 가려 했다. 하지만 다리가 마음대로 움직이지 않았다. 몸은 이미 어디서 흘렀을지 모를 피로 범벅이었다. 아이린은 절망의 기운이 가득 서린 비명을 질렀다. 믿을 수 없는 현실을 직면할 수가 없어서, 또다시 정신을 잃어 버렸다. 의식을 되찾았을 땐, 모든 것이 완전히 끝나 있었다.

그가 죽고, 그녀는 홀로 살아남았다.

시간이 흐르고, 계절도 변했지만 그 사실은 유일하게 변하지 않는 것이었다.

아이린은 제 아랫입술을 짓이겼다. 그에 대해 생각하기가 무섭게 입술이 떨려왔기 때문이었다. 떨림을 가시게 하고자 입술을 짓이겼지만, 떨림은 전혀 가시지 않았다. 아이린은 출처를 알 수 없이 든 한기를 온전히 느끼며, 제 팔을 감싸 안았다. 이젠 아무렇지 않을 정도로 시간이 지났다고 생각했는데 제 몸은 전혀 그렇지 않나 보다.

"……아이린?"

아이린은 저를 부르는 낯익은 목소리를 들었다. 목소리가 들림과 동시에 잔잔히 떨리던 그녀의 어깨 위에 누군가가 손을 올려놓았다. 그 손엔 위로의 기운이 깃들어 있는 것만 같았다.

"괜찮은가?"

걱정스러운 목소리의 주인은 에르하르트였다.

"……언제 들어 왔어?"

"방금 전에."

아이린은 작게 한숨을 내쉬었다. 과거의 기억 속에 얽혀 에르하르트가 들어온 것을 전혀 눈치채지 못한 그녀였다.

"아이린. 괜찮냐고 물었어."

"안 괜찮을 게 뭐 있겠어."

그녀는 대수롭지 않게 대답했다. 평소와 다름없이 밝게 대답했지만, 떨리는 아랫입술은 숨기지 못했다.

"전혀 괜찮지 않은 얼굴로 괜찮다고 하는 건, 4년이 지나도 변함이 없군."

이토록 어깨가 떨리고 있는데, 괜찮지 않을 리가 없잖아.

에르하르트는 아이린의 어깨를 잡고 있던 손에 힘을 주며, 인상을 가볍게 구겼다. 솔직하지 못한 그녀의 대답이 마음에 들지 않는다는 듯이.

"동생에게는 못 당해 내겠군. 전혀 괜찮지 않다는 내 대답을 바라는 거라면. 맞아. 나는 전혀 괜찮지 않아."

"……"

"네가 보다시피 요한을 생각하고 있었어. 오늘이 그의 기일이잖아."

에르하르트는 고개를 작게 끄덕였다. 그의 기일이라는 것은 알고서 아이린을 찾아온 것이니까. 에르하르트의 살갑지 못한 제 성격상 어쭙잖게 그녀에게 위로의 말을 건네지는 못했다. 대신 잠시나마 그녀의 곁을 지켜 주는 게, 그가 할 수 있는 최선이었다.

"……궁에는 갈 건가?"

아이린은 고개를 내저었다.

"아니. 전하도 나를 보면 가슴 아파 하셔서, 이번엔 가지 않으려고."

그녀는 씁쓸한 미소를 지으며 넌지시 제 다리를 내려다보았다. 왕세자였던 요한이 죽은 이래로, 왕은 여전히 자신을 딸같이 대해 주었지만, 언제나 저를 보면 슬퍼했다. 특히나 아이린의 못 쓰게 된 다리를 볼 때마다 당신이 다리를 못 쓰게 된 것처럼 눈물을 글썽였다. 그의 기일마다 매년 궁에 찾아갔었으니, 이번만큼은 찾아가지 않아도 이해해 주지 않을까.

"이봐, 동생아. 넌 지금 내 상황을 염려할 만큼, 네 상황이 여유롭지 않을 텐데?"

에르하르트는 아이린의 어깨를 잡고 있던 손을 물리며 그녀를 빤히 보았다.

"무슨 내 사정?"

"네 연애사업 말이야."

"……."

"요즘 네가 공이 되었다는 소문이 있더라고."

"……공?"

"응. 바이올렛에게 이리 차이고, 저리 차이니까. 큭큭."

아이린은 한결 느슨해진 얼굴로 작게 키득거렸다. 요한에 대한 생각으로 힘겨웠던 게 조금은 가시는 기분이었다. 고작 제 동생을 조금 놀렸을 뿐인데.

이래서 누군가에게 짓궂게 대하는 것을 멈출 수 없나 보다. 설령 상대방이 제 장난을 불쾌하게 생각하더라도, 아이린은 자기 자신을 위해선 어쩔 수 없다고 생각했다. 이기적인 생각일 수도 있었지만, 세상에 자기 자신보다 더 중요한 것은 없으니까.

반면 아이린의 놀림에 에르하르트는 인상을 와락 구겼다. 차인 것은 저도 인정하는 사실이었지만, 구태여 아이린에게까지 놀림을 받고 싶지 않았다.

"그만해. 나는 공이 아니라, 순애보라고."

"그래서 바이올렛에게 네 순애보는 좀 통했어?"

"글쎄."

에르하르트는 마지막으로 보았던 바이올렛을 떠올렸다. 성문 개방일에 보았던 그녀는 여과 없이 제 마음을 솔직하게 털어놓았었다. 진지하게 생각해 달라던 제 말에 대한 대답. 그것은 한 번도 저를 생각지 않았다는 것이었다.

자신이 이성으로서 그토록 매력이 없는 걸까? 그것도 아니라면 바이올렛은 정말로 제게서 완전히 마음이 떠나 버린 걸까.

살아오며 질릴 만큼 여자를 많이 만났지만, 그토록 진심을 표했던 건 바이올렛이 처음이었다. 그만큼 그녀가 좋았기 때문이었다.

왜 그렇게까지 그녀가 좋아지게 되었는지는 저도 잘 알지 못했다. 바이올렛은 제게 싫다고 하니 다시 좋아진 게 아니냐고 따졌지만, 결단코 그런 것만은 아니었다. 물론 조금 그런 것도 있었지만.

제게 톡톡 쏘듯이 말하는 바이올렛의 말투가 좋았고, 그녀의 당당한 모습이 좋았고, 무슨 일이 닥치든 피하지 않고 제 생각을 표하는 그녀가 좋았다. 이쯤이면 충분히 좋아할 만한 이유가 성립이 되는 것은 아닐까.

에르하르트는 복잡한 제 마음 때문에 저도 모르게 한숨을 내쉬었다.

"글쎄라고는 했지만, 통하지 않았나 보구나."

아이린은 표정이 좋지 않은 에르하르트를 올려다보며 말했다.

"……샤넌 공주는 어때?"

"뭐?"

"네 그 순애보를 바이올렛이 아닌, 샤넌에게 옮기는 건 어떤지 묻는 거야."

샤넌 위즈일라.

에르하르트는 샤넌의 이름을 마음속으로 되새기며, 갑작스럽게 변한 그녀를 떠올렸다.

샤넌을 처음 봤던 건 그녀가 왕의 사생아로서 처음 등장했던 연회장에서였다. 어느 날 갑자기 마른하늘에 날벼락처럼 등장한 그녀를 두고 사교계에서는 오고 가는 말이 많았다.

지방에서 평민 같은 삶을 살았으니 교양이 없을 것이다. 관리다운 관리를 받아 본 적이 없을 테니, 박색이 분명할 것이다. 대개 그런 이야기들이었다. 에르하르트 또한 왕의 사생아라는 타이틀을 가지고 등장한 샤넌이 궁금해서, 그녀가 처음 데뷔하는 연회에 참석했었다.

샤넌은 한 번의 출현만으로도 모든 이의 마음을 매료시키는 여자였다.

교양이 없을 거라고 추측했던 귀족들이 모두 혀를 내두를 만큼 샤넌의 손짓과 행동은 훌륭했다. 교양이 있다 못해, 흘러넘칠 정도였으니. 그녀는 몇 시간 만에 대부분의 귀족들을 제 편으로 만들었다. 그리고 그녀는 부정적이었던 제 소문을 단숨에 호의적인 것으로 바꾸어 버리기에 이른다. 에르하르트는 그 연회장에서 샤넌과 몇 마디를 주고받으며, 그녀에게 작은 호감을 느꼈다.

그 이후로 이상하게도 샤넌과의 만남이 끊이질 않았다. 그녀가 아이린의 말동무가 되어, 공작저에 자주 오갔기 때문이었다. 자주 부딪히게 되니, 시간이 지날수록 당연히 사이가 더 가까워질 수밖에 없었다. 그렇게 그녀에 대한 호기심이 더욱더 늘어가려던 찰나, 어느 날 갑자기 샤넌이 이상해지기 시작했다.

처음 그녀가 이상하다고 생각했던 날은 아이린의 티 파티 날이었다.

에르하르트는 샤넌에 대해 생각하던 것을 멈추고 아이린에게 대답했다.

"……글쎄. 이상하게 그녀에게 마음이 가질 않아."

"왜? 그래도 전에는 두 사람 꽤나 핑크빛이었잖아."

"그랬던가."

두 사람이 거기까지 대화했을 때, 열어 두었던 창가로 마차의 바퀴소리가 들렸다. 아이린은 소리를 따라 제 시선을 창밖으로 돌렸다. 그러자 저택으로 들어오는 마차 한 대가 보였다. 마차는 저택의 현관 앞까지 달려와서야 멈추었다. 마차가 멈추고, 거기서 내린 이는 에르하르트와 아이린이 아는 이였다.

"제 말을 하기 무섭게, 당사자가 실제로 찾아오다니."

"……샤넌인가?"

"응. 그녀야. 오늘은 말동무를 하는 날도 아닐 텐데. 나를 찾아온 건 아닌 것 같고……."

아이린은 어느새 평소와 다름없는 개구진 시선으로 에르하르트를 쳐다 봤다.

"널 보러 왔나 봐."

자신을 찾아왔다라.

에르하르트는 제 목에 채워진 타이를 헐겁게 풀었다. 왠지 모르게 그녀의 방문이 반갑게 느껴지지 않았다.

"먼저 가 볼게."

"좋은 시간 보내!"

에르하르트는 대답 대신 그녀를 향해 작게 미소 지었을 뿐이었다. 그가 나가자 아이린은 또다시 홀로 남겨지게 되었다. 그녀는 제 머리칼을 거칠게 쓸며 샤넌이 타고 온 마차를 말끄러미 바라보았다. 거기엔 왕가를 상징하는 추상적인 문양이 새겨져 있었다.

왕가, 요한, 그리고 그의 동생인 러셀.

절로 러셀까지도 떠오른 아이린이었다.

구태여 러셀이 제게 잘못을 한 일은 없었지만, 요한이 죽고 난 후에 러셀을 보는 게 껄끄러웠다. 아닌 말로 아이린은 지난 세월 동안 의도적으로 러셀을 피했다. 러셀 또한 저와의 만남을 그리 달갑게 여기지 않았다.

그것은 마차 때문이었다.

아이린에게 장애를 가져다주고, 제 주군까지도 앗아간 그 마차.

아이린은 원래 그 마차를 타야 했던 사람은 러셀이었음을 떠올렸다.

러셀 왕자. 그가 예정대로 마차를 탔다면, 그날 죽어야 했던 건 러셀이었을까. 그가 예정대로 마차를 탔다면, 지금의 시간에 요한과 저는 서로를 마주 보며 행복한 시간을 보내고 있었을까.

시간을 과거로 돌릴 수만 있다면 아이린은 그 마차를 결단코 타지 않았을 것이었다. 설령 본래 그 마차를 탔어야 했던 러셀이 그것을 타고, 목숨을 잃게 된다 할지라도.

***

아이린의 말대로 샤넌이 찾은 이는 에르하르트였다.

그가 제 방으로 돌아오기가 무섭게 시녀가 샤넌이 왔음을 고했다. 예정된 만남은 아니었지만, 구태여 그녀의 방문을 내칠 이유는 없었다. 에르하르트는 그녀를 방으로 들였고, 이내 샤넌이 들어섰다.

그녀의 외형은 언제나처럼 아름다웠다. 그것은 성별을 뛰어넘어 누구에게 물어도 같은 생각일 것이다. 하나 에르하르트에게는 어쩐지 그 사실이 이전처럼 크게 다가오지는 않았다. 왜일까.

"공작님. 오랜만이에요. 잘 지내셨나요?"

샤넌은 부드러운 미소를 지으며 그에게 인사를 건넸다. 반면 에르하르트에게서 돌아온 대답은 조금 딱딱한 것이었다.

"무슨 이유로 나를 찾아온 거지? 오늘은 아이린의 말동무를 하는 날도 아닐 텐데."

"이렇게 계속 서서 이야기를 나눌 건가요?"

"……앉지."

두 사람은 소파에 앉아 마주 본 채로 서로의 눈을 맞추었다. 에르하르트의 눈에 비친 그녀의 얼굴이 조금은 피로해 보였다. 투명했던 피부는 어쩐지 전보다도 퍼석해진 것만 같았다. 무슨 일이라도 있는 건지.

에르하르트가 그런 생각을 하는 사이에 샤넌은 제 입술을 작게 움직이기 시작했다.

"사실…… 오늘은 요한 왕세자님의 기일이잖아요. 아이린 님께 위로의 말이라도 건네고 싶은데, 뭐라고 해야 할지 전혀 가늠이 되지 않아서……."

"……."

"그래서 일단은 공작님께 먼저 찾아왔어요. 혹여나 제게 탁월한 위로의 말을 알려 주실까 싶어서."

표면적으로 들었을 땐 분명 아이린에게 위로를 해 주고 싶은 심성이 고운 여자의 얘기쯤으로 들렸다. 그러나 묘하게도 그에겐 그녀의 말이 표면적으로만 들리지 않았다. 왠지 모르게 진정 아이린을 위로하고자 함이 아닌 것 같았다. 따지고 보자면 제게 잘 보이기 위함이라고나 할까. 그건 정말 바이올렛의 말대로 도끼병 같은 생각이었다.

"……순수한 생각으로 위로를 하고자 하는 게 맞는 건지."

에르하르트가 저도 모르게 진심을 읊조렸다. 아주 작은 목소리였기에 샤년은 그의 말을 제대로 듣지 못했다.

"네? 방금 뭐라고 하셨어요?"

"아무것도 아니야. 내가 조금 섣부른 말을 했어."

어째서 그녀의 호의를 의심하는 지경까지 오게 된 걸까. 변해 버린 샤년의 모습을 몇 번이고 목도해 버렸기에 그런 걸까?

아닌 척, 아무것도 모르는 척하고 있었지만 에르하르트는 바이올렛과 샤년 사이에 일어났던 일의 전말을 얼추 알고 있었다.

한동안 사교계를 들끓었던 리차드 자작의 사건.

그 일을 조장한 이가 샤년임을 눈치채는 것은 그리 어려운 일이 아니었다. 리차드는 저와 바이올렛 사이를 멀어지게 했던 결정적인 인물이었다. 바이올렛은 자신의 질투를 바라고 리차드와 내통을 했지만, 그것이 가져온 결과는 관계의 악화뿐이었다. 에르하르트는 다른 남자와의 스킨십을 제 앞에서 보란 듯이 하는 바이올렛에게 크게 실망을 했기 때문이었다.

그 후로 그는 바이올렛에게 이별을 고했고, 바이올렛은 그 사실을 믿기 힘들어했다. 그녀는 자신의 섣부른 선택에 대해 후회를 하고 용서를 빌었지만, 그렇다고 해서 그녀를 쉽사리 용서할 수 없었다. 물론 그것은 그 당시의 사정이었고, 지금은 과거의 그녀를 모두 용서할 만큼 그녀를 사랑하고 있었다.

생각해 보니 제 마음이 참으로 먼지처럼 가볍단 생각이 들기도 했다. 결단코 용서해 주지 않을 것처럼 굴었던 주제에 이제 와 그녀에게 사랑을 구걸하고 있다니.

문득 지난날에 바이올렛이 제게 당당히 외치던 목소리가 머릿속에 맴돌았다.

'공작님이 저를 그렇게나 싫어하시니, 저는 이제 공작님을 그만 좋아하렵니다.'

한껏 일그러진 얼굴로 저가 싫다고 질색하던 그녀의 얼굴은 잊으려야 잊을 수가 없는 것이었다.

"……."

거기까지 생각한 에르하르트의 얼굴엔 저도 인지하지 못한 미소가 스몄다.

"……공작님?"

샤넌이 의아한 목소리로 그를 불렀다. 갑자기 작게 피어난 미소가 의아했기 때문이었다.

"미안. 잠깐 다른 생각을 했어."

"저를 앞에 두고 다른 생각을 하시다니. 참으로 서운하네요."

"서운해할 이유가 있던가? 내가 뭘 생각하든 그것은 내 자유가 아니던가."

"……하하. 공작님의 말씀이 맞네요."

샤넌이 어색하게 웃었다. 에르하르트는 그녀의 어색한 웃음을 보며, 리차드에 대해 다시금 떠올렸다.

결론적으로 바이올렛은 저의 연애사업을 단단히 망쳐 놓은 리차드를 치가 떨리도록 싫어했다. 그런 그녀였기에, 최근에 돌았던 그 추문은 정말 신빙성이 없는 것이라고 생각했다. 설령 바이올렛이 제 생각보다 방탕하다고 할지라도.

그렇다면 누군가가 그런 상황, 즉 바이올렛에게 가십거리가 생길 만한 상황을 고의적으로 만들었다는 것인데……

'누군가'를 알아내는 건 정말 쉬운 일이었다. 누군가가 발 벗고 나서서 바이올렛의 추문을 부풀리기에 힘썼으니까.

그것이 바로 샤넌이었다.

거기까지 생각했을 때 그의 얼굴에 띠워져 있던 미소가 금세 사라졌다.

"샤넌, 그대는 바이올렛의 추문에 대해서 어떻게 생각하지?"

"……네?"

"그대가 소문을 퍼뜨리고 다녔다는 것을 알고 있어."

에르하르트는 굳이 돌려 말할 생각이 없다는 듯이 말했다. 샤넌을 내려다보는 그의 눈빛이 차갑게 빛났다. 그것은 다혜가 그를 처음 봤을 때 느꼈던 서늘한 눈빛과 닮아 있었다.

"그건…… 공작님의 오해 같아요. 저는 바이올렛의 소문을 부풀린 적이 없는걸요."

"확실히?"

샤넌은 대답 대신 고개를 끄덕였다. 그녀의 고갯짓에는 한 치의 망설임도 보이지 않았다. 에르하르트는 팔짱을 끼며, 고개를 오른쪽으로 삐딱하게 기울였다. 그러자 덩달아 그의 시선 또한 매섭게 삐뚤어졌다.

그녀가 바이올렛의 추문을 부풀렸다는 건, 사교계의 얼간이도 알 정도로 모두가 아는 사실이었다. 저를 덜떨어진 사람 취급을 하는 것인지, 아님 실제로 그렇게 하지 않았다고 홀로 자부하는 것인지는 알 수 없었다.

"아까 그대가 물은 것 말인데."

"아이린 님께 할 위로 말씀이세요?"

"어. 내 생각엔 아이린은 그대로 혼자 내버려 두는 게 나을 것 같아."

"어째서죠?"

"그대가 참된 위로를 할 수 있을지 의구심이 들어서."

"……네?"

방금 전에도 뻔뻔하게 거짓말을 했지 않던가. 그런 그녀가 아이린을 제대로 위로할 수 있을까?

에르하르트는 그녀에게 영 믿음이 가지 않았다. 되레 아이린을 더 힘들게 할지도 모를 일이었다. 그녀가 바이올렛을 힘들게 만들었듯이.

"바이올렛."

"……."

"그녀를 왜 괴롭힌 거지?"

뜻밖의 에르하르트의 물음 때문이었을까. 대수롭지 않게 대답하던 샤넌이 입술을 꾹 다물었다. 몇 초가 지난 후에야 그녀는 다물었던 입매를 풀며 대답을 했다. 하지만 어쩐지 그녀의 목소리가 조금은 떨리고 있었다.

"그, 그게 무슨 말씀이세요? 제가 그녀를 괴롭혔다니요. 저는 그런 적이 없어요."

"모른 척하고 싶다면 그래도 좋아. 네가 솔직한 대답을 할 거라 생각하고 물은 것은 아니니까."

"그건 공작님의 오해예요. 저는 정말로 결백하답니다."

결백하다면서 얼굴은 왜 딱딱하게 굳어가며, 손은 왜 떨고 있는 거지? 에르하르트는 거기까지 말하지 못하고, 면밀히 그녀의 변화를 관찰했다.

"하지만 한 번만 더 그녀를 괴롭힌다면, 그땐 나도 가만있지 않아."

"……."

"그땐 네 진솔한 대답을 듣기 위해 끝까지 널 추궁할지도 모를 일이고."

에르하르트가 거기까지 말하자, 연신 굳은 얼굴로 일삼던 샤넌의 입가가 조금 벌어지기 시작했다. 이윽고 그녀가 작은 소리로 키득거렸다. 그것은 미소라기보다는 허탈함에 짓는 헛웃음에 가까운 것이었다.

"……뭐지?"

"하론도 그렇고, 공작님도 참 웃기네요. 왜 다들 제가 바이올렛을 괴롭혔다고만 생각하죠? 그녀가 나를 괴롭혔다고는 생각하지 않나요? 설령 제가 그녀를 괴롭혔다고 할지라도, 그건 그것 나름대로의 이유가 있었다고 생각할 수는 없는 건가요? 왜 어째서 모두들 저만을 비난하는 건가요? 도대체 왜……?"

샤넌의 입매는 여전히 부드러운 호선을 그리고 있었지만, 그녀의 눈가는 미세하게 일그러져 있었다.

"너를 비난한 적은 없어."

"바이올렛의 진짜 정체를 안다면 공작님도 그녀를 다시 보게 될 거예요."

"진짜 정체라니?"

"가짜 주제에 진짜 행세를 하려고 하니까……."

"샤넌. 무슨 말인지 설명이 필요한 것 같은데."

샤넌은 제 아랫입술을 지그시 깨물었다. 도대체가 어째서 상황이 이토록 꼬여 버렸는지 도무지 알 도리가 없었다. 아이린과 에르하르트의 호의를 얻기 위해 공작저로 방문했건만. 호의는 개뿔, 에르하르트는 바이올렛에 대한 이야기만 주구장창 늘어놓고 있었다.

샤넌은 며칠 전에 저를 찾아왔던 하론도 모자라, 이젠 에르하르트까지도 바이올렛의 편을 들자 정말 핀트가 나가는 기분이 들었다. 머리의 꼭지가 돌아서, 올바른 사고를 할 수가 없을 지경이었다. 사실 어쩌면 이미 오래전부터 옳은 사고를 하는 기능을 잃어버렸을지도 몰랐다.

차라리 될 대로 되란 식으로 제 비밀과 바이올렛의 비밀을 그에게 털어놓으면 어떨까.

어차피 가짜 바이올렛과 하론에게도 제 정체가 들통났으니 말이다. 구태여 에르하르트에게까지 숨길 이유가 없어졌다. 덩달아 지금의 그가 좋아하는 것이 가짜 바이올렛이기도 했으니까.

그렇게 생각하자, 어이가 없어서 자꾸만 헛웃음이 났다.

에르하르트에게 사랑을 얻고자 샤넌이 되었더니, 이젠 바이올렛을 사랑한단다. 꼭 누군가의 저주라도 받은 기분을 떨칠 수가 없었다.

'넌 에르하르트의 사랑을 받지 못할 거야.'

아마도 그런 저주를.

그녀가 가짜 바이올렛임을 에르하르트가 알게 된다면, 그는 어떤 반응을 보일지 기대가 되었다. 과연 하론처럼 '괜찮아. 네가 잘못한 것은 없으니까.' 그런 식으로 유연하게 받아들일 수가 있을까?

"바이올렛."

샤넌은 지난날 제 이름이었던 그 이름을 매섭게 불렀다. 흡사 저와 일절 관계가 없는 사람의 이름을 부르듯이.

"그녀는 진짜 바이올렛이 아니에요."

"무슨 말인지 전혀 이해할 수 없군."

에르하르트는 짧게 숨을 토해 냈다. 이제 더는 바이올렛을 괴롭히지 말라고 했더니, 그녀가 진짜가 아니란다. 논지가 벗어나도 제대로 벗어난 대화가 아니던가.

샤넌은 저를 어이없다는 듯이 응시하는 그의 눈빛을 온전히 느꼈다. 그러자 그녀의 은빛 눈동자엔 또다시 열기가 맴돌았다. 그것은 광기에 가까운 열기로, 그전보다도 훨씬 더 짙어져 있었다.

"그녀의 몸속에 다른 영혼이 있다고요. 그것은 바이올렛이라는 껍데기만을 가진 다른 영혼이에요."

"……그게…… 무슨."

샤넌은 에르하르트의 말을 끊었다.

"에기."

그녀는 아주 익숙하게 그의 애칭을 불렀다. 아주 오래전에 마지막으로 불렀던 그리운 애칭이었다.

"내가 진짜 바이올렛이에요."

"……."

"나는 과거에 당신과 추억을 나누었던 그 바이올렛이라고요."

"샤넌. 정신 차……."

영문을 알 수 없는 샤넌의 말에, 그는 정신을 차리라고 말하려 했다. 그러나 또다시 그녀가 그의 말을 잘랐다.

"버드나무."

"……."

"그 버드나무 밑에서 당신이 내 손을 잡으며, 나를 좀 더 알고 싶다고 했잖아요. 나는 그날의 당신의 나지막한 목소리, 내 손을 잡았던 당신의 온기를 톡톡히 기억하고 있어요."

에르하르트는 심히 혼란스러워하며, 끼고 있던 팔짱을 풀었다. 버드나무 밑에서 '너를 좀 더 알고 싶어.'라고 했던 것은 저와 바이올렛 사이에 있었던 일이 분명했다. 그것을 샤넌이 어떻게 아는 걸까. 페이스를 단단히 유지하던 제 얼굴이 약간은 흐트러지고 있었다.

"……그걸 네가 어떻게 아는 거지?"

"말했잖아요. 내가 진짜 바이올렛이라고."

"뭐?"

"나를…… 정말 못 알아보겠어요?"

"잠깐만, 만약에 네가 바이올렛이라면, 지금 바이올렛은 누구라는 거지?"

그렇게 묻긴 했지만, 에르하르트는 여전히 샤넌의 말을 모두 이해한 것은 아니었다.

"다른 영혼이라고 했잖아요. 간악하게 제 몸을 뺏고, 저인 척을 하는 요사스러운 것이라고요."

"다른 영혼……."

육체를 놔두고 영혼이 바뀌는 게 현실적으로 가능한 걸까?

에르하르트가 계속해서 영 믿지 못하겠다는 듯이 굴자 샤넌은 조급함이 들었다. 그를 믿게 해야 해. 지금의 바이올렛이 가짜인 것을 알면, 에르하르트의 마음이 분명 돌아설 거야. 샤넌은 그렇게 생각하며 저와 에르하르트 사이에 있었던 일을 줄줄이 늘어놓기 시작했다.

"내가 에기 당신의 질투를 얻기 위해, 리차드와 키스를 나누었잖아요."

"……."

"그리고 그 이후에 당신은 내게 이별을 고했죠. 나를 감당할 수 없다고 했죠? 이건 우리 둘 사이에 있었던 일이 아니었나요. 내가 진짜 바이올렛이 아니라면 절대로 알 수 없는 일이라고요."

샤넌의 말이 맞았다. 그것은 결코 당사자가 아니고선 알 수 없는 일들이었다. 그렇지만, 그런 사실을 너무나도 잘 알지만…….

에르하르트는 한참이나 굳은 얼굴로 아무 말도 하지 못했다. 이내 몇 분이 지나서야 그가 제 입술을 힘겹게 열었다.

"……좋아. 만약에 네 말이 진짜라면, 그런 사실을 지금 내게 밝히는 이유가 뭐지?"

그리 말하는 에르하르트의 얼굴이 다시금 견고해졌다. 잠시 흐트러졌던 제 페이스를 금세 찾은 것이었다.

샤넌은 저도 모르게 이를 부득 갈며 그를 응시했다. 진실을 말하였음에도 불구하고 제게 향한 에르하르트의 눈빛은 여전히 차가웠다. 어째서 저가 진짜 바이올렛임을 알았어도, 제게 닿은 그의 눈빛은 여전히 차가운 걸까.

샤넌은 간절해진 목소리로 그에게 대답했다.

"나를……. 나를 다시 사랑해 줘요. 지금 당신이 사랑하는 바이올렛은 원래 나였으니까."

에르하르트는 제게 사랑을 갈구하는 샤년의 모습을 보며, 어렴풋이 예전의 바이올렛을 떠올렸다.

사랑한다 했음에도 제 사랑을 시험하고, 의심하던 그 바이올렛.

그런 생각이 들자 샤년의 기괴한 말이 조금은 믿기기 시작했다. 절대로 일어날 수 없는 일이라고 생각했지만, 묘하게 신뢰가 갔다.

하나 그렇다고 해서 샤년의 말대로 샤년이 된 바이올렛을 다시 사랑할 수는 없었다. 그가 사랑하게 된 것은 지금의 바이올렛이지, 제 사랑을 의심했던 바이올렛은 아니었기 때문이었다.

"샤년. 네 말을 모두 믿을 수 있는 건 아니지만, 네 말이 사실이라고 해도 나는 너를 사랑할 수 없어."

"왜죠……?"

"내가 사랑하는 건 지금의 바이올렛이니까. 그녀가 누구의 영혼이건 간에."

"……."

"그런 건 애당초 상관없는 거야."

"……말도 안 돼!"

샤년은 믿을 수 없는 현실이 괴로웠다. 최후의 보루라 생각했던 것을 행했음에도 현실은 달라진 게 전혀 없었다.

"샤년. 진정하고, 오늘은 이만 가 보는 게 어떤가. 네겐 휴식이 필요하다고 생각해."

"에기!"

샤년의 성난 목소리가 그의 애칭을 매섭게 불렀다. 그러자 에르하르트의 얼굴이 한겨울의 한파보다도 차갑게 식었다.

"네가 누구건 간에, 지금의 네게 내 애칭을 허락한 적 없어. 주의해 줬으면 좋겠군."

"……."

"네가 먼저 나가지 않을 것 같으니, 내가 먼저 자리를 비켜 주지."

에르하르트는 자리에서 일어나 긴 다리로 금세 문까지 걸어갔다. 그는 일말의 여지도 없이 문을 열고 밖으로 나섰다.

쾅-

귓등을 때리는 화가 난 문소리만이 샤넌의 곁을 맴돌 뿐이었다. 샤넌은 한껏 인상을 찌푸린 채로 제 얼굴을 손으로 연거푸 쓸었다.

죽고 싶었단 생각이 들었다. 상황이 이렇게까지 된 이상 더 이상 살 가치를 느낄 수가 없었다. 하나 이번엔 혼자 죽긴 아쉬웠다.

제 인생을 제대로 꼬아 놓은 그녀와 함께 죽는다면 얼마나 좋을까.

13장. 심오하고 난해한 일

내가 하론의 진심에 대해 진지하게 생각하던 것을 멈춘 것은, 그가 내 머리칼을 헝클어뜨렸기 때문이었다. 그러자 머리칼에 보기 좋게 꽂아져 있던 깃털까지도 헝클어졌다.

"이제 저택으로 돌아갈 거니까, 이 요망한 깃털이 조금 흐트러졌어도 날 용서해 줄 거지?"

"하론."

나는 그를 빤히 올려다보았다. 그러자 하론이 이번엔 내 이마 위로 제 손을 가까이 대었다. 그러고선 딱, 소리가 나게 손가락을 튕겼다.

"아얏. 아프잖아."

"집으로 가자. 데려다줄게."

그는 언제나처럼 내 손을 잡아끌었다. 그는 답지 않게 심각한 표정을 짓고 있던 내 얼굴을 진즉 눈치챘던 걸까.

우리는 마차에 함께 올라탔다. 도착지는 바이올렛의 저택이었다. 생각보다 하론의 후작저에 오래 있어서 그런 것인지, 날은 저물어 있었다.

나는 하론의 어깨에 머리를 기댄 채 그에게 말을 걸었다.

"하론."

"응."

"다른 여자들도 항상 이렇게 집까지 데려다줬어?"

"……뭐?"

하론은 그런 이상한 질문은 도대체 왜 하는 거냐고 내게 반문했다. 그는 기분 나빠하기는커녕 저택에서와 다름없이 꽤나 즐거워하고 있었다. 내 질문을 질투쯤으로 받아들이고 있나 보다. 어차피 일전에 질투쯤으로 취급된 물음이었기에, 다시 같은 취급을 받는 건 아무렇지 않았다.

그는 한참이나 킥킥거리더니 이윽고 웃음기가 잔뜩 밴 목소리로 말했다.

"다른 누가 아니고, 너잖아."

"뭐?"

이번에 반문한 것은 내 쪽이었다.

"나는 친절한 사람이지만, 아무에게나 친절하지는 않아. 그런 헤픈 남자로 취급하면 곤란한데."

"그래? 그럼 누구에게만 친절한 건데?"

"그거야 당연히 내가 친절히 대하고 싶은 사람이겠지."

하론이 장난스럽게 대답했다. 그의 말장난엔 이미 수어 번 당했던 터였다. 나는 그의 장난스러운 말투를 따라, 그에게 묻고 싶은 것을 슬그머니 말했다. 여전히 그의 어깨에 얼굴을 기댄 채였다.

"하론. 여전히 나에 대해 알고 싶어?"

"그런 당연한 질문엔 뭐라고 대답해야 하는 거지?"

그는 전혀 망설이는 기색 없이 대답했다. 나는 그의 빠른 대답에 조금은 기분이 좋아졌다. 그 방증으로 입꼬리가 슬그머니 올라가고 있었으니.

나는 미소를 지으면서도 짐짓 아무렇지 않은 목소리를 내었다.

"당연히 응, 이라고 대답해야지."

"응. 다혜라는 사람을 알고 싶어. 네가 바이올렛이 되기 전엔 어떻게 살았는지. 혹여나 다혜였을 때 좋아했던 남자를 지금도 계속해서 생각하고 있는 건 아닐는지."

"……무, 무슨 말이야! 그런 건 없었다고!"

예상치도 못한 그의 질문에 나는 기울였던 고개를 바짝 세워, 하론의 얼굴을 바라보았다. 그는 진즉부터 나를 응시했던 참인지 우리는 금세 눈이 마주쳤다. 그는 눈을 조금 게슴츠레하게 뜨고 있었다. 흡사 내 말을 전혀 믿지 않는다는 듯이.

"그 말 확실해? 하……. 러셀 왕자님도 탐내는 너인데. 그런 매력적인 너를 좋아하지 않을 남자가 어디 있을까. 갑자기 심란해지는 기분이야."

하론은 기다란 한숨을 쉬었다. 나는 대답 대신 잠깐 동안 다혜로서 살았던 과거를 떠올렸다. 놀랍게도 기억이 잘 나지는 않았다. 그것은 멀지 않은 과거였지만, 이상하게도 벌써 저만치 멀어진 기분이었다.

음, 다혜였을 때 누굴 만났더라. 분명 누군가와 만났었지만, 정말로 기억이 나지 않았다. 일전에도 기억하지 못했으니 지금도 기억하지 못하는 게 당연한 일일지도 몰랐다. 아니, 애당초 무기력증인 내게, 연애라는 것은 전혀 메리트가 없었을지도.

"하론. 네가 심각해할 건 전혀 없어. 나는 그때 연애다운 연애를 한 적도 없었으니까. 지금도 이렇게 네 어깨에 머리를 기대고 얘기를 나눈다는 게 신기할 따름이야."

더군다나 내가 이렇게 너를 좋아하게 될지도 전혀 생각지 못했고. 나는 거기까지 말하진 못했다.

"내 어깨는 언제나 비어 있어. 네가 원한다면 언제든지 기대도 좋아."

"오호라. 지금 선심 쓰는 거야?"

"그럼. 나는 아량이 넓은 남자니까."

"큭큭."

하론의 능청스러운 대답에 내가 소리 죽여 웃자, 그 또한 나를 따라 웃는 소리가 들렸다.

"하- 이렇게 넓은 내 아량을 누가 알아줄까."

"누구긴 누구야, 나지."

내가 짐짓 거만한 얼굴로 고개를 까딱거리자, 하론은 조용히 내게 손을 뻗었다. 그는 군더더기 없는 동작으로 내 뺨에 제 손바닥을 올려놓았다. 가볍게 닿은 그의 손바닥이 뜨거웠다.

"사실 네가 제일 알아주길 바랐어."

그것은 듣는 이마저도 나른해지는 목소리였다. 하론은 조용히 미소를 지었다. 그러자 이상하게도 몸 안의 심지가 뜨거워지는 기분이 들었다. 더불어 평온했던 심장 박동 소리가 세기를 더해 가고 있었다.

……역시나 완전 선수 같은데 말이지.

"저택에 도착해서 네 얘기를 들어도 될까?"

"……내 얘기?"

"응. 너를 좀 더 알고 싶다고 했잖아."

"……"

하론은 뺨에 있던 손을 조금 내려, 내 입술 어귀를 부드럽게 쓸었다. 그러자 어쩐지 몸이 좀 더 달아오르는 것만 같았다.

"내게 장다혜라는 여자에 대해 알아갈 수 있는 기회를 줘."

나를 알아갈 기회. 그런 것은 이미 그에게 충분히 주고 싶던 차였다. 나는 고민할 여지없이 고개를 끄덕였다. 그러자 하론이 싱긋 웃으며 내게 말했다.

"얼굴."

"……."

"빨개졌어."

그는 내게 뻗었던 손을 물리며 또다시 장난스럽게 킥킥거렸다.

"……하론!"

잔뜩 놀림을 받은 듯한 기분을 지울 수가 없었다. 나는 그를 가자미눈으로 노려보았지만, 사실은 그의 손길이 내게서 떨어짐에 아쉬움 마음이 들었을 뿐이었다.

* * *

우리는 저택에 도착해서 가벼운 티타임을 가졌다.

내가 가벼운 드레스로 갈아입고 온 사이에 하론은 벌써 익숙하게 자리를 잡고 테이블 앞에 앉아 있었다. 나는 하론의 맞은편에 앉았다. 불과 며칠 전에는 샤넌의 일 때문에 심각하게 서로를 마주 보았었는데. 나는 잠깐 떠오른 샤넌의 얼굴을 머릿속에서 지워냈다. 구태여 이토록 평화로운 순간에 그녀를 떠올리고 싶진 않았다.

"다혜가 살았던 곳은 어떤 곳이었는데?"

하론은 꽤나 궁금한 얼굴로 내게 물었다.

"음……. 뭐랄까. 여기와는 완전히 다른 곳이라고나 할까."

"다른 곳?"

"응."

나는 하론이 잘 이해할 수 있게 내가 살던 곳을 설명하기 시작했다. 어떻게 얘기해야 하나 고민했지만, 이내 그가 지금의 정서로 수용할 수 있는 이야기들만 꺼내었다. 그리고 나에 대한 이야기도 조금 덧대었다. 하고 싶은 것을 찾지 못해, 하릴 없이 살았던 무미건조한 내 삶에 대해서 말이다.

누군가에게 무언가를 이뤄냈노라고 자랑스럽게 말할 것이 전혀 없는 인생이었다. 애초에 누군가에게 자랑하고자 살았던 것이 아니긴 했지만 말이다. 다혜로 살았던 스물두 해의 기억은 너무나도 보잘것없이 느껴졌다.

하론이 내 인생을 하찮게 느끼면 어쩌나, 싶었지만, 그에게서 눈에 띄는 표정의 변화는 없었다. 되레 너무나도 흥미로워했을 뿐이었다. 도대체 어느 부분에서 흥미롭게 느꼈던 것인지 정말 알 수 없었다.

"이게 끝이야. 더 이상 설명할 게 없는 걸."

나는 어깨를 으쓱이며 그에게 말했다.

"아주 동적인 바이올렛의 삶과는 판이하지? 내 삶은 파도 하나 없는 고요함 그 자체였다고."

"아주 멋진데? 언젠가 내가 꿈꿔 왔던 평온한 삶이야."

"……놀리는 말은 아니겠지?"

나는 의심스럽게 하론을 쳐다보았다. 그러자 하론은 정말 억울하다는 듯한 눈빛을 보냈다. 그는 정말로 내 삶을 동경하는 듯해 보였다. 하긴 불우한 과거를 보낸 하론이었기에, 그가 진정 바라는 건 정말로 평온한 삶이었을지도 몰랐다.

"그런 곳이라면 나도 한번 가 보고 싶어."

"함께 돌아갈 수 있는 방법을 알게 된다면, 너를 꼭 데려가 줄게."

"그럼 다혜는 고향으로 다시 돌아가고 싶진 않아? 그곳에 남기고 온 것 중에 미련이 남는 게 있다든지."

"글쎄. 남기고 온 것 중에 미련이라."

이상하게도 미련이 남는 것이 전혀 떠오르지 않았다. 벼룩의 눈곱만큼도 미련이 없는 것만 같았다. 어째서 이토록 미련이 없는 건지 기묘할 따름이었다. 되레 기적같이 본래의 세계로 다시 돌아간다면, 그것이 더 끔찍하게 느껴질 지경이었다.

그건 하론 때문인 걸까.

언제부터인가 내 마음속에서 커져 버린 그의 존재가, 이 세계조차도 소중하게 만들고 있는 걸까. 아니, 내게 진정 소중해진 것은 이 세계가 아니라, 하론일 것이다.

"하론. 너는 내가 미련이 남아서, 다시 본래의 세계로 돌아가고 싶다고 한다면 어쩔 셈이야?"

그러자 그가 잘생긴 미간을 찌푸렸다. 내 물음이 정말로 마음에 들지 않았음을 표정으로 말하고 있었다.

"드레스 자락이라도 붙잡고 가지 말라고 빌 거야."

하론은 진지한 얼굴로 장난기 가득 서린 말을 내뱉었다.

"큭큭. 뭐야, 그게."

"……설마 진짜 돌아가고 싶은 거야?"

그는 이번엔 장난기를 빼고선 진지하게 물었다. 여기서 내가 그러고 싶다고 한다면 너는 무슨 표정을 지을까. 가지 말라고, 내 곁에 있어 달라고. 그가 그런 식으로 나를 붙잡았으면 하는 바람이 들었다.

나는 그를 떠볼 심산으로 고개를 끄덕이고 싶었지만, 이내 '아니.'라고 대답해 버리고 만다. 어쩐지 내 대답을 기다리는 그의 얼굴이 티가 나게 가라앉아 보였기 때문이었다. 그의 얼굴이 침울해지는 건, 나로선 정말 보기 힘든 것이었다.

"그럴 리가. 돌아가고 싶었다면 처음부터 그러려고 노력했을 거야. 나는 지금이 좋아."

오로지 내 편이 되어 주는 네가 있는 이곳이 좋아.

나는 작게 미소를 지으며 이어 말했다.

"하론. 그런데 말이야. 그거 알아? 네가 충격 받을지도 모르는데……. 나 다혜로 살아갈 때 너보다 두 살이나 많았어."

지금 바이올렛의 나이가 스무 살이었으니까, 그녀의 동갑내기 친구인 하론의 나이 역시 스무 살이었다. 내가 다혜였을 때의 나이가 스물두 살이었으니까. 결론적으로 하론보다 두 살이나 많은 격이었다. 내가 새침하게 웃으며 말하자 하론이 마음에 들지 않는다는 듯 대답했다.

"그래서 지금 누나라는 말이 듣고 싶다 이건가?"

"네가 그런 말을 하니까. 더 듣고 싶어졌어. 누나~ 라고 한번 귀엽게 얘기해 봐. 그럼 내가 귀여운 동생을 대하듯 머리를 쓰다듬어 줄게."

내가 장난스럽게 말하자, 하론이 말도 안 된다는 듯이 펄쩍 뛰었다.

"그럴 수 없어. 누나라니. 차라리 네가 나를 오빠라고 불러주는 편이 더 쉬운 일일지도 몰라."

"말도 안 돼. 내가 왜 너를 오빠라고 불러야 해? 네가 한참이나 어린데."

"액면가로 봤을 땐 내가 좀 더 오빠 같아 보이기도 해."

"개뿔도."

"……."

"음……. 그런데 하론. 네 얼굴을 계속해서 보고 있으니까, 진짜 네가 좀 더 오빠 같아 보이기도 하네."

"다혜! 너 진짜……."

그는 꽤나 뚱해진 얼굴로 나를 응시했다. 그의 얼굴에 불만이 드리울수록 나는 몹시 즐거웠다. 내가 넘어갈 듯이 웃어 젖히자 하론은 저가 졌다는 듯 헛웃음을 흘렸다. 그렇게 한참을 서로를 마주 보며 웃었다.

그러다 하론은 조금 의아한 점이 생겼다는 듯이 제 고개를 갸웃거렸다.

"다혜, 그런데 말이야. 나 한 가지 궁금한 점이 생겼어."

"뭔데?"

"넌 다른 세계에 살았다면서, 바이올렛의 삶에 대해선 어떻게 알았던 거야? 전에 네가 얘기했던 걸 생각해 보았을 때, 넌 바이올렛을 모르는 사람처럼 보이지 않았거든. 내가 그녀의 소꿉친구인 것도 알고 있었고 말이야."

"……."

나는 잠깐 동안 할 말을 잃은 채로 그를 응시했다.

아니, 애는 한 번씩 왜 이렇게 눈치가 빠른 거야?

그들의 사정에 대해서 알고 있었던 이유는, 내가 이 세계를 그려낸 소설을 읽어서 그런 것이었지만. 역시나 나는 그 이유를 곧이곧대로 그에게 털어놓을 수 없었다. 나는 얼른 다른 핑계를 생각해 내려 애썼다. 그러다 뱉은 말은,

"기억!"

"어? 기억?"

"응. 바이올렛의 몸에 빙의되고 나서, 그녀의 몸이 기억하는 기억들이 내게 스며들더라고. 그걸로 알게 됐어."

짧은 시간 생각해낸 변명치고는 꽤나 훌륭한 변명이었다. 사실 완전 거짓말도 아니었다. 그녀가 된 이래로 그녀의 기억들을 종종 엿보았었으니까. 내 의지와는 전혀 상관없이 말이다.

하론은 내 말의 진위여부를 파악하려는 듯이 나를 한참이고 빤히 응시했다. 나는 정말로 거짓말이 아니라는 듯이 그를 향해 어깨를 몇 번 으쓱였을 뿐이었다.

"좋아. 믿을게. 의심했던 건 아니야."

"……확실해? 방금 완전 의심하던 얼굴이었는데?"

"어라? 티 났어?"

"어, 완전."

하론은 아주 약간은 의심했으나, 결국엔 내 말을 믿었다는 말과 함께 사람 좋은 미소를 지었다. 그가 그렇게 미소를 짓자, 나는 더는 그를 몰아붙일 수 없었다. 그러다 그가 제 입가에 스몄던 미소를 지우고선 작게 한숨을 쉬었다.

"음. 다혜, 네 비밀도 모두 들었는데, 나도 가만히 있을 수가 없네."

"……."

"나도 심오하고 난해한 일을 네게 털어놓아도 될까?"

심오하고 난해한 일.

그가 내게 하고 싶다고 했던 말이었다. 내게 향한 하론의 푸른 눈동자가 무언가를 결심한 듯이 작게 빛이 나고 있었다.

"응. 들을 준비가 되어 있어."

"좋아."

하론은 기다랗게 심호흡을 했다. 그러곤 제 앞에 놓여 있던 차까지도 한 모금 마셨다. 그의 얼굴이 사뭇 긴장되어 보이기까지 했다. 도대체 얼마나 심오한 일이길래 그가 그런 표정을 짓고 있는 걸까.

솔직히 이런 상황 속에서 내가 예상할 수 있는 그의 말이라곤, 샤넌에 대한 것이라든지, 그것도 아니라면 진짜 바이올렛에 대한 것이라든지, 역시나 그녀에 대한 것밖에 없었다.

그가 꺼낼 모든 이야기를 받아들일 마음의 준비가 되어 있었지만, 나는 그의 입에서 '샤넌'이라는 말이 나오지 않길 바랐다. 샤넌이라는 말이 나오는 즉시 내 얼굴이 약간은 구겨질지도 모를 일이었다.

"어디서부터 어떻게 얘기해야 좋을까."

"어떤 부분부터 얘기하든, 나는 상관없어."

하론은 생각을 정리하려는 듯이 잠깐 동안 침묵을 유지했다. 나 또한 괜스레 긴장이 되었던 것인지, 손바닥은 기분 나쁜 땀으로 축축하게 젖어 있었다.

내가 짧게 한숨까지 내쉬었을 때, 하론은 제 예쁜 입술을 작게 일그러뜨리며 하고자 하는 말을 뱉어 내기 시작했다. 나는 그의 말에 집중했다.

"나는……."

그의 푸른 눈동자가 나를 흔들림 없이 바라보았다.

"미래에서 다시 과거로 돌아왔어."

"……돌아왔다고?"

나는 그의 말을 이해하지 못했다는 듯이 되물었다. '돌아왔다.'라는 말은 숫제 흔히 쓰는 말이었음에도 불구하고, 나는 그가 내뱉는 그 말의 진짜 의미를 제대로 가늠할 수 없었다. 그러자 하론은 내 반응을 충분히 예상했다는 듯이 내게 좀 더 설명을 하기 시작했다.

"응. 바이올렛이 죽은 후에, 다시 그녀가 살아 있던 과거로 돌아오게 된 거야."

"……."

"다혜. 내 말을 믿을 수 있겠어?"

"……혼란스러워."

미래에서 과거로 돌아왔다니. 설마하니 회귀를 했다는 건가. 그것은 내가 읽었던 로맨스 소설에 종종 나오던 일이었고, 실제로 일어나리란 생각을 한 적이 없는 일이었다.

너무나도 비현실적인 그의 고백에 말이 제대로 나오지 않았다.

"물론 단번에 믿을 수 없다는 걸 알고 있어. 나도 얼떨떨했으니까. 하지만 나는 확실히 과거로 돌아왔어. 내 말을…… 조금이라도 믿어 줄 수 있겠어?"

사실 내겐 그의 말을 믿지 못할 이유는 없었다. 나는 누구보다도 기구한 일을 겪었기 때문이었다. 단지 나는 혼란스러웠을 뿐이었다.

나는 일전에 하론에게 내 진실을 털어놓았던 그날을 잠깐 떠올렸다. 그날의 그에게서 보았던 침착함까지도 떠올리자, 새삼스럽게 그가 참으로 대단하단 생각이 들었다. 유사한 일을 겪은 나는 표정조차도 제대로 수습하지 못하고 있었으니까.

나는 한참이나 대답을 하지 못하며, 그의 말을 곱씹어 생각했다. 하론은 분명 '바이올렛이 죽은 후에'라고 말했다. 원래의 바이올렛이 자살한 것을 알고 있다는 건, 미래에서 왔다는 것에 대한 확실한 방증이었다.

하나 논리적인 것을 떠나, 나는 그의 말에 막연한 믿음이 들었다. 언제나처럼 그에게 가지고 있었던 믿음이었다.

나는 내 대답을 기다리는 하론에게 고개를 천천히 끄덕였다.

"나는 조금이 아니라, 많이, 아니, 모두 네 말을 믿어. 하론."

"다혜."

"나는 정말로 혼란스러웠을 뿐이야. 그런 충격적인 얘기를 단번에 받아들일 수 있는 사람은 아무도 없을 거라고 생각해."

내가 꽤나 당차게 얘기하자 하론이 감동에 가득 서린 표정을 지었다.

"감동받아서 반하게 되면 곤란한데."

나는 지난날에 도끼병 공작에게 들었던 말을 하론에게 똑같이 내뱉었다. 그러자 하론이 희미한 미소를 지었다.

"여차하면 반할 뻔했네."

"……하론."

"응?"

"좀 더 자세히 얘기해 줄 수 있을까? 네가 겪었던 일이 궁금해."

"내 심오하고 난해한 비밀을 털어놓고자 생각했을 때, 이미 좀 더 세세히 얘기해 줄 결심까지 했다고."

"좋아. 나는 더 충격적인 얘기를 받아들일 준비가 되어 있어."

나는 얼굴에 새겨져 있던 충격의 흔적을 지우며 그에게 말했다. 더불어 내가 다른 세계에서 온 존재임을 밝혔을 때, 하론이 지었던 미소를 따라 지으려 노력했다. 노력대로 잘되었으면 좋겠는데, 막상 하론이 내 미소를 어떻게 받아들이고 있을지는 전혀 알 수 없었다.

그 사이에 하론은 조심스럽게 자신의 이야기를 털어놓기 시작했다.

어렸을 적 바이올렛을 처음 만났었던 얘기. 처음으로 자신에게 손을 뻗어 준 바이올렛에 대한 얘기. 성인이 되고 샤넌을 사랑하게 된 얘기. 그녀와의 이루어질 수없는 사랑에 힘들었던 얘기. 그러곤 샤넌은 지나간 첫사랑쯤이라고, 하론은 차근차근 설명했다.

이윽고 그는 고통스러운 표정을 지으며 바이올렛이 죽음의 수순대로 향했던 일 또한 이야기했다. 에르하르트에 대한 바이올렛의 사랑과 집착. 그리고 그녀의 자살. 그녀의 자살을 슬퍼하던 중 갑작스럽게 과거로 돌아와 버린 자신의 일까지도.

모든 이야기를 끝낸 하론은 오랫동안 지그시 눈을 감았다.

그는 과거의 기억으로 인해 복받쳐 오르는 감정을 억누르는 것처럼 보였다. 그의 얼굴엔 차마 갈무리하지 못한 집약된 슬픔의 기운이 드리워져 있는 것만 같았다. 슬퍼 보이는 그의 뺨에 손을 얹고 부드럽게 쓰다듬어 주고 싶었다. 그런 생각이 들기 무섭게, 나는 손을 조금 뻗었다. 하나 뻗은 내 손은 그의 뺨까지 닿지는 못했다.

진짜 바이올렛을 생각하며 슬퍼하고 있는 하론에게 선뜻 손을 뻗을 용기가 나지 않았기 때문이었다.

하지만 결국엔 한참이나 고개를 숙인 하론에게 손을 제대로 뻗고야 말았다. 그의 뺨에 손을 대자, 하론이 고개를 들어 나를 똑바로 쳐다보았다. 그의 푸른 눈동자 어귀가 뿌옇게 흐려져 있었다.

"하론. 괜찮아."

다른 말은 덧대지 않았다.

우리 사이엔 그 말 한마디면 충분했으므로.

하론은 희미한 미소를 지었다. 옅은 미소였지만, 나는 그가 미소를 지었단 사실에 만족을 했다.

우리의 이야기가 끝이 났을 때, 시간은 꽤나 늦어 있었다. 어느새 차가워진 밤공기가 우리 사이를 맴돌았다.

"하론. 이제 돌아가야 되지 않아?"

나는 그와 조금 더 있고 싶은 마음이 들었지만, 내색하지 않으며 말했다. 나는 여기서 하론이 '돌아가기 싫다'고 말해 주길 바랐다.

"그렇긴 한데. 돌아가기 싫다."

내가 바라기가 무섭게 하론은 내가 원하는 답을 자연스럽게 내뱉었다. 완벽하군.

그렇게 대답하는 하론의 얼굴이 바이올렛의 이야기를 꺼냈을 때보다도 훨씬 더 밝아져 있었다. 그의 얼굴에 드리웠던 슬펐던 기운들은 이젠 전혀 느껴지지 않았다. 하나 그의 마음엔 여전히 아릿한 기운들이 남아 있을 테다. 그런 생각이 들기가 무섭게, 나는 그를 홀로 보내기가 너무나도 싫어졌다.

"저⋯⋯. 오해하지 말고 들어."

나는 헛기침을 두어 번하며 말을 이어 갔다.

"오늘 여기서 자고 갈래?"

분명 오해하지 말라고 말했음에도 불구하고 하론은 내 말에 토끼처럼 두 눈을 동그랗게 떴다.

"뭐?!!"

"하론⋯⋯ 느낌표가 너무 많은 거 아니야?"

괜스레 양 볼이 뜨거워지는 기분이 들었다. 나는 부채질하듯이 연신 손을 위아래로 흔들었다. 그런다고 해서 달아오른 열기가 쉽사리 가라앉지 않았다.

"나도 남자인가 봐."

하론은 여느 때와 다른 없이 장난스러운 미소와 함께 내게 말했다. 아니,

그 미소는 장난스럽다기보다는 음흉함에 가까운 미소였다.

"왜?"

"자꾸 부끄러운 생각이 들어서."

그는 시선을 조금 떨군 채로 부끄러운 모습을 했다. 그러자 당황한 것은 나였다.

"……하, 하론!"

"큭큭, 장난이야."

내가 당황하면 할수록 하론은 즐거운 것인지 연신 키득거렸다. 그에게 당한 것은 꽤나 분한 일이었지만, 다행이란 생각이 더 들었다. 하론이 다시금 본래의 모습으로 돌아와서 다행이란 생각.

"흐음. 다혜가 그토록 원한다면, 네 부탁을 들어주는 수밖에."

그는 너스레를 떨며 제 어깨를 들썩거렸다.

"아니, 네가 원하지 않는다면 그러지 않아도 돼. 강요하는 건 아니니까."

"……."

나도 상관없다는 듯이 하론을 따라 어깨를 들썩였다. 그러자 하론은 갑작스럽게 표정을 굳히며, 아련한 표정을 지었다.

"……오늘같이 힘든 고백을 한 날에…… 혼자 돌아가면…… 그 길이 너무 쓸쓸할 것 같아……. 휴."

그는 말을 길게 늘어뜨리며, 끝엔 마침표 같은 한숨도 내쉬었다. 그것은 누가 보아도 무언가에 괴로워하는 얼굴이었다.

연기를 해도 어쩜 저렇게 잘하는 걸까.

물론 그가 괴롭지 않다는 것이 아니었지만, 지금 한 것은 확실한 연기임을 믿어 의심치 않았다.

"휴, 좋아. 하론. 우리 집에서 하룻밤 자고 가 줘."

"……."

"제발."

내가 장난스럽게 두 손까지도 모으며 그에게 말하자, 하론이 못 이기겠다는 듯이 연신 키득거렸다.

***

나는 잠자코 양을 세고 있었다. 잠이 정말로 전혀 오지 않았기 때문이었다. 몸은 꽤나 피곤했지만, 이상하게도 정신만은 멀쩡했다. 정신이 이토록 멀쩡한 이유는 아마도 내 옆방에서 곤히 자고 있을 하론 때문임이 분명했다.

아쉬운 마음에 그에게 자고 가라고는 했지만, 진짜로 그가 내 근처에서 자고 있다고 생각하자 어쩐지 심장이 진정되지 않았다. 사랑의 열병의 증상이라도 되는 것인지. 지난날 감정에 무색하다고 생각했던 내 모습을 지금에선 전혀 찾을 수 없었다.

나는 계속해서 몸을 뒤척이며, 하론에 대해 끊임없이 생각했다. 그에 대해 생각하는 것은 불가항력과도 같은 것이어서, 멋대로 다른 생각을 할 여지가 전혀 없었다.

하론은 어떨까. 나는 이토록 잠을 설치는데, 그는 마음 편히 잠을 자고 있을까? 설마 일찌감치 꿈나라로 빠져든 것은 아닐는지.

그사이에도 밤의 정적은 점점 더 깊어져 갔다. 그럼에도 도무지 잠을 잘 수 없었던 나는, 결국엔 침대를 박차고 일어섰다. 아무래도 하론이 잠을 잘 자고 있는지, 설치고 있는지 확인을 해야겠단 생각이 들었다.

나는 내 방을 빠져나와, 하론이 있을 방의 문을 조용히 열었다. 다행히 그는 방문을 잠그고 있지 않았다. 등 하나 켜지 않은 어두운 적막 사이로 하론의 고른 숨소리가 들렸다. 나는 숨을 죽이며 하론의 침대 근처로 걸어갔다.

왠지 모르게 도둑이라도 된 기분이 드는 건 왜일까. 꼭 나쁜 짓을 하러 몰래 들어온 기분을 떨칠 수가 없었다.

이윽고 침대 맡까지 다가가자 내 잠을 그토록 설치게 만들었던 하론이 보였다. 그는 베개도 없이 제 팔을 베고 누워 있었다. 눈을 꼭 감은 모양새가 아마도 깊은 잠에 빠져든 것만 같았다.

어쭈, 나는 그렇게 잠을 설쳤는데, 너는 꽤나 잘 자고 있다 이거지?

어쩌면 하론은 내게 제 비밀을 털어놓아, 속 시원한 마음에 편히 잠이 들었을지도 몰랐다. 그것도 아니라면, 제 사정을 털어놓으며 심적으로 힘들었던 탓에 빨리 잠이 든 것은 아닐까?

나는 침대 앞에 쭈그리고 앉아 잠든 그의 얼굴을 한참이나 바라보았다.

오늘따라 그의 흰 뺨이 조금은 야위어 보였다. 그동안 제 비밀과 내 비밀, 심지어 샤넌의 비밀까지, 수많은 사실들을 수용하고 받아들이느라 얼마나 힘이 들었을까.

그러면 안 되는 줄 알았지만, 나는 손을 조금 뻗어 하론의 야윈 뺨을 조심스럽게 쓰다듬었다. 그의 뺨은 생각보다 훨씬 더 부드러웠다. 깨지 않을 정도로만 쓰다듬어야지, 라고 생각했지만. 나는 생각보다도 오랜 시간 그에게서 손을 뗄 수가 없었다. 아무래도 내일은 그에게 아침밥이라도 든든히 먹여 돌려보내야겠다는 생각을 하던 순간이었다.

영원히 떠지지 않을 것처럼 굳게 감겨 있던 그의 속눈썹이 미세하게 떨리기 시작했다. 그것은 떨림으로 그치지 않고, 완전히 들리기에 이르렀다. 그러자 푸른빛이 완연한 하론의 눈동자가 내게 똑바로 향했다.

"……!"

나는 그의 얼굴에 있던 손을 물릴 생각도 하지 못한 채로 하론과 눈을 맞추었다. 갑작스러운 상황에 내 몸이 꼼짝없이 얼어붙은 것만 같았다.

"……다혜?"

그는 잠이 덜 깬 듯이 쉿소리가 가득한 음성으로 나를 불렀다.

"저…… 저기, 그, 그러니까 나는……."

대답을 해야겠다고 생각해서 말을 뱉긴 했지만, 제대로 된 말이 나오지 않았다. 이토록 늦은 밤에 제 방에 몰래 들어와 자고 있는 저를 보고 있는 나를…… 하론은 어떻게 생각할까.

설마 빼도 박도 못하게 변태가 되는 것은 아니겠지.

그런 생각으로 내가 주춤거리는 사이, 하론은 제 눈을 느릿하게 깜빡이며 내게 말했다.

"날 보러 왔어?"

말하는 그의 눈동자와 입술이 부드럽게 굽어져 있었다. 그것은 부정할 도리 없이 미소를 짓는 얼굴이었다.

"하하……. 흠, 그게……."

나를 보고 있는 하론의 눈빛은 뭐랄까. 내 생각을 모두 간파했다는 의미심장한 눈빛으로 보였다. 그러자 나는 식은땀이 나는 기분이 들었다. 어쩌면 이마가 벌써 축축해졌을지도 몰랐다. 일단은 상황을 모면할 생각으로 뒤로 몇 걸음 물러난다는 것이, 실수로 드레스의 자락을 밟아 버렸다. 내 발은 드레스 자락에 제대로 미끄러졌고, 몸이 중심을 잃은 것은 순식간이었다.

"……엄마야!"

나는 이미 내게 존재치 않는 낯선 단어를 은연중에 부르며 몸을 휘청거렸다. 내 몸은 곧 바닥에 엎어질 것처럼 큰 곡선을 그리기 시작했다. 그러자 나를 보던 하론의 나른한 눈동자가 조금 커졌다. 그러곤 그는 누워 있던 몸을 얼른 일으켜, 제 뺨에 있던 내 손을 잡아챘다.

하나 그가 일어선 것보다 내가 넘어지려던 게 더 빨랐던 것인지, 내 몸은 바닥에 거의 부딪히기 직전이 되었다. 나는 눈을 질끈 감으며 바닥과 마주할 고통을 상상했다. 많이 아프지 않았으면 좋겠는데.

쿵―

꽤 큰 소리와 함께 몸이 바닥에 쓰러졌다. 그런데 묘하게도 어떤 아픔도 느껴지지 않았다. 아픔은 개뿔, 되레 누군가의 품에 안긴 듯한 따스함이 느껴졌을 뿐이었다.

나는 꼭 감고 있던 눈을 슬그머니 뜨며, 상황을 살폈다. 눈을 뜨자 보인 것은 하론의 가슴팍이었다. 그는 나를 꼭 껴안은 채로 바닥에 엎어져 있었다. 내가 아무 고통을 느끼지 못한 것은, 하론이 내 머리를 제 손으로 받치고 있었기 때문이었다.

"휴, 다행이다."

내 머리 위로 하론의 한숨 소리에 섞인 안도감 가득한 목소리가 들렸다.

"하론……."

나는 할 말이 없어, 그의 이름을 나지막이 불렀다. 그러자 하론의 두 번째 한숨 소리가 들렸다.

"다혜가 도둑고양이처럼 몰래 내 얼굴을 구경하다가, 홀로 넘어질 뻔한 걸, 내가 구하다니. 이건 설마 꿈인 걸까."

……아니. 이건 꿈이 아니라 지극히 현실인 걸.

나는 그렇게 대답하지 못하고 어색한 미소를 흘렸다.

"내가 아는 다혜라면 그럴 일이 없으니까, 이건 꿈인 게 분명해."

하론은 그렇게 말하며, 나를 좀 더 제 품에 꼭 껴안았다. 흡사 내가 현실의 존재인지, 꿈속의 존재인지 확인하는 것만 같이.

"이건 꿈이니까, 계속 이렇게 안고 있어야겠다. 내 꿈이니까 내 마음대로 할 거야."

그는 내가 숨도 쉴 수 없을 정도로 내 머리통을 제 품속으로 꾹 눌렀다.

"……하론, 숨 막혀."

"어라, 꿈속의 다혜가 말도 하네."

그는 세상 누구보다도 능청스럽게 말하고 있었다. 왠지 모르게 하론은 현실임을 충분히 인지했음에도 불구하고 내게 장난치고 있는 것처럼 느껴질게 뭐람.

"하론, 이건 꿈이 아니라, 현실인걸. 잠이 안 와서…… 네 방에 왔다가…… 흠흠."

죽어도 네가 보고 싶었단 말은 못 해. 아직 네게 좋아한다는 말도 제대로 못 꺼냈는걸.

나는 그렇게 생각하며 연신 마른침만 삼켰다. 이상하게도 내 귀와 가볍게 맞닿은 하론의 심장 소리가 크게 들리는 것 같았다. 그 소리는 내 심장 소리와 다름없이 침착하지 못한 소리였다.

"그래?"

잠이 완전히 깬 것이지 그의 목소리가 맑아져 있었다. 하론은 그제야 꼭 껴안았던 나를 놓아주었다. 나는 그의 품에서 벗어나기 무섭게 얼른 몸을 반쯤 일으켰다.

"저기, 괜찮아? 넘어지는 거 잡아 줘서 고마워."

까닭 모를 부끄러움이 자꾸만 들어, 나는 시선을 다른 곳으로 둔 채 그에게 말했다. 하론 또한 나를 따라 제 몸을 부스스 일으키며 내게 대답했다.

"내가 또 반응 속도가 엄청 빨라서. 다른 사람이었다면, 넘어지는 널 잡지 못했을 거야."

"응, 고마워."

"다혜, 그런데 말이야."

"……응?"

하론은 제 왼손으로 내 턱 끝을 잡아 제 쪽으로 강제로 돌렸다. 나는 저항 없이 얼굴을 돌렸고, 이내 하론의 얼굴과 다시금 마주했다. 하론은 이번엔 제 오른손을 내 앞에 들어 보이며, 미간을 옅게 찌푸렸다.

"네 머리를 받쳤던 오른손이 꽤 아파. 아무래도 아까 넘어지면서 손가락을 다친 것 같은데."

"뭐? 정말?"

하론은 오른손에 힘을 뺀 채로 내 앞에 연신 흔들었다. 그의 얼굴은 고통스럽게 물들어 있었다. 마치 오후에 그가 제 사정을 털어놓았을 때 지었던 그 얼굴처럼 말이다.

"그럼 가짜겠어. 손가락에 힘이 전혀 들어가지 않는걸."

"의, 의원을 불러올게!"

"다혜. 지금은 새벽이야. 지금 어떻게 의원을 불러올 건데."

"……"

"뭐, 불러온다면야 나는 좋긴 하겠지만……. 그럼 의원에게 우리가 왜 새벽에 함께 있었는지 설명을 해야 하고…… 그럼 네가 도둑고양이처럼 내 방에 들어온 것도 얘기해야겠지? 나는 상관없지만 말이야."

하론은 제 어깨를 으쓱였다. 그는 저와 일절 상관이 없는 이야기를 하듯 말을 하고 있었다. 어째 얄미운 기분이 드는 건 왜일까.

"휴. 하론, 너만 괜찮다면, 내일 일찍 불러올게. 그런 아픈 손으로 잠을 다시 잘 수 있겠어?"

"네가 내가 다시 잠들 때까지 함께 있어 준다면, 고통을 잊을 수 있을 것도 같아."

어두운 사위 가운데에서도 하론의 푸른 눈동자가 장난스럽게 빛이 나고 있었다. 이거 원, 장난인지 아닌지 전혀 그의 의중을 가늠할 수가 없는 기분이 들었다. 하론의 손을 보고 있다면 정말로 다친 것 같다가도, 그의 장난스러운 얼굴을 보고 있자면, 장난인 것 같기도 했다.

내가 게슴츠레한 눈으로 하론을 지그시 응시하자, 하론은 곧 죽을 것 같은 표정을 지으며 말했다.

"나 정말로 아파."

나는 속는 셈치고 그를 향해 고개를 끄덕였다. 어찌 되었건 그의 오른손은 스스럼없이 내 머리를 받쳐 들었으니까.

나는 침대 어귀에 앉아, 다시금 가지런히 누운 하론을 응시했다. 그는 꼭 열 살배기 아이처럼 이불을 턱밑까지 올린 채로 눈을 감고 있었다. 얼굴이 지나치게 평온해 보였기에 속았다는 기분을 떨칠 수가 없었다. 하나 이미 속아 주기로 마음먹은 마당에 구태여 그에게 따지고 싶은 마음은 전혀 들지 않았다.

"……다혜, 그런데 진짜로 내가 자는 건 왜 보고 있었던 거야?"

그는 눈을 감은 채로 내게 조용히 물었다.

"진짜로 잠이 안 와서 그랬어. 네가 자고 있는지 궁금하기도 해서."

"고작 그게 끝?"

"그, 그럼! 무슨 이유가 더 있겠어."

"에이, 아쉽다. 나는 네가 나를 보고 싶어서 온 거라고 생각했는데."

보고 싶다……. 하론의 말이 정확히 맞았다.

내가 만약에 정말로 네가 보고 싶어서 찾아온 거라고 말한다면 너는 뭐라고 대답할까.

'하지만 지금의 바이올렛인 다혜 너도, 나와 많은 시간을 함께 보냈어. 그 시간들 속에서 네가 소중해져 버렸으니까. 바이올렛과는 조금 다른 의미로…….'

나는 불현듯이 일전에 그가 했던 말을 떠올렸다. 바이올렛과는 조금 다른 의미로 소중해졌다던 그의 진심이 궁금할 따름이었다.

"그런 거라면 어쩔 건데?"

나는 장난기가 전혀 배어 있지 않은 목소리로 하론에게 말했다.

"……."

"자려고 누웠는데, 자꾸만 네 생각이 났어. 나도 왜인지 잘 모르겠어."

왜인지 모르겠다는 말은 거짓말이었다. 그를 남자로서 인식함으로써, 그에게 사랑을 느꼈기에 생각이 났다고는 도저히 말할 수가 없었다. 나는 이런 부분에 있어서 지나치게 서툴고, 용기가 없었다. 에르하르트에게 당신을 사랑하지 않노라고 따졌던 때의 용기의 반만이라도 지금 솟아난다면 정말 좋을 텐데.

순간 잘 감겨져 있던 하론의 눈꺼풀이 천천히 열렸다. 이내 완전히 눈을 뜬 그의 눈동자엔 졸음의 기운이라곤 전혀 느껴지지 않았다. 그는 푸른 하늘보다도 푸른 눈으로 나를 응시하며 말했다.

"사실 나도 한숨도 못 자고 있었어."

"……어?"

"네가 방에 들어와서 내 뺨을 부드럽게 매만졌을 때부터, 깨어 있었다고."

그리 말하는 그의 목소리가 꽤나 진지했다.

"나도 네 생각이 났다면……. 우린 같은 마음이었던 걸까?"

심장이 어긋나는 기분이 들었다. 그것은 기분 나쁜 느낌이 아니었다. 되레 제 박동의 주기를 잃어버려 너무나도 빨리 뛰기에 느껴지는 기분이랄까. 그것은 때때로 하론에게서 느꼈던 설렘과는 또 다른 느낌의 설렘이었다. 고백 받은 듯한 기분이 드는 건 왜일까.

같은 마음. 그것은 내가 요즘 들어 항상 그에게 바라던 것이었다. 내 마음과 네 마음이 같기를 얼마나 바랐던가.

나는 이미 마를 대로 말라버린 입술을 조금 벙긋거렸다.

"하론. 나 기분이 이상해."

나는 심장 근처에 손을 올려다 놓으며 이어 말했다.

"……나도 네가 내 생각과 같길 계속해서 바라고 있었거든."

"……."

"그런데 하론 네가 진짜로 그런 말을 하니까……."

네가 진심으로 나를 좋아하고 있단 생각이 들어. 나는 거기까지 말하지 못하고선 그를 지그시 바라보았다.

순간 나는 고백하고 싶은 충동이 들었다. 그를 좋아한다고 인식한 이래로 느꼈던 답답한 마음을 그에게 솔직하게 토로하고 싶었다. 많은 날들을 함께 보내며, 하론 또한 내게 얼마나 다정하게 굴었던가. 심지어 그는 내가 다혜임을 알았음에도 오히려 나를 좀 더 친밀하게 대했다. 그런 그의 다정함은 이따금씩 호감을 넘어선 어떤 감정을 느끼게 했다.

사랑.

따뜻하지만 내겐 조금 낯선 그 단어를 떠올리게 했다.

연애와 사랑에 대해서 눈치라곤 전혀 없는 내가 이렇게까지 느낄 정도라면……. 내 고백에 대한 그의 대답도 긍정이 아닐까.

"나 아무래도 네가 정말로 좋아진 것 같아."

나는 자연스럽게 내 마음을 털어놓았다. 그동안 망설였던 게 무색할 정도로 거리낌 없는 말이었다. 솔직히 털어놓고 나자 후련한 마음도 들었다. 물론 그에게서 돌아올 대답이 엄청 두렵기는 했지만.

나는 슬며시 그의 눈치를 보았다. 그의 얼굴엔 그 어떤 동요도 보이지 않았다. 그저 지나치게 진지해 보였을 뿐이었다. 갑작스러운 내 고백을 그는 어떻게 받아들일까. 이젠 나를 친구로서도 대하지 않는 것은 아닐까.

내 고백으로 인해 우리의 관계가 악화되는 것은 아닐는지 하는 우려가 잠깐 들었다. 친구보다 못한 사이가 되는 건 정말 끔찍한 일이라고 생각했다.

물론 하론이 넙죽 '나도 너를 사랑하고 있었어.'라는 대답을 하길 바란 것은 아니었으나, 나도 여자였던지라 은연중에 그에게서 긍정의 대답을 기대하고 있었나 보다. 그렇기에 하론의 침묵은 길게만 느껴졌다. 실제로 그의 침묵이 길었던 것인지, 내가 그렇게 느낀 것인지는 잘 가늠할 수 없었다.

　그는 무슨 말을 하려고 입술을 작게 달싹였다가도, 금세 다시 닫기를 반복했다. 망설이는 걸까. 그는 내 고백에 거절의 말을 하고 싶은 걸까. 내가 이따금씩 느꼈던 감정은 모두 내 착각이었던 걸까.

　결국에 나는 무거운 침묵을 견디지 못하고, 침대에 앉아 있던 몸을 일으켰다.

　"먼저 나가 볼게."

　고백하고 도망치는 꼴이라니. 세차게 뛰기만 하던 심장엔 쓰라린 기운이 맴돌았다. 슬그머니 뒷걸음질을 치기 시작했을 때, 하론은 드디어 한마디를 꺼내었다.

　"잠깐만."

　"……아무 말도 하지 마."

　그의 목소리가 그 어떤 때보다도 불길하게 들렸다. 무슨 대답을 할지는 모르겠지만, 나는 아무 말도 듣고 싶지 않았다. 하론이 다시 한 번 내 이름을 불렀지만, 나는 이미 방문까지 걸어간 뒤였다.

　"그럼, 좋, 좋은 밤."

　하론이 누워 있던 상체를 일으킨 것까지 보았을 때, 나는 재빨리 문을 닫고 나섰다. 설마 그가 따라 나올까 싶어 얼른 내 방으로 돌아와 문을 잠갔다. 다행인지 불행인지 하론은 나를 따라 오지는 않았다.

　나는 침대에 엎어져 베개에 얼굴을 묻으며 보랏빛 머리칼을 한껏 쥐어뜯었다. 도대체 뭘 바라고 고백 따위를 한 거야. 하론이 '같은 마음'이라는 말만 하지 않았더라면 고백할 생각을 하진 않았을 텐데…….

차인 것도 아니었지만, 어쩐지 계속해서 차인 기분이 들었다. 하나 우습게도 진심을 토로한 마음은 여전히 시원하게만 느껴졌다. 울어야 좋을지, 웃어야 좋을지 전혀 알 수 없는 기분이었다.

내일 하론의 얼굴을 어떻게 봐야 할까.

나는 결국 그날 밤 뜬눈으로 밤을 지새워야만 했다.

-2권에 계속-